진홍빛 하늘 아래

BENEATH A
SCARLET SKY

진홍빛 하늘 아래

마크 설리번 지음

신승미 옮김

구하지 못한 8,000명의 이탈리아계 유대인에게.
나치에게 끌려가 강제로 노예 생활을 한 수백만 명과
끝내 집에 돌아가지 못한 수많은 이들에게.
그리고 이 이야기를 처음 듣고 나를 구해준
로버트 데렌도프에게 이 책을 바친다.

사랑은 모든 것을 정복한다.

– 베르길리우스

BENEATH A
SCARLET SKY

차
례

서문

2006년 2월 초, 나는 마흔일곱 살이었고 내 생애 최악의 시기를 지나고 있었다.

가장 친한 친구였던 친동생이 그 전해 여름에 과도한 음주로 세상을 떠났다. 내가 쓴 소설은 사람들에게 외면받았고, 업무상 분쟁에 휩쓸렸으며, 개인 파산을 신청하기 직전이었다.

황혼 녘 홀로 몬태나 고속도로를 차로 달리다가 내가 든 보험의 약관을 생각하기 시작했다. 문득 차라리 내가 죽으면 살아 있을 때보다 가족에게 도움이 된다는 사실을 깨달았다. 고속도로 교각을 들이받으면 어떨지 한참 궁리했다. 눈이 내리고 있었고 불빛은 약했다. 아무도 자살로 의심하지 않을 터였다.

바로 그때 휘몰아치는 눈 속에서 아내와 아들의 환영을 보고 마음을 고쳐먹었다. 고속도로 갓길에 차를 대자 몸이 걷잡을 수 없이 떨렸다. 금방이라도 무너질 것 같았던 나는 고개를 숙이고 하느님과 우주를 향해 도와달라고 애원했다. 이야깃거리를 달라고, 내 그릇보다 큰 뭔가를 달라고, 내가 완전히 몰입할 수 있는 작업을 하게 해달라고 기도했다.

믿기 힘들겠지만 바로 그날 저녁에 하고많은 곳 중에서도 몬태나 보즈먼에서 열린 만찬에서 놀라운 정보를 들었다. 제2차 세계대전의 영웅인 열일곱 살짜리 이탈리아 소년의 알려지지 않은 이야기였다.

처음에는 제2차 세계대전 후반 23개월 동안 펼쳐진 피노 렐라의 인생 이야기가 사실일 리 없다고 생각했다. 사실이라면 진작 알려졌어야 했다. 그러다가 피노가 60여 년이 지난 지금도 여전히 살아 있으며 캘리포니아주 베벌리힐스와 매머드레이크에서 30년 가까운 세월을 보내고 이탈리아로 돌아갔다는 사실을 알게 됐다.

나는 그에게 전화를 걸었다. 처음에 렐라 씨는 나와 이야기하기를 대단히 꺼렸다. 그러나 나는 영웅이 아니라 오히려 겁쟁이라는 말에 더욱 호기심이 생겼다. 몇 번의 전화 통화를 한 끝에 그는 마침내 이탈리아로 오면 만나주겠다고 승낙했다.

나는 이탈리아로 날아가서 밀라노 북쪽 마조레 호수 옆에 자리 잡은 레사라는 도시의 오래된 저택에서 3주 동안 피노와 함께 지냈다. 당시 피노는 일흔아홉 살이었지만 여전히 몸집이 크고 강한 데다 잘생기고 매력적이고 재미있었다. 그리고 때론 속마음을 종잡을 수 없었다. 나는 몇 시간씩 계속 과거를 회상하는 그의 옆에 앉아 이야기를 들었다.

피노의 기억 중 어떤 부분은 너무 생생해서 손을 뻗으면 잡을 수 있을 것 같았다. 반면 희미해서 여러 번 질문하며 짜 맞춰야 하는 기억도 있었다. 또한 그는 특정한 사건과 인물들을 회피하고 싶어 했고, 어떤 이야기는 말하는 것조차 두려워했다. 그런 고통스러운 시기에 대한 기억을 억지로 짜냈을 때, 그가 털어놓은 비극적인 이야기에 우리 둘 다 흐느껴 울었다.

처음 이탈리아를 방문했을 때 홀로코스트 사학자들과 이야기를 나누고 가톨릭 사제와 게릴라(무솔리니 정권에 대항해 싸운 파르티잔 무장 유격대) 대원들을 인터뷰했다. 그리고 피노와 함께 중요한 장소들을 모두 찾아갔다. 탈출로를 제대로 파악하기 위해 스키를 타거나 직접 걸어서 알프스산맥을 등반했다. 나는 로레토 광장에서 슬픔에 휩싸여 쓰러지는 피노를 부축했고, 스포르체스코성 주변 거리에서 파문처럼 그를 훑고 지나가는 상실의 고통을 지켜봤다. 그는 베니토 무솔리니를 마지막으로 본 장소를 나에게 보여주었다. 밀라노 대성당에서 그가 사망자와 순교자를 위해 촛불을 밝힐 때 떨리는 손을 봤다.

나는 이 모든 과정에서 2년간의 놀라운 삶을 회상하는 한 남자의 말에 내내 귀를 기울였다. 열일곱 살에 철이 든 계기, 열여덟 살이 되어 겪은 일, 온갖 우여곡절, 시련과 업적, 그리고 사랑과 비통에 대해 들었다. 나의 개인적인 문제와 삶은 그가 어리기 그지없는 나이에 견뎌야 했던 일에 비하면 한없이 사소하고 하찮아 보였다. 삶의 비극에 대한 그의 통찰력 덕분에 나는 새로운 시각을 갖게 되었고 치유되기 시작했다. 피노와 나는 친한 친구가 됐다. 그리고 집으로 돌아왔을 때, 몇 년 만에 처음으로 기분이 좋았다.

처음 이탈리아를 방문한 후 10년이라는 세월 동안 다른 책을 쓰는 틈틈이 네 번 더 이탈리아에 가서 피노의 이야기에 대한 자료를 조사했다. 이스라엘에 있는 홀로코스트 추모 및 교육 센터인 야드 바셈의 직원들과 이탈리아, 독일, 미국의 사학자들에게 자문했다. 이 세 나라와 영국에 있는 전쟁기록보관소에서 몇 주를 보냈다.

나는 피노의 이야기에서 나온 다양한 사건을 검증하기 위해 오래전 사망한 관계자들의 후손과 친구는 물론 내가 찾을 수 있는 목격자들을 모두 인터뷰했다. 이야기의 핵심을 복잡하게 만드는 비밀스러운 나치 장교의 딸, 잉그리드 브루크도 포함되었다.

가능한 한 전쟁기록보관소와 인터뷰, 증언에서 수집한 사실만을 고수했다. 그러나 제2차 세계대전이 종말을 향해 갈 때 나치의 서류가 대대적으로 불태워져 피노의 과거를 추적할 자료가 대부분 사라졌고, 그나마 남은 서류마저 뿔뿔이 흩어져 있다는 사실을 알게 됐다.

또한 제2차 세계대전 후 이탈리아인들 사이에서 형성된 일종의 집단 기억 상실이 이를 방해했다. 이미 수많은 책이 노르망디 상륙작전과 서유럽 전역에서 펼쳐진 연합군의 작전, 기타 유럽 국가에서 유대인을 구출하기 위해 목숨을 건 용감한 사람들의 노력을 다뤘다. 하지만 나치의 이탈리아 점령 및 이탈리아계 유대인들을 구하기 위해 구성된 가톨릭의 비밀조직은 거의 관심을 받지 못했다. 6만여 명의 연합군 군인이 이탈리아를 해방시키기 위해 싸우다 죽었다. 14만여 명의 이탈리아인이 나치 점령 기간에 죽었다. 그런데도 이탈리아를 위한 전투에 대해 기술된 자료가 워낙 드물다 보니 사학자들은 이를 '잊힌 전선Forgotten Front'이라고 칭했다.

대체로 이러한 기억 상실은 살아남은 이탈리아인들에 의한 것이었다. 지금은 노인이 된 한 게릴라 전사는 내게 이렇게 말했다. "우리는 아직 어렸고 잊고 싶었어요. 우리가 겪은 그 끔찍한 일들을 과거지사로 돌리고 싶었어요. 이탈리아에서는 아무도 제2차 세계대전에 대해 말하지 않아요. 그래서 아무도 기억하지 않지요."

서류는 소각됐고, 사람들은 집단 기억 상실에 걸렸고, 내가 이 이야기를 알게 됐을 때는 이미 수많은 등장인물이 사망한 뒤였다. 따라서 수십 년이 지난 피노의 기억, 그나마 남은 불충분한 물적 증거, 조사와 합리적 의심에 힘입은 내 상상력에 전적으로 의지해 장면과 대화를 구성할 수밖에 없었다. 어떤 경우에는 이야기의 일관성을 위해 사건과 등장인물들을 섞거나 압축했고, 사람들이 완전히 묘사하지 못한 상황들을 각색하기도 했다.

결과적으로 지금부터 읽을 이야기는 논픽션이 아니라, 1943년 6월부터 1945년 5월까지 피노 렐라에게 일어난 일에 가깝게 쓰인 전기적 역사소설이다.

1부

아무도 잠들지 말라

1

1943년 6월 9일

이탈리아 밀라노

역사 속 모든 파라오와 황제, 폭군과 마찬가지로 일 두체(베니토 무솔리니의 칭호로 수령을 뜻함) 또한 결국 자신의 제국이 무너지는 것을 보고야 말았다. 젊은 미망인의 가슴에서 기쁨이 빠져나가듯, 그 늦봄 오후 베니토 무솔리니의 손아귀에서 권력이 송두리째 흘러나오고 있었다.

파시스트 독재자의 군대는 이미 난타당한 채 북아프리카에서 퇴각한 상태였다. 연합군은 시칠리아를 공격할 태세를 갖췄다. 그리고 아돌프 히틀러는 이탈리아 주변의 방어력을 강화하려고 나날이 더 많은 군대와 군수품을 남쪽으로 보내고 있었다.

피노 렐라는 밤마다 단파 라디오로 듣는 BBC의 보도 덕에 이런 상황을 알고 있었다. 어딜 가든 나치의 숫자가 점점 늘어나는 것이 보였다. 하지만 그는 밀라노의 중세풍 도로를 거니는 동안 눈앞에서 거세게 일어나는 충돌의 기운을 남의 일인 양 가뿐히 무시했다. 제2차 세계대전이란 듣자마자 잊어버리는 뉴스 기사에 불과했다. 대신 피노가 가장 좋아하는 세 가지 주제인 여자, 음악, 음식이 머릿속을 차지하고 있었다.

결국 피노는 키 185센티미터에 몸무게 75킬로그램인 고작 열일곱 살짜리 남자아이였다. 손발은 커다랗고 멋대가리 없이 키만 멀쑥한 데다 머리카락은 도무지 말을 안 듣고 제멋대로 뻗어 있었다. 여드름투성이에 서툴러서 영화를 보러 가자고 해도 따라나서는 여자아이가 없었다. 그런데도 워낙 천성이 낙천적이라 실망이나 좌절과는 거리가 멀었다.

피노는 패거리들과 함께 대성당, 즉 밀라노 중심부에 자리 잡은 웅장한 고딕 양식의 산타 마리아 나센테 대성당 앞 광장으로 성큼성큼 발을 내디뎠다.

"오늘 예쁜 여자애를 만날 거야." 피노는 비가 올 듯 잔뜩 찌푸린 진홍빛 하늘을 향해 손가락을 흔들며 말했다. "우린 열렬하고 비극적인 사랑에 빠져서 날마다 음악과 음식, 와인과 음모가 함께하는 대모험을 떠날 거라고."

"꿈 깨라." 가장 친한 친구인 카를레토 벨트라미니가 말했다.

"아니거든." 피노가 콧방귀를 뀌었다.

"꿈 맞아." 두 살 어린 친동생 미모가 말했다. "형은 예쁜 여자를 볼 때마다 사랑에 빠지잖아."

"그런데 어떤 여자도 피노를 사랑하지 않지." 카를레토가 말했다. 가냘픈 골격에 얼굴이 동그란 카를레토는 피노보다 키가 훨씬 작았다.

역시 키가 작은 미모가 맞장구를 쳤다. "옳소."

피노는 두 아이의 말을 무시했다. "너희들은 낭만이 없어."

"저기서 뭐 하는 거지?" 카를레토가 대성당 밖에서 일하고 있는 남자들을 가리키며 물었다.

몇몇 일꾼들이 평소 스테인드글라스 창이 달려 있던 자리에 나무판을 대고 있었다. 다른 일꾼들은 대형 트럭에서 모래주머니를 내려 대성당의 기반으로 옮기고 있었다. 그리고 대성당 중앙의 쌍여닫이문 근처에서 한 무리의 신부들이 주의 깊게 지켜보는 가운데 더 많은 일꾼이 야간 조명등을 설치하고 있었다.

"가서 뭐 하나 보고 올게." 피노가 말했다.

"내가 먼저 갈 거야." 동생이 말하더니 일꾼들 쪽으로 잽싸게 몸을 날렸다.

"미모는 매사에 경쟁적이야." 카를레토가 말했다. "쟨 흥분을 가라앉히는 법을 좀 배워야 해."

피노가 웃음을 터뜨리고는 어깨 너머로 힐끗 돌아보며 말했다. "그런 방법이 있으면 우리 엄마한테 말해주라."

피노는 일꾼들을 빙 돌아 신부들에게 다가가 한 신부의 어깨를 툭툭 두드렸다.

"실례합니다, 신부님."

20대 중반의 성직자는 피노만큼이나 컸지만 훨씬 통통했다. 그는 고개를 돌려 10대 사내아이를 밑에서부터 쭉 훑어봤다. 새 신발, 회색 리넨 바지, 주름 하나 없는 새하얀 셔츠, 엄마에게 생일 선물로 받은 초록색 실크 넥타이를 지나 올라오더니, 10대의 머릿속을 들여다보고 그 죄 많은 생각을 죄다 읽을 수 있다는 듯이 피노의 눈을 뚫어지게 응시했다.

그가 말했다. "나는 신학생입니다. 사제 임명을 받지 않았습니다. 칼라도 달지 않았습니다."

"어, 어, 죄송해요." 피노가 주눅 들어 말했다. "저는 그저 왜 야간 조명등을 설치하고 있는지 알고 싶어서요."

젊은 신학생이 미처 대답하기도 전에 마디가 울퉁불퉁하게 불거진 손이 그의 오른쪽 팔꿈치 쪽으로 쑥 튀어나왔다. 신학생은 흰색 예복에 테두리 없는 붉은색 사제 모자를 쓴 작고 여윈 50대 신부 옆으로 비켜섰다. 피노는 그 신부가 누군지 단박에 알아봤다. 밀라노의 추기경 앞에 한쪽 무릎을 꿇고 앉으면서 피노는 심장이 철렁 내려앉았다.

"추기경 각하." 피노가 고개 숙여 인사하며 말했다.

신학생이 엄격하게 말했다. "추기경 예하라고 부르십시오."

피노는 어리둥절한 표정으로 고개를 들었다. "제 영국인 유모가 혹시라도 추기경님을 만날 일이 있으면 그렇게 부르라고 가르쳐줬는데요."

엄격한 젊은 신학생의 얼굴이 눈에 띄게 차가워졌지만 일데폰소 슈스터 추기경은 부드러운 웃음을 지으며 말했다. "저 친구 말이 맞네, 바르바레스키. 영국에서는 그렇게 부른다네."

슈스터 추기경은 밀라노에서 아주 유명할 뿐만 아니라 영향력도 막강했다. 북이탈리아 가톨릭교회의 우두머리이자, 교황 비오 12세에게 직언할 수 있는 존재인 슈스터 추기경은 신문에 자주 등장했다. 피노는 슈스터 추기경에 관해 가장 기억에 남을 점은 그의 표정이라고 생각했다. 웃고 있는 얼굴은 한없이 친절했지만 눈은 천벌을 내리고도 남을 위엄을 담고 있었다.

신학생이 발끈해서 말했다. "여기는 런던이 아니라 밀라노입니다, 추기경 예하."

"상관없다네." 슈스터가 말했다. 그는 피노의 어깨에 손을 올리더니 일어나라고 말했다.

"이름이 뭔가, 젊은이?"

"피노 렐라입니다."

"피노?"

"원래 이름은 주세페인데 어릴 때 엄마가 저를 주세피노라고 부르셨어요." 피노가 비틀거리며 일어서서 말했다. "피노를 붙여서요."

슈스터 추기경이 어린 주세페를 올려다보며 웃었다. "피노 렐라라. 기억해야 할 이름이군."

피노는 추기경처럼 대단한 사람이 왜 그런 말을 하는지 의아해 어리둥절했다. 침묵이 이어지자 피노가 불쑥 말을 꺼냈다. "전에 뵌 적이 있습니다. 추기경 각하."

슈스터 추기경이 그 말에 놀라며 물었다. "어디에서?"

"카사 알피나에서요. 마데시모 위에 있는 레 신부님의 캠프요. 거기서 몇 년 전에 뵀어요."

슈스터 추기경이 빙그레 웃었다. "그곳에 간 기억이 나는군. 나는 이탈리아에서 이 대성당과 산피에트로 대성당보다 웅장한 성당을 가진 사람은 레 신부밖에 없다고 말했지. 여기 젊은 친구 바르바레스키가 레 신부와 함께하기 위해 다음 주에 그리로 올라갈 거라네."

"레 신부님이랑 카사 알피나가 마음에 드실 거예요." 피노가 말했다. "등산하기 정말 좋은 곳이에요."

그 말에 바르바레스키가 미소 지었다.

말을 마친 피노는 맞는 예절인지 긴가민가하며 절을 하고 뒷걸음치기 시작했다. 슈스터 추기경은 그 모습을 재미있어하는 듯했다. 그가 말했다. "아까 야간 조명등에 관심이 있다고 한 것 같은데?"

피노가 멈췄다. "네?"

"내가 낸 아이디어야." 슈스터 추기경이 말했다. "오늘 밤 등화관제(적의 야간 공습에 대비해 일정 지역에서 등불을 모두 가리거나 끄게 하는 것)가 시작된다네. 지금부터 대성당에만 불이 켜지겠지. 나는 조종사들이 아름다운 대성당을 보고 경외심을 느껴 폭격을 하지 않게 해달라고 기도한다네. 이 웅장한 건물을 짓는 데 거의 500년이 걸렸어. 이런 곳이 하룻밤 사이에 무너져버리는 모습을 본다면 그야말로 비극일 테지."

피노는 거대한 성당의 정교하게 조각된 앞면을 올려다보았다. 옅은 분홍빛 칸돌리아 대리석 소재의 수많은 발코니와 크고 작은 첨탑이 어우러진 대성당은 한겨울의 알프스산맥처럼 서리에 뒤덮인 웅장한 환영 같았다. 피노는 음악과 여자만큼이나 산에서 스키를 타고 등산하는 것을 좋아했고, 대성당을 바라보면 늘 높은 산에 있는 듯한 기분이 들었다. 그런데 지금 슈스터 추기경은 대성당과 밀라노가 위협을 받고 있다고 믿고 있었다. 공습이 일어날지도 모른다는 가능성이 난생처음 피노에게 현실로 다가왔다.

피노가 물었다. "우리가 폭격을 당하게 될까요?"

"나는 그런 일이 일어나지 않게 해달라고 기도한다네." 슈스터 추기경이 말했다. "하지만 신중한 사람은 항상 최악의 상황에 대비하는 법이지. 잘 가게. 신에 대한 자네의 믿음이 앞으로 다가올 날에 자네를 안전하게 지켜줄 걸세."

✝

밀라노의 추기경이 자리를 뜨고 홀로 남은 피노는 경외감에 사로잡힌 채 카를레토와 미모에게 돌아갔다. 카를레토와 미모 둘 다 벼락을 맞은 것처럼 깜짝 놀란 표정이었다.

"슈스터 추기경님이었어." 카를레토가 말했다.

"알아." 피노가 말했다.

"너 그분하고 오래 이야기했어."

"내가?"

"응." 동생이 말했다. "추기경님이 형한테 뭐라고 하셨어?"

"내 이름을 기억하시겠대. 그리고 폭격기가 성당을 날려버리지 못하게 야간 조명등을 설치한다고 하셨어."

"그것 봐. 내 말이 맞잖아." 미모가 카를레토에게 말했다.

카를레토가 피노를 수상쩍다는 듯이 처다봤다. "왜 슈스터 추기경님이 네 이름을 기억하시겠다는 거야?"

피노가 어깨를 으쓱하며 말했다. "발음이 마음에 드시나 보지. 피노 렐라."

미모가 코웃음을 쳤다. "진짜 꿈 좀 깨라."

세 사람이 대성당 광장을 지나 도로를 건널 때 천둥 치는 소리가 들렸다. 그들은 세계 최초의 지붕이 있는 쇼핑몰인 갤러리아의 웅장한 아치 길로 걸어 들어갔다. 가게들이 줄줄이 늘어서 있고 평소에는 철과 유리 소재의 돔으로 덮인 두 개의 널따란 통로가 교차하는 곳이었다. 그날 세 소년이 갔을 때는 유리판을 제거하고 골격만 남겨둬서 쇼핑몰에 직사각형 그물 모양의 그림자가 드리워져 있었다.

천둥소리가 점점 가까워지는 가운데 갤러리아 주변 도로를 지나치는 사람들의 얼굴에서 걱정이 엿보였지만 피노는 신경 쓰지 않았다. 천둥은 천둥일 뿐, 폭탄이 터지는 것은 아니었다.

"꽃 사세요." 갓 자른 장미가 쌓인 수레 옆에서 한 여인이 외쳤다. "여자 친구 갖다줘요."

피노가 말했다. "여자 친구가 생기면 다시 올게요."

"그때까지 몇 년은 기다리셔야 할걸요, 아주머니." 미모가 말했다.

피노가 동생에게 주먹을 휘둘렀다. 미모는 재빨리 도망쳐 갤러리아 밖으로 나가서 레오나르도 다빈치의 조각상이 우아하게 자리 잡은 광장으로 들어섰다. 조각상 아래로 전찻길이 깔려 있고, 도로 건너편에 있는 스칼라 극장의 문들은 그 유명한 오페라 홀을 환기하려고 활짝 열려 있었다. 조율 중인 바이올린과 첼로의 선율과 테너가 음계를 연습하는 소리가 흘러나왔다.

피노는 동생을 쫓아가다가 검은 머리에 크림색 피부, 반짝이는 검은 눈동자를 가진 예쁜 아가씨를 발견했다. 그녀는 갤러리아를 향해 광장을 가로지르고 있었다. 그는 미끄러지듯 멈춰 서서 그녀를 지켜봤다. 막연한 갈망이 밀려들어 말조차 할 수 없었다.

그녀가 지나가자 피노가 말했다. "나, 사랑에 빠졌나 봐."

"엎어지지나 마라." 뒤에서 따라오던 카를레토가 말했다.

미모가 빙 돌아 두 사람에게 다가왔다. "방금 누가 하는 말을 들었는데 연합군이 크리스마스 즈음에 여기로 진입할 거래."

"미군이 그보다 빨리 밀라노에 왔으면 좋겠어." 카를레토가 말했다.

"나도." 피노가 동의했다. "재즈를 더 듣고 싶어! 오페라는 이제 그만!"

피노가 전력으로 내달리다가 빈 벤치를 뛰어넘은 후 레오나르도 다빈치의 조각상을 빙 둘러 보호하는 철제 울타리 위로 올라섰다. 그러고는 매끈한 울타리 위를 미끄러지듯 솜씨 좋게 달리다가 건너편에 고양이처럼 사뿐히 착지했다.

지고는 못 배기는 미모가 똑같은 기술을 구사하려 했지만 쿠당탕 하고 땅에 떨어지고 말았다. 검은 머리에 꽃무늬 원피스를 입은 덩치 큰 여자 바로 앞이었다. 30대 후반이나 40대 초반으로 보이는 여자였다. 바이올린 케이스를 들고 햇볕을 가려주는 챙 넓은 파란색 밀짚모자를 쓰고 있었다.

여자는 놀라서 바이올린 케이스를 떨어뜨릴 뻔했다. 그녀가 성을 내며 케이스를 가슴 쪽으로 꽉 움켜쥐는 사이, 미모가 신음 소리를 내며 갈비뼈를 감싸 안았다.

"여긴 스칼라 광장이야!" 여자가 꾸짖었다. "위대한 레오나르도를 기리는 곳이라고! 존경심이라고는 손톱만큼도 없니? 유치한 장난은 다른 데 가서 해."

"우리가 애들로 보이세요?" 미모가 가슴을 쫙 펴며 말했다. "철부지 꼬맹이들로요?"

여자가 미모의 건너편을 바라보며 말했다. "주변에서 무슨 일이 벌어지는지도 모르는 철부지 꼬맹이들 같으니라고."

먹구름이 밀려들기 시작하고 곧이어 주변이 어두워졌다. 피노가 고개를 돌리니 오페라 하우스와 광장을 나누는 도로를 타고 커다란 검은색 다임러벤츠가 내려오고 있었다. 나치 장교의 차였다. 빨간색 나치 깃발이 범퍼 양쪽에서 펄럭이고, 장군기가 라디오 안테나에서 휘날렸다. 뒷자리에 꼿꼿한 자세로 앉은 장군의 윤곽이 보였다. 왠지 그 모습에 등골이 오싹해졌다.

피노가 돌아보자 바이올리니스트는 이미 멀어지고 있었다. 그녀는 나치 장교의 차 뒤로 난 길을 건너 오페라 하우스로 들어서는 내내 고개를 바짝 쳐든 채 당당하고 반항적으로 걸었다.

그들은 다시 걷기 시작했다. 미모는 다리를 절뚝거리고 오른쪽 엉덩이를 문질러대면서 아프다고 구시렁거렸다. 그러나 피노의 귀에는 거의 들리지 않았다. 청회색 눈동자에 황갈색 머리칼을 가진 여자가 바로 오른쪽 보도를 걸어 내려오고 있었다. 피노는 그녀가 20대 초반일 것이라고 추측했다. 그녀의 얼굴은 완만하게 내려온 코, 툭 튀어나온 광대뼈, 자연스럽게 말리며 미소를 짓는 입술이 아름답게 어우러져 있었다. 중간 키에 날씬한 그녀는 노란색 여름 원피스를 입고 캔버스 쇼핑백을 메고 있었다. 그녀가 보도에서 벗어나 바로 앞에 있는 빵집으로 들어갔다.

"나, 다시 사랑에 빠졌어." 피노가 양쪽 손바닥을 가슴에 댄 채 말했다. "그 여자 봤어?"

카를레토가 콧방귀를 뀌었다. "도무지 포기라고는 모르지?"

"절대로." 피노가 말하더니 빵집 유리창 앞으로 잽싸게 걸어가 안을 들여다봤다.

여자는 빵을 가방에 넣고 있었다. 왼손에 반지를 끼지 않은 것을 확인한 피노는 그녀가 계산을 마치고 나오기를 기다렸다. 그리고 그녀가 나오자 앞에 서서 한 손을 가슴에 올리고 말했다.

"죄송합니다, 아가씨. 그대의 아름다움에 빠져서 꼭 만나야 했습니다."

"뭐라는 거야." 그녀는 비웃더니 피노를 교묘히 피해 걸어갔다.

그녀가 지나칠 때 피노는 여성스러운 재스민 향기를 맡았다. 한 번도 맡아본 적 없는 황홀한 향기였다.

피노는 서둘러 쫓아가며 말했다. "진짜예요. 나는 아름다운 여자들을 숱하게 봐요, 아가씨. 패션 지구인 산 바빌라에 살거든요. 모델들이 많은 곳이죠."

그녀가 곁눈질로 슬쩍 피노를 봤다. "산 바빌라는 살기 아주 좋은 곳이지."

"부모님이 '레 보르세테 디 렐라'라는 가게를 운영하세요. 가방 가게요. 아세요?"

"내 고용주가 지난주에 거기서 가방을 샀어."

"그래요?" 피노가 기뻐하며 말했다. "그럼 내가 평판 좋은 집안 출신이라는 걸 아시겠네요. 오늘 밤에 나랑 영화 보러 갈래요? 〈너무도 아름다운 당신〉이 상영 중이거든요. 프레드 아스테어랑 리타 헤이워스가 나와요. 춤추고 노래하죠. 진짜 우아해요. 꼭 당신처럼요, 아가씨."

마침내 그녀가 고개를 돌려 날카로운 눈으로 피노를 올려다봤다. "몇 살이야?"

"곧 18살이 돼요."

"나한테는 좀 어리네." 그녀가 웃었다.

"그냥 영화잖아요. 친구로 가죠. 내가 그렇게 어리지는 않잖아요, 그렇죠?"

그녀는 그저 아무 말 없이 계속 걸었다.

"승낙? 거절?" 피노가 말했다.

"오늘 밤에 등화관제를 할 거야."

"영화가 시작할 시간에는 아직 밝을 거예요. 끝난 후에는 내가 집까지 안전하고 무사하게 바래다줄게요." 피노가 자신만만하게 말했다. "나는 고양이처럼 밤눈이 밝아요."

몇 걸음 걷도록 그녀가 아무 말도 하지 않자 가슴이 철렁 내려앉았다.

"영화는 어디에서 하는데?" 그녀가 물었다.

피노는 주소를 알려주고는 말했다. "만나줄 거죠? 7시 30분에 매표소 밖에서?"

"넌 좀 재미있는 사람이고 인생은 짧으니까. 안 될 이유 없지?"

피노가 활짝 웃고는 가슴에 한 손을 올리고 말했다. "그럼 이따 봬요."

"이따 봐." 그녀는 빙그레 웃고 나서 길을 건넜다.

피노는 멀어지는 뒷모습을 숨죽인 채 의기양양하게 바라보다가, 그녀가 다가오는 전차 쪽으로 몸을 돌리다 재미있다는 표정으로 돌아볼 때가 돼서야 뭔가를 깨달았다.

"아가씨, 죄송하지만 이름이 뭐예요?" 피노가 그녀를 향해 외쳤다.

"안나!" 그녀가 외쳐 대답했다.

"나는 피노예요!" 피노가 소리쳤다. "피노 렐라!"

전차가 끼익 소리를 내며 멈추면서 성을 외치던 그의 목소리를 삼켜버렸고, 그녀의 모습이 가려졌다.

전차가 출발하자 안나의 모습은 보이지 않았다.

"절대 안 올걸." 두 사람이 이야기하는 내내 뒤에서 설치던 미모가 말했다. "그냥 형이 못 쫓아오게 하려고 한 말이야."

"분명히 올 거야." 피노가 뒤에서 따라오고 있는 카를레토를 돌아봤다. "너도 그녀의 눈을, 안나의 눈을 봤지?"

동생과 친구가 대꾸하기도 전에 번개가 번쩍하고 첫 빗방울이 떨어지더니 갈수록 굵고 빠른 빗방울로 바뀌었다. 셋 다 뛰기 시작했다.

"나는 집에 간다!" 카를레토가 소리를 지르고는 방향을 홱 틀었다.

2

하늘에 구멍이 뚫린 듯 폭우가 쏟아졌다. 피노는 미모 뒤에서 패션 지구를 향해 전력으로 내달렸다. 흠뻑 젖었지만 아랑곳하지 않았다. 안나와 영화를 보러 간다. 그녀가 승낙했다. 그는 좋아서 어쩔 줄 몰랐다.

형제는 물에 빠진 생쥐 꼴이 됐다. 피에트로 베리 거리 7번지의 옥빛 건물에 자리 잡은 외삼촌의 가게와 공장인 발리제리아 알바네세와 알바네세 러기지로 재빨리 몸을 피할 즈음 다시 번개가 쳤다.

형제가 물을 뚝뚝 떨어뜨리며 길고 좁은 가게로 들어가자 새 가죽의 진한 냄새가 그들을 감쌌다. 선반마다 고급 서류 가방, 핸드백, 책가방, 여행 가방, 트렁크가 진열돼 있었다. 유리 진열장에는 가죽을 가로세로로 교차해 만든 지갑과 아름다운 무늬가 새겨진 가죽 담뱃갑과 손가방이 들어 있었다. 가게에 손님이 두 명 있었다. 한 명은 문 옆에 선 나이 든 여인이었고 다른 한 명은 그녀 너머 한쪽 끝에 검은색과 회색 군복을 입고 선 나치 장교였다.

피노는 나치 장교를 바라보면서 나이 든 여인의 목소리를 들었다. "어떤 걸로 할까, 알베르트?"

"마음에 드는 걸로 고르세요." 계산대 뒤에서 기다리던 주인이 말했다. 가슴이 크고 두툼하며 콧수염을 기른 남자는 아름다운 잿빛 정장에 풀을 먹인 하얀 셔츠와 물방울무늬의 말쑥한 파란 나비넥타이 차림이었다.

"둘 다 마음에 든단 말이야." 손님이 투덜거렸다.

주인은 콧수염을 쓰다듬으며 껄껄 웃었다. "그러면 둘 다 사시지요!"

여인이 망설이다 피식 웃었다. "아무래도 그래야겠어!"

"아주 좋습니다! 좋아요!" 그가 양손을 비비며 말했다. "그레타, 나무랄 데 없는 취향을 가진 이 멋진 숙녀분의 가방을 담아 드리게 상자 좀 가져다줘."

"나 지금 바빠, 알베르트." 나치 장교를 접대하던 피노의 외숙모 그레타가 대답했다. 오스트리아인인 그녀는 짧은 갈색 머리에 포근한 미소를 가진 크고 마른 여자였다. 독일 장교는 담배를 피우면서 가죽을 두른 담뱃갑을 살펴보고 있었다.

피노가 말했다. "제가 가져올게요, 알베르트 외삼촌."

알베르트 외삼촌이 피노를 힐끗 봤다. "상자를 옮기기 전에 몸부터 닦으렴."

피노는 안나에 대해 생각하면서 외숙모와 독일인 건너편에 있는 공장 문으로 향했다.

장교가 지나가는 피노를 보려고 몸을 빙 돌렸다. 그 바람에 드러난 옷깃 위 떡갈잎을 보니 대령이었다. 장교 모자의 평평한 앞면에는 나치의 만자 무늬를 움켜잡은 독수리 아래에 작은 해골 배지가 달려 있었다. 피노는 그가 히틀러의 비밀국가경찰, 즉 게슈타포의 고위 장교라는 것을 알아챘다. 중간 정도의 키와 체구에 예리한 콧날과 음울한 입술을 가진 나치 장교의 눈에는 아무런 감정도 담겨 있지 않았다.

피노는 머쓱한 기분으로 문을 지나 천장이 가게보다 훨씬 높고 넓은 공장으로 들어갔다. 재봉사들과 재단사들이 퇴근하려고 작업대를 정리하고 있었다. 피노는 헤진 천을 찾아 손을 닦았다. 알바네세 로고가 새겨진 종이 상자 두 개를 집어 들고 가게로 돌아가면서 다시 행복하게 안나에 대해 생각하기 시작했다.

그녀는 아름답고 연상이고…….

피노는 문을 밀고 나가기 전에 잠시 망설였다. 게슈타포 대령이 막 가게에서 나가 빗속으로 걸어 들어가고 있었다. 외숙모가 문가에 서서 대령을 배웅하다가 고개를 숙여 인사했다.

그녀가 문을 닫자 피노는 기분이 훨씬 나아졌다.

피노는 외삼촌을 도와 핸드백 두 개를 포장했다. 마지막 손님인 나이 든 여인이 나가자 알베르트 외삼촌이 미모에게 앞문을 잠그고 창문에 '영업 끝' 표지판을 걸라고 말했다.

미모가 시킨 대로 하고 나자 알베르트 외삼촌이 말했다. "그 사람 이름 들었어?"

"발터 라우프 대령이래." 그레타 외숙모가 대답했다. "새로 온 북이탈리아 게슈타포 대장이야. 우크라이나에서 왔대. 툴리오가 그 사람을 주시하고 있어."

"툴리오 형이 돌아왔어요?" 놀란 피노가 기쁜 마음을 담아 물었다. 다섯 살 위인 툴리오 갈림베르티는 피노의 우상이었고 온 가족의 친한 친구였다.

"어제 왔단다." 알베르트 외삼촌이 대답했다.

그레타 외숙모가 말했다. "세슈타뇨가 레지나 호텔을 점거할 거라고 라우프가 말했어."

남편이 툴툴거렸다. "도대체 이탈리아는 누구 거야? 무솔리니야, 히틀러야?"

"상관없어요." 피노가 자기 말을 믿으려 노력하며 말했다. "곧 전쟁이 끝날 거고, 미군이 오면 사방에서 재즈가 들릴 테니까요!"

알베르트 외삼촌이 머리를 가로저었다. "그거야 독일과 일 두 체가 어떻게 하느냐에 달려 있지."

그레타 외숙모가 말했다. "지금 몇 시인 줄 아니, 피노? 한 시간 전부터 너희 엄마가 너희를 기다리고 있어. 파티 준비를 돕기로 했다면서."

피노는 가슴이 철렁했다. 엄마는 실망시키면 안 되는 사람이었다.

"이따 오실 거죠?" 피노는 문을 향해 걸으며 물었다. 미모가 뒤를 따랐다.

"당연히 가야지." 알베르트 외삼촌이 말했다.

✤

두 소년이 몬테 나폴레오네 거리 3번지에 도착했을 때 부모님의 가방 가게인 레 보르세테 디 렐라는 닫혀 있었다. 피노는 엄마 생각에 무서워졌다. 제발 아빠가 옆에서 인간 허리케인을 누그러뜨려 주기를 바랐다. 계단을 올라가는 동안 입맛을 자극하는 냄새가 풍겨왔다. 양고기와 마늘이 끓는 냄새, 갓 썬 바질 냄새, 오븐에서 나온 따뜻한 빵 냄새.

형제는 문을 열고 호화로운 아파트로 들어섰다. 분주하고 떠들썩했다. 원래 일하는 가정부와 임시로 고용한 가정부가 식당에서 바쁘게 움직이며 뷔페에 필요한 크리스털 잔과 은 식기, 자기 그릇을 식탁에 놓고 있었다. 응접실에서는 큰 키에 마르고 어깨가 구부정한 남자가 복도를 등진 채 바이올린과 활을 들고 피노는 모르는 음악을 연주하고 있었다. 그러다 실수하자 연주를 멈추고 고개를 설레설레 흔들었다.

"아빠?" 피노가 조용히 불렀다. "엄마한테 혼날까요?"

미켈레 렐라가 바이올린을 내리고 몸을 돌리며 볼을 잘근잘근 씹었다. 그가 대답하기 전에 여섯 살배기 여자아이가 주방에서 나와 복도를 쿵쾅대며 뛰어왔다. 여동생 치치가 그의 앞에 멈춰 서서 따졌다. "어디 갔던 거야, 피노 오빠? 엄마가 피노 오빠한테 화났지롱. 미모 오빠한테도."

피노는 여동생을 무시하고, 대신에 주방에서 칙칙 소리를 내며 나오는 앞치마 두른 기관차에 집중했다. 피노는 엄마의 귀에서 김이 나오는 것을 똑똑히 봤다. 포르치아 렐라는 큰아들보다 적어도 30센티미터는 작고 20킬로그램은 가벼웠다. 그런데도 그녀는 단호하게 피노를 향해 걸어와서 안경을 벗어젖히고 그를 향해 흔들었다.

"4시까지 집에 오라고 했지. 지금은 5시 15분이고. 어린아이처럼 굴 거야? 네 여동생이 훨씬 믿음직스럽구나."

치치가 턱을 치켜들고 고개를 끄덕였다.

피노는 잠시 아무 말도 하지 못했다. 하지만 곧 꾀를 내서 불쌍한 표정을 지으며 등을 구부리고 배를 움켜잡았다.

"죄송해요, 엄마." 피노가 말했다. "길에서 음식을 사 먹었는데 배탈이 났어요. 그런 데다 번개까지 쳐서 어쩔 수 없이 알베르트 외삼촌네 가게에서 옴싹달싹 못 하고 기다렸어요."

포르치아가 팔짱을 끼고 의심스럽다는 듯 피노를 빤히 쳐다봤다. 치치도 엄마를 따라 똑같이 못 믿겠다는 자세를 취했다.

엄마가 미모를 바라봤다. "사실이야, 도메니코?"

피노가 조심스럽게 동생을 흘긋 쳐다봤다.

미모가 고개를 끄덕였다. "소시지가 상한 것 같다고 말했는데 형이 들은 척도 안 하더라고요. 화장실을 가려고 카페를 세 군데나 들렀어요. 알베르트 외삼촌네 가게에 게슈타포 대령도 있었고요. 그 사람이 그러는데 나치가 레지나 호텔을 점거할 거래요."

엄마의 얼굴이 창백해졌다. "뭐라고?"

피노가 얼굴을 찡그리며 등을 더 굽혔다. "급해요. 당장 가야 해요."

치치는 여전히 의심하는 듯했지만 엄마의 화는 걱정 때문에 사그라졌다.

"어서 가! 가! 끝난 다음에 손 꼭 씻고."

피노가 급하게 복도를 달려갔다.

뒤에서 포르치아가 말했다. "어디 가니, 미모? 넌 안 아프잖아."

"엄마." 미모가 항의했다. "맨날 형만 빠져나가잖아요."

피노는 엄마의 대답이 들려올 때까지 기다리지 않았다. 재빨리 주방과 맛있는 냄새를 지나쳐 아파트 위층과 화장실로 이어지는 계단을 올라갔다. 화장실에서 족히 10분은 버티며 안나와 함께한 매 순간을 떠올렸다. 특히 전찻길 건너편에서 재미있어하는 표정으로 그를 돌아보던 모습을 곱씹었다. 물을 내리고 나서 악취가 나지 않는 것을 들킬까 봐 성냥을 켰다. 침대에 누워서 단파 라디오의 주파수를 BBC에 맞추고 거의 빼놓지 않고 챙겨 듣는 재즈 쇼를 들었다.

듀크 엘링턴의 밴드가 요즘 피노의 애창곡 중 하나인 〈코튼 테일Cotton Tail〉을 연주하고 있었다. 벤 웹스터의 테너 색소폰 독주에 감탄하며 눈을 감았다. 피노는 빌리 홀리데이와 레스터 영이 부른 〈난 시작할 수 없어요I Can't Get Started〉를 처음 들은 후부터 재즈를 사랑하게 되었다. 오페라와 클래식 음악이 군림하고 있는 렐라 집안에서 그런 소리를 입 밖에 내는 것은 이단이나 다름없었지만, 그 순간부터 피노는 재즈가 가장 위대한 음악이라고 줄곧 믿었다. 그 믿음 때문에 재즈의 탄생지인 미국에 너무나도 가고 싶었다. 미국행은 오랜 소망이었다.

미국에서의 삶은 어떨지 궁금했다. 언어는 문제가 되지 않았다. 어릴 때 유모가 두 명 있었는데 한 명은 런던 출신이었고 다른 한 명은 파리 출신이었다. 그는 거의 태어난 순간부터 세 언어를 모두 사용했다. 미국에 가면 어디에서나 재즈가 들릴까? 매 순간 이런 멋진 소리의 바다가 배경에 흐를까? 미국 여자들은 어떨까? 안나처럼 아름다운 여자가 있을까?

〈코튼 테일〉이 서서히 잦아들었다. 이어서 베니 굿맨의 〈롤 뎀Roll 'Em〉이 부기우기(피아노를 기반으로 한 블루스 스타일의 음악으로 재즈의 한 형식이다) 비트로 시작해 클라리넷 독주로 넘어갔다. 침대에서 뛰어내려 신발을 벗어 던지고 춤을 추기 시작했다. 아름다운 안나와 린디홉(뉴욕 할렘에서 탄생한 춤으로 재즈 음악과 함께 발

전했다)을 추는 상상을 했다. 전쟁과 나치가 없고, 오로지 음악과 음식, 와인과 사랑만 있는 세상을 상상했다.

문득 음악 소리가 너무 요란하다는 생각이 들어 얼른 소리를 줄이고 춤을 멈췄다. 괜히 아빠가 위층으로 올라와서 음악 때문에 말다툼을 벌이기는 싫었다. 미켈레는 재즈를 경멸했다. 지난주에 피노는 집에 있는 스타인웨이 피아노로 미드 럭스 루이스의 부기 선율 〈로 다운 도그Low Down Dog〉를 연습하다가 아빠한테 걸렸는데 신성모독이라도 한 것처럼 야단을 맞았다.

피노는 샤워를 하고 옷을 갈아입었다. 성당의 종이 오후 6시를 알리고, 몇 분 뒤 침대에 기어올라 가 열린 창으로 밖을 내다봤다. 뇌운이 몰려오는 가운데, 저 아래 산 바빌라의 길거리에서 익숙한 소리가 울려 퍼졌다. 마지막까지 장사를 하던 가게들이 문을 닫고 있었다. 부유하고 유행을 좇는 밀라노 사람들이 서둘러 집으로 돌아가고 있었다. 작은 기쁨에 웃는 여자들, 사소한 불만에 우는 아이들, 순전히 설전과 분노 표출을 좋아하는 이탈리아 특유의 기질 때문에 논쟁을 벌이는 남자들. 그들의 활기찬 목소리가 하나의 길거리 합창곡처럼 들렸다.

아래층에서 들리는 초인종 소리에 깜짝 놀랐다. 인사를 나누고 환영하는 소리가 들린다. 시계를 쳐다봤다. 6시 15분. 영화는 7시에 시작하고 극장과 안나가 있는 곳까지 가려면 한참 걸어야 한다.

한쪽 다리를 창문으로 내밀고 비상계단으로 연결된 턱을 더듬더듬 찾는데, 뒤에서 신랄한 웃음소리가 들렸다.

"그 여자는 안 올 거라니까." 미모가 말했다.

"분명히 올 거야." 피노가 창밖으로 나가며 말했다.

바닥까지 9미터는 떨어져 있었고 턱은 별로 넓지 않았다. 등을 벽에 비비면서 다른 창문으로 슬슬 이동해서 뒤쪽 계단으로 홀쩍 뛰어올랐다. 1분 후 땅에 내려서서 재빨리 움직였다.

✤

극장 차양은 새로 시행된 등화관제 규정 때문에 불이 꺼져 있었다. 하지만 포스터에서 프레드 아스테어와 리타 헤이워스의 이름을 본 순간 피노의 가슴은 부풀어 올랐다. 그는 할리우드 뮤지컬, 특히 스윙 음악이 나오는 뮤지컬을 좋아했다. 그리고 오래전부터 리타 헤이워스가 나오는 음, 이런저런 꿈을 꿨다.

피노는 영화표 두 장을 샀다. 다른 손님들이 극장으로 가득 몰려드는 동안 밖에 서서 안나를 찾아 도로와 보도를 살폈다. 그렇게 하염없이 기다렸지만 피노는 결국 그녀가 오지 않으리라는 허무하고 충격적인 사실을 깨닫고 괴로워졌다.

"내가 뭐랬어." 미모가 그의 옆으로 쓱 다가오며 말했다.

피노는 화를 내고 싶었지만 그럴 수 없었다. 그는 내심 동생이 배짱 좋고 낙관적이고 영리하며 세상 물정에 밝다는 것을 알았고 그런 동생을 사랑했다. 미모에게 영화표 한 장을 건넸다.

두 소년은 안으로 들어가서 좌석을 찾았다.

"형." 미모가 조용히 말했다. "형은 언제부터 키가 크기 시작했어? 열다섯 살?"

피노는 웃지 않으려고 기를 썼다. 동생은 항상 키가 너무 작다고 조바심쳤다.

"열여섯 살 넘어서부터."

"근데 그 전에 자라기도 해?"

"그럴 수도 있지."

극장 불이 꺼지고 파시스트 선전용 뉴스가 시작됐다. 안나에게 바람맞아 여전히 우울해하고 있을 때 일 두체가 화면에 등장했다. 여기저기 훈장을 달고 허리띠를 두른 재킷에 튜닉과 반바지를 입고, 무릎까지 오는 반짝반짝한 승마부츠를 신고 있다. 사령관 차림의 베니토 무솔리니가 야전사령관 중 한 명과 리구리아해 위의 절벽을 걷고 있었다.

해설자는 그 이탈리아 독재자가 방어시설을 순시하고 있다고 말했다. 화면 안에서 일 두체는 등 뒤로 양손을 움켜잡은 채 걷고 있었다. 황제의 턱이 수평선을 가리켰다. 등은 동그랗게 안으로 굽어 있고, 가슴은 하늘을 향해 부풀어 올랐다.

"꼭 작은 수탉 같아." 피노가 말했다.

"쉿!" 미모가 소곤거렸다. "너무 크게 말하지 마."

"왜? 저 사람은 볼 때마다 꼬끼오 꼬꼬 하고 싶어 하는 것 같은데 뭘."

동생이 키득거리는 사이 뉴스는 이탈리아의 방어시설과 세계무대에서 높아진 무솔리니의 위상을 자랑하는 내용으로 넘어갔다. 완전히 과장된 선전이었다. 피노는 매일 밤 BBC를 들었다. 당연히 지금 보고 있는 선전이 진실이 아님을 알았고 곧 뉴스가 끝나고 영화가 시작된다는 사실이 기뻤다.

피노는 이내 영화의 재미있는 내용에 푹 빠져들었고 헤이워스가 아스테어와 춤추는 장면이 나올 때마다 절로 흥이 났다.

"리타." 소용돌이처럼 연속으로 회전하는 동작에 헤이워스의 드레스가 투우사의 망토처럼 그녀의 다리를 휘감는 장면이 나오자 피노가 한숨을 쉬며 말했다. "정말 우아해. 꼭 안나 같아."

미모의 얼굴이 구겨졌다. "형을 바람맞힌 여자야."

"그렇긴 하지만, 그녀는 엄청나게 아름다웠어." 피노가 속삭였다.

그때 공습경보 사이렌이 울렸다. 사람들이 소리를 지르며 의자에서 뛰어내리기 시작했다.

화면이 아스테어와 헤이워스가 서로 뺨과 입술을 맞대고 웃으며 춤추는 클로즈업 장면에서 멈췄고 관객은 공포에 질렸다.

필름이 녹아 들어가는 모습이 화면에 그대로 보였다. 대공포가 극장 밖에서 쾅쾅 발사됐다. 이탈리아에 가장 먼저 들어온 연합군 폭격기들이 이탈리아의 만灣을 휩쓸고 올라와, 앞으로 밀라노에서 벌어질 총격과 파괴의 서곡을 알리고 있었다.

3

관객들이 비명을 지르며 앞다퉈 극장 문을 향해 내달렸다. 귀청이 떨어질 듯한 굉음을 내며 터진 폭탄이 극장 뒷문을 박살 냈고, 스크린을 갈기갈기 찢어발긴 파편 덩어리들이 사방에서 달려들었다. 공포에 휩싸인 피노와 미모는 밀려드는 사람들 사이에 끼어 꼼짝 못 했다. 전등이 모조리 꺼져 캄캄했다.

그때 무언가가 피노의 볼에 세게 부딪쳐 깊게 상처가 났다. 벌어진 부위가 고동치면서 턱을 타고 뚝뚝 떨어지는 피가 느껴졌다. 공황 상태보다 더한 충격에 휩싸인 피노는 연기와 먼지 때문에 숨이 막힌 채 앞으로 나아가려고 기를 썼다. 두 사람은 몸을 굽히고 앞을 마구 헤쳐가며 겨우 극장을 빠져나왔다. 눈과 콧구멍이 불에 타는 것처럼 화끈거리고 까슬까슬했다.

바깥에서는 사이렌 소리가 울리고 폭탄이 계속해서 떨어지고 있었다. 도무지 끝날 기미가 보이지 않았다. 극장과 이어진 거리의 건물들 곳곳에서 불길이 치솟았다. 지상에서 공중을 향해 포를 쏘아댔다. 예광탄이 사방에 붉은 호를 그리며 하늘을 수놓았다. 붉은빛들이 너무 밝게 흩날려, 한밤에 이주하는 잿빛 거위 떼처럼 V자 형태로 날개 끝을 맞댄 채 머리 위로 날아가는 랭커스터 폭격기들의 윤곽이 훤히 보일 정도였다.

또다시 폭탄들이 윙윙거리는 말벌 소리를 내며 떨어져 연달아 터지면서 불꽃 기둥과 기름진 연기가 하늘로 솟구쳤다. 그중 몇 개는 도망가는 피노 형제와 아슬아슬할 정도로 가까이 떨어졌다. 거세게 들이치는 충격파가 느껴질 정도였다. 둘은 균형을 잃고 넘어질 뻔했다.

"형, 우리 어디로 가?" 미모가 외쳤다.

피노는 너무 무서워서 잠시 아무 생각도 할 수 없었지만 곧 입을 열었다. "대성당으로."

그는 암흑천지인 밀라노에서 유일하게 밝게 빛나는 곳으로 동생을 이끌었다. 멀리 보이는 야간 조명등의 빛이 성당을 이 세상 것이 아닌 하늘이 내려준 것처럼 보이게 했다. 형제가 잽싸게 달리는 사이, 하늘에서 울리던 말벌 소리와 폭발이 점점 줄어들다가 멈췄다. 폭탄은 더 이상 떨어지지 않았다. 기관포 발사도 없었다.

사이렌 소리와 사람들이 울부짖고 비명을 지르는 소리만 가득했다. 한 남자가 손전등을 든 채 무너진 벽돌 더미 사이를 필사적으로 파헤치고 있었다. 그의 아내는 근처에서 눈물을 흘리며 죽은 아들의 몸을 꽉 붙들고 있었다. 손전등을 든 사람들이 한 팔을 잃은 채 초점 없는 눈으로 길거리에 쓰러져 죽은 여자아이를 둘러싸고 흐느끼고 있었다.

피노는 그때까지만 해도 한 번도 죽은 사람을 본 적이 없었다. 그는 울기 시작했다. 모든 것이 변할 거야. 10대 소년은 여전히 귓가에서 윙윙거리는 말벌 소리와 폭발 소리만큼이나 분명하게 그 사실을 느꼈다. 모든 것이 변할 거야.

마침내 형제는 대성당에 다다랐다. 대성당 근처에는 폭탄이 터져 움푹 팬 자국이 없었다. 무너진 잔해도 없었다. 화재도 없었다. 멀리서 들리는 비탄에 빠진 울부짖음만 아니었다면 아예 공격이 일어나지 않았다고 착각할 지경이었다.

피노가 힘없이 웃었다. "슈스터 추기경님의 계획이 효과가 있었네."

미모가 얼굴을 찌푸리며 말했다. "집이 대성당에서 가깝기는 하지만 아직 갈 길이 멀어."

형제는 몬테 나폴레오네 거리 3번지로 이어지는 미로처럼 얽힌 어두운 거리를 내달렸다. 가방 가게와 그 위에 자리 잡은 형제의 아파트는 멀쩡해 보였다. 그런 끔찍한 일을 겪은 후 이런 평범한 모습을 보니 기적 같았다.

미모가 현관문을 열어젖히고 계단을 뛰어오르기 시작했다. 피노는 그 뒤를 따르면서 바이올린과 피아노 소리, 그리고 테너의 노랫소리를 들었다. 왠지 그 음악 소리가 피노의 화에 불을 질렀다. 피노는 미모를 밀어젖히고 앞으로 나서서 아파트 문을 쾅쾅 두드렸다.

음악 소리가 멈추고 엄마가 문을 열었다.

"온 도시가 불타고 있는데 음악이나 연주하고 계세요?" 피노가 포르치아에게 소리를 지르자 그녀가 놀라 뒷걸음쳤다. "사람들이 죽고 있는데 음악이나 연주하고 계시냐고요?"

외삼촌과 외숙모, 아빠를 포함한 여러 사람이 엄마 뒤쪽 복도로 나왔다.

미켈레가 말했다. "음악은 우리가 이 시기를 견디는 힘이란다, 피노."

북적북적한 아파트 안에서 고개를 주억거리는 사람들이 보였다. 그들 중에는 그날 아침에 미모가 넘어뜨릴 뻔한 여자 바이올리니스트도 있었다.

"다쳤구나, 피노." 포르치아가 말했다. "피가 나잖아."

"훨씬 더 심한 사람도 있어요." 대답하는 피노의 눈에 눈물이 차올랐다. "죄송해요, 엄마. 정말…… 끔찍했어요."

단숨에 마음이 누그러진 포르치아가 두 팔을 뻗어 더러워지고 피를 흘리는 형제를 껴안았다.

"이제 괜찮아." 그녀가 두 아들에게 차례로 입을 맞췄다. "너희가 어디에 있었는지, 거기에 어떻게 갔는지는 묻지 않으마. 엄마는 너희가 무사히 집에 돌아온 것만으로도 행복해."

포르치아는 두 아들에게 위층으로 올라가 말끔히 씻고 나서 파티 손님인 의사에게 상처를 치료받으라고 말했다. 피노는 그렇게 말하는 엄마에게서 한 번도 본 적 없는 무언가를 발견했다. 그것은 공포였다. 다음번에 폭격기가 날아올 때는 이번처럼 운이 좋지 않을지도 모른다는 공포였다.

의사가 피노의 볼에 난 깊은 상처를 꿰매는 동안에도 엄마의 얼굴에서는 공포가 가시지 않았다. 의사가 봉합을 끝내자 포르치아는 큰아들에게 못마땅한 시선을 던졌다. "너는 내일 나랑 이 일에 대해 이야기 좀 하자."

피노는 눈을 내리깔며 고개를 끄덕였다. "네, 엄마."

"뭐 좀 챙겨 먹어야지. 속이 메슥거리지 않는다면 말이야."

피노가 시선을 드니 엄마가 장난스럽게 바라보고 있었다. 계속 아픈 척하면서 안 먹고 그냥 자러 가겠다고 말할 타이밍이었다. 하지만 굶어 죽을 지경이었다.

"아까보다 나아졌어요." 피노가 말했다.

"아까보다 더 아플 텐데." 포르치아가 말을 마치고 방에서 나갔다.

✤

피노는 침울한 표정으로 엄마를 따라 아래층 복도를 지나 식당으로 들어갔다. 미모는 이미 접시에 음식을 가득 쌓아놓고 두 사람의 모험담을 만화영화처럼 과장해서 부모님의 친구들에게 들려주고 있었다.

"대단한 밤이었나 보구나, 피노." 뒤에서 누군가 말했다.

피노가 고개를 돌리니 흠잡을 데 없이 차려입은 20대의 남자가 보였다. 놀랍도록 아름다운 여자가 그의 팔에 매달려 있었다. 피노가 함박웃음을 지었다.

"툴리오 형! 돌아왔다는 말은 들었어!"

"피노, 여기는 내 친구 크리스티나야."

피노가 그녀에게 정중하게 고개를 끄덕였다. 크리스티나는 지루해 보였고 실례한다며 자리를 비웠다.

"언제 만났어?" 피노가 물었다.

"어제." 툴리오가 말했다. "기차에서. 모델이 되고 싶다네."

피노가 고개를 흔들었다. 툴리오 갈림베르티는 늘 이런 식이었다. 잘나가는 드레스 판매원인 툴리오는 매력적인 여자를 유혹하는 데 선수였다.

"대체 어떻게 하는 거야?" 피노가 물었다. "예쁜 여자들 말이야."

"어떻게 하는지 몰라?" 툴리오가 치즈를 자르며 말했다.

피노는 뭔가 자랑하고 싶었지만 안나에게 바람맞은 기억이 났다. 그녀는 초대에 응해놓고 결국 그를 버렸다. "응. 아무래도 잘 모르나 봐."

"널 가르치려면 몇 년은 걸리겠어." 툴리오가 웃음을 꾹 참으며 말했다.

"아, 진짜, 툴리오 형. 기술이 있을 거 아냐."

"기술은 없어." 툴리오가 진지하게 말했다. "가장 중요한 점? 듣는 거야."

"듣는다고?"

"여자 말을." 툴리오가 갑자기 분개하며 말했다. "대부분의 남자들은 듣질 않아. 그냥 처음부터 자기 얘길 지껄이지. 여자들은 이해받고 싶어 해. 그러니까 여자들이 하는 말에 귀 기울이고 외모나 노래 솜씨 같은 걸 칭찬해 줘. 바로 그 순간부터, 그러니까 주의 깊게 듣고 칭찬하는 순간부터 너는 이미 지구상의 모든 남자 중 80퍼센트를 앞서는 거야."

"근데 여자들이 말을 많이 하지 않으면 어떻게 해."

"그럼 웃겨야지. 비위를 맞추거나. 아니면 둘 다 하든가."

피노는 안나를 웃기고 비위를 맞췄다고 생각했지만 부족했나 보다. 그러다가 다른 생각이 났다. "그건 그렇고 라우프 대령은 오늘 어디 갔어?"

툴리오의 상냥한 태도가 순식간에 사라졌다. 그는 피노의 팔뚝을 꽉 움켜쥐고 쉿 소리를 냈다.

"이런 자리에서 라우프 같은 사람 얘기는 하면 안 돼. 알겠어?"

피노는 그의 반응에 속상하고 창피했지만 뭐라고 대꾸하기도 전에 툴리오의 데이트 상대가 다시 나타났다. 그녀는 툴리오 옆으로 다가와 귀에 뭔가 속삭였다.

툴리오가 웃더니 피노의 팔을 놓고 말했다. "물론이지, 귀여운 아가씨. 그러자고."

툴리오는 다시 피노에게 관심을 돌렸다. "터진 소시지 같은 네 얼굴이 가라앉을 때까지 내가 기다려줘야 할까 보다. 조금 있다가 돌아다니면서 여자들을 웃기고 그들 말을 귀 기울여 들어봐."

피노는 고개를 옆으로 기울이면서 자신 없는 미소를 짓다가 볼을 꿰맨 자리가 땅기는 바람에 이를 악물었다. 그는 툴리오가 데이트 상대와 떠나는 모습을 바라보면서 또다시 그와 같은 사람이 되고 싶다고 간절히 생각했다. 그는 모든 면에서 완벽하고 우아했다. 멋진 남자. 옷 잘 입는 멋쟁이. 좋은 친구. 진심 어린 웃음. 그러면서도 게슈타포 대령을 몰래 따라다니는 비밀스러운 사람이었다.

씹을 때마다 상처가 아팠지만 배가 너무 고파서 접시에 두 번째 음식을 쌓았다. 그러는 동안 부모님의 음악 친구 세 명, 그러니까 남자 두 명과 바이올리니스트가 대화하는 소리가 들렸다.

"날이 갈수록 밀라노에 나치가 늘어나." 스칼라 극장에서 프렌치 호른을 연주하는 건장한 남자가 말했다.

"더 큰 문제는 무장친위대야." 타악기 연주자가 말했다.

바이올리니스트가 말했다. "남편이 그러는데 집단 대학살을 계획 중이라는 소문이 있대. 졸리 랍비님은 로마에 있는 친구들에게 계속 도망가라고 말씀하고 계셔. 우리 부부는 포르투갈로 갈 생각이야."

"언제?" 타악기 연주자가 물었다.

"빠를수록 좋지."

"피노, 잘 시간이야." 엄마가 날카롭게 말했다.

피노는 접시를 들고 방으로 갔다. 침대에 앉아 음식을 먹으면서 방금 엿들은 이야기를 생각했다. 그가 알기로 세 음악가는 유대인이었고, 이유는 모르겠지만 히틀러와 나치는 유대인을 싫어했다. 부모님은 유대인 친구가 많았고 대부분 음악가이거나 패션업계 종사자였다. 피노는 대체로 유대인이 영리하고 재미있고 친절하다고 생각했다. 그런데 집단 학살은 뭐지? 왜 랍비가 로마에 있는 모든 유대인들에게 도망가라고 말했을까?

그는 다 먹고 붕대를 다시 살펴본 후 침대로 들어갔다. 불을 끄고 커튼을 젖혀 어두운 밤을 내다봤다. 이곳 산 바빌라에는 불이 나지 않았다. 그가 목격한 대대적인 파괴의 흔적은 어디에도 없었다. 그는 안나에 대해 생각하지 않으려고 노력했지만, 머리를 베개에 올려놓고 눈을 감으면 두 사람이 만나는 장면이 리타 헤이워스와 뺨을 맞댄 채 얼어붙은 프레드 아스테어의 영상과 함께 머릿속을 계속 맴돌았다. 그리고 극장 뒷벽이 폭파된 모습, 팔이 잘린 채 죽은 여자아이의 모습도.

잠을 잘 수가 없었다. 그 무엇도 용서할 수 없었다. 결국 라디오를 켜고 다이얼을 이리저리 돌리다 보니 아빠가 늘 연습해서 귀에 익은 바이올린 곡이 흘러나왔다. 니콜로 파가니니의 〈카프리스 24번 가단조〉였다.

피노는 어둠 속에 누워 열정적인 바이올린 소리를 들으면서 그의 감정처럼 점점 더 격렬해지는 곡의 분위기를 느꼈다. 연주가 끝나자 피곤해서 아무 생각도 나지 않았다. 마침내 소년은 잠들었다.

✣

다음 날 오후 1시경, 피노는 카를레토를 찾으러 나섰다. 전차를 타고 가며 살펴보니 까맣게 탄 잔해만 남은 동네도 있고 무사한 동네도 있었다. 파괴된 곳과 살아남은 곳이 무작위로 정해졌다는 사실이 파괴 자체만큼이나 신경에 거슬렸다.

피노는 중심부에 시립 공원이 있고 주변에 장사가 잘되는 가게와 사업체가 늘어선 대형 로터리인 로레토 광장에서 전차를 내렸다. 로터리 건너편에 있는 안드레아 코스타 거리를 내다보며 전투 코끼리들을 떠올렸다. 한니발은 약 2,100년 전 로마를 정복하러 갈 때 갑옷을 입힌 코끼리들을 몰고 알프스산맥을 넘어 그 길로 내려왔다. 피노의 아빠는 이후로 모든 정복군들이 그 경로로 밀라노에 들어왔다고 말했다.

피노는 연료 주입기와 탱크 위로 철제 대들보가 3미터나 솟아 있는 에소 주유소를 지나갔다. 주유소에서 로터리를 건너 대각선으로 벨트라미니 청과점의 흰색과 녹색 차양이 보였다.

벨트라미니 청과점은 장사를 하고 있었다. 눈에 보이는 피해는 없었다.

카를레토의 아빠가 가게 앞에서 과일을 저울에 달고 있었다. 피노는 활짝 웃으며 발걸음을 재촉했다.

"걱정하지 마세요. 저희는 포강(이탈리아 북부를 흐르는 강) 옆에 폭탄에도 끄떡없는 비밀의 화원이 있답니다." 피노가 다가설 때 벨트라미니 씨는 나이 든 여인에게 말하고 있었다. "덕분에 벨트라미니 청과점은 항상 최고의 상품을 밀라노에 공급할 수 있어요."

"말도 안 되는 소리야. 그래도 주인장 덕에 웃게 되니 좋네." 여인이 말했다.

"사랑과 웃음이야말로 늘 최고의 명약이죠. 오늘 같은 날조차 말이죠." 벨트라미니 씨가 말했다.

여인은 여진히 미소를 지은 채 돌아섰다. 키가 작고 통통한 카를레토의 아빠는 피노를 발견하고는 더욱 기뻐했다.

"피노 렐라! 별일 없었냐? 엄마는 어디 계셔?"

"집에 계세요." 피노가 악수를 하며 말했다.

"다행이구나." 벨트라미니 씨가 피노를 쓱 올려다봤다. "설마 더 자라진 않겠지?"

피노가 빙그레 웃으며 어깨를 으쓱했다. "저도 모르겠어요."

"더 크면 걷다가 나뭇가지에 부딪치겠어." 벨트라미니 씨가 피노의 볼에 붙은 붕대를 가리켰다. "이런, 벌써 부딪쳤나 보구나."

"폭탄에 맞았어요."

시도 때도 없이 얼빠진 사람처럼 싱글벙글하는 벨트라미니 씨의 표정이 단번에 바뀌었다. "세상에. 정말이냐?"

피노는 창문을 타고 내려온 순간부터 집에 돌아가서 모두가 음악을 연주하며 즐거운 시간을 보내고 있는 광경을 본 순간까지, 지난밤에 일어난 이야기를 전부 들려줬다.

"그분들이 현명한 것 같구나." 벨트라미니 씨가 말했다. "어차피 폭탄이 떨어지면 막을 수 없지. 그렇다고 해서 허구한 날 그 걱정만 하고 살 수야 있나. 평소대로 좋아하는 일을 하고 삶을 즐기며 살아야지. 안 그래?"

"그런 것 같네요. 카를레토 있어요?"

벨트라미니 씨가 어깨로 가게 안쪽을 가리켰다. "안에서 일하고 있어."

피노는 가게 문을 향해 걸었다.

"피노." 벨트라미니 씨가 그를 불렀다.

돌아보니 청과점 주인의 얼굴에 걱정이 서려 있었다. "네?"

"너랑 카를레토, 서로 잘 챙겨야 한다. 알겠지? 형제처럼 말이야. 응?"

"그럴게요. 벨트라미니 아저씨."

청과점 주인의 얼굴이 다시 밝아졌다. "넌 착한 아이야. 좋은 친구지."

피노가 가게 안으로 들어가니 카를레토가 대추 자루들을 나르고 있었다.

"밖에 나가봤어?" 피노가 물었다. "어제 무슨 일이 일어났는지 봤어?"

카를레토가 고개를 저었다. "계속 일하고 있었어. 넌 소식 좀 들었나 봐?"

"이런저런 얘길 들어서 직접 보러 나왔어."

카를레토는 그 이야기에 흥미가 없어 보였다. 말린 과일 자루를 다시 어깨에 척 올리고 나무 사다리를 타고 바닥에 뚫린 구멍으로 내려갔다.

"그녀는 오지 않았어." 피노가 말했다. "안나 말이야."

카를레토가 지하실 흙바닥에서 올려다봤다. "너 어젯밤에 밖에 나갔어?"

피노가 빙그레 웃었다. "극장에 폭탄이 떨어져서 나를 날려버릴 뻔했어.”

“허풍 떨지 마.”

“허풍 아니야. 이 상처가 왜 생겼겠냐?”

피노가 붕대를 벗기자 카를레토의 입술이 징그럽다는 듯 일그
러졌다. “끔찍하다.”

✤

두 사람은 벨트라미니 씨에게 허락받고 대낮의 햇살 속에서
극장을 보러 갔다. 피노는 걸어가면서 전날 밤에 일어난 일을 모
두 이야기했다. 친구의 반응을 살피면서 살을 붙였고 프레드와
리타를 묘사할 때는 빙글빙글 춤을 췄다. 미모와 함께 시내를 가
로질러 도망치던 부분에서는 폭탄이 요란하게 터지는 소리도 흉
내 냈다.

극장에 도착하기 전까지만 해도 피노는 상당히 기분이 좋았
다. 그러나 극장 앞에 서니 기분이 순식간에 곤두박질쳤다. 파괴
된 폐허에서는 여전히 연기가 나고 있었고 지독한 악취가 풍겼
다. 피노는 그 악취가 터진 폭발물에서 나는 냄새라는 것을 단박
에 알아차렸다. 극장 주변 도로를 몇몇 사람이 정처 없이 배회하
고 있었다. 사랑하는 사람이 살아 있기를 바라며 아직도 벽돌과
기둥을 파헤치고 있는 사람도 있었다.

카를레토가 파괴의 잔해에 눈에 띄게 동요하며 말했다. “나라
면 절대 너랑 미모처럼 하지 못했을 거야.”

“너도 그렇게 했을 거야. 너무 무서우면 그냥 움직이게 돼.”

“폭탄이 나한테 떨어지는데? 나는 그냥 바닥에 엎드려서 머리
를 가리고 움츠리고 있었을 거야.”

새까맣게 타서 뻥 뚫린 극장 뒷벽을 가만히 응시하는 두 사람 사이에 침묵이 흘렀다. 프레드와 리타가 바로 여기 9미터 위에 있었는데, 지금은…….

"비행기들이 오늘 밤 또 올까?" 카를레토가 물었다.

"말벌 소리가 들리기 전까진 알 수 없지."

4

1943년 6월의 나머지 날과 7월, 연합군 비행기는 거의 매일 밤 밀라노로 날아왔다. 건물이 연달아 무너지며 도로에 피어오른 흙먼지는 오후가 되어 태양이 피처럼 붉게 떠올라 인정사정 없이 내리쬐어도 한참 동안 공중을 떠돌아다녔다. 이것이 첫 폭격 후 몇 주간의 고통을 더욱 깊어지게 했다.

피노와 카를레토는 거의 날마다 밀라노 거리를 돌아다니며 무작위로 벌어진 대학살의 현장과 사망자를 목격했고 사방에 만연한 고통을 절감했다. 얼마 후 피노는 모든 것이 무감각하고 사소하게 여겨졌다. 때로는 그저 카를레토의 본능대로 몸을 움츠린 채 현실에서 도망가 숨고 싶었다.

그런데도 피노는 하루도 빼지 않고 안나를 생각했다. 어리석은 짓이라는 것을 알면서도 우연히라도 그녀를 다시 만나기를 바라며 처음 만난 빵집에 수시로 들렀다. 그러나 끝내 안나를 보지 못했다. 빵집 주인의 아내에게도 물어봤지만 그녀가 누구인지 알지 못했다.

6월 23일, 피노의 아빠는 미모를 코모 호수 북쪽의 바위투성이 알프스산맥에 있는 카사 알피나로 보내 남은 여름 내내 머무르게 했다. 큰아들도 보내려고 했지만 싫다고 버텼다. 10대 초반무렵 피노는 레 신부의 캠프를 좋아했다. 여섯 살 때부터 매년카사 알피나에서 세 달씩 지냈다. 여름에는 두 달 내내 산을 올랐고 겨울에는 통틀어 한 달 정도 스키를 탔다. 레 신부의 캠프에서 보내는 시간은 엄청나게 즐거웠다. 하지만 지금 그곳에 있는 사내아이들은 너무 어릴 터였다. 피노는 밀라노에 있고 싶었다. 카를레토와 거리를 돌아다니며 안나를 찾고 싶었다.

폭격이 심해졌다. 7월 9일 BBC는 연합군이 시칠리아 해안에상륙해 독일군과 파시스트군을 상대로 격전을 벌였다고 자세히보도했다. 그리고 열흘 후, 로마가 폭격을 당했다. 로마 급습에대한 뉴스는 이탈리아 전역과 렐라네 가족을 전율하게 했다.

"로마가 폭격을 당할 정도면 무솔리니와 파시스트들은 끝난거야." 피노의 아빠가 선언했다. "연합군이 독일군을 시칠리아에서 몰아내고 있어. 연합군은 남이탈리아도 공격할 거야. 곧 다끝나겠지."

7월 말, 피노의 부모는 대낮에 전축에 레코드판을 틀어놓고춤을 췄다. 비토리오 에마누엘레 3세가 베니토 무솔리니를 체포해 로마 북부의 그란사소산 숲속에 감금했다.

그러나 8월이 되자 밀라노의 모든 구역이 파괴됐다. 독일군이사방에서 활개를 치며 대공포와 검문소, 기관총 진지를 설치했다. 스칼라 극장에서 한 블록 떨어진 레지나 호텔에서는 번쩍거리는 나치 깃발이 휘날렸다.

게슈타포 대령 발터 라우프는 통행금지령을 선포했다. 통행금지 시간에 돌아다니다가 잡히면 체포하겠다고 했다. 신분을 증명하는 서류 없이 통행금지를 어기다 잡히면 총살될 수도 있었다. 단파 라디오를 가진 사람도 마찬가지였다.

피노는 신경 쓰지 않았다. 밤에는 옷장에 숨어 음악과 뉴스를 들었다. 낮에는 밀라노의 새로운 질서에 적응하기 시작했다. 전차가 띄엄띄엄 운행됐다. 걷거나 자전거를 타거나 지나가는 차를 얻어 타야 했다.

피노는 자전거를 타기로 했다. 햇볕이 뜨겁게 내리쬐었지만 시내 곳곳을 돌아다니면서 여러 검문소를 지나쳤고, 나치가 그를 멈추고 검문할 때 무엇을 확인하는지 알게 됐다. 폭탄으로 파인 커다란 구멍 때문에 도로의 긴 구간들이 차단된 탓에 그 주변을 지날 때는 자전거를 끌고 걷거나 다른 길을 찾아 돌아가야 했다. 피노는 자전거를 타고 가면서 폭격으로 무너져 폐허가 돼버린 집터에서 방수 천막을 치고 사는 가족들을 지나쳤다.

그는 자기가 얼마나 운이 좋은지 깨달았다. 눈 깜빡할 사이에, 또는 폭탄 한 방에 삶이 송두리째 바뀔 수 있다는 사실을 난생처음으로 절감했다. 그리고 안나가 살아남았는지 궁금했다.

8월 초, 피노는 마침내 연합군이 밀라노를 폭격하고 있는 이유를 알게 됐다. 연합군이 히틀러의 군수품 대부분이 만들어지던 루르 계곡의 나치 방위산업기지를 거의 파괴했다고 BBC가

발표했다. 이제 연합군은 독일이 북이탈리아의 공작기계를 이용해 전쟁을 장기화하기 전에 그 기계들을 날려버리려는 것이다.

8월 7일과 8일 밤, 영국의 랭커스터 폭격기들이 공장과 산업 시설 및 군사시설을 목표로 밀라노에 수천 개의 폭탄을 떨어뜨렸고, 그 주변 민가들도 폭격을 맞았다.

렐라네 집 건물이 흔들릴 정도로 폭탄이 가까이에서 터지자 포르치아는 잔뜩 겁에 질렸다. 가족을 모두 데리고 서해안에 있는 라팔로로 가자고 남편을 설득하려 애썼다.

"안 돼." 미켈레가 말했다. "대성당 근처는 폭격하지 않을 거야. 여긴 아직 안전해."

"폭탄 한 방이면 다 끝이야." 포르치아가 말했다. "그럼 치치를 데리고 갈래."

피노의 아빠는 슬펐지만 단호했다. "나는 남아서 가게를 운영해야 해. 하지만 피노를 카사 알피나로 보낼 때가 된 것 같군."

피노는 가지 않겠다고 버텼다.

"거기는 어린애들이 가는 데예요, 아빠. 나는 이제 어린애가 아니에요."

8월 12일과 13일, 500대가 넘는 연합군의 폭격기가 밀라노를 공격했다. 처음으로 폭탄이 대성당 근처에 떨어졌다. 폭탄 하나가 산타 마리아 델레 그라치에 교회에 떨어져 피해를 입혔지만 교회에 소장된 레오나르도 다빈치의 〈최후의 만찬〉은 기적적으로 손상되지 않았다.

스칼라 극장은 그렇게 운이 좋지 못했다. 폭탄이 오페라 하우스의 지붕을 뚫고 폭발해 극장에 불이 났다. 다른 폭탄은 갤러리아에 떨어져 건물을 크게 파손시켰다. 그때 렐라네 집 건물도 폭파됐다. 피노는 지하실에서 그 끔찍한 밤이 지나가기를 기다렸다.

다음 날 카를레토를 만났다. 벨트라미니 가족은 폭격을 피할 수 있도록 기차를 타고 시골에 가서 자고 올 작정이라고 했다. 다음 날 오후 피노와 아빠, 그레타 외숙모, 알베르트 외삼촌, 툴리오 갈림베르티, 툴리오의 최근 여자 친구는 벨트라미니 가족과 함께 하룻밤 동안의 탈출을 감행했다.

기차가 중앙역을 떠나 동부로 향하는 동안 피노와 카를레토, 툴리오는 다른 곳에서 밤을 보내고 오려는 수많은 밀라노 사람들로 북적이는 유개화차의 열린 문 앞에 서 있었다. 기차가 속도를 높였고 피노는 하늘을 올려다봤다. 하늘이 너무도 완벽하게 푸르러, 전투기로 가득 찬 검은 하늘은 도무지 상상할 수 없었다.

그들을 태운 기차가 포강을 건넜고, 땅거미가 지기 한참 전에 끼익 소리와 한숨 소리를 내며 완만한 농경지 한가운데 멈췄다. 사람을 무기력하게 하는 여름 더위가 여전히 전원 지대에 감돌고 있는 시간이었다. 피노는 어깨에 담요를 두르고 카를레토의 뒤를 따라 밀라노의 남서부와 마주 보고 있는 과수원 위의 풀로 뒤덮인 낮은 언덕으로 올라갔다.

"피노." 벨트라미니 씨가 말했다. "조심해라. 자칫하다가는 아침에 네 양쪽 귀에 거미줄이 둘둘 감겨 있겠구나."

예쁘지만 허약해서 늘 이런저런 병에 시달리는 벨트라미니 부인이 힘없이 꾸짖었다. "왜 그런 말을 하는 거야? 나 거미 싫어하는 거 알면서."

청과점 주인은 웃음을 참느라고 기를 썼다. "무슨 소리야? 난 그냥 무성한 풀밭에 머리를 박고 자면 위험하다고 저 아이한테 경고한 것뿐이라고."

벨트라미니 부인은 따지고 싶은 기색이었지만 귀찮은 파리라도 되는 양 손을 휘휘 흔들어 남편을 몰아냈다.

알베르트 외삼촌은 캔버스 가방을 뒤적여 빵과 와인, 치즈, 말린 살라미를 꺼냈다. 벨트라미니 가족은 잘 익은 캔털루프 멜론 다섯 개를 쪼갰다. 피노의 아빠는 바이올린 케이스 옆 잔디에 무릎을 감싸고 앉아 넋이 나간 표정을 짓고 있었다.

"대단하지 않아?" 미켈레가 말했다.

"뭐가 대단한데?" 알베르트 외삼촌이 어리둥절한 얼굴로 주변을 두리번거리며 말했다.

"여기 말이야. 공기가 정말 맑잖아. 냄새는 어떻고. 타는 냄새가 전혀 안 나. 폭탄에서 나는 악취도 없고. 정말…… 음, 순수하달까?"

"바로 그거예요." 벨트라미니 부인이 말했다.

"바로 그거긴 무슨?" 벨트라미니 씨가 말했다. "조금 더 걷다 보면 그리 순수하게 여겨지지 않을걸. 소똥이랑 거미랑 뱀이랑……"

탁! 벨트라미니 부인이 남편의 팔을 손등으로 철썩 내리쳤다. "도무지 인정이라고는 없지? 항상 왜 그래?"

"에이, 아프잖아." 벨트라미니 씨가 빙긋 웃으며 툴툴거렸다.

"좋아." 벨트라미니 부인이 말했다. "이제 그만해. 그놈의 거미랑 뱀 얘기 때문에 어젯밤에 한숨도 못 잤단 말이야."

카를레토가 괜스레 화를 내며 일어나 과수원 쪽으로 비탈길을 내려갔다. 피노는 과수원을 둘러싼 바위벽 아래로 지나가는 여자아이들을 발견했다. 그들 중 안나만큼 예쁜 여자는 한 명도 없었다. 하지만 이제 슬슬 새 출발을 해야 할 때인지도 모른다고 생각했다. 그는 카를레토를 따라잡으려고 비탈길을 성큼성큼 뛰어 내려가 계획을 말했다. 곧이어 두 사람은 여자아이들을 가로막고 말을 걸려고 온갖 기술을 발휘했다. 그러나 다른 남자아이들이 가로채 가고 말았다.

피노가 하늘을 바라보며 말했다. "나는 약간의 사랑을 바랐을 뿐인데."

"키스를 받아야 만족했을 거면서." 카를레토가 말했다.

"미소 한 번으로도 행복했을 거야." 피노가 한숨을 쉬었다.

두 소년은 바위벽을 타고 넘어가서 과일이 주렁주렁 달린 나무가 줄줄이 늘어선 곳까지 걸어갔다. 복숭아는 아직 설익었지만 무화과는 잘 익어 있었다. 벌써 떨어진 무화과도 있었다. 둘은 땅에서 무화과를 집어 들어 쓱쓱 닦고 껍질을 벗겨 먹었다.

식량 배급을 하는 요즘 같은 시대에 드물게 나무에서 떨어진 신선한 과일을 먹는 호강을 누리고 있는데도 카를레토는 심란해 보였다. 피노가 물었다. "너 괜찮아?"

그의 가장 친한 친구가 고개를 가로저었다.

"무슨 일이야?" 피노가 물었다.

"그냥 느낌이 좀 그래."

"느낌이라니?"

카를레토가 어깨를 으쓱했다. "삶이 우리 생각대로 풀리지 않을 거라는 느낌, 우리에게 불리하게 돌아갈 거라는 느낌이 들어."

"왜 그런 생각을 해."

"너 역사 시간에 한 번도 집중 안 했지? 대규모 군대가 전쟁에 참가하면 정복자 손에 모든 것이 파괴되는 법이야."

"항상 그렇지는 않지. 살라딘은 예루살렘을 약탈하지 않았잖아. 봤지? 나도 역사 시간에 집중했다고."

"관심 없어." 카를레토는 더 화를 냈다. "그냥 그런 느낌이 든단 말이야. 멈출 수가 없어. 사방이……."

친구는 목이 메었고 참으려 기를 써도 눈물이 얼굴에 뚝뚝 떨어졌다.

"너 진짜 왜 그래?" 피노가 물었다.

카를레토는 이해할 수 없는 그림을 뚫어지게 들여다보는 양고개를 옆으로 기울였다. 다음 말을 이어가는 입술이 부들부들 떨렸다. "엄마가 많이 아프셔. 상황이 안 좋아."

"무슨 소리야?"

"무슨 소리겠냐?" 카를레토가 소리쳤다. "엄마가 돌아가실 거라고."

"세상에. 확실해?"

"부모님이 이야기하는 소리를 들었어. 엄마가 장례식을 어떻게 치르고 싶은지 말씀하시더라."

피노는 벨트라미니 부인에 대해 생각하다가 포르치아를 떠올렸다. 그는 엄마가 곧 돌아가신다는 사실을 알게 되면 어떤 기분일지 생각했다. 배에 커다란 구멍이 뚫린 것 같았다.

"속상해서 어떡하냐……." 피노가 말했다. "너무 속상해. 아줌마는 정말 좋은 분이야. 아저씨를 참아내시다니 성자 같은 분이지. 사람들이 그러는데, 성자는 천국에서 상을 받는대."

카를레토가 슬픈 와중에도 웃음을 터뜨리더니 눈물을 닦았다. "아빠가 정신을 차리게 할 수 있는 사람은 엄마뿐이지. 근데 아빠도 이제 좀 그만해야 해. 안 그래? 엄마가 아픈데 아빠는 그놈의 뱀이며 거미로 계속 엄마를 놀리잖아. 잔인하다고. 아빠는 엄마를 사랑하지 않나 봐."

"아저씨는 아줌마를 사랑하셔."

"아빠는 그런 내색 안 하셔. 표현하는 게 두려우신가 봐."

두 사람은 원래 있던 곳으로 돌아가기 시작했다. 바위벽에 다다르자 바이올린 선율이 들렸다.

✤

피노는 언덕을 올려다봤다. 아빠가 바이올린을 조율하고 있었고 벨트라미니 씨는 악보를 한 손에 들고 옆에 서 있었다. 금빛 석양이 두 남자와 주변에 앉은 사람들을 환하게 비쳤다.

"아, 이런." 카를레토가 신음을 흘렸다. "맙소사, 안 돼."

피노도 마찬가지로 경악했다. 미켈레 렐라는 가끔씩 기가 막히게 연주했지만, 대부분은 리듬을 놓치거나 부드럽게 연주해야 하는 구간 내내 비명처럼 몰아치는 소리를 내곤 했다. 불쌍한 벨트라미니 씨는 늘 쩨지거나 옥타브를 삐끗 벗어나는 목소리의 소유자였다. 두 사람이 내는 소리는 몹시 고통스러웠다. 한순간도 긴장을 놓을 수 없기 때문이었다. 어디선가 음정을 틀릴 줄 알고 음악을 듣는 것은 언짢을 뿐만 아니라 창피한 일이었다.

피노의 아빠는 언덕 위에서 바이올린의 위치를 잡고 있었다. 포르치아가 10년 전 크리스마스 선물로 준 아름다운 18세기 중앙 이탈리아산 바이올린은 미켈레가 가장 소중하게 여기는 보물이었다. 그는 애정 어린 손길로 바이올린을 턱 아래로 올리고 활을 들었다.

벨트라미니 씨는 자세를 단단히 잡고 양팔을 느슨하게 옆구리에 붙였다.

"이제 기차 화통 삶아 먹는 소리가 들리겠네." 카를레토가 말했다.

"벌써 삶기 시작하는 게 보여." 피노가 말했다.

피노의 아빠는 자코모 푸치니의 오페라 〈투란도트Turandot〉의 3막 중 날아오르듯 치솟는 테너 아리아인 〈네순 도르마Nessun dorma〉, 즉 '아무도 잠들지 말라'의 도입부를 연주했다. 아빠가 가장 좋아하는 곡 중 하나라서, 피노는 테너 미겔 플레타가 1920년대 오페라에 데뷔한 밤에 아르투로 토스카니니의 지휘와 스칼라 관현악단의 연주에 맞춰 부른 강렬한 아리아를 레코드판으로 여러 번 들었다.

플레타는 신분을 숨기고 중국을 여행하는 칼라프 왕자 역을 맡았다. 칼라프 왕자는 아름답지만 냉정하고 성질이 나쁜 투란도트 공주와 사랑에 빠진다. 왕은 공주와 결혼하고 싶은 사람은 반드시 세 가지 수수께끼를 풀어야 한다고 명한다. 수수께끼를 하나라도 맞지 못하면 처절한 죽음을 맞게 된다.

2막이 끝날 무렵, 칼라프 왕자는 모든 수수께끼에 답을 하지만 공주는 여전히 그와 결혼하기를 거부한다. 칼라프 왕자는 동이 트기 전에 공주가 그의 진짜 이름을 알아맞히면 순순히 떠나겠지만 알아맞히지 못하면 자신과 결혼해야 한다고 말한다.

그러자 공주는 내기를 더 위험한 수준으로 끌어올려, 동이 트기 전에 이름을 알아내면 그의 목을 치겠다고 말한다. 그가 내기를 받아들이자 공주가 명한다. "네순 도르마, 아무도 잠들지 말라. 구혼자의 이름을 알아낼 때까지."

오페라에서 칼라프 왕자의 아리아는 새벽이 다가오면서 시작되고 공주의 운은 사그라진다. 〈네순 도르마〉는 쌓이고 쌓여서 높이 치솟는 곡이다. 가수는 점차 강렬한 소리를 내면서 공주를 향한 사랑과 새벽이 다가오는 매 순간 강해지는 승리에 대한 확신을 드러내야 한다.

원래 피노는 이 아리아 속 승리의 감정을 표현하려면 플레타 같은 유명한 테너와 완전한 관현악단이 있어야 한다고 생각했다. 그런데 떨리는 멜로디와 가사만 있는 아빠와 벨트라미니 씨의 버전은 생각보다 훨씬 강렬했다.

그날 밤 미켈레가 연주하는 그의 바이올린에서는 굵고 달콤한 소리가 흘러나왔다. 벨트라미니 씨는 어느 때보다 노래를 잘했다. 피노의 귀에는 힘차고 정확하게 올라가는 음정과 선율이 두 명의 천사가 부르는 노래처럼 들렸다. 높은음은 아빠의 손가락이 빚어내는 소리였고 낮은음은 벨트라미니 씨의 목에서 나오는 소리였는데, 두 소리 다 기술은 부족해도 천국의 영감을 받은 듯했다.

"어떻게 두 분 다 저렇게 잘하시지?" 카를레토가 놀라서 물었다.

피노는 아빠의 명연주가 어디에서 나온 것인지 알 수 없었지만 곧 알아챘다. 벨트라미니 씨는 관객이 아니라 관객 중 단 한 사람을 향해 노래하고 있었다. 피노는 이 청과점 주인의 아름다운 음조와 애정 어린 음색이 어디에서 비롯됐는지 이해했다.

"네 아빠 좀 봐." 피노가 말했다.

발끝으로 서서 목을 쭉 뺀 카를레토는 관객이 아닌 죽어가는 아내를 향해 노래하고 있는 아빠를 봤다. 벨트라미니 씨는 세상에 아내와 자신, 단 두 사람만 존재하는 양 노래했다.

두 남자가 공연을 마치자 비탈길의 관객들이 일어서서 박수를 치고 휘파람을 불었다. 피노의 눈에도 눈물이 글썽거렸다. 난생처음 아빠가 영웅처럼 보였기 때문이다. 카를레토는 다른 이유 때문에, 더 깊은 사연이 있는 이유 때문에 눈물을 흘렸다.

"아빠, 환상적이시던데요." 그날 밤늦게 피노가 어둠 속에서 미켈레에게 말했다. "⟨네순 도르마⟩는 완벽한 선곡이었어요."

"우리는 이렇게 아름다운 장소에 맞는 곡은 그 훌륭한 아리아뿐이라고 생각했어." 아빠가 자신의 연주에 놀란 기색을 보이며 말했다. "그리고 음악에 몸을 맡기고 확 쏟아냈지. 열정을 가지고 연주하라던 스칼라 극장 공연자들의 말 그대로."

"전 그 열정을 느꼈어요, 아빠. 우리 모두 느꼈어요."

미켈레가 고개를 끄덕이더니 행복하게 한숨을 내쉬었다. "자, 이제 좀 자라."

피노는 발로 툭툭 차서 엉덩이와 발뒤꿈치를 댈 공간을 만든 후 셔츠를 벗어 베개로 삼고 집에서 가져온 시트로 몸을 둘둘 감았다. 몸을 웅크리고 달콤한 잔디의 향을 맡자니 벌써 졸렸다.

피노는 눈을 감고 아빠와 벨트라미니 씨의 공연, 벨트라미니 부인의 비밀스러운 병, 늘 장난만 치는 그녀의 남편이 진지하게 노래하던 모습을 떠올렸다. 기적을 목격한 것 같다는 생각을 하며 스르르 잠에 빠져들었다.

몇 시간 뒤, 피노는 꿈속에서 안나를 쫓아 길을 내달리다가 멀리서 울리는 천둥소리를 들었다. 그는 멈췄지만 그녀는 계속 걸어가 군중 속으로 사라졌다. 서운하지는 않았고 그저 언제 비가 올지, 혀로 맛보는 비는 무슨 맛일지가 궁금해졌다.

카를레토가 피노를 흔들어 깨웠다. 달이 하늘 높이 떠서 비탈길에 청회색 빛을 흩뿌리고 있는 가운데, 모두가 일어서서 서쪽을 바라보고 있었다. 연합군 폭격기들이 밀라노에 파상 공격을 퍼붓고 있었다. 멀리 떨어져 있어서 폭격기나 밀라노의 형체는 조금도 보이지 않았고 지평선에 화염과 섬광과 전쟁의 흔적만이 솟아올랐다.

✤

다음 날 동이 튼 직후 기차를 타고 밀라노로 돌아갈 때, 검은색 연기가 무럭무럭 피어나 밀라노 상공으로 흩어졌다. 기차에서 내려 길거리로 나간 피노는 밤새 밀라노에서 도망쳤다 돌아온 사람들과 이 밀라노에서 맹공격을 견딘 사람들 사이의 확연한 차이를 깨달았다. 폭발적인 공포가 살아남은 사람들의 어깨를 짓누르고 눈을 공허하게 하고 턱을 짓이겨놨다. 남녀노소 모두가 당장이라도 그들이 밟고 있는 땅이 터져 끝을 알 수 없는 불구덩이로 빠질 것처럼 주뼛거리며 걸어 다녔다. 사방에 연기가 자욱했다. 새하얀 그을음과 화산재 같은 잿빛 그을음이 거의 모든 사물을 뒤덮고 있었다. 찢어지고 뒤틀린 자동차들. 갈라지고 무너진 건물들. 폭발로 뽑히고 헐벗은 나무들.

몇 주 동안 피노와 아빠는 낮에는 일하고 오후 늦게 기차를 타고 밀라노를 떠났다가, 새벽에 돌아와 밀라노에 새로 생긴 벌어진 상처들을 보는 일상을 반복했다.

1943년 9월 3일에 무조건적인 휴전 협정에 서명한 이탈리아 정부는 9월 8일 연합군에게 공식적으로 항복한다고 발표했다. 다음 날, 영국과 미국의 군대가 부츠 모양의 이탈리아에서 발등 부분 위에 자리 잡은 살레르노에 착륙했다. 독일군은 때론 약하게, 때론 강하게 저항했다. 대부분의 파시스트 군인들은 마크 클라크 중장이 이끈 미군 제5군단이 해안으로 다가오는 모습을 보고 바로 백기를 들었다. 미군의 침략 소식이 밀라노에 도착하자 피노와 아빠, 외숙모, 외삼촌 모두가 환호성을 질렀다. 그들은 전쟁이 며칠 안에 끝나리라 생각했다.

그러나 나치는 24시간도 지나지 않아 로마를 장악했고 왕을 체포했으며, 산피에트로 대성당의 금빛 돔을 목표로 한 부대와 탱크로 바티칸을 포위했다. 9월 12일, 나치 특공대는 무솔리니가 감금돼 있는 그란사소산 숲을 활공기로 공격했다. 그리고 전투를 벌이며 교도소로 침입해 일 두체를 구출했다. 일 두체는 비엔나를 거쳐 베를린으로 날아가 히틀러를 만났다.

피노는 며칠 뒤 밤에 단파 라디오로 두 독재자의 소식을 들었다. 두 사람 모두 독일군과 이탈리아군이 한 명도 남지 않을 때까지 결사의 각오로 연합군과 싸우겠노라 맹세했다. 피노는 세상이 미쳐 돌아가는 것 같았고 안나를 보지 못한 지 세 달이나 지났다는 사실에 우울해졌다.

다시 한 주가 흘렀다. 더 많은 폭탄이 떨어졌다. 피노의 학교는 계속 휴교 상태였다. 독일군은 오스트리아와 스위스를 통해 북쪽에서 이탈리아로 전면적인 남침을 시작했고, 밀라노 북동쪽 가르다 호수 근처의 살로Salò라는 작은 도시를 수도로 삼은 '이탈리아 사회 공화국'이라는 괴뢰 정부에 무솔리니를 심어놓았다.

1943년 9월 20일의 이른 아침, 농장의 들판에서 다시 밤을 보낸 후 기차를 타고 돌아와 산 바빌라로 터덜터덜 돌아오는 동안 피노의 아빠는 독일군의 점령에 대해서 계속 이야기했다. 미켈레는 나치의 북이탈리아 점령에 대한 이야기에 너무 몰두한 나머지 패션 지구와 몬테 나폴레오네 거리 위로 뭉실뭉실 퍼져나가는 검은 연기를 보지 못했다. 피노는 연기를 보자마자 뛰기 시작했다. 좁은 길을 이리저리 누비며 달린 지 얼마 지나지 않아 도로가 꺾이면서 앞에 선 렐라네 건물이 훤히 보였다. 지붕이 있던 자리에 크게 구멍이 뚫려 있었고 그곳에서 연기가 솟구쳐 하늘로 올라가고 있었다. 레 보르세테 디 렐라의 전망창이 검댕에 그을린 채 산산조각 나 있었다. 가방 가게는 무너진 탄광 속 같았다. 폭발로 모든 것이 불에 타 도무지 알아볼 수 없었다.

"아, 세상에, 안 돼!" 미켈레가 소리쳤다.

피노의 아빠는 바이올린 케이스를 떨어뜨린 채 무릎을 꿇고 흐느꼈다. 피노는 아빠가 우는 모습을 본 적이 없었다. 아빠는 울 줄 모르는 사람이라고 생각했다. 미켈레의 절망을 목격한 피노는 처참하고 비통했고 창피했다.

"저기, 아빠." 피노가 아빠를 일으켜 세우려고 기를 썼다.

"다 무너졌어." 미켈레가 말했다. "우리 삶이 다 무너졌어."

"말도 안 돼." 알베르트 외삼촌이 말하며 매부의 다른 쪽 팔을 잡았다. "은행에 돈이 있잖아, 미켈레. 대출을 받아야 하면 내가 빌려줄게. 아파트, 가구, 가방. 다 다시 마련하면 돼."

피노의 아빠가 힘없이 말했다. "포르치아에게 어떻게 말해야 할지 모르겠어."

"미켈레, 폭탄은 무작위로 떨어진 거야. 네 잘못인 것처럼 굴지 마." 알베르트 외삼촌이 콧방귀를 뀌었다. "포르치아에게 사실을 말하고 다시 시작하면 돼."

"당분간 우리랑 같이 살면 돼요." 그레타 외숙모가 말했다.

미켈레는 서서히 고개를 끄덕이다가 갑자기 거칠게 고개를 획 돌려 피노를 바라봤다. "넌 안 돼."

"아빠?"

"너는 카사 알피나로 가. 거기서 공부를 해라."

"싫어요. 전 밀라노에 있을래요."

피노의 아빠가 길길이 날뛰었다. "너는 여기에 있으면 안 돼! 이 문제에서 네 발언권은 없어. 넌 내 맏이야. 네가 무작위로 죽도록 내버려 둘 수 없어, 피노. 나는…… 나는 그럼 못 살아. 네 엄마도 마찬가지야."

피노는 아빠의 갑작스런 폭발에 깜짝 놀랐다. 미켈레는 늘 감정을 억누르고 되씹는 편이지 격렬하게 화를 내거나 소리 지르는 성격은 아니었다. 더구나 패션 업계에 소문이 돌고 돌아 끝내 잊히지 않을 산 바빌라의 길거리에서 그럴 사람은 더더욱 아니었다.

"알았어요, 아빠." 피노가 조용히 말했다. "밀라노를 떠날게요. 아빠가 바라시는 대로 카사 알피나로 갈게요."

2부

신의 대성당

5

다음 날 느지막한 아침, 미켈레는 중앙역에서 리라 한 뭉치를 피노 손에 쥐어주며 말했다. "네 책은 따로 보내마. 정거장에 마중 나온 사람이 있을 게다. 착하게 굴고, 미모랑 레 신부님에게 안부 인사 전해주렴."

"그런데 저 언제 돌아와요?"

"돌아와도 될 정도로 안전해지고 나서."

피노가 불만에 차 툴리오를 바라보니 툴리오는 어깨를 으쓱했고, 알베르트 외삼촌에게 시선을 돌리니 그는 자기 신발 끝만 응시하고 있었다.

"말도 안 돼요." 피노는 옷이 가득 든 배낭을 집어 들고 기차에 올라타면서 분통을 터뜨렸다. 거의 비어 있는 열차의 자리에 앉아 화를 내며 창밖을 내다봤다.

그는 꼬마 취급을 당하고 있었다. 그가 사람들 앞에서 무릎을 꿇고 울기라도 했나? 아니다. 피노 렐라는 남자답게 충격을 견디며 서 있었다. 그렇지만 그가 뭘 할 수 있겠는가. 아빠에게 반항해? 기차에서 내려버려? 벨트라미니 가족에게 가?

기차가 흔들리며 요란한 소리를 내더니 역을 출발해, 독일군 군인들이 짐칸에 탱크 부품, 소총, 경기관총, 폭탄, 탄약을 싣는 수많은 남자들을 감시하고 있는 조차장을 지나갔다. 공허한 눈동자를 가진 남자들 대부분이 낡은 회색 옷을 입고 있었다. 틀림없이 포로들일 것이다. 그 생각이 들자 화가 났다. 기차가 조차장을 떠날 때까지 피노는 고개를 창밖으로 쭉 빼고 그들을 관찰했다.

두 시간을 달린 기차가 코모 호수 위에 자리 잡은 작은 언덕들을 지나 알프스산맥으로 향했다. 평소라면 피노가 세상에서 가장 아름답다고 생각하는 코모 호수, 특히 코모 호수의 남쪽 반도에 있는 벨라조라는 도시를 다정하게 응시했을 것이다. 그곳에 있는 웅장한 호텔은 상상 속 장미 성 같았다.

그러나 지금 소년의 눈길은 선로 밑 언덕에 집중돼 있었다. 코모 호수의 동쪽 해안을 휘돌아 가는 도로에 공허한 눈빛을 한 더러운 남자들로 빽빽하게 들어찬 대형 트럭들이 길게 줄지어 시선을 사로잡았다. 그 남자들 중 대부분이 아까 조차장에서 본 것과 같은 흐릿한 회색 옷을 입고 있었다. 수백 명이 넘었다. 어쩌면 수천 명일지도 모른다.

저 사람들은 누굴까? 그는 궁금했다. 어디에서 잡혔을까? 왜 잡혔을까?

40분을 더 가서 환승한 후 키아벤나에 도착했을 때도 피노는 여전히 그 남자들에 대해 생각하고 있었다.

역을 지키고 있던 독일군들은 피노를 무시했다. 역에서 나오자 그는 그날 처음으로 기분이 좋아졌다. 따뜻하고 화창한 초가을의 오후였다. 공기는 달콤하고 맑았으며, 그는 산을 향해 가고 있었다. 이제 아무 문제도 일어나지 않을 거야. 역을 가로지르며 마음을 다잡았다. 적어도 오늘은 아무 일도 없을 거야.

"어이, 꼬맹이." 그를 부르는 소리가 들렸다.

대략 피노와 비슷한 또래인 남자가 문 두 개짜리 구형 피아트 쿠페에 기대서 있었다. 캔버스 천으로 된 작업 바지와 기름투성이 흰색 티셔츠 차림이었다. 입술 사이에서 담배 연기가 피어오르고 있었다.

"누구보고 꼬맹이래?" 피노가 물었다.

"너 말이야. 너 렐라네 꼬맹이지?"

"피노 렐라야."

"난 알베르토 아스카리야." 그가 손가락으로 가슴을 가리키며 말했다. "삼촌이 널 태워서 마데시모로 데려오라더라." 아스카리가 담배를 튕기고 손을 내밀었다. 피노의 손만큼 컸는데 놀랍게도 더 강했다. 흔치 않은 일이었다.

아스카리가 피노의 손을 부러뜨릴 것처럼 세게 악수한 뒤 피노가 물었다. "손아귀 힘은 어떻게 키웠어?"

아스카리가 빙그레 웃었다. "삼촌 가게에서. 짐은 뒷자리에 둬, 꼬맹이."

꼬맹이라는 소리가 신경을 긁었지만 그것만 빼면 아스카리는 썩 괜찮은 사람 같았다. 그는 보조석 문을 열었다. 자동차 안은 티끌 하나 없이 깔끔했다. 기름때가 묻지 않게 하려고 운전석에

긴 수건을 덮어놨다.

아스카리가 시동을 걸었다. 엔진 소리가 지금까지 들어본 다른 피아트의 소리와는 딴판이었다. 차대 전체가 흔들리는 것처럼 깊게 으르렁거렸다.

"일반 엔진은 아니네." 피노가 말했다.

아스카리가 활짝 웃으며 기어를 바꿨다. "자동차 경주 선수가 자기 차에 일반 엔진이나 변속기를 쓰겠어?"

"너 경주 선수야?" 피노가 미심쩍게 물었다.

"앞으로 그렇게 될 거야." 아스카리가 대답과 함께 클러치를 확 밟았다.

두 사람은 작은 기차역을 쌩하고 빠져나와 자갈길을 좌우로 흔들리며 달렸다. 피아트가 붕 튕겨 올라 샛길로 미끄러지자 아스카리가 반대 방향으로 바퀴를 획 돌렸다. 타이어가 마찰했다. 아스카리는 기어를 바꾸고 액셀을 밟았다.

아스카리가 작은 도시의 광장을 가로지르다가 닭들로 가득 찬 대형 트럭을 재빨리 피해 세 번째로 기어를 변속하는 동안, 피노는 안전띠를 단단하게 매고 있으면서도 팔다리에 힘을 주어 버텼다. 자동차는 도시를 빠져나오면서도 여전히 속도를 높이고 있었다.

슈플뤼겐 고개 도로는 이중 급커브 길이 계속되며 위로 올라갔다. 이 S자형 커브들은 가파른 계곡 아래를 흐르다가 북쪽으로 방향을 바꿔 알프스산맥으로 들어가 스위스를 향해 흘러드는 시냇물과 나란히 지나갔다. 아스카리는 슈플뤼겐 고개 도로에서 차를 전문가처럼 운전했다. 능숙하게 커브를 틀었고 도로를 달리는 다른 자동차들이 가만히 멈춰 있기라도 하는 양 그 사이를 이리저리 누비며 지나갔다.

피노는 그러는 내내 극도의 두려움에서 즐거운 흥분, 부러움과 존경에 이르기까지 온갖 감정 사이를 사정없이 오갔다. 아스카리는 캄포돌치노라는 도시의 변두리에 다 와서야 마침내 속도를 늦췄다.

"믿어." 피노는 그렇게 말하는 순간에도 여전히 심장이 쿵쾅거렸다.

"무슨 소리야?" 아스카리가 어리둥절한 표정으로 물었다.

"네가 언젠가 자동차 경주 선수가 될 거라고 믿는다고." 피노가 말했다. "그것도 유명한 선수가 될 거야. 이렇게 운전하는 사람은 난생처음 봐."

아스카리는 이보다 더 크게 웃을 수 없겠다 싶을 정도로 활짝 웃었다. "우리 아빠는 훨씬 잘하셨어. 돌아가시기 전에 유럽 그랑프리 챔피언이셨지." 그는 오른손을 운전대에서 들어 집게손가락으로 앞 유리와 하늘을 가리켰다. "아빠! 이변이 없는 한, 난 유럽 챔피언이랑 세계 챔피언이 될 거예요!"

"네 말을 믿어." 감탄해서 고개를 흔들며 다시 말한 피노는 캄포돌치노에서 동쪽 위로 450미터 이상 치솟은 회색 절벽을 올려다봤다. 창문을 열고 머리를 쑥 내밀어 절벽 꼭대기를 쭉 훑어봤다.

"뭘 그렇게 찾아?" 아스카리가 물었다.

"가끔 종탑 꼭대기에 있는 십자가가 보이거든."

"거긴 바로 이 앞이야. 저기 절벽에 협곡이 있어. 그래서 십자가가 보이는 거야." 그는 앞 유리 너머 위쪽을 가리켰다. "저기야."

피노는 이 구역 알프스산맥에서 가장 높은 모타라는 산촌에 있는 예배당의 석재 종탑 꼭대기와 하얀색 십자가를 얼핏 봤다. 그날 하루 중 처음으로 그는 밀라노에서 벗어났다는 안도감을 만끽했다.

아스카리는 위험한 마데시모 도로로 들어섰다. 좁고 가파르고 곳곳이 움푹 파여 있는 갈지자형 도로가 가파른 산비탈에 바짝 붙어 나 있었다. 변변한 난간이나 갓길 하나 없는 구간이 많아서, 피노는 길을 올라가는 내내 계속 이런 식으로 운전하다가는 둘 다 절벽으로 떨어지겠다는 생각을 여러 번 했다. 하지만 아스카리는 도로 곳곳을 샅샅이 알고 있는 것이 분명했다. 시기적절하게 운전대를 돌리거나 브레이크를 조작했고 방향 전환이 워낙 부드러워서 바위가 아니라 눈 위를 달리는 기분이었다.

"스키도 이렇게 탈 수 있어?" 피노가 물었다.

"난 스키 탈 줄 몰라." 아스카리가 말했다.

"뭐? 마데시모에 살면서 스키를 못 탄다고?"

"엄마가 안전하게 지내라고 날 여기로 보내셨거든. 그래서 삼촌 가게 일이랑 운전만 해."

"스키나 운전이나 마찬가지야. 같은 기술이거든."

"넌 스키 잘 타냐?"

"대회에서 몇 번 우승했어. 활강 경기에서."

아스카리는 감탄한 기색이었다. "그럼 우리는 친구가 될 운명이었네. 너는 나한테 스키를 가르치고 나는 너한테 운전을 가르치면 되겠어."

피노는 더할 나위 없이 활짝 웃었다. "좋았어. 거래 완료."

두 사람은 돌과 슬레이트로 지붕을 덮은 여관 하나, 식당 하나,

그리고 열댓 채의 집이 있는 작은 산간 마을인 마데시모에 도착했다.

"이 근처에 여자애들도 있어?" 피노가 물었다.

"요 아래에 아는 애들이 몇 명 있지. 다들 빠르게 달리는 차 타는 걸 좋아해."

"가끔 걔들이랑 드라이브하러 가자."

"마음에 드는 계획이야!" 아스카리가 차를 세우며 말했다. "여기서부터 가는 길은 알지?"

"눈보라 속에서 눈가리개를 하고도 찾아갈 수 있어." 피노가 말했다. "주말에는 내려와서 여관에서 지낼지도 몰라."

"그럼 날 만나러 와. 우리 가게는 여관 옆이야. 찾기 쉬워."

아스카리가 손을 내밀었다. 피노는 움찔하며 말했다. "이번에는 내 손가락 부러뜨리지 마라."

"알았어." 아스카리가 대답하더니 손을 강하게 잡고 흔들었다. "만나서 반가웠어, 피노."

"나도, 알베르토." 피노가 말했다. 그는 배낭을 와락 낚아채서 차에서 내렸다.

아스카리가 빠르게 차를 몰고 멀어지며 창밖으로 손을 흔들었다.

✤

피노는 잠시 그곳에 서서 그의 인생에 있어 중요한 사람을 만난 것 같다고 생각했다. 이어서 배낭을 등에 짊어지고 숲으로 이어지는 길을 걸어 올라가기 시작했다. 사람 둘이 다닐 수 있을 만한 길이 계속 가팔라졌다. 오른 지 한 시간이 지난 후에야 숲에서 벗어나, 피초 그로페라라는 바위산 봉우리까지 수직으로 거의 1,200미터 솟은 바위투성이 암벽 아래 펼쳐진 알프스 고원에 도착했다.

모타 고원은 수백 미터 너비에 동남쪽까지 피초 그로페라에 둘러싸여 있었다. 널따란 평탄면의 서쪽에 있는 작은 전나무 숲의 가장자리는 150층 높이의 가파른 절벽이었고 그 아래에 캄포돌치노가 있었다. 늦은 오후의 햇살이 가을의 알프스산맥을 망치질한 구리처럼 반짝반짝 비쳤다. 피노는 늘 그랬듯이 그 풍경을 보며 경외심을 느꼈다. 슈스터 추기경이 옳았다. 모타에 있으면 신의 가장 웅장한 대성당의 발코니에 서 있는 것 같았다.

모타는 마데시모만큼이나 개발되지 않은 곳이었다. 동쪽 급경사면의 기반에 알프스식 오두막이 몇 채 있고, 남서쪽으로는 절벽과 가문비나무를 등지고 작은 가톨릭 예배당과 그보다 조금 규모가 큰 석재와 목재 건물이 자리 잡고 있었다. 아까 피노가 차로 산을 오를 때 얼핏 본 곳이 바로 이 작은 가톨릭 예배당이었다. 몇 달 사이 중 가장 행복해진 피노가 시골풍 건물로 다가갈수록 구운 빵 냄새와 마늘과 양념이 섞인 향긋한 냄새가 진해졌다. 배에서 꼬르륵 소리가 났다.

입구의 묵직한 나무 문을 덮고 있는 지붕 밑에 무거운 놋쇠 종이 걸려 있고 그 아래에 '카사 알피나. 모든 지친 여행자를 환영합니다.'라고 적힌 표지판이 있었다. 피노는 종에 달린 끈을 두 번 당겼다.

땡그랑거리는 종소리가 피노 뒤로 펼쳐진 산의 측면을 타고 울려 퍼졌다. 사내아이들의 떠들썩한 소리에 이어 발소리가 들렸다. 문이 활짝 열렸다.

"안녕하세요, 레 신부님." 피노가 50대의 건장한 신부에게 말했다. 지팡이를 짚은 신부는 검은색의 긴 성직자복에 빳빳한 흰색 칼라를 단 차림에 징을 박은 가죽 등산화를 신고 있었다.

레 신부가 양팔을 활짝 펼쳤다. "피노 렐라! 네가 다시 나랑 함께 지내러 온다는 소식을 오늘 아침에 들었단다."

"폭격을 맞았어요, 신부님." 피노는 신부를 껴안자 감정이 벅차올랐다. "심각해요."

"그 이야기도 들었단다, 아들아." 레 신부가 심각하게 말했다. "어쨌든 들어오렴. 온기가 빠져나가기 전에 어서 들어와."

"고관절은 어떠세요?"

"좀 괜찮을 때도 있고 더 아플 때도 있고 그렇구나." 레 신부가 절뚝거리며 한쪽으로 비켜서 피노를 안으로 이끌며 말했다.

"미모는 잘 받아들이고 있나요, 신부님?" 피노가 물었다. "저희 집에 생긴 일에 대해서요."

"그 일은 네가 직접 말하는 게 좋겠구나. 밥은 먹었냐?"

"아니요."

"그럼 딱 맞춰 왔구나. 일단 짐은 거기 두렴. 저녁 먹고 나서 네가 묵을 곳을 보여주마."

피노는 불편하게 지팡이를 짚으면서 식당으로 가는 신부를 따라갔다. 그곳에는 대충 깎아 만든 식탁과 기다란 의자 주변에서 마흔 명의 소년이 북적이고 있었다. 식당 제일 끝에 있는 돌 벽난로에서 불꽃이 너울대고 있었다.

"가서 동생이랑 같이 먹어라." 레 신부가 말했다. "다 먹고 나서 나한테 오렴. 같이 후식을 먹자꾸나."

피노는 친구들에게 모험담을 재미있게 들려주고 있는 미모를 봤다. 동생 뒤로 슬쩍 걸어가서 일부러 카랑카랑한 목소리로 말했다. "어이, 땅딸보 씨, 옆으로 비켜."

열다섯 살인 미모는 식당에 있는 아이들 중 가장 나이가 많은 축에 속했고 척 봐도 대장 노릇에 익숙해져 있었다. 미모는 세상 모르고 버릇없이 날뛰는 카랑카랑한 목소리의 아이에게 교훈 한두 개쯤 줘야겠다는 듯 굳은 얼굴로 고개를 획 돌렸다. 그러다 형이 보이자 얼떨떨한 미소를 지었다.

"피노 형? 여긴 웬일이야? 형은 절대로 안 온다고……." 갑작스럽게 밀려든 공포가 반가움을 앗아 갔다. "무슨 일 생겼어?"

집이 폭격당한 사연을 이야기하자 미모는 큰 충격을 받았다. 한참 동안 바닥에 깔린 짙은 색 널조각들만 응시하다가 마침내 입을 열었다. "그럼 이제 우리 어디에서 살아?"

"아빠랑 알베르트 외삼촌이 새 아파트하고 새 가게 자리를 찾으신대."

피노가 동생 옆에 앉아 말했다. "그때까지는 너랑 나랑 여기에서 살아야 할 거야."

"오늘 밤 너희들의 저녁밥이다." 한 남자가 우렁찬 목소리로 말했다. "갓 구운 빵, 새로 만든 버터, 보르미오의 특제 치킨 스튜."

소리가 나는 주방 입구로 고개를 돌리니 아는 얼굴이 있었다. 부스스 헝클어진 검은 머리와 털이 북슬북슬한 커다란 손에 덩치가 큰 보르미오 수사는 늘 레 신부를 아주 정성스럽게 모셨다. 그는 모든 면에서 레 신부의 수석 보좌관 역할을 했다. 또한 카사 알피나의 요리사이자 아주 좋은 사람이었다.

보르미오 수사는 아이들이 김이 나는 스튜 냄비들을 잘 옮기고 있는지 지켜봤다. 사내아이들이 식탁으로 와 자리에 앉자 레 신부가 일어나서 말했다.

"제군들, 우리는 아무리 완벽하지 않은 날이라도 오늘 하루와 모든 날에 고마워해야 합니다. 다들 고개를 숙이고 하느님께 감사의 뜻을 표합시다. 그리고 하느님을 믿고 내일은 더 나은 날이 될 것이라고 믿읍시다."

피노는 신부의 이런 말을 이미 수백 번은 들었지만 여전히 감동적이었다. 무사히 폭격을 피하고 알베르토 아스카리를 만나고 카사 알피나로 돌아온 것에 대해 하느님에게 감사하는 동안 자신이 한없이 작고 하찮은 존재처럼 느껴졌다.

이어서 레 신부가 식탁에 놓인 음식을 주셔서 감사하다고 기도한 후 모두 식사를 시작하라고 말했다.

온종일 긴 시간 여행한 피노는 보르미오가 만든 갈색 빵 한 덩어리를 거의 다 게걸스럽게 삼켰고, 기가 막히게 맛있는 치킨 스튜를 세 그릇이나 술술 넘겼다.

"우리 먹을 것도 좀 남겨줘." 어느새 미모가 불평했다.

"내가 더 크잖아." 피노가 말했다. "난 더 먹어야 한다고."

"레 신부님 식탁으로 가. 신부님은 거의 안 드시니까."

"좋은 생각이야." 피노가 동생의 머리를 헝클어뜨리고는 동생이 휘두른 주먹을 슬쩍 피했다.

✤

피노는 식탁과 긴 의자들 사이를 이리저리 누벼 레 신부와 보르미오 수사가 앉아 있는 식탁으로 갔다. 보르미오 수사는 손으로 만 담배를 피우며 느긋하게 쉬고 있었다.

"보르미오 수사, 피노를 기억하지?" 레 신부가 물었다.

보르미오는 끙 앓는 소리를 내고 고개를 끄덕였다. 요리사는 스튜를 숟가락 가득 담아 두 번 더 떠먹고 담배를 한 모금 길게 빨아들인 후 말했다. "후식을 가져오겠습니다, 신부님."

"슈트루델(과일이나 치즈 등을 잘라 얇은 밀가루 반죽에 싸서 오븐에 구운 후식)인가?" 레 신부가 물었다.

"신선한 사과와 배를 넣었습니다." 보르미오가 기쁘게 말했다.

"대체 어떻게 구했나?"

"친구한테요." 보르미오가 말했다. "아주 좋은 친구죠."

"자네의 좋은 친구에게 신의 축복이 있기를. 넉넉히 있으면 우리에게 두 접시씩 가져다주게나." 레 신부가 말하고 피노를 바라봤다. "사람이 너무 자제만 하고 살 수야 있나."

"네?"

"후식은 나의 유일한 죄악이란다, 피노." 신부가 웃음을 터뜨리고는 배를 문질렀다. "사순절에도 후식은 포기할 수 없지."

배와 사과가 든 슈트루델은 피노가 좋아하는 산 바빌라의 빵집에서 산 페이스트리만큼이나 맛있었다. 피노는 레 신부가 두 접시나 주문해 줘서 고마웠다. 나중에는 너무 잔뜩 먹어서 포만감이 들고 졸렸다.

"발 디 레이에 가는 길을 기억하냐, 피노?" 레 신부가 물었다.

"제일 쉬운 길은 남동쪽으로 파소 안젤로가까지 가서 북쪽으로 직진하는 거예요."

"소스테 마을 위에서 말이지." 레 신부가 고개를 끄덕였다. "네가 아는 사람이 지난주에 파소 안젤로가, 그 천사의 계단 너머로 발 디 레이까지 갔단다."

"그게 누군데요?"

"바르바레스키란다. 그 신학생 말이다. 슈스터 성당에서 너를 만났다고 하더구나."

그때가 아주 오래전처럼 느껴졌다. "기억나요. 그 사람이 여기 있어요?"

"오늘 아침에 밀라노로 떠났단다. 네가 오는 도중에 어디선가 서로 엇갈렸겠구나."

피노는 그런 우연을 별로 믿지 않았다. 빨갛게 타오르는 불꽃을 바라보고 있자 최면에 걸린 듯한 기분이 들었고 다시 졸음이 밀려왔다.

"그 길로만 가봤니?" 레 신부가 물었다. "발 디 레이까지?"

피노는 가만히 생각하다가 대답했다. "아니요. 마데시모 북쪽 코스로 두 번 갔어요. 그중 한 번은 가장 힘든 길로 갔어요. 여기에서 바로 등마루로 올라가서 그로페라 꼭대기를 넘었어요."

"좋아." 신부가 말했다. "나는 기억이 안 나는구나."

이어서 신부가 일어서서 입술에 두 손가락을 올리고 날카롭게 휘파람을 불었다. 식당이 조용해졌다.

"설거지 당번은 보르미오 수사에게 보고하도록. 나머지는 식탁을 깨끗하게 치우고 닦은 다음 공부를 하도록."

미모와 나머지 사내아이들은 다들 이 규칙을 아는 듯했고 놀랍게도 거의 불평 없이 맡은 일을 시작했다. 피노는 배낭을 가져와서 레 신부를 따라 두 개의 커다란 기숙사 방을 지나 벽에 2층 침대가 달려 있고 앞에 커튼이 쳐진 좁은 방으로 갔다.

"별로 좋은 곳은 아니구나. 특히 너처럼 키가 큰 사람한테는. 그래도 지금 우리가 내줄 수 있는 가장 좋은 곳이란다."

"누구랑 같이 쓰나요?"

"미모. 지금까지는 미모 혼자 이 방을 썼단다."

"미모가 별로 안 좋아하겠는데요."

"그 문제는 둘이 알아서 해결하려무나." 신부가 말했다. "너는 다른 아이들보다 나이가 많으니까 그 아이들의 생활 규칙을 따르라고 하지는 않으마. 대신 네가 해야 할 일이 있단다. 넌 날마다 내가 지시한 코스로 산을 타야 한다. 그리고 월요일부터 금요일까지 매일 적어도 세 시간씩 공부해야 해. 토요일과 일요일은 자유 시간이고. 그렇게 할 수 있겠냐?"

산행을 아주 많이 해야 할 것 같다는 예감이 들었지만 어차피 산속에 있는 것을 좋아하기 때문에 주저 없이 대답했다. "네, 신부님."

"짐을 풀어야 할 테니 이만 가보마." 레 신부가 말했다. "네가 다시 와서 참 기쁘구나, 어린 친구. 네가 옆에 있어서 큰 도움이 되겠어."

피노가 방긋 웃었다. "저도 여기로 돌아오니까 정말 좋아요. 신부님과 모타가 그리웠어요."

레 신부가 윙크하고는 지팡이로 문틀을 두 번 쿵쿵 두드리고 사라졌다. 피노는 선반 두 개를 치우고 동생의 옷을 침대 위층으로 옮겼다. 배낭에서 짐을 다 끄집어내서 책과 옷, 그리고 애장품인 단파 라디오의 부품들을 쭉 정리했다. 나치가 짐을 뒤지면 큰 위험에 처하게 될 것이 분명한데도 그는 라디오 부품들을 옷들 사이에 숨겨 왔다. 아래층 침대에 누워 연합군의 진격을 보도하는 BBC 방송을 듣다가 깜빡 잠이 들었다.

✤

"어이." 한 시간 후 미모가 말했다. "여기 내 자리란 말이야!"

"이젠 아니지." 잠에서 깬 피노가 말했다. "지금부터 너는 위에서 자."

"내가 먼저 왔잖아." 미모가 항의했다.

"찾는 사람이 임자지."

"내가 침대를 잃어버린 게 아니잖아!" 미모가 버럭 소리를 지르더니 피노에게 달려들어 침대에서 끌어 내리려고 했다.

피노가 훨씬 강했지만 미모는 투사의 기질이 있었고 패배를 인정할 줄 몰랐다. 미모는 피노의 코를 피투성이로 만들었지만 곧 바닥에 고꾸라져 피노 밑에 깔렸다.

"네가 졌어." 피노가 말했다.

"아니야." 미모가 벗어나려고 꼼지락거리면서 식식거렸다. "내 침대란 말이야."

"좋은 생각이 있어. 주말에는 내가 여기 없을 테니까 네가 이 침대를 써. 일주일에 사오일은 내 침대고, 이삼일은 네 침대야."

그 말에 동생의 분이 가라앉은 듯했다. "주말에 어디 가는데?"

"마데시모에. 거기 사는 내 친구가 자동차 고치는 방법이랑 챔피언처럼 운전하는 방법을 가르쳐줄 거야."

"또 허풍 떠는 거지?"

"정말이라니까. 기차역으로 마중 와서 여기까지 태워줬어. 알베르토 아스카리라는 친구야. 내가 본 사람 중에 최고로 운전을 잘해. 그 친구 아빠가 유럽 챔피언이었대."

"근데 왜 형한테 그런 걸 가르쳐준다는 거야?"

"거래야. 나는 그 친구한테 스키를 가르칠 거거든."

"그 형이 나한테도 운전을 가르쳐줄까? 저기, 내가 형보다 스키 잘 타잖아."

"꿈 깨라, 동생아. 대신 내가 멋진 알베르토 아스카리한테 배워서 너한테 가르쳐주면 되잖아?"

미모는 잠시 생각하더니 말했다. "좋아."

잠시 후 불을 끄고 이불 속으로 들어간 피노는 밀라노가 폭격을 당하고 있는지, 아빠와 외숙모와 외삼촌은 잘 있는지, 카를레토가 언덕 위 목초지에서 자고 있는지, 아니면 잠 못 들고 밀라노에 번져가는 불길과 소용돌이치는 연기를 보고 있는지 궁금했다. 그리고 빵집에서 나오던 안나를, 자신이 처음으로 그녀의 관심을 끈 순간을 아주 잠시 생각했다.

"형?" 잠이 들려는 찰나에 미모가 그를 불렀다.

"왜?" 피노가 짜증스럽게 말했다.

"나도 곧 키가 클까?"

"금방."

"형이 여기 와서 기뻐."

피노는 코가 부어오르고 있었지만 씩 웃었다. "나도 여기 와서 기뻐."

6

다음 날 아침, 피노가 한참 자동차 경주를 하는 꿈을 꾸고 있을 때 레 신부가 그를 흔들어 깨웠다. 밖은 아직 어두웠다. 신부는 형제의 좁은 방 밖 바닥에 놓아둔 손바닥 크기의 랜턴 빛을 등지고 있어 희미한 윤곽만 보였다.

"신부님?" 아직 잠이 덜 깬 피노가 소곤거렸다. "몇 시예요?"

"4시 30분이란다."

"4시 30분이요?"

"일어나서 산 타기 좋은 옷을 입어라. 체력을 단련해야지."

피노는 말대답을 할 정도로 어리석지는 않았다. 신부는 평소에 피노의 엄마처럼 일부러 엄한 척하지는 않았지만, 엄마가 유독 깐깐하게 구는 날만큼이나 고집스럽고 까다로울 수 있는 사람이었다. 피노는 이런 성격을 가진 사람을 상대할 때는 그냥 피해 버리거나 하라는 대로 하는 것이 최선이라는 사실을 오래전에 깨달았다.

피노는 옷을 집어 들고 세면장에 가서 갈아입었다. 캔버스 천과 가죽 소재의 두꺼운 반바지, 종아리까지 올라오는 두툼한 울양말, 전날 아빠가 사준 빳빳한 새 등산화 차림이었다. 얇은 암녹색 울 셔츠 위에는 어두운 색 울 조끼를 껴입었다.

식당에는 레 신부와 보르미오 수사 외에는 아무도 없었다. 보르미오 수사가 달걀과 햄, 토스트로 아침밥을 만들어주었다. 피노가 밥을 먹는 동안 신부는 물병 두 개를 주면서 배낭에 담아 가라고 했다. 커다란 점심 도시락과 비가 올 경우에 대비한 방수 아노락(후드가 달린 방풍용 상의)도 준비돼 있었다.

"어디로 갈까요?" 피노가 하품을 참으며 말했다.

레 신부는 지도를 가지고 있었다. "피초 스텔라 아래 파소 안젤로가까지 쉬운 길로 가거라. 가는 데 9킬로미터. 돌아오는 데 9킬로미터."

18킬로미터라고? 피노는 그렇게 오래 걷지 않은 지 꽤 됐지만 고개를 끄덕였다.

"고개까지 직진하고 되도록 오솔길에서 다른 사람 눈에 띄지 않도록 조심하려무나."

"왜요?"

레 신부가 망설였다. "이 근처 마을의 몇몇 사람들은 천사의 계단이 자기들 소유라고 생각한단다. 그 사람들을 가까이하지 않는 것이 좋을 게야."

피노는 방금 들은 말에 어리둥절하면서, 아직 동이 트지 않아 어두운 밖으로 나가 카사 알피나의 남동쪽으로 이어지는 오솔길을 걸었다. 오솔길은 산의 윤곽선을 따라 길고 완만하게 구불구불 올라가다가 그로페라의 남쪽 측면에서 비스듬하게 고도가 낮아졌다.

산기슭에 가까워졌을 때는 이미 태양이 환하게 떠서 오른쪽 앞에 있는 피초 스텔라 정상을 밝게 비추고 있었다. 공기에 감도는 소나무와 발삼나무의 향이 어찌나 향긋한지 코를 찌르던 폭탄의 악취를 기억해 내기 힘들 정도였다.

그곳에 멈춰서 물을 마시고 보르미오 수사가 싸준 햄과 치즈와 빵을 절반씩 먹었다. 스트레칭을 조금 한 후 그 고개가 자신의 소유라고 생각하는 사람들 눈에 띄지 않도록 조심하라는 레 신부의 경고를 떠올렸다. 왜 그런 말을 하셨을까?

피노는 다시 가방을 어깨에 짊어지고 파소 안젤로가, 혹은 천사의 계단이라고도 부르는 곳까지 갈지자형으로 이어지는 길을 걷기 시작했다. 발 디 레이로 이어지는 남쪽 고개였다. 지금까지는 길게 뻗은 산비탈 하나를 내려왔고, 지금은 거의 끊임없이 위로 올라가느라 종아리와 허벅지가 욱신거리고 산소가 점점 희박해져 숨을 깊이 들이마셔야 했다.

이내 오솔길이 숲에서 벗어나 나무들이 점점 줄어들다가 돌출된 바위에 매달려 듬성듬성 자란 옹이투성이의 향나무 덤불만 조금 보였다. 태양이 산등성에 내리쬐자 땅을 뒤덮은 다른 관목들과 이끼, 지의류가 드러났다. 모두 부드러운 주황색과 빨간색과 노란색이었다.

고개를 4분의 3쯤 올라가자 구름이 하늘을 빠르게 흘러 피노의 왼쪽 위로 높이 솟은 그로페라의 산봉우리에 걸렸다. 툰드라 같은 지형이 끝나고 산등성이 아래로 바위와 무너져 내린 돌무더기가 펼쳐진 들판이 나타났다. 아직 단단한 산길이 나 있었지만 헐겁게 박힌 돌멩이들이 밟을 때마다 흔들거리는 바람에 새 등산화의 뻣뻣한 가죽이 발뒤꿈치와 발가락에 자꾸 쓸리기 시작했다.

원래는 천사의 계단 중간에 쌓인 돌무덤까지 가서 신발과 양말을 벗을 계획이었다. 그런데 산을 오른 지 세 시간이 지나자 불길한 먹구름이 자꾸 커지면서 몰려들었다. 바람이 강해졌다. 서쪽으로는 폭풍우의 징조인 암회색 사선들이 보였다.

피노는 아노락을 입고 파소 안젤로가의 꼭대기에서 여러 산길이 교차하는 지점에 있는 돌무덤을 향해 서둘러 나아갔다. 산길 중에는 그로페라의 산마루로 향하는 길과 피초 스텔라로 향하는 길이 있었다.

그러나 돌무더기에 도착하기 전에 안개가 소용돌이치며 다가왔다. 그리고 비가 뒤따랐다. 처음에는 몇 방울뿐이었다. 하지만 피노는 이제 곧 비가 세차게 쏟아지리라고 짐작할 수 있을 만큼 알프스산맥을 자주 올랐다. 아픈 다리를 확인하거나 뭘 좀 먹어야 한다는 생각을 버리고 돌무더기를 어루만진 다음에 강해지는 폭풍우를 향해 방향을 돌렸다. 산을 내려가는 동안에는 비가 갑자기 구슬 크기의 우박으로 변해 후드를 두드리는 통에 눈을 가리려고 팔뚝을 들어 올려야 했다.

우박이 산길의 바위와 흔들리는 돌에 부딪쳐 터지자 길이 미끄러워져 발걸음이 느려졌다. 얼마 후 우박은 바람과 함께 잦아들었지만 비는 폭우로 변해 끊임없이 쏟아졌다. 빙판으로 변한 산길에 빗물이 세차게 흘러내렸다. 첫 번째 나무까지 가는 데 한 시간이 넘게 걸렸다. 피노는 흠뻑 젖었다. 추워서 부들부들 떨리고 발에는 물집이 잔뜩 생겼다.

산길이 갈라져 한쪽 길이 모타와 카사 알피나로 올라가는 지점에 도착했을 때, 소스테 방향에서 고함이 들렸다. 거리가 멀고 비가 내리는 와중에도 그것이 남자의 목소리이며 화가 나 있다는 것을 확실히 알아챘다.

피노는 눈에 띄지 말라는 레 신부의 경고가 기억났다. 몸을 돌려 힘껏 뛰어가는 동안 심장이 쿵쿵 뛰었다.

뒤에서 들리는 고함이 격노한 상태로 바뀌자, 피노는 빠르게 오르막길을 올라 나무들 사이로 들어갔다. 거의 15분 동안 속도를 늦추지 않았다. 폐가 터질 것 같았다. 피노는 등을 구부리고 서서 숨을 크게 들이마셨다. 전속력으로 뛴 데다 고도가 높아서 속이 울렁거렸다. 다행히 고함은 더 이상 들리지 않았고 나무에서 빗물이 떨어지는 소리와 저 아래 먼 곳에서 울리는 희미한 기차의 기적 소리만 들렸다. 피노는 서둘러 나아가면서 용케 그 남자를 피한 것이 기분 좋아 웃음을 터뜨렸다.

카사 알피나에 도착했을 때는 빗줄기가 약해지기 시작했다. 5시간 15분 동안 산길을 걸은 셈이었다.

"왜 이렇게 오래 걸렸냐?" 레 신부가 현관으로 나오며 물었다. "나야 별일 없을 거라고 믿었지만 보르미오 수사는 걱정하던 참이란다."

"우박 때문에요." 피노가 몸을 떨며 말했다.

"옷을 다 벗고 난로 옆으로 가거라. 미모한테 마른 옷을 챙겨 보내마."

피노가 등산화와 양말을 벗고 고약한 물집을 보며 얼굴을 찡그렸다. 죄다 터져서 새빨개졌다.

"물집에 요오드를 바르고 소금을 뿌려야겠구나." 레 신부가 말했다.

그 말에 피노가 움찔했다. 팬티 차림으로 이를 딱딱 부딪치며 가슴을 감싸 안고 식당으로 절뚝거리며 들어갔다. 마흔 명의 사내아이들이 보르미오 수사의 빈틈없는 감시 아래 공부를 하고 있었다. 거의 발가벗은 피노가 어색하고 과장된 걸음으로 난로를 향해 가는 것을 본 순간, 사내아이들이 커다랗게 웃음을 터뜨렸다. 그중에서도 미모가 가장 요란하게 웃었다. 보르미오 수사마저 재미있어하는 듯했다.

피노는 그들에게 손을 흔들며 괘념치 않았다. 최대한 난롯불에 가까이 다가서고 싶은 마음뿐이었다. 미모가 마른 옷을 가지고 올 때까지 몇 분 동안 따뜻한 난로 앞에 서서 몸을 이리저리 돌렸다. 피노가 옷을 입자 레 신부가 뜨거운 차가 담긴 머그잔과 피노의 발을 담글 따뜻한 소금물이 가득한 그릇을 들고 다가왔다. 피노는 반갑게 차를 받아 마셨고 발을 소금물에 밀어 넣는 순간에는 이를 악물었다.

신부가 피노에게 아침 운동에 대해 자세히 설명해 달라고 했다. 피노는 소스테에서 화를 내며 소리치는 남자를 맞닥뜨린 것을 포함해서 모든 과정을 레 신부에게 털어놓았다.

"그 남자 얼굴을 보지 못했냐?"

"상당히 멀리 떨어져 있었고, 비가 왔거든요."

레 신부는 생각에 잠겼다. "점심을 먹고 낮잠을 자거라. 그리고 약속대로 세 시간 동안 공부하고."

피노는 하품을 하고 고개를 끄덕였다. 며칠 굶은 말처럼 허겁지겁 먹고 나서 절뚝거리며 침대로 가서 베개에 머리를 대자마자 깊은 잠에 빠져들었다.

✤

다음 날 아침, 레 신부가 전날보다 한 시간 늦은 시간에 피노를 흔들어 깨웠다.

"일어나라. 등산 가야지. 5분 후에 아침 식사가 준비된단다."

몸을 움직이자 온몸이 쑤셨지만 물집은 소금물에 담근 덕에 어제보다 나아진 듯했다. 그럼에도 전날 만난 안개만큼 짙은 안개 속에 있는 양 몽롱한 상태에서 옷을 입었다. 그는 한참 성장 중인 10대 소년이었다. 당연히 잠을 많이 자는 것을 좋아했다. 양말만 신고 식당을 향해 조심조심 발걸음을 내딛는 내내 하품이 멈추지 않았다. 레 신부가 음식과 지형도를 놓고 기다리고 있었다.

"오늘은 산의 측면을 따라 북쪽으로 가거라." 레 신부가 모타의 평탄면을 나타내는 간격이 넓은 등고선들을 톡톡 두드리며 말했다. 그곳에는 산을 따라 마데시모까지 내려가는 비포장도로가 포함돼 있었다. 이어서 그 위로 점점 가팔라지는 지형을 나타내는 좁은 간격의 등고선들을 가리켰다.

"여기와 여기에서 깎아지른 측면을 가로지를 때는 높이 올라가렴. 동물들이 다니는 길을 발견하게 될 거야. 이 협곡을 건널 때 도움이 될 거다. 그리고 마데시모부터 경사지를 올라가면 목초지의 이 지점에 도착하게 된다. 알아보겠니?"

피노가 지도를 응시했다. "그런 것 같네요. 그런데 그 측면으로 빙 둘러 가는 게 아니라 곧바로 마데시모로 가는 오솔길로 내려가서 경사지를 올라가면 안 돼요? 그쪽이 더 빠를 텐데요."

"그렇겠지." 레 신부가 말했다. "하지만 나는 네 속도에는 관심 없단다. 네가 길을 찾아갈 수 있고 사람들 눈에 띄지 않을지가 중요하지."

"왜요?"

"이유가 있단다. 지금은 나만 알고 있으려고 해, 피노. 그래야 더 안전하단다."

그 말은 피노를 더 혼란스럽게 할 뿐이었지만 잠자코 말했다. "알겠어요. 그리고 나서 돌아와요?"

"아니. 북쪽 원형 협곡의 우묵한 부분으로 올라가라. 그 위로 발 디 레이로 넘어가는 사냥길이, 그러니까 동물들이 다니는 길이 있는지 찾아보려무나. 준비가 안 됐다 싶으면 오르지는 말고. 일단 돌아와서 다른 날에 가면 된단다."

피노는 또다시 힘든 등산을 해야 한다는 생각에 한숨을 쉬었다.

날씨는 문제가 없었다. 9월 말에 접어든 남알프스의 아침은 화창했다. 하지만 산골짜기를 통해 그로페라 서쪽 측면에 있는 바위투성이의 좁은 길을 가로지르고, 오래된 통나무와 산사태의 잔해로 막힌 산골짜기를 통과해 이동하는 동안 피노의 근육과 붕대에 감긴 물집들이 아우성쳤다. 레 신부가 지도에서 보여준 목초지에 도착하기까지 두 시간이 넘게 걸렸다. 이어서 벌써 옅은 갈색으로 변한 깊은 알프스의 초원을 지나 오르막을 오르기 시작했다.

안나의 머리카락 같아. 피노는 잘 여물어 바람을 타고 퍼질 준비가 된 씨앗을 감싼 껍질 주변의 털을 보며 생각했다. 안나가 빵집 옆 보도에 서 있던 순간, 그녀를 따라잡으려고 서둘러 쫓아갔던 순간이 떠올랐다. 그녀의 머리카락이 딱 이랬다. 조금 더 무르익고 풍성하기는 했지만. 올라가는 동안 맨다리를 스치는 부드러운 풀 줄기에 절로 미소가 번졌다.

1시간 30분 후 북쪽 원형 협곡에 도착했다. 좌우로 300미터가량 수직 벽이 솟아 있고 꼭내기를 따라 날카로운 돌 이빨이 뾰족뾰족 이어진 협곡의 우묵한 부분은 화산의 내부처럼 보였다. 염소가 다니는 길을 찾아낸 피노는 그 길을 타고 올라갈까 생각했지만 다진 고기처럼 흐느적거리는 다리로 올라가기는 무리라는 결론을 내렸다. 대신에 마데시모로 곧바로 향하는 비탈길을 내려갔다.

피노는 금요일 오후 1시에 마을에 도착해 여관으로 가서 밥을 먹고 방을 하나 예약했다. 여관 주인은 일곱 살배기 니코를 포함해 세 자녀를 둔 친절한 부부였다.

"나 스키 탈 줄 알아요." 음식을 게걸스럽게 먹는 피노에게 니코가 다가와 자랑했다.

"나도 탈 줄 알아." 피노가 말했다.

"내가 더 잘 타요."

피노가 빙긋 웃었다. "아닐걸."

"눈이 오면 내가 스키 타러 데려가 줄게요. 가서 직접 봐요." 어린 소년이 말했다.

"기대되네." 피노가 대답하고는 니코의 머리를 헝클어뜨렸다.

여전히 온 근육이 뻐근했지만 슬슬 배가 찬 피노는 알베르토 아스카리를 찾으러 나섰다. 자동차 정비소는 닫혀 있었다. 저녁에 들르겠다는 쪽지를 남겨놓고 다시 산길을 올라 카사 알피나로 돌아갔다.

레 신부는 피노가 그로페라의 측면 벼랑을 가로지른 과정과 북쪽 원형 협곡을 오르지 않기로 결정했다는 말에 가만히 귀를 기울였다.

신부가 고개를 끄덕였다. "완전히 준비되지 않은 상태에서는 그 암벽을 타면 안 된단다. 넌 곧 준비가 될 게다."

"신부님, 공부하고 나서 마데시모에 내려가 하룻밤 묵으면서 제 친구 알베르토 아스카리를 만나려고요."

레 신부가 눈을 가늘게 뜨자 피노는 주말은 자유 시간이라고 하지 않았냐고 반문했다.

"그렇게 말했지. 가서 재미있게 놀고 푹 쉬어라. 하지만 월요일 아침에 다시 산에 올라갈 준비를 해야 한다."

피노는 낮잠을 잔 후 고대사와 수학을 공부하고 나서 루이지 피란델로의 희곡《산의 거인족 The Giants on the Mountain》을 읽었다. 평소 신는 신발을 신고 마데시모로 향하는 산길을 내려가기 시작했을 때는 5시가 넘은 시간이었다. 발이 아파서 죽을 지경이었지만 기어코 여관까지 절뚝거리며 걸어가 방을 확인했다. 그러고는 꼬마 니코의 스키 경주 이야기를 들으며 즐겁게 시간을 보내다가 아스카리의 삼촌 집으로 갔다.

알베르토 아스카리가 문을 열고 반갑게 피노를 맞아들이더니 저녁을 같이 먹자고 고집을 부렸다. 그의 숙모는 보르미오 수사보다 뛰어난 요리사였다. 그의 삼촌은 자동차에 대해 이야기하기를 아주 좋아해서 다들 금세 사이좋게 어울렸다. 피노는 배가 터지도록 잔뜩 먹은 바람에 후식을 먹는 동안 하마터면 잠들 뻔했다.

아스카리와 삼촌이 피노를 여관으로 데려다줬다. 피노는 방에 들어서자마자 신발을 벗어 던지고 침대에 털썩 드러누워 옷을 입은 채 잠들었다.

✤

동이 튼 직후 피노의 친구가 문을 두드렸다.

"왜 이렇게 일찍 일어났어?" 피노가 하품을 하며 물었다. "나는 늦잠 잘 작정이었는데."

"운전 배울 거야, 말 거야? 앞으로 이틀 동안 날씨가 좋을 거야. 비도 안 오고 눈도 안 오고. 그래서 너한테 가르쳐주려고 하는데. 대신 기름값은 네가 내고."

피노가 신발을 집어 들었다. 두 사람은 여관 식당에서 빠르게 아침을 먹고 나가서 아스카리의 피아트에 올라탔다. 이후 네 시간 동안 캄포돌치노 위 도로를 달려 슈플뤼겐 고개와 스위스까지 갔다.

알베르토는 그 구불구불한 길을 달리는 동안 게이지를 읽고 사용하는 방법, 지형과 고도와 방향 변화에 익숙해지는 방법을 알려줬다. 모퉁이에서 우회전과 좌회전을 하고 다른 차들 사이로 끼어드는 방법이나 브레이크가 아니라 엔진과 기어로 차를 조종하는 방법도 보여줬다.

그들은 독일 검문소와 스위스 국경이 보일 때까지 북쪽으로 내달리다가 방향을 틀었다. 그러다 캄포돌치노로 돌아오는 길에 나치 순찰차 두 대가 차를 세우더니 도로에서 뭘 하고 있는지 말하라고 윽박질렀다.

"얘한테 운전을 가르치는 중이에요." 순찰대가 신분증을 돌려준 후 아스카리가 말했다.

독일인들은 그 대답이 마음에 들지 않는 듯했지만 손을 저어 가라는 뜻을 전했다.

여관으로 돌아왔을 때 피노는 오랜만에 정말 신이 나 있었다. 그렇게 자동차를 모는 것은 엄청나게 짜릿한 경험이었다. 그것도 미래의 유럽 챔피언인 알베르토 아스카리에게 직접 운전을 배우다니, 기가 막힌 선물이었다.

피노는 다시 아스카리의 집에서 저녁을 먹으며 알베르토와 삼촌의 자동차 정비에 대한 이야기를 재미나게 들었다. 세 사람은 저녁을 먹고 정비소로 가서 거의 자정까지 알베르토의 피아트를 이리저리 손봤다.

다음 날 이른 아침 미사를 드린 후 피노와 알베르토는 또다시 캄포돌치노와 스위스 국경 사이의 도로를 달렸다. 아스카리는 산마루를 유리하게 이용해 달리는 방법을 보여줬다. 가능하면 멀리 내다봐야 머릿속에 최적의 속도로 운전하는 계획을 미리 세울 수 있다고 조언했다.

그런데 피노가 고개를 내려가는 마지막 구간에서 시야가 전혀 확보되지 않은 모퉁이를 너무 빠르게 도는 바람에 지프 형태의 독일 군용차인 퀴벨바겐에 부딪칠 뻔했다. 자동차 두 대가 모두 급하게 방향을 틀어 아슬아슬하게 충돌을 피했다. 아스카리가 뒤를 돌아봤다.

"저 사람들, 차를 돌리고 있어!" 아스카리가 말했다. "출발해!"

"멈춰야 하지 않을까?"

"너, 경주하고 싶지 않아?"

피노가 액셀을 힘껏 밟았다. 아스카리의 자동차는 독일군의 자동차보다 엔진이 훨씬 좋고 훨씬 빨랐다. 이솔라라는 도시를 벗어나기도 전에 나치들이 시야에서 사라졌다.

"세상에, 끝내줬어!" 피노가 말했다. 여전히 심장이 쿵쾅거렸다.

"그렇지?" 아스카리가 웃음을 터뜨렸다. "네 실력도 그리 나쁘지 않은데."

피노에게 그 말은 엄청난 칭찬이었다. 다음 주 금요일에 다시 배우러 오기로 약속하고 카사 알피나로 향하는 내내 하늘을 나는 기분이었다. 산길을 올라 모타로 돌아가는 길이 이틀 전 내려올 때보다 훨씬 덜 고통스러웠다.

"좋아." 피노가 발에 생긴 굳은살을 보여주자 레 신부가 말했다.

신부는 운전을 배운 이야기에도 흥미를 보였다.

"슈플뤼겐 고개 도로에서 순찰차를 몇 대나 봤니?"

"세 대요." 피노가 대답했다.

"그런데 너희를 세운 순찰차는 두 대뿐이었고?"

"세 번째 순찰차도 세우려고 했지만 제가 빠르게 달리니 잡지 못하더라고요."

"그들을 자극하지 말거라, 피노. 독일인들 말이야."

"신부님?"

"나는 네가 눈에 띄지 않게 연습하기를 바란단다." 레 신부가 말했다. "그런데 그렇게 운전하다가는 눈에 띌 거고 독일인들의 관심을 끌게 되겠지. 이해하겠니?"

피노는 완전히 이해하지는 못했지만, 레 신부의 눈에 서린 걱정을 보고 다시는 그러지 않겠다고 약속했다.

다음 날 아침 레 신부는 동이 트기 전에 피노를 흔들어 깨웠다. "또다시 맑은 날이구나. 산을 오르기 좋은 날이지."

피노는 끙 하고 신음 소리를 냈지만 옷을 입었다. 식당에 가니 신부와 아침 식사가 보였다. 레 신부는 지형도에서 카사 알피나 바로 위로 몇백 미터나 수직으로 솟아 그로페라 정상까지 한없이 구불구불 올라가는 날카로운 산등성이를 손으로 짚었다.

"혼자서 갈 수 있겠냐, 아니면 안내해 줄 사람이 필요하겠냐?"

"한 번 올라가본 적이 있어요."피노가 말했다. "진짜로 어려운 구간은 여기랑 여기예요. 그러고 나면 침니(암벽 지대에서 세로로 가파르게 갈라진 틈)가 나오고 꼭대기까지 아주 좁은 길이 이어져요."

"침니까지 가게 되더라도 아직은 올라갈 생각 하지 말거라. 더 멀리는 가면 안 된다. 그냥 돌아서서 내려와. 등산용 지팡이 챙겨 가고. 헛간에 몇 개 있단다. 하느님을 믿으렴, 피노. 그리고 경계를 게을리하면 안 된다."

7

피노는 새벽에 출발해 그로페라를 직선으로 올라갔다. 지팡이 덕분에 좁은 개울을 건너기가 수월했다. 이어서 날카로운 산등성이를 향해 남동쪽으로 측면을 돌아갔다. 수천 년에 걸쳐 깎인 암석층들 때문에 지형이 무질서하게 푹 꺼져 있어서 등마루의 꼬리 지점에 도착할 때까지 속도가 나지 않았다.

거기서부터 올라가는 구간에는 딱히 길이라고 할 만한 것 없이 바위와 가끔 나오는 수풀, 생명력 강한 관목뿐일 터였다. 등마루 양쪽으로 거의 수직으로 떨어지는 절벽이 있어서 단 한 번의 실수도 용납할 수 없었다. 피노가 2년 전 딱 한 번 이 등마루에 왔을 때는 다른 사내아이 네 명이 함께 있었고 마데시모에서 온 레 신부님의 친구가 길잡이를 해주었다.

피노는 2년 전 저 멀리 첨탑처럼 높이 솟은 봉우리의 기슭으로 올라가는 부서진 층계와 위험하고 좁은 통로들을 어떻게 올랐었는지 기억하려고 애썼다. 길을 잘못 들어섰을지 모른다는 생각에 잠시 두려움과 의구심이 몰려왔지만, 마음을 진정시키고 본능을 믿자고 스스로를 다독였다. 그리고 새로운 구간이 나올 때마다 신중하게 지나가고 이어서 오를 다음 구간을 천천히 살펴보면서 다시 점검했다.

등마루에 올라가는 것 자체가 첫 번째 도전이었다. 바람에 깎여 동그랗고 매끄러워진 약 2미터 높이의 돌기둥이 산마루의 기슭을 따라 솟구쳐 있었는데, 도저히 오를 수 없을 것처럼 보였다. 그러나 남쪽 면의 바위들은 금이 가고 부서져 있어 선택의 여지가 없었다. 일단 지팡이를 위로 휙 던져 올렸더니 달가닥거리며 떨어지다가 멈추는 소리가 들렸다. 손가락과 등산화 앞축을 바위틈에 끼우고 좁게 튀어나온 바위들을 밟으며 지팡이가 있는 지점으로 올라갔다. 얼마 후 날카롭게 삐죽삐죽 솟은 자리에 이르러 무릎을 꿇고 숨을 헐떡였다. 호흡이 가라앉을 때까지 기다렸다가 지팡이를 짚고 일어났다.

피노는 다시 조심조심 위로 올라가기 시작했다. 점차 발걸음의 리듬을 찾고 앞에 펼쳐진 복잡한 지형을 읽으면서 그나마 가장 쉬운 길을 찾았다. 그러나 한 시간 후 또다시 힘든 도전에 부딪쳤다. 암벽은 석판들이 영겁의 시간에 걸쳐 절단되어 들쭉날쭉하게 벌어진 틈을 제외하면 올라가는 길이 완전히 막혀 있었다. 틈은 폭과 깊이가 1미터도 되지 않았고, 바닥에서부터 저 위 절벽에 튀어나온 바위까지는 8미터 가까이 비스듬히 갈라져 있었다.

피노는 잠시 그곳에 서서 다시 쌓여가는 공포를 느꼈다. 하지만 공포로 얼어붙기 직전, 늘 믿고 경계를 게을리하지 말라는 레 신부의 목소리가 들렸다. 마침내 그는 몸을 180도 빙글 돌려 절벽의 갈라진 틈에 밀어 넣었다. 양손을 쭉 뻗고 등산화를 갈라진 벽에 대 지렛대로 삼았다. 이제 그는 몸의 세 부분을 절벽에 붙여 지탱한 채, 나머지 네 번째 접촉 지점인 한쪽 손이나 발을 한 번씩 움직이는 방식으로 조금씩 올라갈 수 있었다.

6미터쯤 올라갔을 때 매가 우는 소리가 들렸다. 피노는 틈에서 시선을 돌려 모타 방향의 산마루 아래를 내려다봤다. 그는 현기증이 날 만큼 높이 올라와 있었고 갑자기 어지러움이 몰려와 바위를 잡은 손을 놓칠 뻔했다. 이내 죽을 만큼 겁이 났다. 떨어지면 안 된다. 떨어지면 목숨을 건질 수 없다.

믿어라.

그 생각 덕에 피노는 갈라진 벽을 디디고 절벽에 튀어나온 바위로 올라섰고, 안도의 숨을 내쉬면서 도움을 준 하느님에게 감사했다. 기운을 되찾자 남서쪽 산마루까지 거의 쉬지 않고 올라갔다. 몹시 가파르고 뾰족했으며 곳곳의 폭이 간신히 1미터가 될까 말까 했다. 40미터 넘는 높이에 구부러진 창끝처럼 생긴 그로페라. 그 험준한 바위 봉우리의 기반을 향해 들쭉날쭉 이어진 길 양옆에는 산사태로 깊이 파인 홈들이 가파르게 나 있었다.

피노는 단도처럼 생긴 그 험준한 바위 봉우리를 두 번 다시 쳐다보지 않았다. 험준한 바위 봉우리의 기반 아래, 산맥의 여러 어깨와 쇄골들이 만나는 지점에서 피노는 한계에 다다르고 있었다. 바로 그때 지금까지 찾고 있던 것을 발견했다. 심장이 다시 세차게 쿵쿵거리기 시작했다. 피노는 눈을 감은 채 진정하고 믿으라고 자신에게 말했다. 가슴에 십자가를 긋고 나서 다시 나아가기 시작했다. 산사태로 깊이 파인 두 개의 커다란 홈 사이를 지나가는 동안 감히 양옆을 내려다볼 엄두도 못 내고 좁은 길이 넓어지는 지점으로 살금살금 똑바르게 움직이는 것에 집중했다. 마치 서커스에서 줄을 타는 곡예사가 된 기분이었다.

좁은 길 끝에 도착하자 암벽에서 돌출된 돌덩어리들을 오래전 잃어버린 친구라도 되는 양 꽉 부둥켜안았다. 피노는 계속 갈 수 있다는 확신이 들자 제각기 불규칙한 모양새지만 그나마 흔들리지 않는 안정적인 돌덩어리들을 타고 올라갔다. 쓰러진 벽돌 더미처럼 생긴 돌덩어리들이었다. 비교적 쉽게 한층 높이 올라갈 수 있었다.

카사 알피나를 출발한 지 4시간 30분 만에 그 험준한 바위 봉우리의 기반에 도착했다. 오른쪽을 유심히 살펴보니 바위에 고정된 쇠줄이 가슴 높이에서 가로로 봉우리를 가로지르며 늘어져 있었고, 그 아래에 암벽에서 튀어나온 약 18센티미터 폭의 바위가 있었다.

피노는 이제부터 해야 할 일을 생각하니 토할 것 같았다. 몇 번 심호흡하며 갈수록 커지는 초조함을 떨쳐버린 후 팔을 뻗어 늘어진 쇠줄을 움켜쥐었다. 오른쪽 등산화의 앞축으로 더듬거려서 암벽에서 튀어나온 부분을 찾아냈다. 집에 있는 그의 방 창밖으로 튀어나온 턱과 거의 비슷했다. 일단 그렇게 생각하자 마음이 차분해져 쇠줄을 꽉 잡고 험준한 바위의 기반 주위로 종종걸음을 치며 움직일 수 있었다.

5분 후 피노는 그 산에서 가장 넓은 산마루의 꼭대기에 도착했다. 남동쪽으로 넓게 펼쳐진 그곳은 지의류, 이끼, 에델바이스, 고산 아스터가 자란 작은 황색 언덕들로 뒤덮여 있었다. 그는 등을 대고 누웠다. 세차게 내리쬐는 정오의 태양 때문에 숨이 턱 막혔다. 지금까지의 과정은 이미 서른 번이나 그 코스를 오간 사람이 길잡이를 해줬을 때와는 전혀 다르게 느껴졌다. 그 길잡이는 매번 어디를 잡고 어디를 디뎌야 할지 보여줬다. 이번 산행은 일생을 통틀어 육체적으로 가장 고된 도전이었다. 끊임없이 생각하고 평가하고 믿음에 의지해야 했는데, 아주 피곤한 과정이었다. 지속하기가 너무 힘들었다.

피노는 물을 벌컥벌컥 마시며 생각했다. 그런데도 나는 해냈어. 나 혼자 힘으로 그 험한 길을 올라왔어.

행복하고 조금 더 자신감이 생긴 그는 오늘 하루와 음식에 대한 감사 기도를 한 후 보르미오 수사가 싸준 샌드위치를 게걸스럽게 먹어 치웠다. 기쁘게도 슈트루델까지 있어서 한 입씩 음미하며 천천히 먹었다. 세상에 이렇게 맛있는 음식이 있을까?

피노는 나른하고 졸려서 등을 기대고 누워 눈을 감았다. 그러고는 세월이 흘러도 변치 않는 산과 하늘에 있는 모든 것이 더할나위 없이 훌륭하다고 생각했다.

✤

엷은 안개가 피노를 깨웠다.

시계를 확인하자 거의 오후 2시가 다 되어 있어 깜짝 놀랐다. 구름이 밀려와 있었다. 이미 산비탈 아래로 90미터 너머로는 아무것도 보이지 않았다. 아노락을 입은 후 동물과 양치기들이 다니는 길로 나섰다. 동쪽과 북쪽으로 둘러 가는 길이었다. 피노는 그로부터 한 시간 후 그로페라의 북쪽 원형 협곡 뒤편 가장자리에 도달했다.

몇 번 시도한 끝에 협곡의 움푹 팬 부분 안에 난 비탈길을 가로질러 내려가, 3일 전 그가 돌아선 지점까지 갈지자형으로 이어진 길을 찾았다. 그는 몸을 틀어 방금 내려온 길을 올려다봤다. 그날 오전 워낙 많은 도전을 마주한 후라 그 길이 별로 나쁘지 않게 느껴졌다.

그러나 산을 터덜터덜 내려가 마데시모에 갔다가 다시 모타로 올라올 즈음, 피노는 완전히 기진맥진했다. 카사 알피나에 도착했을 때는 이미 해가 져 어두컴컴했다. 레 신부가 아이들이 공부하고 있는 식당 근처 복도에서 그를 기다리고 있었고, 보르미오 수사가 창조한 새로운 요리의 호화로운 향기가 실내에 그득했다.

"늦었구나." 레 신부가 말했다. "밤에는 산행을 하지 않았으면 좋겠는데."

"저도 어두울 때 산에서 내려오기는 싫었어요. 하지만 먼 길이에요, 신부님." 피노가 말했다. "그리고 그 산행이 말이죠. 제 기억보다 훨씬 어려웠어요."

"그래도 다시 할 수 있다고 믿지?" 레 신부가 물었다.

피노는 절벽의 갈라진 틈인 침니, 산사태로 깊이 파인 홈들 사이의 좁은 통로, 쇠줄 횡단을 떠올렸다. 솔직히 어느 것도 다시 하고 싶지 않았지만 잠자코 대답했다.

"네."

"좋아. 아주 좋아."

"신부님, 제가 왜 이걸 해야 하는 걸까요?"

신부가 그를 찬찬히 살피더니 말했다. "너를 강하게 만들려는 거란다. 앞으로 몇 달 동안 계속해야 해."

피노는 왜냐고 묻고 싶었지만 레 신부는 이미 몸을 돌린 뒤였다.

이틀 뒤, 신부는 피노를 발 디 레이로 가는 천사의 계단 코스로 보냈다. 그다음 날에는 북쪽 원형 협곡으로 이어진 횡단 코스에 도전했고 염소 길의 거의 가장자리까지 올라갔다. 셋째 날에는 가장 고된 그로페라 코스를 올랐는데, 자신감이 훨씬 늘어서 산사태로 깊이 파인 홈에 도착하는 데 한 시간을 단축했다.

다음 주말, 운전을 배우는 이틀 내내 맑은 날씨가 계속됐다. 레 신부의 경고를 떠올린 피노와 아스카리는 슈플뤼겐 고개 도로를 피해 마데시모 주변의 갈지자형 도로에서 운전을 연습했다.

일요일 오후 두 사람은 아스카리가 캄포돌치노에서 알게 된 여자 둘을 차에 태웠다. 한 명은 아스카리의 친구인 티티아나였고 다른 한 명은 티티아나의 친구인 프레데리카였다. 프레데리카는 굉장히 수줍어서 피노의 얼굴을 제대로 쳐다보지도 못했다. 피노는 그녀를 좋아하고 싶었지만 계속 안나 생각이 났다. 그녀를 생각하는 것이 미친 짓임을 알았다. 그녀와 이야기를 나눈 시간은 단 3분뿐이었고 그 후 거의 세 달 동안 그녀를 보지 못했다. 게다가 안나는 그를 바람맞혔다. 그런데도 다시 만날 거라고 믿었다. 그녀는 그가 매달리는 환상이 됐고, 외롭거나 미래를 확신할 수 없을 때마다 자기 자신에게 들려주는 이야기가 됐다.

1943년 10월 첫째 주 또다시 3일간의 힘든 등반을 마치고 카사 알피나에 도착했을 때, 피노는 기진맥진하고 배가 고파 죽을 지경이었다. 그는 보르미오의 스파게티를 두 그릇 먹고 물을 몇 리터 마신 후에야 고개를 들고 식당을 둘러봤다.

늘 보던 사내아이들이 모두 모여 있었다. 미모는 식당 한쪽 식탁에 자리 잡은 아이들 사이에서 대장 노릇을 하고 있었다. 레 신부는 손님인 두 남자와 한 여자를 대접하고 있었다. 그중 젊은 남자는 머리칼이 엷은 갈색이었다. 그가 한 팔로 어깨를 감싸고 있는 여자는 피부가 창백하고 눈동자가 검은색이었으며 생각에 잠겨 있었다. 넥타이를 매지 않은 정장 차림의 중년 남자는 콧수염이 있고 담배를 피우고 있었다. 그는 기침을 많이 했고 신부가 말을 할 때마다 손가락으로 식탁을 부드럽게 두드렸다.

피노는 잔뜩 졸린 와중에도 그들이 누구인지 궁금했다. 카사 알피나에 손님이 오는 것은 드문 일이었다. 부모들은 자주 왔고 폭풍우가 휘몰아칠 때면 많은 등산객이 그곳으로 몸을 피했다. 그러나 이 세 사람은 등산객이 아니었다. 그들은 외출복을 입고 있었다.

당장이라도 자러 가고 싶은 마음이 간절했지만 레 신부가 호락호락 넘어가지 않을 것이 빤했다. 피노가 공부할 기운을 끌어 모으려고 애쓰는데 신부가 다가와 말했다. "상으로 내일 하루는 휴가를 주마. 그때까지는 공부를 미뤄도 된다. 괜찮지?"

피노는 빙그레 웃으며 고개를 끄덕였다. 그 후로는 어떻게 방까지 찾아가 침대에 들어갔는지도 기억나지 않았다.

✦

피노가 잠에서 깨자 이미 대낮이었고 태양이 복도 끝 유리창을 비추고 있었다. 미모는 나가고 없었다. 다른 아이들도 모두 나간 뒤였다. 그가 식당에 들어가자 세 명의 손님을 제외하고는 아무도 없었다. 그들은 식당 제일 안쪽에서 작은 소리로 열띤 토론을 벌이고 있었다.

"더 이상 기다릴 수 없어." 젊은 남자가 말했다. "다 파괴되고 있어. 메이나의 절반이! 우리가 이야기하고 있는 이 순간에도 로마를 습격하고 있다고."

"하지만 우리는 안전하다면서." 여자가 초조하게 말했다.

"여기는 안전해." 그가 말했다. "레 신부님은 좋은 분이시니까."

"하지만 이게 얼마나 갈까?" 중년 남자가 또 다른 담배에 불을 붙이며 말했다.

그때 여자가 그들을 바라보고 있는 피노를 알아채고는 남자들에게 조용히 하라고 손짓했다. 보르미오 수사가 피노에게 커피와 빵, 살라미를 가져다주었다. 손님들은 식당에서 나갔다. 피노는 나머지 시간 동안 그들에 대해 생각하지 않은 채 난롯가에서 책을 여러 권 읽었다.

미모와 아이들이 긴 등산을 마치고 우르르 몰려왔을 때는 거의 저녁 식사 시간이었다. 피노는 푹 쉰 것뿐만 아니라 평소처럼 건강해진 느낌이 들었다. 운동량이 많은 만큼 보르미오 수사가 그에게 먹이는 음식량이 어마어마해서 날마다 몸무게와 근육이 늘어나는 것 같았다.

"피노?" 미모와 사내아이 둘이 기다란 식탁에 접시와 은 식기를 놓고 있을 때 레 신부가 그를 불렀다.

피노는 책을 옆에 내려놓고 의자에서 일어났다. "네, 신부님."

"후식을 먹은 후에 나를 찾아오너라. 예배당으로."

피노는 어리둥절했다. 예배당은 일요일 새벽에 소규모 예배를 드릴 때 말고는 거의 사용하지 않기 때문이다. 피노는 잠시 궁금증을 접어두고 앉아 미모와 다른 아이들과 농담을 했다. 이어서 그로페라로 올라가는 험난한 길이 얼마나 위험한지 흥미진진하게 묘사해서 아이들의 혼을 쏙 빼놓았다.

"거기서 한 발만 잘못 디디면 끝이야." 피노가 말했다.

"나는 올라갈 수 있어." 미모가 자랑했다.

"턱걸이, 팔굽혀펴기, 앉았다 일어나기부터 시작해라. 그럼 너도 올라갈 수 있겠지."

모든 도전이 그렇듯 이 도전은 미모의 경쟁심에 불을 붙였다. 피노는 동생이 앞으로 열성적으로 턱걸이와 팔굽혀펴기, 앉았다 일어나기를 할 것이라는 사실을 알았다.

그릇을 깨끗하게 정리한 후 미모가 카드를 하겠냐고 물었다. 피노는 레 신부와 이야기하러 예배당에 가야 한다며 거절했다.

"무슨 일로?" 미모가 물었다.

"가봐야 알아." 피노는 현관 근처 선반에서 울 모자를 집어 들었다. 모자를 쓰고 어두운 밖으로 나갔다.

이미 기온이 영하로 떨어졌다. 그 위에서 초승달이 빛나고 별들이 폭죽처럼 반짝였다. 고원의 가장자리를 따라 우뚝 솟은 전나무 숲 앞 예배당으로 걸어가는 동안 살을 에는 북풍이 볼에 부딪히며 겨울이 왔음을 알렸다.

예배당 문의 걸쇠를 엄지손가락으로 밀어 올리고 안으로 들어가니 네 개의 초가 타고 있었다. 레 신부는 신도석에서 무릎을 꿇고 고개를 숙인 채 기도를 드리고 있었다. 피노는 예배당 문을 조용히 닫고 앉았다. 얼마 후, 신부가 십자가 모양을 그린 후 지팡이를 짚고 일어나서 절뚝거리며 다가와 가까이 앉았다.

"깜깜한 밤에 발 디 레이로 이어지는 북쪽 코스를 최대한 멀리 갈 수 있겠니?" 레 신부가 물었다. "달빛 말고는 아무런 불빛 없이."

피노는 잠시 생각하다가 말했다. "원형 협곡의 측면은 안 돼요. 그렇지만 거기까지는 갈 수 있을 것 같아요."

"시간을 얼마나 더해야 할까?"

"한 시간쯤이요. 왜요?"

레 신부가 심호흡하고 말했다. "그 질문에 대한 답을 구하려고 기도해 왔단다, 피노. 한편으론 네가 아무것도 모른 채 마음 편하게 네 할 일에만 몰두하면서 살게 하고 싶구나. 하지만 하느님은 삶을 단순하게 두지 않으시잖니? 우리가 무슨 말을 할 수 있겠냐, 뭘 할 수 있겠냐."

피노는 혼란스러웠다. "신부님?"

"오늘 밤 식당에 있던 세 사람. 그들과 이야기를 나눴니?"

"아니요." 피노가 대답했다. "하지만 그들이 메이나에 대해서 이야기하는 걸 우연히 들었어요."

레 신부가 침울해지더니 고뇌에 찬 표정을 지었다. "2주 전에 50명 넘는 유대인이 메이나에 있는 호텔에 숨어 있었단다. 밀라노 게슈타포 지휘관인 라우프 대령이 나치 친위대 부대를 보냈지. 유대인들을 찾아내서 손발을 묶어 마조레 호수에 던져 넣고 기관총으로 쏴 죽였어."

피노는 오장이 바짝 옥죄는 듯했다. "뭐라고요? 왜요?"

"그들이 유대인이기 때문이지."

피노는 히틀러가 유대인을 혐오한다는 것을 알았다. 유대인을 싫어하고 그들을 험담하는 이탈리아인이 있다는 것도 알았다. 그렇지만 그들을 그렇게 무참하게 죽였다고? 단순히 종교 때문에? 잔혹함이 도를 넘은 행위였다.

"도저히 이해 못하겠어요."

"나도 이해를 못하겠구나, 피노. 하지만 이탈리아의 유대인들이 지금 심각한 위험에 처해 있다는 것이 분명해졌단다. 오늘 아침에 슈스터 추기경님과 전화로 이 상황에 대해 이야기를 나눴어."

레 신부는 슈스터 추기경에게 들은 이야기를 들려줬다. 메이나 학살 후 나치는 로마의 유대인 거주 지역에 남아 있던 유대인들에게 안전을 대가로 36시간 내에 금 50킬로그램을 지불하라고 강요했다. 유대인들은 그들과 가톨릭교도들이 가지고 있던 금을 모아서 줬다. 그러나 금을 전해준 후 독일인들이 사원을 습격해 로마에 있는 유대인의 명단을 찾아냈다.

신부가 말을 멈추고 지독히 고통스러운 표정을 짓다가 다시 입을 열었다. "슈스터 추기경님이 말씀하시길 나치가 그 명단에 있는 유대인들을 사냥하려고 특수한 친위대를 데려왔다는구나."

"그래서 뭘 한대요?" 피노가 물었다.

"그들을 죽이는 거지. 전부 다."

피노는 그 순간까지 어린 마음의 가장 외지고 불안한 구석에서조차 그런 일은 상상도 하지 못했다. "그건…… 사악한 짓이에요."

"사악하지."

"슈스터 추기경님은 이런 일을 어떻게 다 아셨대요?"

"교황님한테서. 교황님이 바티칸에 파견된 독일 대사에게 듣고 슈스터 추기경님에게 말씀하셨단다."

"교황님이 중단시키실 수는 없을까요? 세상 사람들한테 말해서요."

레 신부는 눈을 내리깔며 관절이 하얗게 질리도록 주먹을 꽉 쥐었다. "교황님과 바티칸이 탱크와 친위대에게 포위됐어, 피노. 지금 교황님이 공개적인 발언을 하는 건 자살행위이고 바티칸 시국의 침략과 파멸을 의미한단다. 하지만 교황님은 추기경들에게 비밀리에 이야기를 전하고 계셔. 나치를 피해 도피처가 필요한 사람에게 문을 열어주라는 구두 명령을 추기경들을 통해 이탈리아에 있는 모든 가톨릭교회에 내리셨어. 우리는 유대인들을 숨겨주고 가능하다면 그들의 탈출을 도우라는 지시를 받았단다."

피노의 심장이 빠르게 뛰었다. "어디로 탈출해요?"

레 신부가 위를 올려다봤다. "발 디 레이의 가장 끝자락에 가 본 적 있나? 호수 너머 그로페라 뒤쪽으로."

"아니요."

"거기에 숲이 우거진 삼각형 모양의 지대가 있단다. 그 지대의 초입에서 200미터까지는 이탈리아 소유지만 그 지점을 넘어가면 스위스야. 안전한 중립 지대지."

피노는 지난 몇 주간의 실험이 다른 관점에서 보이기 시작했다. 기대감에 들뜨고 새로운 목적의식에 가슴이 벅차올랐다. "저더러 그 사람들의 길잡이를 하라는 말씀이시군요. 유대인 세 명 말이에요."

"하느님을 사랑하는 하느님의 자녀 세 분이란다. 그분들을 도와주겠니?"

"네, 당연하죠."

신부는 한 손을 피노의 어깨에 올렸다. "네 목숨을 건 위험한 일이라는 것을 알아야 한다. 새로운 독일 규정 아래에서 유대인을 돕는 것은 반역 행위이고 사형을 당할 수도 있어. 네가 독일군 손에 잡히면 처형될지도 몰라."

피노는 그 말에 침을 꿀꺽 삼키고는 속으로 떨림을 느꼈다. 그러나 레 신부를 보며 말했다. "그들을 카사 알피나에 감춰주는 것도 신부님의 목숨을 건 일이잖아요?"

"그리고 아이들의 목숨도." 신부가 근엄한 표정으로 말했다. "하지만 우리는 모든 피난민이 독일군을 피해 도망가도록 도와야 해. 교황님도 그렇게 생각하시지. 슈스터 추기경님도 그렇게 생각하시고. 나도 그렇게 생각한다."

"저도 그래요, 신부님." 피노는 당장 나가서 잘못을 바로잡기라도 하려는 듯 한 번도 경험한 적 없는 감정에 벅차올랐다.

"좋아." 레 신부가 반짝반짝 빛나는 눈으로 말했다. "나는 네가 도와주리라 믿었어."

"저도요." 대답하는 피노의 감정은 갈수록 강렬해졌다. "이제 가서 자야겠어요."

"2시 15분에 깨우마. 보르미오 수사가 2시 30분까지 밥을 차려놓을 게야. 3시에 출발해야 한다."

피노는 예배당을 나서면서 생각했다. 들어올 때는 소년이었지만 이 문을 나서는 지금은 어른이 되겠다고 결정한 것이라고. 유대인들을 돕고 받게 될 처벌은 무서웠지만, 어쨌든 그들을 도울 작정이었다.

그는 들어가기 전에 카사 알피나 앞에 서서 그로페라의 측면을 가로질러 북동쪽을 응시하다가 이제 세 명의 목숨은 자신의 책임이라는 것을 깨달았다. 젊은 부부, 그리고 애연가 아저씨. 그들이 탈출의 마지막 단계에서 그에게 의지하고 있다.

그는 달빛에 희미한 윤곽이 드러난 그로페라의 거대한 바위와 별과 그 너머 시커먼 공동을 올려다봤다. 그리고 조용히 속삭였다.

"하느님, 저를 도와주세요."

8

피노는 레 신부가 깨우러 오기 10분 전에 일어나서 옷을 갈아 입었다. 보르미오 수사가 잣과 설탕을 넣은 오트밀을 만들어서 육포와 치즈를 함께 내왔다. 애연가 아저씨와 젊은 부부가 아침을 먹고 있을 때 레 신부가 다가와 피노의 어깨에 양손을 올렸다.

"이쪽이 길잡이를 맡은 피노입니다." 신부가 말했다. "그가 길을 알고 있습니다."

"너무 어리네요." 애연가가 말했다. "더 나이 든 사람은 없습니까?"

"피노는 산에서 아주 능숙하고 대단히 강합니다. 특히 이 산에서요. 저는 피노가 여러분을 원하는 곳으로 데려다줄 것이라고 확신합니다. 내키지 않으시면 다른 길잡이를 찾으셔도 됩니다. 그렇지만 미리 알려드립니다. 밖에는 돈만 받아 챙기고 여러분을 나치에게 넘길 사람들도 있습니다. 우리는 오직 여러분이 안전한 피난처를 찾기만을 바랍니다."

"저희는 피노와 함께 가겠습니다." 젊은 남자가 말하자 여자가 고개를 끄덕였다.

중년의 애연가는 여전히 망설였다.

"다들 성함이 어떻게 되세요?" 피노가 물으며 젊은 남자에게 악수를 청했다.

"지어드린 새 이름을 사용하십시오." 레 신부가 말했다. "서류에 적힌 이름이요."

여자가 말했다. "마리아예요."

"리카르도입니다." 남편이 말했다.

"루이지요." 애연가가 말했다.

피노는 자리에 앉아서 그들과 함께 아침을 먹었다. 마리아는 말투가 부드러웠지만 무척 재미있었다. 리카르도는 제노바에서 교사였고 루이지는 로마에서 시가cigar 사업을 했다. 피노는 식탁 아래로 시선을 내려 그들의 신발을 흘낏 봤다. 등산화는 아니었지만 충분히 튼튼해 보였다.

"위험한 길인가요?" 마리아가 물었다.

"제 말대로만 하면 괜찮을 거예요. 5분 뒤에 갈까요?"

그들이 고개를 끄덕였다. 피노는 일어나서 자리를 치우고 접시를 든 채 레 신부에게 가서 부드럽게 말했다. "신부님, 천사의 계단을 건너서 발 디 레이로 들어가는 길이 저분들에게 더 쉽지 않을까요?"

"더 쉽겠지." 레 신부가 말했다. "하지만 몇 주 전에 그 길을 이용했단다. 이목을 끌고 싶지 않구나."

"네? 대체 누가 이용했는데요?"

"조반니 바르바레스키, 그 신학생 말이다. 네가 밀라노에서 오기 직전에 탈출하려는 부부와 딸이 있었단다. 바르바레스키와 내가 계획을 세웠지. 바르바레스키가 그 가족과 미모를 비롯한 사내아이들 스무 명을 이끌고 하루 종일 걸어서 천사의 계단 너머 발 디 레이까지 갔단다. 호수 끝자락과 숲 사이로 소풍을 갔지. 산에 간 사람은 스물네 명이고 돌아온 사람은 스물한 명이란다."

"아무도 알아차리지 못했겠네요." 피노가 감탄하며 말했다. "특히 그 무리를 멀리 떨어져서 봤다면요."

레 신부가 고개를 끄덕였다. "우리도 그렇게 생각했는데 겨울이 다가오는 지금은 그렇게 많은 사람을 보내는 방법이 현실적이지 않아."

"적을수록 좋죠." 피노가 말하고 어깨 너머를 흘낏 봤다. "신부님, 저분들이 드러나지 않도록 최선을 다할게요. 하지만 몸을 숨길 수 없는 장소가 많아요."

"발 디 레이의 모든 구간도 거기에 포함되지. 그래서 너에게 특히 위험하단다. 너는 훤히 트인 지대에서 홀로 돌아와야 하니까. 하지만 독일군이 그 고개 도로를 순찰하는 한, 그리고 비행기를 날려 보내 국경을 조사하지 않는 한, 너는 괜찮을 게야."

레 신부가 꽉 껴안는 바람에 피노는 깜짝 놀랐다. "하느님은 네 편이다, 아들아. 매 순간 너와 함께하실 거란다."

보르미오 수사가 피노를 도와 배낭을 등에 메주었다. 물 4리터, 달콤한 차 4리터, 음식, 밧줄, 지형도, 아노락, 울 스웨터와 모자, 철통에 담긴 불을 피울 때 쓸 성냥과 천 조각, 마른 카바이드를 채운 작은 광산용 램프, 주머니칼, 작은 손도끼.

짐을 모두 채운 가방의 무게는 20킬로그램에서 25킬로그램 정도였다. 하지만 피노는 카사 알피나에 도착한 다음 날부터 무거운 짐을 지고 등산을 해온 터라 무겁지 않게 느껴졌다. 피노는 레 신부가 이렇게 되기를 바랐던 것이 아닐까 하고 생각했다. 그의 생각대로 그것이 레 신부의 의도였다. 그는 몇 주 동안 이 일을 계획해 왔던 것이다.

"가죠." 피노가 말했다.

✤

네 사람은 쌀쌀한 가을밤으로 걸어 나왔다. 하늘은 아주 맑았고 여전히 높이 뜬 달이 남쪽으로는 그로페라의 서쪽 측면을 가로질러 희미한 빛을 비추고 있었다. 피노는 학교 밖 가스등 불빛에 노출되지 않게 하려고 그들을 비포장도로로 이끌었다. 곧이어 눈이 어둠에 적응하게 하려고 잠시 멈춰 세웠다.

"지금부터는 조용히 말해야 해요." 피노는 소리를 낮춰 말하고 산을 가리켰다. "저 위에서는 소리가 멀리까지 울리니까 이제 우리는 겁 많고 조용한 생쥐가 되는 거예요. 아셨죠?"

그들이 고개를 끄덕였다. 그때 루이지가 담배에 불을 붙였다.

피노는 화가 났지만 이내 자신이 주도권을 잡아야 한다는 것을 깨달았다. 그는 애연가에게 한 걸음 성큼 다가서서 쉬 소리를 냈다. "끄세요. 작은 불빛이라도 수백 미터 떨어진 곳에서도 볼 수 있어요. 쌍안경으로는 더 멀리서도 보이겠죠."

"난 담배를 피워야 해." 루이지가 말했다. "마음을 진정시켜 주거든."

"제가 괜찮다고 할 때까지는 안 돼요. 싫으시면 돌아가서 다른 길잡이를 찾으세요. 저는 저 두 분만 데리고 갈게요.”

루이지가 길게 한 모금을 빨더니 담배꽁초를 던지고 발로 뭉갰다. “안내하게.” 그가 넌더리가 난다는 투로 말했다.

피노는 어둑어둑한 고원을 가로질러 그들을 북쪽으로 이끌면서 주변시에 의지하라고 말했다. 경사지의 맨 아랫부분에 바짝 붙어서 가다 보니 길이 약 50센티미터 폭으로 좁아졌고 급경사면 몇 개를 비스듬히 가로질렀다. 그는 밧줄을 길게 풀어서 3미터 간격으로 허리에 묶을 네 개의 고리를 만들었다.

“밧줄을 매더라도 오른손을 벽이나 벽에서 자라는 덤불에 대고 있어야 해요. 작은 묘목처럼 잡을 것이 느껴지면 체중을 완전히 싣기 전에 단단하게 뿌리가 박혀 있는지 잡아당겨 봐야 하고요. 더 좋은 방법은 내가 짚는 바로 그 자리를 여러분도 짚는 거예요. 어둡긴 하지만 내 실루엣을 보면 움직이는 방식을 파악하실 수 있을 거예요.”

“내가 뒤를 따라갈게.” 리카르도가 말했다. “마리아, 당신은 내 바로 뒤로 와.”

“그래도 될까, 피노?” 마리아가 말했다.

“리카르도, 당신이 뒤에 서야 부인에게 더 도움이 돼요. 마리아가 세 번째로 오고 루이지 아저씨가 내 바로 뒤에 오는 게 좋겠어요.”

그 말이 리카르도를 짜증 나게 한 듯 그가 목소리를 높였다. “하지만 내가—”

“가장 강한 사람이 밧줄의 앞과 끝에 서는 것이 마리아와 우리 모두를 위해 훨씬 안전해요.” 피노가 주장했다. “아니면 당신이 이 산과 등산에 대해 나보다 더 잘 아시나요?”

"피노 말대로 해요." 마리아가 말했다. "가장 강한 사람이 앞뒤에 서자고요."

피노는 리카르도가 열일곱 살짜리에게 지시받는 것이 당황스럽고 화가 나면서도 가장 강한 사람이라는 말에 우쭐해졌다는 것을 눈치챘다.

"좋아." 리카르도가 말했다. "내가 맨 뒤에 설게."

"완벽해요." 그들이 허리 고리를 매자 피노가 말했다.

피노는 장갑을 낀 오른손을 암벽에 대고 출발했다. 일반적으로 걷기에는 충분히 넓은 길이었지만 피노는 왼쪽으로 15센티미터씩 더 좁은 길이라고 상상하며 벽에 딱 붙어 움직였다. 일어날 수 있는 최악의 상황은 그들 중 한 명이 길의 낮은 쪽으로 떨어지는 것이었다. 운이 좋으면 나머지 세 명의 체중으로 모두를 충분히 지탱하겠지만, 운이 나쁘면 두 번째 사람에 이어 세 번째 사람까지 줄줄이 떨어질 수도 있었다. 그들 아래에 있는 경사면은 거의 40도 경사였다. 그들 모두가 굴러떨어지기 시작하면 날카로운 바위와 고산 덤불이 그들을 갈기갈기 물어뜯을 터였다.

피노는 고양이처럼 살금살금 조심스럽게 걸으면서도 수월하고 확실한 방법으로 사람들을 이끌었다. 그들은 거의 한 시간 동안 별 사고 없이 움직였다. 그런데 마데시모 마을 위를 지날 즈음에 루이지가 헛기침을 하면서 침을 뱉기 시작했다. 피노는 멈출 수밖에 없었다.

"아저씨." 피노가 속삭였다. "어쩔 수 없으시다는 걸 알지만 꼭 기침을 하셔야 하면 팔꿈치 안쪽에 대고 하세요. 우리 바로 위에 마을이 있어요. 엉뚱한 사람이 소리를 들을 수도 있어요."

시가 상인이 소곤거렸다. "얼마나 멀리 가야 하나?"

"거리는 중요하지 않아요. 그저 다음에 내디딜 걸음만 생각하세요."

500미터를 더 가자 그들이 가로지르고 있는 경사면이 덜 가팔라지고 길이 적당히 넓어졌다.

"여기가 최악의 구간인가?" 루이지가 물었다.

"최상의 구간이었어요." 피노가 대답했다.

"뭐라고?" 마리아가 놀라서 작게 소리를 질렀다.

"농담이에요." 피노가 말했다. "최악의 구간이었어요."

✤

새벽녘에 그들은 마데시모 위로 높이 솟은 알프스의 목초지를 가로질러 오르고 있었다. 지난번 안나의 머리카락을 연상시켰던 풀이 이제는 씨를 다 떨구고 말라가고 있었다.

피노는 뒤쪽을 둘러보고 반대편에 솟아오른 울퉁불퉁한 단층 지괴에 있는 계곡을 내다봤다. 저렇게 높은 곳에 독일군들이 숨어 쌍안경으로 그로페라를 감시하고 있을까. 그럴 가능성은 없을 것 같았지만, 피노는 나무 그늘에 몸을 숨기고 이동할 수 있는 목초지 쪽으로 그들을 이끌었다. 이제 바위와 드문드문 난 노간주나무 그림자에 겨우 몸을 가리고 올라가야 할 지형으로 바뀔 터였다.

"지금부터 조금 더 빠르게 움직여야 해요." 피노가 말했다. "태양이 산 정상 뒤에 있어서 협곡의 오목한 부분에 그림자가 지니까 도움이 될 거예요. 하지만 곧 태양이 머리 위로 뜰 거예요."

북쪽 원형 협곡 바닥에 있는 오목한 부분으로 향하는 동안 리카르도와 마리아는 피노의 속도에 맞춰 걸었다. 애연가인 루이지는 얼굴이 땀범벅이 된 채 희박한 산소를 찾아 가슴을 들썩거리며 뒤로 처졌다. 빙하 작용으로 반들반들해진 바위 들판을 힘겹게 넘고 오목한 협곡의 뒷벽으로 이어지는 고대의 길에 달라붙어 이동하는 동안, 피노는 두 번이나 루이지에게 돌아가 도와줘야 했다.

피노와 젊은 부부는 잠시 쉬면서, 기침하고 침을 뱉으며 달팽이처럼 느릿느릿 움직이는 시가 상인을 기다렸다. 그는 피노 옆 평평한 바위에 기대 지독한 담배 냄새를 풍기며 투덜거렸다.

피노는 달콤한 차와 육포, 그리고 빵을 배낭에서 꺼냈다. 루이지는 음식을 게걸스럽게 먹었다. 젊은 부부도 마찬가지였다. 피노는 그들이 다 먹을 때까지 기다렸다가 그들보다 덜 먹고 덜 마셨다. 돌아오는 길에 먹을 수 있게 조금 아껴놓아야 했다.

"이제 어디로 가지?" 루이지가 이제야 주변이 눈에 들어온다는 듯 물었다.

피노는 암벽을 갈지자로 가파르게 올라가는 염소 길을 향해 손짓했다.

남자의 턱이 축 처졌다. "난 저기 못 올라가."

"올라가실 수 있어요. 제가 하는 대로만 하시면 돼요."

루이지가 양손을 쳐들었다. "아니, 나는 못해. 안 해. 나는 여기에 두고 가게. 막으려고 갖은 수를 써봤자 어차피 조만간 죽음이 나를 덮칠 테니."

피노는 잠시 어떻게 해야 할지 알 수 없었지만 곧이어 말했다. "아저씨가 돌아가실 거라고 누가 그래요?"

"나치가." 애연가가 헛기침하더니 위쪽의 길을 향해 손짓했다. "이 길을 보아하니 하느님은 내가 일찌감치 죽기를 바라시는 것 같군. 하지만 나는 저기 올라가서 떨어져 죽기는 싫어. 바위들 위로 튕겨 오르며 마지막 순간을 맞지는 않을 거야. 여기 앉아서 담배를 피우면서 죽음이 다가오길 기다리지. 이 자리면 적당하겠어."

"아뇨, 우리랑 같이 가실 거예요." 피노가 말했다.

"나는 남을 거야." 루이지가 힘주어 말했다.

피노가 마른침을 삼키고 말했다. "레 신부님이 여러분을 발 디 레이까지 데리고 가라고 말씀하셨어요. 내가 아저씨를 남겨놓고 가면 신부님이 싫어하실 거예요. 그러니까 아저씨는 가실 거예요. 나랑 같이."

"날 억지로 가게 할 수는 없어, 청년." 루이지가 말했다.

"아니요, 할 수 있어요." 피노가 화난 투로 말한 후 남자 쪽으로 빠르게 움직였다. "할 거예요."

그가 눈이 휘둥그레진 남자에게 다가갔다. 피노는 아직 열일곱 살이지만 루이지보다 훨씬 컸다. 시가 상인의 얼굴을 오가는 여러 감정이 보였다. 원형 협곡의 가파른 암벽을 다시 쳐다본 그의 얼굴은 두려움으로 일그러져 있었다.

"말귀를 못 알아듣나?" 그가 한풀 꺾인 투로 말했다. "진짜 못 한다고. 난 무사히 건널 수 있다고 믿지 않아."

"하지만 전 믿어요." 피노가 성난 목소리로 말하려 애썼다.

"제발."

"안 돼요. 저는 꼭대기를 넘어서 발 디 레이까지 여러분을 데리고 가겠다고 약속했어요. 설령 업고 가야 한다 해도요."

루이지는 피노의 얼굴에 서린 결의에 설득된 듯했다. 그는 떨리는 입술로 말했다.

"약속하지?"

"약속해요." 피노가 말하고 손을 흔들었다.

피노는 다시 허리에 밧줄을 매고 루이지를 바로 뒤에 서게 했다. 그 뒤로 마리아를 세우고 마지막으로 그녀의 남편을 세웠다.

"내가 안 떨어질 거라고 확신해?" 시가 상인이 겁에 질린 채 물었다. "이렇게 외진 곳에서 산을 타본 적이 없어. 나는…… 항상 로마에서 살았어."

피노는 잠시 생각하다가 말했다. "좋아요. 그럼 로마 유적에는 올라가 보셨죠?"

"응. 하지만……."

"콜로세움의 가파르고 좁은 계단은요?"

루이지가 고개를 끄덕였다. "여러 번."

"이 길은 그 계단보다 어렵지 않아요."

"어려워."

"어렵지 않아요." 피노가 말했다. "그냥 콜로세움 안에서 좌석과 계단들을 가로질러 왔다 갔다 한다고 상상하세요. 그러면 괜찮을 거예요."

루이지는 회의적인 듯했지만 피노가 첫걸음을 내디뎠을 때 밧줄에 딸려 가지 않으려고 버둥거리지는 않았다. 올라가는 동안 피노는 계속 애연가에게 농담을 던졌고 꼭대기에 도착하면 담배를 두 대 피워도 된다고 허락했다. 그리고 경사면을 따라 손가락을 짚으라고 조언했다.

"천천히 가세요. 밑이 아니라 앞을 보시고요."

길이 험해지고 벽이 거의 수직으로 떨어지자, 피노는 밀라노에 처음 폭격이 일어난 밤에 자신과 동생이 겨우 살아남아 집에 돌아왔더니 다들 음악을 연주하고 있더라는 이야기로 그의 관심을 돌렸다.

"자네 아버지는 현명한 분이군." 시가 상인이 말했다. "음악, 와인, 시가야말로 헤아릴 수 없는 고통에서 살아남는 삶의 작은 사치이지."

"가게에서 생각을 많이 하신 것 같네요." 피노가 눈가에서 땀을 훔치며 말했다.

루이지가 웃음을 터뜨렸다. "많은 생각을 하고, 많은 이야기를 나누고, 많은 책을 읽었지. 그곳은……." 그의 목소리에서 기쁨이 사라졌다. "그곳은 내 집이었어."

그들은 원형 협곡의 벽을 타고 상당히 높은 곳까지 올라왔고 이제 가장 어려운 구간이 바로 앞에 있었다. 가파른 경사면의 갈라진 틈 속에서 길이 오른쪽으로 2미터, 이어서 왼쪽으로 3미터 길이로 끊겼다. 갈라진 틈을 지나는 길이 상당히 넓었기 때문에 순전히 심리적인 도전이었다. 하지만 길을 조금만 벗어나도 30미터 아래로 추락하는지라 너무 오래 바라보면 베테랑 등반가도 자신감이 흔들릴 수 있었다.

피노는 아예 그들에게 경고하지 않기로 작정하고 말했다. "아저씨 가게에 대해 이야기해 주세요."

"음, 아름다운 곳이었지." 루이지가 말했다. "스페인 계단 아래쪽에 있는 스페인 광장 바로 옆이었어. 그 지역을 아나?"

"스페인 계단에 가본 적이 있어요." 피노는 대답하면서 루이지가 망설이지 않고 따라와서 다행이다 싶었다. "좋은 동네죠.

우아한 가게들도 많고요."

"장사하기 아주 좋은 곳이지." 루이지가 말했다.

피노는 V자 모양으로 갈라진 틈을 통과했다. 이제 그와 애연 가는 틈을 사이에 두고 서로 맞은편에 있었다. 루이지가 아래를 내려다볼 가능성이 있다면 바로 지금이었다. 피노는 루이지가 내려다보려고 고개를 돌리는 것을 보고 말했다. "가게가 어떻게 생겼는지 자세히 알려주세요."

루이지가 피노와 눈을 맞췄다. "기름칠한 나무 바닥과 판매대 들." 그가 빙그레 웃으며 수월하게 방향을 틀었다. "술이 달린 가죽 의자들. 세상을 떠난 아내와 내가 직접 디자인한 팔각형 담 배 상자."

"가게에서 좋은 향이 났겠어요."

"최고였지. 나는 전 세계에서 들여온 시가와 담배를 가게에 갖 춰놨어. 말린 라벤더, 민트, 센센(19세기 후반에 나온 일종의 구강 청 량제)도. 친애하는 고객들을 위한 질 좋은 브랜드도 있었지. 우수 한 단골 고객이 아주 많았거든. 사실 그들은 내 친구였어. 아주 최근까지만 해도 가게는 클럽 같은 분위기였지. 더러운 독일인 들마저도 물건을 사러 왔어."

모두가 갈라진 틈을 통과하고 다시 가장자리를 향해 비스듬하 게 올라갔다.

"사모님에 대해 말해주세요." 피노가 말했다.

뒤에서 잠시 침묵이 흘렀다. 밧줄이 당겨지는 느낌이 난 후 루 이지가 입을 열었다.

"내 아내 루스는 내가 아는 사람 중 가장 아름다운 여성이었 어. 우리가 열두 살일 때 사원에서 만났지. 그녀가 왜 나를 택했는지 나는 영영 알 수 없을 거야. 하지만 그녀는 나를 택했지. 알고 보니 우리는 아이를 가질 수 없었지만, 아내가 병들기 전까지 20년 동안 함께 꿈같은 나날을 보냈어. 병세는 나날이 악화됐어. 의사들은 소화기 계통에 문제가 생겼다고 했는데 그 영향으로 죽어가는 걸 막지는 못했어."

불현듯 벨트라미니 부인의 고통이 떠올랐다. 그녀와 카를레토, 그리고 카를레토의 아빠가 어떻게 지내는지 궁금했다.

"안타깝네요." 피노가 말하고 가장자리 위로 올라갔다.

"6년이 지났어." 피노가 루이지에 이어 젊은 부부의 손을 잡아 끌어 올리는 동안 루이지가 말했다. "한시도 그녀를 생각하지 않은 순간이 없어."

피노가 시가 판매상의 등을 탁 치며 활짝 웃었다. "해내셨어요. 우리 꼭대기에 왔어요."

"뭐라고?" 루이지가 놀라서 주변을 둘러봤다. "다 왔어?"

"다 왔어요." 피노가 말했다.

"별로 안 힘들었어." 루이지가 하늘을 바라보며 안도의 숨을 내쉬었다.

"그럴 거라고 말씀드렸잖아요. 이제 좀 쉬죠. 그 전에 먼저 보여드리고 싶은 게 있어요." 피노는 그로페라의 뒷면을 내려다볼 수 있는 곳으로 그들을 이끌었다.

"발 디 레이에 오신 것을 환영해요."

알프스산맥 계곡의 경사면이 산의 정면과 부드러운 대조를 이루고, 끊임없이 부는 바람 때문에 낮은 관목들이 바닥에 붙어 자라나 땅을 뒤덮고 있었다. 가을이라 잎은 적갈색, 주황색, 노란색으로 변해 있었다.

계곡 저 아래에 같은 이름의 호수가 있었다. 200미터가 안 되는 폭에 길이가 800미터 되는 알프스산맥의 호수가 레 신부님이 말한 삼각형의 숲을 향해 남북으로 이어져 있었다.

평소 호수의 수면은 비취색이었지만 그날은 타는 듯이 붉은 가을의 빛을 비추고 있었다. 호수 너머에는 돌로 된 방벽이 솟아 파소 안젤로가와 피노가 산악 훈련 첫날 되돌아섰던 돌무덤을 향해 남쪽으로 길게 뻗어 있었다. 그들은 아직도 정상을 뒤덮고 있는 빙하에서 흘러내린 개울과 나란히 이어진, 동물들이 다니는 길을 타고 내려가기 시작했다.

내가 해냈어. 피노가 행복과 만족감을 느끼며 생각했다. 그들이 내 말을 잘 들어주었고 나는 그들을 그로페라로 데리고 왔어.

"이렇게 아름다운 곳은 처음 와봐." 호수에 도착했을 때 마리아가 말했다. "엄청나. 이건 마치……."

"자유를 얻은 기분이지." 리카르도가 말했다.

"소중히 간직해야 할 순간이야." 루이지가 말했다.

"벌써 스위스에 온 거야?" 마리아가 물었다.

"거의요." 피노가 말했다. "저 숲으로 들어가서 국경까지 더 가야 해요."

피노는 호수를 건너온 것이 처음이라 조금 불안해하며 숲으로 걸어갔다. 그러다 레 신부가 설명해 준 길을 떠올리고 곧 그 길을 찾아냈다.

전나무와 가문비나무가 빽빽이 들어선 숲은 거의 미로 같았다. 공기는 더 서늘했고 땅은 더 부드러웠다. 거의 6시간 30분 동안 산을 올랐지만 아무도 피곤해 보이지 않았다.

이 사람들을 스위스로 안내했다는 생각에 피노의 심장이 빠르게 뛰었다. 그가 그들의 탈출을 도왔―

그때 턱수염이 있는 덩치 큰 남자가 3미터 앞 나무 뒤에서 나왔다. 그가 2연발 산탄총을 피노의 얼굴에 겨누었다.

9

몹시 겁에 질린 피노가 양손을 쳐들었다. 그가 책임져야 할 세 사람도 마찬가지였다.

"제발—" 피노가 입을 열었지만 말은 곧 잘렸다.

총열 너머로 남자가 사납게 소리쳤다. "누가 보냈어?"

"신부님이요." 피노가 더듬거렸다. "레 신부님이요."

남자의 시선이 피노를 거쳐 다른 사람들에게로 쓱 움직이는 동안 시간이 더디게 흘렀다. 남자가 총을 내렸다. "요즘 세상에는 조심해야 하니까, 안 그래?"

피노가 양손을 내렸다. 토할 것 같은 기분이 들고 다리에서 힘이 쫙 빠졌다. 얼음 같이 차가운 땀이 척추를 타고 흘렀다. 누군가가 총을 겨눈 것은 난생처음이었다.

루이지가 남자에게 말했다. "이제부터 우리를 도와주실 분인

가요, 선생님……?"

"내 이름은 베리스트롬이오." 남자가 말했다. "여기서부터 내가 안내하리다."

"어디로요?" 마리아가 마음을 졸이며 물었다.

"에멧 고개를 지나 이너페레라라는 스위스 마을로 갈 거요. 여러분은 안전할 거요. 앞으로 여러분이 어디로 갈지는 거기 가서 생각해 봅시다." 베리스트롬이 피노에게 고개를 까딱했다. "레 신부님에게 안부 전해주게나."

"그럴게요." 피노가 약속하고 세 명의 동행을 바라봤다. "행운을 빌어요."

마리아가 피노를 껴안았고 리카르도는 피노와 악수를 했다. 루이지는 주머니에서 뚜껑이 달린 작은 금속 통을 꺼냈다. "쿠바산이야."

"받을 수 없어요."

루이지는 모욕당한 듯한 표정이었다. "그 마지막 구간에서 나를 무사히 건너게 하려고 네가 얼마나 애썼는지 내가 눈치 못 챈 줄 알아? 이렇게 좋은 시가는 구하기 쉽지 않아. 아무한테나 주는 게 아니라고."

"고맙습니다, 아저씨." 피노가 환하게 웃으며 시가를 받았다.

베리스트롬이 피노에게 말했다. "네 안전은 얼마나 눈에 띄지 않느냐에 달려 있어. 숲에서 나가기 전에 조심해라. 늘 움직이기 전에 산비탈과 계곡을 잘 살펴보고."

"알겠습니다."

"자, 이만 갑시다." 베리스트롬이 몸을 돌려 멀어졌다.

루이지는 피노의 등을 토닥거리고 베리스트롬을 따라갔다. 리카르도는 피노에게 미소를 지었고, 마리아는 "잘 살아, 피노."라고 말했다.

"마리아도요."

"가는 길에는 산행할 일이 없었으면 좋겠네요." 숲으로 사라지면서 루이지가 베리스트롬에게 말하는 소리가 들렸다.

"산을 내려가는 것은 올라가는 것과는 달라요." 베리스트롬이 대답했다.

그 후로 피노가 알아들을 수 있는 것은 나뭇가지가 툭 부러지는 소리와 돌이 굴러떨어지는 소리, 전나무 사이를 지나는 바람 소리뿐이었다. 돌아서서 이탈리아로 돌아가는 발걸음을 내디딜 때, 그는 행복했지만 기분이 이상하고 몹시 외롭기도 했다.

피노는 베리스트롬이 알려준 대로 했다. 걸음을 멈추고 숲의 경계에 서서 계곡과 그 위 산 정상들을 살폈다. 아무도 지켜보지 않는다는 확신이 들자 다시 걸음을 옮기기 시작했다. 시계를 보니 정오에 가까워지고 있었다. 거의 아홉 시간 동안 이동한 터라 피곤했다.

레 신부는 피노가 피곤할 것이라 예상하고 그날 바로 돌아오려고 애쓰지 말라고 했다. 대신 남서쪽으로 올라가서 산에 몇 채 흩어져 있는 오래된 양치기 오두막 중 하나에서 밤을 보내라고 했다. 아침에 마데시모를 지나 카사 알피나로 돌아오라는 것이었다.

피노는 발 디 레이를 지나 남쪽으로 걷는 동안 기분이 좋고 만족스러웠다. 그들이 해냈다. 레 신부, 그리고 피난민들이 카사 알피나에 오도록 도운 모든 사람이 해냈다. 그들은 한 팀이 되어 세 사람을 죽음에서 구해냈다. 그들은 비밀리에 나치에 대항했고 승리했다.

만감이 교차하며 놀랍게도 더 강해지고 상쾌해진 기분이 들었다. 그는 오두막에서 밤을 보내지 않고 마데시모로 가서 여관에서 잔 다음 알베르토 아스카리를 만나기로 했다. 산등성이에 거의 다다랐을 때 멈춰서 다리를 쉬고 다시 음식을 챙겨 먹었다.

✤

피노는 음식을 다 먹고 발 디 레이를 돌아봤다. 작은 네 개의 형상이 호수 위로 노출된 바위를 따라 남쪽으로 움직이고 있는 것이 보였다. 더 잘 보려고 눈 위로 손을 올려 햇살을 가렸다. 처음에는 딱히 눈에 띄는 점이 없었지만, 가만히 보니 모두가 라이플총을 메고 있었다.

피노는 속이 울렁거렸다. 그들이 세 사람과 함께 숲에 들어갔다가 혼자 나오는 모습을 봤으면 어떻게 하지? 그들이 독일군이라면 어떻게 해야 해? 왜 저들은 이렇게 아무도 없는 외딴곳에 있는 거지?

피노는 답을 알 수 없었고 네 명의 남자가 시야에서 사라진 후에도 계속 고민에 빠져 있었다. 그는 염소들이 다니는 길로 내려가서 알프스산맥의 목초지를 가로질러 마데시모로 갔다. 마을에 들어섰을 때는 거의 오후 4시였다. 여관 주인의 아들인 꼬마 친구 니코를 포함해 사내아이들이 여관에서 멀지 않은 곳에서 놀고 있었다. 피노가 여관에 들어가서 방이 있냐고 물어보려던 참에 알베르토 아스카리가 잔뜩 흥분한 표정으로 서둘러 다가왔다.

"어제 게릴라 무리가 여기 왔어. 자기들이 나치에 맞서 싸우고 있다고 했어. 그런데 유대인들에 대해 묻더라."

"유대인들?" 피노가 물으며 시선을 돌렸다. 니코가 기다란 풀숲에 쪼그리고 앉더니 40미터 정도 거리에서 보기에 커다란 달걀처럼 생긴 것을 집어 들고 있었다. "그 사람들한테 뭐라고 말했어?"

"여기에는 유대인들이 없다고 말했지. 그런데 그 사람들이 왜 유대인을—"

니코가 달걀을 내밀어 친구들에게 보여줬다. 그때 달걀에서 번쩍하고 섬광이 솟구치더니 폭발이 일어나 노새의 발길질처럼 피노를 강타했다.

피노는 바닥에 쓰러질 뻔했지만 비틀거리며 균형을 잡았다. 혼란스러워 방금 무슨 일이 일어났는지 알 수 없었다. 귀가 멍하게 울리는데도 아이들의 비명이 들렸다. 그는 아이들을 향해 휘청거리며 다가갔다. 니코와 가까이에 있던 사내아이들이 쓰러져 있었다. 한 아이는 한 손을 잃었고, 다른 아이의 눈에서는 피가 흐르고 있었다. 니코는 얼굴 한쪽과 오른팔 대부분이 날아갔다. 아이의 주변으로 피가 웅덩이처럼 고이고 사방에 튀어 있었다.

피노는 정신없이 니코를 들어 올렸다. 어린아이의 두 눈은 머리 속으로 쑥 들어가 있었다. 전속력으로 여관을 향해, 현관을 박차고 나온 아이의 엄마와 아빠에게로 달려갔다. 아이가 경련을 일으키기 시작했다.

"안 돼!" 니코의 엄마가 비명을 질렀다. 그녀가 아들을 안자 아이가 다시 경련을 일으키다가 그녀의 품 안에서 축 늘어졌다. "안 돼! 니코! 니코!"

피노는 믿을 수 없는 현실에 공포에 빠졌다. 그는 니코의 엄마가 오열하며 무릎걸음으로 움직여 아들의 시신을 땅에 내려놓고, 갓난아기를 요람에 눕히고 그 위로 몸을 굽히듯 몸을 구부리는 것을 지켜봤다. 오랫동안 멍한 상태로 그곳에 서서 비통에 젖은 그녀를 바라봤다. 흘긋 내려다보니 아이는 피범벅이었다. 주위를 둘러보니 마을 사람들이 다른 아이들을 데리러 뛰어가고 있었고, 여관 주인은 아내와 죽은 아들을 절망적인 표정으로 바라보고 있었다.

"죄송해요." 피노가 훌쩍이며 말했다. "제가 구했어야 했는데."

콘테 씨가 멍하게 말했다. "네가 저지른 일이 아니잖아, 피노. 분명히 그 게릴라들이 어젯밤에…… 하지만 도대체 누가 수류탄을 아이들 노는 곳에……." 고개를 젓는 그의 목이 메었다.

"레 신부님 좀 오시라고 해줄래? 우리 니코에게 축복을 내려주셔야 해."

피노는 한밤중부터 깨어 있었고 가파른 지대에서 거의 23킬로미터를 걸었지만, 자신의 발과 속도만이 방금 목격한 잔인한 상황을 잊을 수 있게 한다는 양 산길을 오르는 내내 전속력으로 뛰려 했다. 그러나 산길 중간에 다다랐을 때, 옷을 뒤덮은 피 냄새와 피노보다 스키를 잘 탄다고 자랑하던 니코의 생생한 기억, 한순간에 아이의 목숨을 앗아 간 폭발을 더 이상 감당할 수 없었다. 피노는 멈춰서 허리를 굽히고 속에 든 것을 모조리 게워냈다.

피노는 모타로 가는 나머지 길을 눈물을 줄줄 흘리면서 비틀거리며 걸었다. 그사이 해가 저물고 석양이 깔렸다.

✤

카사 알피나에 도착한 피노는 얼굴이 잿빛으로 변하고 완전히 기진맥진했다. 그가 빈 식당으로 들어오자 레 신부는 깜짝 놀랐다.

"오두막에서 자라고……" 레 신부가 말을 하다가 피에 젖은 옷을 보고 버둥거리며 일어났다. "무슨 일이야? 너 괜찮으냐?"

"아니요, 신부님." 피노는 다시 울기 시작했다. 방금 일어난 일을 신부에게 모두 말했다. 흘러내리는 눈물은 조금도 신경 쓰지 않았다. "도대체 어떻게 그런 짓을 할 수 있어요? 수류탄을 두고 가다니요?"

"나도 모르겠구나." 레 신부가 암울하게 말하며 피노의 재킷에 손을 뻗었다. "네가 안내한 우리 친구들은?"

숲으로 사라지던 루이지, 리카르도, 마리아의 기억이 아주 오래전 일처럼 느껴졌다.

"베리스트롬 씨에게 맡기고 왔어요."

신부가 코트를 입고 지팡이를 움켜잡았다. "다행이구나. 암, 감사할 일이야."

피노가 라이플총을 멘 네 남자를 봤다고 이야기했다.

"그 사람들이 널 보지는 않았겠지?"

"그런 것 같아요."

레 신부가 일어나서 피노의 어깨에 한 손을 올렸다. "그래, 잘했구나. 넌 옳은 일을 했단다."

신부가 나가고 피노는 식당의 빈 식탁 앞 긴 의자에 앉았다. 눈을 감고 목을 늘어트리니 니코의 사라진 얼굴과 팔, 맹인이 된 아이, 이어서 첫 번째 폭격이 있던 밤에 팔이 잘린 채 죽은 여자아이의 모습이 눈앞에 아른거렸다. 아무리 기를 써도 그 모습들을 머리에서 지울 수 없었다. 이러다 미치겠다 싶을 만큼 그 모습이 계속 떠올랐다.

"피노 형?" 한참 후에 미모의 목소리가 들렸다. "형 괜찮아?"

눈을 뜨니 옆에 동생이 쭈그리고 앉아 있었다.

미모가 말했다. "여관집 어린 아들이 죽었대. 그리고 다른 남자아이 두 명도 죽을지 모른대."

"봤어." 피노가 다시 울기 시작했다. "내가 그 아이를 안아 들었어."

눈물을 흘리는 형을 보고 놀라 얼어붙은 동생이 잠시 후 말했다. "자, 형. 가서 씻고 침대에 눕자. 아이들한테 형의 이런 모습을 보이면 안 되잖아. 그 꼬맹이들은 형을 우러러본다고."

미모는 형을 일으켜 복도를 지나 샤워실로 데리고 갔다. 피노는 옷을 다 벗고 오랫동안 미지근한 물속에 앉아 손과 얼굴에 묻은 니코의 피를 멍하니 문질렀다. 꿈만 같았다. 그러나 현실이었다.

다음 날 아침 10시경, 레 신부가 피노를 부드럽게 흔들어 깨웠다. 잠시 동안 피노는 자신이 어디에 있는지 알 수 없었다. 그러다 모든 기억이 한꺼번에 돌아와 다시 숨이 멎을 것 같았다.

"콘테 씨 가족은 좀 어때요?"

신부의 표정이 어두워졌다. "어느 상황에서건 자식을 잃은 부모는 지독한 충격을 받기 마련이란다. 그렇게도……."

"아주 재미있는 꼬마였어요." 피노가 비통하게 말했다. "불공평해요."

"비극이야. 다른 두 소년은 목숨을 건질 게다. 하지만 결코 이전과 같을 수 없겠지."

두 사람은 오랫동안 침묵을 지켰다.

"우리가 뭘 해야 할까요, 신부님?"

"우리는 믿음을 가져야 한단다. 믿음을 가지고 옳은 일을 계속해야 해. 새로운 여행자 두 명이 오늘 밤 저녁 식사에 참석할 거라는 소식을 마데시모에서 들었다. 오늘은 푹 쉬어라. 그리고 내일 아침에 그들을 안내해 주면 좋겠구나."

✤

다음 몇 주 동안 같은 패턴이 반복됐다. 며칠에 한 번씩 두 명, 세 명, 혹은 네 명의 여행자들이 카사 알피나의 종을 울렸다. 피노는 꼭두새벽에 그들을 이끌고 달빛에 의지해 산을 올랐고, 달빛이 구름으로 뒤덮여 어두울 때만 광산용 카바이드램프를 사용했다. 매번 베리스트롬에게 사람들을 맡기고 양치기의 오두막으로 갔다.

비탈길의 측면으로 쏙 들어간 자리에 돌을 쌓은 토대 위로 대충 만든 오두막이었다. 통나무들이 지탱하는 지붕에 잔디 뗏장을 올렸고 문에는 가죽 경첩을 달았다. 짚을 채운 매트리스가 하나 있고 나무를 때는 난로 옆에는 장작과 손도끼가 있었다. 오두막에서 지내는 밤, 난로에 장작을 넣어 불을 살리고 있을 때면 외로워졌다. 위안을 얻고 싶어 안나의 기억을 떠올리려 여러 번 노력했지만, 생각나는 것이라고는 두 사람 사이에 놓인 철로로 다가와 시야를 막던 전차 소리뿐이었다.

그리고 나면 생각은 여자와 사랑이라는 추상적인 주제로 바뀌었다. 그는 둘 다 가진 삶을 누리게 되기를 바랐다. 자신의 여인이 어떤 사람일지, 그처럼 산을 아주 좋아할지, 스키를 탈지 궁금했다. 그 외에도 답을 알 수 없는 수백 개의 질문이 떠올랐다.

11월 초, 피노는 제노바를 폭격하다가 격추당한 영국 공군 조종사의 탈출을 이끌었다. 일주일 후에는 추락한 두 번째 조종사를 베리스트롬 씨가 있는 곳까지 가도록 도왔다. 그리고 거의 날마다 점점 더 많은 유대인들이 카사 알피나를 찾아왔다.

1943년 12월, 불길한 날들이 계속되고 슈플뤼겐 고개 도로를 오르내리는 나치 순찰차의 수가 늘어나 레 신부의 걱정도 커졌다.

"그들이 의심하고 있어." 레 신부가 피노에게 말했다. "독일군이 유대인을 많이 찾지 못했단다. 나치는 유대인들이 도움을 받고 있다는 것을 알아."

"알베르토 아스카리한테 들었는데 잔혹 행위가 자행되고 있대요, 신부님." 피노가 말했다. "나치가 유대인을 돕는 신부들을 죽였어요. 미사를 드리는 도중에 제단에서 끌어냈대요."

"우리도 들었단다. 하지만 두렵다는 이유로 우리와 같은 인간을 사랑하는 것을 멈출 수는 없어, 피노. 사랑을 잃으면 모든 것을 잃는 거란다. 그저 우리가 조금 더 영리해져야지."

다음 날 레 신부와 캄포돌치노의 신부가 기발한 계획을 생각해냈다. 그들은 슈플뤼겐 고개 도로를 오가는 나치 순찰차를 망보는 감시자를 배치하기로 하고 즉석에서 신호 방식을 마련했다.

카사 알피나 뒤에 자리 잡은 예배당의 첨탑 내부를 빙 둘러 좁은 통로가 있다. 그곳에서 남자아이들이 첨탑 측면의 덧문을 통해 500미터 아래 캄포돌치노에 있는 교구 목사관의 위층 중에서도 특정한 유리창 하나를 지켜보게 했다. 독일군이 슈플뤼겐 고개를 순찰할 때는 유리창의 커튼이 닫혀 있고, 낮에 커튼이 젖혀져 있거나 밤에 랜턴이 켜져 있으면 피난민들을 소달구지에 태우고 들키지 않게 건초 더미를 덮어 안전하게 모타 근처의 산으로 이동시켰다.

자유를 찾아 카사 알피나로 온 모든 유대인과 추락한 조종사, 정치적 망명가들을 피노 혼자서 다 안내할 수는 없었다. 그래서 미모를 포함한 조금 나이 든 다른 남자아이 몇 명에게 산행 코스를 가르쳤다.

1943년 12월 중순까지 폭설이 쏟아졌다. 이어서 날씨가 추워져 스키를 타는 사람들이 늘어났다. 솜털 같은 눈이 그로페라 상부의 우묵한 부분과 산사태로 깊게 파인 홈 안에 쌓여 눈사태가 일어나기 쉬워졌다. 얼마 지나지 않아 스위스로 이어지는 발 디 레이와 에멧 고개 근처에서 사람들이 애용하는 북부 코스의 출입이 금지됐다.

피난민 대부분이 춥고 눈이 내리는 환경을 접해본 적이 없었고 산행을 전혀 몰랐기 때문에, 레 신부는 피노와 미모를 비롯한 다른 길잡이들을 천사의 계단 너머로 가는 수월한 남쪽 코스로 보냈다. 그들은 돌아올 때 속도를 높이기 위해 클라이밍 스킨(눈 쌓인 언덕을 걸어 올라갈 수 있게 돕는 장비)과 스키를 가지고 가기 시작했다.

피노 형제는 12월 셋째 주에 카사 알피나를 떠나 라팔로에서 가족을 만나 크리스마스를 함께 보냈다. 그리고 전쟁이 과연 끝나기는 할지 모르겠다는 이야기를 나눴다. 렐라 가족은 지금쯤이면 연합군이 이탈리아를 해방시켰기를 한마음으로 바라왔다. 그러나 독일의 사격 진지, 대전차 장애물, 그 외의 방어시설을 설치한 소위 구스타프 방어선이 몬테카시노 도시부터 아드리아 해까지 이어졌다. 연합군의 전진이 서서히 중단됐다.

✤

피노와 미모가 알프스산맥으로 돌아오는 길에 기차가 밀라노를 가로질렀다. 도시의 일부가 알아보지 못할 정도로 파괴돼 있었다. 다시 카사 알피나에 도착했을 때 피노는 알프스산맥에서 겨울을 보낼 수 있어서 더할 나위 없이 기뻤다.

형제는 스키를 아주 좋아했고 그즈음에는 이미 스키 전문가가 돼 있었다. 두 사람은 클라이밍 스킨을 붙이고 학교 위 경시지로 올라가 그들이 떠나 있던 며칠 사이에 눈이 두껍게 쌓인 눈밭을 똑바로 미끄러져 내려왔다. 둘 다 스키의 빠른 속도와 전율을 즐겼지만, 피노에게 스키는 단순한 모험 이상의 의미가 있었다. 산을 타고 급강하하는 것은 하늘을 나는 것과 가장 비슷한 경험이었다. 스키를 타면 새가 된 것 같았다. 스키는 마음을 따뜻하게 달래주었다. 스키는 그 무엇도 할 수 없는 방식으로 그를 자유롭게 했다.

피노는 온몸이 쑤시고 피곤했지만 행복한 기분으로 잠들었고 내일 또 스키를 타고 싶었다.

알베르토 아스카리와 친구인 티티아나는 마데시모에 있는 콘테 씨의 여관에서 송년의 밤 파티를 열기로 했다. 연휴 동안 피난민들의 방문이 잠시 잠잠해져서 레 신부는 파티에 가고 싶다는 피노의 청을 허락했다.

신이 난 피노는 등산화에 기름을 먹여 닦고 가장 좋은 옷을 입었다. 그 후 모든 것을 신비롭고 새롭게 하는 눈이 살포시 내리고 있는 마데시모로 내려갔다. 피노가 도착했을 때 아스카리와 티티아나는 장식을 마무리하고 있었다. 피노는 콘테 가족과 시간을 보냈다. 그들은 아들을 잃은 슬픔에서 아직 벗어나지 못했지만 파티 덕에 장사가 잘되고 잠시나마 기분 전환을 할 수 있다며 반가워했다.

파티는 멋졌다. 남자보다 여자가 두 배나 많았고 피노는 저녁 내내 댄스 신청을 받았다. 음식도 훌륭했다. 스페크 햄, 뇨키, 신선한 몬타시오 치즈가 들어간 폴렌타, 말린 토마토와 호박씨를 곁들인 노루 고기, 와인과 맥주가 넘쳐났다.

저녁이 깊어갈 때 피노는 프레데리카와 슬로우 댄스를 추다가 문득 한 번도 안나를 떠올리지 않았음을 깨달았다. 프레데리카에게 키스를 받으며 이 밤을 완벽하게 마무리할 수 있을까 생각하던 중에 여관 문이 확 열렸다. 구형 라이플총과 산탄총을 든 남자 네 명이 들어왔다. 그들은 남루한 옷을 입고 목에 더러운 빨간 스카프를 매고 있었다. 추위 때문에 볼이 빨갛게 얼어 있었고, 쑥 들어간 눈은 폭격이 시작된 후 음식 찌꺼기를 찾아 쓰레기통을 뒤지고 다니던 들개들을 연상시켰다.

"우리는 독일로부터 이탈리아를 해방시키기 위해 싸우고 있는 게릴라요." 그들 중 한 남자가 신분을 밝히고 입술 안을 혀로 핥았다. "싸움을 지속하기 위해 기부금이 필요합니다."

다른 남자들보다 큰 그가 털실로 짠 모자를 벗어 파티 참가자들을 향해 흔들었다.

아무도 움직이지 않았다.

"이 개자식들!" 콘테 씨가 울부짖었다. "너희들이 내 아들을 죽였어!"

그는 대장에게 돌진했다. 대장은 라이플총의 개머리판으로 여관 주인을 후려쳐 바닥으로 쓰러뜨렸다.

"우리는 그런 짓 안 해." 그가 말했다.

"했잖아, 티토." 콘테 씨가 누운 채 머리에서 피를 흘리며 말했다. "너 아니면 네 부하들이 수류탄을 두고 갔어. 우리 아들이 장난감인 줄 알고 그걸 주웠고. 우리 아들이 죽었어. 한 아이는 맹인이 됐어. 다른 아이는 손이 잘렸고."

"말했다시피 우리는 전혀 모르는 일이외다. 성의껏 기부하쇼." 티토가 말했다.

그가 라이플총을 들어 천장에 한 방 쐈다. 그러자 파티에 있던 남자들은 주머니를, 아가씨들은 지갑을 열었다.

피노가 주머니에서 10리라를 꺼내 내밀었다.

티토가 지폐를 낚아채더니 걸음을 멈추고 그를 위아래로 훑어봤다. "옷 좋네. 주머니 뒤집어."

피노는 꼼짝도 하지 않았다.

"시키는 대로 안 하면 발가벗긴다."

피노는 그에게 주먹을 날리고 싶었지만 알베르트 외삼촌이 직접 디자인해 가죽과 자석으로 만든 지폐 클립을 꺼냈다. 리라 뭉치를 빼서 티토한테 내밀었다.

티토가 휘파람을 불더니 돈을 잡아챘다. 그러고 나서 더 가까이 다가와 피노를 살피면서 지독한 체취와 입 냄새만큼이나 강한 위협의 냄새를 물씬 풍겼다. "내가 아는 사람이네."

"아니요, 몰라요."

"나는 안다니까." 티토가 얼굴을 피노의 얼굴에 들이밀며 다시 말했다. "내 쌍안경으로 널 봤어. 네가 낯선 사람들 여럿과 파소 안젤로가로 올라가서 에멧을 가로지르는 걸 봤다, 이 말이지."

피노는 아무 말도 하지 않았다.

티토가 미소를 짓더니 입술 구석을 혀로 핥았다. "나치가 너에 대해 알면 어떻게 할까?"

"당신이 나치에 맞서 싸우고 있는 줄 알았는데요. 아니면 파티를 털려는 평계에 불과했나요?"

티토가 라이플총 개머리판으로 피노의 배를 힘차게 때려 쓰러뜨렸다.

"그 고개에 얼씬거리지 마, 꼬마."티토가 말했다. "신부한테도 똑같이 말해. 천사의 계단? 에멧? 다 우리 거야. 알았어?"

피노는 쓰러진 채로 헐떡거리며 대답을 거부했다.

티토가 피노를 발로 찼다. "알았냐고?"

피노가 고개를 끄덕이자 만족한 티토가 그를 서서히 훑어봤다. "좋은 등산화네. 사이즈가 뭐야?"

피노가 끙끙거리며 대답했다.

"따뜻한 양말 몇 켤레만 있으면 딱이겠네. 벗어."

"이 등산화밖에 없단 말이에요."

"살아서 직접 벗든지, 아니면 널 죽이고 내가 벗기든지. 네가 선택해."

피노는 수치스럽고 그 남자가 미웠지만 죽고 싶지는 않았다. 등산화 끈을 풀고 벗었다. 프레데리카를 보자 얼굴이 빨개지더니 시선을 피하는 바람에, 피노는 티토에게 신발을 건네면서 비겁한 짓을 하고 있는 기분이 들었다.

"지폐 클립도."티토가 말하며 손가락을 두 번 맞부딪쳐 딱딱 소리를 냈다.

"외삼촌이 만들어주신 거예요."피노가 항의했다.

"하나 더 만들어달라고 하면 되겠네. 좋은 일에 쓴다고 해."

피노는 뚱한 표정으로 주머니에 손을 넣어 지폐 클립을 꺼내 티토에게 휙 던졌다.

티토가 공중에서 잡아챘다. "똑똑한 꼬마네."

그는 부하들에게 고개를 까딱했다. 그들은 뷔페에서 음식을 움켜쥐어 주머니와 배낭에 쑤셔 넣고 문으로 향했다.

"에멧에 얼씬대지 마." 티토가 다시 말하고는 밖으로 나갔다.

✣

그들이 나가고 문이 닫히자 피노는 주먹으로 벽을 치고 싶었다. 콘테 부인이 서둘러 남편 옆으로 가서 찢어진 상처에 천을 대고 눌렀다.

"괜찮으세요?" 피노가 물었다.

"죽지는 않겠어." 여관 주인이 말했다. "총을 구해놨어야 했는데. 녀석들을 다 쏴버리게."

"그 사람 누구예요? 게릴라예요? 티토라고 부르셨죠?"

"응, 저 건너 소스테에 사는 티토야. 하지만 게릴라는 아니야. 그냥 사기꾼이자 밀수꾼이야. 대대로 사기꾼과 밀수꾼 집안이지. 이젠 살인자네."

"내 등산화랑 지폐 클립을 되찾을 거예요."

콘테 부인이 고개를 저으며 말했다. "티토는 교활하고 위험해. 무사하려면 그 사람을 멀리하는 게 좋아, 피노."

피노는 티토에게 맞서지 않은 자신이 혐오스러웠다. 더 이상 파티에 있을 수 없었다. 그에게 파티는 이미 끝이었다. 등산화나 신발을 빌리려고 했지만 다들 피노의 발보다 작았다. 결국 여관 주인에게 울 양말과 고무 덧신을 빌려 신고 팔을 사정없이 휘두르며 카사 알피나로 쿵쾅쿵쾅 뛰어갔다.

티토가 파티에서 한 짓과 그나 부하 중 한 명이 니코를 죽였으며 아이들을 불구로 만들었다는 이야기를 하고 나자 레 신부가 말했다.

"아주 현명한 선택을 했구나, 피노."

"그런데 왜 이렇게 기분이 안 좋죠?" 여전히 화가 나 있는 피노가 말했다. "그리고 천사의 계단과 에멧에 얼씬거리지 말라고 신부님한테 전하랬어요."

"그랬단 말이지?" 신부의 얼굴이 냉랭하게 굳었다. "흠, 유감이지만 그렇게는 안 되겠구나."

10

새해 첫날 눈이 내려 카사 알피나 위의 산에 1미터가 쌓였고 다음 날 하루 걸러 또 내려 다시 1미터가 쌓였다. 눈이 너무 많이 쌓여 1월 둘째 주가 지나서야 탈출이 재개됐다.

대체할 등산화를 찾아낸 후 피노와 동생은 유대인과 추락한 조종사, 다른 피난민들을 많으면 여덟 명까지 무리 지어 안내하기 시작했다. 티토가 파소 안젤로가를 이용하지 말라고 경고했지만, 그들은 조금 더 완만한 남쪽 길을 고수해 발 디 레이로 갔고 출발하는 요일과 시간을 수시로 바꿨다. 돌아올 때는 북쪽 코스로 스키를 타고 내려와 마데시모로 돌아왔다.

이런 방식은 1944년 2월 초에 들어서 제 기량을 발휘했다. 캄포돌치노 교구 목사관의 위층 유리창으로 랜턴의 불빛이 보이면 피난민들을 싣고 건초를 덮은 소달구지들이 마데시모를 지나 카사 알피나로 줄지어 올라갔고, 이어서 피난민들은 피노나 다른 소년들을 따라 그로페라를 넘어 스위스로 이동했다.

그달 초에 멍하니 양치기의 오두막에 도착한 피노는 오두막 벽에 꽂힌 쪽지를 발견했다. 내용은 단 두 마디였다. 마지막 경고.

피노는 쪽지를 난로에 던져 넣고 그 안에 쌓인 나무의 불쏘시개로 썼다. 통풍 장치를 조절한 후 나가서 장작을 팼다. 피노를 둘러싼 광대한 알프스산맥 어딘가에서 티토가 쌍안경으로 그의 분명한 거절 의사를 보고 있기를—

그때 우레 같은 소리를 내며 폭발이 일어나 오두막의 문을 날려버렸다. 피노는 눈 속으로 뛰어들었다. 그곳에 누워 몇 분 동안 두려움에 떤 후에야 안을 들여다볼 용기를 그러모을 수 있었다. 난로의 형체를 알아볼 수 없을 정도였다. 폭탄 혹은 수류탄, 아니면 뭐가 됐든 난로에 들어 있던 물건의 폭발력이 난로의 화실을 산산조각 냈다. 가열된 금속 조각이 날아가 돌로 된 토대에 부딪혀 홈을 내놓고 얇은 칼처럼 대들보와 목조부에 박혔다. 벌겋게 타던 장작불이 튀어 피노의 배낭에 빠르게 구멍을 냈고 짚을 채운 매트리스에 불이 붙었다. 그는 배낭과 매트리스를 눈밭으로 질질 끌고 나와 불을 끄면서 자신이 완전히 노출되어 있음을 느꼈다. 티토가 오두막 난로에 폭탄을 넣어놓을 정도라면 피노에게 총을 쏠 마음도 있다는 뜻이었다.

피노는 스키를 다시 신고 배낭을 어깨에 걸친 후 스키폴을 집어 드는 내내 누군가 그를 향해 총구를 겨누고 있다는 생각을 떨쳐버리려고 애썼다. 이 오두막은 더 이상 은신처가 아니었고 남쪽 코스는 더 이상 고를 수 있는 선택지가 아니었다.

"남은 길은 하나뿐이에요." 그날 저녁 피노는 난롯가에 앉아

레 신부에게 말했다. 사내아이들과 새로운 손님들은 식탁에서 보르미오의 또 다른 걸작을 먹고 있었다.

"눈이 계속 쌓이고 있으니 언젠가는 불가피하게 그 길을 이용해야 할 게야." 신부가 대답했다. "그 산마루는 눈이 바람에 날릴 테니 이 산에서 발 디디기 제일 좋은 구간일 게다. 모레 미모랑 다시 가서 길을 가르쳐줘라."

암벽에 세로로 갈라진 틈, 좁은 통로, 그로페라의 험준한 바위에 걸린 쇠줄에 의지한 횡단이 피노의 머리에 불현듯 떠올랐고 그 즉시 의구심으로 가득 찼다. 이런 상황에서 발 한 번만 헛디디면 바로 죽음이었다.

레 신부는 손님들을 가리키며 말했다. "네가 저 젊은 가족과 바이올린 케이스를 가진 여성을 데리고 갈 거야. 스칼라 극장에서 연주하던 분이란다."

몸을 틀어 골똘히 바라보던 피노가 퍼뜩 떠올렸다. 첫 번째 폭격이 있던 밤에 부모님의 파티에서 본 바이올리니스트였다. 피노가 알기로 그녀는 30대 후반이나 40대 초반인데 그사이에 훌쩍 늙어버린 것 같았고 아파 보였다. 이름이 뭐더라?

그는 그로페라에 대한 생각을 떨쳐내고 미모를 데리고 그녀에게 다가갔다.

"저희 기억나세요?" 피노가 물었다.

바이올리니스트는 형제를 알아보지 못하는 듯했다.

"저희 부모님이 포르치아와 미켈레 렐라예요." 피노가 말했다. "몬테 나폴레오네 거리에 있는 저희 아파트에서 열린 파티에 오신 적이 있어요."

미모가 말했다. "그리고 스칼라 극장 앞에서 저한테 소리 지르셨잖아요. 주변에서 무슨 일이 벌어지는지도 모르는 철부지 꼬맹이라고요. 맞는 말씀이었어요."

그녀의 얼굴에 서서히 미소가 퍼졌다. "아주 오래전 일인 것만 같구나."

"괜찮으세요?" 피노가 물었다.

"그냥 속이 좀 울렁거려서. 고도 때문이야. 이렇게 높은 곳에 와본 적이 없거든. 레 신부님이 말씀하시길 하루 이틀만 지나면 익숙해질 거래."

"뭐라고 불러드릴까요? 서류상의 성함이 어떻게 되세요?" 미모가 물었다.

"엘레나…… 엘레나 나폴리타노."

피노는 그녀가 결혼반지를 끼고 있는 것을 알아차렸다. "남편도 오셨나요, 나폴리타노 부인?"

그녀는 당장 울음을 터뜨릴 것 같은 표정이었지만 배를 끌어안으며 눈물을 억눌렀다. "날 아파트에서 탈출시키려고 남편이 독일군들을 유인했어. 그들이…… 그들이 그이를 비나리오 21로 데려갔어."

"그게 뭔데요?" 미모가 물었다.

"밀라노에서 잡은 모든 유대인을 거기로 끌고 가. 중앙역 21번 플랫폼. 가축 운반차에 태우고 출발하는데 어디로 가는지 아무도 몰라. 다들 돌아오지 않아." 눈물이 볼을 타고 흘러내리고 정제되지 않은 감정에 입술이 떨렸다.

피노는 나치가 호수에서 유대인들을 기관총으로 쏜 메이나 대학살에 대해 생각했다. 토할 것 같고 무력한 느낌이 들었다. "남편분 말이에요. 굉장히 용감한 분이셨나 봐요."

나폴리타노 부인이 눈물을 흘리며 고개를 끄덕였다. "용감하다는 말로는 부족하지."

그녀가 평정을 되찾은 후 손수건으로 눈가를 가볍게 두드리고는 쉰 목소리로 말했다. "레 신부님이 너희가 나를 스위스로 데려다줄 거라고 말씀하시더구나."

"네. 그런데 눈이 많이 와서 쉽지 않을 거예요."

"가치 있는 일은 어려운 법이지." 바이올리니스트가 말했다.

피노는 그녀의 신발을 내려다봤다. 굽이 낮은 검정색 구두였다. "그 신발을 신고 여기까지 올라오셨어요?"

"포대기 조각으로 신발을 싸고 걸었어. 지금도 가지고 있어."

"우리가 가는 곳에서는 그렇게는 안 돼요." 피노가 말했다.

"내가 가진 신발은 이것뿐인데." 그녀가 말했다.

"여기 남자애들 등산화 중에 맞는 게 있는지 찾아볼게요. 사이즈가 어떻게 되세요?"

나폴리타노 부인이 대답했다. 미모가 오후까지 신발을 찾아서 물이 스며들지 않도록 소나무 타르를 섞은 기름으로 가죽을 닦아놓았다. 원피스 밑에 입을 모직 바지, 외투, 털모자와 털장갑도 챙겨놨다.

"자, 이걸 쓰십시오." 레 신부가 어깨와 머리가 들어가도록 구멍을 낸 흰색 베갯잇을 내밀며 말했다.

"왜요?" 나폴리타노 부인이 물었다.

"부인이 가시는 길은 노출된 곳이 몇 군데 있습니다. 부인의 어두운색 옷은 멀리 떨어진 계곡에 있는 누군가의 눈에 띌 겁니다. 하지만 이걸 뒤집어쓰면 주변에 쌓인 눈에 묻힐 겁니다."

나폴리타노 부인과 같이 갈 사람들은 단젤로 가족이었다. 피터와 리자 부부, 일곱 살 아들 안토니와 아홉 살 딸 주디스로 구성된 가족이었다. 아브루치 출신인 그들은 평생 농사를 짓고 로마의 남쪽 산에서 등산을 해서 신체적으로 건강했다. 그러나 나폴리타노 부인은 일생의 대부분을 실내에 앉아 바이올린을 연주하면서 보냈다. 그녀는 밀라노에서 거의 전차를 타지 않고 날마다 걸어 다녔다고 말했지만, 카사 알피나에서 숨 쉬는 것조차 버거워하는 그녀를 보고 피노는 이번 산행이 그녀와 그에게 가혹한 시련이 될 것이라고 생각했다.

피노는 잘못될 수도 있는 상황을 곱씹고 있기보다는 필요할지도 모를 물건을 모두 챙기려고 노력했다. 보르미오 수사에게 여벌로 9미터짜리 밧줄을 받아 미모에게 탄띠처럼 메게 했다. 미모는 밧줄 외에도 자신의 배낭과 피켈(빙설로 뒤덮인 경사지를 오를 때 사용하는 얼음도끼), 스키폴, 스키를 메야 했다. 피노는 이미 무거운 자신의 배낭에 카라비너(타원형 또는 D자형의 등산용 강철 고리)를 몇 개 더 넣었고 피켈과 아이젠, 스키, 클라이밍 스킨, 스키폴, 피톤(암벽 등반에 쓰는 쇠못)을 넣었다.

그들은 새벽 2시에 출발했다. 반달이 떠 있고 눈에 반사된 빛 덕분에 사물을 분간할 수 있어서 랜턴을 켤 필요가 없었다. 자칫하면 지옥 같은 산행 초반을 견디고 산마루에 오르기 위한 첫 번째 오르막을 스키폴로 찍으며 올라가야 할 뻔했다. 하지만 전날 오후에 레 신부가 카사 알피나에서 지내는 모든 아이에게 122미터에 이르는 수직 등반과 하강을 지시했다. 눈 쌓인 언덕을 밟아 다지려는 의도였다. 신부는 만성적인 고관절 통증에 시달리는데 도 직접 나서서 거의 그 언덕 끝까지 길을 냈다.

그 결과 그로페라의 서쪽 측면으로 곧바로 올라가는 길이 생 겼다. 그 길이 나폴리타노 부인의 목숨을 구한 셈이었다. 그녀가 든 케이스에는 총애하는 바이올린만 들어 있었는데도 첫 번째 경사지를 오르는 내내 헐떡이며 더디게 나아갔고, 자주 멈춰 가 쁘게 숨 쉬며 고개를 절레절레 젓고는 바이올린을 양손으로 안 고 다시 걷기 시작했다.

그녀가 거의 한 시간이나 걸려서 오르는 동안 피노는 "바로 그거예요. 잘하고 계세요. 조금만 더 올라가면 잠깐 쉴 수 있어 요." 같은 기운을 북돋는 말 외에는 거의 하지 않았다.

피노는 그 이상은 역효과가 날 것이라고 직감했다. 시가 판매 상의 주의를 분산시켜서 심리적 장벽을 깨려 했던 것과는 달랐 다. 나폴리타노 부인에게는 이렇게 힘든 산행을 감당할 체력 자 체가 없었다. 피노는 그녀 뒤에서 산을 오르면서 그녀에게 부족 한 체력을 보상할 정신력과 의지라도 있기를 간절히 기도했다.

깊게 쌓인 눈과 크레바스(빙하 속 깊이 갈라진 틈) 때문에 움푹 파인 바위 밭은 겉보기와 달리 위험해졌지만, 바이올리니스트는 피노의 도움으로 아무 사고 없이 지나갔다. 하지만 날카로운 등 마루에 도착했을 때 그녀는 벌벌 떨기 시작했다.

"내가 해낼 수 있을지 모르겠어. 나는 네 동생이랑 내려가야 할까 봐. 내가 다른 사람들에게 피해를 주고 있잖아." 그녀가 말 했다.

"카사 알피나에 계시면 안 돼요. 누구든 거기 너무 오래 머무는 건 위험해요." 피노가 말했다.

바이올리니스트는 아무 말 없이 고개를 돌리더니 갑자기 배를 움켜잡고 토하기 시작했다.

"나폴리타노 부인?" 피노가 말했다.

"괜찮아. 지나갔어." 그녀가 말했다.

"임신하셨어요?" 단젤로 부인이 어둠 속에서 말했다.

"여자는 딱 보면 알죠." 나폴리타노 부인이 숨을 헐떡거렸다.

임신하셨다고? 무거운 책임감이 피노의 어깨를 짓눌렀다. 세상에, 아이라니? 만약 잘못되기라도 하면…….

"아기를 위해서 꼭 산을 오르셔야 해요." 단젤로 부인이 나폴리타노 부인에게 말했다. "내려가시면 안 돼요. 내려가면 어떻게 될지 아시잖아요."

"피노 형?" 오랜 침묵이 흐른 후 동생이 속삭였다. "내가 모시고 내려가면 돼. 고도에 익숙해질 시간을 드리자."

피노가 막 동의하려는 찰나에 나폴리타노 부인이 말했다. "올라갈게."

하지만 고도가 그녀와 아기에게 안 좋은 영향을 미치면 어쩌지?

피노는 쓸데없는 생각 하지 말라고 자신을 다그쳤다. 두려움이 머릿속을 지배하게 둘 수는 없었다. 두려움이 끼어들 여지는 없었다. 그는 생각해야 했다. 명료하게 생각해야 했다.

피노는 그 말을 계속 되새기며 미모에게 여벌의 밧줄을 받아 나폴리타노 부인의 겨드랑이 아래로 고리를 만들어 묶었다. 이어서 산마루 끝으로 기어올라 갔다. 피노는 미모를 그녀 뒤에 세우고 줄을 당겨 그녀를 등마루로 끌어 올렸다. 그렇지 않아도 힘든 일인데 그녀가 바이올린 케이스를 들고 있는 데다 미모에게 넘겨주려고 하지 않는 바람에 더 힘들었다.

"바이올린을 버리셔야 해요." 피노가 고리를 뒤로 던지며 말했다.

"절대 안 돼. 바이올린은 항상 나와 함께해야 해."

"그럼 제가 들고 갈게요. 배낭에 자리를 만들어서 넣어놓고 스위스에 도착하면 돌려드릴게요."

달빛 아래에서 나폴리타노 부인이 그 제안을 고민하는 모습이 보였다.

"앞으로 갈 길에서는 부인의 손과 발이 자유로워야 해요. 부인이 계속 바이올린을 지키면 아기의 목숨이 위험해져요."

잠시 침묵이 흐른 후 그녀는 바이올린을 건네며 말했다. "스트라디바리우스야. 지금 내가 가진 전부야."

"우리 아빠가 바이올린을 대하듯이 소중히 대할게요." 그가 바이올린을 배낭 덮개 아래에 묶으면서 말했다.

✣

피노는 이 모든 여정을 신나는 모험으로 여기는 두 아이와 그렇게 생각하도록 부추기고 있는 단젤로 부부를 좁은 간격으로 한 줄로 세웠다. 피노는 피난민들을 데리고 갈 때 거의 매번 그랬듯이, 나폴리타노 부인을 바로 뒤에 두고 그다음에 단젤로 부인, 아이들, 단젤로 씨에 이어서 미모를 제일 뒤에 두고 밧줄로 연결했다.

산마루로 올라가려는데 단젤로 부부의 어린 아들이 징징거리더니 누나와 다투기 시작했다.

"그만." 피노가 엄격하게 속삭였다.

"여기에서는 아무도 우리 소리를 못 듣잖아요." 안토니가 말했다.

"이 산은 들을 수 있어." 피노가 단호하게 말했다. "네가 너무 시끄럽게 굴면 산이 잠에서 깨서 담요 밑에서 꼼지락거리다가 산사태를 일으켜 우리 모두를 묻어버릴 거야."

"이 산이 괴물이에요?" 안토니가 물었다.

"용처럼 생겼어. 그러니까 우리는 조심하고 조용해야 해. 이제부터 비늘로 뒤덮인 괴물의 등으로 올라갈 거거든."

"머리는 어디에 있어요?" 주디스가 물었다.

"우리 위에." 미모가 말했다. "구름 속에 있어."

아이들은 그 대답에 만족한 모양이었다. 그들은 다시 출발했다. 지난번 피노가 이 힘든 길을 홀로 올랐을 때는 한 시간이 안 걸렸는데 이번에는 거의 두 시간이 걸렸다. 가파르게 갈라진 침니에 도착하니 새벽 4시 30분이었다. 피노는 거의 수직으로 깎아지른 듯한 암벽의 갈라진 틈을 분간할 수 있었지만 다 같이 오르려면 달빛만으로는 부족했다.

피노는 카바이드램프에 물을 부은 후 빠르게 차오르는 증기가 빠져나오지 못하게 뚜껑을 꽉 닫았다. 1분 기다렸다가 가스 밸브를 느슨하게 열고 탁 하고 공이를 쳤다. 두 번째 시도 끝에 가느다란 푸른 불꽃이 반사경 가운데에 나타나 침니를 환하게 밝힐 만큼 빛났다. 마침내 모두가 앞에 놓인 도전을 보고 말았다.

"세상에." 나폴리타노 부인이 신음 소리를 냈다. "세상에, 맙소사."

피노는 그녀의 어깨에 한 손을 얹고 말했다. "보기보다 어렵지 않아요."

"보기보다 훨씬 어렵겠어."

"아니요, 그렇지 않아요. 지난 9월에는 암벽이 벌거벗은 상태여서 훨씬 어려웠어요. 하지만 양쪽에 얼음 보이시죠? 얼음 덕분에 틈이 좁아져서 올라갈 만해졌어요."

피노가 동생을 바라봤다. "시간이 좀 걸릴 거야. 내가 먼저 올라가면서 발 디딜 자리를 만들게. 내가 피켈을 내려보낸다는 휘파람 신호를 보낼 때까지 넌 이분들을 계속 움직여서 체온을 유지하도록 해. 휘파람 소리가 들리면 밧줄을 던지고 단젤로 씨를 먼저 올려 보내. 위에서 끌어당기려면 단젤로 씨의 도움을 받아야 하니까. 네가 마지막으로 올라오고."

이번만은 미모도 자신이 꼴찌라는 것을 따지고 들지 않았다. 피노는 사람들을 연결해 놓았던 밧줄을 풀고 배낭을 내려놓은 다음 아이젠을 신었다. 돌돌 감은 미모의 밧줄을 탄띠처럼 메고, 자신과 미모의 피켈 두 개를 들고 기도한 후 올라가기 시작했다. 산을 등진 채 내려다보지 말자고 속으로 다짐하고 나서 아이젠 날을 빙벽에 박아 넣어 다리를 지탱하고, 머리 위로 팔을 쭉 뻗어 피켈의 뾰족한 부리를 얼음 덩어리에 찍었다.

0.5미터마다 멈춰서 조심스럽게 얼음을 평평하게 다듬어서 다른 사람들이 발을 디딜 자리를 만들었다. 작업은 미칠 듯이 더뎠고 높이 올라갈수록 저 아래 캄포돌치노에서 하나둘 불이 켜졌다. 쌍안경을 든 누군가가 얼어붙은 침니 안을 비추는 광산용 램프를 볼지도 모른다는 것을 알았지만 선택의 여지가 없었다.

40분 후 땀에 흠뻑 젖어 툭 튀어나온 발코니에 도착했다. 램프를 켜놓은 채 지난번 이 길로 올라갈 때 바위에 박아놓았던 피톤에 카라비너를 걸고 밧줄 끝을 카라비너에 끼운 후 체중을 실어 시험했다. 닻이 단단히 자리를 잡았다.

피노는 피켈 두 개와 아이젠 한 벌을 밧줄에 묶고 휘파람을 분 후 침니 아래로 내려보냈다. 몇 분 후 동생의 휘파람 소리가 들리자 밧줄을 팽팽하게 잡았다. 15분 후 단젤로 씨가 발코니로 올라왔다. 두 사람은 함께 밧줄을 당겨 그의 아들과 딸, 부인 순으로 빠르게 끌어 올렸다.

겁에 질린 나폴리타노 부인이 빙벽의 틈으로 올라서기도 전에 끙끙대는 소리가 들려왔다. 피노는 그녀를 위해 광산용 램프를 아래로 비췄다. 하지만 시야가 밝아지자 임신한 바이올리니스트의 공포는 더 커진 듯했다. 그녀는 머리부터 발끝까지 부들부들 떨면서 피켈을 휘두르고 아이젠을 침니에 박았다.

"오른손 먼저요." 미모가 말했다. "형이 평평하게 다져놓은 곳을 세게 후려치세요."

나폴리타노 부인은 미모의 말대로 했지만 영 열의가 없었고, 위로 체중을 싣기도 전에 피켈이 떨어졌다.

"못하겠어." 그녀가 말했다. "못하겠다고."

"형이 다져놓은 계단을 올라가기만 하면 돼요. 저 위까지 피켈과 아이젠 날을 얼음에 꽉 박았다가 빼면서 가세요."

"미끄러지면 어떡해."

피노가 빙벽을 타고 두 사람에게 내려갔다. "우리가 밧줄을 잡고 있으니까 미끄러지지 않아요. 아이젠을 박고 피켈을 휘두르시기만 하면, 열정적으로 바이올린 활을 움직이듯이 힘껏 휘두르시기만 하면 돼요."

열정적으로 연주하라는 마지막 말이 그녀의 마음을 움직인 듯했다. 그녀는 아이젠을 위로 박고 올라서서 오른손에 든 피켈을 휘둘렀다. 위에서 피켈의 부리가 얼음에 단단히 박히는 소리가 피노의 귀에 들렸다. 그는 다시 위로 올라가 밧줄을 잡고 있는 딘젤로 씨와 합류했다. 그리고 딘젤로 부인에게 가장자리에 엎드려 암벽의 틈을 내려다보면서 나폴리타노 부인이 체중을 이동시키거나 한 걸음씩 올라올 때마다 알려달라고 말했다. 다른 사람들이 0.5미터씩 올라왔다면 나폴리타노 부인은 몇 센티씩 올라오는 셈이었다.

그녀가 바닥에서 4미터 정도 올라왔을 때 어찌 된 일인지 발을 헛디뎌 비명을 지르며 떨어졌다. 순간 두 사람이 밧줄을 잡아당기며 버텼다. 그들이 다시 해보라고 구슬려도 그녀는 공중에 매달린 채 끙끙거리며 엉엉 울었다. 조마조마한 35분이 지난 후, 그들은 그녀를 간신히 끌어당겨 발코니로 올려놓았다. 광산용 램프의 흔들리는 빛에 비친 서리로 뒤덮인 옷과 얼어서 얼굴에 달라붙은 콧물 때문에, 그녀는 꽁꽁 언 지옥에 갔다 돌아온 것처럼 보였다.

"끔찍했어." 그녀가 주저앉으며 말했다. "매 순간이 정말 끔찍했어."

"그렇지만 이렇게 올라오셨잖아요." 피노가 활짝 웃었다. "그렇게 할 수 있는 사람은 별로 없는데 부인은 해내셨어요. 아기를 위해서요."

바이올리니스트가 벙어리장갑을 낀 양손을 외투에 감싸인 배에 올리고 눈을 감았다. 그 후 배낭들을 다 끌어 올리기까지 다시 20분이 흘렀다. 양쪽에 묶어놓은 스키폴과 스키 때문에 아주 어려운 작업이었다. 또다시 15분이 흐른 후 마침내 미모가 침니를 타고 올라왔다.

"그다지 힘들지는 않았어." 미모가 말했다.

"어릴 때 얼마나 괴롭힘을 당했으면 이게 힘들지 않다는 거야." 나폴리타노 부인이 말했다.

피노가 시계를 보니 거의 6시였다. 곧 동이 틀 터였다. 그 전에 일행을 그로페라의 측면으로 데려가고 싶었다. 다시 사람들을 한 줄로 묶고 더 높은 곳을 향해 올라가기 시작했다.

동쪽 하늘이 서서히 밝아져야 할 6시가 되자 갑자기 사방이 내내 고생했던 새벽보다 훨씬 어두워졌다. 달도 사라졌다. 피노는 바람이 북풍으로 급변하면서 강해지는 것을 느꼈다.

"빨리 움직여야 해요." 피노가 말했다. "폭풍이 오고 있어요."

"뭐라고?" 나폴리타노 부인이 외쳤다. "이 위에서?"

"폭풍은 늘 이렇게 갑자기 닥쳐요." 미모가 말했다. "하지만 걱정 마세요. 우리 형이 길을 알거든요."

실제로 피노는 길을 알았고 이후 한 시간 동안 휘몰아치는 눈보라를 맞으며 꾸준히 전진했다. 눈이 내려서 다행이야. 피노는 좋게 생각하기로 했다. 세차게 흩날리는 눈 덕분에 감시자의 눈으로부터 몸을 감출 수 있을 터였다.

7시 30분경 폭풍이 심해졌다. 피노는 가방을 뒤져 아빠가 크리스마스 선물로 준 빙하용 안경을 꺼냈다. 눈이 들어오지 않도록 양옆이 가죽으로 가려져 있는 안경이었다. 먹구름이 그로페라를 뒤덮었다. 그들 위로 꽁꽁 얼어붙어 솟아 있는 험준한 바위 봉우리 때문에 과냉각된 먹구름이 눈을 내리퍼붓기 시작했다. 피노는 스키폴로 앞을 더듬어 나아가면서, 그들이 높이 올라갈

수록 발을 헛디딜 가능성이 훨씬 높아진다는 생각이 강하게 밀려왔다. 그는 공황 상태에 빠질 것 같은 충동과 싸웠다. 바람이 소용돌이치기 시작하면서 화이트아웃(눈이나 햇빛의 난반사로 방향 감각이 없어지는 상태)을 일으켰다. 시야가 너무 낮아서 거의 눈먼 채 산을 오르는 것이나 마찬가지였기 때문에 덜컥 겁이 났다. 그는 믿음을 잃지 않으려고 노력했지만 의심이 들고 불안이 슬금슬금 커졌다. 내가 코스 방향을 잘못 잡았으면 어떻게 하지? 아니면 내가 결정적인 순간에 발을 헛디뎌 추락하면 어떻게 하지? 그의 무게 때문에 일행 모두가 목이 부러져 우르르 떨어질 터였다. 그는 밧줄이 뒤로 당겨지다가 멈추는 것을 느꼈다.

"안 보여요." 주디스가 외쳤다.

"나도 안 보여." 주디스의 엄마가 말했다.

"그럼 좀 기다리죠." 피노가 차분한 목소리를 내려고 애쓰며 말했다. "바람을 등지고 서요."

눈이 계속 내렸다. 이 기세로 바람이 계속 세차게 분다면 앞으로 나올 좁은 통로는 지나가지 못할 판이었다. 대신, 바람은 갑자기 몰아치다가 몇 분에 한 번씩 완전히 잦아들었다. 그렇게 잠시 바람이 불지 않는 동안 피노가 길을 확인하고 다 함께 위로 올라갔다. 그는 융기선이 고르고 좁아지는 것을 느꼈다. 그리고 15미터 앞에 있는 그 좁은 통로와 산사태로 양쪽이 깊이 팬 지형의 눈 덮인 오목한 입구를 발견했다.

"여기에서는 한 명씩 가야 해요." 피노가 말했다. "저기 등마루 옆에 눈 덮인 오목한 부분들이 보이죠? 거기는 밟지 마세요.

내가 밟는 곳만 밟고 오세요. 그러면 괜찮을 거예요."

"눈 아래 뭐가 있는데?" 나폴리타노 부인이 물었다.

피노는 알려주고 싶지 않았지만 미모가 말했다. "허공이요. 깊은 허공."

"뭐?" 그녀가 소리쳤다. "아, 이런!"

피노는 동생을 후려치고 싶었다.

"자, 나폴리타노 부인." 피노가 용기를 북돋우려고 애쓰며 말했다. "이렇게 높이 올라오셨고 아무 문제 없었잖아요. 그리고 제가 밧줄 끝을 잡고 있을 거예요."

바이올리니스트가 숨을 헉헉거리며 망설이다가 힘없이 고개를 끄덕였다. 피노는 일행의 몸에 묶은 밧줄을 풀고 미모가 가져온 밧줄에 묶어서 기다란 줄 하나를 만들었다. 그러는 동안 동생에게 속삭였다. "지금부터 입 다물어."

"뭐라고?" 미모가 물었다. "왜?"

"모르는 게 약일 때도 있는 법이야."

"우리 고향에서는 아는 게 약인데."

피노는 말다툼을 벌여봤자 소용없다는 것을 알고 자신의 허리에 빙 둘러 밧줄을 맸다. 자신이 줄타기 곡예사라고 상상하면서 스키폴을 수평으로 들어 균형을 잡았다.

한 걸음, 한 걸음이 무시무시했다. 우선 바위나 얼음 소리가 들릴 때까지 아이젠의 앞코로 조심스럽게 차본 다음, 그 자리에 발뒤꿈치를 짚었다. 두 번 균형을 잃고 흔들렸지만 그때마다 용케 몸을 세우고 건너서 마침내 암벽에서 튀어나온 좁은 바위에 발을 디뎠다. 그는 멈춰서 피톤을 암벽을 박을 수 있을 만큼 침착해질 때까지 이마를 바위에 대고 쉬었다.

피노는 피톤에 밧줄을 끼웠다. 미모가 느슨한 밧줄을 잡아당기자 난간처럼 팽팽해졌다. 세찬 바람이 몰아쳤다. 화이트아웃이 다시 시작됐다. 1분 넘게 일행이 시야에서 사라졌다. 바람이 잦아들자 통로 건너편에 있는 일행의 등을 알아볼 수 있었는데 다들 유령처럼 뿌옇게 보였다.

피노가 침을 꿀꺽 삼켰다. "안토니를 먼저 보내."

안토니가 오른손으로 팽팽한 밧줄에 매달려 피노의 발자국에 정확히 부츠를 디뎠다. 1분도 안 돼 건너왔다. 이어서 주디스가 밧줄을 꽉 잡고 피노의 발자국에 부츠를 디디며 건너왔다. 두 아이는 비교적 쉽게 임무를 완수했다.

다음 차례는 단젤로 부인이었다. 그녀는 산사태로 양쪽이 깊이 파인 좁은 통로에서 얼어붙어 옴짝달싹 못 했다. 혼이 나간 것 같았다.

그러자 어린 아들이 외쳤다. "얼른, 엄마. 할 수 있어요."

그녀가 힘을 내 앞으로 움직였고, 암벽에서 튀어나온 바위에 도착하자 양팔로 두 아이를 안고 울었다. 단젤로 씨가 부인의 뒤를 따라 몇 초 되지 않아 건너왔다. 그는 어릴 때 체조를 했다고 설명했다.

나폴리타노 부인이 이동하기 전에 돌풍이 몰아쳤다. 피노는 자신을 욕했다. 이처럼 좁은 통로를 건널 때는 실제로 움직이기 전까지는 아예 생각하지 않는 것이 심리적 요령이었다. 그런데 그녀는 지금까지 어쩔 수 없이 계속 이 좁은 통로를 건너는 일에 대해 생각하고 있었을 것이다.

하지만 침니를 오른 경험이 나폴리타노 부인을 대담하게 만든 듯했다. 바람이 사그라지고 다시 주변이 보이자 그녀는 피노가 설득하지도 않았는데 알아서 통로를 건너기 시작했다. 4분의 3 정도 왔을 때 바람이 다시 거세졌고 그녀가 소용돌이치는 눈보라 속으로 사라졌다.

"꼼짝 마세요!" 피노가 온통 하얗게 변한 허공을 향해 소리쳤다. "기다리세요!"

나폴리타노 부인은 답하지 않았다. 그는 계속 밧줄을 살살 당기면서 그녀가 잡고 있는지 가늠해 봤다. 마침내 바람이 멈췄고 그녀는 흰 눈을 뒤집어쓴 채 조각처럼 가만히 서 있었다.

그녀는 튀어나온 바위에 도착하자 잠시 피노를 꽉 안고 있다가 말했다. "내 평생 이렇게 무서웠던 적이 없었어. 이렇게 간절하게 기도한 건 처음이야."

"기도가 이루어졌네요." 피노가 그녀의 등을 토닥이며 말한 후 동생에게 휘파람을 불었다.

기다란 밧줄의 한쪽 끝은 동생의 허리에 꽉 묶여 있었고 다른 한쪽 끝은 피노의 손에 느슨하게 잡혀 있었다. "준비됐어?"

"난 항상 준비돼 있어." 미모가 대답하고 재빨리 자신 있게 발걸음을 옮겼다.

"천천히 와." 피노가 느슨한 밧줄을 피톤과 카라비너를 통해 최대한 빨리 당기며 말했다.

미모는 산사태로 깊이 파인 틈 사이의 좁은 통로를 거의 다 건너와서 말했다. "뭐 하러? 레 신부님이 나는 타고난 산양이라고 하셨는걸."

그 말이 끝나기도 전에 미모의 몸이 약간 휘청거렸다. 오른쪽 발이 너무 멀리 나가서 밑으로 빠져버렸다. 누군가 베개를 털썩 내던지는 듯한 소리가 났다. 곧이어 틈 속에 쌓인 눈이 배수구를

빙글 돌아 내려가는 물처럼 주르륵 흘러내렸고, 피노가 공포에
질려 바라보는 가운데 동생이 눈과 함께 미끄러져서 새하얀 소
용돌이 속으로 사라졌다.

11

"미모!"

피노가 외치면서 황급히 밧줄을 끌어당겼다. 동생이 허공으로 떨어지면서 하마터면 피노도 끌려갈 뻔했다.

"도와주세요!" 피노가 단젤로 씨에게 소리쳤다.

나폴리타노 부인이 먼저 뛰어와 벙어리장갑 낀 손으로 피노 뒤에서 밧줄을 움켜쥐고 체중을 한껏 뒤로 실었다. 밧줄을 단단히 당겼다. 밧줄 끝에 무게가 실려 있었다.

"미모!" 피노가 외쳤다. "미모!"

아무 대답이 없었다. 바람이 갑자기 몰아치면서 깊이 팬 틈 위의 세상이 다시 완벽하게 새하얘졌다.

"미모!" 그가 악을 썼다.

잠시 정적이 흐른 후 힘없이 떨리는 소리가 들렸다. "나 여기 있어. 하느님 맙소사, 올려줘. 발아래가 완전히 허공이야. 토할 것 같아."

피노가 다시 밧줄을 잡아당겼지만 꼼짝하지 않았다.

"가방이 뭔가에 걸렸어." 미모가 말했다. "조금만 내려봐."

그때는 단젤로 씨가 나폴리타노 부인의 자리로 들어와 있었다. 피노는 이런 상황에 물러서고 싶지 않았지만 마지못해 밧줄을 가죽 장갑 사이로 약간 미끄러뜨렸다.

"됐어." 미모가 말했다.

두 사람은 밧줄을 끌어당겨 미모를 가장자리로 올렸다. 피노는 몸에 밧줄을 묶고 단젤로 씨에게 동생의 배낭에 손을 뻗을 수 있게 밧줄을 두 발로 밟아달라고 했다. 미모는 모자가 사라지고 머리가 심하게 찢어져 피를 흘리고 있었다. 암벽 틈이 빠르게 무너지며 동생이 떨어지는 모습을 보고 난 뒤라 아드레날린이 솟은 피노가 튀어나온 바위 위로 동생을 홱 끌어 올렸다.

형제는 암벽에 등을 기대고 앉아 가슴을 들썩였다.

"또 한 번만 그래봐라." 마침내 피노가 말했다. "엄마, 아빠가 절대 나를 용서하지 않으실 거야. 나도 절대 나를 용서하지 못할 거고."

미모가 헉 소리를 냈다. "형이 나한테 한 말 중에 제일 다정한 말이네."

피노가 동생의 목에 팔을 감고 세게 안았다.

"알았어, 알았다고." 미모가 버둥거렸다. "구해줘서 고마워."

"너도 똑같이 했을 거잖아."

"당연하지, 형. 우린 형제잖아. 항상."

피노는 고개를 끄덕이며 이 순간만큼 동생을 사랑한 적이 없다고 생각했다.

　단젤로 부인이 응급처치 방법을 조금 알고 있었다. 그녀는 눈으로 두피의 상처를 깨끗하게 닦고 지혈했다. 그들은 붕대 대용으로 스카프를 찢어서 머리에 감아 임시로 모자를 만들었다. 아이들이 미모를 보고 점쟁이 같다고 말했다.

　바람이 잦아들었지만 눈은 더 세차게 내렸다. 피노가 일행을 이끌고 험준한 바위산의 목 부분을 따라 암벽이 튀어나온 자리로 올라갔다.

　"저기는 못 올라가겠는데." 단젤로 씨가 고개를 길게 빼 그들 위로 창끝처럼 뾰족하게 솟은 얼음 덮인 정상을 올려다보며 말했다.

　"빙 둘러 갈 거예요." 피노가 말하고는 암벽에 배를 딱 붙이고 옆으로 걷기 시작했다.

　그는 암벽에서 튀어나온 바위가 20센티미터 폭으로 급경사를 이루는 모퉁이를 돌기 전에 나폴리타노 부인과 일행을 돌아봤다.

　"여기에 쇠줄이 있어요. 꽁꽁 얼어 있지만 잡을 수는 있을 거예요. 오른손은 손등이 위로 올라오게 하고 왼손은 손등이 아래로 오게 해서 이 쇠줄을 잡으세요. 위로 아래로, 아셨죠? 반대편에 도착할 때까지 어떤 상황에든 손을 놓지 마세요."

　"무슨 반대편?" 나폴리타노 부인이 물었다.

　피노가 암벽을 향해 시선을 돌렸다가 아래를 쓱 훑어봤다. 아주, 아주 한없이 길게 아래로 떨어지는 암벽. 떨어지면 살아남을 수 없는 암벽의 모습이 쏟아지는 눈에 가려 보이지 않았다.

　"암벽이 여러분의 코앞에 있게 될 거예요." 피노가 말했다.

"앞과 옆만 보세요. 뒤나 아래는 보면 안 돼요."

"힘들겠지, 그렇지?" 바이올리니스트가 물었다.

"스칼라 극장에서 처음 연주한 밤은 힘드셨죠? 그렇지만 해내셨잖아요. 이것도 마찬가지예요."

그녀는 얼굴에 뒤덮인 서리에도 불구하고 입술을 핥고 몸을 부르르 떤 후 고개를 끄덕였다.

✤

워낙 힘든 일을 겪은 뒤라 쇠줄을 잡고 암벽의 튀어나온 바위를 디디며 이동하는 것은 피노의 예상보다 수월했다. 그들이 있는 면은 남동쪽을 향하고 있어 폭풍이 어느 정도 차단된 쪽이기도 했다. 다섯 명의 피난민과 미모는 모두 다른 사고 없이 건너왔다.

피노는 눈밭에 주저앉아 그들을 보살펴준 하느님에게 감사하고 최악의 상황은 더 이상 오지 않게 해달라고 기도했다. 그러나 바람이 다시 강해졌다. 돌풍은 아니었지만 꾸준히 강해져 눈송이가 얼음 바늘처럼 얼굴에 달라붙었다. 그들이 북동쪽으로 느릿느릿 나아갈수록 폭풍은 심해졌고, 피노는 마침내 지금 위치가 어디인지 확신하지 못하는 지경에 이르렀다. 피노가 생각하기에 그들이 그날 아침 카사 알피나를 떠난 이후 부딪친 온갖 장애물 중에서도 눈보라 속에서 앞이 보이지 않는 상태로 탁 트인 산마루를 건너는 것이 가장 위험했다. 피초 그로페라는 거의 1년 내내 곳곳에 갈라진 구멍이 있었다. 그들이 깊이 6미터 혹은 그보다 더 깊은 구멍에 빠져 봄이 될 때까지 발견되지 않을 수도 있었다. 설령 그가 이 산의 물리적 위험을 피한다 한들 이렇게 추운 날 눈에 젖어 있으면 저체온증에 걸려 죽음에 이를 위험이 있었다.

"하나도 안 보여!" 나폴리타노 부인이 말했다.

단젤로 씨네 아이들이 울기 시작했다. 주디스는 발과 손에 감각이 없었다. 피노가 극심한 공포에 빠지기 직전, 폭풍을 뚫고 앞에 돌무더기가 나타났다. 피노는 돌무더기 덕에 현재 위치를 파악했다. 그들 앞에 발 디 레이가 있지만 숲은 아직 4, 5킬로미터는 족히 떨어져 있었다. 그러다가 돌무더기에서 북쪽으로 올라가는 길을 따라가면 난로가 있는 양치기 오두막이 하나 더 있다는 것이 기억났다.

"폭풍 때문에 더 이상 못 올라가겠어요!" 피노가 그들에게 소리쳤다. "폭풍을 피해 몸을 덥히고 체력을 비축할 수 있는 곳을 알아요."

모두가 안도의 한숨을 내쉬며 고개를 끄덕였다. 30분 후 피노와 미모는 엎드려서 문 앞에 쌓인 눈을 파내고 오두막 문을 열었다. 피노가 먼저 몸을 수그리고 안으로 들어가 광산용 램프를 켰다. 미모는 난로에 폭탄이 설치돼 있지 않은지 확인한 후 장작을 쌓았다.

장작에 불을 붙이기 전에 피노가 다시 굴을 타고 나가 사람들을 데리고 안으로 들어온 후 지붕으로 올라가 굴뚝이 막혀 있지 않은지 살펴봤다.

피노는 문을 닫고 동생에게 난로에 불을 피우라고 말했다. 성냥불이 바짝 마른 불쏘시개에 붙고 곧 불쏘시개와 통나무가 불길에 휩싸였다. 난로의 불빛이 그들의 얼굴에 쌓인 극심한 피로를 고스란히 드러냈다.

피노는 일단 이곳으로 피신해서 폭풍이 약해진 후 다시 올라 가기로 한 것이 옳은 결정임을 알았다. 혹시 베리스트롬 씨가 발 디 레이 너머 숲속에서 기다리고 있을까? 아니면 폭풍 때문에 이동이 지연됐다고 짐작하고 돌아갔다가 폭풍이 지나간 후 다시 숲으로 나올까?

잠시 후, 피노는 그런 질문들은 일단 젖혀두기로 했다. 작은 난로가 시뻘겋게 달아올라 흙바닥과 낮은 천장으로 이루어진 오 두막에 아늑한 온기를 전했다. 단젤로 부인이 주디스의 부츠를 벗기고 딸의 얼어붙은 발을 주무르기 시작했다.

"따끔거려요." 주디스가 말했다.

"피가 돌고 있어서 그래." 피노가 말했다. "다들 불가로 바짝 다가앉아서 양말을 벗으세요."

곧 모두 양말을 벗었다. 피노가 미모의 머리 상처를 살펴보니 그사이 출혈은 멈춰 있었다. 이어서 음식과 마실 것을 꺼냈다. 난로에 차를 올려 데우고 다 함께 치즈와 빵과 살라미를 먹었다. 나폴리타노 부인은 인생 최고의 식사였다고 말했다.

안토니는 아빠의 무릎을 베고 잠들었다. 피노는 광산용 램프 를 끄고 앉아서 깊고 편안한 잠에 빠져들었다. 그가 푹 자고 눈 을 떴을 때 모두가 주변에 둘러앉아 꾸벅꾸벅 졸고 있었다. 난롯 불을 확인하니 장작이 거의 다 타들어 가고 있었다.

몇 시간 후, 피노는 기관차 엔진 같은 소리에 잠에서 깼다. 마 치 열차가 덜커덩거리며 그들을 향해 다가오는 것 같았다. 땅이 흔들리고 열차 같은 진동이 우르르 지나간 후 잠시 깊은 정적이 흘렀다. 그때 지붕을 지탱하고 있는 통나무가 끽끽거리고 탁탁 거리는 소리로 정적을 깼다. 피노는 그들이 또다시 곤경에 빠졌음을 직감했다.

"무슨 일이야, 피노?" 나폴리타노 부인이 소리쳤다.

"눈사태예요." 피노는 목소리가 떨리지 않게 애쓰며 말하고 손으로 더듬어 광산용 램프를 찾았다. "바로 우리 위로 지나갔어요."

피노는 램프를 켜고 문으로 다가갔다. 문을 잡아당겨 열었다가 얼이 빠질 정도로 충격을 받았다. 눈사태로 미끄러져 내린 눈과 빙하 조각이 오두막의 유일한 출구를 완전히 막고 있었다.

미모가 옆으로 와서 얼음과 눈이 빽빽하게 쌓인 벽을 보고는 겁먹은 목소리로 속삭였다. "세상에, 성모 마리아님. 형, 우리 산 채로 묻혔어."

✦

오두막이 비명과 걱정의 소리로 요란해졌다. 피노는 거의 아무 소리도 들리지 않았다. 그는 눈 벽을 응시하면서 성모 마리아님과 하느님이 그와 이 오두막에 있는 모두를 배신했다고 생각했다. 지금 상황에 믿음이 무슨 소용이 있어? 이 사람들은 그저 안전해지기를 바랐을 뿐이야. 폭풍우를 피하려 했을 뿐인데 이런······.

미모가 피노의 팔을 잡아당겼다. "이제 어떻게 해?"

피노는 동생을 가만히 응시하면서 단젤로 가족과 나폴리타노 부인이 그를 향해 쏟아내는 겁에 질린 질문들을 들었다. 완전히 무력해진 느낌이었다. 그는 그저 열일곱 살이었다. 마음 한구석에서는 그저 벽에 기대앉아 머리를 부딪치며 울고 싶었다.

하지만 광산용 램프의 불빛 속에서 피노를 바라보고 있는 얼굴들이 그를 다시 집중하게 했다. 그들은 그가 필요했다. 그들은 그의 책임이었다. 그들이 죽으면 그건 그의 잘못이었다. 그런 생

171

각이 마음속에 있는 무언가를 건드렸다. 그는 시계를 봤다. 오전 10시 15분 전이었다.

공기. 퍼뜩 머리를 스친 생각이었다. 그 한 단어가 머리를 맑게 하고 목적을 떠올리게 했다.

"다들 움직이지 말고 조용히 계세요." 그는 차가워진 난로로 다가가 통풍 조절판을 돌렸다. 다행히 움직였다. 눈이 굴뚝까지는 쌓이지 않은 모양이었다.

"미모, 단젤로 씨, 도와줘요." 피노는 장갑을 끼고 난로에서 굴뚝을 빼내기 위해 흔들었다.

"뭐 하는 거야?" 나폴리타노 부인이 물었다.

"질식사하지 않으려고요."

"오, 하느님." 바이올리니스트가 말했다. "그 온갖 시련을 겪었는데 아기와 내가 여기에서 숨이 막혀 죽는다니."

"그런 일은 없어요."

피노는 난로를 분리해서 한쪽으로 옮겼다. 이어서 천장 가까이 올라가 새까맣게 그을린 양철 연통의 아랫부분을 떼어내 역시 한쪽에 내려놓았다.

피노는 광산용 램프로 연통 속을 비췄지만 별로 보이는 것이 없었다. 구멍에 손을 대고 바람이나 공기가 통하는 신호를 감지하려고 했지만 아무런 신호도 없었다. 밀려드는 공포와 싸우며 대나무 스키폴 하나를 들고 주머니칼로 끝에 달린 가죽과 금속 고리를 벗겨 뾰족한 철 못이 드러나게 했다.

스키폴을 굴뚝 구멍에 밀어 넣었다. 스키폴이 반쯤 들어가다가 멈췄다. 막힌 부분을 힘껏 찔렀다. 눈이 우르르 바닥으로 쏟아졌다. 다시 찌르기 시작했다. 스키폴을 돌리면서 굴뚝 안의 상태를 살폈고 그러는 동안 눈이 계속해서 굴뚝을 타고 후드득 쏟아졌다. 5분이 흐르고 10분이 흘렀다. 스키폴을 굴뚝에 밀어 넣고 팔을 쭉 밀어 올렸지만 여전히 막혀 있었다.

"공기 없이 얼마나 버틸 수 있을까?" 미모가 물었다.

"모르겠어." 피노가 말하고는 다시 스키폴을 위아래로 움직였다. 두 번째 스키폴을 들고 끝에서 가죽을 벗겨낸 다음에 길게 잘랐다. 가죽 조각과 허리끈으로 두 개의 스키폴을 연결했다. 손잡이와 뾰족한 끝부분을 이어 붙인 기다란 스키폴은 불안정하게 흔들렸고 하나로 찌를 때에 비해 힘이 덜 실렸다.

공기 없이 얼마나 버틸 수 있을까? 네 시간? 다섯 시간? 그보다 더 짧게?

미모와 단젤로 씨, 피노가 돌아가면서 굴뚝에서 눈을 쪼아내는 동안 나폴리타노 부인과 단젤로 부인, 아이들은 구석에 옹송 그리고 앉아 지켜보고 있었다. 그들의 고된 노력과 내쉬는 숨 때문에 오두막 안이 따뜻해지다 못해 뜨거워졌다. 스키폴을 위로 찔러 눈을 조금씩 깎아내는 동안 피노의 머리에서 땀이 비 오듯 흘러내렸다.

작업을 시작한 지 두 시간이 지나 아래쪽 스키폴의 손잡이가 거의 천장에 닿았을 때 움직이지 않는 무언가가 느껴졌다. 계속 찔러댔지만 떨어지는 것은 얇은 얼음 조각뿐이었다. 그 위를 단단한 덩어리가 막고 있는 것이 분명했다.

"진전이 없어." 미모가 절망에 빠져 말했다.

"계속해야 해." 피노가 옆으로 비켜서서 동생에게 스키폴을 넘겼다.

이제 오두막 안은 숨 막히게 더웠다. 피노는 셔츠를 벗고 숨

쉬기가 버거워진다고 느꼈다.

이렇게 끝인가? 공기가 없으면 많이 고통스러울까? 예전에 라폴라의 해변에서 본 죽어가는 물고기가 퍼뜩 떠올랐다. 물을 찾아 뻐끔거리던 주둥이와 아가미, 점차 움직임이 잦아들다가 마침내 꼼짝하지 않던 모습이 생생했다. 우리도 그렇게 죽어갈까? 물고기처럼?

피노가 속에서 솟구치는 공포심을 억누르려고 기를 쓰는 동안 동생과 단젤로 씨가 교대로 장애물을 계속 찍어대고 있었다. 피노는 기도했다. 하느님, 제발, 제발 저희가 여기서 이렇게 죽게 하지 마세요. 미모와 저는 이 사람들을 도우려고 노력하고 있어요. 저희는 이렇게 죽을 이유가 없어요. 저희는 마땅히 여길 나가 사람들이 탈출할 수 있게 도와야 해요.

뭔가 철커덕 소리를 내며 굴뚝을 타고 떨어져 미모의 손에 세게 부딪쳤다.

"아야야." 미모가 고통스러운 비명을 질렀다. "젠장, 더럽게 아프네. 그게 뭐야?"

피노가 광산용 램프를 땅에 비췄다. 주먹 두 개 크기의 얼음 덩어리가 흙에 떨어져 있었다. 이어서 그는 벽과 얼음 덩어리 주변 흙바닥에 그림자들이 어른거리는 것을 봤다. 굴뚝으로 다가가 손을 대니 미세하지만 꾸준히 와 닿는 차가운 외풍이 느껴졌다.

"공기가 들어와!" 피노가 말하고는 동생을 덥석 안았다.

단젤로 씨가 말했다. "이제 눈을 파고 나갈까?"

"네, 이제 눈을 파고 나가야죠." 피노가 말했다.

"할 수 있겠어?" 나폴리타노 부인이 말했다.

"선택의 여지가 없어요." 피노가 말하며 굴뚝의 연통을 올려다봤다. 희미한 빛을 보며 굴뚝이 지붕 밖으로 얼마나 높이 올라와 있었는지 기억하려 했다. 그리고 나서 새하얀 벽으로 꽉 막혀 있는 열린 문으로 시선을 옮겼다. 문틀의 꼭대기가 낮았다. 높이 가 대략 1.5미터 정도 될까? 그는 위쪽을 향해 비스듬히 굴을 파 는 상상을 했다. 하지만 얼마나 길게 파야 할까?

미모도 같은 생각을 하고 있었던 듯 말했다. "적어도 3미터는 파야 할 거야."

"더 파야 해." 피노가 말했다. "수직으로는 팔 수 없어. 문에서 비스듬히 올라가야 해. 그래야 기어서 올라가지."

✤

그들은 피켈, 손도끼, 난로에 딸려 있는 작은 금속 삽을 들고 눈사태의 잔해들을 공격하기 시작했다. 문틀에서 약 70도 각도 로 파면서, 기어서 통과하기에 충분한 크기의 통로를 만들고자 했다. 처음 1미터는 비교적 쉬웠다. 눈이 느슨하게 쌓여 있었고 피켈을 휘두를 때마다 작은 자갈 크기의 얼음 조각들이 떨어졌다.

"어두워지기 전에 나가겠다." 미모가 말하며 눈을 삽에 담아 오두막 안쪽으로 옮겼다.

그때 카바이드램프의 불이 나가 모두가 칠흑 같은 어둠에 휩싸 였다.

"제기랄." 미모가 중얼거렸다.

"엄마." 안토니가 칭얼거렸다.

나폴리타노 부인이 말했다. "깜깜해서 어떻게 파지?"

피노가 성냥을 켜고 배낭을 뒤져 성당에서 쓰는 두꺼운 양초 두 개를 꺼냈다. 그는 세 개를 가지고 있었다. 미모도 마찬가지 였다. 그는 불을 붙여 하나는 그들 위에, 다른 하나는 문가에 놓왔다. 의지할 수 있는 램프의 강한 빛은 더 이상 없었지만, 눈은 깜박이는 촛불에 금방 적응했다. 그들은 다시 눈사태의 잔해에 달려들어 지금은 눈과 얼음이 뭉친 거대한 덩어리처럼 보이는 목표물을 후려치고 쪼겠다. 눈사태로 발생한 마찰 때문에 과열된 잔해들이 시멘트처럼 단단하게 자리 잡고 있었다.

기어가는 것처럼 진행이 더뎠다. 그러나 덩어리를 제거할 때마다 기쁨의 환호성이 나왔고 서서히 굴의 모양이 잡히기 시작했다.

피노의 어깨보다 넓은 폭으로 처음 1미터를 파고, 시간이 지나 거의 2미터에 도달했다. 돌아가면서 앞사람이 얼음과 눈을 깎아내고 나머지 두 사람이 눈을 오두막으로 옮겼다. 단젤로 가족과 나폴리타노 부인은 구석에 모여 눈이 갈수록 높이 쌓이는 것을 바라보고 있었다.

"눈이 계속 쌓이면 공간이 부족하지 않을까?" 임산부 바이올리니스트가 물었다.

"어쩔 수 없는 상황이 되면 난로를 피워서 눈을 조금 녹여야 할 거예요." 피노가 말했다.

그날 저녁 8시경, 문에서부터 4미터 길이를 팠다 싶을 때 피노가 작업을 그만하자고 말했다. 더 이상 피켈을 휘두를 힘이 없었다. 그는 먹고, 자야 했다. 다른 사람들도 마찬가지였다.

피노가 배낭 속 남은 식량을 꺼내 나누는 동안 미모와 단젤로 씨는 전날 분리했던 난로를 다시 연결했다. 피노가 식량의 절반을 6인분으로 나눈 후 육포와 말린 과일, 견과류와 치즈를 먹었다. 차를 조금 더 마신 후 한쪽으로 옹기종기 모이자 피노가 난로에 불을 붙이고 세 개 남은 양초 중 하나를 껐다.

피노는 그날 밤 산 채로 관에 묻히는 꿈을 두 번째 꾸다가 깜짝 놀라 깨서, 사람들의 쌕쌕거리는 숨소리와 난로가 탁탁거리며 식는 소리에 가만히 귀를 기울였다. 눈이 흙바닥에 흥건히 녹아 있었다. 곧 서늘한 진흙 속에 누워 있게 될 터였다. 그러나 너무 피곤한 데다 온 근육이 욱신거리고 경련이 나서 신경 쓰기 싫었다. 그러곤 다시 세 번째 잠에 빠져들었다.

몇 시간 뒤 미모가 피노를 슬쩍 건드렸다. 그는 두 개 남은 양초 중 하나에 불을 붙여놨다.

"아침 6시야, 형." 동생이 말했다. "여기서 나갈 때가 됐어."

피노는 춥고 뼈가 쑤셨다. 관절마다 화끈거렸다. 그러나 일어나서 마지막 식량과 전날 밤 난로로 눈을 녹여 만든 물을 나누기 시작했다.

단젤로 씨가 먼저 굴로 들어갔다. 그는 20분 동안 굴을 팠다. 미모는 30분 동안 굴을 파고 미끄러져 나왔다. 땀과 녹은 얼음으로 온몸이 흠뻑 젖어 있었다.

"피켈이랑 초를 위에 두고 왔어." 미모가 말했다. "형이 초를 다시 켜야 할 거야."

피노는 굴로 들어가서 기어올라 갔다. 이제 길이가 5미터 정도 되는 듯했다. 끝에 다다르자 몸을 웅크리고 마지막 남은 네 개의 성냥 중 하나로 불을 붙였다. 초가 점점 작아졌다.

그는 분노에 차서 눈과 얼음을 공격했다. 눈 덩어리를 사정없이 쪼개고 찌르고 깼다. 그 뒤에 있는 얼어붙은 잔재를 파고 밀고 찼다.

"쉬엄쉬엄해!" 고된 일에 매달린 지 30분이 지났을 때 미모가 소리쳤다. "형의 속도를 못 따라가겠어."

피노는 움직임을 멈추고 막 장거리 경주를 마친 사람처럼 헐떡거리다가 초를 바라봤다. 이제 겨우 짧은 토막만 남아 있었다. 굴의 천장에서 물방울이 똑똑 떨어질 때마다 촛불이 힘없이 사그라졌다.

그는 팔을 뻗어 초를 들어 올려서 조금 전 피켈로 깎은 평평한 자리에 올려놓았다. 이어서 이전보다 느린 속도로 보다 전략적으로 다시 얼음을 내리치기 시작했다. 10에서 12센티미터 정도 두께의 평평한 삼각형과 기묘한 모양의 조각들이 벗겨졌다.

눈이 다르네. 그런 생각을 하며 손가락 사이로 작은 알갱이들을 흘려보냈다. 부서지기 쉬운 결정체에는 엄마의 가장 귀한 보석처럼 절단면이 있었다. 주저앉아서 이런 종류의 눈이 위에서 무너지면 어떻게 할지 궁리했다. 그들이 단단한 눈과 얼음이 뭉친 덩어리들을 파내며 앞으로 나아가는 동안 천장이 폭삭 주저앉을 거라는 생각은 미처 하지 못했다. 이제 그 생각이 머리를 온통 차지해 무서워서 몸이 잔뜩 굳었다.

"무슨 일 있어?" 미모가 뒤에서 기어올라 오면서 소리쳤다.

피노가 대답하기도 전에 촛불이 탁탁 소리를 내다가 꺼져 그를 암흑으로 몰아넣었다. 그는 양손에 얼굴을 파묻었다. 결국 그도 저 초처럼 죽어 암흑 속으로 사라지겠구나 싶어 어쩔 줄 몰랐다. 두려움, 버림받은 느낌, 불신감을 비롯한 온갖 감정이 몰려와 주체할 수 없었다.

미모가 소곤거렸다. "왜 그래? 우리가 뭐 잘못……" 그러다가 갑자기 소리쳤다. "형! 형, 위를 봐!"

피노가 고개를 드니 굴은 더 이상 칠흑처럼 어둡지 않았다. 흐릿한 은색 빛이 굴의 천장을 통해 비추자 눈물이 사라지고 기쁨이 번졌다.

그들은 거의 지면 가까이에 있었지만, 피노가 두려워했던 대로 새하얀 눈이 부서져 그 위로 두 번 무너져 내렸다. 그는 다시 올라가서 눈을 파헤치며 피켈을 휘두르다가 마침내 마지막 장애물을 깨부쉈다.

피켈을 잡아 뽑자 태양이 눈부시게 빛나고 있었다.

"끝났어." 그가 소리쳤다. "끝났다고!"

눈의 표면을 뚫고 피노의 머리에 이어 어깨가 밖으로 나간 순간 나폴리타노 부인과 단젤로 부인, 아이들이 밑에서 환호성을 질렀다. 폭풍이 지나간 지 오랜 자리에 남은 차가운 산 공기에서 고소한 버터 같은 맛있는 냄새가 났다. 하늘이 맑고 새파랬다. 동쪽 산마루의 융기선 위로 해가 뜨고 있었다. 너비가 거의 50미터에 길이가 1,500미터쯤 됨 직한 돌무더기 들판에 새로 내린 가루눈이 15센티미터 두께로 쌓여 있었다. 험준한 그로페라의 바위 위에 선 피노의 위로 들쭉날쭉하게 균열이 일어난 눈밭이 보였다.

눈사태로 산이 거의 헐벗은 구간들도 보였다. 바위와 흙과 작은 나무들이 새로 쌓인 눈 속에 뒤섞여 있었다. 파괴의 현장을 보면서 눈사태의 무시무시함을 절감하고 보니 그들이 살아남은 것이 기적 같았다.

단젤로 부인도 그렇게 생각했고, 아이들의 뒤를 따라 지상으로 나온 단젤로 씨 역시 같은 생각이었다. 나폴리타노 부인에 이어 미모가 밖으로 나왔다. 피노는 다시 동굴로 들어가서 일행의 스키와 배낭을 챙겨 통로로 밀어 올렸다.

마지막으로 굴에서 나왔을 때 피노는 완전히 기진맥진했지만 가슴이 벅찼다. 우리가 빠져나온 건 기적이야. 기적이 아니라면 이걸 어떻게 설명할 수 있겠어?

"저게 뭐예요?" 안토니가 계곡을 가리키며 말했다.

"저게 발 디 레이야, 친구." 피노가 말했다. "저 너머 산들이 보이지? 저기가 피초 에멧과 피초 팔루야. 저 봉우리들 아래로 쭉 내려가면 있는 숲이 이탈리아와 스위스의 국경이지."

"멀어 보여요." 주디스가 말했다.

"5킬로미터 정도?" 피노가 말했다.

"우린 할 수 있어." 단젤로 씨가 말했다. "모두 서로 도우면 돼."

"나는 못해." 나폴리타노 부인이 말했다.

피노가 고개를 돌리니 임산부 바이올리니스트가 한 손을 배에 올리고 다른 손은 바이올린 케이스를 든 채 눈 덮인 바위에 앉아 있었다. 그녀의 옷이 서리로 뒤덮여 있었다.

"할 수 있어요." 피노가 말했다.

그녀가 고개를 저으며 울기 시작했다. "이 모든 게, 너무 벅차. 하혈을 하고 있어."

피노는 단젤로 부인의 말을 들을 때까지 그게 무슨 뜻인지 이해하지 못했다. "아기 말이야, 피노."

피노는 가슴이 철렁 내려앉았다. 아기를 잃는다고? 여기에서? 하느님 안 돼요. 제발, 안 돼요.

"움직이실 수 있어요?" 미모가 물었다.

"조금이라도 움직여선 안 된단다." 나폴리타노 부인이 말했다.

"그렇지만 여기 계시면 안 돼요." 미모가 말했다. "죽게 될 거예요."

"움직이면 아기가 죽어."

"그건 모르는 일이잖아요."

"아기가 그렇게 말하는 게 느껴져."

"하지만 여기 남으시면 둘 다 죽어요." 미모가 강하게 주장했다.

"그게 나아." 바이올리니스트가 말했다. "아기가 죽으면 나도 못 살아. 그러니까 어서 가!"

"안 돼요." 피노가 말했다. "우리는 레 신부님과 약속한 대로 부인을 스위스까지 데리고 가야 해요."

"난 한 발자국도 떼지 않을 거야!" 나폴리타노 부인이 신경질적으로 소리쳤다.

결국 피노는 그녀와 남고 다른 사람들은 미모와 함께 보내기로 작정했지만, 주변을 둘러보고 잠시 생각한 후 말했다. "한 발자국도 안 떼셔도 되겠어요."

그는 배낭을 바닥에 내려놓고 기다란 나무에 가죽과 쇠줄로 만든 신발이 달린 스키를 신었다. 등산화에 딱 맞을 때까지 조절했다.

"준비되셨어요?" 그가 나폴리타노 부인에게 물었다.

"무슨 준비?"

"제 등으로 올라오세요. 업어서 모시고 갈게요."

"스키를 타고?" 그녀가 겁에 질려 말했다. "스키는 한 번도 안 타봤어."

"산사태로 파묻히신 적도 없잖아요. 그리고 안 타셔도 돼요. 스키는 제가 탈게요."

그녀는 확신이 없는 표정으로 그를 빤히 쳐다봤다. "우리가 넘어지면 어떻게 해?"

"제가 그런 일이 일어나게 두지 않죠." 거의 걸음마를 뗀 직후부터 스키를 타온 열일곱 살짜리다운 자신감을 가지고 말했다.

그녀는 움직이지 않았다.

"부인의 아기를 살리고 자유의 몸이 될 기회를 드릴게요." 피노가 배낭에서 바이올린 케이스를 잡아 뺐다.

"내 스트라디바리우스로 뭘 하려고 그래?"

"균형을 잡으려고요." 피노가 바이올린 케이스를 내밀어 자동차 운전대처럼 잡았다. "관현악단에서 그렇듯이 부인의 바이올린이 우리를 이끌어줄 거예요."

나폴리타노 부인이 잠시 멈춰 하늘을 올려다보더니 일어나 두려움에 몸을 떨었다.

"제 어깨를 잡으세요. 목 말고요." 피노가 말하고는 다시 그녀에게 등을 내밀었다. "다리로 제 허리를 단단히 감으세요."

나폴리타노 부인이 그의 어깨를 붙잡았다. 그는 쪼그리고 앉아 팔로 그녀의 무릎 뒤를 감싸고 조금 위로 추켜올렸다. 그녀가 다리로 그의 허리를 감자 그는 팔을 풀었다. 그녀는 배낭보다 그다지 무겁지 않았다.

"말을 탄 기수라고 생각하세요." 피노가 바이올린을 높이 들고 세로로 세웠다. "그리고 손 놓지 마세요."

"놓는다고? 아니, 절대 안 돼. 그럴 마음은 조금도 없어."

피노는 조금 의심스러웠지만 그 생각을 떨쳐버리고 발을 질질 끌어 30미터 정도 떨어진 눈사태가 일어난 지대의 경계선을 향해 스키의 방향을 조준했다.

그들은 미끄러지기 시작했다. 새로 쌓인 눈 밖으로 툭 튀어나온 둔덕이 있고 울퉁불퉁한 얼음 덩어리도 있었다. 그는 그런 곳을 피하려고 애쓰며 속도를 올렸다. 그러나 곧 피할 수 없는 지점이 어렴풋이 보이기 시작했다. 그들은 그 꼭대기를 지나쳐 허공으로 치솟았다.

"아아아아!" 나폴리타노 부인이 비명을 질렀다.

어설프게 착륙하는 바람에 스키가 삐딱하게 돌아갔다. 순간 스키가 벗겨지고 그와 임산부 바이올리니스트가 얼어붙은 잔해 속으로 추락하는 게 아닌가 싶었다.

이어서 피노는 그루터기에 부딪히기 직전인 것을 알아채고 본능적으로 왼쪽으로 뛰어올라 그루터기를 피하고 또다시 나온 그루터기도 피했다. 그는 이 두 번의 움직임으로 평정을 되찾고 스키의 속도를 높였다. 피노와 나폴리타노 부인은 눈사태의 잔재가 널린 들판을 지나 솜털 같은 가루눈이 쌓인 지대로 접어들었다.

피노는 바이올린 케이스를 앞으로 치켜들고 활짝 웃으며 양다리를 이리저리 조화롭게 움직여 깊은 눈밭으로 들어갔고, 다리를 쉬게 하려고 레 신부님이 가르쳐준 대로 발을 엉덩이까지 올렸다가 폈다. 이 동작 덕분에 회전할 때 순간적으로 스키에 실린 힘이 빠져서 거의 힘을 들이지 않고 수월하게 체중을 이동하고 방향을 전환했다. 스키가 왼쪽으로 호를 그린 다음 오른쪽으로 길게 곡선을 그리며 나아가다가 속도가 붙었고, 바람에 날려 쌓인 눈 더미를 뚫고 지나가면서 사방으로 날린 눈이 그들의 얼굴을 뒤덮었다.

나폴리타노 부인은 몇 초가 흐르도록 한마디도 하지 않았다.

그는 그녀가 아예 눈을 감아버렸거나 죽을힘을 다해 매달리고 있으리라 생각했다.

"우와아아!" 갑자기 그녀가 그의 귀에 대고 소리쳤다. "새가 된 것 같아, 피노! 우리가 날고 있어."

나폴리타노 부인은 둔덕에 떨어질 때마다 키득거리며 "우와!" 하고 함성을 내질렀다. 그녀의 턱이 그의 오른쪽 어깨를 지그시 누르고 있는 것이 느껴졌다. 길고 느긋한 S턴을 반복하면서 얼어붙은 호수와 나무, 그리고 그 너머의 자유를 향해 미끄러지듯 달리는 내내 그녀가 주변 풍경을 보고 있었다는 것을 피노는 그제야 알았다.

피노는 수직 낙하가 곧 끝날 것이라는 사실을 깨달았다. 앞에 놓인 길은 평평해질 터였다. 허벅지가 타는 것처럼 화끈거렸지만 마지막 경사지의 정점을 향해, 스위스와 접경을 이룬 이탈리아의 숲으로 뒤덮인 삼각 지대를 향해 스키를 일자로 돌렸다.

이제 피노는 방향을 돌리지 않았다. 균형을 잡기 위해 바이올린을 들고 앞으로 구부린 자세로 비탈길을 직선으로 내려갔다. 스키가 쉭쉭 소리를 내면서 눈 위를 달렸다. 시속 30킬로미터, 40킬로미터, 또는 50킬로미터로 마지막 구간의 정상을 향해 돌진해 내려가다가, 넘어질 뻔한 순간 한쪽 무릎을 획 당겨 모면했다. 이어 언덕이 평지와 만나는 곳에서 울퉁불퉁한 구역을 발견하고 충격을 줄이려고 다시 다리를 굽혔다.

그들은 호수를 쏜살같이 지나갔다. 피노는 몸을 낮추고 바람을 가르며 미끄러졌고 거의 숲의 초입에 다다랐다. 그들은 숲에 눈 뭉치를 던지면 닿고도 남을 지점에 멈춰 섰다.

✚

아주 잠시 동안 두 사람 다 아무 말도 하지 않았다.

그러다가 나폴리타노 부인이 소리 내어 웃기 시작했다. 그녀는 피노의 허리에서 다리를 풀고 어깨를 움켜쥔 손을 놨다. 그의 등에서 내려와 배를 부둥켜안고 부드러운 눈 속에 무릎을 꿇더니 생애 가장 즐거운 경험이었다는 듯 깔깔대고 웃었다. 피노도 그녀를 따라 큰 소리로 낄낄거렸다. 전염성이 있는 웃음이었다. 그는 그녀 옆에 주저앉아서 눈물이 날 때까지 웃었다.

정말 미친 짓을 했어. 대체 누가 그런 일을 하겠어!

"피노!" 어떤 남자가 날카롭게 그를 불렀다.

깜짝 놀라 올려다보니 베리스트롬 씨가 숲 바로 안쪽에 서 있었다. 그는 산탄총을 들고 걱정 가득한 표정을 짓고 있었다.

"해냈어요, 베리스트롬 씨!" 피노가 외쳤다.

"하루 늦었어." 베리스트롬이 말했다. "게다가 이렇게 탁 트인 곳에 있다니. 눈에 띄지 않게 숲으로 모셔."

피노는 정신을 바짝 차리고 스키를 벗었다. 나폴리타노 부인에게 바이올린을 건넸다. 그녀는 똑바로 앉아서 바이올린을 껴안으며 말했다.

"이제부터는 다 잘될 것 같아, 피노. 느낌이 와."

"걸을 수 있으시겠어요?" 피노가 물었다.

"해봐야지." 그녀가 말하자 피노가 그녀를 도와 일으켰다.

그녀의 손과 팔꿈치를 잡고 몸을 기대게 한 뒤 눈밭을 지나 오솔길로 다가갔다.

"그녀에게 무슨 문제가 있나?" 두 사람이 조심스럽게 느릿느릿 걸어 숲으로 들어가자 베리스트롬이 물었다.

나폴리타노 부인이 밝게 빛나는 얼굴로 임신과 하혈에 대해 설명했다.

"하지만 지금은 시키시는 대로 얼마든지 걸을 수 있을 것 같아요."

"별로 멀지 않습니다. 몇백 미터만 가면 됩니다." 베리스트롬이 말했다. "스위스로 들어가면 장작불을 피워드리죠. 일단 저혼자 내려갔다가 썰매를 끌고 올라오겠습니다."

"몇백 미터는 충분히 걸을 수 있을 것 같아요. 그리고 장작불이라니 듣기만 해도 천국 같네요. 스키를 타보셨나요, 베리스트롬 씨?"

스위스 남자는 그녀가 약간 정신이 나간 게 아닌가 싶은 표정으로 바라보다가 고개를 끄덕였다.

"대단하지 않아요?" 바이올리니스트가 말했다. "당신이 해본 것 중에 가장 즐겁지 않아요?"

피노는 베리스트롬 씨의 미소를 처음 봤다.

그들이 숲의 초입에서 기다리며 베리스트롬 씨에게 폭풍과 눈사태에 대한 이야기를 들려주는 동안, 미모와 단젤로 가족이 경사면을 천천히 내려오는 것이 보였다. 단젤로 부인이 딸을 안고 있었다. 단젤로 씨는 피노의 가방과 스키폴을 들고 있고, 뒤에서 아들이 느리게 따라왔다. 그들은 거의 1시간에 걸쳐 깊은 눈밭을 헤치고 내려와 호수 위 평지에 도착했다.

피노가 스키를 타고 그들을 마중 가서 주디스를 받아 업고 숲으로 내려왔다. 얼마 지나지 않아 모두 안전하게 숲에 모였다.

"여기가 스위스예요?" 안토니가 물었다.

"별로 멀지 않단다." 베리스트롬이 대답했다.

그들은 잠시 휴식을 취한 뒤 왕래가 많은 숲 사이의 길을 통해 국경을 향해 출발했고 피노가 나폴리타노 부인을 부축했다. 이탈리아와 스위스의 국경에 접한 작은 숲에 도착하자 걸음을 멈췄다.

"다 왔습니다. 이제 여러분은 나치에게 잡힐 위험이 없습니다." 베리스트롬이 말했다.

눈물이 단젤로 부인의 볼을 타고 뚝뚝 떨어졌다.

단젤로 씨가 부인을 안고 키스로 눈물을 닦았다. "이제 안전해, 여보. 우리는 정말 운이 좋았어. 수많은 사람들이 나치에게……."

그가 목이 메어 말을 멈췄다. 부인이 그의 뺨을 어루만졌다.

"이 은혜를 어떻게 갚지?" 나폴리타노 부인이 피노와 미모에게 말했다.

"무슨 은혜요?" 피노가 말했다.

"무슨 은혜라니! 넌 그 악몽 같은 폭풍을 헤치고 우리를 안내했고 그 오두막에서 우리가 빠져나오게 해줬어. 나를 업고 스키를 타고 산을 내려왔고!"

"다른 방도가 없었잖아요. 믿음을 버릴 수도, 포기할 수도 없었어요."

"너라면 절대 안 그러지!" 이번에는 단젤로 씨가 피노의 손을 두드리며 말했다. "너는 황소 같아. 절대로 포기하지 않지."

이어서 그는 미모를 껴안았다. 단젤로 부인도 자식들에게 하듯이 미모를 폭 끌어안았다. 나폴리타노 부인이 피노를 가장 오랫동안 껴안았다.

"앞으로 네게 큰 축복이 있기를. 하늘을 나는 방법을 알려줘서 고마워, 청년. 살아 있는 동안 결코 잊지 않을 거야."

피노는 활짝 웃으면서 눈물이 가득 차오르는 것을 느꼈다. "저도요."

"내가 너에게 해줄 수 있는 게 있을까?" 그녀가 물었다.

피노는 없다고 말하려다가 바이올린 케이스를 봤다. "우리가 이탈리아로 돌아가는 동안 연주를 해주세요. 긴 시간 산을 올라 스키를 타고 내려가는 동안 부인의 음악이 기운을 북돋아줄 거예요."

그 말이 나폴리타노 부인을 기쁘게 했다. 그녀는 베리스트롬을 바라보며 물었다. "그래도 괜찮을까요?"

그가 말했다. "여기 있는 누구도 부인을 말리지 않을 겁니다."

나폴리타노 부인은 스위스 알프스산맥의 고원에 자리 잡은 눈 덮인 숲에 서서 케이스를 열고 활에 송진을 발랐다. "어떤 게 듣고 싶어?"

왠지 밀라노의 폭격을 피해 아빠, 툴리오, 벨트라미니 가족과 함께 기차를 타고 시골로 내려갔던 8월의 밤이 생각났다.

"〈네순 도르마〉." 피노가 말했다. "'아무도 잠들지 말라'요."

"그 곡은 자면서도 연주할 수 있지. 하지만 널 위해서 열정적으로 연주할게." 눈물이 가득 고인 채 그녀가 말했다. "이제 가. 오랜 친구끼리는 작별 인사를 하지 않는 법이야."

나폴리타노 부인이 그 아리아의 첫 소절을 너무도 완벽하게 연주해서 피노는 계속 남아 전곡을 듣고 싶었다. 그러나 그와 동생은 몇 시간 동안 산을 올라야 했고 어떤 도전에 부딪치게 될지는 아무도 모를 일이었다.

두 소년은 어깨에 배낭을 짊어지고 몸을 돌려 걸었다. 얼마 지나지 않아 나폴리타노 부인과 일행은 보이지 않았지만 아름답고 열정적인 연주는 희박하지만 상쾌한 알프스산맥의 공기를 타고 계속 들려왔다. 그들이 숲의 초입에 도착했을 때, 박자가 다시 빨라지더니 웅장한 아리아의 선율이 라디오 방송처럼 들려와 피노의 가슴을 강타하고 울려 퍼졌다.

그는 호수 옆 고개에서 걸음을 멈추고 멀리서 점점 커지다 절정에 달하는 음악에 귀를 기울였고 바이올린 소리가 잦아들 때 깊은 감동을 받았다.

저 소리는 꼭 사랑 같아. 피노는 생각했다. 사랑에 빠지면 꼭 저런 느낌일 것 같아.

엄청나게 행복해진 피노는 스키에 스킨을 끼우고 동생을 뒤따라 아름다운 겨울 햇살이 쏟아지는 그로페라의 북쪽 원형 협곡을 향해 올라가기 시작했다.

12

피노는 땡그랑 소리에 잠에서 깼다. 나폴리타노 부인과 단젤로 가족을 스위스로 데려다준 후 거의 두 달 반이 지났다. 그는 침대에 앉아 또다시 발 디 레이에 다녀온 뒤 충분히 잘 수 있게 해준 레 신부에게 감사했다. 더 이상 통증은 없었다. 기분이 좋고 강해진 느낌이었다. 사실 어느 때보다도 강해진 것 같았다. 당연하지 않은가. 나폴리타노 부인이 그와 미모를 위해 연주해준 이래, 최소한 열두 번은 더 스위스에 다녀왔다.

땡그랑 소리가 다시 들려 창밖을 내다봤다. 목에 방울을 단 황소 일곱 마리가 먹이로 내놓은 건초 더미에 다가가려고 서로 밀치락달치락하고 있었다.

피노는 한참을 구경하다가 옷을 입었다. 빈 식당에 들어가니 밖에서 버럭버럭 고함을 치며 위협하는 남자들의 목소리가 들렸다. 깜짝 놀란 보르미오 수사가 주방에서 나왔다. 두 사람은 함께 나가 카사 알피나의 현관문을 열었다. 레 신부님이 작은 현관 옆에 서서 라이플의 총열을 침착하게 바라보고 있었다.

예전보다는 새것인 빨간색 스카프를 목에 두른 티토가 레 신부에게 라이플총을 겨누고 있었다. 송년의 밤 파티에 티토와 함께 왔던 개망나니 셋이 뒤에 서 있었다.

"내가 댁의 사내애들한테 에멧 고개를 이용하지 말라고 겨우 내 말했을 텐데요. 이탈리아를 탈출하게 돕는 대가로 세금을 바치지 않을 거라면 말이야." 티토가 덧붙였다. "내 돈을 걷으러 왔소."

"신부를 갈취하다니. 출세했군, 티토." 레 신부가 말했다.

남자가 신부를 노려보다가 라이플총의 안전장치를 휙 젖히며 말했다. "이게 다 저항운동을 돕기 위한 거요."

"나는 그 게릴라들을 지지한다네. 제90가리발디여단을. 그런데 자네는 그곳 소속이 아니야, 티토. 자네들 모두 아니지. 자네들의 목적에 부합하기 때문에 그 스카프를 둘렀을 뿐이지 않나."

"그냥 달라는 것을 줍시다, 영감. 안 주면, 맹세컨대 댁의 학교를 불태우고 댁이랑 그 버릇없는 애새끼들을 다 죽여버릴라니까."

레 신부가 망설였다. "돈을 주겠네. 식량도. 총을 치우게나."

티토가 잠시 신부의 얼굴을 유심히 살피더니 오른쪽 눈을 씰룩였다. 입가로 혀를 날름거렸다. 그러더니 씩 웃고 총을 내린 다음 말했다. "약속 지키고 쩨쩨하게 굴지 마쇼. 아니면 내가 저 안에 들어가서 직접 뒤져볼 거요."

레 신부가 말했다. "여기에서 기다리게."

신부가 몸을 돌리다가 보르미오와 그 뒤에 서 있는 피노를 봤다.

그가 안으로 들어가서 말했다. "저자들에게 사흘치 식량을 주게."

"신부님?" 요리사가 말했다.

"그렇게 해주게, 수사. 제발." 레 신부가 이동하며 말했다.

보르미오 수사가 마지못해 몸을 돌리더니 피노를 문가에 남겨두고 신부를 따라갔다. 티토가 피노를 발견하고 교활하게 웃으며 말했다. "어라, 이게 누구야. 송년의 밤 파티에서 만난 내 오랜 친구네. 이리 나오지 그러냐? 나랑 이 친구들한테 인사해야지?"

"사양하겠습니다." 목소리에 분노가 서렸지만 피노는 신경 쓰지 않았다.

"사양이라고?" 티토가 피노에게 총을 겨눴다. "너는 선택권이 없어, 안 그래?"

피노의 표정이 굳었다. 저 인간이 정말 싫었다. 그는 밖으로 나와 작은 현관에서 내려섰다. 티토를 마주 보고 서서 그와 그의 총을 냉담하게 쳐다봤다. "나한테서 훔쳐 간 등산화를 아직도 신고 있군요. 이번에는 뭘 원해요? 내 속옷?"

티토가 입술 구석을 핥고 신발을 내려다보더니 빙긋 웃었다. 그러고는 앞으로 나와 라이플총의 개머리판을 세게 쳐올렸다. 개머리판이 고환을 치자 피노는 큰 통증에 주저앉았다.

"뭘 원하냐고, 꼬맹아?" 티토가 말했다. "이탈리아를 나치 쓰레기에게서 벗어나게 하려고 노력하는 사람에게 존경심을 좀 보이는 게 어떨까?"

피노가 진창이 된 눈 속에서 몸을 동그랗게 말고 토하지 않으려고 기를 썼다.

"말해봐." 티토가 그 위에 서서 말했다.

"뭘 말해요?" 피노가 겨우 입을 열었다.

"네가 티토를 존경한다고 말해. 티토가 슈플뤼겐 고개 주변을 관리하는 게릴라 대장이라고 말해. 그리고 네가 티토를 따른다고 말하라고, 꼬맹아."

통증이 커졌지만 피노는 고개를 저었다. 이를 악물고 말했다. "여기를 관리하는 분은 레 신부님뿐이에요. 내가 따르는 분도 레 신부님과 하느님뿐이에요."

티토가 라이플총을 들어 개머리판을 피노의 머리 바로 위로 들어 올렸다. 피노는 그가 두개골을 후려쳐서 깨뜨리려 한다고 확신했다. 피노는 고환을 쥐고 있던 손을 들어 타격에 대비해 머리를 가리고 잔뜩 움츠렸다.

"멈춰!" 레 신부가 고함쳤다. "멈추라고. 아니면 하느님께 맹세컨대 독일군을 여기로 불러서 자네가 어디 있는지 말하겠네!"

티토가 라이플총을 어깨로 획 던져 올려 현관에서 내려온 레 신부를 겨냥했다.

"우리를 넘기시겠다? 그렇단 말이지?" 티토가 말했다.

그때 피노가 티토의 발을 휘갈기고 무릎뼈를 세게 찼다. 티토의 다리에 힘이 풀리며 라이플총이 발사됐다. 총알이 레 신부를 지나 카사 알피나의 측면을 강타했다.

피노는 티토에게 달려들어 다시 오른쪽 코를 세게 쳤다. 코뼈가 으드득 부러지는 소리가 들리고 피가 솟구쳤다. 이어서 라이플총을 낚아채서 티토의 머리에 겨눴다.

"그만하게, 빌어먹을!" 레 신부가 피노의 앞으로 다가와 피노에게 총을 겨누고 있는 티토의 부하들을 막아섰다. "내가 자네들의 대의에 필요한 돈과 사흘치 식량을 주겠다고 하지 않나. 현명하게 행동하게. 여기에서 더 심각한 일이 벌어지기 전에 가지고 가게."

"저 자식을 쏴!" 티토가 날카롭게 외치며 소매로 피를 닦고 피노와 신부를 노려봤다. "둘 다 쏴버려!"

순간 정적과 의문이 흘렀다. 이어서 티토의 부하들이 한 명씩 라이플총을 아래로 내렸다. 피노는 안도의 한숨을 쉬었다가 여전히 다리 사이에서 타오르는 통증에 움찔하고는 티토의 얼굴에서 총을 치웠다. 클립을 분리한 후 볼트를 당겨 마지막 총알을 꺼냈다.

피노는 티토의 부하들이 식량과 돈을 챙기는 동안 기다렸다. 부하 두 명이 티토가 그들에게 퍼붓는 욕설을 못 들은 척하면서 겨드랑이를 붙잡아 부축했다. 피노는 총알을 빼낸 티토의 라이플총을 세 번째 남자에게 건넸다.

"장전해! 저놈들 죽여버릴 거야!" 티토가 격렬하게 화를 내는 사이 입술과 턱을 따라 피가 흘렀다.

"그쯤 해둬, 티토." 한 남자가 말했다. "그는 신부란 말이야, 하느님 맙소사."

두 남자가 티토의 팔을 그들의 어깨에 올리고 카사 알피나에서 데리고 나가려고 최선을 다하고 있었다. 그러나 깡패 두목은 고개를 돌리려고 버둥거렸다.

"이걸로 끝난 게 아니야." 티토가 큰 소리로 으르렁거렸다. "특히 너, 꼬맹이. 아직 안 끝났어!"

✤

피노는 레 신부 옆에 서서 몸을 덜덜 떨었다.

"괜찮으냐?" 신부가 물었다.

그는 오랫동안 잠자코 있다가 입을 열었다. "신부님, 그 사람을 죽이지 않은 것이 과연 옳은 일이었을까 싶은 게 죄일까요?"

"아니란다. 그건 죄가 아니야. 그리고 네가 그 사람을 죽이지 않은 것은 옳은 일이었다."

피노는 고개를 끄덕였지만 아랫입술이 떨렸고, 온 힘을 다해 목구멍으로 치솟는 감정을 억누르고 있었다. 모든 일이 너무 순식간에 일어났다.

레 신부가 피노의 등을 토닥거렸다. "믿음을 가져라. 너는 옳은 일을 했단다."

피노는 다시 고개를 끄덕였지만 울음이 터져 나올까 봐 겁나서 신부의 눈을 마주 볼 수 없었다.

"총을 다루는 법은 어디에서 배웠지?" 레 신부가 물었다.

피노는 눈을 닦고 목을 가다듬은 다음에 쉰 목소리로 말했다. "알베르트 외삼촌한테요. 외삼촌이 사냥용 라이플총을 한 자루 가지고 계세요. 아까 그것과 비슷한 마우저총이요. 외삼촌이 총 쏘는 방법을 가르쳐주셨어요."

"네가 용감한 건지, 무모한 건지 모르겠구나."

"저는 티토가 신부님을 죽이게 두지 않을 작정이었어요."

신부가 빙그레 웃으며 말했다. "너의 자비로움에 하느님의 축복이 있기를. 나는 오늘 죽을 준비가 돼 있지 않았단다."

피노가 웃음을 터뜨렸다가 통증 때문에 움찔하며 말했다. "저도요."

그들은 학교 안으로 돌아갔다. 레 신부가 상처에 댈 얼음을 가져다줬고, 피노는 보르미오 수사가 만들어준 아침밥을 게걸스럽게 먹었다.

"너는 계속 자라는구나. 이 속도라면 우리가 감당을 못 하겠어." 보르미오가 툴툴거렸다.

"다들 어디에 있어요?" 피노가 물었다.

"미모와 스키를 타러 갔단다." 레 신부가 말했다. "점심시간에 돌아올 거야."

피노가 첫 번째 접시에 담긴 음식을 다 먹어 치우고 다시 달걀과 소시지, 호밀빵을 덜어 먹고 있을 때 여자 두 명과 아이 네 명이 주뻣주뻣 식당으로 들어섰다. 그 뒤로 30대 남자와 아주 어린 사내아이 두 명이 따라왔다.

피노는 그들이 새로운 피난민이라는 것을 즉시 눈치챘다. 이제 그는 쫓기는 사람들의 표정을 알아볼 수 있었다.

"아침에 다시 갈 준비가 되겠느냐?" 레 신부가 물었다.

피노가 잽싸게 몸을 움직였다. 사타구니에 묵직한 통증이 느껴졌지만 무시하고 대답했다. "네."

"좋아. 그리고 부탁 좀 들어주겠니?"

"뭐든지요, 신부님." 피노가 대답했다.

"예배당 탑에 가서 캄포돌치노에서 오는 신호를 지켜봐라." 신부가 말했다. "책을 가지고 올라가서 공부를 하면 되겠구나."

20분 후, 피노는 조심조심 사다리를 타고 예배당 탑으로 올라갔다. 책이 몇 권 든 가방을 메고 있었는데 양쪽 고환이 아직도 아팠다. 햇볕이 탑에 내리쬐어 기가 막히게 따뜻했다. 사실 껴입은 옷 때문에 과하게 따뜻했다.

피노는 예배당의 뾰쪽한 탑 내부를 빙 두르는 좁은 통로에 서서 원래 종이 있어야 하지만 텅 비어 있는 공간을 빤히 바라봤다. 레 신부는 아직 종을 설치하지 않았다. 그는 좁은 덧문을 열고 절벽의 틈 사이로 내려다봤다. 캄포돌치노 교구 목사관 위층의 창문 두 개가 보였다.

피노는 책가방을 열고 레 신부가 준 쌍안경을 끄집어냈다. 쌍안경을 들여다봤다가 목사관이 너무 가까워 보여 또다시 놀랐다. 두 유리창을 유심히 살폈다. 커튼이 닫혀 있었다. 독일 순찰대가 슈플뤼겐 고개에 나가 있다는 뜻이었다. 한 시간 정도 차이는 있겠지만 그들은 얼추 정오경에 고개로 가는 도로를 오르내리는 듯했다.

피노가 손목시계를 확인했다. 11시 15분 전이었다.

그는 거기에 서서 따뜻한 봄기운을 만끽하며 가문비나무들 사이로 날아다니는 새들을 구경했다. 하품을 하고 나서 머리를 흔들어 자고 싶은 충동을 떨쳐낸 후 다시 쌍안경을 들여다봤다.

30분 후, 다행히 커튼이 젖혀졌다. 순찰차가 순찰을 마치고 키아벤나를 향해 계곡을 내려오고 있었다. 피노는 하품을 한 후 오늘 밤은 얼마나 많은 피난민이 모타로 올지 궁금해했다. 피난민 수가 너무 많으면 두 무리로 나눠서 피노가 한 무리를 맡고 미모가 나머지 무리를 맡아야 할 터였다.

형제는 지난 몇 달 동안 아주 많이 성장했다. 미모는 산에서 버릇없는 짓을 덜 했고 누구보다 강했다. 피노는 생전 처음으로 동생을 카를레토보다 더 친한 친구로 여겼다.

하지만 카를레토가 어떻게 지내는지, 카를레토의 엄마와 벨트라미니 씨가 어떻게 지내는지 궁금했다. 좁은 통로를 내려다보고 있자 서서히 눈이 감겼다. 저기에 누워서도 떨어지지 않고 기분 좋고 아늑하게 잠깐 낮잠을 잘 수 있을 것 같았다.

안 돼. 그는 마음을 다잡았다. 떨어지면 허리가 부러질 것이다. 그는 사다리를 타고 내려가서 기다란 신도석 중 하나에 누워 잠을 청했다. 위처럼 따뜻하지는 않았지만 코트와 모자가 있었다. 20분만 한숨 자기로 했다.

얼마나 오래 꿈도 꾸지 않고 푹 잤는지 알 수 없지만 무언가가 그를 깨웠다. 비몽사몽간에 눈을 뜨고 무엇 때문에 잠이 깼는지 곰곰이 생각했다. 예배당을 둘러보고 탑으로 시선을 올린 순간, 멀리서 뎅 하는 소리가 들렸다. 뭐지? 어디서 들리는 소리지?

✤

피노가 일어나 하품을 하는 사이에 소리가 멈췄다. 그러더니 금속을 두드리는 소리가 다시 울리기 시작했다. 이윽고 소리가 멈췄다. 그는 책가방과 쌍안경, 손전등을 통로에 두고 온 것을 떠올렸다. 사다리를 타고 올라가서 가방을 챙기고 덧문에 가까이 다가갔을 때 다시 소리가 나기 시작했다. 저 아래 캄포돌치노 교회에서 울리는 종소리라는 것을 알아차렸다.

얼마나 오래 잤는지 확인하려고 손목시계를 들여다봤다. 11시 20분? 종은 보통 정시에 울린다. 그런데 지금은 계속 반복해서 울리고 있었다.

쌍안경을 들어 창밖을 내려다봤다. 왼쪽 커튼이 닫혀 있고 오른쪽 창에서 불빛이 반짝이고 있었다. 피노는 그곳을 응시하면서 무슨 일인지 궁금해하다가 불빛이 아주 짧은 순간 반짝이다가 길게 반짝인다는 것을 깨달았다. 멈췄다가 다시 반짝이기 시작했다. 피노는 그것이 신호라는 것을 알아챘다. 모스 부호인가?

그는 손전등을 들고 두 번 깜빡였다. 그러자 아래에서 불빛이 두 번 깜빡이다가 완전히 꺼졌다. 종소리가 멈췄다. 이어서 다시 불빛이 짧고 길게 깜빡였다. 불빛이 멈추자 피노는 가방에서 펜과 종이 몇 장을 잡아 빼서 불빛이 다시 깜빡이기를 기다렸다. 그리고 불빛이 깜빡이자 이를 차례대로 적었다.

피노는 모스 부호를 몰랐고 캄포돌치노에서 망을 보는 사람이 무슨 말을 하려는지도 알 수 없었지만 좋은 일이 아니라는 것은 알았다. 그는 손전등을 두 번 깜빡인 다음에 가방에 집어넣고 사다리를 내려갔다. 곧이어 학교를 향해 전속력으로 뛰었다.

"피노 형!" 미모가 외치는 소리가 들렸다.

동생이 학교 위 경사면을 스키를 타고 내려오면서 양손에 든 스키폴을 미친 듯이 흔들었다. 피노는 그를 무시하고 카사 알피나로 뛰어 들어가 복도에서 피난민들과 이야기하고 있는 레 신부와 보르미오 수사를 발견했다.

"신부님!" 피노가 헐떡였다. "뭔가 잘못됐어요."

피노는 아래에서 들리던 종소리와 닫혀 있는 커튼, 번쩍이던 불빛에 대해 설명했다. 신부에게 종이를 보여줬다. 레 신부는 어리둥절한 표정으로 종이를 들여다봤다. "그들은 왜 내가 모스 부호를 알 거라고 생각한 걸까?"

"신부님은 모르셔도 돼요." 보르미오 수사가 끼어들었다. "제가 아니까요."

레 신부가 그에게 종이를 건네며 말했다. "어떻게 아나?"

"배웠어요. 그곳에서……." 말을 하던 요리사의 얼굴이 단번에 백지장처럼 변했다.

미모가 땀범벅이 돼서 황급히 안으로 들어오는 것과 동시에 보르미오 수사가 입을 열었다. "모타에 나치가 쳐들어왔답니다."

"위에서 나치를 봤어요!" 미모가 소리쳤다. "대형 트럭 네다섯 대가 마데시모로 올라왔어요. 군인들이 집집마다 찾아다니고 있어요. 그래서 최대한 빠르게 스키를 타고 왔어요."

레 신부가 피난민들을 바라봤다. "저 사람들을 숨겨야겠구나."

"독일군이 수색을 할 겁니다." 보르미오 수사가 말했다.

피난민 중 한 엄마가 몸을 덜덜 떨면서 일어났다. "도망가야 할까요, 신부님?"

"그들이 여러분을 쫓아갈 겁니다." 레 신부가 말했다.

무슨 영문인지 모르겠지만 피노의 머리에 그날 아침 그를 깨운 황소가 떠올랐다.

"신부님." 피노가 느리게 말했다. "좋은 생각이 있어요."

✦

한 시간 후, 피노는 종탑에 올라와 있었다. 그는 지독한 불안에 휩싸인 채 독일군 차량 퀴벨바겐이 마데시모에서 뻗어 올라온 비포장도로를 지나 숲에서 나오는 모습을 레 신부의 쌍안경으로 지켜봤다. 지프처럼 생긴 퀴벨바겐의 타이어가 돌아가면서 진흙과 눈을 토해내고 있었다. 순식간에 더 커다란 독일군 트럭이 그 뒤로 나타나 느리게 움직였지만, 피노는 트럭을 무시하고 더 작은 앞 차량의 바람막이 창에 튀기는 진흙 사이를 들여다보려고 기를 썼다.

퀴벨바겐이 샛길에 거의 다가왔을 때 피노는 조수석에 앉은 장교의 군복과 얼굴을 제대로 봤다. 멀리 떨어져 있었지만 알아볼 수 있었다. 전에 가까이에서 본 적이 있는 남자였다.

잔뜩 겁을 집어먹은 피노는 사다리를 내려가서 제단 뒤의 문을 재빨리 빠져나갔다. 뒤에서 땡그랑 울리는 황소의 방울 소리에도 관심을 주지 않고 카사 알피나의 뒷문을 전속력으로 지나쳐 주방과 식당으로 들어섰다.

"신부님, 라우프 대령이에요!" 피노가 헉헉거렸다. "밀라노 게슈타포 대장이요!"

"네가 그걸 어떻게……."

"외삼촌네 가죽 가게에서 한 번 봤어요. 그 사람이에요."

피노는 도망가고 싶은 충동과 싸웠다. 라우프는 메이나에서 대학살을 명령했다. 그는 무고한 유대인을 호수에 뛰어내리게 명령한 다음에 기관총으로 쏘는 것을 지켜봤다. 그런 사람이라면 유대인들을 구출하는 신부와 사내아이들을 서슴지 않고 처형하지 않을까?

레 신부가 현관으로 나갔다. 피노는 복도에 남아서 어찌할 바를 몰랐다. 그가 아까 떠올린 생각이 정말 좋은 아이디어일까? 아니면 나치가 유대인들을 찾아내 카사 알피나에 있는 모든 사람을 죽여버리게 될까?

라우프가 탄 자동차가 진창이 된 눈 속에서 서서히 속도를 늦춰 멈췄다. 그날 오전에 티토가 모두를 위협했던 곳에서 멀지 않은 자리였다. 게슈타포 대령은 피노가 기억하던 모습 그대로였다. 날카로운 코에 얇은 입술과 아무 감정도 드러내지 않는 생기 없는 검은 눈을 가졌다. 머리가 벗겨지기 시작했고 아래턱이 발달한 보통 체격의 남자였다. 그는 종아리까지 오는 검정색 부츠를 신고 단추가 두 줄로 달린 기다란 검은색 가죽 재킷을 입고 있었는데 앞에 진흙이 얼룩덜룩 튀어 있었다. 그리고 해골 모양이 붙은 챙 달린 모자를 쓰고 있었다.

라우프는 신부에게 시선을 고정한 채 차에서 나오면서 미소에 가까운 표정을 지었다.

"만나 뵈러 오기가 늘 이렇게 어렵습니까, 레 신부?" 게슈타포 대령이 물었다.

"봄에는 좀 힘들지요." 신부가 말했다. "나를 아시는 것 같은데 누구……."

"발터 라우프 대령이오." 라우프가 말하는 사이에 대형 트럭 두 대가 그의 뒤에 멈췄다. "밀라노의 게슈타포 지휘관이오."

"먼 길을 오셨구려, 대령." 레 신부가 말했다.

"밀라노에서부터 당신에 대한 소문을 들었소, 신부."

"나에 대한 소문이라니요? 누구에게 무슨 말을 들었습니까?"

"그 신학생을 기억하시오? 조반니 바르바레스키? 슈스터 추기경 밑에서 일했지. 보아하니 당신 밑에서도 일한 것 같은데?"

"바르바레스키가 여기에서 잠시 봉사를 했지요. 그에게 무슨 일이라도?"

"지난주에 그를 체포했소. 산 비토레 교도소에 갇혀 있지."

피노는 몸서리치려는 것을 참았다. 산 비토레 교도소는 나치가 점령하기 오래전부터 악명 높고 끔찍한 곳이었다.

"무슨 죄로 잡혔나요?" 레 신부가 물었다.

"위조죄." 라우프가 말했다. "위조 서류를 만들었소. 솜씨가 좋더군."

"나는 전혀 모르는 일이랍니다. 바르바레스키는 여기에서 산행을 인솔하고 주방 일을 도왔습니다."

게슈타포 대장은 다시 즐거운 표정을 지었다. "우리는 사방에 귀가 있소, 신부. 게슈타포는 하느님이나 마찬가지요. 우리는 모든 것을 듣소."

레 신부의 얼굴이 딱딱하게 굳었다. "어떻게 생각하시든, 대령. 당신은 하느님과 다르답니다. 당신이 하느님의 애정 어린 모습을 본따 만들어지기는 했지만요."

라우프가 한 발짝 다가서 신부의 눈을 싸늘하게 응시하며 말했다. "신부, 장담하건대 나는 당신의 구세주가 될 수도, 심판관이 될 수도 있소."

"그렇다고 해서 당신이 하느님이 되지는 않지요." 레 신부가 전혀 두려운 기색 없이 말했다.

게슈타포 대장은 오랫동안 신부를 똑바로 바라보다가 장교 중한 명에게 시선을 돌렸다. "흩어져서 이 고원을 샅샅이 뒤져라. 나는 여기에서 지켜보겠다."

군인들이 대형 트럭에서 뛰어내리기 시작했다.

"찾는 게 뭔가요, 대령?" 레 신부가 물었다. "내가 도움이 될지 모르지요."

"유대인들을 숨기고 있지 않소, 신부?" 라우프가 퉁명스럽게 물었다. "유대인들이 스위스로 넘어가도록 돕고 있지 않소?"

피노의 목구멍을 타고 신물이 올라오고 무릎이 부들부들 떨렸다.

라우프가 알고 있어. 피노가 공포에 빠져 생각했다. 우리 모두 죽을 거야!

레 신부가 말했다. "대령, 나는 곤경에 빠진 모든 이에게 사랑을 베풀고 안식을 제공해야 한다는 가톨릭의 신조를 신봉합니다. 알프스산맥에서도 마찬가지이지요. 산을 타는 사람은 늘 어려움에 처한 자를 돕습니다. 이탈리아인이든 스위스인이든 독일인이든 나에게는 상관없습니다."

라우프는 다시 생각에 잠긴 듯했다. "오늘 누군가를 도울 거요, 신부?"

"바로 당신이요, 대령."

피노는 침을 꿀꺽 삼키고 떨지 않으려 애썼다. 저들이 어떻게 알았지? 마음속으로 답을 찾아 헤맸다. 바르바레스키가 말했나? 아니야. 아니, 피노는 알 수 없었다. 하지만 어떻게?

"그렇다면 도움을 주시오, 신부. 당신의 학교 주변을 나에게 보여주시오. 남김없이 다 보고 싶소."

"기꺼이 안내하지요." 레 신부가 말하고는 옆으로 비켰다.

라우프 대령이 현관으로 올라와 부츠를 탁탁 차서 진흙과 눈을 털어낸 후 반자동 권총인 루거를 뽑아 들었다.

"그건 무슨 일로?" 레 신부가 물었다.

"사악한 자를 신속히 처벌할 용도요." 라우프가 말하며 복도로 들어섰다.

그가 안으로 들어오리라 예상하지 않았던 피노는 라우프가 자신을 지긋이 응시하자 당황했다.

"너를 알아." 라우프가 말했다. "나는 절대 얼굴을 잊어버리지 않지."

피노가 더듬거렸다. "산 바빌라에 있는 저희 외숙모, 외삼촌 가죽 가게에서 봤죠?"

대령이 머리를 뒤로 젖히고서 여전히 그를 자세히 살펴봤다. "이름이 뭐지?"

"주세페 렐라입니다." 피노가 말했다. "외삼촌은 알베르트 알바네세입니다. 그분의 부인, 그러니까 제 외숙모인 그레타 알바네세는 오스트리아인이에요. 저희 외숙모랑 이야기를 나눠보셨을 거예요. 저는 예전에 그 가게에서 가끔 일했어요."

"그래. 맞구나." 라우프가 말했다. "너는 왜 여기에 있지?"

"아빠가 저를 여기로 보내셨어요. 폭격을 피하고 공부도 하라고요. 여기 있는 애들도 다 마찬가지입니다."

"아하." 라우프가 답하고 잠시 망설이더니 앞으로 움직였다.

빈 식당의 넓은 입구에 멈춘 게슈타포 대장 뒤로 주저앉는 피노를 보고 레 신부의 얼굴이 굳어졌다.

라우프가 주위를 둘러봤다. "깨끗한 곳이군, 신부. 마음에 들어. 다른 애들은 다 어디 갔지? 요즘은 여기에 몇 명이나 있지?"

"마흔 명이요." 레 신부가 말했다. "세 명은 독감에 걸려서 침대에 누워 있고, 두 명은 주방 일을 돕고 있어요. 열다섯 명은 스키를 타러 나갔고, 나머지 아이들은 마데시모에 있는 농가에서 도망친 황소들을 잡으러 다니고 있어요. 눈이 녹기 전에 잡지 않으면 산에 올라가서 미처 날뛴답니다."

"황소라." 라우프 대령이 말하며 식탁과 긴 의자, 저녁 식사를 위해 차려놓은 은 식기를 찬찬히 살폈다. 그는 주방으로 향하는 문을 열어젖혔다. 그 안에서는 보르미오 수사가 어린 사내아이 둘과 함께 감자 껍질을 벗기고 있었다.

"티끌 하나 없군." 라우프가 만족스럽게 말하고 문을 닫았다.

"이곳은 세인트 리오 지역 전역에서 정평이 난 학교지요." 레 신부가 말했다. "밀라노에서 가장 좋은 집안 출신의 학생들이 많지요."

게슈타포 대장이 다시 피노를 뚫어지게 쳐다보다가 말했다. "그런 것 같군."

대령이 피노와 미모의 방이 있는 기숙사를 들여다봤다. 피노는 밑에 단파 라디오를 숨겨놓은 헐거운 마룻장을 라우프가 밟았을 때 거의 심장 마비를 일으킬 뻔했다. 그러나 숨 막히도록 긴장되는 순간이 지나고 대령이 발걸음을 옮겼다. 그는 저장고 하나하나와 보르미오 수사의 거처를 모두 들여다봤다. 마침내 그가 잠긴 문 앞에 섰다.

"이 안에 뭐가 있지?" 라우프가 물었다.

"내 방이라오." 레 신부가 대답했다.

"여시오." 라우프가 말했다.

레 신부가 주머니를 뒤져 열쇠를 꺼내 구멍에 넣고 돌렸다. 피노는 레 신부가 자는 방을 한 번도 본 적이 없었다. 아무도 보지 못했다. 항상 닫힌 채 잠겨 있었다. 라우프가 문을 밀어젖히자 피노는 좁은 침대, 작은 옷장, 랜턴, 대충 깎은 책상과 의자, 성경, 벽에 걸린 성모 마리아의 그림 옆에 십자가가 들어찬 좁은 공간이 보였다.

"여기서 사는 거요? 이게 당신이 가진 전부요?"

"하느님의 종이 뭐가 더 필요하겠습니까?"

대령은 잠시 생각에 잠겼다. 그는 몸을 돌리며 말했다. "소박한 삶, 목적이 있는 삶, 극기하는 실로 거룩한 삶이라. 당신은 영감을 주는군, 레 신부. 많은 장교들이 신부에게 배워야겠소. 대부분의 살로 군대가 신부를 본받아야겠어."

"글쎄요."

"맞소. 당신이 따르는 것은 스파르타의 방식이오." 라우프가 진지하게 말했다. "나는 그 방식을 존중하오. 그런 결핍은 늘 위대한 전사를 탄생시키지. 당신의 내면은 전사요, 신부?"

"그리스도를 위해서는 그렇지요, 대령."

"알겠소." 라우프가 말하며 문을 닫았다. "그런데도 당신과 이 학교에 대해 성가신 소문들이 돌고 있단 말이지."

"이유를 모르겠군요. 모든 것을 둘러봤지 않습니까. 원한다면 지하 저장고도 뒤져보시지요."

게슈타포 대장은 잠시 아무 말도 하지 않다가 입을 열었다. "내 부하 하나를 보내 뒤지라고 하겠소."

"그에게 들어가는 길을 보여주겠습니다. 깊이 파지 않아도 될 겁니다."

"판다고?"

"출입구 위에 눈이 적어도 1미터는 쌓여 있답니다."

"보여주시오."

그들이 밖으로 나가자 피노가 따라붙었다. 레 신부가 막 모퉁이를 돌았을 때 예배당 위의 가문비나무들 사이에서 사내아이들이 폭소를 터뜨리며 떠들썩하게 외치는 소리가 들렸다. 친위대 군인들 네 명이 이미 그 길로 움직이고 있었다.

"이게 무슨 소리지?" 라우프 대령이 따져 물은 직후에 황소한 마리가 줄지어 선 나무들 틈에서 튀어나와 시끄럽게 울어대며 눈밭을 느릿느릿 지나갔다.

미모와 사내아이 하나가 재빠르게 방향을 바꿔 황소를 쫓아가서 울타리가 쳐진 학교 건너편으로 모는 동안 네 명의 친위대 군인이 지켜보고 있었다.

미모가 헐떡거리더니 활짝 웃으며 소리쳤다. "다른 황소들은 다 저기 절벽 쪽 숲에 있어요, 신부님. 우리가 한쪽으로 에워싸기는 했는데 이 녀석처럼 몰고 오지는 못하겠어요."

신부가 대답하기도 전에 라우프 대령이 말했다. "V자 모양으로 서서 제일 앞에 선 황소를 네가 원하는 방향으로 움직이게 해야 한다. 그러면 다른 황소들이 따라올 것이다."

레 신부가 쳐다보니 게슈타포 대장이 말했다. "나는 농장에서 자랐소."

미모가 잘 모르겠다는 표정으로 레 신부를 바라봤다.

"내가 보여주지." 라우프가 말하자 피노는 당장이라도 기절할 것 같았다.

"꼭 그럴 필요는 없어요." 신부가 재빨리 말했다.

"아니오. 재미있겠군. 소를 안 본 지 꽤 됐으니까." 라우프가 군인들을 돌아봤다. "너희 네 명은 나를 따라와." 그러고 나서 미모를 바라봤다. "숲에 아이들이 몇 명이나 있지?"

"스무 명이요."

"차고 넘치는군." 대령이 가문비나무를 향해 출발했다.

"도와줘라, 피노." 레 신부가 속삭였다.

피노는 돕고 싶지 않았지만 독일군들을 따라 뛰었다.

"아이들을 어디에 세울까요, 대령님?" 목소리가 떨리지 않기를 바라며 피노가 물었다.

"지금 황소들이 어디 있지?" 라우프가 물었다.

미모가 대답했다. "음, 저 뒤 절벽 옆에 있을걸요."

숲에 거의 다다르자 보이지 않는 황소들이 음매 하고 울며 푸두둑거리는 소리가 들렸다. 피노는 뒤돌아서 죽을힘을 다해 도망가고 싶었지만 계속 앞으로 나아갔다. 그 상황이 게슈타포 대장의 활기를 북돋는 듯했다. 무미건조하고 어둡던 라우프의 눈이 크게 떠져 생기가 돌고 신이 나서 활짝 웃고 있었다. 피노는 주변을 돌아보며 일이 잘못되면 어디로 도망가야 할지 궁리했다.

✤

라우프 대령이 절벽에서 고원 위로 툭 튀어나온 초승달 모양의 조림지로 들어섰다.

"황소들은 오른쪽에 있어요. 저기요." 미모가 말했다.

라우프가 권총을 권총집에 밀어 넣고 미모를 따라 숲 바깥쪽만큼이나 높이 쌓인 눈밭을 가로질렀다. 황소들이 여기저기로 우르르 몰려가서 눈이 푹푹 눌려 있고 사방에 똥이 흩어져 있었다.

미모에 이어 게슈타포 대장이 몸을 수그려 나뭇가지들을 피하면서 가장 큰 가문비나무 밑을 지나갔고, 그 모습에 피노의 가슴이 요동쳤다. 친위대 군인들이 라우프를 따라가고 피노는 가장 뒤에서 움직였다. 피노가 가장 큰 가문비나무의 가지 아래 섰을 때, 빙글빙글 돌면서 떨어지는 바늘 모양의 잎들이 눈에 들어왔다. 고개를 획 쳐들었다. 나무 위 저 높이 숨어 있는 유대인들은 하나도 보이지 않았고 그들의 발자국은 황소들이 짓밟아서 표가 나지 않았다.

천만다행이야. 피노가 안심하는 동안 라우프는 숲에 한 줄로 띄엄띄엄 늘어선 카사 알피나의 사내아이들을 향해 단호하게 행진했다. 아이들은 남은 황소 여섯 마리를 구석으로 몰아두었다. 황소들은 고개를 마구 흔들고 큰 소리로 푸두둑거리면서 뒤편의 절벽을 피해 도망갈 길을 찾고 있었다.

"내가 신호를 보내면 가운데 있는 여섯 명이 뒤로 가서 세 명씩 두 무리로 흩어져라." 라우프가 양쪽 손바닥을 들고 손가락을 쫙 폈다 오므렸다 하며 말했다. "이렇게 V자 모양으로 정렬해야 한다. 일단 황소들이 움직이면 나머지 아이들이 황소들 앞으로 뛰어가면서 우리가 원하는 방향으로 몰아야 해. 양쪽에서 V자 대형을 계속 유지해. 암소, 황소, 그것들은 유대인이나 마찬가지 야. 남의 뒤나 쫓는 추종자들이지. 열심히 따라올 것이다."

피노는 라우프의 마지막 말을 무시한 채, 가운데에 있는 사내 아이들에게 소리를 질러 지시를 그대로 전달했다. 여섯 아이들 이 빠르게 움직여 양쪽으로 퍼졌다. 첫 번째 황소가 무리에서 이 탈하자 나머지 황소 떼가 잔뜩 흥분해서 우르르 몰려나왔다. 짐 승들이 우렁찬 소리를 내고 나뭇가지들을 짓밟으면서 숲을 가로 질렀고, 아이들이 양옆에서 소리를 지르며 점점 바싹 다가붙자 황소들이 길게 늘어서 한 줄로 달리기 시작했다.

"이랴! 이랴!" 라우프 대령이 외치며 마지막 황소 뒤를 따라 달려 절벽 부근을 떠났다. "바로 이렇게 하는 거야!"

피노는 멀리 떨어진 채 게슈타포 대장의 뒤를 따라 숲을 가로 질렀다. 아이들이 양쪽에서 포위한 가운데 황소들이 숲을 빠져 나왔고 한 번도 뒤를 돌아보지 않은 라우프를 포함한 모든 나치 들이 그 뒤를 따라갔다. 피노는 그제야 걸음을 멈추고 또 다른 커다란 전나무를 올려다봤다. 12미터 위 나뭇가지들 사이로 나 무 몸통에 매달려 있는 사람의 희미한 윤곽이 보였다.

피노가 천천히 숲에서 걸어 나오니 황소들은 이미 울타리가 쳐진 곳으로 들어가 건초를 먹고 있었다.

피노가 올라왔을 때 라우프 대령이 거칠게 숨을 몰아쉬면서 레 신부를 향해 활짝 웃었다. "재미있었어. 어릴 때 이런 소몰이를 아주 많이 했소."

"즐거워 보이더군요." 신부가 말했다.

게슈타포 대장이 기침을 하고 큰 소리로 웃더니 고개를 끄덕였다. 이어서 중위를 보고 독일어로 고함을 쳤다. 이어서 중위도 고래고래 소리를 지르고 호루라기를 불었다. 별채들과 모타에 몇 안 되는 집들을 뒤지던 군인들이 트럭으로 돌아왔다.

"내 의심은 아직 가시지 않았소, 신부." 라우프 대령이 말하며 한 손을 내밀었다.

피노가 숨을 멈췄다.

신부가 그의 손을 잡고 악수했다. "언제든 환영합니다, 대령."

라우프가 퀴벨바겐에 올라탔다. 레 신부와 보르미오 수사, 피노, 미모, 사내아이들이 그곳에 서서 독일 트럭이 방향을 돌리는 것을 조용히 지켜보고 있었다. 그들은 라우프와 군인들이 500미터 정도를 달려 마데시모로 이어진 진흙투성이의 좁은 오솔길로 내려갈 때까지 기다렸다가 마구 환호성을 질렀다.

"여러분을 나무에 숨겨놓은 걸 그 사람이 눈치챈 줄 알았어요." 몇 시간 후 피노가 말했다. 피노와 신부는 한숨 돌린 피난민들과 식탁에 앉아 밥을 먹고 있었다.

두 아이의 아빠가 말했다. "대령이 오는 게 계속 보이더라고요. 우리가 숨어 있는 나무 바로 밑으로 걸어갔어요. 두 번이나요!"

그들 모두가 막 죽음을 피한 사람들만이 가능할 법한 웃음을 터뜨렸다. 믿기지 않음, 고마움, 전염성 있는 기쁨이 담긴 웃음이었다.

"대단한 작전이었다." 레 신부가 피노의 어깨를 두드리고 와인 잔을 추켜들었다. "피노 렐라를 위하여."

피난민들 모두가 잔을 들고 같은 말을 했다. 피노는 너무 많은 사람에게 주목을 받자 부끄러웠다. 그는 빙그레 웃었다. "미모 덕분에 성공했어요."

하지만 피노는 기분이 좋고 마냥 신이 났다. 그렇게 나치를 속였다는 것이 자랑스러웠다. 나름의 방법으로 반격했다. 그들 모두가 힘을 모아 저항했다. 이탈리아는 독일이 아니었다. 이탈리아는 절대로 독일이 될 수 없었다.

그때 알베르토 아스카리가 현관의 종을 울리지도 않고 카사 알피나로 들어왔다. 그는 식당 출입구에 나타나 한 손에 모자를 들고 말했다. "레 신부님. 실례합니다만 피노에게 전할 급한 전갈이 있어서요. 피노의 아빠가 저희 삼촌 집에 전화해서 피노를 찾아 전해달라고 하셨어요."

피노는 가슴이 철렁 내려앉았다. 무슨 일이지? 누가 죽었나?

"무슨 일이야?" 피노가 물었다.

"네 아빠가 너더러 최대한 빨리 돌아오래." 아스카리가 말했다. "밀라노로. 생사가 달린 문제라고 하셨어."

"누구의 생사?" 피노가 벌떡 일어나며 말했다.

"피노, 네 목숨이 달렸다고 하셨어."

3부

인간의 대성당

13

열두 시간 후, 피노는 고성능으로 개조한 아스카리의 피아트 조수석에 앉아 있었다. 그는 마데시모에서 캄포돌치노로 내려가는 구불구불한 도로에 떨어지는 긴 빗방울조차 알아차리지 못했다. 파릇파릇 솟아나는 봄의 여린 이파리와 공기 중에 떠도는 꽃향기도 느끼지 못했다. 그의 마음은 여전히 카사 알피나에 있었고, 얼마나 그곳을 떠나기 싫었는지를 생각했다.

"남아서 돕고 싶어요." 피노가 전날 밤 레 신부에게 말했다.

"나도 네 도움을 받고 싶지만 심각한 일인 것 같구나, 피노. 아버지의 말씀을 따라서 집에 돌아가야 한단다."

피노가 피난민들 쪽으로 손짓했다. "누가 저분들을 발 디 레이로 데리고 가죠?"

"미모가. 네가 미모와 다른 아이들을 아주 잘 교육해 줬잖니."

피노는 너무 속상해서 밤잠을 설쳤고, 아스카리가 그를 키아벤나에 있는 기차역으로 바래다주려고 왔을 때 아주 낙담해 있었다. 카사 알피나에서 거의 일곱 달 동안 머물렀지만 몇 년은 흐른 느낌이었다.

"여유가 생기면 나를 만나러 올 거지?" 레 신부가 물었다.

"당연하죠, 신부님." 피노가 말을 마치자 두 사람은 서로를 껴안았다.

"하느님이 너를 위한 계획을 세워놓으셨다는 믿음을 가지려무나." 신부가 말했다. "그리고 늘 몸조심해라."

보르미오 수사는 여행하는 중에 먹을 음식을 챙겨준 뒤 그를 끌어안았다.

두 사람이 계곡 아래에 도착할 때까지 피노는 열 마디도 하지 않았다.

"그래도 다행히 네가 나한테 스키를 가르쳐줬잖아." 아스카리가 말했다.

피노가 가볍게 미소 지었다. "넌 금방 배우잖아. 나도 운전 강습을 끝냈으면 좋았을 텐데."

"너는 이미 운전을 아주, 아주 잘해. 넌 감이 있어. 그런 타고난 감각은 드물어."

피노가 칭찬을 기분 좋게 받아들였다. 아스카리는 훌륭한 운전사였다. 운전대를 잡고 할 수 있는 다양한 기술로 피노를 계속 놀라게 했고, 그 기술을 증명하려는 듯 손에 땀을 쥐게 하는 속도로 키아벤나를 향해 계곡을 내려가는 바람에 숨이 막힐 지경이었다.

"네가 진짜 경주용 자동차를 타면 무슨 짓을 할지 생각만 해도 무섭다." 역에 차를 세우자 피노가 말했다.

아스카리가 활짝 웃었다. "삼촌이 항상 말씀하시지. 두고 보겠다고. 여름에 다시 올 거지? 운전 강습을 끝내야지?"

"그러고 싶어." 피노가 말하며 악수했다. "얌전히 지내, 친구. 그 고개 근처에는 가지 말고."

"명심할게." 아스카리가 마지막 말을 남기고 차를 출발시켰다.

키아벤나는 화려한 꽃으로 뒤덮여 있었다. 고도가 많이 낮아져서 모타보다 기온이 한 30도는 높은 것 같았다. 꽃향기와 꽃가루가 대기에 짙게 감돌고 있었다. 알프스산맥 남부의 봄이 항상 이렇게 기막히게 멋진 것은 아니었다. 그 때문에 기차표를 사고 독일군에게 서류를 보여준 뒤 코모와 밀라노를 향해 남쪽으로 가는 기차에 올라타는 일련의 과정이 더 내키지 않고 짜증 났다.

그가 처음 들어간 칸은 파시스트 군인들로 가득 차 있었다. 피노는 몸을 돌려 앞으로 계속 이동해 사람이 얼마 없는 칸을 찾았다. 수면 부족으로 졸음이 몰려와 가방을 위에 올려놓고 배낭을 베개 삼아 잠들었다.

세 시간 후 기차가 밀라노 중앙역에 멈췄다. 중앙역은 여러 군데에 직격탄을 맞았지만 대체로 피노가 기억하던 모습대로 자리잡고 있었다. 단, 이 교통의 중심지를 지키고 있는 것은 더 이상 이탈리아 군인들이 아니었다. 나치가 완전히 이곳을 점령하고 있었다. 그는 기차에서 내린 파시스트 군인들과 거리를 두고 플랫폼을 걸어 역을 가로지르면서, 독일군들이 무솔리니의 군인들을 경멸하는 눈초리로 훑어보는 것을 보았다.

"피노!"

아빠와 알베르트 외삼촌이 부리나케 다가와 그를 맞았다. 두 사람 다 크리스마스 때보다 엄청나게 늙어 보였다. 그가 기억하는 것보다 관자놀이 주변이 훨씬 더 희끗희끗해졌고 볼이 창백하고 홀쭉했다.

미켈레가 소리쳤다. "저 녀석 키 큰 것 좀 보게, 알베르트."

외삼촌이 입을 쩍 벌리고 멍하니 피노를 바라봤다. "일곱 달 만에 크고 건장한 어른이 됐구나! 레 신부님이 너한테 뭘 먹이신 거냐?"

"보르미오 수사님은 기가 막힌 요리사예요." 피노는 여기저기를 세심히 살펴보는 두 사람에게 몸을 맡긴 채 바보처럼 활짝 웃었다. 두 사람을 봐서 어찌나 행복한지 아까까지 화가 나 있던 것을 잊어버릴 지경이었다.

"왜 꼭 집에 와야 한다고 하셨어요, 아빠?" 기차역을 나서면서 피노가 물었다. "카사 알피나에서 좋은 일을, 중요한 일을 하고 있었어요."

외삼촌의 얼굴이 흐려졌다. 그는 고개를 젓더니 낮은 목소리로 말했다. "여기에서는 좋은 일이든 나쁜 일이든 이야기하지 말자. 기다렸다가 나중에, 알았지?"

그들은 택시를 잡아탔다. 폭격이 시작된 지 10개월 반이 지난 밀라노는 도시라기보다는 전쟁터 같았다. 건물의 70퍼센트가 폭삭 내려앉은 동네들도 있었지만 거리는 아직 지나다닐 만했다. 피노는 곧 이유를 알아챘다. 회색 옷을 입은 허리 곱은 남자들이 멍한 표정으로 벽돌과 돌을 손으로 나르며 거리를 치우고 있었다.

"누구예요?" 피노가 물었다. "저 회색 옷을 입은 사람들이요."

알베르트 외삼촌이 피노의 다리에 한 손을 얹고 손가락으로 택시 기사를 가리킨 후 고개를 저었다. 피노는 택시 기사가 백미러로 계속 흘긋거리고 있다는 사실을 알아채고 집에 도착할 때까지 대화를 포기했다.

대성당과 산 바빌라에 가까워질수록 아직 자리를 지키고 있는 건물들이 많아졌다. 많은 건물이 온전히 서 있었다. 추기경 관저를 지나칠 때 보니 나치 장교의 차가 앞에 정차돼 있고 후드에 꽂힌 나치 깃발 옆에 장군이 서 있었다.

대성당 주변의 모든 거리가 고위급 독일 장교들과 그들의 차로 꽉 차 있었다. 피노 일행은 모래주머니를 높이 쌓고 요새처럼 꾸민 검문소를 통과해 산 바빌라로 들어가기 위해 택시에서 내려야 했다.

그들은 서류를 보여준 후에 그나마 밀라노에서 가장 덜 파괴된 지역을 침묵 속에서 걸었다. 가게, 식당, 술집이 영업 중이었고 나치 장교와 여자들로 북적였다. 피노의 아빠가 예전에 살던 곳에서 네 블록 정도 떨어진 코르소 마테오티로 그를 이끌었다. 여전히 패션 지구에 해당하지만 스칼라 극장, 갤러리아, 대성당 광장과 더 가까운 곳이었다.

"다시 서류를 꺼내렴." 아빠가 말하며 자신의 서류를 꺼냈다.

건물에 들어서자마자 무장친위대 경비병 두 명이 앞을 가로막아 피노는 깜짝 놀랐다. 나치가 산 바빌라에 있는 모든 아파트 건물을 감시하고 있는 건가?

경비병들은 피노의 아빠와 외삼촌을 알아보고 서류를 흘긋 보기만 했다. 그러나 피노의 서류는 오랫동안 자세히 살펴본 뒤에야 보내줬다. 그들은 새장 모양의 승강기를 탔다. 5층을 지날 때 문

뒤에 서 있는 무장친위대 경비병 두 명이 더 보였다.

그들은 6층에서 내려 짧은 복도 끝으로 가서 렐라 가족의 새 아파트로 들어갔다. 몬테 나폴레오네 거리에 있던 아파트와는 비교도 되지 않을 만큼 작았지만 이미 가구가 안락하게 비치되어 있었다. 구석구석에서 엄마의 손길이 느껴졌다.

아빠와 외삼촌은 가방을 내려놓고 따라오라고 조용히 손짓했다. 그들은 양쪽으로 여는 유리문을 열고 옥상 테라스로 나갔다. 대성당의 뾰족탑이 동쪽 하늘에 솟아 있었다. 알베르트 외삼촌이 말했다. "이제 말해도 안전하단다."

피노가 물었다. "왜 로비와 아래층에 나치가 있어요?"

아빠가 테라스 벽의 중간쯤에 있는 안테나를 가리켰다. "안테나가 이 아파트 아래층에 있는 단파 라디오에 연결돼 있어. 독일 군들이 원래 그 집에 세 들어 살던 치과 의사를 2월에 쫓아냈지. 일꾼들을 불러서 그곳을 완전히 새로 단장했단다. 우리가 들은 바에 따르면 나치 고위 관리들이 밀라노에 오면 거기 머문다더라. 히틀러가 오면 여기가 히틀러의 거처가 되는 거지."

"바로 아래층에서요?" 피노가 불안해하며 물었다.

"세상은 완전히 달라졌고 위험해졌어, 피노." 알베르트 외삼촌이 말했다. "특히 너한테."

"그래서 너를 집으로 불렀단다." 피노가 대답하기 전에 아빠가 말했다. "네가 열여덟 살이 될 날이 20일도 남지 않았어. 그때부터 징집 대상이 돼."

피노가 눈을 찌푸렸다. "그래요?"

외삼촌이 말했다. "네가 징집될 때까지 기다리면 너를 파시스트 군대로 뽑아 갈 거야."

"그리고 독일군이 이탈리아 부대의 신병들을 모두 러시아 전방에 보낸단다." 아빠가 말하며 양손을 비틀었다. "네가 총알받이가 될 거야, 피노. 죽을 거라고. 전쟁이 끝나가고 있는 마당에 너에게 그런 일이 생기게 놔둘 수는 없어."

전쟁이 끝나가고 있었다. 피노는 그것이 사실임을 알았다. 레신부에게 주고 온 단파 라디오에서 연합군이 몬테카시노, 즉 독일군이 강력한 대포를 설치해 놓은 절벽 위 수도원에서 다시 전투를 벌이고 있다는 소식을 바로 전날 들었다. 마침내 수도원과 독일군이 연합군의 공격을 받은 것이다. 그 아래의 도시도 마찬가지였다. 로마의 남쪽 방어시설인 구스타프 방어선을 따라 배치된 연합군 병력이 적진을 돌파하기 직전이었다.

"그럼 제가 어떻게 하기를 바라세요?" 피노가 물었다. "숨을까요? 연합군이 나치를 쫓아낼 때까지 카사 알피나에서 지내는 게 나을 뻔했어요."

아빠가 고개를 저었다. "징집관이 벌써 너를 찾아 여기 왔다 갔어. 그들은 네가 산에 있는 걸 알아. 어차피 네 생일 전후에 누군가 카사 알피나로 가서 너를 데리고 내려왔을 거야."

"그럼 어떻게 하기를 바라시는데요?" 피노가 다시 물었다.

"네가 입대했으면 해." 알베르트 외삼촌이 말했다. "네가 입대하면 우리가 무슨 수를 써서라도 너를 위험하지 않은 곳에 배치할 거야."

"살로 부대에요?"

외삼촌과 시선을 교환한 후 아빠가 말했다. "아니, 독일 군대."

피노는 갑자기 속이 쓰렸다. "나치 부대에 들어가라고요? 만자 무늬가 박힌 완장을 차라고요? 싫어요. 절대 안 돼요."

"피노." 아버지가 입을 열었다. "이건—"

"제가 지난 여섯 달 동안 뭘 하며 지냈는지 아세요?" 피노가 화를 내며 말했다. "나치를 피해 유대인과 피난민들을 탈출시키려고 그로페라를 넘어서 스위스로 데리고 갔어요. 기관총으로 무고한 사람들을 쏴 죽이려는 생각뿐인 나치한테서 탈출시키려고요! 나는 그런 짓을 할 수 없어요. 안 할 거예요."

두 사람이 피노를 보는 동안 잠시 침묵이 흘렀다.

마침내 알베르트 외삼촌이 말했다. "변했구나, 피노. 겉모습뿐만 아니라 생각도 어른이 다 됐어. 그러니 탁 터놓고 말하마. 네가 스위스로 탈출해서 전쟁이 끝나기를 기다릴 게 아니라면 어떻게 해서든 전쟁에 끌려가게 돼 있단다. 첫 번째 방법은 징병될 때까지 기다리는 거야. 3주 동안 신병 훈련을 받고 북쪽으로 이송돼 소비에트 군대와 싸우게 되겠지. 입대 후 첫해에 이탈리아 군인의 사망률이 거의 50퍼센트인 곳이란다. 네가 열아홉 번째 생일을 맞을 확률이 반반이라는 뜻이야."

피노가 끼어들려고 했지만 외삼촌이 손을 들어 막았다. "아직 안 끝났다. 아니면 내가 아는 사람을 동해서 너를 토트 조직 Organization Todt 또는 OT라고 부르는 독일군 산하 기관으로 배치할 수 있어. 그곳에 소속된 사람들은 전투에 나가지 않고 건설에 동원된단다. 넌 안전할 거고 뭔가를 배울 수도 있을 거야."

"저는 독일군에 맞서 싸우고 싶어요. 독일군에 들어가는 게 아니라요."

"그저 예방책일 뿐이야." 아빠가 말했다. "너도 말했다시피 전쟁은 곧 끝날 거야. 어쩌면 네가 신병 훈련을 마치기도 전에 끝날 수도 있어."

"사람들에게 뭐라고 하라고요?"

"아무도 모를 거야." 알베르트 외삼촌이 말했다. "물어보는 사람이 있으면 네가 아직 레 신부님과 함께 알프스산맥에 있다고 말하면 돼."

피노는 아무 말도 하지 않았다. 이치에 맞는 소리였지만 여전히 뒷맛이 개운치 않았다. 이것은 저항이 아니었다. 꾀병을 부리고 교묘히 회피하는 겁쟁이의 탈출구였다.

"지금 대답해야 하나요?" 피노가 물었다.

"아니야." 아빠가 대답했다. "하지만 하루 이틀 내에 결정해야 한단다."

알베르트 외삼촌이 말했다. "그동안에 나와 가게에 나가자. 툴리오 갈림베르티를 위해 네가 할 일이 있어."

피노가 활짝 웃었다. 툴리오 갈림베르티! 그 형을 못 본 지가 음, 벌써 일곱 달째인가? 그는 툴리오가 아직도 밀라노에서 라우프 대령의 뒤를 쫓고 있는지 궁금했다. 최근에 사귀는 사람은 누구인지도 알고 싶었다.

"갈게요." 피노가 말했다. "아빠가 따로 시키실 일이 없으면요."

"괜찮으니 나가보렴." 아빠가 말했다. "나는 정리할 장부가 좀 있구나."

✦

피노와 외삼촌은 집을 나와 다시 승강기를 타고 내려가면서 5층의 아파트 앞에 서 있는 경비병들을 봤다. 로비의 경비병들이 나가는 그들을 보고 고개를 까딱했다.

두 사람이 구불구불한 길을 걸어 알바네세 러기지로 가는 동안 알베르트 외삼촌이 알프스산맥에서 있었던 일을 물었다. 그는 특히 레 신부가 고안한 신호 방법, 그리고 몇 번이나 머리칼을 쭈뼛하게 만든 냉정하고 기발한 책략에 관심을 보였다.

다행히도 가죽 가게에는 손님이 없었다. 알베르트 외삼촌이 '영업 끝'이라는 표지판을 걸고 창 가리개를 모두 내렸다. 그레타 외숙모와 툴리오 갈림베르티가 뒤편에서 나왔다.

"얘 키 큰 것 좀 봐!" 그레타 외숙모가 툴리오에게 말했다.

"이 짐승 같은 녀석!" 툴리오가 말했다. "얼굴도 좀 보세요. 완전히 달라졌어요. 미남이라고 부르는 아가씨들도 있겠는데요. 내 옆에 서 있지만 않으면요."

툴리오는 여전히 정감 어린 농담을 했지만, 고생한 탓에 그 하늘을 치솟던 자신감은 많이 떨어져 있었다. 살이 많이 빠진 것 같았고 계속 허공을 응시하며 끊임없이 담배를 피웠다.

"형이 쫓아다니던 나치를 어제 봤어. 라우프 대령 말이야."

툴리오의 얼굴에서 핏기가 사라졌다. "어제 라우프를 봤다고?"

"그 사람이랑 이야기도 했어. 그 사람이 어릴 때 농장에서 자랐다는 걸 알고 있어?"

"전혀 몰랐지." 툴리오가 말하며 알베르트 외삼촌에게 휙 눈길을 던졌다.

피노의 외삼촌이 주저하다가 입을 열었다. "네가 비밀을 지킬 수 있다고 믿어도 되겠지?"

피노가 고개를 끄덕였다.

"라우프 대령은 툴리오를 심문하려고 해. 툴리오를 잡으면 레지나 호텔로 끌고 가서 고문한 다음에 산 비토레 교도소로 보낼 거야."

"바르바레스키랑 같이요?" 피노가 물었다. "서류를 위조한 사람 말이에요."

방에 있는 모든 사람이 놀라 할 말을 잃고 피노를 바라봤다.

"네가 그 사람을 어떻게 알아?" 툴리오가 따졌다.

피노가 지난 일을 모두 설명한 후 말했다. "라우프는 그가 산 비토레에 있다고 했어."

툴리오가 처음으로 활짝 웃었다. "어젯밤까지는 그랬지. 바르바레스키가 탈출했거든!"

피노는 그 말에 놀라 속으로 펄쩍 뛰었다. 피노는 처음 폭격이 있던 날 본 신학생의 모습을 그대로 기억했다. 그런데 아무리 해도 그가 서류 위조범이 되고 교도소에서 탈출하는 모습은 상상이 되지 않았다. 세상에, 그것도 산 비토레 교도소에서!

"좋은 소식이네." 피노가 말했다. "그럼 툴리오 형은 여기 숨어 있는 거야? 그게 현명한 선택일까?"

"매일 밤 여기저기 옮겨 다녀." 툴리오가 다시 새 담배에 불을 붙이며 말했다.

"그래서 우리가 곤란해졌단다." 알베르트 외삼촌이 말했다. "라우프가 툴리오에게 관심을 갖기 전만 해도 툴리오는 시내를 마음대로 돌아다니면서 저항운동에 필요한 다양한 임무를 했어. 이제는 아무것도 못 하게 됐지. 그래서 아까 말한 대로 네가 우리 대신 해줄 일이 있어."

피노는 흥분했다. "저항운동을 위한 일이라면 뭐든 할게요."

"오늘 밤 통행금지 시간 전에 전달해야 할 서류가 있단다." 알베르트 외삼촌이 말했다. "주소를 알려줄 테니까 서류를 가지고 가서 건네주려무나. 할 수 있겠냐?"

"무슨 서류예요?"

"그건 알 필요 없다." 알베르트 외삼촌이 말했다.

툴리오가 직설적으로 말했다. "하지만 서류를 가지고 있다가 나치한테 잡히면 그들이 내용을 알아차리고 너를 처형할 거야. 더 심한 짓도 했어."

피노는 외삼촌이 준 봉투를 쳐다봤다. 바로 전날과 니코가 수류탄을 들고 죽은 날 외에는 나치에게 실제로 위협을 느낀 적은 별로 없었다. 그런데 이제 밀라노에는 사방에 독일군이 있다. 그들 중 누구라도 그를 멈춰 세우고 수색할 수 있었다.

"중요한 서류죠?"

"그렇단다."

"그럼 잡히지 않을게요." 피노가 말하며 봉투를 받았다.

한 시간 후, 피노는 외삼촌의 자전거를 타고 가죽 가게에서 나왔다. 산 바빌라 검문소와 대성당 서쪽의 또 다른 검문소에서 서류를 보여줬지만 아무도 그의 몸을 수색하거나 그에게 흥미를 보이지 않고 통과시켰다.

오후 늦게야 시내를 교묘히 가로질러 밀라노의 남서부 지역에 있는 주소로 향했다. 밀라노의 중심지에서 멀어질수록 대대적인 파괴의 흔적이 고스란히 드러났다. 피노는 극심한 공격의 흔적이 여실한, 새까맣게 타고 황량하며 빈곤에 시달리는 거리를 힘껏 페달을 밟으며 달렸다. 폭탄이 터져 움푹 파인 곳에서 속도를 늦추다가 그 가장자리에 멈췄다. 전날 밤에 비가 왔다. 더러운 물이 바닥에 고여 썩는 내가 났다. 아이들이 웃고 있었다. 시꺼먼 때가 덕지덕지 붙은 네다섯 명의 아이들이 구덩이를 기어올라 다 타버린 건물의 골격 위에서 놀고 있었다.

저 아이들도 여기에 있었을까? 폭발을 느꼈을까? 화재를 봤을까? 부모가 있을까, 아니면 그냥 거리를 떠돌아다니는 부랑아들일까? 어디에서 살고 있을까? 여기에서?

산산이 파괴된 곳에서 사는 아이들을 보니 속이 상했지만 툴리오의 지시를 따라 계속 달렸다. 화재가 난 지역을 빠져나와 건물이 덜 파괴된 동네로 들어갔다. 그곳을 달리다 보니 건반 몇 개가 부서지고 몇 개는 사라진 망가진 피아노 같다는 생각이 들었다. 새까맣게 그을린 배경과는 대조적으로 건물들이 여전히 노란색과 빨간색으로 서 있었다.

그는 두 건물이 나란히 서 있는 아파트를 찾았다. 툴리오가 말한 대로 오른쪽 건물로 들어갔더니 생기가 바글거렸다. 검댕이 묻은 아이들이 복도를 돌아다녔다. 많은 아파트의 현관이 열려 있고 방에는 고단한 삶에 지쳐 보이는 사람들이 가득 차 있었다. 한 아파트에서는 피노의 사촌인 리샤가 무대에서 부른 적 있는 〈나비 부인〉의 아리아가 레코드판에서 흘러나오고 있었다.

"누굴 찾아요?" 아주 더러운 사내아이가 물었다.

"16-B호." 피노가 대답했다.

사내아이의 턱이 쑥 들어갔다. 아이가 복도 끝을 가리켰다.

피노가 노크를 하자 체인이 걸린 채로 문이 약간 열렸다. 남자가 서툴고 억양이 강한 이탈리아어로 물었다. "무슨 일이야?"

"툴리오가 보내서 왔어요, 바카." 피노가 말했다.

"그가 살아 있어?"

"두 시간 전까지는 살아 있었어요."

남자는 그 대답에 만족한 듯했다. 그는 체인을 풀고 피노가 원룸형 아파트로 들어갈 만큼만 문을 열었다. 바카는 체격이 건장하고 숱 많은 검은 머리칼과 눈썹에 납작한 코, 두꺼운 팔과 어깨를 가진 슬라브족이었다. 피노가 훨씬 커서 내려다볼 정도인데도 그 존재감에 겁이 날 지경이었다.

바카가 잠시 피노를 살펴보다가 입을 열었다. "가져왔어, 안 가져왔어?"

피노가 바지에서 봉투를 빼 그에게 건넸다. 바카가 아무 말 없이 봉투를 받아 걸어갔다.

"물 마실래?" 바카가 물었다. "거기 있어. 마시고 가. 통행금지가 시작되기 전에 돌아가고."

오랫동안 자전거를 타느라 목이 바싹 말랐던 피노는 물을 벌컥벌컥 마시고 나서야 주위를 둘러보고 바카가 누구이고 뭐 하는 사람인지 알았다. 튼튼한 버클과 끈이 달린 황갈색 가죽 슈트케이스가 좁은 침대 위에 열린 채 놓여 있었다. 슈트케이스는 안에 소형 단파 무전기, 수동 발전기, 안테나 두 개, 각종 도구, 교체용 크리스털이 들어갈 자리를 파고 그 위로 위장 바닥을 댄 방식으로 주문 제작한 것이었다.

피노는 무전기를 가리켰다. "이걸로 누구랑 통신하세요?"

"런던." 그가 서류를 읽으면서 퉁명스럽게 말했다. "완전 신형이야. 3일 전에 받았어. 쓰던 게 멈추는 바람에 2주 동안 통신을 못 했어."

"여기 얼마나 계셨는데요?"

"16주 전에 낙하산을 타고 밀라노 외곽에 내려서 걸어서 들어왔어."

"계속 이 아파트에 계셨어요?"

무전사가 콧방귀를 뀌었다. "그랬다면 바카는 15주 전에 죽은 목숨이었겠지. 지금 나치는 무전기를 추적하는 장치를 가지고 있어. 세 대로 추적해서 발신 위치를 삼각측량한 다음에 우리를 찾아내 죽이고 무전기를 파괴하지. 요즘 세상에 무전기 소지에 대한 처벌이 뭔지 알아?"

피노가 고개를 저었다.

"묻지도 따지지도 않고." 바카가 히죽 웃고 혀로 쯧 소리를 내며 손가락으로 목을 긋는 시늉을 했다.

"그래서 옮겨 다니세요?"

"이틀에 한 번씩 대낮에. 바카는 위험을 무릅쓰고 슈트케이스를 들고 오랫동안 걸어서 빈 아파트를 찾아가."

피노는 묻고 싶은 것이 수도 없이 많았지만 너무 오래 있어서 폐를 끼치는 것 같았다. "다시 뵐 수 있을까요?"

바카가 숱 많은 눈썹을 올리더니 어깨를 으쓱했다. "그걸 누가 알겠어?"

✤

피노는 재빨리 아파트에서 나왔다. 따뜻한 봄날 오후의 햇살을 맞으며 자전거를 찾아 올라탔다. 새까맣게 타버린 불모지를 지나 돌아오면서 다시 쓸모 있는 사람이 된 것 같아 기분이 좋았다. 아주 작은 임무일 뿐이었지만 그는 옳은 일을 했고, 저항했고, 위험을 감수했다. 그 덕분에 기분이 나아졌다. 독일군에는 들어가지 않을 것이다. 저항운동에 가담할 것이다. 갈 길은 그것뿐이었다.

피노는 로레토 광장을 향해 북쪽으로 달렸다. 과일과 채소를 진열해 놓은 가판대에 도착하자 벨트라미니 씨가 차양을 내리고 있었다. 피노가 마지막으로 본 후로 카를레토의 아빠는 지독하게 늙어버렸다. 걱정과 스트레스가 그의 얼굴에 굵은 주름을 새겨놨다.

"안녕하세요, 벨트라미니 아저씨. 저예요. 피노."

벨트라미니 씨가 눈을 가늘게 뜨고 피노를 위아래로 훑어보다가 고개를 휙 젖히고 커다란 웃음을 터뜨렸다. "피노 렐라? 두 배는 자란 것 같구나!"

피노가 웃었다. "재밌네요."

"오, 내 어린 친구, 웃음과 사랑이 아니면 하루아침에 변해버린 이 험한 세상에서 어떻게 살아남겠어?"

피노는 잠시 생각했다. "그런 것 같네요. 카를레토 있어요?"

"위층에서 엄마를 돌보고 있단다."

"아줌마는 어떠세요?"

벨트라미니 씨의 얼굴을 환하게 하던 웃음이 단박에 사라졌다. 그가 고개를 저었다. "안 좋아. 의사들 말로는 6개월 남았대. 그보다 짧을 수도 있고."

"유감이네요, 아저씨."

"아내와 함께하는 매 순간에 감사하고 있어." 벨트라미니 씨가 말했다. "올라가서 카를레토를 보내마."

"감사합니다. 아줌마에게 안부 전해주세요."

벨트라미니 씨가 문을 향해 가다가 멈췄다. "내 아들이 너를 보고 싶어 했어. 네가 생애 가장 좋은 친구라고 하더구나."

"저도 보고 싶었어요. 편지를 써야 했는데 그러기가 힘들었어요. 산에서…… 하던 일 때문에요."

"그 녀석도 이해할 게다. 앞으로 잘 보살펴주렴, 그럴 거지?"

"약속해요. 저는 절대로 약속을 번복하지 않아요."

벨트라미니 씨가 피노의 이두박근과 어깨를 두드렸다. "세상에, 경주마처럼 근육이 생겼구나."

5분 정도가 지나고 카를레토가 문에서 나왔다. "안녕."

"안녕." 피노가 말하며 친구의 팔을 가볍게 쳤다. "너 보니까 진짜 좋다."

"그래? 나도."

"빈말이네. 진심이 안 담겼는데."

"엄마가 오늘 좀 힘드셨어."

가슴을 옥죄는 아픔이 밀려왔다. 피노는 크리스마스 이후로 엄마를 보지 못했다. 갑자기 엄마가 보고 싶고 심지어 여동생도 그리웠다.

"얼마나 힘들지 상상도 안 된다." 피노가 말했다.

두 사람은 15분 동안 이야기를 나누고 농담을 주고받다가 해가 지고 있음을 알아차렸다. 피노는 통행금지 시간을 겪어본 적이 없었고 어두워지기 전에 새 아파트로 돌아가고 싶었다. 그들은 며칠 뒤에 만나기로 하고 악수를 한 뒤 헤어졌다.

카를레토를 두고 가자니 고통스러웠다. 그의 오랜 친구는 자포자기하고 자기만의 세상에 틀어박혀 있는 것 같았다. 폭격이 시작되기 전, 카를레토는 그의 아빠처럼 똑똑하고 재미있는 아이였다. 이제 카를레토는 아까 피노가 본 거리를 치우던 남자들처럼 속이 회색으로 변해버린 듯 활기가 없었다. 산 바빌라로 들어가는 검문소에서 경비병이 그를 알아보고 들어가라고 손을 흔들었다. 까딱하다가 총에 맞을 수도 있었어. 그는 다시 페달을 밟으며 생각했다. 곧이어 뒤에서 외치는 소리가 들렸다.

그는 고개를 돌려 뒤를 봤다. 검문소에 있던 군인들이 기관총을 허리 옆에 들고 그의 뒤를 쫓아오고 있었다. 겁에 질린 그는 바로 멈춰 서서 두 손을 치켜들었다.

군인들은 피노를 지나쳐 모퉁이를 돌아갔다. 심장이 너무 빨리 뛰어 어지러워서 한참이 지난 후에야 움직일 수 있었다. 저기에서 무슨 일이 생긴 걸까? 그들은 어디로 갔을까? 얼마 지나지 않아 경적 소리가 들렸다. 구급차? 아니면 경찰차인가?

그는 모퉁이까지 자전거를 끌고 가서 고개를 쭉 뺐다. 나치 세 명이 30대 남자를 수색하고 있었다. 남자는 은행 벽에 두 손을 대고 다리를 쫙 벌리고 있었다. 피노는 당황했고 독일군이 남자의 허리띠에서 리볼버를 빼냈을 때는 더 당황했다.

"제발요!" 남자가 외쳤다. "제 가게를 보호할 때하고 은행에 갈 때만 사용하는 거예요!"

독일군 한 명이 독일어로 고함을 질렀다. 군인들이 모두 뒤로 물러섰다. 그 독일군이 라이플총을 들어 남자의 뒷머리를 쐈다. 남자가 헝겊 인형처럼 축 처지더니 벽으로 허물어졌다.

피노는 펄쩍 물러서 공포에 떨었다. 군인 한 명이 그를 보고 뭐라고 소리쳤다. 피노는 자전거에 올라타 미친 듯이 페달을 밟다가 둘러 가는 길로 방향을 틀어 잡히지 않고 무사히 코르소 마테오티에 있는 아파트에 도착했다.

새로 교대한 로비의 무장친위대 경비병들이 아까보다 훨씬 철저하게 피노를 검사했다. 한 경비병이 손으로 그의 온몸을 수색하고 서류를 두 번 확인한 다음에야 승강기로 보내줬다. 승강기가 올라가자 총에 맞은 남자의 모습이 반복해서 떠올랐다.

망연자실하고 구역질이 난 그는 문을 두드리려고 손을 들고 나서야 새로 이사 온 아파트에서 풍겨 나오는 맛있는 냄새를 알아차렸다. 외삼촌이 문을 열고 그를 안으로 맞았다.

"걱정하던 중이었다." 알베르트 외삼촌이 문을 닫으며 말했다. "너무 오래 걸렸어."

"제 친구 카를레토를 만나러 갔어요."

"하느님 맙소사. 다른 문제는 없었지?"

"독일군들이 권총을 가지고 있다고 한 남자를 죽이는 걸 봤어요." 피노가 멍하게 말했다. "그 남자를 벌레처럼 쏴 죽였어요."

외삼촌이 대답하기 전에 포르치아가 복도로 나와 양팔을 뻗으며 외쳤다.

"피노!"

"엄마?"

✤

피노는 감정이 벅차올라 구르듯이 방을 가로질러 엄마에게 다가갔다. 포르치아를 번쩍 안아 올려 빙빙 돌리고 입을 맞췄다. 포르치아가 무섭지만 즐거워서 꺅 하고 소리를 질렀다. 다시 엄마를 들어 올려 빙글빙글 돌았다.

"됐어, 됐어. 이제 그만해! 내려줘!"

피노가 엄마를 조심스럽게 양탄자에 내려놓았다. 포르치아가 원피스를 반듯하게 펴고 나서 그를 보고 고개를 절레절레 흔들었다. "네가 많이 컸다고 네 아빠한테 듣긴 했지만, 설마 이 정도일 줄이야……. 우리 도메니코는? 미모도 너만큼 컸어?"

"저보다는 작지만 더 강해요, 엄마. 이제 미모는 강한 남자가 됐어요."

"아, 새집에서 큰아들이랑 있으니까 정말 행복하구나."

아빠가 주방에서 나왔다.

"깜짝 선물이 마음에 드냐?" 미켈레가 물었다. "네 엄마가 널 보려고 라팔로에서 기차를 타고 왔단다."

"아주 마음에 들어요. 치치는 어디 있어요?"

"아파." 포르치아가 말했다. "내 친구들이 돌보고 있어. 치치가 너한테 사랑한다고 전해달래."

"그레타는 어디 갔어?" 미켈레가 물었다. "저녁 식사가 거의 다 준비됐는데."

"가게를 닫고 있어." 알베르트 외삼촌이 말했다. "곧 올 거야."

문을 두드리는 소리가 들렸다. 피노와 아빠가 문을 열었다.

그레타 외숙모가 심란한 얼굴로 들어와 문을 닫고 잠글 때까지 기다렸다가 흐느끼기 시작했다. "게슈타포가 툴리오를 잡아 갔어!"

"뭐라고?" 알베르트 외삼촌이 외쳤다. "어쩌다가?"

"툴리오가 가게를 일찍 나서기로 했어. 오늘 밤에 자기 어머니 집에서 자겠다고. 거기 가는 길에, 가게에서 별로 멀지 않은 곳에서 잡힌 것 같아. 레지나 호텔로 끌려갔어. 그 고급 단추를 파는 남자, 소니 마스콜로가 다 봤대. 내가 문을 닫고 있는데 와서 말해주더라고."

침울한 분위기가 감돌았다. 툴리오가 게슈타포의 본거지로 끌려갔다. 피노는 지금 이 순간 그가 어떤 고통을 겪고 있을지 상상도 할 수 없었다.

"우리 가게에서부터 툴리오를 미행했대?" 알베르트 외삼촌이 물었다.

"골목을 통해서 나갔어. 그러니까 그건 아닐 거야." 그레타 외숙모가 말했다.

외삼촌이 고개를 저었다. "설사 아니더라도 들켰을 가능성을 고려해야 해. 지금쯤 무장친위대가 우리를 철저하게 조사하고 있을지도 몰라."

피노는 폐쇄공포증을 느꼈다. 주변 사람들도 비슷한 반응을 보였다.

"그럼 그렇게 결말이 났네." 포르치아가 높은 곳에서 포고령을 내리듯이 말했다. "피노, 내일 아침, 징병 사무소에 가. 독일군에 입대해서 전쟁이 끝날 때까지 안전하게 있어."

"엄마, 뭐라고요?" 피노가 외쳤다. "만자가 새겨진 군복 때문에 연합군에게 잡혀서 죽으라고요?"

"연합군이 다가오면 군복을 벗어." 엄마가 그를 쏘아보며 말했다. "나는 결정을 내렸어. 너는 아직 미성년자야. 엄마가 너 대신 결정할 거야."

"엄마." 피노가 항의했다. "그러실 수는 없어요."

"나는 그렇게 할 수 있고, 할 거야." 그녀가 날카롭게 말했다. "더 이상 왈가왈부하지 마."

14

1944년 7월 27일

이탈리아 모데나

부모님이 독일군에 입대하라고 명령한 지 11주가 넘게 지났다. 피노는 게베어43 반자동 소총을 메고 모데나 기차역을 향해 행진하고 있었다. 토트 조직의 여름 군복을 입고 있었다. 종아리까지 오는 검은색 가죽 군화, 황록색 바지와 셔츠에 챙이 달린 군모, 검은색 가죽 벨트, 발터 권총과 권총집으로 이루어진 차림이었다. 왼쪽 팔 높이 두른 빨간색과 흰색 완장이 군복을 완성시키고 소속을 분명히 밝혔다.

완장 위의 흰색 줄에는 'ORG.TODT'라고 적혀 있었다. 그 아래 빨간색을 배경으로 한 동그라미에는 검정색 만자 무늬가 커다랗게 박혀 있었다. 오른쪽 어깨에 달린 견장은 조장 또는 일등병이라는 계급을 의미했다.

그때쯤 렐라 조장은 하느님이 그를 위한 계획을 세워놨다는 믿음이 거의 사라지고 있었다. 역으로 들어가면서 자신이 처한 곤란한 상황에 대해 여전히 씩씩거리며 화를 내고 있었다. 엄마가 몰아붙여서 이 신세가 됐다. 카사 알피나에서는 중요한 일, 옳은 일을 했다. 개인적 위험이 얼마나 큰지 신경 쓰지 않고 용기 있게 나서 길잡이를 했다. 그러나 이후 피노의 삶은 신병 훈련소와 끊임없는 행군, 체조, 독일어, 그 외에 쓸모없는 기술 습득의 연속이었다. 만자 무늬를 볼 때마다 잡아 뜯어버리고 산으로 가서 게릴라에 합류하고 싶었다.

"렐라." 소대장이 부르는 소리에 피노의 생각이 중단됐다. "프리토니를 데리고 3번 플랫폼으로 가서 보초를 서도록."

피노는 열의 없이 고개를 끄덕이고 프리토니와 함께 지시받은 구역으로 갔다. 과하게 뚱뚱한 프리토니는 제노바 출신이었는데 고향을 떠난 것은 이번이 처음이었다. 두 사람은 그 역에서 교통량이 가장 많은 두 선로 사이에 있는 높은 플랫폼에 자리를 잡았다. 위로는 높다란 아치형 천장이 있었다. 독일군들이 선로 위에 서 있는 열린 유개화차에 무기 상자들을 싣고 있었다. 다른 쪽 선로는 비어 있었다.

"여기서 밤새 서 있기는 싫은데." 프리토니가 담배에 불을 붙이고 연기를 뿜어냈다. "발이랑 발목이 붓고 아파."

"지붕 받치는 기둥에 기대고 발을 번갈아서 움직여."

"해봤지. 그래도 발이 아파."

프리토니가 지루한 불평을 계속 늘어놓자 결국 피노는 귀를 기울이지 않기로 했다. 알프스산맥에서의 경험은 어려운 상황에서 안달하고 넋두리해 봤자 소용없다는 교훈을 줬다. 그래봤자 기운만 떨어졌다.

대신에 피노는 전쟁에 대해 생각하기 시작했다. 신병 훈련소에 있는 동안 아무 소식도 듣지 못했다. 하지만 기차역을 지키는 부대로 배치받고 그 주에 마크 클라크 중장이 이끄는 미 제5군단이 6월 5일에 로마를 독일 점령에서 벗어나게 했다는 것을 알게 됐다. 그렇지만 그 후 연합군은 밀라노를 향해 북쪽으로 단 16킬로미터만 진군했다. 피노는 여전히 전쟁이 10월에 끝날 것이라고 여겼다. 늦어도 11월에는 끝날 것이다. 그는 자정 즈음에 하품을 하면서 전쟁이 끝나면 뭘 하게 될지 생각했다. 학교로 돌아갈까? 알프스산맥으로 갈까? 언제쯤 여자 친구가 생길까?

공습경보가 요란하게 울리기 시작했다. 대공포가 공중을 향해 발포됐다. 폭격기에서 폭탄이 떨어졌다. 폭탄이 화난 말벌처럼 윙윙거리며 모데나 중심부로 마구 쏟아졌다. 처음에는 폭탄이 멀리서 폭발했다. 그러다가 조차장 바로 밖에서 폭탄이 하나 터졌고 이어서 폭탄 세 개가 연달아 기차역에 명중했다.

피노는 번쩍이는 섬광을 본 직후 강한 폭발에 휩쓸려서 플랫폼에서 밀리다가 공중으로 붕 떴다. 배낭을 멘 채 비어 있는 선로에 강하게 떨어진 순간 의식을 잃었다. 또 다른 폭발의 충격에 정신이 돌아온 그는 천장에서 유리와 잔해가 소나기처럼 쏟아지는 동안 본능적으로 몸을 둥글게 말았다.

공습이 끝나자 피노는 연기 냄새를 맡고 불길을 보면서 일어나려고 기를 썼다. 어지럽고 귓속에서 성난 파도가 치는 것처럼 웅웅거렸다. 그 뒤 선로에 놓인 프리토니의 몸을 볼 때까지 모든 것이 혼란스러웠다. 제노바에서 온 그 청년은 폭탄을 맞았다. 파편이 머리를 대부분 날려버렸다.

피노는 멀리 기어가 토했다. 머리가 너무 지끈거려서 터질 것 같았다. 총을 찾아서 플랫폼으로 올라가려고 버둥거리다가 다시 토하고 나서야 겨우 몸을 올렸다. 귀가 더 시끄럽게 웅웅거렸다. 죽거나 다친 군인들을 보니 어지럽고 힘이 빠져 당장 기절할 것 같았다. 아직 기차역 지붕을 지탱하고 있는 강철 기둥을 붙잡으려고 양손을 뻗었다.

타는 듯한 극심한 통증이 오른팔을 관통했다. 그제야 오른손 집게손가락과 가운뎃손가락이 거의 잘린 것을 알아챘다. 두 손가락이 인대와 피부에 붙어 달랑거리고 있었다. 집게손가락에서 뼈가 튀어나와 있었다. 피가 상처에서 뿜어져 나왔다.

그는 다시 기절했다.

피노는 야전병원으로 실려 갔고 독일인 외과의들이 두 손가락을 봉합하고 뇌진탕을 치료했다. 그는 9일 동안 병원에 누워 있었다.

그는 8월 6일 퇴원하면서 일시적으로 직무에 부적합하다는 판정을 받고, 회복을 위해 열흘 동안 집에 가 있으라는 지시를 받았다. 습하고 소나기가 잦은 여름날, 얻어 탄 신문 배달 트럭 뒤에 앉아 밀라노로 돌아갈 때 피노는 더 이상 알프스산맥을 떠나던 그 행복하고 목적의식에 불타던 남자아이가 아니었다.

전혀 행복하지 않았다. 무능해진 기분이었고 환멸감이 느껴졌다.

그래도 토트 조직의 군복이 유용하기는 했다. 검문소마다 피노를 그냥 통과시켜서 얼마 지나지 않아 그가 좋아하는 산 바빌라 거리를 걷고 있었다. 중간중간 부모님의 오랜 친구들과 마주쳐 인사를 했다. 몇 년 만에 보는 사람들이었다. 그들은 피노의 군복과 완장에 달린 만자 무늬를 빤히 쳐다보더니 그를 모른 척했다.

집보다 알바네세 러기지가 더 가까워서 피노는 먼저 그곳으로 갔다. 몬테 나폴레오네 거리를 걸어 내려가다 보니 나치 장교용 차량인 육륜구동 오프로드 다임러벤츠 G4가 가죽 가게 바로 앞에 주차돼 있었다. 후드가 올라가 있고 운전병이 비를 맞으며 후드 밑에서 엔진을 살피고 있었다.

트렌치코트를 어깨에 걸친 나치 장교가 진열장 앞으로 나와 독일말로 날카롭게 뭔가 말했다. 운전병이 얼굴을 획 쳐들더니 고개를 가로저었다. 장교가 넌더리가 난다는 표정으로 가게 안으로 돌아갔다.

항상 차에 관심이 많은 피노가 걸음을 멈추고 말했다. "뭐가 잘못됐어요?"

"무슨 상관이야?" 운전병이 말했다.

"상관없죠. 그냥 엔진에 대해 조금 알아서요."

"나는 거의 몰라." 운전병이 인정했다. "오늘은 시동이 걸리지 않겠어. 설사 걸려도 역화가 일어나겠지. 얘들이 말을 안 듣고 기어 사이에서 흔들려."

피노는 운전병의 말을 잠시 생각하다가 낫고 있는 손이 닿지 않게 조심하면서 후드 밑을 둘러봤다. G4에는 8기통 엔진이 달려 있었다. 점화 플러그와 와이어 대가리를 확인하니 바르게 연결돼 있었다. 공기 여과기를 확인해 보니 아주 더러워서 닦았다. 연료 필터도 막혀 있었다. 이어서 기화기를 살펴보니 나사 대가리가 반짝거렸다. 누군가 최근에 조절한 듯했다.

피노는 운전병에게 드라이버를 달라고 해서 다치지 않은 손으로 나사 몇 개를 손봤다. "해봐요."

운전병이 차에 들어가 시동을 걸었다. 엔진이 걸리고 폭발음이 나면서 검은 연기가 푹푹 나왔다.

"내 말이 맞지?"

피노는 고개를 끄덕이고 알베르토 아스카리라면 어떻게 할지 곰곰이 생각한 후 다시 기화기를 조정했다. 외삼촌 가게의 앞문이 열리는 소리를 들으며 말했다. "다시 해봐요."

이번에는 엔진이 부르릉거리며 시동이 걸렸다. 피노는 활짝 웃으며 연장을 내려놓고 후드를 닫았다. 그러자 알베르트 외삼촌과 그레타 외숙모 옆 보도에 선 독일 장교가 보였다. 트렌치코트는 벗은 상태였다. 계급장을 보니 소장이었다.

그레타 외숙모가 장교에게 독일말로 뭔가 말했다. 장교가 이어 말했다.

"피노." 외숙모가 말했다. "레이어스 장군님이 너에게 하실 말씀이 있으시대."

✦

피노는 침을 꿀꺽 삼키고 차 앞을 돌아 나갔다. 성의 없이 "히틀러 만세"를 외치며 거수경례하는 순간, 자신과 장군이 입은 군복과 독특한 완장이 서로 같다는 것을 알아챘다.

그레타 외숙모가 말했다. "네 명령서를 보고 싶다고 해서, 피노. 그리고 네가 토트 조직에서 어디에 배치됐는지도 알고 싶다고 하시네."

"모데나요." 피노가 말하고 주머니에서 서류를 빼 레이어스 장군에게 보여줬다.

레이어스 장군은 서류를 읽고 나서 독일어로 말했다.

"지금 네 상태로 운전을 할 수 있겠냐고 물으셔." 그레타 외숙모가 말했다.

피노는 턱을 치켜들고 손가락을 꼼지락거린 후 말했다. "아주 잘할 수 있습니다, 장군님."

그레타 외숙모가 통역하자 장군이 다시 말했다. 그에 그레타 외숙모가 답했다.

레이어스 장군이 피노를 보고 말했다. "독일어를 할 수 있나?"

"조금이요. 말은 잘 못해도 약간 알아듣기는 합니다."

"프랑스어는 할 줄 아나, 조장?"

장군이 프랑스어로 묻자 피노도 프랑스어로 답했다. "네, 장군님. 아주 잘합니다."

"그럼, 네가 이제부터 내 운전병을 해." 장군이 말했다. "저 운전병은 자동차에 대해 아무것도 모르는 바보야. 정말 그 손으로 운전할 수 있겠나?"

"네." 피노가 대답했다.

"그렇다면 내일 06시 40분에 독일 국방군 본부, 게르만 하우스에 보고하도록. 그곳 수송부에 이 차가 있을 거야. 앞 좌석 사물함에 주소를 남겨놓겠다. 그 주소로 와서 나를 태우면 돼. 알겠나?"

피노가 고개를 끄덕이고 프랑스어로 대답했다. "네, 장군님."

레이어스 장군은 뻣뻣하게 고개를 까딱하고 장교용 차의 뒷좌석에 올라타 날카롭게 뭐라고 말했다. 운전병이 피노에게 심술난 시선을 던진 후 차가 갓돌에서 멀어졌다.

"들어가자, 피노!" 알베르트 외삼촌이 외쳤다. "세상에, 들어가자고!"

"그 사람이 운전병에게 뭐라고 했어요?" 두 사람이 피노의 뒤를 따라 걷자 피노가 그레타 외숙모에게 물었다.

그레타 외숙모가 말했다. "운전병한테 변소 청소 담당으로나 걸맞은 명칭이라고 했어."

알베르트 외삼촌이 문을 닫고 표지판을 '영업 끝'으로 돌려놓은 후 의기양양하게 양 주먹을 흔들었다. "피노, 네가 무슨 일을 해냈는지 아나?"

"아니요. 잘 모르겠는데요." 피노가 대답했다.

"그자는 한스 레이어스 소장이야!" 알베르트 외삼촌이 들떠서 말했다.

그레타 외숙모가 말했다. "그 사람의 공식 명칭은 이탈리아 내 군사시설 및 전시 생산을 위한 제국 군수장관의 전권대사야."

피노가 알아듣지 못하자 그레타 외숙모가 말했다. "전권대사란 일체의 권한을 가진다는 뜻이야. 계급이 아주 높은 사람에게 주는 권한이지. 제국 군수장관의 전권을 행사할 수 있고, 나치의 군수를 위해 필요한 것은 뭐든 할 수 있어."

알베르트 외삼촌이 말했다. "이탈리아에서 케셀링 공군 원수 다음으로 레이어스 장군이 가장 영향력이 있단다. 히틀러의 군수장관인 알베르트 슈페어의 모든 권한을 위임받아 일하지. 그러니까 지위가 히틀러 바로 아래의 아래라는 말이야! 레이어스 장군이 하고 싶은 일은 뭐든 할 수 있어. 레이어스는 독일 국방군이 이탈리아에서 필요로 하는 건 뭐든 구할 수 있어. 구하지 못하는 것이면 이탈리아의 공장에 압력을 가해서 만들게 하거나 이탈리아 사람들에게서 강탈하지. 그는 여기에서 나치의 총, 대포, 탄약, 폭탄을 다 만들어. 탱크도, 대형 트럭도."

외삼촌이 말을 멈추고 허공을 멍하니 응시하다가 말했다.

"세상에, 피노. 레이어스는 여기와 로마 사이에 있는 대전차 장애물, 사격 진지, 지뢰, 방어시설의 위치를 다 알 거야. 그걸 만드는 사람이니까. 안 그래? 당연히 다 알겠지. 모르겠냐, 피노? 이제 네가 그 대단한 장군의 개인 운전병이 된 거야. 레이어스가 어딜 가든 네가 함께 가고, 레이어스가 뭘 보든 네가 함께 보고. 너는 독일 최고 사령부 내부에서 우리의 첩자가 되는 거야."

15

1944년 8월 8일, 아침 일찍 일어난 피노는 갑작스럽고 극적인 운명의 변화에 여전히 마음이 어지러웠다. 그는 아빠가 침대에서 나오기도 전에 군복을 다리고 아침밥까지 먹었다. 커피를 홀짝이며 토스트를 먹으면서 알베르트 외삼촌이 한 말을 기억했다. 피노와 알베르트 외삼촌, 그레타 외숙모 외에는 아무도 한스 레이어스 소장의 운전병으로서 그가 맡은 비밀스러운 역할을 알아서는 안 된다고 강조했다.

"아무에게도 말하지 말거라." 알베르트 외삼촌이 말했다. "아빠, 엄마, 미모한테도 말하면 안 돼. 카를레토에게도. 아무에게도. 누군가에게 말하면 다른 사람 귀에 들어가고, 또 다른 사람 귀에 들어가게 될 거야. 얼마 지나지 않아 게슈타포가 문 앞에 나타나서 너를 끌고 가 고문하겠지. 알아들었냐?"

"조심해야 해." 그레타 외숙모가 말했다. "첩자 일은 아주 위험해."

"툴리오를 보면 알잖아." 알베르트 외삼촌이 말했다.

"툴리오 형은 어때요?" 피노가 물으며 잡혀서 고문을 받는 상상을 머리에서 지우려 애썼다.

"나치가 지난주에 툴리오의 누나한테 면회를 허락했대." 피노의 외숙모가 말했다. "계속 두들겨 맞았나 본데 그런 말은 안 하더래. 비쩍 마르고 위통으로 고생하나 봐. 그래도 기세가 당당하고 탈출해서 게릴라에 합류해 싸우겠다고 말했대."

툴리오는 탈출해서 싸울 거야. 피노는 서서히 잠에서 깨기 시작한 산 바빌라의 거리를 서둘러 걸으며 생각했다. 그리고 나는 첩자야. 그러니까 이제 나도 저항운동을 하는 셈이야, 그렇잖아?

피노는 아침 6시 25분, 포르타 로마나 근처에 있는 게르만 하우스에 도착했다. 곧바로 수송부로 가서 레이어스의 장교용 차량인 다임러벤츠의 후드 아래에 있는 정비공을 발견했다.

"거기에서 뭐 하는 거예요?" 피노가 따졌다.

40대의 이탈리아인 정비공이 얼굴을 찌푸렸다. "내 일이야."

"나는 레이어스 장군님의 새 운전병이에요." 피노가 기화기의 설정을 보며 말했다. 두 개가 바뀌어 있었다. "기화기 좀 건들지 마세요."

정비공이 어리둥절하더니 다급하게 말했다. "내가 안 그랬어."

"그랬어요." 피노가 공구 상자에서 드라이버를 꺼내 다시 조정했다. "자, 이제 기분 좋은 암사자처럼 가르랑거릴 거예요."

정비공이 빤히 쳐다보고 있는 가운데 피노는 운전석 문을 열고 발판을 딛고 좌석으로 올라앉아 주위를 둘러봤다. 컨버터블 지붕, 가죽 의자. 제일 앞에는 1인용 좌석 두 개, 뒤에는 긴 의자. G4는 의심할 여지 없이 그가 운전해 본 자동차 중 제일 컸다. 바퀴가 여섯 개 달려 있고 땅에서 자동차 바닥까지의 간격도 넓어서 사실상 어디든 달릴 수 있었다. 피노는 애초에 그런 의도로 만들어진 차라고 추측했다.

전권대사인 장군은 군수품 생산을 위해 어디로 갈까? 이 자동차와 전권이 있으면 원하는 곳은 어디든 가겠지.

레이어스 장군의 지시가 기억나 사물함을 열자 단테 거리의 주소를 발견했다. 찾아가기 쉬운 곳이었다. 손의 상처를 악화시키고 싶지 않아서 기어를 잡기 좋은 위치에 두었다. 이어서 클러치를 시험하고 모든 기어를 확인했다. 오른손 넷째 손가락과 엄지손가락으로 자동차 열쇠를 돌렸다. 엔진의 생생한 힘이 운전대를 타고 진동했다. 클러치를 가볍게 밟았다. 빡빡했다. 손이 기어 상자에서 미끄러지고 다임러가 앞으로 휘청이며 시동이 멈췄다. 정비공을 바라보니 비웃음을 짓고 있었다.

정비공을 무시한 채 다시 시동을 걸고 이번에는 끈덕지게 클러치를 조작했다. 기어를 1단에서 2단으로 바꾸면서 수송부 마당을 가로질렀다. 밀라노 중심부의 도로는 마차가 다니던 시대에 깔린 터라 좁았다. 다임러의 운전석에 앉아 달리니 구불구불한 비좁은 길에서 소형 탱크를 모는 느낌이었다.

마주 오던 두 자동차의 운전자들이 다임러의 앞 범퍼 양쪽에서 휘날리는 빨간색 나치 장군 깃발을 보더니 즉시 길을 내줬다. 피노는 레이어스 장군이 남긴 주소에 나온 단테 거리 바로 옆 보도에 차를 주차했다.

보행자 몇 명이 피노를 힐끔거렸지만 아무도 휘날리는 나치 장군의 깃발에 감히 항의하지 않았다. 열쇠를 빼고 차에서 나가 작은 아파트 건물의 로비로 들어섰다. 두꺼운 안경을 쓴 노파가 계단 근처 닫힌 문 옆에 놓인 팔걸이 없는 높은 의자에 앉아, 그가 잘 보이지 않는다는 듯 그가 가는 방향을 유심히 바라봤다.

"3-B에 가요." 피노가 말했다.

노파는 아무 말 없이 그저 고개를 끄덕이고 안경 너머로 눈을 깜박였다. 피노는 3층으로 올라가면서 오싹한 노파라고 결론지었다. 손목시계를 들여다봤다. 문을 쾅쾅 두드렸을 때는 정확히 아침 6시 40분이었다.

발소리가 들렸다. 그리고 문이 안으로 열렸을 때 그의 인생이 완전히 바뀌었다.

가정부가 회색이 도는 청색 눈을 반짝이면서 미소를 지었다. "장군님의 새 운전병인가요?"

피노는 대답하고 싶었지만 너무 멍해서 아무 말도 할 수 없었다. 심장이 가슴을 뚫고 나올 것처럼 쿵쾅거렸다. 말을 하려고 해도 아무 소리도 안 나왔다. 얼굴이 화끈거렸다. 손가락으로 옷깃을 더듬거리고, 마침내 고개를 끄덕였다.

"말하는 것보다는 운전을 잘해야 할 텐데요." 그녀가 한 갈래로 딴 근사한 금발을 한 손으로 만지작거리면서 다른 손으로 그에게 안으로 들어오라는 표시를 했다.

피노는 그녀를 지나 들어서면서 그녀의 향을 맡고 현기증이 나서 쓰러질 것 같았다.

"나는 돌리네 가정부예요." 그녀가 피노 뒤에서 말했다. "내 이름은—"

"안나." 피노가 말했다.

✤

그가 돌아서서 그녀를 바라보자 문이 닫히고 그녀의 미소가 사라졌다. 그녀는 위협적인 존재라도 되는 듯 그를 미심쩍은 눈으로 쳐다봤다.

"내 이름을 어떻게 알죠? 당신 누구야?"

"피노예요." 그가 더듬더듬 말했다. "피노 렐라. 부모님이 산 바빌라에서 가방 가게를 하시죠. 작년에 스칼라 극장 근처 빵집 앞에서 당신에게 영화 보러 가자고 했더니 몇 살이냐고 물었죠."

희미한 기억을 되살리고 있는 것처럼 그녀의 눈이 부드러워졌다. 이어서 웃음을 터뜨리더니 입을 가리고 다시 그를 주의 깊게 관찰하기 시작했다.

"그 정신 나간 사내아이로는 안 보이는데."

"14개월은 많은 변화가 일어날 수 있는 시간이죠."

"그러게. 많이 변했네. 그렇게 오래됐나?"

"엄청나게 오래전 일이죠. '너무도 아름다운 당신'."

안나의 눈썹이 짜증스럽게 치켜 올라갔다. "뭐라고?"

"그 영화요. 프레드 아스테어와 리타 헤이워스. 당신이 날 바람맞혔잖아요."

그녀의 입이 떡 벌어졌다. 어깨도 축 처졌다. "맞다. 내가 그랬구나?"

불편한 침묵이 흐른 후 피노가 말했다. "그러길 잘했어요. 그날 밤 극장이 폭격을 맞았거든요. 동생이랑 내가 그 안에 있다가 용케 빠져나왔어요."

안나가 그를 올려다봤다. "사실이야?"

"100퍼센트 사실이에요."

"손은 왜 그래?" 그녀가 물었다.

그는 붕대를 감은 손을 내려다보다가 말했다. "그냥 몇 바늘 꿰맸어요."

어디에선가 억양이 강한 여자 목소리가 들렸다. "안나! 안나! 네가 필요해, 빨리!"

"가요, 돌리!" 안나가 외쳤다. 그녀는 복도에 있는 긴 의자를 가리켰다. "레이어스 장군님이 준비될 때까지 저기 앉아 있어."

그가 한쪽으로 비켜섰다. 가정부가 좁은 복도에서 그의 옆으로 지나갔다. 숨이 멎을 것 같았다. 그는 아파트 안쪽으로 사라지는 그녀의 흔들리는 엉덩이를 응시했다. 의자에 앉아 비로소 숨 쉬는 법을 기억해 냈을 때 안나의 여성적인 재스민 향이 공중에 남아 있었다. 피노는 다시 그녀를 보고 그녀의 향을 맡기 위해 자리에서 일어나 아파트 여기저기를 어슬렁거릴까 생각했다. 위험을 감수하기로 작정하자 심장이 거칠게 뛰기 시작했다.

그때 독일어로 이야기하면서 웃으며 다가오는 남자와 여자의 소리가 들렸다. 피노는 벌떡 일어났다. 40대 초반의 여자가 짧은 복도 끝에서 나타났다. 상아색 레이스와 새틴으로 된 가운을 입고 구슬이 달린 금색 슬리퍼를 신은 여자가 그를 향해 미끄러지듯 걸어왔다. 축 늘어져 흔들리는 유방, 녹색 눈, 어깨와 얼굴로 솜씨 좋게 늘어뜨린 반짝이는 적갈색 머리칼을 가진 그녀는 쇼걸처럼 다리가 길고 예뻤다. 그녀는 이른 아침인데도 화장을 하고 있었다. 담배를 피우면서 피노를 빤히 쳐다봤다.

"운전병치고는 크고 잘생겼네." 그녀가 독일 억양이 강한 이탈리아어로 말했다. "안됐어. 전쟁에서는 늘 키 큰 남자들이 죽지. 쉬운 표적이거든."

"전 고개를 숙이고 있어야겠네요."

"음." 그녀가 담배를 한 모금 빨았다. "나는 돌리야. 돌리 스토틀마이어."

"렐라 조장입니다. 피노 렐라요." 조금 전 안나 때와 달리 전혀 더듬거리지 않고 말했다.

돌리는 별 감흥 없다는 듯 큰 소리로 외쳤다. "안나? 장군님 커피 준비 다 됐어?"

"가요, 돌리." 안나도 외쳤다.

가정부와 레이어스 장군이 동시에 짧은 복도로 나왔다. 피노는 잽싸게 차렷 자세를 취하고 거수경례를 했다. 피노는 다가오는 안나에게 눈길을 획 던졌고, 그녀가 보온병을 내밀자 주위에 가득한 그녀의 향을 맡았다. 그녀의 손과 손가락을 바라봤다. 정말 완벽하고 정말······.

"보온병 받아." 안나가 속삭였다.

피노는 깜짝 놀라 보온병을 받았다.

"장군님의 서류 가방도." 그녀가 작게 중얼거렸다.

피노는 얼굴이 붉어졌고 레이어스 장군에게 어색하게 절을 한 다음 속이 꽉 찬 것 같은 커다란 가죽 서류 가방을 들어 올렸다.

"차는 어디 있지?" 레이어스 장군이 프랑스어로 물었다.

"건물 앞에 있습니다, 장군님." 피노도 프랑스어로 대답했다.

돌리가 독일어로 레이어스 장군에게 뭔가 말했다. 그가 고개를 끄덕이고 독일어로 대답했다.

이어서 레이어스 장군이 피노에게 시선을 고정한 채 고함쳤다. "거기서 뭘 하고 있는 거지? 멍텅구리처럼 나만 쳐다보고 있을 건가? 내 가방을 차로 가지고 가. 뒷좌석 가운데. 나는 곧 내려가지."

피노가 허둥거리며 말했다. "네, 장군님. 뒷좌석 가운데에 놓겠습니다."

아파트를 나서기 전에 안나에게 마지막 시선을 던졌지만 그녀가 정신병자라도 보는 눈으로 응시하자 기가 꽉 죽었다. 아파트에서 나와 레이어스 장군의 무거운 서류 가방을 힘들게 들고 계단을 내려가면서 안나에 대해 마지막으로 생각한 때를 기억하려고 했다. 5개월, 아니 6개월 전이었나? 그녀를 다시 만날 거라는 믿음을 버렸는데 지금 여기에 그녀가 있다.

로비에 앉아 눈을 깜박이는 노파를 지나 밖으로 나가는 내내 그의 머릿속은 안나에 대한 생각으로 가득했다. 그녀의 향기, 그녀의 미소, 그녀의 웃음소리.

피노는 생각했다. 안나, 정말 아름다운 이름이야. 그 이름이 혀에 감돌아.

레이어스 장군은 항상 돌리와 밤을 보낼까? 피노는 그러기를 간절히 바랐다. 아니면 가끔 들르나? 설마 일주일에 한 번 정도? 그는 그렇지 않기를 절실하게 바랐다.

그러다가 안나를 다시 보고 싶으면 집중해야 한다는 사실을 깨달았다. 레이어스 장군이 절대로 자를 수 없는 완벽한 운전병이 되기로 작정했다.

다임러 앞에 도착했다. 피노는 서류 가방을 뒷좌석에 넣을 때에야 그 안에 뭐가 들어 있나 하는 생각이 들었다. 바로 그 자리에서 서류 가방을 열 뻔했다가 비로소 주변에 인파가 많은 데다 독일군이 사방에 깔려 있다는 사실을 알아차렸다.

서류 가방을 내려놓고 문을 닫은 후 아파트 건물을 주시할 수 있도록 장교용 차를 빙 돌아 운전석 쪽으로 갔다. 뒷문을 열고 서류 가방 가까이로 움직였다. 열쇠 구멍이 있는 걸쇠가 보였다. 4층을 올려다보며 레이어스 장군이 밥을 먹는 데 시간이 얼마나 걸릴지 궁리했다.

우물쭈물해 봤자 시간만 흘러. 피노는 생각하며 걸쇠를 움직였다. 잠겨 있었다.

4층 창문을 올려다보니 누군가 잡고 있다가 놓은 것처럼 커튼이 흔들렸다. 피노는 뒷문을 닫았다. 몇 분 후 돌리가 사는 건물의 문이 열리고 레이어스 장군이 나왔다. 피노는 재빨리 차를 돌아가서 뒷문을 열었다.

나치의 군수장관 전권대사인 레이어스 장군은 그에게 눈길도 주지 않고 서류 가방 옆으로 올라탔다. 그리고 바로 걸쇠를 확인했다.

레이어스 장군 뒤에서 문을 닫으면서 피노의 심장이 쿵쿵거렸다. 저 나치가 나왔을 때 서류 가방을 들여다보고 있었다면 어떻게 됐을까? 그런 생각을 하니 운전석에 앉아 백미러를 들여다보는 내내 심장이 무섭게 요동쳤다. 레이어스 장군은 챙이 있는 모자를 옆에 내려놓고 옷깃 아래에서 얇은 은 목걸이를 끄집어냈다. 거기에 열쇠가 하나 달려 있었다.

"어디로 갈까요, 장군님?" 피노가 물었다.

"내가 말을 시키기 전에는 아무 말도 하지 마." 레이어스 장군이 날카롭게 말하고 열쇠로 가방을 열었다. "알아들었나, 조장?"

"네, 장군님. 확실히 알아들었습니다."

"지도를 읽을 줄 아나?"

"네."

"그래, 좋아. 코모로 가. 밀라노에서 벗어나면 멈춰서 깃발을 내리고 앞 좌석 사물함에 넣어놔. 그동안 조용히 하고. 나는 집중해야 하니까."

차가 출발하자 레이어스 장군은 돋보기를 쓰고 무릎에 놓인 두꺼운 서류 더미를 골똘히 들여다보기 시작했다. 어제 알바네세 러기지에서도, 그리고 오늘 아침 돌리 스토틀마이어의 집에서도, 피노는 너무 당황해서 레이어스 장군을 자세히 보지 못했다. 그는 운전을 하면서 장군을 힐끗힐끗 보며 눈여겨 살폈다.

피노가 생각하기에 레이어스 장군은 40대 중반 같았다. 체격이 건장하고 특히 어깨가 튼실했으며 주름 하나 없이 빳빳한 하얀색 셔츠와 재킷으로 꽉 조인 목이 굵었다. 이마가 보통 사람보다 넓었고 벗겨지기 시작하는 희끗희끗한 머리에 반질거리는 포마드를 발라서 매끈하게 뒤로 넘겨놓았다. 보고서를 훑어보면서 뭔가를 휘갈겨 쓴 후 뒷좌석에 따로 분류해 놓은 서류철 옆에 놓는 동안, 숱이 많은 검은색 눈썹이 눈에 그늘을 드리우는 것 같았다.

레이어스 장군의 집중력은 흔들림이 없었다. 피노가 다임러를 몰고 밀라노에서 완전히 빠져나가는 동안 한 번도 눈앞의 서류에서 시선을 돌리지 않았다. 피노가 깃발을 내리려고 차를 세운 때조차도 일을 계속했다. 그가 무릎에 설계도를 펼쳐놓고 유심히 들여다보고 있을 때 피노가 말했다.

"코모에 도착했습니다, 장군님."

레이어스 장군이 안경을 고쳐 썼다. "경기장으로. 뒤로 돌아서."

✤

몇 분 후, 피노는 주세페 시니가글리아 거리에 있는 축구 경기장의 기다란 서쪽 측면을 따라 차를 몰았다. 입구에 서 있던 네 명의 무장 경비병이 장교용 차를 보고 잽싸게 차렷 자세를 취했다.

"그늘에 주차해. 차 옆에서 기다려."

"네, 장군님."

피노가 차를 세우고 차에서 뛰어나와 재빠르게 뒷문을 열었다. 레이어스 장군은 아무 반응 없이 서류 가방을 들고 나오더니 피노가 그 자리에 없는 것처럼 눈길 한 번 주지 않고 곁을 지나쳤다. 레이어스 장군은 피노와 마찬가지로 경비병들도 없는 사람 취급하면서 경기장 안으로 들어갔다.

이른 아침이었는데도 8월의 햇살은 벌써 따가웠다. 경기장 건너편에 있는 코모 호수의 냄새가 풍겨오자 피노는 당장 그쪽으로 내려가서 알프스산맥과 카사 알피나를 향해 흐르는 서쪽 물줄기를 올려다보고 싶었다. 레 신부와 미모가 어떻게 지내고 있는지 궁금했다.

피노는 엄마를 생각했다. 그녀가 최근에 디자인한 가방이 어떤 모양일지, 그에게 일어난 일에 대해 알고 있을지 궁금했다. 마음이 울적해지며 엄마가, 특히 폭격이 시작되기 전까지만 해도 삶에 열심히 뛰어들던 엄마의 모든 모습이 그리웠다. 폭격이 일어난 이래 엄마와 치치는 라팔로에서 라디오로 전쟁 소식을 들으며 전쟁이 어서 끝나기를 기도하고 있었다.

그것은 수동적으로 숨어 지내는 삶이었고 그 때문에 피노는 엄마와 함께 있지 않아 다행이라고 여겼다. 그는 숨어 지내지 않을 것이다. 그는 이탈리아 내 나치 권력의 중심부에서 활동하는 첩자였다. 전율이 흘렀다. 처음으로 단순한 사내아이들의 전쟁 놀이가 아니라 진짜 전쟁에서 첩자로 활동하는 것에 대해 진지하게 생각했다.

무엇을 찾고 무엇을 봐야 할까? 그리고 그것을 어디에서 찾고 어디에서 봐야 할까? 서류 가방과 그 안의 내용물이 중요하다는 점은 확실했다. 피노는 레이어스 장군의 사무실이 코모와 밀라노에 있다고 짐작했다. 하지만 사무실에 피노를 들여놓을 일이 있을까?

그런 일이 생길 가능성은 없어 보였다. 지금으로서는 레이어스 장군을 기다리는 것 말고는 할 수 있는 일이 거의 없다는 것을 깨달은 피노는 생각이 안나에 대한 것으로 흘러가는 대로 내버려 뒀다. 안나를 다시 못 볼 것이라고 확신했지만, 그녀가 이곳 장군의 정부 집에서 가정부로 일하고 있었다. 이런 일이 일어날 가능성이 얼마나 될까? 모든 것이 우연이 아니라……

그때 열두 대가 넘는 독일군 대형 트럭들이 시꺼먼 디젤 연기를 내뿜으면서 그를 지나쳐 거리의 북쪽 끝에서 서서히 멈췄다. 무장한 토트 조직의 군인들이 차 한 대에서 우르르 뛰어내려 쫙 퍼지더니 다른 트럭들 뒤로 무기를 조준했다.

"*나와!*" 그들이 독일어로 외치면서 문을 내렸다. 캔버스 천을 휙 젖히자 어쩔 줄 몰라 주변을 두리번거리는 40여 명의 남자가 보였다. "*나와!*"

모두가 수척하고 지저분했으며 수염이 들쭉날쭉 나 있고 헝클어진 머리는 길게 자라 있었다. 그들 중 대부분이 멍하고 생기 없는 눈을 하고 있었고 누더기가 된 회색 바지와 상의를 입고 있었다. 피노가 알아볼 수 없는 글자가 그들의 가슴에 박혀 있었다. 수갑을 찬 그들이 발을 질질 끌면서 줄지어 걷고 있는데 경비병들이 뛰어들어 라이플총 개머리판으로 몇 명을 사정없이 후려쳤다. 대형 트럭이 하나둘 차례로 비워지자 곧 300명, 혹은 더 많은 남자들이 길에 내려서 경기장 북쪽 끝으로 무리 지어 이동했다.

피노는 밀라노 중앙역 조차장에 있던 남자들과 거리에서 폭탄 잔해를 치우던 남자들이 생각났다. 다들 비슷한 모습이었다. 유대인들일까? 어디에서 왔을까?

✤

피노가 회색 남자들이라고 이름 붙인 그들은 경기장 북서쪽 모퉁이를 돌아 호수를 향해 동쪽으로 가다가 점차 보이지 않게 되었다. 그는 다임러 옆에서 기다리라던 레이어스 장군의 명령을 곱씹다가, 이내 첩자가 되라던 알베르트 외삼촌의 말을 떠올렸다. 그는 빠른 속도로 걸어 출입구 근처에 있는 네 명의 경비병을 지나쳤다. 한 경비병이 독일어로 뭔가 말했지만 알아듣지 못했다. 그저 고개를 끄덕이고 빙긋 웃은 후 계속 움직이면서, 자신 있는 행동이 자신감만큼이나 효과가 좋다고 생각했다.

그가 모퉁이를 돌았다. 회색 남자들은 종적도 없이 사라졌다. 어떻게 이런 일이 있을 수 있지?

그때 경기장의 북쪽 끝에 있는 문이 올라가 있는 것이 보였다. 무장한 경비병 두 명이 밖으로 나왔다. 툴리오 갈림베르티가 생각났다. 다른 사람처럼, 마치 그곳에 속한 사람처럼 행동하는 것이 대부분의 어려운 일을 해낼 수 있는 기술이라고 그는 자주 말했었다.

피노는 경비병들에게 거수경례하고 우회전해 경기장으로 이어지는 터널로 들어갔다. 그는 제지를 받게 된다면 지금일 거라고 판단했는데, 무모한 도박이 효과가 있었는지 경비병들은 아무 말도 하지 않았다. 이유는 금방 알 수 있었다. 터널 양옆으로 통로가 있었고 그와 같은 토트 조직의 군복을 입은 많은 남자들이 상자를 쌓고 있었다. 경비병들은 피노가 그 남자들의 일행이라고 생각한 모양이었다.

거의 터널 어귀까지 간 다음에 그림자 진 곳으로 물러나 밖을 내다보니 회색 남자들이 왼쪽에 줄지어 서 있었다. 그들 너머 경기장의 남쪽 끝으로 위장막이 밧줄에 단단히 묶인 채 설치되어 있었다. 위장막 아래에 있는 트레일러들 위에 피노가 얼핏 세보기에 여섯 대 정도의 곡사포와 수십 대의 대공 기관포, 셀 수 없이 많은 나무 상자들이 있었다. 군수품 창고였다. 어쩌면 탄약고일 수도 있었다.

피노가 얼마 남지 않은 회색 남자들을 쿡쿡 찌르며 재촉하는 토트 조직 군인들에게 시선을 돌린 직후, 레이어스 장군이 50미터 정도 떨어진 다른 터널에서 나왔다. 토트 조직의 대위와 병장이 그의 뒤를 따랐다.

피노는 터널 벽에 몸을 딱 붙인 뒤에야 이렇게 염탐하다가 걸리면 어떻게 될지 진지하게 생각했다. 분명히 질문을 받을 것이다. 두드려 맞을지도 모른다. 더 심한 일을 당할 수도 있다. 그는 들어온 길로 자신 있게 걸어 나가서 얼마나 오래 걸리든 레이어스 장군이 올 때까지 기다렸다가 흘러가는 대로 하루를 보낼까 생각했다.

그러나 그때 나치 군수장관의 전권을 가진 대쪽 같이 꼿꼿한 레이어스 장군이 성큼성큼 걷다가 앞뒤 간격 1미터, 줄 간격 3미터로 10명씩 30열 종대로 줄지어 서 있는 회색 남자들 앞에 멈췄다. 레이어스 장군은 첫 번째 남자를 잠시 살펴보다가 피노가 알아들을 수 없는 발음으로 말했다.

대위가 급하게 메모장에 받아 적었다. 병장이 라이플총의 주둥이로 가리키자 첫 번째 회색 남자가 줄에서 빠져나왔다. 그는 터덜터덜 걸어가서 몸을 틀어 레이어스에게 등을 보이고 섰다. 레이어스 장군은 다음 남자, 그다음 남자 쪽으로 차례로 이동했다. 매번 앞에서 자세히 뜯어본 후 뭔가 말했다. 대위가 휘갈겨 쓰고 나면 군인이 총으로 가리켰다. 첫 번째 남자가 간 쪽으로 보내기도 하고, 다른 쪽에 서 있는 두 무리 중 하나로 보내기도 했다.

사람들을 분류하고 있어. 등급을 나누는 거야.

실제로 가장 크고 강한 포로들이 모인 무리가 다른 두 무리보다 수가 적었다. 수가 더 많은 두 번째 무리의 남자들은 더 많이 얻어맞은 모습이었지만 여전히 위엄을 잃지 않고 있었다. 수가 가장 많은 세 번째 무리는 한계에 달한 듯 보였고 삐쩍 말라 뼈만 남아 있어서 점점 강해지는 더위를 못 이기고 당장이라도 쓰러져 죽을 것 같았다.

레이어스 장군은 분류 과정에서 독일인의 효율성을 여실히 보여줬다. 한 사람당 5초 내에 평가를 끝내고 판결을 내린 후 이동했다. 15분도 걸리지 않아 300번째 남자 앞에 도달한 그가 대위와 군인에게 뭔가를 말했다. 대위와 군인은 즉시 "승리 만세"를 외치며 거수경례를 했다. 레이어스 장군이 힘차게 나치 거수경례를 되돌려주고 나서 출구를 향해 성큼성큼 걷기 시작했다.

✤

차로 가고 있어!

피노는 몸을 획 돌리고 피 맛이 나는 침을 꿀꺽 삼켰다. 마구 뛰어가고 싶었지만 단호하고 권위적인 레이어스 장군의 걸음걸이를 흉내 내 성큼성큼 걸으려고 안간힘을 썼다. 북쪽 출입구로 걸어 나오자 경비병 중 한 명이 독일어로 뭐라고 물었다. 그러나 대답하기도 전에 경비병들의 관심은 피노 뒤 터널로 터덜터덜 걸어오는 회색 남자들의 소리로 옮겨갔다. 피노는 멀리서 그 행렬을 이끄는 것처럼 계속 앞으로 나아갔다.

피노가 모퉁이를 돌았을 때, 경기장 중간쯤에서 레이어스 장군이 나타나 다임러를 향해 걸었다. 피노는 전속력으로 달렸다.

레이어스 장군이 문에서 나왔을 때 두 사람의 거리는 75미터 정도였다. 그러나 장교용 차에서 열두 걸음 떨어진 지점에서 피노가 따라잡아 장군 옆으로 가서 급하게 멈췄다. 그는 거수경례를 하고 숨을 가다듬으려고 애쓰며 문을 열었다. 땀이 왼쪽 머리선에서 뚝뚝 떨어져 눈 사이로 흘러 콧등을 타고 내려왔다.

레이어스 장군이 흘러내리는 땀을 본 게 틀림없었다. 그는 차에 올라타기 전에 잠시 멈춰서 피노를 유심히 뜯어봤다. 더 많은 땀방울이 솟아올라 떨어졌다.

"차 옆에서 기다리라고 했을 텐데." 레이어스 장군이 말했다.

"네, 장군님." 숨이 턱 막혀 말을 제대로 잇지 못했다. "하지만 소변을 보러 가야 했습니다."

장군이 슬쩍 역겹다는 표정을 지으며 차에 올라탔다. 피노는 장군 뒤로 문을 닫으며 김이 모락모락 나는 한증탕에서 나온 듯한 기분을 느꼈다. 양 소매로 얼굴을 닦고 운전석으로 들어갔다.

"바렌나." 레이어스 장군이 말했다. "어디인지 아나?"

"호수의 동쪽 줄기를 따라 난 호숫가입니다, 장군님." 피노가 대답하고 기어를 작동했다.

바렌나로 가는 길에 네 개의 검문소에서 멈췄지만 경비병은 매번 장교용 차량 뒷좌석에 앉은 레이어스 장군을 보고 재빨리 손을 흔들어 통과시켰다. 장군은 레코에 있는 작은 카페에서 차를 멈추고 에스프레소와 페이스트리를 사 오라고 시켰고 차가 달리는 동안 먹고 마셨다.

바렌나 외곽에 이르자 레이어스 장군은 시내를 빠져나와 알프스산맥 남부의 작은 언덕으로 올라가도록 지시했다. 곧이어 도로가 왕복 2차선으로 바뀌고 문이 달린 목초지로 이어졌다. 레이어스 장군은 피노에게 문을 지나서 목초지를 가로지르라고 지시했다.

"차가 지나갈 수 있을까요?" 피노가 물었다.

장군이 바보를 보듯 피노를 쳐다봤다. "육륜 자동차야. 이 차는 내가 가라고 하는 데는 어디든지 갈 수 있어."

기어를 저속으로 바꾸고 문을 통과하자 장교용 차는 울퉁불퉁한 지형을 작은 탱크처럼 놀랍도록 수월하게 내달렸다. 레이어스 장군은 여섯 대의 빈 대형 트럭과 그 트럭들을 지키고 있는 토트 군인 두 명 근처의 들판 끝 모퉁이에 차를 세우라고 말했다.

피노가 장교용 차를 세우고 문을 열었다.

그가 내리기 전에 장군이 말했다. "메모도 할 수 있나?"

"네, 장군님."

레이어스 장군이 서류 가방을 뒤적여 속기사용 메모장과 펜을 꺼냈다. 이어서 셔츠 아래에서 은 목걸이와 열쇠를 끄집어내 가방을 잠갔다.

"따라와. 내가 하는 말을 받아쓰도록."

피노가 메모장과 펜을 받아 차에서 내렸다. 뒷문을 열자 레이어스 장군이 나와서 대형 트럭들을 지나 숲으로 진입하는 길로 씩씩하게 걸어갔다.

거의 오전 11시였다. 뜨거운 열기 속에서 귀뚜라미들이 울어대고 있었다. 숲속의 청량한 공기와 짙푸른 수풀이 예전에 폭격이 일어나는 동안 카를레토와 함께 잠들었던 풀이 무성한 산비탈을 생각나게 했다. 오솔길은 드러난 나무뿌리와 바위가 많은 가파른 비탈길로 꺾여 내려갔다.

몇 분 후, 두 사람은 숲에서 나와 곡선을 이루며 터널로 이어지는 철로로 올라섰다. 레이어스 장군이 터널을 향해 행진했다. 피노는 그제야 바위에 강철이 부딪치는 소리를 들었다. 터널 안에서 수백 개의 망치가 돌을 두드리고 있었다. 터진 폭발물의 지독한 냄새가 풍겼다.

레이어스 장군이 지나갈 때 터널 밖에 선 경비병들이 재빠르게 차렷 자세를 취하고 거수경례를 했다. 피노는 뒤를 따라가면서 그에게 꽂히는 경비병들의 시선을 느꼈다. 터널 깊이 들어갈수록 어둡고 음울해졌다. 발걸음을 옮길 때마다 망치를 두들기는 소리가 가까워져 귀가 아팠다.

장군이 걸음을 멈추고 주머니를 뒤지더니 솜뭉치를 꺼냈다. 그는 하나를 피노에게 건네고 반으로 찢어서 하나씩 귓구멍을 틀어막는 시늉을 했다. 피노가 그대로 따라 했다. 설사 장군이 바로 옆에서 소리를 지른다고 해도 무슨 말을 하는지 들리지 않을 정도로 효과가 좋았다.

두 사람은 터널 안에서 우회전했다. 앞쪽 천장에 매달린 밝은 전구가 현란한 빛을 드리워, 폭발물의 악취가 나는 터널의 양쪽 벽을 곡괭이와 큰 망치로 깨부수고 있는 회색 남자들의 무리가 윤곽을 드러냈다. 맹공격을 당한 바위 덩어리들이 깨져서 남자들의 발 옆으로 떨어졌다. 그들이 바위를 발로 차서 뒤로 보내면 뒤에 선 남자들이 선로 위에 있는 광석 운반차에 잔해를 실었다.

생지옥이었다. 피노는 당장 나가고 싶었다. 그러나 레이어스 장군은 거침없이 계속 나아가다가 한 토트 경비병 옆에 멈춰서 손전등을 받았다. 장군은 선로 양쪽의 굴착 현장에 손전등을 비췄다. 회색 남자들이 벽 안으로 족히 1미터를 깎아놨고, 이제는 피노가 보기에 높이 2.5미터, 길이 24미터 정도 되는 공간을 파내고 있었다.

두 사람은 발굴지를 지나 계속 걸었다. 15미터를 가자 선로 양쪽 벽이 이미 4.5미터 깊이, 2.5미터 높이로 깎여 있고 30미터 정도 이어져 있었다. 커다란 나무 상자들이 선로 양쪽의 공간 대부분을 차지하고 있었다. 상자 몇 개가 열려 그 속의 탄띠에 든 탄약들이 보였다.

레이어스 장군이 각 상자에서 표본을 검사한 후 그곳에 있는 병장에게 독일어로 뭔가를 물었다. 병장이 레이어스에게 서류철을 건넸다. 레이어스 장군은 몇 장을 훑어본 후 피노를 올려다봤다.

"적어라, 조장." 그가 명령했다. "7.92×57미터 마우저. 640만 정 남쪽 수송 준비 완료."

피노가 휘갈겨 쓰다가 고개를 들었다.

"9×19미터 파라벨룸(대구경 자동 권총). 22만 5,000정 밀라노 무장친위대로. 40만 정 모데나 남부로. 25만 정 제노바 무장친위대로."

피노는 최대한 빨리 쓰고 있었지만 속도를 따라잡기가 힘들었다. 고개를 들자 장군이 말했다. "읽어봐."

피노가 읽자 레이어스 장군이 무뚝뚝하게 고개를 까딱했다. 그는 다시 걸어가면서 상자에 인쇄된 글자를 들여다보다가 메모할 내용과 지시를 갑자기 외쳤다.

"판처파우스트(단거리 대전차 무기), 6—"

"죄송합니다, 장군님." 피노가 말했다. "판처……가 무슨 말인지 모르겠습니다."

"100밀리미터 로켓 수류탄." 레이어스 장군이 짜증을 내며 말했다. "65상자 고딕 방어선으로, 케셀링 육군 원수의 요청. 88밀리미터 탱크 레커차. 발사 장치 40대와 로켓 1,000대 고딕 방어선으로, 역시 케셀링의 요청."

이런 방식이 20분 동안 이어졌다. 레이어스 장군이 경기관총부터 독일 국방군 보병의 표준 라이플총인 카라비너 98k, 졸로투른으로 보낼 장거리 라이플총과 그 안에 들어갈 20×138밀리미터 탄약에 이르기까지 모든 무기의 주문량과 목적지를 외치고 피노는 받아 적었다.

한 장교가 터널 안에서 다가와 거수경례를 하고 레이어스 장군에게 말하자, 그가 다른 방향에 대고 고함을 치기 시작했다. 그 대령은 레이어스 장군과 나란히 달리는 와중에도 계속 사무적으로 뭔가를 말했다. 피노는 조금 뒤처져서 따라갔다.

마침내 대령이 말을 멈추자 레이어스 장군은 고개를 약간 숙이고 군대식으로 정확하게 방향을 바꾸더니 독일어로 그 부하 장교를 말 그대로 갈기갈기 찢기 시작했다. 대령이 대답하려고 했지만 레이어스 장군은 장황하게 비난을 늘어놓았다. 대령이 한 발 뒤로 물러서자 그 행동이 레이어스 장군을 더욱더 격분하게 만든 듯했다.

그는 주위를 두리번거리다가 그곳에 서 있는 피노를 발견하고 노려봤다.

"너, 조장. 바위 더미 옆에 가서 기다려."

피노는 고개를 숙이고 서둘러 그들을 지나치면서 장군이 다시 대령에게 고함치는 소리를 들었다. 앞에서 들려오는 망치 소리와 돌이 깨지는 소리 때문에 그냥 그곳에서 레이어스 장군을 기다리고 싶었다. 그런 생각을 한 지 얼마 지나지 않아서 요란한 소음이 잦아들고 장비가 땅에 떨어지는 소리가 들렸다. 그가 굴착 현장에 도착할 즈음, 곡괭이와 삽을 옆에 둔 남자들이 벽에 등을 대고 앉아 있었다. 많은 남자들이 양손으로 머리를 감싸고 있었다. 다른 남자들은 터널의 천장을 멍하니 바라보고 있었다.

피노는 이런 사람들을 본 적이 없었다. 보는 것만으로도 견디기가 힘들었다. 그들이 헐떡이는 모습, 땀을 뻘뻘 흘리는 모습, 바싹 마른 입술 안으로 혀를 굴리는 모습. 그는 주위를 두리번거렸다. 물이 담긴 커다란 우유 통이 벽 근처에 있고 그 옆에 국자가 든 양동이가 있었다.

남자들을 감시하는 경비병 중 누구도 그들에게 물을 권하지 않았다. 남자들이 무슨 짓을 해서 여기에 끌려왔든 간에 물을 마실 자격이 있었다. 점점 화가 났다. 우유 통으로 다가가서 기울여 양동이를 채웠다.

경비병 한 명이 항의했지만 피노가 "레이어스 장군님"이라고 한마디 하자 항의는 사그라졌다.

그는 가장 가까이에 있는 남자에게 가서 국자로 물을 떠 내밀었다. 남자는 너무 말라서 광대뼈와 턱이 도드라져 해골처럼 보였다. 그래도 남자는 머리를 젖혀 입을 열었고 피노가 목구멍으로 물을 똑바로 따랐다. 남자가 물을 다 마시자 피노는 다음 남자 앞으로 이동해서 물을 따르고 그다음 남자 앞으로 갔다.

피노를 쳐다보는 남자들은 거의 없었다. 다시 물을 뜨고 있을 때 일곱 번째 남자가 발 옆에 있는 돌멩이들을 응시하면서 이탈리아어로 중얼거리다가 지극히 불쾌한 욕을 했다.

"난 이탈리아 사람이야, 얼간아." 피노가 말했다. "물 마실 거야, 말 거야?"

남자가 올려다봤다. 아주 어린 남자였다. 두 사람은 동갑일 수도 있었지만 남자는 나이를 가늠할 수 없을 정도로 일그러지고 늙어 보이는 얼굴이었다.

"말투가 밀라노 사람 같은데 나치 군복을 입었네." 남자가 쉰 목소리로 말했다.

"사연이 복잡해. 물 좀 마셔."

남자가 물을 한 모금을 마시더니 다른 여섯 남자가 그랬듯이 간절하게 벌컥벌컥 들이켰다.

"당신은 누구야?" 남자가 물을 다 마시자 피노가 물었다. "이 사람들은 다 누구야?"

남자가 벌레를 보듯 피노를 빤히 바라봤다. "내 이름은 안토니오야. 우리는 노예야. 하나도 빠짐없이 모두 다."

16

노예라고? 피노는 역겨움과 동시에 동정을 느꼈다.

"어떻게 여기에 오게 된 거야? 유대인이야?"

"몇 명은 유대인이지만 나는 아니야." 안토니오가 말했다. "나는 저항운동에 가담했어. 토리노에서 싸웠지. 나치한테 잡혀서 총살형 대신 여기로 보내졌지. 다른 사람들은 폴란드인, 슬라브인, 러시아인, 프랑스인, 벨기에인, 노르웨이인, 덴마크인이야. 옷가슴에 바느질된 글자가 출신을 뜻해. 나치는 모든 나라에 쳐들어가서 점령해. 신체가 튼튼한 남자들을 모조리 끌고 가서 노예로 보내지. 나치는 이걸 강제노역 같은 헛소리로 부르지만, 어느 모로 보나 노예 상태야. 나치가 그 많은 시설을 어떻게 그리 빨리 지었겠어? 프랑스에 있는 그 모든 해안 요새들? 남쪽으로 이어진 거대한 방어시설들? 히틀러는 노예 부대를 보유하고 있어. 이집트의 파라오처럼. 하느님 맙소사. 그러니까 저자는 파라오의 노예를 부리는 자라고!"

안토니오는 피노를 지나 터널 안쪽으로 시선을 돌리더니 겁에 질린 표정으로 마지막 말을 소곤거렸다. 레이어스 장군이 물 양동이와 피노의 손에 들린 국자를 빤히 쳐다보면서 다가오고 있었다. 장군이 독일말로 경비병들에게 고래고래 소리를 질렀다. 경비병 한 명이 펄쩍 뛰어올라 물을 뒤로 치웠다.

"너는 내 운전병이다." 레이어스 장군이 쿵쿵거리며 피노를 지나치며 말했다. "노동자들의 시중이나 들고 있으면 안 돼."

"죄송합니다, 장군님." 피노가 서둘러 그의 뒤를 따라갔다. "너무 목이 말라 보이는데 아무도 물을 주지 않았습니다. 그건…… 음, 어리석습니다."

레이어스 장군이 몸을 빙 돌려 피노에게 얼굴을 들이댔다. "뭐가 어리석지?"

"일하는 사람들이 물을 못 마시게 하면 허약해집니다." 피노가 더듬거렸다. "일을 더 빠르게 시키려면 물과 음식을 더 먹여야 합니다."

장군이 피노와 코가 맞닿을 정도의 거리에 서서 그의 영혼을 들여다보려는 양 눈을 뚫어지게 쳐다봤다. 피노는 시선을 돌리지 않으려고 안간힘 썼다.

"노동자들에 대한 방침이 있다." 마침내 레이어스 장군이 퉁명스럽게 말했다. "그리고 요즘에는 음식을 구하기가 힘들어. 그렇지만 물에 대해서는 내가 취할 수 있는 조치가 있는지 알아보도록 하지."

장군은 피노가 눈을 깜박이기도 전에 몸을 돌려 단호한 태도로 걸어갔다. 피노는 후들거리는 무릎으로 레이어스 장군을 따라가 밝고 뜨거운 여름 햇살 아래로 나왔다. 두 사람이 다임러에 도착하자 장군이 메모장을 달라고 했다. 그는 피노가 받아 적은 쪽들을 찢어 서류 가방에 넣었다.

"가르다 호수의 가르그나노, 살로 북쪽." 레이어스 장군이 말을 마치고 도무지 줄어들지 않는 것 같은 수많은 서류철과 보고서들을 다시 꺼내 읽기 시작했다.

✤

피노는 살로에 한 번 가봤지만 가는 길이 생각나지 않아서 장군이 사물함에 넣어둔 상세한 북이탈리아 지도를 참고했다. 가르다 호수의 서쪽 호숫가에서 살로의 북쪽으로 약 20킬로미터 지점에서 가르그나노를 찾은 뒤 운전 경로를 짰다.

장교용 차에 시동을 걸어 다시 우르릉거리며 목초지를 가로질렀다. 베르가모에 도착했을 때는 공기가 한껏 달아올라 후끈했다. 그들은 정오 직후에 기름을 넣고 음식과 물을 챙기려고 독일 국방군 야영지에 차를 세웠다.

레이어스 장군은 뒷자리에 앉아 일하면서 음식을 먹었는데 용케 음식 부스러기 하나도 몸에 떨어뜨리지 않았다. 피노는 고속도로로 접어들어 가르다 호수의 서쪽 호숫가를 따라 북쪽으로 달렸다. 한 줄기 산들바람조차 불지 않았다. 가르다 호수의 북쪽 가장자리 위로 우뚝 솟은 알프스산맥이 거울 같은 호수의 표면에 커다랗게 비쳤다.

황금색 꽃이 핀 벌판을 가로지르고 10세기 전에 지어진 교회도 지나쳤다. 피노는 백미러로 장군을 쳐다보다가 그를 무척 싫어한다는 사실을 퍼뜩 깨달았다. 피노는 나치의 노예 운전병이 었다. 저 사람은 이탈리아를 파괴하고 히틀러의 이미지에 맞춰 다시 건설하려고 해. 저 사람은 히틀러의 건축가 밑에서 일하지.

마음 한편으로는 한적한 장소를 찾아 차를 세우고 내려서 총으로 남자를 쏴 죽이고 싶었다. 산으로 가서 가리발디 게릴라 부대에 들어가면 될 것이다. 영향력 있는 레이어스 장군은 죽고 없을 것이다. 대단한 일이 아닌가? 그렇게 되면 전쟁의 태세가 바뀌지 않을까? 어느 정도는?

그러나 그와 거의 동시에 피노는 자신이 암살자가 아니라는 것을 본능적으로 알았다. 그는 사람을 죽일 능력이 없었다. 아무리 저런 남자라고 해도.

"살로에 도착하기 전에 깃발을 올려." 레이어스 장군이 뒷좌석에서 말했다.

피노는 차를 세우고 앞 범퍼 양쪽에 다시 깃발을 걸었다. 살로를 가로질러 달리는 동안 가끔씩 두 깃발이 딱딱 소리를 내며 휘날렸다. 지독하게 더운 날이었다. 호수의 물이 너무 유혹적이어서 당장 차를 세우고 군복을 입고 붕대를 감은 채 그 안으로 뛰어들고 싶었다.

레이어스 장군은 기온의 영향을 받지 않는 것 같았다. 재킷은 벗어놨지만 타이를 느슨하게 풀지는 않았다. 가르그나노에 도착하자 레이어스 장군이 알려주는 대로 호수를 뒤로하고 건물이 양옆으로 솟은 좁은 길을 연이어 지나, 경기관총을 든 파시스트 검은셔츠단 대원들이 경비를 서고 있는 언덕 위 사유지까지 갔다. 특공대원들은 다임러와 빨간색 나치 깃발을 흘끗 보고 대문을 열었다.

사유 차도는 덩굴과 꽃으로 뒤덮여 있고 옆으로 길게 펼쳐진 저택까지 빙 에둘러 이어져 있었다. 그곳에는 더 많은 검은셔츠단 대원들이 있었다. 한 명이 피노에게 주차할 곳을 가리켰다. 피노가 주차를 하고 뛰어내려 뒷문을 열었다. 레이어스 장군이 차에서 나오자 파시스트 군인들은 마치 소몰이 막대에 찔린 것처럼 행동했다. 꼿꼿이 서서 장군과 눈을 마주치지 않으려고 이리저리 시선을 돌렸다.

"차에 있을까요, 장군님?" 피노가 물었다.

"아니, 나랑 같이 간다. 통역사도 부르지 않았고 금방 끝날 일이니까."

피노는 레이어스 장군이 무슨 말을 하는지 도무지 감이 잡히지 않았지만 그를 따라 검은셔츠단 대원들을 지나쳐 아치형 입구로 갔다. 돌계단이 저택까지 이어져 있고 양쪽에 꽃이 활짝 핀 정원이 있었다. 저택의 전면을 따라 돌기둥이 늘어선 곳에 도달한 후, 돌기둥을 따라 내려가 돌로 된 테라스에 도착했다.

레이어스 장군이 모퉁이를 돌아 테라스로 올라가서 갈라진 짧은 굽을 철커덕 맞부딪친 후 존경의 의미로 고개를 숙였다.

"두체."

✤

피노는 놀라 휘둥그레진 눈으로 나치의 뒤를 따라 올라갔다.

그와 5미터도 떨어지지 않은 곳에 베니토 무솔리니가 서 있었다.

이탈리아의 독재자는 황갈색 승마 바지를 입고 무릎 아래까지 오는 광나는 긴 부츠를 신고 있었다. 흰색 튜닉이 가슴까지 열려 있어 흰 털과 셔츠 아래 단추를 팽팽하게 하는 배의 윗부분이 보였다. 일 두체의 대머리와 그 유명한 턱선 위의 피부가 벌겋게 달아올라 있었다. 그는 레드 와인이 담긴 잔을 들고 있었다. 독재자 뒤 탁자에 놓인 와인 병은 절반이 비어 있었다.

"레이어스 장군." 무솔리니가 고개를 까딱하더니 충혈되고 눈물 젖은 눈을 피노에게 돌렸다. "너는 도대체 누구야?"

피노가 버벅거렸다. "저는 오늘 장군님의 통역사입니다, 두체."

"어떻게 지내는지 물어봐." 레이어스 장군이 피노에게 프랑스어로 말했다. "오늘은 내가 뭘 도와줬으면 좋겠냐고 물어봐."

피노가 이탈리아어로 말을 전했다. 무솔리니는 머리를 젖히고 큰 소리로 웃다가 빈정댔다.

"일 두체가 어떻게 지내냐고?"

하얀색 민소매 블라우스 아래로 아주 큰 가슴이 불룩 튀어나온 갈색 머리의 여자가 테라스로 나왔다. 여자는 선글라스를 쓰고 역시나 와인 잔을 들고 있었다. 여자의 다홍색 입술 사이에서 담배 연기가 피어올랐다.

무솔리니가 말했다. "클라라, 저들한테 말해. 무솔리니가 어떻게 지내지?"

그녀가 담배를 한 모금 빨고는 연기를 내뿜고 나서 말했다. "요즘 베니토의 기분은 상당히 엿 같지요."

피노는 놀라 입이 딱 벌어지려는 것을 참았다. 그녀가 누군지 알았다. 이탈리아의 모든 사람이 알고 있다. 클라라 페타치는 독재자의 악명 높은 정부情婦였다. 클라레타(클라라의 애칭)의 사진은 항상 신문에 실렸다. 그런 그녀가 바로 눈앞에 있다는 것이 믿기지 않았다.

무솔리니가 웃음을 거두고 완전히 심각한 표정으로 피노를 바라보며 말했다. "장군에게 그렇게 말해. 요즘 일 두체의 기분이 상당히 엿 같다고. 그리고 일 두체의 기분을 엿 같이 만드는 것들을 바로잡을 수 있는지 물어봐."

피노가 통역하자 짜증이 난 레이어스 장군이 말했다. "우리가 서로 도울 수 있다고 말해. 그가 밀라노와 토리노에서 일어나고 있는 파업을 끝낼 수 있게 조치하면 나도 그를 도울 조치를 하겠다고."

피노가 그 말 그대로 무솔리니에게 전달했다.

독재자가 코웃음을 쳤다. "당신이 내 노동자들에게 경화(미국 달러나 스위스 프랑처럼 언제든 금이나 다른 화폐로 교환할 수 있는 화폐)를 지급하고 그들의 안전을 보장한다면 내가 파업을 끝내지."

"스위스 프랑으로 지급하겠소. 하지만 폭격기들은 내가 통제할 수 없소." 레이어스 장군이 말했다. "우리는 많은 공장을 지하로 옮겼지만 모두 안전하게 만들 터널이 부족하오. 어쨌든 이탈리아에 관한 한 우리는 전쟁의 전환점을 맞았소. 최신 정보에 따르면 연합군 7개 사단이 이탈리아에서 프랑스 침략지로 이동했소. 내가 군수품을 계속 공급하면 내 고딕 방어선이 겨울까지 굳건할 것이라는 뜻이오. 그렇지만 무기와 부품을 생산할 숙련된 기술자가 없으면 그 전망을 보장할 수 없소. 그러니 나를 위해 파업을 끝내주겠소, 두체? 총통님은 분명히 당신의 협조를 기뻐하실 것이오."

"파업은 전화 한 통이면 해결돼." 무솔리니가 손가락으로 딱 소리를 내고 와인을 더 따랐다.

"아주 좋소. 도와드릴 일이 또 있소?"

"내 나라의 통솔권을 주는 건 언제?" 독재자가 씁쓸하게 말하고 술잔을 들어 한 번에 비웠다.

피노가 통역하자 장군이 길게 숨을 내쉬고 말했다. "두체, 당신은 많은 통솔권을 가지고 있소. 그래서 내가 파업을 멈춰달라고 찾아온 것이오."

"일 두체가 많은 통솔권을 가지고 있다고?" 무솔리니가 빈정거림을 잔뜩 담아 말하고 정부를 흘끗 보자, 그녀는 기운 내라는 듯 고개를 끄덕였다. "그렇다면 왜 독일에 있는 내 군인들이 도랑을 파거나 동부 전선에서 죽어가고 있지? 왜 케셀링을 만날 수 없지? 왜 이탈리아 대통령이 없는 자리에서 이탈리아에 대한 결정을 하지? 왜 히틀러는 빌어먹을 전화를 받지 않지?"

독재자가 마지막 질문을 큰 소리로 외쳤다. 피노가 통역하는 동안 레이어스 장군은 침착성을 잃지 않는 듯했다.

"두체, 나는 총통님이 당신의 전화를 받지 않은 이유를 추측하지 못하겠소. 그러나 세 개의 전선에서 전쟁을 하는 것은 바쁜 일이오."

"나는 히틀러가 빌어먹을 전화를 받지 않는 이유를 알지!" 무솔리니가 고함을 치고 술잔을 탁자에 쾅 내려놨다. 그는 레이어스 장군을 노려본 후, 한두 발 뒤로 물러서야 하는 게 아닌지 고민하게 하는 시선으로 피노를 쏘아봤다.

"이탈리아 전역에서 제일 미움받는 사람이 누구지?" 무솔리니가 피노에게 직접 물었다. 당황한 피노는 어떻게 말해야 할지 몰랐지만 통역하기 시작했다.

무솔리니가 말을 끊고 끼어들더니 여전히 피노에게 말하며 자기 가슴을 철썩 때렸다. "일 두체가 이탈리아에서 제일 미움받는 사람이야. 히틀러가 독일에서 제일 미움받는 사람인 것처럼. 그러나, 알다시피 히틀러는 신경 쓰지 않지. 일 두체는 국민의 애정을 신경 쓰지만, 히틀러는 애정에 대해 개똥만큼도 신경 쓰지 않아. 히틀러가 신경 쓰는 건 두려움뿐이야."

피노는 독재자가 일종의 폭로를 하려는 듯한 때를 놓치지 않으려고 최선을 다하고 있었다. "클라라, 이탈리아에서 제일 미움받는 사람이 왜 자기 나라의 통솔권을 가지고 있지 않은지 알아?"

그의 정부가 담배를 비벼 끄고 연기를 내뿜은 다음 말했다. "아돌프 히틀러 때문이에요."

"맞아!" 일 두체가 소리쳤다. "독일에서 제일 미움받는 사람이 이탈리아에서 제일 미움받는 사람을 미워하기 때문이지! 히틀러가 이탈리아의 대통령보다 자기의 나치 셰퍼드를 더 잘 대우하기 때문이라고! 나를 이런 외딴곳에 가두고—"

"나는 이런 정신 나간 소리를 듣고 있을 시간이 없어." 레이어스 장군이 피노에게 쏘아붙였다. "그에게 말해. 며칠 내에 케셀링 원수와 만날 수 있도록, 일주일 내에 총통님의 전화를 받을 수 있도록 주선하겠다고. 현재로선 그게 내가 할 수 있는 최선이야."

피노는 통역을 하면서 무솔리니가 또다시 폭발할 것이라고 예상했다.

그러나 독재자는 이 정도 양보에 만족하는 듯 보였고 튜닉의 단추를 잠그면서 말했다. "얼마나 빨리 케셀링을 만날 수 있지?"

"지금 원수를 만나러 가는 길이오, 두체. 해가 지기 전에 원수의 보좌관이 전화하게 하겠소. 히틀러 각하의 주목을 받는 데는 시간이 조금 더 걸릴 것이오."

무솔리니가 정치인다운 태도로 고개를 끄덕였다. 환상에 불과

한 권력을 지탱할 원조를 받았다고 여기는 것처럼 온 세상에 권력을 휘두를 계획이라도 짜는 것 같았다.

"아주 좋아, 레이어스 장군." 무솔리니가 말하고 소맷부리를 확인했다. "해가 지기 전에 파업을 끝내게 하지."

레이어스 장군이 양쪽 굽을 탁 갖다 붙이며 고개를 숙인 후 말했다. "분명히 원수와 총통님이 기뻐하실 것이오. 시간을 내주고 협조해 줘서 다시 한번 고맙소, 두체."

장군이 몸을 뒤로 돌려 성큼성큼 걸어갔다. 피노는 어떻게 해야 할지 몰라 망설이다가 무솔리니와 클라레타 페타치에게 재빨리 절을 한 후 서둘러 레이어스 장군의 뒤를 따라갔다. 그는 이미 모퉁이를 돌아 돌기둥을 지나고 있었다. 피노는 그를 따라잡아 그의 오른쪽 어깨 옆에서 걷다가 차에 거의 도착하자 잽싸게 앞으로 나가 뒷문을 열었다.

레이어스 장군이 주저하다가 잠시 피노를 지긋이 바라본 후 말했다. "잘했다, 조장."

"감사합니다, 장군님." 피노가 다급하게 말했다.

"이제 이 정신병원에서 나가자고." 레이어스 장군이 말하고 차에 올라탔다. "밀라노에 있는 전화교환국으로 데려다줘. 어디인지 아나?"

"네. 물론입니다, 장군님." 피노가 대답했다.

레이어스 장군은 서류 가방을 열쇠로 열고 일에 몰두했다. 피노는 말없이 운전하며 백미러를 흘긋거리면서 자신과 싸웠다. 장군이 칭찬했을 때 그의 가슴은 자부심으로 부풀었다. 그러나 지금은 그 이유를 궁금해하고 있었다. 레이어스 장군은 나치이자, 사람을 노예로 부리는 자이며, 전쟁을 뒷받침하는 군수품을 조달하는 자였다. 어떻게 그런 사람에게 칭찬받고 자부심을 느낄 수 있을까? 절대 안 될 일이었다. 그런데도 그는 자부심을 느꼈고, 그래서 괴로웠다.

하지만 밀라노 외곽에 도착할 즈음, 피노는 한나절이 조금 넘는 짧은 시간 동안 레이어스 장군을 태우고 다니면서 많은 정보를 알아냈다는 사실에 자부심을 느껴도 된다고 결론지었다. 실제로 그는 무솔리니와 클라레타 페타치와 이야기했다. 이탈리아에서 그렇게 할 수 있는 첩자가 몇이나 될까?

피노는 한니발이 전투 코끼리들을 데리고 최단 시간에 로레토 광장에 도착했던 경로를 따라 차를 몰았다. 빙 둘러 가다가 벨트라미니 씨를 봤다. 늘 그가 서 있는 과일과 채소를 진열해 놓은 청과점 가판대 앞에서 노파를 돕고 있었다. 피노는 지나가면서 손을 흔들고 싶었지만 우회전할 때 독일군 대형 트럭이 끼어들어 하마터면 충돌할 뻔했다. 아슬아슬한 순간에 방향을 획 틀어 대형 트럭을 피했다.

트럭 운전자가 끼어들었다는 사실을 믿을 수 없었다. 깃발을 못 본 건가?

깃발. 밀라노로 진입하면서 장군의 깃발을 깜빡하고 달지 않았다. 그는 원형 교차로를 다시 돌아야 했다. 그러던 중에 가장 좋아하는 카페를 향해 보도를 내려가는 카를레토를 봤다.

피노는 속도를 올려서 달리다가 방향을 틀어 무사히 아브루치 도로로 접어들었고, 곧 경비가 삼엄한 전화교환국에 도착했다. 처음에는 수많은 나치군을 보고 어리둥절했지만 전화교환국을 장악한 사람이 통신을 장악한다는 생각이 떠오르자 이해가 갔다.

"여기에서 세 시간 동안 할 일이 있다." 레이어스 장군이 말했다. "기다릴 필요 없다. 여기에서 감히 이 차를 건드릴 사람은 없으니까. 17시에 나오겠다."

"네, 장군님." 피노가 대답하고 뒷문을 열었다.

✤

피노는 레이어스 장군이 안에 들어갈 때까지 기다렸다가 로레토 광장과 벨트라미니 청과점으로 향했다. 그렇게 채 한 블록도 되지 않는 거리를 걷는 동안, 그에게는 매우 불쾌해하는 시선들이 쏟아졌다. 그는 만자 무늬가 박힌 완장을 벗어 뒷주머니에 처박아놓는 것이 현명하다는 사실을 깨달았다.

그러고 나니 훨씬 나아졌다. 사람들은 그에게 거의 시선을 주지 않았다. 그는 군복을 입고 있었지만 무장친위대나 독일 국방군은 아니었다. 사람들이 신경 쓰는 것은 그 점뿐이었다.

피노는 걸음을 빨리했다. 포도를 봉지에 담고 있는 벨트라미니 씨가 바로 앞에 보였다. 그렇지만 진짜 보고 싶은 사람은 카를레토였다. 그사이 4개월이 지났고 오랜 친구에게 하고 싶은 말이 아주 많이 쌓여 있었다.

피노는 무리를 이루어 이동하는 독일군의 대형 트럭들 앞에서 길을 건너 오른쪽으로 돌았다. 앞에 놓인 보도를 죽 훑어보다가 등을 돌린 채 앉아 있는 카를레토를 발견했다.

활짝 웃으며 걸어가서 보니 카를레토는 책을 읽고 있었다. 그는 의자를 빼서 앉으며 말했다. "우아한 아가씨를 기다리고 있는 건 아니길 바란다."

카를레토가 고개를 들었다. 그는 피노가 4월 말에 봤을 때보다 더 허약하고 상처 입은 모습이었다. 이윽고 카를레토가 피노를 알아보고 소리쳤다. "세상에, 피노! 너 죽은 줄 알았어!"

카를레토는 벌떡 일어나서 격렬하게 피노를 끌어안았다. 그러고 나서 눈물이 고여 흐려진 눈으로 피노를 자세히 보려고 뒤로 밀었다. "정말 그런 줄 알았다고."

"내가 죽었다고 누가 그래?"

"어떤 사람이 폭탄이 떨어졌을 때 네가 모데나 기차역에서 경비를 서고 있었다고 했어. 사람들이 네 머리 한쪽이 날아갔다고 했어! 정말 미칠 것 같더라."

"아니야, 아니야! 죽은 군인은 나랑 같이 있던 사람이야. 나는 이 녀석들을 잃을 뻔했고."

피노가 붕대 감은 손을 보여주고 봉합한 손가락들을 꼼지락거렸다.

카를레토가 그의 어깨를 탁탁 두드리면서 환하게 웃었다. "네가 살아 있다는 걸 안 것만으로도 더할 나위 없이 행복해!"

"죽다 살아나니 좋네." 피노가 흐뭇하게 미소를 지었다. "주문했어?"

"에스프레소만." 카를레토가 다시 자리에 앉았다.

"뭐 좀 먹자. 병원에서 나오기 전에 월급 받았거든. 내가 낼게."

그 말에 오랜 친구는 더 행복해했다. 두 사람은 프로슈토로 싼 멜론 조각, 살라미, 빵, 마늘을 넣은 올리브 오일, 그리고 숨 막히는 더위에 딱 맞는 차가운 토마토 수프를 주문했다. 음식이 나오기를 기다리는 동안 피노는 지난 4개월 동안 카를레토가 어떻게 살았는지에 대해 들었다.

벨트라미니 씨의 중개상들이 다른 지역에 사는 덕분에 청과점은 계속 장사가 잘됐다. 벨트라미니 청과점은 밀라노에서 과일과 채소를 안정적으로 공급할 수 있는 몇 안 되는 가게 중 한 곳이었고, 대체로 영업이 끝나기 전에 물건이 동났다. 그러나 카를레토 엄마의 사정은 딴판이었다.

"어떨 때는 상태가 좀 호전되지만 늘 힘이 없으셔." 카를레토가 말했다. 정신적으로 지쳐 있는 것이 보였다. "저번 달에는 진짜 많이 아프셨어. 폐렴. 아빠는 엄마를 잃을까 봐 너무 슬퍼하셨어. 다행히 엄마가 그럭저럭 회복하고 이겨내셨지만."

"잘됐네." 피노가 대답할 때 웨이터가 탁자에 음식 접시를 놓기 시작했다. 피노의 시선이 카를레토를 스쳐 과일 가판대로 향했다. 독일군 대형 트럭들 사이로 손님을 상대하고 있는 벨트라미니 씨가 언뜻 보였다.

"피노, 그건 파시스트군의 새 군복이야?" 카를레토가 물었다. "처음 보는 것 같은데."

피노는 볼 안쪽을 씹기 시작했다. 독일군에 입대한 것이 너무 창피해서 지금까지 친구에게 토트 조직에 대해서는 전혀 말하지 않았다.

카를레토가 계속 말했다. "그리고 왜 모데나에 있어? 내가 아는 사람들은 다 북부로 가는데."

"사연이 복잡해." 피노는 대화의 주제를 바꾸고 싶었다.

"무슨 말이야?" 친구가 멜론 조각을 먹으며 말했다.

"비밀을 지킬 수 있어?"

"절친 뒀다 어디에 쓸래?"

"맞아." 피노가 몸을 앞으로 구부려 소곤거렸다. "오늘 아침에 말이지, 아직 두 시간도 안 지났네. 나, 무솔리니랑 클라레타 페타치랑 이야기했어."

카를레토가 믿을 수 없다는 표정으로 상체를 젖혔다. "거짓말 하고 있네."

"아니야, 진짜야. 맹세해."

자동차 한 대가 원형 교차로에서 경적을 울렸다.

가방을 옆으로 메고 자전거를 타고 가던 사람이 두 사람 옆을 빠르게 지나갔다. 탁자에 너무 가깝게 붙어 지나가서 피노는 카를레토를 치려는 줄 알고 가슴이 철렁했다. 카를레토가 한쪽으로 홱 움직여서 피했다.

"멍청이!" 카를레토가 의자에서 몸을 틀면서 말했다. "복잡한 보도에서 자전거를 타다니. 저러다가 누구 하나 다친다고!"

피노는 자전거 탄 사람을 뒤에서 쳐다보다가 어두운색 셔츠 속 목선에서 빨간색 천을 봤다.

독일군 수송대의 대형 트럭 세 대가 달려와 천천히 방향을 틀어 혼잡한 아브루치 도로로 들어서는 동안, 자전거 위의 남자가 보도에 북적이는 보행자들 사이를 이리저리 누비며 달렸다. 남자가 옆으로 멘 가방을 어깨에서 잡아당겼다. 남자는 왼손으로 운전대를 잡고 오른손으로 가방끈을 든 채로 방향을 틀어서 아브루치 도로로 들어가 독일군 트럭 바로 뒤로 갔다.

피노는 무슨 일이 일어날지 알아차리고 벌떡 일어나 소리쳤다. "안 돼!"

자전거를 탄 남자가 힘껏 집어던진 가방이 트럭 뒤 칸을 가린 캔버스 천을 젖히고 안으로 떨어졌다. 남자는 이내 쏜살같이 멀어졌다.

벨트라미니 씨도 가방을 던지는 것을 봤다. 그가 6미터도 떨어지지 않은 곳에 서서 양손을 올린 후, 눈 깜짝할 사이에 트럭이 폭발해 시뻘건 불덩이가 치솟았다.

폭발의 충격이 한 블록 떨어져 있는 피노와 카를레토를 강타했다. 피노는 바닥에 엎드려 잔해와 파편으로부터 머리를 보호했다.

"아빠!" 카를레토가 비명을 질렀다. 여기저기 찢어진 카를레토는 로레토 광장에 쏟아져 내리는 폭발의 잔해들을 무시하고 불을 향해, 불에 타 뼈대만 남은 트럭을 향해, 너덜너덜해진 과일 가판대 차양 아래 보도에 쭉 뻗어 있는 아빠를 향해 전속력으로 달렸다.

카를레토가 아빠에게 다가가기 전에 다른 트럭에서 나온 독일 국방군 군인들이 쫙 늘어서서 폭발 현장을 에워싸고 통제했다. 독일군 두 명이 피노의 앞을 막자 그는 빨간색 완장을 빼서 차고 만자 무늬를 보여줬다.

"나는 레이어스 장군의 보좌관입니다." 피노가 미흡한 독일어로 말했다. "여기를 지나가야 합니다."

그들은 피노를 통과시켰다. 그는 아직도 불타고 있는 트럭의 열기를 뒤로하고 힘껏 달렸다. 주변에서 사람들이 비명을 지르고 신음 소리를 내고 있었지만 피노의 신경은 카를레토에게 가 있었다. 그는 바닥에 꿇어앉아 불에 타고 피범벅이 된 아빠의 머리를 무릎에 올려놓고 있었다. 폭발로 벨트라미니 씨의 작업복이 시꺼멓게 되고 피가 묻어 있었지만 그는 아직 살아 있었다. 눈을 뜨고 아주 힘겹게 숨을 쉬고 있었다.

눈물로 목이 막힌 카를레토가 고개를 들어 피노를 보고 말했다. "구급차를 불러줘."

피노는 사방에서 울리는 사이렌 소리가 로레토 광장에 가까워지는 것을 들었다.

"오고 있어." 피노가 쪼그려 앉았다. 벨트라미니 씨가 커다랗게 거친 숨을 쉬면서 경련했다.

"움직이지 마요, 아빠." 카를레토가 말했다.

"네 엄마." 벨트라미니 씨가 느리게 눈을 깜빡이면서 말했다. "네가 잘 돌봐드려야……."

"아빠, 말하지 마요." 아들이 눈물을 흘리며 불에 그슬린 아빠의 머리칼을 쓰다듬었다.

벨트라미니 씨가 기침을 했다. 지독한 통증에 시달리고 있을 게 분명해서 피노는 즐거운 기억으로 그의 고통을 분산시키려고 했다.

"벨트라미니 아저씨, 언덕에서 아빠가 바이올린을 연주하고 아저씨가 아줌마를 위해 노래했던 밤을 기억하세요?" 피노가 물었다.

"〈아무도 잠들지 말라〉." 그가 작은 소리로 말하고 기억을 떠올리며 미소 지었다.

"열정적으로 부르셨죠. 그렇게 잘 부르시는 건 처음이었어요."

그 순간, 세 사람은 바깥의 모든 고통과 공포와 동떨어진 그들만의 세상에 있었다. 시골의 산비탈로 돌아가 보다 순수한 시간을 함께 나누었다. 그때 피노는 구급차가 가까이 다가오는 소리를 들었다. 그는 일어나서 위생병을 찾아야겠다고 생각했다. 그런데 벨트라미니 씨가 그의 옷자락을 움켜잡았다.

카를레토의 아빠가 피노가 찬 새빨간 완장을 당혹스러운 눈으로 쳐다보고 있었다.

"나치?" 그의 숨이 턱 막혔다.

"아니에요, 벨트라미니 아저씨."

"배신자?" 청과점 주인이 충격에 휩싸여 말했다. "피노?"

"아니에요, 아저씨."

벨트라미니 씨가 다시 기침을 했고 이번에는 검붉은 피를 울컥 쏟아냈다. 그가 카를레토를 향해 고개를 돌리자 그 피가 뺨을 타고 흘렀다. 그는 아들을 가만히 바라보며 말없이 입술을 움직였다. 그리고 서서히 숨이 멈췄다. 그의 영혼이 죽음을 받아들였지만 버티고 있다는 듯이, 거부하며 몸부림치지는 않겠지만 서둘러 가지는 않겠다는 듯이.

카를레토가 무너져 내려 흐느꼈다. 피노도 마찬가지였다.

피노의 친구가 아빠를 흔들며 애끊는 소리로 울부짖기 시작했다. 숨을 쉴 때마다 상실의 고통이 차올라 몸속의 모든 근육과 뼈가 뒤틀리는 것 같았다.

"미안해." 피노가 울부짖었다. "카를레토, 정말 미안해. 나도 아저씨를 정말 좋아했는데."

카를레토가 아빠를 흔들다가 일순 멈추고 피노를 올려다봤다. 그는 증오로 이성을 잃었다. "그딴 소리 하지 마!" 그가 소리쳤다. "다시는 그딴 소리 하지 마! 나치! 배신자!"

피노는 마치 턱이 스무 조각으로 부서지는 것 같은 충격을 받았다.

"아니야." 피노가 말했다. "사실은 겉보기랑 달리―"

"저리 가!" 카를레토가 날카롭게 외쳤다. "아빠가 보셨어. 아빠는 네 정체를 아셨어. 그걸 나에게 보여주셨다고."

"카를레토, 그냥 완장일 뿐이야."

"귀찮게 하지 마! 다시는 너를 보고 싶지 않아! 영원히!"

카를레토는 울먹이며 아빠의 시신 위로 무너져 내렸다. 어깨가 부들부들 떨리고 가슴이 갈기갈기 찢어지는 고통스러운 소리가 흘러나왔다. 피노는 너무 충격을 받아서 무슨 말을 해야 할지 알 수 없었다. 마침내 그는 몸을 일으켜 뒤로 물러섰다.

"이동해." 독일군 장교가 말했다. "구급차가 들어오게 보도를 치워."

피노는 벨트라미니 부자를 오랫동안 바라본 후 전화교환국을 향해 남쪽으로 걸었다. 그 폭발로 심장 한쪽이 날아가 버린 기분이었다.

그 상실감은 일곱 시간 후 다임러를 돌리 스토틀마이어의 아파트 건물 앞에 세울 때까지도 여전히 피노를 지독히 괴롭혔다. 레이어스 장군이 차에서 내려 피노에게 서류 가방을 건네고 말했다. "요란한 첫날을 보냈군."

"네, 장군님."

"폭파범의 목에 둘린 빨간 스카프를 본 게 확실해?"

"셔츠 밑으로 집어넣어 놓았지만, 네. 확실히 봤습니다."

장군이 굳어진 표정으로 건물에 들어가자 피노는 아침보다 더 무거워진 서류 가방을 들고 그 뒤를 따랐다. 노파가 아침과 똑같은 의자에 똑같은 모습으로 앉아 두꺼운 안경 너머로 그들을 보며 눈을 깜박였다. 레이어스 장군은 노파에게 눈길 한 번 주지 않고 급하게 계단을 올라가 돌리의 아파트 문을 두드렸다.

안나가 문을 열었고 그녀를 보자 피노의 상처 입은 마음이 조금 나아졌다.

"돌리가 장군님을 위해 저녁 식사를 준비해 놨어요." 장군이 스쳐 지나갈 때 안나가 말했다.

그날 피노에게 일어난 온갖 일에도 불구하고 안나를 다시 보는 것은 처음 두 번과 마찬가지로 황홀한 경험이었다. 벨트라미니 씨가 죽어가는 것을 본 고통과 친구를 잃은 괴로움은 계속됐지만, 안나에게 모두 말하면 그녀가 어떻게든 말이 되게 설명해 줄 것 같았다.

"들어올 거야, 조장?" 안나가 성급하게 물었다. "아니면 그냥 거기 서서 나를 쳐다보고 있을 거야?"

피노는 깜짝 놀라서 그녀를 지나 안으로 들어갔다. "안 쳐다봤어요."

"분명히 쳐다봤어."

"아니에요, 정신이 나가 있었어요. 다른 생각을 하느라."

그녀는 아무 말 없이 문을 닫았다.

돌리가 복도 끝으로 나왔다. 장군의 정부는 검은색 하이힐과 검은색 실크 스타킹을 신고 진주색 반팔 블라우스 아래 검은색 타이트스커트를 입고 있었다. 머리는 갓 단장을 마친 것 같았다.

"장군님이 말씀하시길 당신이 폭발을 봤다면서?" 돌리가 말하고 담배에 불을 붙였다.

피노는 고개를 끄덕이고 서류 가방을 긴 의자에 올려놓으면서 안나가 그를 주의 깊게 살피는 것을 느꼈다.

"몇 명이나 죽었지?" 돌리가 묻고 나서 담배를 한 모금 빨았다.

"많은 독일인과…… 밀라노 사람 몇 명이요."

"무시무시했겠네."

레이어스 장군이 다시 나타났다. 타이는 매고 있지 않았다. 그가 돌리에게 독일어로 뭔가 말하자 그녀가 고개를 끄덕이고 안나를 봤다. "장군님이 식사하시겠다는데."

"알겠어요, 돌리." 안나가 말하고 피노를 다시 흘끗 보더니 서둘러 복도를 지나 사라졌다.

레이어스 장군이 피노를 향해 다가와 찬찬히 살펴보다가 서류가방을 들어 올렸다. "07시 정각에 오도록."

"네, 장군님." 그는 대답하고 그 자리에 그대로 서 있었다.

"가도 좋아, 조장."

피노는 계속 남아서 안나가 다시 나올지 지켜보고 싶었지만 거수경례를 하고 나왔다.

그는 다임러를 몰아 수송부로 돌아가면서 그날 하루에 일어난 일들을 모두 떠올려보려고 했다. 그러나 벨트라미니 씨가 죽어가던 모습, 큰 슬픔에 빠진 카를레토의 분노, 현관홀에서 안으로 들어가기 전 안나가 던진 시선만 반복해서 생각나 심장이 요동쳤다.

그러다가 무솔리니와 그의 정부를 만난 것이 기억났다. 다임러의 열쇠를 야간 경비병에게 주고 산 바빌라 거리를 걸어 집에 돌아가면서 그것이 환각이 아니었을까 하고 생각했다. 8월의 밤 공기는 탁하고 따뜻했다. 고급 요리의 냄새가 가득했고 많은 나치 장교들이 노천카페에 앉아 술을 마시며 흥청거리고 있었다.

피노는 알바네세 러기지 뒤로 돌아가 재봉실 입구로 갔다. 외삼촌이 노크 소리에 대답하자 감정이 북받쳤다.

"그래서?" 알베르트 외삼촌이 그를 안으로 맞아들이고 말했다. "어땠어?"

아물지 않은 슬픔이 세차게 치밀어 올라왔다. "뭐부터 말해야 할지 모르겠어요." 왈칵 눈물이 터져 나왔다.

"도대체 무슨 일이냐?"

"뭐 좀 먹어도 될까요? 아침 이후로 아무것도 못 먹었어요."

"그럼, 그럼, 당연하지. 그레타가 너 주려고 사프란 리소토를 만들어놨단다. 일단 먹고 나서 처음부터 다 말해보려무나."

피노는 눈물을 닦았다. 외삼촌 앞에서 울었다는 사실이 싫었지만 파이프가 터지듯 감정이 터져 나왔다. 말없이 외숙모가 만든 리소토 두 그릇을 먹고 나서 그날 하루 동안 레이어스 장군과 다니면서 있었던 모든 일을 자세히 설명했다.

알베르트 외삼촌 부부는 기차 터널 속 노예들에 대한 묘사에 충격을 받았다. 알베르트 외삼촌은 공장과 탄약고를 지하로 옮기고 있다는 독일군의 보고서를 전부터 입수해 왔다고 말했다.

"네가 정말로 무솔리니의 집에 갔어?" 그레타 외숙모가 물었다.

"그 사람의 저택에요." 피노가 말했다. "그 사람이랑 클라레타 페타치가 거기에 있었어요."

"말도 안 돼."

"진짜예요." 피노가 강하게 대답하고 나서 무솔리니가 공장 파업을 해결하면 장군이 그 대가로 케셀링을 만나게 해주고 아돌프 히틀러의 전화를 받게 해주겠다고 약속했다는 이야기를 한 번 더 해주었다. 그러고 나서 오늘 있었던 최악의 사건을 자세히 풀어놨다. 벨트라미니 씨가 피노를 배신자로 여기며 죽어갔다는 이야기와, 가장 친한 친구가 그를 나치이자 수치스러운 사람으로 여기며 다시는 보고 싶지 않다고 말했다는 이야기를 했다.

"그렇지 않아." 알베르트 외삼촌이 적고 있던 메모장에서 시선을 들었다. "이런 정보를 얻어낸 너는 대단한 영웅이야. 바카에게 이 내용을 보낼게. 그럼 네가 본 것을 바카가 연합군에게 전송할 거야."

"그렇지만 카를레토에게는 말하면 안 되잖아요. 그리고 카를레토 아빠가……."

"피노, 이렇게 냉정한 말을 해야 하는 게 싫지만 어쩔 수 없구나. 네 위치는 다른 사람에게 말하기에는 너무 소중하고 민감해. 지금으로서는 네가 다 참고 넘기는 수밖에 없어. 모든 것을 털어놔도 되는 때가 오면 우정을 되찾을 수 있다고 믿으렴. 진심이야, 피노. 너는 적진에서 활동하는 첩자야. 사람들이 너한테 하는 모든 모욕을 받아들이고 무시해. 그리고 최대한 레이어스 옆에 오래 붙어 있어."

피노는 건성으로 고개를 끄덕였다. "그러니까 내가 알아낸 것이 도움이 된다고 생각하시는 거죠?"

알베르트 외삼촌이 코웃음을 쳤다. "이제 우리는 대규모 탄약고가 코모 근처 터널 속에 있다는 걸 알아. 나치가 노예들을 부리고 있다는 걸 알고. 무솔리니는 히틀러가 전화를 받지 않는다는 이유로 무력감과 좌절감에 빠져버리는 정치적 고자라는 것도 알지. 첫날 이만큼이나 알아내다니 대단하지 않냐?"

피노는 기분이 좋아졌고 하품이 났다. "자야겠어요. 내일 일찍 오래요."

그는 두 사람과 포옹한 뒤 아래층으로 내려가 작은 공장을 가로질렀다. 골목으로 난 문이 열렸다. 무전사인 바카가 들어와 피노를 보고는 그의 군복을 찬찬히 뜯어봤다.

"복잡한 사연이 있어요." 피노는 그렇게 말하고 밖으로 나왔다.

피노가 집에 도착해 로비에서 보안 수색을 빠르게 통과하고 올라갔을 때 아빠는 방에서 자고 있었다. 그는 자명종을 맞춰놓고 옷을 벗은 후 침대에 쓰러졌다. 끔찍한 영상, 생각, 감정이 마음속에서 소용돌이쳐 도무지 잠을 잘 수 없었다.

그러나 안나에 대한 기억에만 생각을 집중할 수 있게 되자 마음이 진정됐다. 마침내 그녀를 마음에 품고 스르르 깊은 잠에 빠져들었다.

17

피노는 다임러를 단테 거리에 주차해 놓고 뛰어내렸다. 돌리가 사는 아파트 건물로 들어가 눈을 깜박이는 노파를 서둘러 지나쳤다. 어서 계단을 올라가 장군의 정부가 사는 아파트 문을 두드리고 싶었다.

돌리가 문을 열자 그는 실망했다. 레이어스 장군은 이미 현관 홀에 나와 도자기 잔에 담긴 커피를 마시고 있었는데 빨리 출발하고 싶은 눈치였다.

들어가서 서류 가방을 받은 뒤에도 가정부가 보이지 않자 피노는 돌리와 현관문을 등지고 기웃거렸지만 실망만 더 커졌다.

돌리가 외쳤다. "안나? 장군님 드실 음식 챙겨야지."

잠시 후 가정부가 보온병과 갈색 종이봉투를 가지고 나오자 피노는 떨리면서도 기뻤다. 장군이 현관문을 향해 걸음을 옮겼다. 피노는 안나에게 다가가 말했다. "내가 가져갈게요."

안나는 보온병을 건네면서 확실히 미소 지었다. 그는 보온병을 한 팔 아래에 끼고 도시락을 받았다.

"즐거운 하루 보내." 그녀가 말했다. "몸조심하고."

그는 활짝 웃으며 말했다. "최선을 다할게요."

"조장!" 레이어스 장군이 소리를 빽 질렀다.

피노는 깜짝 놀라 뒤로 획 돌아서 서류 가방을 움켜쥐었다. 서둘러 레이어스의 뒤를 따라 돌리의 옆을 지나쳤다. 돌리는 현관문이 닫히지 않게 잡고 있다가 피노가 나갈 때 다 안다는 시선을 던졌다.

레이어스 장군은 그날 아침에 게르만 하우스에서 케셀링 원수와 네 시간 동안 회의를 했다. 피노는 회의장에 들어가지 못했다. 장군은 정오가 지나 짜증 나고 흥분한 얼굴로 나와서 피노에게 전화교환국으로 가자고 했다.

피노는 다임러에 앉아 있거나 근처에서 어슬렁거리며 시간을 보냈는데 지루해서 미칠 것 같았다. 아무 데나 가서 밥을 먹고 싶었지만 자동차에서 멀어지면 안 될 것 같았다. 몇 블록만 가면 로레토 광장이었다. 카를레토를 찾아가서 배신자라는 생각을 바꿀 수 있을 정도로만 슬쩍 진실을 털어놓을까 고민했다. 그렇게 되면 피노의 기분은 훨씬 나아질 테지만…….

그때 확성기 소리가 들리더니 점점 가까워졌다.

꼭대기에 다섯 개의 확성기가 달린 무장친위대 자동차가 아브루치 도로로 내려오고 있었다.

"모든 밀라노 시민에게 경고한다." 한 남자가 이탈리아어로 시끄럽게 떠들었다. "비겁하게 독일군들에게 폭탄을 던진 일은 용납할 수 없다. 폭파범을 오늘 내로 신고하지 않으면 내일 처벌을 받게 될 것이다. 반복한다. 모든 밀라노 시민에게 경고한다……."

무장친위대 자동차가 로레토 광장에서 부채꼴로 펼쳐진 거리를 오르내리고 있었다. 그 모습을 지켜보며 확성기의 메아리를 듣고 있던 피노는 너무 배가 고파서 속이 쓰리고 신경질이 났다. 오후가 절반 정도 지나자 독일군들이 확성기 방송과 똑같은 내용을 담은 폭파범에 대한 경고문을 전봇대에 박고 건물 옆에 붙이고 다녔다.

세 시간 후, 레이어스 장군이 전화교환국에서 쿵쾅대며 나와 몹시 화가 난 표정으로 다임러의 뒷좌석에 올라탔다. 피노는 아침 6시 이후로 아무것도 먹지 않아서 운전석에 오를 때 약간 어지럽고 초조했다.

"빌어먹을 멍청이." 레이어스 장군이 날이 선 목소리로 독일어로 말했다. "빌어먹을 멍청이."

피노는 무슨 뜻인지 짐작도 가지 않았다. 백미러로 슬쩍 보니 레이어스 장군이 주먹으로 의자를 세 번 힘껏 내리치더니 얼굴이 벌게지고 땀을 흘렸다. 피노는 괜스레 장군이 그에게 화를 낼까 봐 겁이 나서 얼른 시선을 돌렸다.

레이어스 장군은 뒷좌석에서 여러 번 심호흡했다. 마침내 피노가 다시 백미러를 흘긋 봤을 때 장군은 눈을 감은 채 팔짱을 끼고 있었다. 호흡은 느려지다가 이내 차분해졌다. 자는 걸까?

피노는 어떻게 해야 할지 몰라 그저 기다렸고 몸이 휘청일 정도로 강한 허기를 꾹 참았다.

10분 후 레이어스 장군이 말했다. "관저. 어디인지 아나?"

피노가 백미러로 뒤를 보니 그는 도무지 속을 읽을 수 없는 표정으로 돌아와 있었다. "네, 장군님." 언제쯤 차를 세우고 먹을 것을 구할 수 있을지 묻고 싶었지만 잠자코 있었다.

"깃발을 내려. 이건 공식 방문이 아니야."

✤

피노는 지시대로 시동을 걸면서 장군이 관저에서 뭘 하려는지 궁금해졌다. 시내를 이리저리 누비며 달려 파타리 거리로 접어드는 동안 계속 레이어스 장군을 살폈다. 그러나 그는 생각에 몰두해 있었고 아무 감정도 드러내지 않았다.

관저 정문에 도착했을 때는 이미 해가 진 뒤였다. 경비병은 없었고 레이어스 장군은 그냥 들어가서 주차하라고 했다. 피노는 돌기둥이 늘어선 2층 건물을 둘러싸고 있는 조약돌 깔린 뜰로 차를 몰고 들어갔다. 그는 다임러 문을 열어젖히고 밖으로 나왔다. 분수가 뜰 한가운데에서 물을 내뿜고 있었다. 황혼이 드리우고 더위가 한풀 가셨다.

피노가 문을 열어주자 레이어스 장군이 차에서 내렸다. "네가 필요할지도 모른다."

피노는 오늘 밤 그들이 누구와 이야기를 나누게 될지 궁금했다. 그러나 한편으론 그게 누구일지 너무 빤해 심장이 쿵쾅거리기 시작했다. 바로 슈스터 추기경과 이야기를 나누려는 것이다. 밀라노 추기경인 슈스터는 기억력이 좋기로 유명했다. 그는 라우프 대령처럼 피노를 확실히 기억하겠지만, 그 게슈타포 대장과 달리 피노의 이름도 기억할 것이다. 슈스터 추기경은 나치 완장을 보고 피노를 혹독하게 비판할 것이고, 어쩌면 영원한 고통에 빠지라고 저주할지도 모른다.

레이어스 장군은 계단 꼭대기에서 왼쪽으로 돌아 무거운 나무 문을 두드렸다. 늙은 신부가 문을 열었다. 그는 레이어스 장군을 알아본 듯 불쾌감을 드러냈지만 한쪽으로 비켜서서 안으로 맞았다. 신부는 피노가 지나갈 때 독기 서린 눈초리를 보냈다.

그들은 양쪽 벽에 패널을 댄 복도를 지나 15세기 태피스트리로 만든 가톨릭 성인의 초상, 13세기 십자가상, 모든 모서리에 금박을 입힌 주물로 화려하게 장식된 인상적인 거실로 들어갔다. 거실에서 이탈리아식이 아닌 것은 책상뿐이었다. 크림색 성직자복에 테두리 없는 빨간색 모자를 쓴 키가 작고 머리가 벗겨진 남자가 피노와 레이어스 장군을 등진 채 책상 앞에 앉아 있었다. 신부가 문틀을 두드릴 때까지 추기경은 그들의 존재를 알아차리지 못했다. 그는 글을 쓰다가 잠시 멈추더니 다시 4, 5초 동안 글을 쓰고 생각을 마무리한 뒤에야 고개를 들고 돌아봤다.

레이어스 장군이 모자를 벗었다. 주저하다가 피노도 모자를 벗었다. 장군이 슈스터 추기경을 향해 걸어가면서 뒤를 돌아보며 피노에게 말했다. "추기경에게 말해. 갑작스럽게 요청했는데 기꺼이 만나줘서 감사하오. 하지만 중요한 일이오."

피노는 장군의 어깨 뒤에 남아 있으려고 했다. 그 자리에 있으면 슈스터 추기경이 피노의 얼굴을 제대로 보기 어려울 터였다. 그가 레이어스의 말을 이탈리아어로 통역했다.

그러자 슈스터 추기경이 몸을 구부리고 피노를 보려고 했다. "장군에게 어떻게 도와드릴지 물어봐요."

피노가 양탄자를 보면서 프랑스어로 통역하자 슈스터 추기경이 끼어들었다. "장군이 더 쉽게 대화하고 싶다면 내가 독일어를 하는 신부를 부르면 됩니다."

피노가 레이어스에게 말했다.

장군이 고개를 저었다. "신부의 시간이나 내 시간을 불필요하게 쓰고 싶지 않소."

피노는 레이어스 장군이 이대로 통역하는 것에 만족한다고 슈스터 추기경에게 말했다.

그가 어깨를 으쓱이자 레이어스 장군이 말했다. "예하, 게릴라가 어제 로레토 광장에서 던진 폭탄 때문에 독일군 열다섯 명이 사망한 일을 알고 있을 것이오. 라우프 대령과 게슈타포는 동이 뜨기 전에 사람들이 폭파범을 신고하기를 원하고, 그렇지 않으면 밀라노가 혹독한 반격을 당할 거라는 것도 알고 있을 것이오."

"알고 있어요. 얼마나 혹독할까요?"

"독일군에 대한 게릴라의 폭력 행위가 일어나면, 밀라노 남성 주민에 대한 적절한 폭력 행위로 반격할 것이오. 분명히 말하건대 내가 내린 결정은 아니오. 그 불명예를 질 사람은 볼프 장군이오."

피노는 통역을 하면서 반격할 가능성이 있다는 말에 충격받은 슈스터 추기경을 보고 더욱 충격을 받았다.

슈스터 추기경이 말했다. "나치가 그 방법을 택하면 온 시민이 반기를 들 것이고 저항운동이 더 거세질 것입니다. 결국 더 무자비해질 것이고요."

"나도 같은 생각이오, 예하. 그리고 그렇게 말했소. 그렇지만 내 의견은 여기에서나 베를린에서나 수용되지 않고 있소."

추기경이 물었다. "내가 어떻게 하길 바랍니까?"

"귀하가 할 수 있는 일이 별로 없을 것 같소. 처벌이 내려지기 전에 자수하라고 폭파범에게 요청하는 것 말고는 말이오."

슈스터 추기경이 잠시 생각에 몰두한 후 말했다. "언제 시작될까요?"

"내일이오."

"직접 와서 알려줘서 고맙습니다, 레이어스 장군."

"예하." 레이어스 장군이 머리를 숙여 인사하고 양쪽 굽을 척 모은 후 문을 향해 돌아섰다. 그 바람에 피노의 얼굴이 추기경에게 환히 보였다.

슈스터 추기경이 피노를 알아보고 빤히 응시했다.

"추기경 각하." 피노가 이탈리아어로 말했다. "레이어스 장군한테 저를 안다고 말하지 말아주세요. 저는 각하가 생각하시는 그런 짓을 하고 있는 게 아니에요. 부탁드려요. 제 영혼에 자비를 베풀어주세요."

✦

슈스터 추기경은 어리둥절한 듯했으나 고개를 끄덕였다. 피노는 절을 하고 나와 레이어스 장군을 따라 관저의 뜰로 나오면서 방금 안에서 들은 이야기에 대해 생각했다.

아침에 반격이 이루어질 거라고? 안 좋은 소식이었다. 독일군이 어떻게 반격할까? 성인 남성에 대한 폭력 행위라고? 장군이 그렇게 말한 것 맞지?

차 앞에 왔을 때 레이어스 장군이 말했다. "마지막에 추기경과 무슨 말을 했지?"

"좋은 저녁 보내시라고 말했습니다, 장군님."

레이어스 장군이 잠시 피노의 얼굴을 살피더니 말했다. "그럼,

돌리 집으로. 내가 할 수 있는 것은 다 했어."

피노는 반격에 대한 문제가 해결되지 않아 불안했지만, 안나를 다시 볼 생각에 대성당 주변의 구불구불한 길을 무모할 정도로 빠르게 내달려 돌리 스토틀마이어가 사는 아파트 건물 앞에 도착했다. 주차하고 뒷문을 연 후 서류 가방을 받으려 했다.

"내가 들고 올라가지. 차에 있어. 이따가 다시 나가야 할지 모르니까."

그 말에 피노의 기대가 무참히 무너졌다.

피노의 실망을 알아챘는지 모르지만 레이어스 장군은 전혀 내색하지 않고 문 안으로 사라졌다. 그제야 극심한 허기가 밀려들었다. 대체 어떻게 해야 하는 걸까? 아무것도 먹지 말라는 걸까? 아무것도 마시지 말라는 걸까?

비참한 마음으로 건물의 정면을 올려다보자 돌리의 아파트 창에 쳐진 등화관제용 커튼 사이로 새어 나오는 빛줄기가 보였다. 안나가 실망했을까? 그녀는 그날 아침에 분명히 그를 향해 미소 지었고, 그 미소는 그저 일상적이고 평범한 웃음이 아니었다. 피노의 머릿속에서 안나의 미소는 끌림과 가능성, 희망의 표시였다. 그녀가 몸조심하라고 말하고 그의 이름을 부르지 않았는가.

어쨌든 피노는 그녀를 보지 못할 판이었다. 적어도 오늘 밤에는. 그는 오늘 밤 주린 배를 안고 차 안에서 자야 했다. 기분이 울적해졌는데 이윽고 천둥이 울리자 기분이 더욱 가라앉았다. 다임러의 캔버스 지붕을 올려서 닫자마자 비가 억수같이 쏟아졌다. 운전석에 털썩 앉고 나니 폭우 때문에 아무 소리도 들리지 않았고 자신이 불쌍하게 느껴졌다. 밤새 여기에서 자야 하나? 음식도, 물도 없이?

30분이 지나고, 다시 한 시간이 지났다. 비는 잦아들었지만 여전히 지붕 위로 타닥타닥 떨어졌다. 배고픔에 위가 아팠고, 차로 외삼촌에게 가서 보고하고 음식도 좀 얻어 올까 싶었다. 그렇지만 그가 간 사이에 레이어스 장군이 내려오면 어떻게 하지?

조수석 문이 열렸다.

안나가 맛있는 냄새가 나는 음식 바구니를 들고 조수석으로 올라왔다.

"돌리가 너 배고프겠다고 하더라." 그녀가 조수석 문을 닫으며 말했다. "너 밥 좀 먹이고 먹는 동안 말 상대 해주라고 나를 보냈어."

피노가 빙긋 웃었다. "장군의 지시예요?"

"돌리의 지시야." 안나가 대답하고 주위를 둘러봤다. "뒷좌석에서 먹는 게 낫겠네."

"저기는 장군의 영역이에요."

"그는 돌리랑 침실에 있어서 바빠." 그녀가 차에서 내려 뒷문을 열고 들어갔다. "거기 한참 있을 거야. 밤새 있을지도 모르지."

피노가 웃음을 터뜨리고 문을 열어 몸을 웅크린 채 빗속을 지나 뒷좌석에 올라탔다. 안나는 대개 장군이 서류 가방을 놓는 자리에 바구니를 올려놨다. 작은 초에 불을 붙여 접시에 세웠다. 빛이 깜박거리며 차내에 금빛을 드리웠다. 그녀가 바구니를 덮은 행주를 걷으니 구운 닭 다리 두 개, 갓 구운 빵, 진짜 버터, 레드 와인 한 잔이 나왔다.

"배달 왔네요." 피노의 말에 안나가 웃음을 터뜨렸다.

다른 날 밤이었다면 그녀를 지긋이 응시했겠지만 지금은 배가 너무 고파서 빙그레 미소만 지은 후 먹기 시작했다. 그는 음식을 먹으면서 질문을 던져 안나가 트리에스테 출신이고 돌리의 집에서 일한 지 14개월이 됐으며 돌리의 신문 광고를 본 친구를 통해 일자리를 얻었다는 것을 알아냈다.

"나한테 얼마나 절실한 음식이었는지 상상도 못 할걸요." 그가 밥을 다 먹어 치우며 말했다. "배가 고파 죽을 지경이었어요. 늑대처럼 굶주렸죠."

안나가 소리 내어 웃었다. "어쩐지 밖에서 누가 울부짖는 소리가 들리는 것 같더라니."

"그게 정식 이름이에요? 안나가?" 그가 물었다.

"안나마르타라는 이름으로도 불리지."

"성은 없어요?"

"더 이상은 안 돼." 가정부는 돌연 냉정해져서 바구니에 그릇을 넣었다. "이제 가야 해."

"기다려요. 조금만 더 있으면 안 돼요? 당신처럼 사랑스럽고 우아한 사람은 만나본 적이 없어요."

그녀는 무시하듯 손을 휙 젖혔지만 미소 지었다. "바보 같은 소리."

"정말이에요."

"몇 살이야, 피노?"

"군복을 입고 총을 찰 만큼은 먹었어요." 그가 약이 올라 말했다. "차마 말 못 할 것들도 할 만큼은 나이 먹었다고요."

"어떤 건데?" 그녀가 관심을 보이며 물었다.

"그건 말 못 한다니까요." 피노가 고집을 부렸다.

안나가 촛불을 불어 끄자 두 사람은 어둠에 휩싸였다. "그럼 나는 가야겠다."

그녀는 피노가 항의하기도 전에 다임러에서 내려 문을 닫았다. 피노는 버둥거리며 뒷좌석에서 빠져나왔고 아파트 건물 현관을 향해 계단을 올라가는 그녀의 그림자나마 볼 수 있었다.

"잘 자요, 안나마르타 아가씨." 피노가 말했다.

"잘 자, 렐라 조장." 안나가 말하고 안으로 들어갔다.

그사이 비가 멈춰 있었다. 그는 오래도록 그 자리에 서서 그녀가 사라진 곳을 바라보며 장교용 차 뒷좌석에서 그녀의 향기에 감싸여 보낸 매 순간을 되새겼다. 그는 음식을 다 먹어 치운 후 늑대처럼 굶주렸다는 말에 그녀가 소리 내어 웃었을 때 그 향기를 알아챘다. 그런 향기를 한 번이라도 맡아본 적이 있었나? 그렇게 생긴 여자를 한 번이라도 본 적이 있었나? 그녀는 너무 아름다웠다. 너무 신비로웠다.

마침내 그는 운전석으로 돌아가 모자를 내려 눈을 가렸다. 그의 생각은 여전히 그녀에게 머물러 있었다. 안나라는 수수께끼를 풀 실마리라도 되는 양, 그녀에게 한 모든 말을 따져보고 그녀가 한 모든 말을 분석해 봤다. 벨트라미니 씨의 죽음이라는 참혹한 경험, 배신자라는 낙인이 찍힐까 봐 두려운 마음. 그 모든 것이 그의 의식에서 사라졌다. 깊은 잠에 빠져들기 전까지 그의 머릿속을 차지한 것은 오로지 그 가정부뿐이었다.

피노는 유리창을 툭 치는 소리에 잠에서 깼다. 희미하게 날이 밝아오고 있었다. 뒷문이 열렸다. 처음에는 안나가 다시 밥을 먹이려고 내려온 줄 알고 행복했다. 그러나 고개를 뒤로 틀자 레이어스 장군의 실루엣이 보였다.

"내 깃발을 달아. 산 비토레 교도소로 가지. 시간이 별로 없어."

피노는 사물함에 손을 뻗어 깃발을 빼 들면서 하품을 참았다.

"몇 시입니까, 장군님?"

"새벽 5시." 그가 빽 고함을 쳤다. "그러니까 움직여!"

피노는 쏜살같이 뛰어나가 깃발을 달고 최대한 빠르게 시내를 가로질렀고, 깃발 덕분에 검문소들을 신속하게 통과해 마침내 악명 높은 산 비토레 교도소에 도착했다. 1870년에 세워진 산 비토레 교도소는 중앙에 자리 잡은 본관에 3층짜리 별관 여섯 개가 연결되어 있었다. 처음 문을 열었을 때만 해도 최신식 시설이었지만 74년간 방치되어 감방과 복도가 이어진 모양은 흉측한 불가사리 같았고, 그 안에 갇힌 남자들은 살아남기 위해 날마다 매 순간 살벌하게 싸우고 있었다. 이제 산 비토레 교도소는 게슈타포의 통제를 받고 있기 때문에 피노에게 가장 두려운 곳은 레지나 호텔을 제외하면 바로 여기였다.

그들은 산 비토레 교도소의 높다란 서쪽 담장과 나란히 뻗은 비코 거리에서 출입구 옆에 서 있는 두 대의 대형 트럭과 맞닥뜨렸다. 첫 번째 트럭은 열린 출입구를 가로막고 있었다. 다른 트럭은 도로에서 공회전하면서 다른 길을 막고 있었다.

먼동이 터 밀라노를 밝힐 무렵, 레이어스 장군이 차에서 나와 문을 쾅 닫았다. 피노는 차에서 뛰어내려, 길을 건너 거수경례를 받으며 출입구를 통과하는 레이어스의 뒤를 따라갔다. 두 사람은 마주 보는 두 별관의 담장이 중앙의 본관과 만나는 곳에서 좁아지는 커다란 세모꼴의 마당으로 들어갔다.

피노는 출입구를 지나 네 걸음을 간 후 멈춰서 천천히 둘러봤다. 무장친위대 군인들이 그의 왼쪽 10시 방향으로 약 25미터

거리에 서 있었다. 그들 앞에는 무장친위대장이 있었다.

대장의 옆에는 게슈타포 발터 라우프 대령이 등 뒤로 검은색 말채찍을 들고 서서 아주 관심 있게 지켜보고 있었다. 레이어스 장군이 라우프와 대장에게 다가갔다.

피노는 라우프의 눈에 띄기 싫어서 뒤에 남았다.

대형 트럭의 꽁무니에 쳐진 덮개가 젖혀졌다. 검은여단의 무티 지부에서 온 1개 분대가 트럭에서 내렸다. 무솔리니에게 광신적으로 헌신하는 이 엘리트 파시스트 특공대는 더운 날씨에도 검은색 터틀넥을 입고 모자를 썼고 옷가슴에 턱이 없는 해골 모양의 상징을 달았다.

"준비됐나?" 무장친위대장이 이탈리아어로 말했다.

검은여단 대원 한 명이 피노의 옆을 스치고 지나가면서 외쳤다. "그들을 데려오겠습니다."

경비병들이 네 명씩 두 무리로 나뉘어 각 별관 담벼락에 달린 문을 열었다. 포로들이 발을 질질 끌면서 나오기 시작했다. 피노는 그들을 더 자세히 보기 위해 움직였다. 몇 명은 한 발짝 떼기도 버거워 보였다. 그나마 조금 더 건강해 보이는 사람들도 수염과 머리가 길어서 피노가 아는 사람인지 알아차리기가 힘들었다.

그때 왼쪽 문에서 키가 크고 당당한 체격의 젊은 남자가 마당으로 나왔다. 피노는 그가 신학생 바르바레스키라는 것을 단박에 알아봤다. 슈스터 추기경의 보좌관이자 저항운동을 위한 서류 위조범이었다. 바르바레스키가 다시 잡힌 모양이었다. 다른 남자들이 약간 떨어진 채 무리를 지어 느릿느릿 걸으며 검은셔츠단 대원들을 겁에 질려 쳐다보는 것에 반해, 바르바레스키는 반항적인 태도로 제일 앞줄로 갔다.

"몇 명이지?" 라우프 대령이 물었다.

"148명입니다." 경비병 중 한 명이 소리쳐 대답했다.

"두 명 더." 라우프가 말했다.

오른쪽 문에서 마지막으로 나온 남자가 머리를 드니 눈을 가리고 있던 머리카락이 옆으로 넘어갔다.

"툴리오!" 피노가 조용히 헐떡이며 말했다.

툴리오 갈림베르티는 피노의 말을 듣지 못했다. 나머지 남자들이 마당으로 나오는 소리에 묻혀 아무도 듣지 못했다. 툴리오가 트럭 뒤 보이지 않는 곳으로 터덜터덜 걸어갔다. 검은셔츠단 대원 한 명이 앞으로 나갔다. 레이어스 장군이 라우프 대령과 무장친위대장과 마주 섰다. 그들이 논쟁을 벌이는 것이 보였다. 마침내 라우프가 말채찍으로 검은셔츠단을 가리키며 뭔가 말해서 레이어스 장군의 입을 다물게 했다.

파시스트 지휘관이 가장 왼쪽을 가리키며 소리쳤다. "거기 너, 너부터 열까지 번호를 세. 열 번째 사람이 앞으로 나온다."

잠시 정적이 흐르다가 왼쪽 끝에 있는 남자가 외쳤다. "하나."

"둘." 두 번째 남자가 외쳤다.

그 줄의 남자들이 차례대로 번호를 불렀고 쇠약해 보이는 남자가 마지막으로 "열."이라고 외치고 머뭇거리며 앞으로 나왔다.

"하나." 열한 번째 남자가 외쳤다.

"둘." 열두 번째 남자가 외쳤다.

금방 바르바레스키의 순서가 돌아왔다. "여덟."

두 번째로 열을 외친 남자가 앞으로 나왔고 곧 세 번째로 열을 외친 남자도 앞으로 나왔다. 이어서 12명의 남자가 앞으로 나와 모여 있는 포로들 앞에서 어깨를 맞대고 나란히 섰다. 그들은 여전히 번호를 세고 있었고, 피노는 발끝으로 서서 지켜보다가 레이어스 장군이 슈스터 추기경과 나눈 대화 중 일부를 기억해냈다.

그때 경악스럽게도 "열."이라고 말하는 툴리오의 목소리가 들렸다. 그는 열다섯 번째로 앞으로 나온 남자가 됐다.

"너희 열다섯 명은 트럭에 타." 검은셔츠단 대원이 말했다. "나머지는 감방으로 돌아가."

피노는 레이어스 장군에게 가고 싶은 마음과 툴리오에게 가고 싶은 마음 사이에서 갈팡질팡했다. 그러나 레이어스 장군에게 가서 툴리오가 친한 친구인데 저항운동을 위해 첩자로 활동하다가 산 비토레 교도소에 갇혔다고 하면, 그가 피노를 의심하게 될지도…….

"여기서 뭐 하나, 조장?" 레이어스 장군이 따졌다.

피노는 눈앞에서 펼쳐지는 장면을 완전히 넋 놓고 보느라 레이어스 장군의 움직임을 놓치고 말았다. 그가 바로 옆에서 피노를 노려보고 있었다.

"죄송합니다, 장군님. 통역사가 필요하실까 싶어서요."

"차로 돌아가, 당장. 이 트럭이 나간 후에 차를 가져와."

피노가 거수경례를 하고 교도소 출입구를 뛰어나가 다임러에 올라탔다.

산 비토레 밖에 주차해 있던 트럭이 움직이기 시작했다. 피노가 장교용 차에 시동을 거는 순간, 밝은 해가 떠올라 교도소 담장 위와 출입구의 아치 주변에 내리쬈다. 그 그림자 아래로 툴리오와 다른 열네 명을 태운 트럭이 빠져나와 앞 트럭의 뒤를 따랐다.

피노는 출입구로 차를 몰았다. 장군은 피노가 문을 열어주기를 기다리지도 않고 뒷좌석에 올라탔다. 그의 얼굴은 간신히 억누른 분노로 일그러져 있었다.

"장군님?" 잠시 침묵 속에 앉아 있다가 피노가 입을 열었다.

"될 대로 되라지, 빌어먹을. 저 트럭들을 따라가."

✤

다임러가 밀라노 시내를 느릿느릿 움직이는 트럭을 재빨리 따라잡았다. 피노는 장군에게 무슨 일이 벌어지는지 묻고 싶었다. 툴리오에 대해 말하고 싶었다. 그러나 엄두가 나지 않았다.

피노는 대성당 앞 광장 옆을 달릴 때 대성당의 가장 높은 첨탑을 올려다봤다. 그 첨탑은 우뚝 솟은 태양에 감싸여 있고 그보다 낮은 측면에 있는 가고일 석상들에는 어두운 그림자가 드리워져 있었다. 그 광경이 그를 극심하게 괴롭혔다.

"장군님? 입 다물고 있으라고 하신 것은 압니다만, 그 트럭에 탄 남자들에게 무슨 일이 생길지 알려주실 수 있을까요?"

레이어스 장군은 대답하지 않았다. 호된 꾸지람이 떨어질까 봐 겁내며 백미러를 흘긋 보니, 장군은 그저 냉담하게 그를 바라보고 있었다.

"네 조상들이 앞으로 생길 일을 만들어냈다."

"장군님?"

"고대 로마인들은 그것을 십분형(열 명 중 한 명을 죽이는 처벌)이라고 불렀지. 그들은 로마 제국 전역에서 십분형을 사용했어. 십분형의 문제는 그 전략의 효과가 결코 오래가지 않는다는 거야."

"무슨 말씀이신지 잘 모르겠습니다."

"십분형은 심리작용을 한다." 레이어스 장군이 설명했다. "극도로 절망적인 공포를 조성해 저항의 위협을 진압하려고 만들었지. 그러나 역사적으로 볼 때 민간인을 상대로 보복하는 잔인한 행위는 복종보다 증오를 낳을 뿐이다."

잔인한 행위? 보복? 레이어스가 추기경에게 경고한 폭력 행위? 툴리오와 그 남자들에게 무슨 짓을 하려는 거지? 툴리오가 친한 친구라고 장군에게 말하면 도와줄까? 아니면…….

그들이 달리는 길과 나란히 뻗은 거리에서 요란한 확성기 소리가 들렸다. 한 남자가 이탈리아어로 '모든 관련 시민들'에게 로레토 광장으로 모이라고 말했다.

검은셔츠단 파시스트 두 명이 원형 교차로에 저지선을 쳐놨다. 그들은 손을 흔들어 트럭들과 레이어스 장군의 차를 통과시켰다. 트럭들이 벨트라미니 청과점을 향해 가다가 조금 못 미치는 곳에 멈춰 후진하더니, 방향을 돌려서 트럭의 뒷면이 몇 개의 건물이 만나는 공용 담장과 마주 보도록 세웠다.

"교차로를 돌아서 가." 레이어스 장군이 말했다.

여전히 갈기갈기 찢어져 있는 차양 아래의 과일 가판대를 지나칠 때 그곳에서 터지던 폭탄이 불현듯 떠올랐다. 그는 카를레토가 청과점에서 나와 트럭들을 응시하다가 그가 가는 방향으로 시선을 돌리는 것을 보고 깜짝 놀랐다.

피노는 액셀을 밟아 서둘러 카를레토의 시야에서 벗어났다. 로터리를 4분의 3 정도 돌았을 때 레이어스 장군이 에소 주유소로 들어가라고 말했다. 연료 주입기들 위로 거대한 강철 대들보들이 있는 곳이었다. 주유소 직원이 긴장한 표정으로 나왔다.

"기름 탱크를 가득 채우라고 해. 여기에 주차할 거라고 말하고." 레이어스 장군이 말했다.

피노가 그 말을 전하자 직원은 장군의 깃발을 보고 허둥지둥 멀어졌다.

여전히 확성기의 안내 방송이 들리고 밀라노 사람들이 모여들었다. 처음에는 호기심에 몇몇만 나왔지만 곧이어 새로 도착한 사람들이 거리에 길게 줄지어 사방에서 로레토 광장으로 들어섰다.

검은셔츠단 대원들이 과일 가판대 서쪽으로 30미터 지점부터 교차로의 양 끝을 지나 북쪽으로 45미터 지점까지 나무 울타리를 세웠다. 그 결과 트럭들 주변으로 탁 트인 넓은 공간이 생겼고 울타리로 몰려드는 사람들이 늘어나고 있었다.

머지않아 피노는 몰려든 사람들이 1,000명 혹은 그 이상일 것이라고 짐작했다.

다임러와 툴리오가 탄 트럭 사이의 거리는 150미터 정도였는데, 그 중간쯤에서 두 번째 나치 장교용 차가 나타나더니 로터리 가장자리로 가서 멈췄다. 피노의 자리에서 멀리 떨어져 있고 각도가 좋지 않아서 그 차에 누가 타고 있는지는 보이지 않았다. 더 많은 사람들이 광장으로 줄줄이 들어섰고 수가 너무 많아서 곧 시야를 가렸다.

"안 보이는군." 레이어스 장군이 말했다.

"네, 장군님." 피노가 말했다.

레이어스 장군이 입을 다물고 창밖을 내다보다가 말했다. "올라갈 수 있겠나?"

1분 후 피노는 연료 주입기 꼭대기에서 뛰어올라 낮은 대들보 중 하나에 매달렸다. 강철 기둥을 꽉 붙들고 머리 높이에 있는 두 번째 대들보로 이동했다.

"보이나?" 레이어스 장군이 밑에서 물었다. 그는 차 옆에 서 있었다.

"네, 장군님." 이제 1,500명에 달하는 사람들의 머리 너머로 광장의 광경이 막힘없이 보였다. 트럭들은 여전히 그 자리에 있었고 뒤 칸의 덮개들은 내려와 있었다.

"나를 올려줘." 레이어스 장군이 말했다.

피노가 내려다보니 장군은 이미 연료 주입기 위로 올라와 손을 쭉 뻗고 있었다. 피노는 그를 끌어 올렸다. 레이어스 장군은 머리 위를 가로지르는 대들보에 매달렸고 피노는 기둥을 끌어안았다.

멀리서 대성당의 종소리가 아홉 번 울렸다. 교도소 마당에서 본 검은셔츠단 지휘관이 가까운 곳에 있는 트럭 운전석에서 내렸다. 그 파시스트가 포로들이 타고 있는 다른 트럭 뒤로 들어가 시야에서 사라졌다.

얼마 지나지 않아 열다섯 명의 남자들이 한 명씩 줄지어 나와 과일 가판대 오른쪽에 있는 담장으로 가서 어깨를 나란히 맞댄 채 군중을 마주 보고 섰다. 그 모습에 마음이 점점 불편해졌다. 툴리오는 일곱 번째에 서 있었다. 그때쯤 피노는 무슨 일이 벌어질지 본능적으로 알아챘고, 떨어지지 않기 위해 두 팔로 강철 기둥을 끌어안아야 했다.

텅 빈 트럭이 움직이기 시작했다. 군중이 길을 터주자 이내 그 수송차는 교차로로 접어들었다. 복면을 쓴 검은셔츠단의 총잡이들이 다른 수송차의 뒤 칸에서 쏟아져 나오자 그 수송차도 곧 출발했다. 경기관총으로 무장한 파시스트 대원들이 포로들로부터 15미터도 떨어지지 않은 곳에 한 줄로 늘어섰다.

한 검은셔츠단 대원이 큰 소리로 말했다. "공산주의 게릴라가 독일군, 혹은 살로군 한 명을 죽일 때마다 가차 없이 그에 응당

한 처벌을 신속하게 내릴 것이다.”

일순간 광장에 정적이 흘렀지만 놀란 사람들이 소곤대는 소리가 조금씩 퍼져 나갔다.

포로 중 한 명이 파시스트들과 총살 집행 대원들을 향해 소리를 지르기 시작했다. 툴리오였다.

“이 비겁자들!” 툴리오가 그들에게 고함쳤다. “이 배신자들! 얼굴을 가리고 나치의 더러운 일을 대신 하다니. 너희들 모두—”

그들은 경기관총들을 냅다 갈기기 시작했고 가장 먼저 툴리오가 집중포화를 받았다. 피노의 친구는 총알이 박힐 때마다 뒤로 휘청휘청 물러나다가 팔다리를 벌린 채 길바닥에 축 널브러졌다.

18

총격이 계속되고 남자들이 하나둘 쓰러지는 동안 피노는 팔꿈치 안쪽에 대고 비명을 지르고 또 질렀다. 광란의 도가니였다. 몰려 있던 군중이 공포에 빠져 소리를 질러댔고, 로레토 광장의 담벼락을 선혈로 물들인 총살 집행 대원들에게서 멀리 도망치려고 버둥거렸다. 담벼락에서 피가 뚝뚝 흘러내렸고 총격이 멈추고 오래지 않아 열다섯 명의 순교자들 주변으로 피 웅덩이가 생겼다.

피노는 눈을 감고 미끄러져 내려와 낮은 대들보에 걸터앉아 로레토 광장에서 사람들이 내지르는 비명을 들었다. 이상하게도 마치 아주 멀리서 웅웅 울리는 소리처럼 들렸다. 세상이 이렇게 돌아가면 안 돼. 그는 스스로에게 말하려고 애썼다. 세상이 이렇게 사악하고 미쳐 돌아가면 안 돼.

그는 대의를 위해 노력하라던 레 신부를 기억했고, 어느새 죽은 자와 죽어가는 자를 위한 기도문인 성모송을 낭송하고 있었다. 마지막 구절에 다다랐다. "천주의 성모 마리아님, 이제와 저희 죽을 때에 저희 죄인을 위하여 빌어ㅡ"

"조장! 제기랄!" 장군이 소리쳤다. "내 말이 안 들리나?"

피노가 망연히 주위를 둘러보다 고개를 드니 나치 장군이 싸늘한 표정으로 여전히 대들보 위에 서 있었다.

"내려가라. 여길 떠날 거다."

피노의 머리에 처음 떠오른 생각은 장군의 발을 잡아당겨 4미터 이상 떨어진 콘크리트 바닥으로 떨어뜨리는 것이었다. 그런 다음 뛰어내려서 확실히 죽이기 위해 맨손으로 목을 조르는 것이었다. 레이어스 장군은 이 잔혹 행위를 방치했다. 그는 그냥 가만히……

"내려가라고 했을 텐데."

피노는 마음 한쪽이 불타오르는 고통을 느끼며 장군의 말을 따랐다. 그의 뒤를 이어 레이어스 장군이 내려와 다임러의 뒷좌석으로 들어갔다. 피노는 뒷문을 닫고 앞으로 돌아가 운전대 앞으로 미끄러져 들어갔다.

"어디로 갈까요, 장군님." 피노가 멍하니 물었다.

"그들 중 아는 사람이 있었나? 네가 비명 지르는 소리가 들리던데."

피노가 주저하는 사이 눈물이 가득 차올랐다. "아닙니다." 마침내 그가 말했다. "그런 장면을 처음 봐서 그런 겁니다."

레이어스 장군은 잠시 백미러로 피노를 빤히 살핀 후 말했다. "출발해. 여기에는 더 이상 볼일이 없다."

피노가 다임러의 시동을 걸 때 다른 독일 장교용 차는 이미 방향을 돌려 검문소로 향하고 있었다. 그 차의 뒤쪽 창문이 내려가 있었다. 피노는 그들을 내다보고 있는 라우프 대령을 봤다. 그는 액셀을 힘껏 밟아 그 게슈타포 대장의 자동차를 박아버리고 싶었다. 라우프의 자동차는 다임러와 상대가 안 될 터였다. 어쩌면 라우프가 죽을지도 모르고 그렇게 되면 세상은 더 살기 좋은 곳으로 바뀔 터였다.

레이어스 장군이 말했다. "앞차가 갈 때까지 기다려."

피노는 라우프 대령이 시내로 사라지는 것을 지켜본 후 다임러를 출발시켰다.

"어디로 갈까요, 장군님?" 피노가 다시 물었다. 목숨을 앗아간 총알에 맞아 휘청거리며 쓰러지기 전 총살 집행 대원들을 향해 격렬한 분노를 뿜어내던 툴리오의 모습이 자꾸만 떠올랐다.

"레지나 호텔."

피노가 그 방향을 응시했다. "장군님, 외람되지 않다면 시신들을 어떻게 할지 알려주시겠습니까?"

"어두워질 때까지 저기 둘 것이다. 그때가 되면 가족들이 와서 시신을 인수할 수 있다."

"하루 종일 저기에요?"

"라우프 대령은 밀라노 사람들이, 특히 게릴라들이, 독일군을 죽이면 어떻게 되는지 확실히 보기를 원한다." 검문소를 통과할 때 레이어스 장군이 말했다. "야만적인 멍청이들. 이 일로 독일군을 죽이는 이탈리아 사람들의 수가 늘어날 뿐이라는 것을 모른단 말인가? 조장, 너도 독일군을 죽이고 싶나? 나를 죽이고 싶나?"

피노는 그 질문에 너무 놀라 이 남자가 자기 마음을 읽을 수 있는 건가 생각했다. 그러나 고개를 저으며 말했다. "아닙니다, 장군님. 저는 다른 사람들처럼 평온하고 부유하게 살고 싶습니다."

피노가 게슈타포 본부로 차를 모는 동안 나치 제국 군수장관의 전권대사는 침묵을 지킨 채 깊은 생각에 빠져 있었다. 목적지에 도착하자 레이어스 장군이 차에서 내려서서 말했다. "세 시간 동안 자유 시간을 주겠다."

✤

피노는 앞으로 해야 할 일이 끔찍하게 싫었지만, 다임러에서 멀어지면서 나치 완장을 뜯어냈다. 아빠가 새로 얻은 가방 가게로 가자 그곳에서 일하는 여직원이 아빠가 알바네세 러기지에 갔다고 말했다.

피노가 가죽 제품 가게에 들어가자 아빠와 알베르트 외삼촌, 그레타 외숙모만 있었다.

외삼촌이 그를 보고 계산대 뒤에서 서둘러 나왔다. "대체 어디에 있었던 거냐? 우리 모두 네가 걱정돼서 죽는 줄 알았어!"

"집에도 안 들어오고." 아빠가 말했다. "아이고, 돌아와서 정말 다행이다."

그레타 외숙모가 피노를 쳐다보고 말했다. "무슨 일이야?"

몇 분 동안 피노는 한마디도 할 수 없었다. 그러다가 눈물을 참으며 말했다. "나치랑 파시스트들이, 그들이 그 폭파 사건에 대한 보복으로 산 비토레에서 십분형을 집행했어요. 하나부터 세서 열 번째 사람을 나오라고 했어요. 그렇게 열 번째 사람을 열다섯 명 빼냈어요. 그리고 나서 그 사람들을 로레토 광장으로 데리고 가서 기관총으로 쏴 죽였어요. 내가 직접 봤어요……."

그가 결국 무너졌다. "툴리오가 그들 중 한 사람이었어요."

알베르트 외삼촌과 아빠는 머리에 총을 맞은 듯한 표정이었다.

그레타 외숙모가 말했다. "그럴 리 없어! 네가 다른 사람을 착각했을 거야."

피노가 울부짖었다. "툴리오였어요. 정말 용감했어요. 그를 쏘려는 남자들을 향해 고함쳤어요. 그들을 비겁자라고 불렀어요. 그리고…… 아, 맙소사, 정말…… 끔찍했어요."

피노가 아빠에게 다가가 껴안는 사이, 알베르트 외삼촌은 너무 충격을 받아 휘청거리는 그레타 외숙모를 붙들었다.

"그들이 혐오스러워." 그녀가 말했다. "같은 민족이지만 그들이 너무 혐오스러워."

그레타 외숙모가 조금 진정되자 알베트르 외삼촌이 말했다. "툴리오 엄마한테 말하러 가야겠어."

"해가 지기 전에는 시신을 가져갈 수 없어요." 피노가 말했다. "게릴라가 독일군을 죽이면 어떤 일이 일어나는지 경고하려고 시신을 전시해 놓고 있어요."

"돼지만도 못한 놈들." 알베르트 외삼촌이 말했다. "이 일로 변하는 건 없을 거야. 오히려 우리를 더 강하게 만들 뿐이지."

"레이어스 장군이 그렇게 될 거라고 했어요."

정오 즈음 피노는 레지나 호텔 정문 근처에 세워놓은 다임러가 보이는 스칼라 극장 계단에 앉아 있었다. 극심한 슬픔에 정신이 멍했다. 길 건너에 있는 위대한 레오나르도 다빈치의 조각상을 응시하며 서둘러 지나치는 시민들의 수다를 듣고 있으니 다시 울고 싶어졌다. 모두가 그 잔혹 행위에 대해 이야기하고 있었다. 이제 적지 않은 사람들이 로레토 광장을 저주받은 곳이라고 불렀다. 마음속으로 그 순간을 되풀이하면서 그 역시 로레토 광장이 저주받은 곳이라고 생각했다.

3시가 되자 마침내 레이어스 장군이 게슈타포 본부에서 나왔다. 그는 자동차에 올라타서 다시 전화교환국으로 가자고 말했다. 피노는 전화교환국 앞에서 그를 기다리면서 툴리오에 대해 생각했다.

자비로운 밤이 드리우기 시작했다. 피노는 이제 친구의 시신이 회수돼 장례식을 준비할 수 있겠구나 싶어서 마음이 조금 놓였다.

7시가 되자 장군이 전화교환국에서 나와 차 뒷좌석으로 들어가 말했다.

"돌리 집."

피노는 단테 거리에 있는 돌리의 집 앞에 차를 세웠다. 레이어스 장군이 잠긴 서류 가방을 들라고 했다. 늘 그렇듯 로비에 앉은 노파가 안경 너머로 눈을 깜박였고 그들이 지나치자 코를 훌쩍이는 것 같았다. 그들은 계단을 올라가 돌리의 아파트에 도착했다. 안나가 문을 열었을 때 피노는 그녀가 속상해하고 있는 것을 눈치챘다.

"오늘 밤 주무시고 가실 건가요, 장군님?" 안나가 물었다.

"아니. 돌리를 데리고 외식할 생각이야."

돌리가 가운 차림으로 크리스털 술잔을 들고 복도로 나왔다. "아주 좋은 생각이에요. 하루 종일 여기 앉아 당신만 기다리고 있으려니까 미치겠어요, 한스. 어디로 갈 거예요?"

"모퉁이에 있는 식당. 걸어가면 되겠어. 좀 걷고 싶군." 그가 말을 멈추고 피노를 바라봤다. "넌 여기 남아 있어도 돼, 조장.

밥을 먹고 있어라. 돌아와서 네가 오늘 밤에 더 필요할지 아닐지 알려주겠다."

피노가 고개를 끄덕이고 긴 의자에 앉았다. 슬퍼 보이는 안나가 부산하게 식당을 가로질러 피노를 외면한 채 지나치며 말했다. "어떤 옷을 준비할까요, 돌리?"

레이어스 장군이 그들을 뒤따라갔고 모두 아파트 안쪽으로 사라졌다. 피노에게는 모든 것이 현실 같지 않았다. 레이어스 장군은 그날 아침 열다섯 명의 사람들이 냉혹하게 살해되는 장면을 보지 못한 것처럼 행동하고 있었다. 피노는 레이어스 장군에게 뱀 같은 면이 있다고 결론지었다. 레이어스 장군은 퍼붓는 총알에 맞아 피를 뿜으며 죽어가는 사람들을 지켜보고 나서도 바로 정부와 외식을 하러 갈 수 있는 남자였다.

안나가 돌아와서 번거로운 의무라도 되는 양 물었다. "배고파, 조장?"

"아니요. 귀찮으면 안 챙겨줘도 돼요, 아가씨." 피노가 그녀를 쳐다보지도 않고 말했다.

잠시 침묵이 흐른 후 가정부가 한숨을 쉬고 바뀐 말투로 말했다. "귀찮지 않아, 피노. 먹을 걸 좀 데워줄게."

"고마워요." 그는 여전히 안나를 보지 않고 말했다. 그의 발 옆에 장군의 서류 가방이 있는 것을 발견했기 때문이다. 진즉 자물쇠 따는 법을 배워두지 않은 것이 아쉬웠다.

알아듣기 힘들지만 격앙된 소리가 안쪽에서 들렸다. 레이어스와 정부가 말다툼을 하고 있었다. 고개를 드니 가정부는 이미 자리를 비운 뒤였다.

문이 거칠게 열리는 소리가 들렸다. 돌리가 피노가 앉아 있는 현관홀을 지나치며 외쳤다. "안나?" 안나가 서둘러 식당을 지나 거실로 갔다. "네, 돌리?"

돌리가 독일어로 뭔가 말하자 가정부는 알아들었는지 빠르게 어디론가 사라졌다. 장군이 군복 바지에 신발과 소매 없는 속옷 차림으로 다시 나타났다.

피노가 벌떡 일어났다. 레이어스 장군은 그를 무시하고 거실로 나와 돌리에게 독일어로 말했다. 그녀가 퉁명스럽게 대답하고 그가 다시 자리를 비운 몇 분 동안 창가에서 위스키를 따르고 담배를 피웠다.

피노는 뭔가 찜찜했다. 레이어스의 어떤 부분이 그의 시선을 끌었는데 그게 뭔지 딱히 떠오르지 않았다. 뭐였지?

장군이 다시 나왔을 때는 갓 다린 셔츠를 입고 타이를 매고 있었다. 그는 재킷을 한쪽 어깨에 휙 걸쳤다.

"두어 시간 후에 돌아오겠다." 레이어스 장군이 피노에게 말하고 그의 옆을 아슬아슬하게 붙어서 지나갔다.

피노는 뒤에서 장군과 돌리를 가만히 응시하면서 또다시 찜찜함을 느꼈다. 단 몇 분 전 레이어스의 모습을 기억하려고 애썼다. 와이셔츠는 안 입고 있었고…….

맙소사.

✤

현관문이 닫혔다. 마룻장이 삐걱거리는 소리가 들렸다. 고개를 돌리니 안나가 그곳에 서 있었다.

"저항운동 조직원 열다섯 명이 오늘 아침 로레토 광장에서 총살됐다고 식료품점 주인한테 들었어." 그녀가 손을 비틀며 말했다. "사실이야?"

다시 토할 것 같은 기분을 느끼며 그가 말했다. "내가 봤어요. 그들 가운데 내 친구가 있었어요."

안나가 입을 가렸다. "이런, 가엾게도……. 어서 주방으로 와. 송아지 커틀릿, 뇨키, 마늘 버터가 있어. 장군의 최고급 와인도 한 병 딸게. 어차피 그는 모를 거야."

이내 티끌 하나 없는 주방 끝에 있는 작은 식탁에 푸짐한 상이 차려졌다. 초도 하나 켜져 있었다. 안나가 그의 건너편에 앉아 와인을 홀짝였다.

송아지 고기라니. 피노는 자리에 앉아 접시에서 퍼지는 황홀한 향을 맡으며 생각했다. 송아지 고기를 마지막으로 먹은 게 언제더라? 폭격 전인가? 한 입 베어 물었다. "우와." 그가 낮게 탄성을 질렀다. "아주 맛있어요."

안나가 미소를 지었다. "할머니가 하늘나라에서 평안하시길. 할머니가 요리법을 가르쳐주셨어."

그가 밥을 먹는 동안 두 사람은 이야기를 나눴다. 그가 로레토 광장에서 일어난 일을 말하자 그녀는 고개를 숙이더니 한동안 두 손으로 얼굴을 감싸고 있었다. 마침내 고개를 들고 피노를 바라보는 눈에 붉게 물기가 서려 있었다.

"어떻게 인간이 그렇게 사악한 짓을 할 수 있을까?" 안나가 묻는 동안 촛농이 떨어져 촛대에 고였다. "자신들이 영혼이 걱정되지도 않나?"

피노는 라우프와 복면을 한 검은셔츠단 대원들을 생각했다.

"그런 사람들은 영혼에 신경 쓰지 않아요." 피노가 말하고는 마지막 송아지 고기 한 점을 먹어 치웠다. "이미 악마가 됐으니 조금 더 사악해지는 것 따위는 아무렇지 않겠죠."

안나의 시선이 피노를 스쳐 지나가 먼 곳에 잠시 머물렀다. "자, 이탈리아 소년이 어쩌다가 영향력 있는 나치 장군의 운전을 하게 됐지?"

그 질문에 피노가 흥분하며 말했다. "나는 소년이 아니에요. 열여덟 살이라고요."

"열여덟 살이라."

"몇 살이에요?"

"곧 스물네 살이 돼. 음식 좀 더 먹을래? 와인은?"

"먼저 화장실을 사용해도 될까요?"

"복도로 가서 오른쪽 첫 번째 문이야." 그녀가 말하고 와인 병에 손을 뻗었다.

피노는 거실을 지나, 와트 수 낮은 전구 두 개가 어스레한 빛을 비추는 카펫 깔린 복도로 들어섰다. 오른쪽 첫 번째 문을 열고 불을 켠 후 샤워실을 지나 바닥에 타일이 깔린 욕실로 들어갔다. 화장품이 잔뜩 늘어선 화장대 옆에 다른 문이 있었다. 두 번째 문으로 다가가 망설이다가 조심스럽게 손잡이를 돌려봤다. 손잡이가 돌아갔다.

문이 열리자 어두운 공간이 나왔고, 레이어스와 정부에게서 너무 강하게 풍겨와 잠시 움찔하게 했던 바로 그 냄새가 났다. 머릿속에서 경고의 목소리가 들어가지 말라고, 주방으로 돌아가라고, 안나에게 가라고 충고했다.

그가 스위치를 올려 불을 켰다.

휙 둘러보니 깔끔하고 정확하게 정리된 왼쪽 부분은 장군의 공간이었다. 피노와 가까운 오른쪽에 있는 돌리의 공간은 대단히 어수선한 극장 의상실 같았다. 스탠드 옷걸이 두 개에 여러 벌의 고급 원피스와 치마, 블라우스가 걸려 있었다. 캐시미어 스웨터들이 서랍장에서 튀어나와 있었다. 다채로운 실크 스카프들, 코르셋 몇 개, 가터벨트들이 옷장 문에 걸려 있었다. 침대 옆에 구두가 여러 줄로 늘어서 있었는데, 돌리의 공간에서 유일하게 질서 정연한 곳이었다. 그 외에도 책 더미와 모자 상자들 사이에 있는 탁자에 커다란 보석 상자가 열린 채 놓여 있었다.

깔끔하게 정돈된 쪽으로 먼저 움직여 서랍 제일 위를 훑어보니 쟁반 위에 커프스단추, 옷솔, 구둣주걱, 면도 도구가 있었다. 그가 찾는 것은 아니었다. 침대 옆 작은 서랍장 위와 안에도 그가 찾는 것은 없었다.

내 생각이 틀렸나 봐. 그가 생각하다가 고개를 저었다. 아니야, 틀리지 않았어.

그렇다면 레이어스 같은 사람은 그것을 어디에 숨길까? 매트리스 아래와 침대 밑을 살피고 장군의 면도 도구를 뒤지려던 참에 거울에 비친 뭔가를, 돌리의 어수선한 공간에 있는 뭔가를 봤다.

침대를 빙 돌아 돌리의 물건을 밟지 않으려고 발끝으로 걸어 마침내 보석 상자 앞에 도착했다. 길게 늘어지는 진주 목걸이들, 목에 꼭 끼는 금 목걸이, 그 외에도 많고 많은 목걸이들이 뚜껑 안쪽에 달린 고리들에 무더기로 걸려 있었다.

목걸이들을 한쪽으로 젖히고 좀 더 평범하고 납작한…… 뭔가가 있는지 찾았다.

있다! 장군의 서류 가방 열쇠가 달린 얇은 목걸이를 들어 올릴 때 온몸에 전율을 느꼈다. 목걸이를 바지 주머니에 넣었다.

"뭐 하는 거야?"

✦

피노가 몸을 빙 돌렸다. 가슴이 방망이질을 쳤다. 안나가 욕실 문가에 서 있었다. 팔짱을 끼고 한 손에 와인 잔을 든 그녀의 얼굴에 의심의 기운이 역력했다.

"그냥 둘러봤어요."

"돌리의 보석 상자를?"

그가 어깨를 으쓱했다. "그냥 구경했죠."

"그냥 구경한 게 아니잖아." 안나가 화를 냈다. "주머니에 뭔가 집어넣는 걸 봤어."

피노는 무슨 말을 하고 어떻게 행동해야 할지 알 수 없었다.

"그럼 넌 도둑이구나." 안나가 역겹다는 듯 말했다. "진즉 눈치챘어야 했는데."

"난 도둑이 아니에요." 피노가 말하며 그녀에게 다가갔다.

"아니라고?" 그녀가 한 발짝 물러섰다. "그럼 뭔데?"

"나는…… 나는 말할 수 없어요."

"말해. 아니면 네가 뭘 하고 있었는지 돌리한테 이를 거야."

피노는 어떻게 해야 할지 감이 오지 않았다. 그녀를 한 대 치고 도망가거나, 아니면…….

"나는 연합군 쪽…… 첩자예요."

안나가 같잖다는 듯 웃었다. "첩자? 네가?"

그 말이 피노를 화나게 했다.

"더 적임자가 있나요? 그가 어디를 가든 내가 따라가잖아요."

안나가 입을 다물고 의심스러운 표정을 지었다. "어쩌다가 첩자가 됐는지 말해봐."

피노는 주저하다가 카사 알피나, 그곳에서 피난민들을 도운 일, 부모님이 그의 목숨이 위험해질까 봐 걱정돼 토트 조직에 입대시킨 사연, 폭격을 맞은 모데나의 기차역에서부터 독일군 병원의 침상을 거쳐 외삼촌의 가죽 가게 앞에 세워진 레이어스 장군의 차 운전석에 이르기까지 이어진 과정에 대해 빠르게 말했다.

"당신이 믿든 말든 상관없어요." 마지막으로 그가 말했다. "하지만 내 목숨은 당신 손에 맡겼어요. 레이어스가 알면 나는 죽게 될 거예요."

안나가 그의 표정을 찬찬히 살폈다. "주머니에 넣은 게 뭐야?"

"서류 가방의 열쇠예요."

그 열쇠가 안나의 닫힌 마음을 열기라도 한 것처럼 그녀의 의심은 순식간에 부드러운 미소로 바뀌었다. "열어보자!"

피노가 안도의 한숨을 내쉬었다. 그녀는 그를 믿었고 레이어스에게 말하지 않을 것이다. 서류 가방을 여는 일에 안나가 가담하면 장군이 알게 됐을 때 그녀도 죽게 될 것이다.

"오늘 밤에는 다른 계획이 있어요."

"무슨 계획이야?"

"보여줄게요." 피노가 그녀를 주방으로 이끌었다.

여전히 초가 식탁 위에서 깜박거리고 있었다. 그는 초를 들어 식탁에 촛농을 조금 부었다.

"그러지 마." 안나가 말했다.

"금방 벗겨질 거예요." 피노가 주머니를 뒤져 열쇠와 목걸이를 끄집어냈다.

그는 목걸이에서 열쇠를 빼서 촛농이 식어 창틀 접착제처럼 말랑말랑해지기를 기다렸다가 그 위로 열쇠를 부드럽게 눌렀다. "이렇게 하면 열쇠를 복사해서 내가 원할 때 언제든 서류 가방을 열 수 있어요. 이쑤시개랑 주걱 있어요?"

안나는 다시 봤다는 표정으로 놀라움을 담아 쳐다보더니 수납장에서 이쑤시개를 하나 꺼냈다. 피노는 촛농에서 열쇠를 살살뺀 다음에 뜨거운 물로 닦았다. 그녀가 탁자에 주걱을 올려놓자, 그는 그 주걱으로 식탁 위에서 촛농을 떼어냈다. 식은 틀을 화장지로 감싸서 셔츠 주머니에 넣었다.

"이제 뭘 하지?" 안나가 두 눈을 빛내며 말했다. "신난다!"

피노가 그녀를 향해 활짝 웃었다. 신이 났다. "서류 가방 속을 살펴본 후에 열쇠를 돌리의 보석 상자에 되돌려놓을 거예요."

그녀도 마음에 들 거라고 생각했는데 뜻밖에도 그녀의 입술이 뿌루퉁해졌다.

"뭐가 잘못됐어요?" 피노가 물었다.

"음." 그녀가 어깨를 으쓱했다. "네 말대로 열쇠를 만들면 언제든 서류 가방을 열 수 있잖아. 내 생각에는 열쇠를 제자리에 갖다 놓고 나서……."

"그러고 나서 뭐요?"

"나한테 키스해도 돼." 안나가 무미건조하게 말했다. "그러고 싶지 않아?"

피노는 부정할 수 없었고 솔직하게 말했다. "당신이 상상도 못할 만큼 많이 원해요."

✤

피노는 열쇠를 제자리에 돌려놓고 침실 문을 닫았다. 안나는 장난스러운 미소를 지으며 주방에서 그를 기다리고 있었다. 그녀가 의자를 가리켰다. 피노가 앉자 안나가 와인 잔을 내려놓고 그의 무릎에 앉았다. 그의 어깨에 양팔을 올리고 키스했다.

피노는 처음으로 그녀를 안고 부드러운 입술을 느끼고 완벽한 향을 맡으면서, 바이올린이 아름다운 멜로디의 첫 선율을 연주하고 있는 듯한 기분을 느꼈다. 음악이 아주 기분 좋게 온몸을 타고 흘러 전율에 휩싸였다.

안나는 키스를 멈추고 이마를 맞댔다.

"이럴 줄 알았어." 그녀가 속삭였다.

"당신을 처음 본 순간, 이렇게 되게 해달라고 기도했어요." 그가 헐떡이며 말했다.

"다행이네." 안나가 다시 그에게 키스했다.

피노는 그녀를 더욱 꽉 끌어안았다. 마치 첼로와 바이올린이 만난 것처럼 이제야 제자리로 돌아온 것 같은 느낌에 경탄했다. 잃어버린 조각을 찾은 느낌이었다. 그녀의 손길, 그녀의 입술, 그녀의 눈동자에 서린 다정함으로 그가 완전해진 것 같았다. 그의 소원은 신이 허락하는 한 한없이 그녀를 안고 있는 것뿐이었다. 그들은 세 번째로 키스했다. 그녀의 목에 코를 비비자 그녀가 만족스러운 숨을 내뱉었다.

"당신에 대해 모두 알고 싶어요." 그가 중얼거렸다. "고향이 어디인지, 그리고……."

안나가 조금 물러났다. "말했잖아. 트리에스테라고."

"어릴 때는 어떤 아이였어요?"

"별났지."

"설마요."

"엄마가 그렇게 말했어."

"어머니는 어떤 분이에요?"

안나가 피노의 입술을 손가락으로 막고 눈을 똑바로 들여다보며 말했다. "옛날에 아주 현명한 사람이 나한테 말하기를, 우리는 마음을 열고 상처를 드러냄으로써 인간이 되며 결함이 생기기도 하고 완전해지기도 한다네."

그의 미간이 찌푸려졌다. "그래서요?"

"나는 아직 내 비밀을 드러낼 준비가 안 됐어. 네가 나를 인간으로, 결함이 있는 사람으로, 완전한 사람으로 보기를 원하지 않아. 나는 이게…… 그러니까 우리 관계가…… 우리가 공유할 수 있는 환상이었으면 좋겠어. 전쟁을 잊게 하는 기분 전환."

피노는 손을 뻗어 그녀의 얼굴을 쓰다듬었다. "아름다운 환상, 멋진 기분 전환."

안나가 네 번째로 그에게 키스했다. 피노는 가슴 속에서 진동하는 현악기의 연주에 목관악기가 가세한 듯한 소리를 들은 것 같았다. 그리고 그의 몸과 마음이 단 하나로, 안나마르타라는 음악으로 변하는 것을 느꼈다.

19

레이어스 장군과 돌리가 저녁을 먹고 돌아왔을 때 피노는 눈을 빛내며 현관홀의 긴 의자에 앉아 있었다.

"두 시간 내내 거기 앉아 있었나?" 레이어스 장군이 물었다.

얼큰하게 취해 기분이 좋은 돌리가 피노를 쳐다봤다. "그랬다면 안나에게는 비극적인 일이었겠네."

피노가 얼굴이 빨개져 시선을 피하자 그녀는 싱긋 웃고는 모델처럼 우아하고 당당한 걸음으로 그의 앞을 지나갔다.

"가도 좋아, 조장. 다임러는 수송부에 세워놓고 06시에 여기로 오도록."

"네, 장군님."

통행금지가 가까워진 시간, 피노는 다임러를 몰고 거리를 달리면서 일생 최악의 날 끝자락에 최고의 저녁을 보냈다는 생각을 했다. 지난 열두 시간 동안 공포로 시작해 슬픔을 지나 안나와의 키스에 이르기까지 인간의 모든 감정을 경험했다. 그녀는 거의 여섯 살이나 연상이었지만, 그는 조금도 신경 쓰지 않았다. 오히려 그녀가 더욱 매력적으로 느껴질 뿐이었다.

피노는 차를 수송부에 세워놓고 코르소 마테오티에 있는 렐라 가족의 아파트로 걸어 돌아가면서, 툴리오의 죽음을 보고 느낀 감정과 안나에게 키스할 때 느낀 음악 사이에서 다시 한번 갈팡질팡했다. 나치 경비병들을 지나 새장 모양의 승강기를 타고 올라가며 생각했다. 하느님은 우리에게 은혜를 베푸시고 다시 거두어 가신다. 가끔은 같은 날에도.

피노의 아빠는 친구들과 연주할 때를 제외하면 대체로 일찍 잠자리에 들기 때문에, 현관문을 열면서 그를 위한 불 하나만 켜져 있는 조용한 집을 예상했다. 그런데 등화관제용 커튼이 쳐진 집은 대낮처럼 환했고 바닥에는 그가 아는 여행 가방들이 놓여 있었다.

"미모!" 그가 부드럽게 외쳤다. "미모, 너 집에 왔어?"

동생이 밝게 웃으면서 주방에서 나오더니 냅다 뛰어와 피노를 힘차게 끌어안았다. 피노가 카사 알피나를 떠난 후 15주 동안 동생은 키가 2.5센티미터 정도만 자랐지만 몸은 확실히 좋아졌다. 동생의 팔과 등에서 잘 발달한 근육이 느껴졌다.

"형 보니까 좋네. 정말 좋아."

"여긴 웬일이야?"

미모가 목소리를 낮췄다. "아빠한테는 잠시 집에 오고 싶다고 했는데…… 사실 카사 알피나에서 우리가 하는 일이 좋은 일인 건 알지만, 여기서 진짜 싸움이 벌어지고 있는데 나만 산에 숨어 있는 건 더 이상 견디기 힘들어서."

"뭘 하려고? 게릴라에 들어가려고?"

"응."

"넌 너무 어려. 아빠가 허락하지 않으실 거야."

"형이 말하지 않으면 아빠가 아실 일 없지."

피노는 동생을 자세히 살펴보면서 그 배짱에 감탄했다. 동생은 열다섯 살밖에 안 됐는데 아무것도 두려워하지 않는 듯했고 의심 한 자락 없이 모든 상황에 몸을 던졌다. 하지만 나치와 싸우기 위해서 게릴라 조직에 들어가는 것은 목숨을 건 모험이었다.

그때 미모의 얼굴에서 핏기가 싹 가시더니 피노의 주머니에 꽂힌 빨간색 완장과 나치의 만자 무늬를 떨리는 손가락으로 가리켰다. "그게 뭐야?"

"아. 군복에 딸려 있는 거야. 하지만 네가 생각하는 것하고는 달라."

"어떻게 내가 생각하는 것과 다를 수 있어?" 미모가 화를 내며 말하더니 군복 전체를 살펴보려고 뒤로 물러섰다.

"나치를 위해 싸우는 거야, 형?"

"싸운다고? 아니. 나는 운전병이야. 그게 다야."

"독일군 운전병?"

"응."

미모는 침을 뱉고 싶은 듯한 표정이었다. "왜 저항운동을 위해, 이탈리아를 위해 싸우지 않는 거야?"

피노가 주저하다가 말했다. "그러려면 탈영해야 하잖아. 그럼 내가 탈영병이 되는 거야. 요즘 나치는 탈영병을 총살해. 그런 말 안 들어봤어?"

"그러니까 형 말은 형이 나치라는 거야? 이탈리아를 저버린 배신자라는 거야?"

"그렇게 흑백 논리로 가릴 문제가 아니야."

"그런 문제 맞아!" 미모가 소리쳤다.

"알베르트 외삼촌과 엄마의 아이디어야." 피노도 맞받아쳤다. "두 분은 나를 러시아 전선에 보내지 않으려고 하셨어. 그래서 여기에, 토트 조직이라는 곳인데 줄여서 OT라고 해. 여기 입대한 거야. 토트 조직은 건설을 하고 물건을 만들어. 나는 그냥 장교의 차를 몰고 다니면서 전쟁이 끝나기를 기다리고 있어."

"조용히 해라!" 아빠가 방에서 나오며 말했다. "아래층에 있는 경비병들한테 들리겠어!"

"사실이에요, 아빠?" 미모가 억지로 목소리를 낮춰 물었다. "다른 사람들은 앞에 나서서 이탈리아의 독립을 위해 싸우는데 피노 형은 그저 전쟁을 잘 넘기려고 나치 군복을 입고 있다는 게 사실이냐고요?"

"나라면 그렇게 표현하지 않겠구나." 미켈레가 말했다. "하지만, 맞다. 네 엄마와 알베르트 외삼촌과 나는 그 방법이 최선이라고 생각했다."

그 말은 둘째 아들을 달래지 못했다. 미모는 형을 비웃었다. "누가 생각이나 했겠어? 피노 렐라가 비겁자의 길을 선택하다니."

피노가 순식간에 너무 세게 치는 바람에 미모의 코가 깨져서 피가 바닥으로 뚝뚝 떨어졌다.

"알지도 못하면서 그렇게 말하지 마." 피노가 말했다. "넌 아무것도 몰라."

"그만해라!" 미켈레가 두 사람 사이에 끼어들었다. "다시는 미모를 때리지 마!"

미모가 손에 떨어져 고이는 피를 보다가 피노에게 경멸의 시선을 던졌다. "내가 쓰러질 때까지 더 때려보시지, 나치 형. 당신네 독일인들이 할 줄 아는 건 그것뿐이잖아."

피노는 동생의 얼굴을 후려치고 싶었지만, 한편으로는 그가 이탈리아를 위해 목격하고 실행한 일들에 대해 말하고 싶었다. 그러나 그럴 수는 없었다.

"믿고 싶은 대로 믿어." 피노는 자리를 떠났다.

"이 독일 놈." 미모가 뒤에서 말했다. "히틀러의 앞잡이 꼬마가 무사할 것 같아?"

피노는 방문을 닫고 잠갔다. 옷을 벗고 침대에 들어가 자명종을 맞췄다. 불을 끄고 상처 난 손가락 관절을 만져보다가, 삶이 또다시 그에게 불리하게 돌아가고 있다고 생각했다.

하느님이 그에게 원하는 것이 이것일까? 영웅을 잃고, 사랑을 찾고, 동생의 경멸을 참아내기를 원하는 걸까? 게다가 이 모든 것을 한날에?

사흘 내내 밤마다 불어닥친 마음속 회오리바람이 안나에 대한 기억 덕에 마침내 잦아들자 그는 서서히 잠에 빠져들었다.

✤

15일 뒤, 경사가 심하고 건조한 산비탈에서 한 무장친위대 군인이 육중한 기관포 두 대를 끌고 올라가는 당나귀 여섯 마리를 채찍으로 후려쳤다. 그 채찍질에 당나귀들의 옆구리가 찢어졌다. 당나귀들은 이탈리아 중부의 아레초라는 도시 북부에 자리 잡은 아펜니노산맥 정상을 향해 올라가면서 고통과 두려움에 시끄럽게 울어댔고, 발굽으로 땅을 파헤치는 바람에 흙먼지가 피어올랐다.

"옆으로 돌아서 추월해. 서둘러, 조장." 레이어스 장군이 뒷좌석에서 읽고 있던 서류에서 시선을 들며 말했다. "시멘트를 부어야 해."

"네, 장군님." 피노가 당나귀들 옆으로 돌아 나가며 속도를 높였다. 계속 하품이 나오고 너무 피곤해서 진흙탕에 누워서도 잠들 수 있을 정도였다.

레이어스 장군이 일하고 이동하는 강도는 충격적이었다. 로레토 광장에서 처형이 벌어진 후 레이어스와 피노는 며칠 동안 하루에 14시간, 15시간, 어떨 때는 16시간을 도로에서 보냈다. 레이어스 장군은 될 수 있으면 밤에 이동하는 것을 좋아했다. 그럴 때면 길게 자른 캔버스 천을 덮어 전조등을 가렸다. 오직 달빛에 의지해 몇 시간씩 바짝 긴장한 채 길을 찾아가야 했다.

그 불쌍한 당나귀들을 지나칠 때는 이미 오후 2시가 지난 시간이었는데, 전날 동이 뜨기 전부터 계속 운전하고 있는 참이었다. 계속해서 차를 몰고 장거리를 이동하다 보니, 안나와 주방에서 키스한 이후로는 단둘이 있을 시간이 거의 없어서 더 짜증이 났다.

그녀에 대한 생각을 멈출 수가 없었다. 그녀가 품 안에 있을 때의 느낌, 그녀의 입술이 닿을 때의 느낌이 계속 떠올랐다. 피노는 또다시 하품이 나왔지만 그 행복한 생각 덕분에 미소를 지었다.

"저 위." 레이어스 장군이 앞 유리 너머 바위투성이의 건조한 지형을 가리켰다. 피노는 커다란 바위와 돌이 길을 막고 있어 더 이상 나아갈 수 없는 지점까지 다임러를 몰고 갔다.

"여기서부터 걸어간다."

피노가 차에서 내려 뒷문을 열자 장군이 나와서 말했다. "네 공책과 펜을 가지고 가라."

피노는 뒷좌석에 있는 서류 가방을 흘긋 쳐다봤다. 알베르트 외삼촌의 친구 덕분에 열쇠를 복사한 지 일주일이 넘었지만 사용할 기회가 없었다. 그는 사물함 속 지도 아래에서 공책과 펜을 꺼내 들었다.

두 사람은 잘 부서져서 자꾸 발이 미끄러지는 돌밭과 바위를 지나 마침내 꼭대기에 도착했다. 그들은 계곡이 내려다보이는 경치를 감상했다. 계곡은 기다랗게 이어진 두 개의 산등성이로 둘러싸여 있어 지도에서는 쭉 편 게의 집게발처럼 보였다. 남쪽으로는 농장과 포도밭으로 나뉜 넓은 평지가 펼쳐져 있었다. 북쪽으로는 안쪽 집게발 부분에 해당하는 고지에서 한 부대가 지독한 더위 속에서 일하고 있었다.

레이어스 장군은 그들을 향해 단호한 태도로 산등성이를 걸어 올라갔다. 피노는 장군의 뒤를 따라가다가 산의 측면을 오르내리는 남자들의 숫자에 깜짝 놀랐다. 너무 많아서 서로를 밟으며 언덕을 기어올라 가는 바글바글한 개미처럼 보였다.

거리가 가까워지자 점차 개미들이 사람으로, 망가진 회색 사람들로 변했다. 1만 5,000명. 어쩌면 그보다 많은 노예들이 기관총 진지와 대포 발사대를 짓기 위해 시멘트를 섞고 옮기고 붓고 있었다. 그들은 골짜기 바닥을 파고 대전차 장애물을 설치하고 있었다. 완만한 측면을 가로질러 가시철사를 달고, 곡괭이와 삽으로 독일 보병대의 참호로 사용될 구덩이를 파고 있었다.

노예들 한 무리마다 무장친위대 군인 한 명을 감시원으로 배정해 더 열심히 일하라고 들볶았다. 비명 소리가 들려서 돌아보니 노예들이 채찍과 몽둥이로 무자비하게 구타당하고 있었다. 더위를 못 견디고 쓰러진 노예들은 다른 노예들에게 질질 끌려가서 스스로 몸을 추스르거나 바위에 누워 작열하는 햇빛을 맞으며 죽어갔다.

피노의 눈에는 아주 옛날부터 이어져온 장면처럼 보였다. 수세기 동안 무덤을 만들면서 사람들을 노예로 만들어 갖은 노동을 시킨 파라오의 최신판이었다. 레이어스 장군이 현장이 잘 보이는 곳에서 멈춰 섰다. 그는 자신의 손에 목숨이 달린 수많은 남자를 내려다봤고, 적어도 그의 표정만 봐서는 그들이 겪고 있는 역경에 흔들리지 않는 것 같았다.

파라오의 노예를 부리는 자. 토리노 출신의 게릴라 전사인 안토니오는 레이어스를 그렇게 불렀다. 피노는 생각했다. 레이어스가 바로 그 파라오의 노예를 부리는 자야.

✤

레이어스 장군에 대한 새로운 증오가 피노의 마음속 깊은 곳에서 끓어올랐다. 피노는 산 비토레 교도소에서 십분형이 야만적이라며 싸우던 사람이 내면의 갈등 또는 자기혐오 하나 없이 노예 군대를 지배할 수 있다는 것을 도저히 이해할 수 없었다. 가파른 산비탈에서 나무 밑동과 바위를 쌓는 불도저들을 지켜보는 레이어스의 표정에는 아무런 감정도 드러나지 않았다.

장군이 피노를 응시하더니 그들의 아래를 가리켰다. "연합군이 공격해 오면 이런 장애물들이 즉시 그들을 우리의 기관총 앞으로 내몰 것이다."

피노는 감탄한 척 고개를 끄덕였다. "네. 장군님."

그들은 기관총 진지와 대포 시설이 맞닿아 연결된 곳 사이를 걸었고, 피노는 레이어스의 뒤를 따라가면서 메모를 했다. 거리가 길어질수록, 그리고 보는 것이 많아질수록, 장군은 퉁명스러워졌고 격앙됐다.

"이렇게 받아 적어. 시멘트의 질이 낮은 곳이 많다. 이탈리아 공급자들의 고의적인 방해 행위로 보임. 계곡 상단은 전투를 할 만큼 굳지 않았다. 케셀링에게 알릴 것. 나는 노동자 만 명이 더 필요하다."

만 명의 노예들. 피노는 역겨워하면서 받아 적었다. 그들은 레이어스에게 아무런 의미도 없었다.

이어서 레이어스 장군은 토트 조직과 독일군 고위급 장교들과의 회의에 참석했는데, 지휘 벙커 안에서 소리치고 위협하는 그의 목소리가 밖에 있는 피노에게까지 들렸다. 회의가 끝나자 장교들이 부하들에게, 그 부하들이 다시 하급자들에게 소리치는 것을 봤다.

마치 점점 커지는 파도를 보고 있는 것 같았다. 그 연속된 물결은 레이어스의 요구에 대한 부담을 노예들에게 토해내는 무장 친위대 군인들에게 이르러 끝났다. 그들은 노예들에게 회초리를 휘두르고 발로 찼다. 더 열심히, 더 빠르게 일을 시킬 수 있는 모든 수단을 동원해서 노예들을 몰아붙였다. 피노에게는 그 속에 담긴 뜻이 분명하게 보였다. 독일군은 연합군이 머지않아 이곳에 도착할 것이라고 예상했다.

레이어스 장군은 만족스러운 작업 속도가 나올 때까지 지켜본 뒤 피노에게 말했다. "이곳에서의 볼일은 끝났다."

그들은 산비탈을 내려왔다. 장군은 가끔 멈춰 서서 진행 중인 작업을 주시했다. 그럴 때를 제외하면 멈출 수 없는 기계처럼 계속 단호한 태도로 걸었다. 그에게도 심장이 있을까? 피노는 궁금했다. 영혼은 있을까?

다임러를 세워놓은 곳으로 이어지는 길에 가까워졌을 때, 피노는 무장친위대 군인들의 감시 아래 회색 옷을 입은 남자 일곱 명이 곡괭이를 휘두르고 땅을 파고 바위와 셰일(얇은 층으로 이루어져 잘 벗겨지는 성질이 있는 암석)을 깨고 있는 것을 봤다. 그들 중 일부는 피노가 예전에 본 미친개처럼 황폐하고 정신 나간 표정을 하고 있었다.

피노가 선 자리에서 가장 가까운 곳에 있던 노예는 다른 노예들보다 높은 오르막에서 힘없이 땅을 파고 있었다. 그가 더 이상은 견딜 수 없다는 듯 동작을 멈추고 양손을 삽 손잡이에 올렸다. 한 무장친위대 군인이 그에게 소리를 질러대며 언덕을 가로질러 다가갔다.

그 노예가 시선을 돌려 그곳에 서 있는 피노를 발견하고 내려다봤다. 그의 피부는 햇빛 때문에 갈색으로 변해 있었고 수염은 피노의 기억보다 훨씬 제멋대로 뻗어 있었다. 살도 너무 많이 빠져 있었다. 그러나 피노는 그가 보고 있는 사람이 안토니오라고 확신했다. 레이어스의 운전병이 된 첫날 터널 안에서 물을 준 노예였다.

피노가 동정심과 동시에 수치심을 느끼고 있을 때 무장친위대 군인이 라이플총 개머리판으로 노예의 옆머리를 후려쳤다. 그가 쓰러져 가파른 경사면을 굴러떨어졌다.

"조장!"

피노는 깜짝 놀라 고개를 돌렸다. 레이어스 장군이 50미터 정도 떨어진 곳에 서서 그를 노려보고 있었다.

피노는 이제 움직이지 않는 노예를 다시 한번 쳐다보고 빠르게 걸음을 옮기면서 이 모두가 레이어스 장군의 책임이라고 생각했다. 장군이 그 남자를 때려서 쓰러뜨리라고 명령하지는 않았지만, 피노가 보기에 그것은 순전히 그의 책임이었다.

✤

피노는 어둠이 내리고 한참이 지나서야 알베르트 외삼촌 가게의 재봉실 문으로 들어섰다.

"오늘 나쁜 일들을 봤어요." 피노가 다시 감정이 격해진 채 말했다. "그들이 하는 말도 들었어요."

"말해봐라." 알베르트 외삼촌이 말했다.

피노는 최대한 자세히 말하려고 했다. 레이어스 장군이 한 일과 무장친위대 군인이 그저 쉰다는 이유로 안토니오를 죽인 방식에 대해 자세히 이야기했다.

"모두 도살자들이야. 그 무장친위대는." 알베르트 외삼촌이 받아 적고 있던 메모장에서 시선을 들어 말했다. "보복 포고령 때문에 날마다 잔혹 행위가 벌어지고 있다는 말이 돌고 있어. 산타나 디 스타체마에서 친위대 부대들이 560명이나 되는 무고한 사람들에게 기관총을 쏘고 고문을 하고 태워 죽였어. 카살리아에서는 미사 중에 제단에 있는 신부와 노인 세 명을 쏘아 죽였고. 또 교구 주민 147명을 교회 묘지에 몰아넣고 기관총을 발포했어."

"뭐라고요?" 피노는 충격을 받았다.

그레타 외숙모가 말했다. "계속되고 있어. 며칠 전만 해도 바르디네 디 산 테렌초에서 피노 너처럼 어린 이탈리아 젊은이 50명 이상을 가시철사로 목 졸라 나무에 매달았어."

피노는 모든 나치가 혐오스러웠다. "그들을 중단시켜야 해요."

"그들에게 저항하는 싸움에 합류하는 사람들이 날마다 늘고 있단다." 알베르트 외삼촌이 말했다. "그래서 너의 정보가 아주 중요해. 네가 갔던 곳을 지도에서 보여줄 수 있겠냐?"

"이미 해놨어요." 피노는 장교용 차의 사물함에서 빼내 온 장군의 지도를 품에서 꺼냈다.

재단용 작업대에 지도를 펼쳐놓고 대포와 기관총 진지, 무기고, 탄약고의 대략적인 배치를 연필로 연하게 표시한 것을 외삼촌에게 보여주었다. 그는 레이어스 장군이 연합군의 행군 방향을 기관총 진지 쪽으로 유인하려고 일부러 암석 부스러기를 쌓아놓은 지점을 가리켰다.

"레이어스는 이 지역의 콘크리트 질이 떨어진다고 했어요." 피노가 지도를 가리키며 말했다. "그것 때문에 걱정이 아주 많죠. 연합군은 독일군이 지상에서 공격하기 전에 먼저 여기를 폭발시켜서 제거해야 해요."

"똑똑하구나." 알베르트 외삼촌이 그 지역의 위도와 경도를 적으면서 말했다. "그렇게 전달하마. 그나저나 네가 처음으로 노예들을 본 날 레이어스와 같이 갔던 터널 말이다. 어제 파괴됐다. 독일군이 안에 들어갈 때까지 기다렸다가 게릴라들이 양쪽 끝에서 다이너마이트로 폭파했단다."

그 소식에 피노는 기분이 좋아졌다. 그는 실제로 세상을 변화시키고 있었다.

"제가 서류 가방을 열어보면 확실히 도움이 될 텐데요."

"맞아. 그럴 기회가 생길 때까지 우리는 소형 사진기를 구할 방도를 찾아보마."

피노는 그 아이디어가 마음에 들었다. "내가 첩자라는 것을 누가 알아요?"

"너, 나, 네 외숙모."

그리고 안나. 그러나 피노는 말하지 않았다. "연합군은 몰라요? 게릴라도요?"

"그들은 내가 붙인 암호명으로만 널 알고 있지."

그 아이디어는 더욱더 마음에 들었다. "정말요? 내 암호명이 뭐예요?"

"관찰자." 알베르트 외삼촌이 대답했다. "이런 식으로 적어. '관찰자가 이 지점에 있는 기관총 진지를 언급' 혹은 '관찰자가 군수품이 남쪽으로 향한다고 언급'. 일부러 특징 없이 지었어. 그래야 독일군이 보고서를 도중에 가로채더라도 네가 누군지 알 수 없으니까."

"관찰자라." 피노가 말했다. "평범하고 간결하네요."

"나도 딱 그렇게 생각했어." 알베르트 외삼촌이 지도에서 눈을 떼고 일어섰다. "이제 지도를 접으렴. 다만 접기 전에 연필 자국을 지우는 게 좋겠다."

✤

외삼촌 말대로 연필 자국을 지우고 가게에서 나왔다. 피노는 배가 고프고 피곤해서 집을 향해 걷기 시작했지만, 안나를 못 본

지 며칠이나 된 터라 돌리의 아파트로 발걸음을 돌렸다.

그러나 도착하자마자 대체 왜 왔나 하는 회의가 들었다. 거의 통행금지 시간이었다. 게다가 무작정 올라가서 문을 두드리고 그녀를 보게 해달라고 할 수도 없는 노릇이었다. 장군은 이미 집에 가서 자라고 명령했다.

막 돌아가려던 참에 안나가 주방 뒤에 있는 그녀의 방 너머로 계단이 있다고 말한 것이 생각났다. 건물을 돌아가니 다행히 바로 위에 떠 있는 달 덕분에 3층에서 안나의 방과 창문으로 짐작되는 곳을 쉽게 찾을 수 있었다.

그녀가 저 안에 있을까? 아니면 아직 설거지를 하고 돌리의 옷을 빨고 있을까?

자갈을 조금 주워서 상체를 뒤로 젖혀 한꺼번에 던졌다. 그녀가 방에 있을 수도 있지만 없을 수도 있겠다고 생각했다. 10초가 지나고 다시 10초가 지났다. 막 돌아가려고 할 때 내리닫이창이 올라가는 소리가 들렸다.

"안나!" 그가 조용히 불렀다.

"피노?" 그녀도 조용히 답했다.

"뒷문으로 들어가게 해줘요."

"장군이랑 돌리가 아직 집에 있어." 그녀가 의문이 담긴 투로 말했다.

"조용히 하면 돼요."

오랜 정적이 흐른 후 그녀가 말했다. "잠깐만 기다려."

그녀가 다용도실 문을 열자 계단을 살금살금 올라갔다. 앞서 가던 안나는 몇 걸음 걷다 멈추고 무슨 소리가 들리지 않는지 살폈다. 마침내 두 사람은 그녀의 방에 도착했다.

"배고파요." 피노가 소곤거렸다.

그녀가 문을 열고 그를 안으로 밀어 넣은 후 역시 소곤거리며 대답했다. "먹을 것 좀 찾아볼게. 대신 너는 여기서 나오면 안돼. 조용히 있어."

얼마 지나지 않아 그녀가 남은 음식을 가지고 돌아왔다. 돼지 뒷다리 살과 레이어스 장군이 좋아하는 볶음국수였다. 그녀가 켜놓은 촛불 옆에 앉아 밥을 먹었다. 그녀는 침대에 앉아 와인을 마시면서 그가 먹는 모습을 지켜봤다.

"배가 행복해졌어요." 피노가 다 먹어 치우고 나서 말했다.

"잘됐네." 안나가 말했다. "알다시피 나는 행복 신봉자거든. 내가 바라는 것은 행복뿐이야. 남은 생애 동안 날마다 행복하게 사는 거지. 때론 행복이 우리를 찾아오기도 해. 하지만 보통은 우리가 행복을 찾아다녀야 해. 어디선가 읽은 말이야."

"바라는 게 그것뿐이라고요? 행복이요?"

"뭘 더 바라겠어?"

"행복을 어떻게 찾아요?"

안나가 잠시 멈췄다가 말했다. "일단 네 주변에서부터 네가 가진 축복을 찾기 시작해야지. 찾게 되면 감사하는 마음을 가져야 하고."

"레 신부님도 같은 말씀을 하셨어요. 신부님은 아무리 완벽하지 않은 날이어도 하루하루에 감사해야 한다고 말씀하세요. 그리고 하느님을 믿고 내일은 더 나은 날이 될 거라고 믿어야 한다고 하셨죠."

안나가 미소를 지었다. "첫 부분은 맞아. 하지만 두 번째 부분은 맞는지 모르겠네."

"왜요?"

"나는 내일은 더 나은 날이 될 거라는 믿음 때문에 너무 많이 실망했거든." 그녀가 말하고는 피노에게 키스했다. 그는 그녀를 양팔로 껴안고 키스를 되돌려주었다.

그때 싸우는 소리가 벽 너머에서 들렸다. 레이어스와 돌리였다.

"왜 싸우는 거예요?" 피노가 소곤거렸다.

"싸우는 이유야 늘 똑같지. 베를린에 있는 장군의 부인 때문이야. 자, 피노, 이제 가야 해."

"정말요?"

"어서 가." 안나가 그에게 키스하고 미소를 지었다.

1944년 9월 1일 영국 제8군이 아레초 북부의 게 집게발 모양 산마루들 위에 자리 잡은 고딕 방어선 가운데 취약한 구역들을 공격해 무력화시키고, 동부로 방향을 바꿔 아드리아해안을 향해 행진했다. 전투가 격해졌다. 이탈리아에서 벌어진 전쟁 중에서 몬테카시노와 안치오 전투 다음으로 가장 치열한 전투였다. 연합군이 동부의 항만 도시인 리미니와 접한 모든 방어시설 위로 100만 발 이상의 박격포와 대포를 쏟아부었다.

무자비한 9일이 지난 후 미 제5군단이 나치를 지오고 고개의 산악 지대로 몰아냈고, 영국군은 고딕 방어선의 동쪽 끝에 집중적으로 공격을 퍼부었다. 연합군은 협공 작전으로 북쪽을 향해 진군하면서, 후퇴하는 독일의 제10군이 전열을 가다듬기 전에 포위하려고 기를 썼다.

피노와 레이어스 장군은 토라치아 근처의 고지대에 올라가서,

코리아노와 그 도시를 둘러싼 독일의 빽빽한 방어시설들이 폭격당하는 것을 지켜봤다. 700개 이상의 포탄이 코리아노에 떨어진 후 지상군이 그 도시를 공격했다. 이틀 동안 소름 끼치는 백병전을 벌인 끝에 코리아노가 함락됐다.

2주 동안 총 1만 4,000여 명의 연합군과 1만 6,000여 명의 독일군이 그 지역에서 사망했다. 다수의 사망자에도 불구하고 독일의 기갑 부대와 보병 사단들은 후퇴해서 북부와 북서부의 새로운 전선을 따라 이동하면서 전열을 가다듬었다. 레이어스의 고딕 방어선 중 나머지는 견고하게 버티고 있었다. 피노가 정보를 제공하고 있는데도 이탈리아 내 연합군의 전진은 다시 기어가는 속도로 떨어졌다. 대량의 인명 손실을 입었고 프랑스와 서부 전선으로 군수품을 보내야 하는 상황이었기 때문이다.

그달 말에 밀라노의 기계 노동자들이 파업을 일으켰다. 일부는 공장을 떠나면서 항의의 뜻으로 장비를 고의로 파괴했다. 탱크 생산이 중단됐다.

레이어스 장군은 며칠 내내 탱크 조립라인을 재개하는 데 집중했지만, 결국 10월 초에 들어온 소식은 피아트의 미라피오레 공장이 곧 파업에 들어간다는 것이었다. 두 사람은 곧바로 토리노의 외곽인 미라피오레로 갔다. 피노는 가동은 되지만 아주 느리게 돌아가고 있는 조립라인 위의 사무실에서 장군과 피아트 경영진 사이의 통역사 역할을 했다. 사무실에는 긴장이 가득 흘렀다.

"나는 대형 트럭이 더 필요해." 레이어스 장군이 말했다. "장갑차가 더 필요하고, 기계 부품이 더 필요해."

공장장인 칼라브레세는 양복을 입은 뚱뚱한 남자였는데 계속 땀을 흘리고 있었다. 그럼에도 두려워하지 않고 레이어스 장군에게 맞섰다.

"우리 직원들은 노예가 아닙니다, 장군님." 칼라브레세가 말했다. "직원들은 먹고살기 위해 일합니다. 생계에 필요한 봉급을 받아야 합니다."

"봉급을 지급할 것이오. 내가 약속하겠소."

칼라브레세가 믿기 어렵다는 듯이 서서히 웃었다. "그렇게 간단한 문제라면 얼마나 좋겠어요."

"내가 17번 공장에서 당신을 돕지 않았소? 나는 그 공장에 있는 모든 기계 부품을 거둬서 독일로 수송하라고 명령했소."

"지금은 상관없는 일 아닙니까? 17번 공장은 연합군의 공격으로 파괴됐습니다."

레이어스 장군이 칼라브레세를 보며 고개를 저었다. "이 일이 어떻게 돌아가는지 알고 있을 텐데. 우리가 상부상조하면 살아남는 거요."

"그렇게 말씀하신다면 할 말 없습니다, 장군님."

레이어스 장군은 피아트 공장장에게 한 발짝 다가서서 피노를 보며 말했다. "내가 조립라인의 모든 사람을 토트 조직에 입대시키거나 독일로 추방시키는 권한을 발휘할 수 있다고 말해."

칼라브레세는 표정을 굳히며 말했다. "노예로 보낸다는 말입니까?"

피노는 망설였지만 그대로 통역했다.

"필요하다면." 레이어스 장군이 말했다. "이 공장의 운영권을 당신이 쥐고 있을지, 나에게 넘길지는 당신의 선택에 달려 있소."

"장군님의 약속 외에 우리가 봉급을 받을 것이라는 보장이 필요합니다."

"내 직함을 제대로 알고 있나? 내 임무를? 나는 제작할 탱크의 수를 정한다. 나는 재봉할 팬티의 수를 정한다. 나는—"

"장군님은 알베르트 슈페어 밑에서 일합니다." 피아트 공장장이 말했다. "그 사람의 권한을 가지고 있습니다. 그 사람과 통화할 수 있습니다. 장군님의 상사인 슈페어가 나에게 보장한다면, 그때 가서 결정하겠습니다."

"슈페어? 그 나약한 멍청이가 내 상사라고 생각하나?" 장군은 모욕당한 듯한 표정을 짓고 나서 피아트 공장장의 전화를 사용해도 되냐고 물었다. 그는 몇 분간 통화를 했다. 흥분한 목소리로 독일어로 몇 번 논쟁을 벌인 후 고개를 끄덕이고 말했다.

"잘 알겠습니다, 총통 각하."

✤

레이어스 장군이 전화기에 대고 독일어로 말하는 동안 사무실에 있는 모든 남자와 마찬가지로 피노의 관심도 장군에게 쏠렸다. 그는 3분 정도 통화하다가 머리에서 수화기를 떼어냈다.

목청껏 소리 지르는 아돌프 히틀러의 목소리가 사무실에 울려 퍼졌다.

레이어스 장군이 피노를 보고 차갑게 미소 지으며 말했다. "칼라브레세 씨에게 전해라. 총통 각하가 봉급 지급에 대해 개인적으로 보장하시겠다고 한다."

칼라브레세는 그 수화기를 잡느니 차라리 전깃줄을 잡고 싶은 표정이었지만 아무튼 수화기를 받아 들고 머리에서 몇 센티미터 뗀 채 들었다. 히틀러는 여전히 격렬한 분노가 담긴 연설조로 말하고 있었는데, 말투가 꼭 입에 거품을 물고 으르렁거리며 덤벼드는 도사견 같았다. 피아트 공장장의 눈썹에서 땀이 솟구쳤다. 공장장의 양손이 부들부들 떨리기 시작했고 그렇게 그의 결심은 사라졌다.

그는 레이어스에게 수화기를 툭 건네고 나서 피노에게 말했다. "그의 보장을 받아들이겠다고 히틀러 씨에게 전하라고 장군님에게 말해요."

"현명한 선택이오." 레이어스 장군이 말하더니 다시 수화기를 대고 달래는 투로 말했다. *"네, 총통 각하. 네. 네. 네."*

잠시 후 그가 전화를 끊자 칼라브레세가 맥없이 의자에 주저앉았다. 양복이 땀에 흠뻑 젖어 있었다. 레이어스 장군이 수화기를 내려놓으면서 공장장을 보고 말했다. "이제 내가 누군지 알겠나?"

피아트 공장장은 레이어스 장군을 쳐다보지도, 대답하지도 않았다. 그는 겨우 약하게 고개를 끄덕였다.

"아주 좋소. 그럼 매주 두 번씩 생산 보고서를 보낼 거라고 기대하고 있겠소."

레이어스 장군은 피노에게 서류 가방을 건네고 밖으로 나갔다. 밖은 거의 어두워졌지만 여전히 기분 좋게 따뜻했다.

"돌리 집." 장군이 말하고 다임러에 올라탔다. "그리고 아무 말 하지 마. 생각해야 하니까."

"네, 장군님. 지붕을 덮을까요, 아니면 젖힐까요?"

"젖혀둬. 신선한 공기가 마음에 들어."

피노는 캔버스 천으로 된 전조등 가리개를 앞에 씌운 후 다임러에 시동을 걸고 밀라노를 향해 동쪽으로 차를 몰았다. 가리개의 구멍으로 새어 나온 두 개의 가는 빛이 길을 비췄다. 그러나

한 시간도 지나지 않아 커다란 보름달이 동쪽 하늘에 두둥실 떠서 부드러운 달빛을 비췄다. 그 덕분에 길을 따라가기가 한결 수월했다.

"블루문이군. 한 달에 보름달이 두 번 뜰 때 첫 번째 보름달을, 아니 두 번째 보름달을 그렇게 부르나? 잘 기억이 안 나는군."

토리노를 떠난 후 장군이 처음으로 입을 열었다.

"제 눈에는 노란색으로 보입니다, 장군님."

"블루문은 색깔 때문에 붙은 이름이 아니야. 보통 한 계절은, 이 경우 가을은 석 달 지속되고 보름달이 세 번 뜨지. 하지만 올해, 오늘 밤, 바로 지금, 석 달 만에 네 번째 보름달이 떴어. 보름달이 한 달에 두 번 뜬 거지. 어쩌다 한 번 있는 드문 일이라 천문학자들은 이런 달을 블루문이라고 부르는 거야."

"네, 장군님." 피노는 길게 뻗은 구간을 운전하면서 무언가의 징조처럼 지평선 위로 떠오르는 달을 바라봤다.

넓은 간격으로 심은 키 큰 나무들이 도로 양옆에 쭉 늘어서고 그 너머로 들판이 펼쳐진 구간에 다다랐을 때, 피노는 더 이상 달에 대해 생각하고 있지 않았다. 그는 아돌프 히틀러에 대해 생각하고 있었다. 그 전화를 받은 사람이 정말로 총통이었을까? 미친 사람 같은 말투가 확실히 히틀러 같기는 했다. 그리고 레이어스 장군이 공장장에게 던진 그 질문도.

이제 내가 누군지 알겠나?

피노는 뒷좌석에 앉아 있는 레이어스의 실루엣을 흘긋 훔쳐보고 속으로 대답했다. 나는 당신이 누군지 잘 모르지만 누구를 위해 일하는지는 이제 분명히 알았어.

그 생각이 미처 끝나기도 전에 서쪽에서 커다란 엔진이 웅웅

거리는 소리를 들은 것 같았다. 피노는 백미러와 양쪽 사이드미러를 들여다봤지만 다가오는 차가 있다는 신호, 즉 덮개를 씌운 전조등에서 나오는 가느다란 빛은 보이지 않았다. 소리가 점점 커졌다.

피노는 다시 백미러를 들여다봤고 레이어스 장군이 몸을 비틀어 주위를 살피는 것이 보였다. 이어서 그 위로 뭔가가, 나무들 너머로 커다란 뭔가가 보였다. 달빛에 전투기의 날개에 이어 주둥이가 보이고, 엔진 소리가 커지며 곧바로 그들이 탄 차를 향해 날아왔다.

✤

피노가 급브레이크를 밟았다. 차가 주르륵 미끄러졌다. 전투기가 밤새의 그림자처럼 급강하하더니 조종사가 기관총을 발사해 옆으로 미끄러지는 장교용 차량 바로 앞 도로를 쑥대밭으로 만들었다.

발사가 중단됐다. 조종사가 고도를 높여 그들 왼쪽으로 비스듬히 날다가 나무들의 꼭대기 뒤로 사라졌다.

"꽉 잡으세요, 장군님!" 피노가 소리치고 후진 기어를 작동했다. 차가 후진하면서 오른쪽 바퀴가 휙 돌았다. 저속 기어로 바꾼 뒤 첫 번째 기어를 조작하고 전조등을 끄고 나서 총알 같이 달려 나갔다.

다임러는 배수로로 내려갔다가 반대쪽으로 다시 올라가서 나무들 사이를 지나 최근 경작한 듯한 밭으로 들어갔다. 나무들이 무리 지어 있는 중심부 가까이에 차를 멈추고 시동을 껐다.

"너 어떻게……." 레이어스 장군이 겁에 질린 목소리로 말했다. "도대체 뭘 하는……."

"잠깐만요." 피노가 작게 말했다. "조종사가 돌아옵니다."

폭격기가 처음과 같은 방식으로 서쪽에서 날아와 도로 위를 돌진했다. 장교용 차량을 따라잡아 뒤에서 폭격하려는 속셈인 것 같았다. 그러나 나뭇가지들 사이에 있다 보니 몇 초간 사물을 분간할 수 없었다. 곧 커다란 은색 새가 그들 옆으로 날아왔다가 고속도로 위로 치솟아 가장 드물다는 달을 배경으로 윤곽을 드러냈다.

피노는 기체 위의 흰색과 검은색이 번갈아 칠해진 동그라미들을 보고 말했다. "영국군입니다."

"그럼 스피트파이어다." 레이어스 장군이 말했다. "303. 브라우닝 기관총이 장착돼 있지."

피노는 시동을 걸고 기다리면서 귀를 바짝 세우고 응시했다. 폭격기가 이제 더 작은 각도로 방향을 바꿔 그들 앞에서 600미터 정도 떨어진 나무들 위로 돌아왔다.

"조종사는 우리가 여기 어딘가에 있다는 걸 알고 있습니다." 피노는 말하고 나서 달빛 때문에 차의 후드와 앞 유리가 빛나겠다는 생각이 문득 들었다.

기어를 넣고 움직여 왼쪽 앞 쿼터 패널을 산울타리 주변에 자라는 가시덤불에 숨기려고 애쓰다가 폭격기가 200미터 앞으로 다가오자 멈췄다. 피노는 머리를 푹 수그렸다가 폭격기가 그들 위로 날아가는 기색이 느껴지자 바로 차를 출발시켰다.

다임러가 나무 밑 땅을 파헤치며 속도를 높였고, 경작된 밭의 끝까지 달리는 내내 덩어리진 흙을 깔아뭉개면서 기다란 바퀴 자국을 냈다. 피노는 계속 뒤를 돌아보면서 폭격기가 세 번째 비행을 할지 살폈다. 그러고는 밭 가장자리 근처 우거진 나무들 사이로 차를 몰아넣고 앞부분은 도로 배수로에 있는 두둑을 향하게 했다.

두 번째로 엔진을 끄고 귀를 기울였다. 폭격기의 웅웅거리는 소리가 희미하게 멀어졌다.

레이어스 장군이 소리 내어 웃기 시작하더니 피노의 어깨를 툭 쳤다.

"너는 추격전의 명수구나! 타고났어. 나라면 총격을 받지 않았더라도 그런 작전은 생각해 내지 못했을 거다."

"감사합니다, 장군님!" 피노는 빙긋 웃으며 다임러를 출발시켜 다시 동쪽으로 향했다. 그러나 이내 갈등하기 시작했다. 또다시 장군에게 칭찬받았다는 사실이 오싹했다. 하지만 그는 그만큼 영리하고 잽싸게 행동했다. 확실히 영국 조종사보다 한 수 앞섰고 그 상황을 꽤 즐겼다.

20분 후, 그들은 바로 앞에 떠 있는 보름달을 맞으며 언덕의 정상에 올라섰다. 그때 스피트파이어가 밤하늘을 급강하하더니 달 앞을 가로질러 바로 그들을 향해 날아왔다. 피노는 브레이크를 걸었다. 순간 다임러의 여섯 바퀴가 끼익 소리를 내며 미끄러졌다.

"장군님, 도망치십시오!"

피노는 차가 멈추기 전에 문밖으로 뛰어내려 균형을 잃고 한 발 크게 내디뎠다가 배수로로 뛰어들었다. 바로 그 순간 스피트파이어의 기관총이 발사되어 잘게 부순 돌을 타르에 섞어 바른 도로 여기저기에 총알이 박혔다.

피노는 배수로에 빠져 총알이 강철 차대에 박히고 유리를 깨는 사이 다임러에서 바람이 빠지는 것을 느꼈다. 잔해 덩어리가 등으로 후드득 떨어졌다. 몸을 웅크리고 머리를 가린 채 숨을 쉬려고 기를 썼다.

드디어 총격이 멈추더니 스피트파이어가 서쪽으로 날아갔다.

20

비행기 소리가 멀어지고 나서야 피노는 숨을 쉴 수 있었다. 그는 어둠 속에서 속삭였다. "장군님?"

대답이 없었다. "장군님?"

여전히 대답이 없었다. 죽었나? 피노는 그가 죽으면 마냥 행복할 줄 알았는데, 지금 그로 인한 단점을 발견했다. 레이어스 장군이 없으면 첩자 활동도 할 수 없다. 연합군을 위한 정보도 더이상 모을 수 없다.

움직이는 소리에 이어 신음 소리가 들렸다.

"장군님?"

"그래." 레이어스 장군이 작게 말했다. "여기야."

그는 피노 뒤에서 일어나려고 버둥거리고 있었다. "기절했었나 보군. 마지막으로 기억나는 건 배수로로 뛰어들고 있을 때였는데…… 무슨 일이 일어난 거지?"

피노는 장군을 둑으로 끌어 올리면서 질문에 답했다. 다임러는 요란한 소리를 내며 검은 연기를 풀풀 내뿜고 크게 흔들렸지만 용케 작동은 했다. 시동을 끄자 다행히 엔진이 멈췄다. 피노는 트렁크에서 손전등과 연장통을 꺼냈다. 손전등을 켜서 차를 비춰보는 동안 레이어스 장군이 몇 발짝 떨어져 그를 따라다녔다. 총알이 다임러 앞부터 뒤까지 갈가리 찢어놓고 후드를 관통해서 김이 새어 나오고 있었다. 기관총은 앞 유리를 박살 내고 앞 좌석과 뒷좌석에 구멍을 냈고, 트렁크에는 더 많은 구멍을 뚫어놓았다. 오른쪽 앞 타이어는 바람이 빠져 있었다. 반대편 뒤쪽 타이어도 마찬가지였다.

"장군님, 이것 좀 잡아주시겠습니까?" 피노가 손전등을 내밀며 말했다.

레이어스 장군이 잠시 멍하니 손전등을 보다가 받아 들었다.

후드를 올려보니 엔진 블록이 다섯 번 총격을 받았지만 깊게 박히지는 않았다. 후드를 뚫고 난 뒤라 엔진에 실질적인 손상을 입힐 추진력이 남아 있지 않았던 것 같다. 점화 케이블은 손상이 심했다. 한쪽 점화 케이블은 끊어지기 직전이었다. 라디에이터 위쪽에도 구멍이 나 있었다. 하지만 엔진은, 알베르토 아스카리가 자주 말했듯이, 쓸 만했다.

피노는 심하게 손상된 점화 케이블 두 가닥을 나이프로 벗겨서 꼰 후 상태가 더 안 좋은 케이블과 함께 반창고로 감았다. 타이어 연장통에서 패치와 고무 접착제를 찾아 라디에이터에 난 구멍 양쪽에 붙였다. 이어서 펑크 난 앞 타이어를 멀쩡한 가운데 타이어로 교체했다. 펑크 난 반대쪽 타이어는 빼서 버렸다. 다임러에 시동을 걸자 거칠기는 했지만 더 이상 늙은 골초처럼 털털거리고 덜컹거리지는 않았다.

"차가 밀라노까지는 견딜 것 같습니다, 장군님. 하지만 그 후로는 장담 못 하겠습니다."

"밀라노까지만 가면 그 후로는 어떻게 되든 상관없어." 레이어스 장군이 말했다. 뒷좌석에 올라타는 사이 정신을 좀 차린 것 같았다. "다임러는 너무 눈에 띄는 표적이야. 차를 바꿔야겠어."

"네, 장군님." 피노가 대답하고 기어를 넣으려고 애를 썼다.

차가 덜컥거리다 꺼졌다가 다시 기어를 넣어 연료를 더 공급했더니 움직였다. 하지만 여섯 개가 아닌 네 개의 바퀴로 움직이는 다임러는 균형이 맞지 않았고 덜덜 떨면서 느리게 달렸다. 두 번째 기어가 멈췄다. 다시 기어를 작동하려고 최대한 과감하게 엔진 회전 속도를 올려야 했지만, 일단 적당한 속도로 올라오자 진동이 약간 잦아들었다.

8킬로미터쯤 달렸을 때 레이어스 장군이 손전등을 달라고 하더니 서류 가방 속을 더듬더듬 뒤져 병 하나를 꺼냈다. 그는 뚜껑을 열고 벌컥벌컥 들이켜더니 앞 좌석으로 건넸다. "자, 스카치위스키다. 넌 마실 자격이 있어. 내 목숨을 구했으니까."

피노는 그렇게 생각하지 않았다. "누구든 그렇게 했을 겁니다."

"아니야." 레이어스 장군이 코웃음을 쳤다. "대부분은 공포로 얼어붙어서 빗발치는 총알 속으로 차를 몰고 가다가 맞아 죽었겠지. 그렇지만 너는 두려워하지 않았어. 계속 기지를 발휘했지. 내가 흔히 말하던 '실천력이 있는 젊은이'가 바로 너 같은 사람이야."

"제가 정말 그런 사람이면 좋겠습니다, 장군님." 피노는 다시 한번 레이어스 장군의 칭찬을 듬뿍 받으며 술병을 받아 꿀꺽꿀꺽 마셨다. 술이 뜨겁게 식도를 타고 내려갔다.

레이어스 장군이 술병을 돌려받았다. "그 정도 마셨으면 밀라노까지 버틸 수 있겠지."

레이어스 장군이 싱긋 웃었다. 다임러의 덜덜 떨리는 소리 위로 그가 스카치를 병째 몇 번 더 들이켜는 소리가 들렸다.

레이어스 장군이 슬프게 웃었다. "렐라 조장, 너는 여러모로 누군가를 생각나게 한다. 사실 두 사람이지."

"그렇습니까? 그 사람들이 누구입니까?"

나치가 한동안 말이 없다가 술을 한 모금 마시고 나서 말했다. "내 아들과 조카다."

피노는 미처 예상하지 못한 말이었다.

"아드님이 있는지 몰랐습니다, 장군님." 피노가 대답하고 백미러를 흘긋 봤지만 뒷좌석의 어둠 속에 앉은 남자의 윤곽만 보일 뿐이었다.

"한스위르겐. 이제 거의 열일곱 살이야. 영리해. 기지가 넘치고. 바로 너처럼."

피노는 어떻게 반응해야 할지 몰라 그냥 물었다. "조카는요?"

잠시 침묵이 흐른 후 레이어스 장군이 한숨을 쉬고 말했다. "빌헬름. 우리는 빌리라고 불렀지. 누나의 아들이야. 빌리는 롬멜 원수의 부대에서 복역했어. 엘 알라메인에서 죽었지." 그가 말을 멈췄다. "무슨 까닭인지 누나는 외아들의 죽음이 내 탓이라고 해."

피노는 레이어스의 목소리에 담긴 고통을 느꼈다. "유감입니다, 장군님. 하지만 조카님은 사막의 여우라 불리는 롬멜의 부대에서 복역했지 않습니까."

"빌리는 실천력이 있는 젊은이였어." 장군이 쉰 목소리로 동의하고 나서 술을 한 모금 마셨다. "빌리는 위험을 찾아다니는 지도자였지. 그래서 벼룩이 우글거리는 이집트 사막 한가운데서, 스물여덟 살에 목숨을 잃었어."

"그가 탱크를 몰았습니까?"

레이어스 장군이 목청을 가다듬고 말했다. "제7기갑사단에서."

"유령사단."

레이어스 장군이 머리를 곧추세웠다. "어떻게 그런 걸 알지?"

BBC에서 들었죠. 피노는 속으로 생각했지만 말해서 좋을 게 없다고 판단했다. 그래서 둘러댔다. "저는 모든 신문을 읽습니다. 영화관에서 나오는 뉴스도 봤고요."

"신문을 읽는다, 라." 레이어스 장군이 말했다. "이렇게 젊은 사람에게는 드문 일이지. 한스위르겐과 빌리도 항상 신문을 읽었어. 특히 스포츠면을. 우리는 함께 스포츠 경기를 보러 가곤 했어. 빌리와 나는 제시 오언스가 베를린 올림픽에서 뛰는 것을 봤어. 환상적이었지. 그날 흑인이 우리의 최고 선수를 이겼을 때 총통이 얼마나 화를 내던지. 하지만 제시 오언스, 그 흑인은 신체적으로 타고난 천재였어. 빌리가 계속 그렇게 말했지. 옳은 말이었어."

그는 다시 침묵에 빠져서 무언가를 곰곰이 생각하고 추억하고 애도했다.

"다른 자녀분이 있으십니까?" 마침내 피노가 물었다.

"잉그리드라는 어린 딸이 하나 있어." 그가 밝아진 얼굴로 말했다.

"그분들은 지금 어디에 있습니까? 한스위르겐과 잉그리드 말입니다."

"베를린에. 내 아내 한넬리스와 함께."

피노가 고개를 끄덕이고 운전에 집중하는 동안 레이어스 장군은 느린 속도로 계속 술을 마셨다.

"아내는 돌리랑 둘도 없는 친구야." 한참 후 장군이 말했다. "나는 돌리를 아주 오래전부터 알았어, 조장. 나는 그녀를 아주 좋아해. 그녀에게 많은 빚을 졌어. 그녀를 보살피고 있고 앞으로도 그럴 거야. 하지만 나 같은 남자는 아내를 버리고 돌리 같은 여자와 결혼하지는 않아. 그런 짓을 한다면 한창때인 암호랑이를 우리에 가두려는 심술쟁이 영감이나 마찬가지지."

그는 감탄과 약간의 쓸쓸함이 담긴 웃음을 흘리더니 다시 술을 마셨다.

피노는 8주 내내 냉담한 침묵을 유지하던 레이어스 장군이 계급과 나이도 한참 차이 나는 그에게 이렇게 속을 터놓는 것에 깜짝 놀랐다. 하지만 계속 이야기하게 두고 싶었다. 저러다가 정보를 발설할지 모르지 않는가.

레이어스가 침묵에 잠기더니 다시 한번 술을 홀짝였다.

"장군님?" 마침내 피노가 입을 열었다. "한 가지 여쭤봐도 되겠습니까?"

레이어스는 혀가 잘 안 돌아가는 것 같았다. "뭐지?"

피노는 교차로에서 속도를 낮추다가 다임러에 역화가 일어나자 움찔하고 백미러를 쳐다본 후 말했다. "정말로 아돌프 히틀러 밑에서 일하십니까?"

영원처럼 길게 느껴지는 시간 동안 레이어스 장군은 아무 말도 없었다. 그러고 나서 약간 혀 꼬부라진 소리로 대답했다.

"아주, 아주 여러 번, 나는 회의 때 총통의 바로 왼쪽에 앉았어. 사람들은 우리 사이에 유대감이 있다고 말하지. 우리 아버지들이 세관 검사관으로 일했으니까. 그건 그래. 하지만 나는 일 처리가 확실한 사람, 의지할 수 있는 사람이야. 그리고 히틀러는 그 점을 존중해. 존중은 하지만……"

피노가 백미러를 흘낏 보니 장군은 또다시 스카치를 마시고 있었다.

"하지만요?"

"하지만 내가 이탈리아에 있어서 다행이지. 히틀러 같은 사람과 너무 가까이 지내면 언젠가는 타버리고 말 거야. 그래서 나는 거리를 지켜. 내가 할 일을 완수해. 존중을 받아. 하지만 딱 거기까지고 그 이상은 바라지 않아. 이해하겠나?"

"네, 장군님."

4, 5분이 지난 후 레이어스 장군은 다시 술을 벌컥벌컥 들이켜고 말했다. "나는 교육을 받은 엔지니어다, 조장. 나는 박사 학위가 있어. 젊은 시절부터 정부의 군수 장비 부서에서 일하면서 계약을 하고 발주를 했어. 수백만 크로네를 거래했지. 위대한 사람들, 플리크나 크루프 같은 대기업과 협상하는 방법을 배웠어. 그 덕분에 그런 회사들이 나에게 신세를 졌지."

레이어스 장군이 말을 멈췄다가 다시 시작했다. "너에게 충고를 해주겠다, 조장. 네 삶을 바꿀 수 있는 조언 말이다."

"네, 장군님."

"호의를 베풀어라." 레이어스 장군이 말했다. "호의를 베풀면 살면서 놀랄 만큼 많은 도움이 된다. 호의를 베풀면, 다른 사람들이 번창할 수 있게 돌봐주면, 그들은 너에게 신세를 지게 돼. 호의를 베풀 때마다 너는 더 강해지고 더 많은 지지를 받는다. 이게 자연의 법칙이야."

"그렇습니까?"

"그래. 호의를 베풀어두면 절대 잘못될 수 없어. 언젠가 신세를 져야 할 때가 오면 도움의 손길이 바로 옆에서 기다리고 있을 테니까. 이 방법이 나를 구한 게 한두 번이 아니지."

"명심하겠습니다."

"너는 영리한 아이야. 딱 한스위르겐처럼." 장군이 웃음을 터뜨렸다. "호의를 베푸는 것은 아주 간단해. 그렇지만 그 덕에 나는 히틀러가 등장하기 전에도 잘 살았고, 히틀러 밑에서도 잘 살아왔고, 히틀러가 사라진 후에도 오랫동안 잘 살 거야."

피노가 백미러로 흘끗 시선을 돌리니 스카치 병을 비우고 있는 레이어스의 검은 윤곽이 보였다.

"연륜 깊은 남자에게 마지막 충고를 하나 더 듣겠나?"

"네, 장군님."

"절대로 인생이라는 게임에서 완전한 지도자가 되려고 하지 마. 맨 앞에 서는 사람, 모두가 지켜보고 경계하는 사람이 되지 마. 우리 불쌍한 빌리는 바로 그 부분에서 실수를 저질렀어. 밝은 곳으로, 앞으로 나섰어. 있잖나, 조장. 인생이라는 게임은 그림자 속에 있는 사람에게, 더 정확히 말해서 필요한 경우 어둠 속에 있는 사람에게 늘 유리한 법이야. 이렇게 하면 실질적으로는 지휘권을 가지고 있다고 해도 결코 사람들 눈에 띄지 않아. 뭐랄까…… 오페라의 유령 같다고 할까. 또는……."

스카치 병이 바닥에 떨어졌다. 장군이 나지막이 욕설을 내뱉었다. 잠시 후, 그는 서류 가방을 베개처럼 두 팔로 껴안은 채 훌쩍거리고 목이 메고 코를 골고 방귀를 뀌었다.

✤

돌리의 아파트에 도착하자 거의 자정이었다. 피노는 다시 오지 않을 기회다 싶어 인사불성이 된 장군을 그대로 차에 두고 내려 냅다 뛰었다. 허겁지겁 로비를 가로질러 비어 있는 노파의 스툴을 지나 단숨에 계단을 올라가 돌리의 집 앞에 도착했다. 세 번 노크를 하고 나서야 안나가 문을 열었다.

잠자리에 들려고 잠옷과 가운을 입은 안나는 피곤하고 사랑스러워 보였다.

"돌리가 필요해요." 그가 말했다.

"무슨 일이야?" 돌리가 검은색과 금색이 섞인 가운 차림으로 복도로 나왔다.

"장군님이요." 피노가 말했다. "장군님이 너무—"

"너무 술을 많이 마셨다고?" 레이어스 장군이 서류 가방을 손에 들고 열린 문으로 들어오며 말했다. "허튼소리야, 조장. 나는 술을 한 잔 더 마실 거야. 너도 그렇고. 돌리, 같이 마시겠어?"

피노는 깨어난 나사로를 보는 양 레이어스 장군을 빤히 쳐다봤다. 장군이 피노를 지나칠 때 입에서 역겨운 술 냄새가 나고 눈은 피를 흘리는 것처럼 시뻘겠지만 혀 꼬부라진 소리를 내거나 갈지자로 걷지도 않았다.

"뭘 축하하는 거죠, 한스?" 돌리가 단박에 환해진 얼굴로 말했다. 돌리는 항상 파티에 열광한다고 안나가 말한 적이 있었다.

"블루문." 장군이 서류 가방을 내려놓으며 말했다. 그는 힘차게 돌리에게 키스한 후 그녀의 어깨에 팔을 두르고 피노를 돌아봤다. "그리고 렐라 조장이 내 목숨을 구한 것도 축하할 거야. 그정도면 당연히 술을 마셔줘야지!"

그는 구석에서 돌리를 빙글 돌리며 거실로 이끌었다.

안나가 어리둥절한 미소를 지으며 피노를 바라봤다. "그랬어?"

"나는 내 목숨을 구했죠." 피노가 소곤거렸다. "그는 마침 같은 차에 있었고요."

"조장!" 레이어스 장군이 다른 방에서 소리쳤다. "술 한잔해! 어여쁜 안나도!"

피노와 안나가 거실로 들어가자 장군이 활짝 웃으며 위스키를 가득 따른 잔 두 개를 내밀었다. 돌리는 이미 잔을 벌컥벌컥 들이켜고 있었다. 피노는 어떻게 레이어스 장군이 아직도 멀쩡히 서 있는지 알 수 없었지만, 장군은 술을 한입에 털어 넣고 나서 소위 '스피트파이어를 탄 교활한 조종사와 다임러를 탄 대담한 조장 사이의 일생일대 블루문 결투'를 처음부터 끝까지 아주 상세하게 묘사했다.

레이어스 장군이 스피트파이어가 마지막으로 돌아왔을 때 피노가 브레이크를 걸고 그에게 도망가라고 소리친 부분을 이야기하는 순간, 돌리와 안나는 손에 땀을 쥐고 푹 빠져 있었다. 이어서 전투기의 기관총이 발사되고 다임러가 거의 파괴된 이야기까지 나왔다.

레이어스 장군이 이야기 끝에서 잔을 올리며 말했다. "내가 한두 번 신세 진 렐라 조장을 위하여."

돌리와 안나가 박수를 쳤다. 피노는 관심이 집중되자 얼굴이 화끈거렸지만 미소 짓고 답례로 잔을 올렸다. "감사합니다, 장군님."

아파트 문을 시끄럽게 쾅쾅 치는 소리가 들렸다. 안나가 잔을 내려놓고 복도로 나갔다. 피노가 그녀를 따라갔다.

안나가 문을 열자 건물 관리인인 노파가 누더기가 된 잠옷을 입은 채 양초 랜턴을 들고 서 있었다.

"야단법석을 떨어대니까 이웃 사람들이 도무지 잠을 잘 수가 없잖아!" 노파가 호되게 꾸짖고는 안경 너머로 눈을 깜박거렸다.

"길에는 트럭인지 뭔지가 검은 연기를 피우면서 요란한 소리를 내고 있어. 당신들은 이 한밤중에 술판을 벌이고 있고."

"깜빡했어요." 피노가 말했다. "당장 내려가서 시동을 끌게요."

돌리와 레이어스가 현관으로 나왔다.

"무슨 일이야?" 돌리가 물었다.

안나가 설명하자 돌리가 말했다. "우리는 이제 자러 갈 거예요, 플라스티노 부인. 자는데 깨워서 미안해요."

노파가 못마땅하게 헛기침하더니 여전히 화가 난 기색으로 몸을 돌렸다. 양초 랜턴을 높이 쳐들고 잠옷의 더러운 끝단을 뒤로 치렁치렁 끌면서 손으로 더듬거려 계단을 내려갔다. 피노는 안전한 거리를 유지하면서 노파의 뒤를 따라갔다.

차의 시동을 끄고 올라오자 완전히 술에 취한 레이어스 장군과 돌리가 침실로 돌아갔다. 피노와 안나만 주방에 남았다.

그녀는 소시지와 브로콜리, 마늘 요리를 데우고 와인을 한 잔씩 따랐다. 건너편에 앉아 턱을 괴고 폭격기에 대해 물었다. 그리고 총격을 받을 때 기분이 어땠는지, 죽이려고 덤비는 누군가에게 쫓기는 기분이 어떤지 질문을 던졌다.

"무서웠어요." 그는 맛있는 음식을 떠먹는 사이 잠시 생각하다가 말했다. "하지만 나중에 그 일에 대해 생각할 여유가 생겼을 때는 더 무서웠어요. 알다시피 모든 일이 너무 빨리 일어났거든요."

"아니, 나는 모르겠어. 사실 알고 싶지도 않아. 나는 총을 싫어하거든."

"왜요?"

"총은 사람을 죽이고, 나는 사람이니까."

"사람을 죽이는 건 많아요. 등산을 무서워해요?"

"응. 너는 안 무서워?"

"아니요." 피노는 와인을 마셨다. "나는 등산이랑 스키를 아주 좋아해요."

"비행기랑 결투하는 것도?"

"그럴듯하게 들리는데요." 그가 말하고 빙긋 웃었다. "그나저나 이거 진짜 맛있네요. 안나는 정말 대단한 요리사예요."

"오래전부터 내려오는 요리법이야. 고마워." 안나가 어깨를 앞으로 기울이고 그의 얼굴을 자세히 살폈다. "너는 항상 사람을 놀라게 하는구나. 그거 알아?"

"내가요?" 피노가 물으며 접시를 뒤로 밀었다.

"사람들이 너를 과소평가하는 것 같아."

"멋지네요."

"정말이야. 나는 너를 과소평가했어."

"그랬어요?"

"응. 네가 대견해. 지금은 정말 그래."

그 말에 피노의 얼굴이 붉어졌다. "고마워요."

안나는 오랫동안 그를 지긋이 바라봤고 그는 그녀의 눈동자에 빠져드는 듯했다. 그들만의 세상에 있는 것 같았다.

"너 같은 사람은 다시는 못 만날 거야." 마침내 그녀가 말했다.

"당연하죠. 아, 그거 좋은 뜻이죠?"

안나가 뒤로 몸을 기댔다. "솔직히 말하면, 좋기도 하고 무섭기도 하고."

"내가 무서워요?" 그가 인상을 쓰며 물었다.

"음, 그래. 어떤 면에서는."

"어떤 면에서요?"

그녀가 시선을 돌리더니 어깨를 들었다 내렸다. "너를 보면 다른 사람, 더 나은 사람이 되고 싶어져. 더 어려지고 싶기도 하고."

"나는 당신의 지금 모습 그대로가 좋아요."

안나가 미심쩍게 그를 응시했다. 피노가 그녀에게 손을 뻗었다. 안나는 오랫동안 그의 손을 묵묵히 바라보고 나서 미소를 짓고 양손으로 잡았다.

"당신은 특별해요." 피노가 말했다. "내 말은, 상상 속에서요."

안나의 미소가 커졌다. 그녀는 자리에서 일어나 다가와서 그의 무릎에 앉았다.

"내가 현실에서도 특별하다는 걸 보여줘." 그녀가 말을 마치고 그에게 키스했다.

두 사람은 입술을 뗀 후 서로의 이마를 쓰다듬고 손가락을 휘감아 잡았다. 피노가 말했다. "당신은 나를 죽일 수 있는 비밀을 알지만, 나는 당신에 대해 아는 게 너무 적어요."

몇 분이 흐른 뒤 안나는 어떤 결정을 내린 듯했다. 그녀가 가정부 작업복 위로 가슴 부근을 만졌다. "내 상처 중 하나에 대해 말해줄게. 오래된 상처야."

안나는 아주 멋진 어린 시절을 보냈다고 말했다. 트리에스테

토박이인 아빠는 어부였고 자신의 배를 가지고 있었다. 시칠리아 출신인 엄마는 여러 미신을 믿었지만 좋은 엄마이자 애정 어린 엄마였다. 그들은 작은 항구 근처에 좋은 집을 가지고 있었고 늘 식탁에 맛있는 음식이 올라왔다. 엄마가 계속 유산을 하는 바람에 안나는 외동딸이었고 부모는 그녀를 애지중지했다. 그녀는 엄마와 함께 주방에 있는 것을 아주 좋아했다. 특히 생일에 아빠와 함께 배 타는 것을 아주 좋아했다.

"아빠와 나는 동이 트기 전에 아드리아해에 나가곤 했어. 우리는 어둠 속에서 서쪽으로 몇 킬로미터를 항해했어. 그리고 나면 아빠는 배를 동쪽으로 돌리고 나에게 타륜을 잡게 했어. 그러면 나는 곧장 일출 속으로 배를 몰았지. 정말 좋았어."

"몇 살이었어요?"

"어, 다섯 살 때가 처음이었을 거야."

그리고 아홉 번째 생일날, 안나와 아빠는 일찍 일어났다. 비가 오고 바람이 불어서 일출은 볼 수 없겠지만, 어쨌든 그녀는 가고 싶었다.

"그래서 우리는 배를 탔어." 그녀가 말을 마치고 침묵을 지키다가 목을 가다듬었다. "폭풍이 심해졌어. 훨씬 심해졌어. 아빠가 나한테 구명조끼를 입혔어. 파도가 우리를 마구 때렸고 배의 방향을 돌려놨어. 커다란 파도가 강하게 내리쳐서 배가 뒤집혔고 우리는 바다에 빠졌어. 나는 그날 늦게 트리에스테에서 온 어부들에게 구출됐어. 아빠는 끝내 발견하지 못했지."

"세상에. 정말 안됐어요."

안나가 고개를 끄덕였다. 눈에서 흘러넘친 눈물이 가슴으로 뚝뚝 떨어졌다. "엄마의 사연은 더 가혹해. 그 상처는 다음에 말해줄게. 이제 나는 자야겠어. 너는 가야 하고."

"또 가야 해요?"

"응." 그녀가 미소 짓고 다시 한번 그에게 키스했다.

피노는 남아 있고 싶은 마음이 절실했지만 새벽 2시경 돌리의 아파트를 나서면서 행복을 느꼈다. 문이 닫힐 때 그녀의 모습을 더 볼 수 없는 것이 아쉬웠지만, 그녀가 그와 다시 만날 날을 고대한다는 것을 알기에 기분이 좋았다.

아래층으로 내려오니 로비와 노파의 스툴은 비어 있었다. 그는 밖으로 나와 다임러에 난 총알구멍들을 바라보다가 그들이 도대체 어떻게 살아남았는지 의아해졌다. 집에 가서 자고 아침에 외삼촌을 찾아가야 했다. 할 말이 많았다.

✢

다음 날 아침 그레타 외숙모가 몇 시간이나 배급 줄에 서서 기다린 끝에 사 온 빵을 잘라 굽는 동안, 피노는 그들이 마지막으로 만난 뒤 생긴 일을 자세히 이야기했고 알베르트 외삼촌은 그대로 받아 적었다. 피노는 레이어스 장군이 술에 취한 이야기로 끝을 맺었다.

알베르트 외삼촌이 몇 분 동안 말없이 앉아 있다가 입을 열었다. "날마다 피아트 조립라인에서 나오는 트럭과 장갑차가 몇 대라고 했더라?"

"70대요. 태업만 일어나지 않았더라면 더 많이 만들었을 거예요."

"알게 돼서 다행이구나." 알베르트 외삼촌이 휘갈겨 쓰면서 말했다.

그레타 외숙모가 토스트와 버터, 작은 잼 병을 식탁에 차렸다.

"버터와 잼이네!" 알베르트 외삼촌이 말했다. "어디에서 났어?"

"누구나 비밀이 있지." 그레타 외숙모가 말하며 미소 지었다.

"레이어스 장군도 비밀이 있는 것 같군." 알베르트 외삼촌이 말했다.

"레이어스 장군이야말로 그렇죠." 피노가 말했다. "그가 히틀러한테 직접 보고한다는 걸 아셨어요? 회의에서 총통의 바로 왼쪽에 앉는다는 것도요."

외삼촌이 고개를 저었다. "레이어스는 우리가 생각하던 것보다 훨씬 영향력 있는 사람이구나. 그래서 나는 그 서류 가방에 뭐가 들었는지 정말로 알고 싶어."

"그렇지만 항상 몸에 지니고 다니거나 눈에 안 보이면 바로 알아차릴 곳에 두거든요."

"어쨌든 그가 실마리를 남기잖아. 그는 일주일 중 대부분을 파업과 태업을 처리하면서 보내. 그러니까 내가 보기에는 파업과 태업이 효과를 보고 있다는 거지. 다시 말해서 공장에서 태업이 더 일어나야 한다는 거야."

"독일인들은 지불에도 어려움을 겪고 있어요. 피아트는 히틀러의 지불 보장에 따라 일할 거예요. 현금이 아니라요."

알베르트 외삼촌은 피노를 살피며 그 문제에 대해 생각했다.

"결핍." 마침내 그가 말했다.

"뭐라고?" 그레타 외숙모가 물었다.

"음식을 사려고 기다리는 줄이 갈수록 심해지지, 안 그래?"

그녀가 고개를 끄덕였다. "나날이 길어져. 거의 모든 줄이."

"훨씬 심해질 거야." 알베르트 외삼촌이 말했다. "나치가 지불

할 돈이 없다면 그들의 경제가 무너지기 시작한 거야. 곧 우리 가게들을 더 많이 압수하기 시작할 것이고, 그렇게 되면 밀라노 시민들의 결핍과 고통이 더 심해지겠지."

"그렇게 될까?" 그레타 외숙모가 걱정에 앞치마를 만지작거렸다.

"장기적으로 보면 결핍이 나쁜 일인 것만은 아니야. 결핍과 고통이 커질수록 마지막 독일인이 죽거나 이탈리아에서 도망갈 때까지 싸우려는 사람들이 늘어날 테니까."

1944년 10월 중순 무렵, 알베르트 외삼촌의 말이 옳았음을 증명하는 일들이 일어나기 시작했다. 피노는 어느 아름다운 가을 아침에 레이어스 장군의 새 차인 문이 네 개 달린 피아트 세단을 몰고 밀라노에서 남동쪽으로 향하고 있었다. 포강의 하류는 수확 철이었다. 사람들이 낫으로 곡식을 베고 텃밭과 수풀, 과수원에서 과일을 따고 있었다. 피아트 뒷좌석에 앉은 레이어스 장군은 늘 그렇듯이 열린 서류 가방을 옆에 두고 무릎에 보고서를 올려놓고 있었다.

두 사람이 기관총의 총격에서 살아남은 이래 레이어스 장군은 피노를 더욱 따뜻하게 대했지만, 그날 밤 보였던 공감과 솔직함은 거의 드러내지 않았다. 또한 그날 이후로는 술을 마시는 모습도 보지 못했다. 그는 장군의 지시에 따라 차를 몰았고 한 시간도 되지 않아 전원 지대의 넓은 목초지에 도착했다. 기갑 부대의 탱크와 장갑차, 700 혹은 800명의 군인들로 구성된 대대 옆에 독일군 트럭 50대가 서 있었다. 대부분이 토트 조직의 대원들이었지만 그 뒤에 친위대원들도 서 있었다.

레이어스 장군이 딱딱한 표정으로 차에서 내렸다. 장군을 보고 전 대대가 차렷 자세를 취했다. 레이어스 장군을 맞은 중령이 무기 상자를 쌓아놓은 곳으로 그를 안내했다. 레이어스 장군은 상자들 위로 올라가서 독일어로 빠르고 격렬하게 연설했다.

피노의 귀에 들리는 것은 낯선 단어뿐이었다. 조국과 동포의 요구에 대해 뭔가를 이야기하는 것 같았다. 그가 하는 말이 무슨 뜻이든 군인들에게 힘을 불어넣고 있는 것이 분명했다. 그들은 꼿꼿하게 서서 어깨를 젖힌 채 강력하게 요구하는 장군의 말에 완전히 넋이 빠져 있었다.

레이어스 장군이 연설을 마치고 히틀러에 대해 뭔가를 외치고 나서 한 팔을 힘껏 들어 올려 나치식 거수경례를 했다. *"승리 만세!"* 그가 크게 고함을 쳤다.

"승리 만세!" 군인들도 천둥 같은 함성을 질렀다.

피노는 그 자리에 선 채 마음속에서 커지는 두려움에 어찌할 바를 몰랐다. 레이어스 장군이 그들에게 뭐라고 말했을까? 무슨 일이 벌어질까?

장군이 장교 몇 명과 텐트 안으로 들어갔다. 800여 명의 군인들이 트럭 중 절반에 올라탔고 나머지 트럭들은 빈 채로 출발했다. 트럭의 디젤 엔진이 덜컹거리며 깨어났다. 사람으로 가득 찬 트럭 한 대를 빈 트럭 한 대가 따라가는 식으로 줄지어 목초지를 빠져나가기 시작했다. 짝을 지은 트럭들 중 일부는 시골길을 타고 북쪽으로 향하고 나머지 트럭들은 남쪽으로 향했는데, 저 멀리 느릿느릿 움직이는 모습이 수많은 코끼리의 행진 같았다.

레이어스 장군이 텐트에서 나왔다. 피아트의 뒷좌석으로 올라타 포강의 골짜기를 지나 남쪽으로 가라고 지시하는 동안, 그의 얼굴은 아무런 표정도 드러내지 않았다. 포강의 골짜기는 비옥한 곡창지대였다. 3킬로미터를 달렸을 때 피노는 곡물 탑이 있는 작은 농장의 진입로에 앉아 있는 여자아이를 봤다. 여자아이는 흐느껴 울고 있었다. 여자아이의 엄마는 양손에 얼굴을 묻은 채 현관 입구 계단에 앉아 있었다.

얼마 떨어지지 않은 도로에 도랑에 얼굴을 박고 엎드려 있는 남자의 시신이 보였다. 하얀 티셔츠에 얼룩진 피가 말라서 자줏빛으로 변해 있었다. 피노는 백미러를 흘끗 쳐다봤다. 레이어스 장군이 저 모습을 조금이라도 봤는지 모르겠지만 그는 어떤 반응도 보이지 않았다. 그는 고개를 숙이고 서류를 읽고 있었다.

도로는 개울 끝을 지나 내려가다가 수확이 끝난 들판이 양쪽으로 펼쳐지는 널따란 평지로 올라갔다. 1킬로미터도 남지 않은 곳에 돌로 만든 커다란 곡물 저장고가 있고 그 주위로 몇 채의 집이 무리 지은 작은 마을이 있었다.

독일군 트럭들이 도로와 각 농가의 안마당에 서 있었다. 무장친위대 군인들이 25명쯤 되는 사람들을 집 앞마당으로 몰아내서 머리 뒤로 깍지를 끼게 하고 무릎을 꿇렸다.

"장군님?" 피노가 말했다.

레이어스 장군이 뒷좌석에서 고개를 들고 욕을 내뱉더니 차를 멈추라고 지시했다. 장군이 차에서 내려 무장친위대 군인들에게 소리를 질렀다. 한 토트 군인이 커다란 곡식 자루들을 어깨에 짊어지고 나타났고, 20여 명의 다른 군인들이 곡식 자루들을 짊어지고 그 뒤를 따라 나왔다.

무장친위대 군인들이 레이어스의 말에 뭔가 대답하더니 사람들을 급하게 일으켜 무리 지어 앉혔다. 그사이 사람들은 곡식과 살림과 생존이 갈취당해 나치 차량 뒤로 던져지는 것을 지켜봤다.

한 농부가 앉기를 거부하고 레이어스 장군을 향해 소리를 지르기 시작했다. "적어도 우리가 먹을 것은 남겨주세요! 그게 도리입니다!"

장군이 대답하기 전에 무장친위대 군인이 즉각 라이플총의 개머리판으로 농부의 머리를 후려쳐 쓰러뜨렸다.

"저자가 나에게 뭐라고 했지?" 레이어스 장군이 피노에게 물었다.

피노가 그에게 말했다. 장군은 귀를 기울이고 생각하더니 토트 장교 중 한 명에게 큰 소리로 말했다.

"몽땅 가져가!"

그러고 나서 차를 향해 걸었다. 피노는 그의 뒤를 따라가며 화가 끓어올랐다. 레이어스 장군의 말을 이해할 정도로는 독일어를 알고 있었기 때문이다.

레이어스 장군을 죽이고 싶었다. 그러나 그럴 수 없었다. 분노를 삼키고 수행해야 했다.

하지만 꼭 몽땅 가져가야 했을까?

피노는 피아트로 들어가면서 사람들을 노예처럼 부리는 행위부터 약탈에 이르기까지 지금까지 본 것들을 절대 잊지 말자는 맹세를 조용히 되풀이했다. 전쟁이 끝나면 연합군에게 모든 것을 이야기할 작정이었다.

그들은 이른 오후로 접어드는 길을 달렸다. 피노는 독일군들이 레이어스의 명령에 따라 더 많은 농장에서 방앗간에 보낼 곡식과 시장에 내다 팔 채소, 도축할 가축을 훔치는 것을 지켜봤다. 소의 머리를 쏴서 내장을 제거하고 통째로 트럭에 던졌다. 죽은 소들의 몸에서 피어오른 더운 김이 차가운 공기 속에 섞였다.

레이어스 장군은 가끔 피노에게 차를 멈추라고 말한 후 밖으로 나가 토트 장교 한두 명과 대화했다. 그러고 나서 피노에게 운전하라고 지시하고 다시 보고서를 읽었다. 피노는 계속 백미러를 흘끗거리면서 매 순간 바뀌는 듯한 레이어스의 태도에 대해 생각했다. 어떻게 그런 짓을 보고도 마음이 흔들리지 않을까? 어떻게 저 사람은…….

"내가 나쁜 사람이라고 생각하나, 조장?" 레이어스 장군이 뒷자리에서 말했다.

피노가 백미러로 시선을 돌리니 장군이 그를 바라보고 있었다.

"아닙니다, 장군님." 피노가 온화한 표정을 지으려고 노력하며 말했다.

"그렇게 생각하잖아. 내가 오늘 해야 했던 일을 생각하면 네가 나를 미워하지 않는 게 이상할 정도지. 나도 한편으로는 내가 마음에 안 들어. 하지만 나는 명령을 받아. 겨울이 다가오고 있어. 내 조국은 포위당해 공격을 받고 있지. 이 식량이 없으면 우리 동포는 굶어 죽을 것이다. 이곳 이탈리아에서 네 눈에 나는 범죄자지. 하지만 내 조국에서 나는 찬양받지 못한 영웅일 것이다. 선과 악, 이는 모두 관점의 문제다. 그렇지 않나?"

피노는 백미러로 장군을 응시하면서 그가 한없이 무자비한 사람이라고 생각했다. 목적을 이루기 위해서라면 어떤 행동도 정당화할 수 있는 사람이었다.

"네, 장군님." 피노는 대답했지만 참지 못하고 말했다. "그렇지만 이제 저희 동포가 굶어 죽을 겁니다."

"일부는 그렇겠지. 하지만 나는 더 높은 권위자의 명령에 따라야 한다. 내 입장에서 이 임무에 대한 열의가 부족하면 그 결과는……. 흠, 천만에, 그런 일이 생기면 안 되지. 밀라노로 가도록. 중앙역으로."

21

이탈리아의 농장과 과수원, 포도밭에서 뺏은 나치의 전리품을 높이 쌓은 트럭들이 철도역 주변 거리에 가득 들어찼다. 피노는 레이어스 장군을 따라 역으로 들어가 독일군들이 곡물 자루와 와인 통, 과일과 채소 바구니를 유개화차에 싣고 있는 플랫폼으로 나왔다.

레이어스 장군은 작업 체계를 잘 아는 듯했다. 그는 부하들에게 속사포처럼 질문을 퍼붓고 플랫폼을 왔다 갔다 하면서 받아 적을 것을 피노에게 외쳤다.

"열차 아홉 대 오늘 밤 브렌네르 고개를 통해 북쪽으로 이동." 장군이 말했다. "07시 인스브루크 도착. 13시 뮌헨 도착. 17시 베를린 도착. 총 360개 대형 트럭에 실린 식량이……."

레이어스 장군이 말을 멈추자 피노가 올려다봤다.

무장친위대 군인 일곱 명이 앞을 막고 있었다. 그들 너머에는 곧 무너질 듯한 낡은 가축 운반차 일곱 량이 저 끝 플랫폼 옆 선로에 서 있었다. 한때 그 운반차들은 헛간처럼 붉은색이었겠지만 페인트가 벗겨지고 나무가 쪼개지고 갈라져서 운행에 적합하지 않아 보였다.

레이어스 장군이 위협조로 말하자 그들이 옆으로 비켜섰다. 장군은 낡은 유개화차를 향해 걸었다. 그 뒤를 따라가다 고개를 드니 '비나리오 21'이라고 적힌 표지판이 있었다.

분명히 들어본 이름인데 어디에서 들었는지 생각이 나지 않아 답답했다. 전리품을 싣는 역내의 온갖 소음 때문에 피노는 마지막 차량 옆에 와서야 안에서 들려오는 아이들의 울음소리를 들었다.

장군은 그 소리에 얼어붙은 것 같았다. 그는 그곳에 서서 가축 운반차의 갈라진 벽을 가만히 쳐다봤다. 그 틈을 통해 절망에 빠진 수많은 눈동자들이 레이어스와 피노를 바라봤다. 이제야 피노는 21번 플랫폼에서 유대인들이 기차를 타고 북쪽으로 사라진다고 했던 나폴리타노 부인의 말이 기억났다.

"제발요." 가축 운반차 안에서 한 여자가 흐느끼며 이탈리아어로 말했다. "우리를 어디로 데려가려는 거죠? 우리를 감옥에 가둬놨다가 또 이런 곳에 가둬두다니 안 돼요! 앉을 자리도 없어요. 아이들이……."

레이어스 장군이 고통스러운 표정으로 피노를 봤다. "여자가 뭐라고 하는 거지?"

피노가 그녀의 말을 전하자 장군의 이마에서 땀이 솟구쳤다. "그녀에게 폴란드에 있는 토트 조직의 노동수용소로 간다고 말해라. 그곳은—"

기관차가 한숨처럼 쉭쉭 소리를 냈다. 기차가 약간 후진했다. 그 신호를 시작으로 가축 운반차 안에서 통곡이 시작됐다. 수백 명의 남자와 여자, 아이들이 내보내 달라고 소리쳤고 어디로 가는지 알려달라고 울부짖었다. 조금이라도 자비를 베풀어달라고 애원했다.

"여러분은 폴란드에 있는 노동수용소로 간대요." 피노가 울고 있는 여자에게 말했다.

"우리를 위해 기도해 주세요." 바퀴가 끼익 소리를 내며 기차가 비나리오 21을 떠나려 할 때 여자가 말했다.

가축 운반차의 제일 뒷벽에 난 갈라진 틈으로 작은 손가락 세 개가 삐죽 나왔다. 기차가 속도를 높이는 동안 그 손가락들이 피노를 향해 인사하듯 흔들리는 것 같았다. 그는 멀어지는 기차를 바라봤다. 더 이상 그 손가락들을 볼 수 없는데도 그 모습이 머릿속에 선명하게 박혀 끊임없이 떠올랐다. 당장 기차를 뒤따라가서 그 사람들을 풀어주고 안전하게 해주고 싶은 충동이 치솟았다. 그러나 그저 패잔병처럼 무기력하게 선 채 사라지지 않는 그 손가락들에 울컥 올라오는 눈물과 싸울 수밖에 없었다.

"레이어스 장군!"

피노가 돌아섰다. 창백해진 장군도 돌아섰다. 그도 그 손가락들을 봤을까?

게슈타포 발터 라우프 대령이 그들을 향해 씩씩거리며 다가왔다. 화가 나서 얼굴이 시뻘게져 있었다.

"라우프 대령." 레이어스 장군이 말했다.

피노는 장군에게서 한 발짝 떨어져 발밑의 플랫폼만 쳐다봤다. 카사 알피나에서 온 이탈리아 소년이 어떻게 레이어스 장군의 운전병이 됐는지 의심할까 봐 겁나서 라우프가 자신을 알아보지 못하기를 바랐다.

게슈타포 대령이 소리치기 시작하자 레이어스 장군도 소리치며 맞섰다. 피노는 무슨 말을 하는지 거의 이해하지 못했지만 라우프가 요제프 괴벨스의 이름을 들먹이는 것을 분명히 들었다. 레이어스 장군은 아돌프 히틀러를 언급하며 대답했다. 피노는 그들의 몸짓을 보고 뜻을 알아챘다. 라우프는 독일 제국 장관인 괴벨스의 명령을 받았다. 반면 레이어스 장군은 직접 총통의 명령을 받았다.

치열한 위협과 냉담한 대화가 오간 후, 몹시 화난 라우프가 한 걸음 물러나 거수경례를 했다. *"히틀러 만세!"*

레이어스 장군이 성의 없이 거수경례를 되돌렸다. 라우프가 막 떠나려던 참에 몇 초 동안 피노에게 시선을 고정했다. 피노는 자신에게 집중되는 그의 시선을 고스란히 느꼈다.

"조장." 레이어스 장군이 불렀다. "이제 우리는 간다. 차를 몰고 오도록."

"네, 장군님." 피노는 최선을 다해 독일어로 말하고 재빨리 나치 장교 두 명을 지나쳤다. 한 번도 라우프를 쳐다보지 않았지만 그의 생기 없는 어두운 눈이 자신에게 고정돼 있음을 알았다.

피노가 한 발 옮길 때마다 돌아오라는 소리가 뒤에서 들려올 것 같았다. 그러나 라우프는 한마디도 하지 않았고 피노는 다시는 21번 플랫폼에 오지 않기를 기도하면서 그곳을 떠났다.

✤

레이어스 장군이 평소처럼 무슨 생각을 하는지 알 수 없는 표정으로 돌아와 차에 탔다.

"돌리 집."

피노가 백미러로 보니 레이어스의 눈이 지평선에 고정돼 있었다. 입을 꼭 다물고 있어야 한다는 것을 알았지만 참지 못했다. "장군님?"

"무슨 일이지, 조장?" 그가 여전히 창밖을 내다보며 물었다.

"유개화차에 탄 사람들이 정말로 폴란드에 있는 토트 조직의 노동수용소로 갑니까?"

"그렇다." 장군이 대답했다. "아우슈비츠라는 곳이다."

"왜 폴란드로 갑니까?"

그 말에 밖에 고정돼 있던 레이어스의 시선이 스르르 돌아왔다. 그가 짜증스럽게 소리쳤다. "왜 이런 질문을 하지, 조장? 네 분수를 모르나? 내가 누군지 모르나?"

피노는 뒤통수를 맞은 기분이었다. "아닙니다, 장군님."

"그럼 입 다물어. 나한테든 다른 사람한테든 질문하지 마. 지시받은 대로만 해. 알겠나?"

"네, 장군님." 피노가 떨며 대답했다. "죄송합니다, 장군님."

그들이 돌리의 아파트에 도착하자 레이어스 장군은 서류 가방을 직접 가지고 올라가겠다며 피아트를 수송부에 갖다 놓으라고 지시했다.

피노는 장군을 따라 위층으로 올라가거나 뒷길로 돌아가 안나에게 들여보내 달라고 하고 싶었지만, 아직 밝은 대낮이어서 들킬까 봐 겁이 났다. 그는 창밖으로 돌리의 아파트를 한참 쳐다본 후 마침내 차를 몰고 갔다. 그날 본 폭력, 위법, 절망, 그 모든 것을 안나에게 털어놓고 싶은 마음이 너무 절실했다.

피노는 그날 밤 이후로 여러 밤 동안 붉은색 기차와 21번 플랫폼이 나오는 악몽에 시달렸다. 그녀를 위해 기도해 달라고 애원하던 여자의 목소리가 계속해서 들려왔다. 그를 향해 꼼지락거리던 불쌍한 작은 손가락들이 계속 보였다. 그 손가락의 주인인 아이, 그가 구하지 못한 아이의 얼굴이 수천 개의 얼굴로 꿈에 나타났다.

그 후로 몇 주가 넘는 시간 동안 피노는 레이어스 장군을 태우고 이탈리아 북부 곳곳을 찾아다녔다. 운전하면서 그 얼굴 없는 아이와 21번 플랫폼에서 이야기를 나눈 여자가 어떻게 됐을지 생각했다. 폴란드로 끌려가서 죽을 때까지 일을 했을까? 아니면 나치가 그들을 어딘가로 데리고 가서 메이나와 이탈리아 전역에서 그랬던 것처럼 기관총으로 쏴 죽였을까?

운전을 하지 않을 때 그는 레이어스 장군이 공장에서 공작기계를 약탈하고 곳곳에서 충격적일 정도로 많은 건축 자재와 차량과 식량을 압수하는 모습을 무력하게 지켜보았다. 모든 도시에서 기초 농산물을 빼앗아 기차에 실어 독일로 가져가거나 고딕 방어선에 있는 군인들에게 배급했다. 그러는 동안 레이어스 장군은 금욕적이고 무자비하며 임무에 전념하는 태도를 유지했다.

"계속 말씀드렸다시피 브렌네르 고개를 지나는 선로를 연합군이 폭격해야 해요." 1944년 10월 말의 어느 날 밤, 피노가 외삼촌에게 말했다. "중단시켜야 해요. 그렇게 하지 않으면 식량이 하나도 남지 않을 거예요. 겨울이 다가오고 있다고요."

"바카에게 그 메시지를 두 번 전했단다." 알베르트 외삼촌이 절망스럽게 말했다. "하지만 세상은 프랑스에 집중하느라 이탈리아를 잊었구나."

✤

1944년 10월 27일 금요일, 피노는 또다시 레이어스 장군을 태우고 가르그나노에 있는 베니토 무솔리니의 저택으로 갔다. 따뜻한 가을날이었다. 알프스산맥 위에 자리 잡은 활엽수 이파리가 불타는 듯한 붉은색으로 물들었다. 하늘은 푸르고 맑았다. 가르다 호수의 수면에 단풍과 하늘이 모두 비쳤다. 그 광경을 보고 있자니 세상에서 북이탈리아보다 아름다운 곳이 있을까 하는 생각이 들었다.

피노는 레이어스 장군을 따라 저택의 돌기둥을 지나 테라스로 갔다. 텅 빈 테라스는 온통 낙엽으로 덮여 있었다. 무솔리니의 사무실 문이 활짝 열려 있었다. 그 안에 승마 바지의 멜빵을 늘어뜨리고 튜닉의 단추를 밑까지 풀어헤친 일 두체가 책상 옆에 서 있었다. 독재자는 귀에 수화기를 대고 있었는데 독기가 서린 일그러진 표정이었다.

"클라레타, 레이첼이 미쳤어." 일 두체가 말하고 있었다. "레이첼이 당신한테 가고 있어. 그녀와 이야기하지 마. 당신을 죽일 거라더군. 그러니까 문을 닫고, 그리고…… 알았어, 알았어, 전화해 줘."

무솔리니가 수화기를 내려놓고 머리를 흔들다가 입구에 서 있는 레이어스 장군과 피노를 알아차렸다. 그가 피노에게 말했다. "부인이 돌리 때문에 제정신이 아닌지 장군에게 물어봐."

피노가 그대로 묻자 레이어스 장군은 일 두체가 자신의 정부에 대해 안다는 사실에 놀란 듯했지만 바로 대답했다. "내 아내는 대부분의 일에 대해서 제정신이 아니지만 돌리에 대해서는 아무것도 모르오. 내가 뭘 도와드리면 되겠소, 일 두체?"

"레이어스 장군, 왜 케셀링 원수는 항상 나를 만나는 자리에 당신을 보내지?"

"그분이 나를 믿기 때문이오. 당신도 나를 믿기 때문이고."

"내가?"

"내가 내 명예를 의심할 짓을 한 적이 있었소?"

무솔리니가 잔에 와인을 따르더니 고개를 저었다. "장군, 왜 케셀링은 내 군대를 믿고 이용하지 않는 거지? 나한테는 충성스럽고 잘 훈련된 군인들이 아주 많이 있어. 살로를 위해 기꺼이 싸울 준비가 된 진정한 파시스트들이라고. 그런데 왜 그들이 막사에 앉아만 있냐는 말이야."

"나도 말이 되지 않는다고 생각하오, 두체. 하지만 케셀링 원수는 나보다 훨씬 뛰어난 군사적 지략을 지니고 있소. 나는 엔지니어일 뿐이오."

전화가 울렸다. 무솔리니가 수화기를 낚아채서 귀를 기울이다가 말했다. "레이첼?"

수화기를 머리에서 떨어뜨린 독재자는 수화기에서 흘러나오는 부인의 날카로운 쇳소리가 놀랍도록 또렷하게 방 안에 울려 퍼지자 움찔했다. "게릴라들이요! 그들이 나에게 시를 보내고 있어요, 베니토! 똑같은 구절만 계속 되풀이돼요. '우리는 너희 모두를 로레토 광장으로 데리고 갈 거야!' 그들은 나를 탓하고, 당신을 탓하고, 당신의 개 같은 정부를 탓해요! 그래서 그녀는 죽을 거예요!"

독재자가 수화기를 박살 낼 것처럼 거칠게 내려놓고 부들부들 떨더니 피노를 빤히 보면서 통화 내용을 얼마나 들었는지 살폈다. 피노는 침을 삼키고 양탄자의 자수만 뚫어지게 쳐다봤다.

레이어스 장군이 말했다. "두체, 난 일정이 바쁘오."

"후퇴할 준비를 하느라고?" 무솔리니가 비웃었다. "브렌네르 고개를 향해 도망치려고?"

"고딕 방어선은 아직 견고하오."

"방어선에 구멍이 뚫렸다던데." 일 두체가 와인 잔을 비웠다. "장군에게 말해. 히틀러가 마지막 보루를 짓고 있다는 것이 사실인가? 독일 쪽 알프스산맥의 지하 어딘가에, 히틀러의 가장 충성스러운 추종자들과 함께 후퇴할 곳을 짓고 있다는 것이?"

"그런 이야기가 많이 돌고 있소. 그렇지만 나는 그런 이야기를 직접 들은 적이 없소."

"그런 곳이 있다면, 그 지하 요새에 나를 위한 자리가 있을까?"

"나는 총통님을 대신해서 말할 수 없소, 두체."

"그건 내가 들은 말이랑 다른데." 무솔리니가 말했다. "어쨌든 적어도 알베르트 슈페어를 대신해서는 말할 수 있겠지. 히틀러의 건축가라면 그런 장소가 있는지 확실히 알 테니까."

"다음에 제국 장관과 이야기를 나눌 기회가 있으면 물어보겠소, 두체."

"나는 두 자리가 필요해." 독재자가 말하고 와인을 더 따랐다.

"확실히 이해했소. 이제 가야겠소. 토리노에서 회의가 있어서."

무솔리니가 반대하려는 찰나 전화가 울렸다. 그는 얼굴을 찡그리고 수화기를 들었다. 레이어스 장군이 나가려고 몸을 돌렸다. 피노가 뒤를 따라 발걸음을 옮기기 시작했을 때 무솔리니가 하는 말이 들렸다.

"클라레타? 문 닫았어?" 정적이 흐른 후 일 두체가 고함쳤다.
"레이첼이 거기에 있어? 자해하기 전에 경비병한테 그녀를 밖으로 쫓아내라고 해!"

두 사람은 테라스로 나와 계단을 내려가면서 더 많은 외침을 들었다.

레이어스 장군은 피아트로 돌아와서 고개를 절레절레 흔들면서 말했다. "왜 항상 이곳을 떠날 때마다 정신병원에 있다 가는 기분이 들지?"

"일 두체는 이상한 말씀을 많이 하십니다." 피노가 말했다.

"그가 어떻게 나라를 이끌었는지 도무지 알 수 없군. 하긴 그가 전력을 다해 일했을 때는 열차가 독일의 시계처럼 정확하게 운행됐다고들 하더군."

"알프스산맥에 지하 요새가 있습니까?" 피노가 물었다.

"미치광이나 그런 소리를 믿을 거야."

피노는 아돌프 히틀러가 딱히 정상은 아니라는 점을 장군에게 상기시키고 싶었지만 생각을 바꾸고 운전을 했다.

1944년 10월 31일 화요일 일몰 직후, 레이어스 장군이 피노에게 밀라노에서 북동쪽으로 약 15킬로미터 지점에 있는 몬차라는 도시의 기차역으로 가라고 지시했다. 피노는 기진맥진한 상태였다. 그동안 거의 하루도 빠지지 않고 끊임없이 도로를 달렸다. 잠을 자고 싶었고 안나를 보고 싶었다. 총격이 있던 날 밤 이후로 두 사람이 함께 보낸 시간은 10분도 되지 않았다.

하지만 피노는 지시를 따라 피아트를 북쪽으로 돌렸다. 그달의 두 번째 보름달인 블루문이 희미한 빛을 비추고 있어 전원 지대가 어두운 청록색을 띠었다.

몬차역에 도착해 장군이 차에서 내리자 토트 조직의 경비병들이 재빨리 차렷 자세를 취했다. 그들은 피노처럼 어린 이탈리아인들이었고 전쟁에서 살아남으려고 발버둥 치고 있었다.

"조차장에서 이송을 감독하러 왔다고 말해." 레이어스 장군이 말했다.

피노가 말을 전하자 그들은 고개를 끄덕이고 플랫폼의 맨 끝을 손으로 가리켰다.

작은 트럭이 멈췄다. 토트 조직의 군인 두 명과 다 낡은 회색 옷을 입은 남자 네 명이 트럭에서 내렸다. 남자의 가슴에는 헝겊 조각이 달려 있었다. 세 명은 'OST'라고 적혀 있고 네 번째 남자는 'P'라고 적혀 있었다.

"여기서 기다려라, 조장." 레이어스 장군이 다정한 말투로 피노에게 말했다. "오래 걸리지 않을 거다. 한 시간은 넘지 않겠지. 그러고 나서 절실하게 필요한 잠을 자고 우리 여자 친구들을 보러 가자. 알겠나?"

당장 기운이 솟은 피노가 미소 짓고 고개를 끄덕였다. 당장 아무 벤치에나 누워서 자고 싶었다. 그러나 레이어스 장군이 한 군인에게 손전등을 받아서 플랫폼의 맨 끝을 향해 남자들을 이끌고 가는 것을 보고 정신이 번쩍 들었다.

장군은 서류 가방을 가지고 있지 않았다.

서류 가방이 역 앞에 세워둔 피아트 안에 있다는 말이었다. 레이어스 장군은 한 시간 이상은 걸리지 않는다고 말했다. 하지만 그 정도면 서류 가방을 살펴보기 충분한 시간이지 않은가. 알베르트 외삼촌은 구해보겠다던 사진기를 아직 구하지 못했다. 그렇지만 피노는 장군의 카메라를 가지고 있었고 그가 알기로 새 필름 한 통이 들어 있었다. 레이어스 장군은 대포를 설치할 만한 장소를 발견하면 바로 찍으려고 늘 사진기를 가지고 다녔다. 그리고 사진을 찍고 나면 다 쓰지 않은 필름이라도 바로 빼고 새 필름을 넣었다.

피노는 중요해 보이는 서류를 발견하면 사진을 찍고 필름을 챙긴 다음 자동차 사물함에 있는 새 필름을 끼워놔야겠다고 작정했다.

그가 피아트를 향해 두 걸음 내디뎠을 때 피로와는 다른 무언가가 신경을 건드렸다. 방금 전 네 명의 노예와 토트 조직 군인 두 명을 이끌고 걸어가던 장군의 태도에 뭔가 석연치 않은 점이 있었다. 딱히 꼬집어서 말할 수는 없었지만 레이어스 장군이 보름달 빛으로 무엇을 이송하려는지 궁금해졌다. 왜 장군이 이송 장면을 그에게 보이지 않으려고 했을까? 이상했다. 레이어스 장군이 가는 곳은 대체로 피노도 따라가곤 했다.

기차의 기적 소리가 멀지 않은 곳에서 들렸다. 피노는 두 방향으로 나뉘는 곳에서 망설이다가 직감을 믿고 레이어스 장군이 사라진 플랫폼의 끝을 향해 조용히 걸었다. 조차장으로 훌쩍 뛰어내려 장군이나 그와 함께 있는 다른 사람들에게 들키지 않고 꽤 오래 나아갔을 즈음, 화물 열차가 덜커덩거리며 들어와 끼익 소리를 내면서 멈췄다.

피노는 그 열차의 유개화차 중 하나의 밑으로 재빨리 들어가 기어서 선로를 넘었다. 건너편 선로에 도착했을 때 목소리가 들렸다. 열차 아래에서 오른쪽을 내다보니 장군의 손전등 때문에 검은 윤곽만 드러난 토트 조직 군인 두 명이 있었다. 그들이 피노가 있는 쪽으로 오고 있었다.

피노는 유개화차의 바퀴에 몸을 딱 붙인 채 지나가는 군인들을 지켜봤다. 다시 오른쪽을 내다보자 60미터쯤 떨어진 곳에 등을 돌리고 서 있는 레이어스 장군이 어렴풋이 보였다. 장군은 회색 남자 네 명을 감시하고 있었다. 남자들은 한 줄로 서서 화물 열차에 연결된 유개화차에서 옆 선로에 딸렁 한 칸 선 유개화차로 물건을 옮기고 있었다. 물건은 별로 크지 않았지만 아주 무거운 듯, 노예들이 온몸을 수그리고 그러안아 옮기고 있었다.

레이어스의 서류 가방에 뭐가 들었는지 외삼촌에게 말할 수 없다면, 적어도 장군이 날이 저문 후 어떻게 변신하는지, 왜 이 작업을 하는 노예들을 개인적으로 감시하고 있는지에 대해서는 말해주고 싶었다.

화물 열차 반대편으로 재빨리 움직인 후 그와 레이어스 사이에 있는 유개화차 쪽으로 최대한 소리를 죽이고 걸었다. 무거운 금속들이 부딪치는 소리가 점점 가까워졌다. 탁, 탁, 쾅.

소리가 나는 간격을 재다가 타이밍을 맞춰 한 발씩 움직였고, 남자들을 따라잡았을 때부터는 무릎과 손을 한 번에 한쪽씩 움직여 화물 열차 밑으로 기어 들어갔다. 반대쪽을 훔쳐보니 몇 미터도 떨어지지 않은 곳에 장군이 있었다.

레이어스 장군은 선로들 사이의 타다 남은 장작불을 향해 손전등을 비췄다. 그래서 일하는 남자들의 발치가 환했다. 레이어스 위에 있는 유개화차 속 남자가 뭔지 알아볼 수 없는 좁은 직사각형 물체를 건네면 아래에 있는 남자가 받아 다음 남자에게 건네고, 다시 반대편에 있는 녹슨 주황색 유개화차 속 남자가 받아서 싣는 식이었다.

도대체 저게 뭐지?

세 번째 남자가 헛발질하다가 물건을 떨어뜨릴 뻔했다. 레이어스 장군이 손전등의 방향을 바꿔 그 남자의 손에 들린 물체를 비췄고 피노는 헉 소리를 내지 않으려고 애썼다.

그것은 벽돌, 금으로 만든 벽돌이었다.

"이제 됐다." 레이어스 장군이 독일어로 말했다.

네 명의 노예 노동자들이 기대에 차서 장군을 바라봤다. 그는 유개화차를 향해 손전등을 흔들어 문을 닫으라는 표시를 했다.

피노는 금괴 이송이 끝났음을 알아차렸다. 레이어스 장군이 곧 역으로 들어가 피아트를 세워둔 곳으로 향할 것이라는 뜻이었다. 그는 조용히 기어서 뒷걸음치다가 그의 위로 유개화차 문이 닫히는 소리가 들리자 속도를 조금 높였다.

두 번째 유개화차의 문이 닫히는 소리가 날 때 열차 반대편으로 가서 몸을 일으켰다. 모닥불이 켜져 있는 곳까지 발끝으로 살금살금 걸었다. 거기서부터는 잡초가 자라 있어서 발소리가 묻혀 들리지 않았다.

피노는 1분도 지나지 않아 플랫폼으로 기어올라 갔다. 그때 화물 열차의 기관차가 덜커덕거리는 소리가 선로 끝에서 들렸다. 바퀴에서 끼익 끼익 소리가 나더니 점차 속도를 냈다. 차량 사이의 연결부가 삐걱거렸다. 선로에 깔린 침목마다 끊임없이 쿵쿵쿵 소리를 냈다. 그런데도 피노는 날카로운 소리를 분명히 들었다. 처음 소리가 들릴 때는 확신하지 못했다. 그러나 2초에서 4초 간격으로 레이어스 장군이 있는 방향에서 들려온 두 번째, 세 번째, 네 번째 소리는 확실히 총소리였다. 15초도 되지 않아서 벌어진 일이었다.

장군이 이송하는 자리에서 멀리 떨어져 있으라고 지시한 두 명의 토트 조직 군인들도 총소리를 들은 것처럼 플랫폼으로 나왔다.

피노는 공포와 점점 커지는 분노 속에서 생각했다. 네 명의 노예가 죽었어. 금괴를 다른 곳으로 보내는 걸 본 목격자들이 죽었어.

레이어스 장군이 방아쇠를 당겼다. 그가 냉혹하게 그 남자들을 처형했다. 그리고 그는 오늘 밤이 오기 전부터 이미 그럴 계획이었다.

약탈한 금괴로 추정되는 거금을 실은 화물 열차의 꼬리가 플랫폼을 지나 어둠 속으로 사라졌다. 조차장에도 거금이 남아 있었다. 원래는 얼마나 많은 금괴가 있었을까?

무고한 그 네 사람을 죽일 정도로 엄청난 양이었겠지. 사람들을 죽일 만큼……

부츠가 저벅저벅 바닥을 밟는 소리가 들리더니 달 밝은 밤에 레이어스 장군의 어두운 그림자가 먼저 다가왔다. 이내 모습을 드러낸 그는 손전등을 켜고 플랫폼을 이리저리 비춰보다가 불빛을 피해 눈 위로 팔뚝을 올린 피노를 발견했다. 장군이 그도 죽이려고 작정했을지 모른다는 무서운 생각이 퍼뜩 떠올랐다.

"거기 있었군, 조장." 레이어스 장군이 말했다. "총소리를 들었나?"

피노는 멍청한 척하는 것이 최선이라는 결론을 내렸다. "총소리라니요, 장군님?"

레이어스 장군이 플랫폼으로 올라와서 멍하게 머리를 흔들었다. "모두 네 발. 다 완전히 빗나갔어. 그렇게 개똥 같은 사격을 하다니."

"장군님? 무슨 말씀이신지 모르겠습니다."

"저기에서 중요한 물건을 이탈리아로 옮기는 중이었다. 그 물건을 보호하기 위해서 말이지. 그런데 내가 등을 돌리자 네 명의 노동자들이 그 기회를 틈타 도망쳤다."

피노가 얼굴을 찡그렸다. "그래서 그들을 쏘셨습니까?"

"그들을 향해 쐈지. 아니 그보다는 그들 위로, 그들 뒤로 쐈다는 말이 맞겠군. 나는 '형편없는' 명사수야. 사실 상관없어. 그들에게 행운이 있기를." 레이어스 장군이 손뼉을 쳤다.

"돌리 집으로 데려다줘, 조장. 긴 하루였어."

피노는 밀라노로 돌아오는 길에 생각했다. 레이어스 장군이 거짓말을 했고 사실은 네 명의 노예들을 죽인 거라면, 그야말로 훌륭한 배우이거나 양심이라고는 없는 냉혈한이리라. 그렇지만 레이어스 장군은 21번 플랫폼의 유대인들을 보고 몸을 떨었다. 어쩌면 특정한 상황에서만 양심이 생기는데 다른 사람들에게는 그 양심이 적용되지 않는 것인지도 모를 일이었다. 차를 타고 돌아가는 동안 장군은 기분이 좋아 보였다. 이따금 혼자서 빙그레 웃거나 만족스럽게 입술을 쩝쩝댔다. 하긴 기분이 안 좋을 이유가 없었다. 그는 방금 금괴를 멀리 보내 막대한 부를 은닉했다.

장군은 이탈리아를 위해, 그 물건을 보호하기 위해 한 일이라고 말했지만 피노는 돌리의 집 앞에 피아트를 세우면서 그의 말을 의심했다. 이미 이탈리아에서 엄청나게 노략질을 자행해 온 사람이 이제 와 이탈리아를 위해 무언가를 보호하겠다고 나서는 것 자체가 말이 되지 않았다. 그리고 피노는 금이 개입되면 사람들이 이상하고 비이성적으로 행동한다는 것을 모를 정도로 세상 물정에 어둡지는 않았다.

단테 거리에 있는 아파트에 도착하자 레이어스 장군이 한 손에 서류 가방을 들고 내리며 말했다.

"내일은 하루 쉬도록."

"고맙습니다, 장군님." 피노가 머리를 꾸벅 숙였다.

피노는 하루의 휴가가 꼭 필요했다. 안나도 보고 싶었지만, 장군은 위층에 가서 위스키 한잔하고 가라고 초대할 의사는 없는 것이 분명했다.

장군은 현관을 향해 움직이다가 돌연 멈췄다.

"내일 차를 써도 좋다, 조장. 가고 싶은 곳에 가정부를 데리고 가. 즐거운 시간 보내도록."

✤

다음 날 아침, 피노가 현관으로 들어서자 안나가 계단을 내려와 로비로 나왔다. 두 사람 다 스툴에 앉아 눈을 깜박이고 있는 노파에게 애매하게 고개를 까딱하고 나왔다. 둘이 함께 있는 시간이 좋아서 자꾸 웃음이 터져 나오고 행복했다.

"참 좋네." 그녀가 그의 옆 조수석에 앉아 말했다.

피노는 토트 조직 제복에서 벗어나서 기분이 좋았다. 지금 그는 완전히 다른 사람이었다. 안나도 마찬가지였다. 그녀는 파란색 원피스와 검은색 구두 차림에 어깨에 고급 양모 숄을 둘렀다. 립스틱과 마스카라를 발랐고…….

"왜?" 그녀가 물었다.

"너무 아름다워서요, 안나. 당신을 보고 있으니 노래를 부르고 싶어져요."

"너는 정말 다정해. 너한테 키스하고 싶은데 그러면 돌리의 비싼 프랑스제 립스틱이 뭉개질 것 같아서 못 하겠어."

"어디로 갈까요?"

"멋진 곳으로. 전쟁을 잊을 수 있는 곳으로."

피노는 생각하다가 말했다. "딱 맞는 곳을 알아요."

"잠깐, 잊어버리기 전에." 안나가 핸드백을 열더니 봉투를 꺼내 건넸다. "레이어스 장군이 직접 서명한 인가장이라고 말하래."

체르노비오로 가는 길에 검문소에서 인가장을 보여줄 때마다 경비병들의 태도는 놀랄 정도로 확 바뀌었다. 피노는 코모 호수에 있는 자신이 가장 좋아하는 장소로 안나를 데리고 갔다. 코모호수 서쪽 줄기의 남쪽 끝 근처에 있는 작은 공원이었다. 유달리 따뜻하고 산들바람이 부는 맑은 가을날이었다. 옅은 파란색 하늘에 높이 솟은 험준한 바위들 꼭대기에 눈이 쌓여 있었는데, 호수에 반사된 광경이 마치 서로 연결된 두 개의 수채화 같았다. 피노가 더워서 두꺼운 셔츠를 벗자 하얀색 민소매 티셔츠가 드러났다.

"정말 아름다워." 안나가 말했다. "네가 왜 여기를 그렇게 좋아하는지 알겠어."

"여기에 와서 서 있었던 게 천 번은 될걸요. 그런데도 여전히 현실 같지 않은 곳이에요. 꼭 신의 조화 같다고나 할까. 인간의 손길이 전혀 미치지 않은 곳 같아요."

"내가 보기에도 그래. 여기에서 사진 찍어줄게." 안나가 말하고 레이어스 장군의 사진기를 꺼냈다.

"어디서 났어요?"

"자동차 사물함에서. 필름만 챙기고 나중에 돌려놓을 거야."

피노는 망설이다가 어깨를 으쓱했다. "좋아요."

"옆모습이 보이게 서봐. 턱 들고 머리카락을 뒤로 넘겨. 네 눈이 보고 싶어."

피노는 안나의 말대로 하려고 했지만 자꾸 산들바람이 불어와 곱슬머리가 눈을 가렸다.

"그대로 있어." 안나가 핸드백을 뒤지며 말했다. 그녀가 하얀색 머리띠를 찾아냈다.

"나 그거 안 할 거예요." 피노가 말했다.

"하지만 네 눈이 나오게 찍고 싶단 말이야."

피노는 머리띠를 하지 않으면 그녀가 실망할 것 같아서 머리띠를 받아 머리에 하고 우스꽝스러운 표정을 지어 그녀를 웃겼다. 그러고는 옆으로 서서 턱을 들고 미소 지었다. 그녀가 셔터를 두 번 눌렀다. "완벽해. 항상 너를 이 모습으로 기억할 거야."

"머리띠를 한 모습으로요?"

"그래야 네 눈을 볼 수 있지." 안나가 투덜댔다.

"알아요." 그가 말하고 그녀를 껴안았다.

두 사람이 몸을 떼자 피노는 저 멀리 호수의 북쪽 구간을 가리켰다. "저 산 위에 눈이 녹지 않은 부분과 녹은 부분의 경계선 밑이 보여요? 저기가 신부님이 카사 알피나를 운영하시는 모타예요. 내가 전에 말한 곳이요."

"기억나. 레 신부님은 아직도 그들을 돕고 계실까?"

"당연하죠. 무엇도 신부님의 믿음을 방해하지 못해요."

다음 순간, 21번 플랫폼이 퍼뜩 떠올랐다. 속마음이 표정에 드러났는지 안나가 물었다. "무슨 일이야?"

그는 플랫폼에서 본 모든 것, 붉은색 가축 운반차가 멀어지는 것을 볼 때 느꼈던 지독한 기분, 꼬물거리던 작은 손가락들에 대해 말했다.

안나가 한숨을 쉬고 그의 등을 쓰다듬었다. "네가 항상 영웅이 될 수는 없어, 피노."

"당신이 그렇게 생각한다면 그런 거겠죠."

"그래, 난 그렇게 생각해. 세상의 모든 문제를 네가 짊어지고 갈 수는 없어. 먼저 네 삶에서 행복을 찾아야 해. 나머지 문제는 그저 최선을 다하면 돼."

"당신이랑 같이 있으면 행복해요."

그녀는 갈등하는 듯했지만 이내 미소 지었다. "나도 그렇다는 거 알잖아."

"어머니에 대해 얘기해 줘요."

피노의 말에 안나의 몸이 경직됐다.

"아픈 상처예요?"

"가장 아픈 상처야." 두 사람은 호숫가를 따라 걷기 시작했다.

아빠가 바다에 빠져 죽고 딸만 살아남자 안나의 엄마는 천천히 미쳐갔다. 엄마는 남편의 죽음과 안나를 낳은 후 여러 번 겪은 유산이 모두 안나의 탓이라고 말했다.

"엄마는 내가 악마의 눈을 가졌다고 생각했어."

"당신이요?" 피노가 웃음을 터뜨렸다.

"웃을 일이 아니야." 안나가 정색하며 말했다. "엄마는 나한테 끔찍한 말을 했어, 피노. 엄마는 나 스스로에 대한 잘못된 생각을 심어줬지. 심지어 수차례 신부들을 불러서 나한테서 악령을 쫓는 의식까지 하게 했어."

"말도 안 돼요."

"그러게 말이야. 나는 준비가 되자 바로 떠났어."

"트리에스테를요?"

"집을. 그리고 나중에는 트리에스테를." 그녀가 말하며 호수로 시선을 던졌다.

"어디로 갔어요?"

"인스브루크로. 광고를 보고 연락했다가 돌리를 만났고 이 일을 하게 됐지. 삶이 항상 우리를 가야 할 장소와 만나야 할 사람에게 이끄는 게 참 신기하지 않아?"

"나도 그렇게 만났다고 믿어요?"

바람이 불어와 그녀의 머리카락 몇 가닥을 얼굴에 흩뜨렸다. "응. 그런 것 같아."

피노는 레이어스 장군을 만난 것도 신의 계획이었을지 궁금했지만, 안나가 머리를 빗어 올리며 미소 짓는 바람에 그 생각도 머릿속에서 몽땅 사라져버렸다.

"파리에서 온 그 립스틱이 마음에 안 들어요. 뭉개질까 봐 키스를 못 하잖아요."

그녀가 웃음을 터뜨렸다. "또 어디 갈까? 여기 말고도 아름다운 곳이 있을까?"

"골라봐요."

"트리에스테 근처라면 구경시켜 줄 곳이 많은데, 이곳 지리는 잘 몰라서."

생각에 빠진 피노가 망설이며 호수를 바라보다가 말했다. "아는 곳이 있어요."

한 시간 후 피노는 장교용 차를 몰고 철로를 건너 농장 길로 올라가, 예전에 아빠와 벨트라미니 씨가 〈네순 도르마〉, 즉 '아무도 잠들지 말라'를 공연한 언덕으로 갔다.

"여기는 왜 왔어?" 안나가 의심스럽게 묻는 사이 먹구름이 몰려오고 있었다.

"저기 올라가서 보여줄게요."

두 사람은 차에서 내려 언덕을 오르기 시작했다. 피노는 1943년 여름 동안 매일 밤 기차를 타고 밀라노를 떠난 사연, 안전하게 숨을 수 있는 장소를 찾다가 무성하게 우거져 향기로운 이 풀숲까지 오게 된 과정, 그와 카를레토가 목격한 미켈레의 바이올린과 벨트라미니 씨의 목소리가 어우러진 뜻밖의 기적 같은 공연에 대해 자세히 이야기했다.

"어떻게 그리 잘하셨을까?"

"사랑이죠." 피노가 말했다. "두 분이 워낙 열정적으로 연주하기도 했지만, 그 열정은 사랑에서 나왔어요. 그 외에는 달리 설명할 말이 없어요. 모든 위대한 일은 사랑에서 비롯돼요, 안 그래요?"

"그런 것 같아." 안나가 말하며 눈길을 돌렸다. "최악의 일들도 그렇지."

"무슨 뜻이에요?"

"그 이야기는 다음에, 피노. 난 지금 너무 행복해."

두 사람은 언덕마루에 도착했다. 15개월 전 이 목초지는 초록빛이 무성하게 우거져 있고 순수했다. 지금은 초목이 갈색으로 시들었다. 긴 풀은 마구 엉켜 있고 과수원의 과실나무들은 열매 하나 맺지 못했다.

하늘이 어두워졌다. 보슬비가 내리다가 점점 빗방울이 굵어지자 그들은 언덕을 뛰어 내려가 차로 돌아갔다.

차에 탄 후 안나가 말했다. "내가 여기와 체르노비오 중에 고른다면? 체르노비오를 고를 거야."

"나도 그래요." 피노는 비가 주룩주룩 흐르는 앞 유리 너머로 안개가 몰려드는 언덕 꼭대기를 올려다보며 말했다. "내 기억보다 멋지지 않네요. 그렇지만 그때는 내 친구들과 가족이 저기 있었어요. 아빠는 일생에서 가장 멋진 바이올린 연주를 하셨고 벨트라미니 씨는 아내에게 바치는 노래를 하셨죠. 그리고 툴리오, 카를레토, 그들은……."

피노는 갑자기 감정이 북받쳐 운전대를 잡은 양손 위로 머리를 숙였다.

"피노, 무슨 일이야?" 안나가 당황해서 물었다.

"다들 나를 떠났어요." 그는 목이 메었다.

"누가 떠나?"

"툴리오, 내 단짝, 내 동생까지도. 그들은 내가 나치이고 배신자라고 생각해요."

"네가 첩자라고 말하면 안 돼?"

"애초에 당신한테도 말하지 말았어야 했어요."

"정말 견디기 힘들겠네." 안나가 그의 어깨를 어루만졌다. "그래도 전쟁이 끝나면 그들도, 카를레토와 미모도, 결국 알게 될 거야. 그리고 툴리오는……. 사랑하는 사람을 잃었을 때 최선의 방법은 애도하는 거야. 그러고 나서 삶이 네 앞에 데려다준 새로운 사람들을 사랑하는 거야."

피노가 고개를 들었다. 두 사람은 오랫동안 서로를 지긋이 응시했다.

안나가 그의 손을 잡고 가까이 다가오며 말했다. "립스틱이 어떻게 되든 이제 상관없어."

4부

가장 잔인한 겨울

22

1944년 11월, 북서풍이 불어오면서 북이탈리아의 기온이 꾸준히 떨어졌다. 영국의 알렉산더 육군 원수는 애국행동단으로 알려진 이탈리아의 오합지졸 저항운동 세력들에게 게릴라 군대를 조직해서 독일군을 공격하라고 호소했다. 하늘에서 폭탄 대신 전단이 쏟아져 밀라노의 거리에 뿌려졌다. 시민들에게 싸움에 동참하라고 촉구하는 내용이었다. 저항운동의 공격 속도가 치솟았고, 나치는 거의 모든 곳에서 공격을 받았다.

12월, 알프스산맥이 눈에 파묻혔다. 산에서 폭풍이 연달아 불어닥쳐 밀라노를 덮치고 남쪽으로는 로마까지 휘몰아쳤다. 레이어스와 피노는 아펜니노산맥의 고딕 방어선을 따라 자리 잡은 방어시설들을 대상으로 순시에 돌입했다. 미친 듯한 일정이었다.

그들은 연기가 자욱한 시멘트 기관총 진지에서, 대포 설치대에서, 임시로 친 캔버스 방수포 아래에서 모닥불 주변에 옹기종 기 모여 있는 군인들을 봤다. 토트 조직 장교들이 레이어스에게 담요가 더 필요하다고 말했다. 식량이 더 필요하고, 두꺼운 울 재 킷과 양말도 더 필요하다고 말했다. 괴로운 겨울이 찾아오면서 산 정상에 있는 모든 나치 군인들이 극심한 고생을 겪고 있었다.

레이어스 장군은 그들의 어려운 처지에 진심으로 마음이 흔들 렸는지 그들의 요구를 알아내려고 자기 자신과 피노를 심하게 압박했다. 레이어스 장군은 제노바에 있는 공장에서 담요를, 밀 라노와 토리노에 있는 공장에서 울 양말과 재킷을 징발했다. 그 는 세 도시의 시장을 탈탈 털어서 이탈리아인들의 빈곤을 더욱 가중시켰다.

12월 중순이 되자 레이어스 장군은 더 많은 소를 압수하고 도 살해서 크리스마스에 독일군에게 전달하고자 했다. 더불어 토스 카나 전역의 와인 양조장에서 수많은 와인을 상자째 강탈했다.

1944년 12월 22일 금요일의 이른 아침, 레이어스 장군은 피노 에게 다시 몬차역으로 가라고 지시했다. 장군은 서류 가방을 들 고 피아트에서 내리더니 피노에게 기다리라고 했다. 대낮이었다. 피노는 들킬까 봐 두려워서 레이어스 장군을 따라갈 엄두도 내지 못했다. 장군이 돌아왔을 때는 서류 가방이 더 무거워 보였다.

"스위스의 루가노로 넘어가는 국경으로." 레이어스 장군이 말 했다.

피노는 운전을 하면서 서류 가방 안에 최소한 한 개, 또는 두 개 이상의 금괴가 들어 있을 것이라고 확신했다. 국경에 도착하 자 장군은 피노에게 대기하라고 말했다. 레이어스 장군이 스위 스로 건너가 폭풍 속으로 사라질 때 눈이 펑펑 내리고 있었다.

장군은 피노가 몸에 감각이 없어질 정도로 강한 추위 속에서 여덟 시간 동안 덜덜 떨고 난 후에야 돌아왔고 밀라노로 돌아가라고 지시했다.

✤

"그가 금괴를 스위스로 가져간 게 확실하냐?" 알베르트 외삼촌이 말했다.

"그게 아니면 조차장에서 뭘 했겠어요? 시체를 묻었을까요? 6주나 지난 후에요?"

"네 말이 맞아. 나는 그저……."

"무슨 일 있어요?" 피노가 물었다.

"나치의 무전 추적기, 그 장치들이 일을 잘하고 있어. 너무 잘하고 있지. 우리의 무전 위치를 삼각측량하는 속도가 훨씬 빨라졌어. 바카가 지난 두 달 동안 두 번이나 잡힐 뻔했단다. 잡히면 어떤 처벌을 받을지 너도 알지?"

"어떻게 하실 작정이세요?"

그레타 외숙모가 개수대에서 설거지를 하다가 멈추더니, 조카를 찬찬히 살펴보고 있는 남편을 돌아봤다. 그녀가 말했다. "알베르트. 더 부탁하는 것 자체가 말이 안 돼. 저 아이는 이미 충분히 해냈어. 다른 사람한테 하라고 하는 게 좋겠어."

"맡길 사람이 하나도 없어." 알베르트 외삼촌이 말했다.

"미켈레와 의논하지도 않았잖아."

"그건 피노한테 맡기려고 했지."

"뭘 맡기는데요?" 피노는 슬슬 짜증이 올라왔다.

외삼촌이 주저하다가 입을 열었다. "너희 부모님 집 아래층 아파트 있잖아.”

“나치의 요인 숙소요?”

“그래. 지금부터 내가 하는 말이 이상한 소리처럼 들릴 거야.”

그레타 외숙모가 말했다. “나는 당신이 처음 그 이야기를 했을 때부터 정신 나간 소리라고 생각했어. 생각할수록 완전히 미친 짓이야.”

“그건 피노가 결정할 일인 것 같은데.”

피노는 하품을 한 다음에 말했다. “뭘 시키고 싶으신지 말씀하시든 안 하시든, 저는 2분 뒤에 집에 가서 잘 거예요.”

“너희 부모님 집 밑 아파트에 나치의 단파 수신기가 있단다.” 알베르트 외삼촌이 말했다. “케이블이 창문으로 나가서 너희 부모님 집 테라스의 외벽에 달린 무선 안테나로 올라가.”

피노는 기억이 났지만 여전히 혼란스러웠다. 도대체 무슨 이야기를 하려는 것인지 알 수가 없었다.

“그래서 생각해 봤어.” 알베르트 외삼촌이 말을 계속했다. “독일의 무전 추적기들이 불법 안테나에서 방송되는 불법 무전을 찾고 있다면, 우리의 불법 무전을 나치의 합법 안테나에 연결해서 그들을 속일 수 있을지도 모른다고. 알겠어? 그들의 케이블에 접근해서 우리 무선을 연결하고 독일의 안테나로 우리 신호를 보내는 거지. 무전 추적자들이 위치를 찾아내면 이건 우리 신호구나, 하고 생각하고 신경 쓰지 않을 거야.”

“나치 무전을 보내는 사람이 아무도 없다는 걸 알게 되면 테라스로 올라오지 않을까요?”

“그들이 무전을 끝낼 때까지 기다렸다가 신호를 끊을 때 바로 우리 신호로 올라타야지.”

"우리 아파트에서 무전기가 발견되면 어떻게 될까요?" 피노가 물었다.

"좋을 리 없지."

"외삼촌이 무슨 생각을 하고 있는지 아빠가 아세요?"

"우선 네가 독일군 군복을 입고 실제로 무슨 일을 하고 있는지 미켈레한테 말해라."

피노에게 토트 조직에 들어가라고 명령한 것은 부모님이었다. 그러나 피노는 자신이 찬 나치 완장을 볼 때마다 아빠가 보이는 반응을, 시선을 돌리며 수치심 때문에 앙다무는 입술을 슬프게 보았다.

진실을 밝힐 기회가 생기면 아빠의 기운을 북돋울 수 있겠지만 피노는 다시 한번 확인했다. "아는 사람이 적을수록 좋다고 생각했는데요."

"처음에 내가 그렇게 말하기는 했지. 하지만 네가 저항운동을 위해 감수하고 있는 위험을 미켈레가 알면 내 계획을 받아들일 거야."

피노는 잠시 그 문제에 대해 생각했다. "아빠가 승낙한다고 쳐요. 무전기를 어떻게 그곳으로 옮기죠? 로비의 경비병들을 어떻게 통과하느냐고요."

알베르트 외삼촌이 미소를 지었다. "네가 거기를 뚫어야지, 조카야."

그날 저녁 피노네 아파트에서 아빠가 피노를 빤히 쳐다봤다. "정말 네가 첩자라고?"

피노가 고개를 끄덕였다. "우리는 아빠에게 비밀로 해야 했어요. 하지만 이제는 말씀드려야 해요."

미켈레가 머리를 흔들고 나서 피노에게 다가오라고 손짓하더니 어색하게 안았다.

"미안하다." 그가 말했다.

피노는 복받치는 감정을 눌러 삼키고 말했다. "알아요."

미켈레가 포옹을 풀고 빛나는 눈으로 피노를 올려다봤다. "너는 용감한 남자야. 나는 엄두도 못 낼 만큼 용감하고 짐작도 못할 만큼 유능해. 네가 자랑스럽구나, 피노. 이 전쟁이 끝나기 전에 우리에게 무슨 일이 생기든 너를 자랑스러워한다는 것만은 꼭 알아줬으면 좋겠구나."

피노는 세상을 다 가진 것 같은 감동이 밀려와 목이 메었다. "아빠⋯⋯."

울컥해서 말을 맺지 못하는 피노의 뺨을 아빠가 어루만졌다. "네가 경비병들을 통과해서 무전기를 가져오면 내가 여기에 보관하마. 나도 내 몫을 하고 싶구나."

"고마워요, 아빠." 마침내 피노가 말했다. "아빠가 크리스마스 때 엄마랑 치치한테 다녀오실 때까지 기다릴게요. 그래야 아무 것도 모른다고 부인하실 수 있잖아요."

미켈레의 표정이 찡그려졌다. "네 엄마가 속상해할 텐데."

"저는 못 가요, 아빠. 레이어스 장군을 수행해야 해요."

"미모가 나한테 연락하면 너에 대해 말해도 될까?"

"아니요."

"그렇지만 미모는 네가⋯⋯."

"저도 미모가 어떻게 생각하는지 알아요. 상황이 나아질 때까지는 미모의 오해를 감수할 수밖에 없어요."피노가 말했다. "마지막으로 미모 소식을 들으신 게 언제예요?"

"석 달 전? 훈련을 받으러 남쪽으로 내려가서 피에몬테로 간다더구나. 말리려고 했지만 네 동생의 쇠고집을 무슨 수로 꺾겠어. 네 방 창문으로 나가서 창틀을 타고 도망갔단다. 6층인데 말이야. 도대체 누가 그런 짓을 하겠냐?"

피노는 비슷한 방법으로 탈출했던 자신의 어린 시절이 떠올라서 웃음을 참느라 애썼다.

"도메니코 렐라. 그런 녀석은 세상에 단 하나뿐이지. 보고 싶구나."

미켈레가 눈가를 닦았다. "그 녀석이 어떤 곤경에 빠졌는지는 하느님만 아시겠지."

✦

다음 날 늦은 저녁, 피노는 또다시 레이어스 장군의 차를 하루 종일 운전한 후 돌리네 아파트 주방에 앉아 안나가 만든 아주 맛있는 리소토를 먹으면서 허공을 응시하고 있었다.

안나가 그의 정강이를 약하게 찼다.

피노가 깜짝 놀랐다. "왜요?"

"오늘 밤 내내 정신이 딴 데 가 있네."

그가 한숨을 쉰 다음 속삭였다. "두 사람이 자고 있는 게 확실해요?"

"확실히 둘 다 돌리 방에 있어."

피노는 여전히 속삭였다. "당신을 끌어들이고 싶지 않았지만, 생각할수록 아주 중요한 일에 당신이 큰 도움이 될 것 같아요.

그렇지만 우리 둘 모두에게 위험한 일이에요."

안나는 처음에 흥분한 얼굴로 그를 빤히 바라봤지만 곧이어 진지해지더니 두려운 표정을 지었다. "내가 거절하면 너 혼자 해야 해?"

"네."

몇 분 후 그녀가 말했다. "내가 뭘 하면 돼?"

"결정하기 전에 내가 무슨 일을 부탁하려는지 알고 싶지 않아요?"

"피노, 나는 너를 믿어. 그냥 내가 뭘 하면 되는지만 알려줘."

전쟁과 파괴와 절망 속에서도 크리스마스이브는 희망과 친절이 피어나는 날이다. 그날 이른 아침, 피노는 레이어스 장군이 훔친 빵과 소고기, 와인과 치즈를 고딕 방어선에 있는 군인들에게 나눠주면서 산타클로스 흉내를 내는 모습을 보고 그 진리를 절감했다.

피노는 그날 저녁 안나와 함께 대성당 뒤쪽에 서 있을 때 그러한 모습을 다시 봤다. 그들 앞에는 철야 미사에 참석하려고 거대한 세 개의 애프스(교회 건축에서 건물 한쪽 끝에 있는 반원형의 내부공간) 안으로 빽빽하게 들어차 있는 수천 명의 밀라노 사람들이 서 있었다. 원래 나치는 이 전통적인 자정의 기념행사를 위해 통행금지를 해제하는 것을 허락하지 않았다.

슈스터 추기경이 미사를 드렸다. 안나는 앞사람에게 가려서 추기경이 잘 보이지 않았겠지만, 키가 큰 피노는 설교하는 추기경이 잘 보였다. 설교는 예수 탄생의 고난에 대해 논하는 동시에 신도들을 단결시켰다.

"'너희는 마음에 근심하지 말라'. 예수 그리스도, 우리의 구세주가 말한 이 네 마디는 어떤 총알이나 대포나 폭탄보다 더 강력합니다." 밀라노의 추기경이 말했다. "이 네 마디가 진실이라고 믿는 사람은 두려워하지 않고 상합니다. 너희는 마음에 근심하지 말라. 이 네 마디가 진실이라고 믿는 사람은 폭군과 그 폭군이 이끄는 공포의 군대를 반드시 물리칠 것입니다. 1944년 한 해가 그러했습니다. 그리고 앞으로도 영원히 그럴 것이라고 여러분에게 약속합니다."

피노 주변의 많은 사람들이 슈스터 추기경의 저항적인 설교에 다시 희망을 갖고 미래를 꿈꾸게 됐다. 이어서 성가대가 노래를 하려고 일어났다. 피노는 전쟁으로 지치고 쇠약해진 그들의 얼굴이 성가대를 따라 노래를 부르는 동안 희망으로 빛나는 것을 봤다. 기쁨이 극히 드물어진 고통의 시기인데도 그곳에 모인 사람들은 기쁨에 젖어 있었다.

"저 안에서 감사 기도 드렸어?" 미사가 끝나고 성당을 나설 때 안나가 물었다. 그녀는 들고 있던 쇼핑백을 다른 손으로 옮겼다.

"드렸어요." 피노가 말했다. "당신을 나에게 보내줘서 감사하다고 기도했어요."

"정말이야? 그렇게 말해주니 참 좋네."

"사실인걸요. 당신이 있으면 두려움이 없어져요, 안나."

"나는 늘 그랬듯이 지금도 두려운데."

"두려워하지 말아요." 피노가 그녀의 어깨에 한 팔을 둘렀다. "내가 겁날 때 가끔 써먹는 방법대로 해봐요. 당신이 다른 사람이라고, 훨씬 용감하고 영리한 사람이라고 상상하면 돼요."

파괴된 스칼라 극장의 잔해를 지나 가죽 가게로 갈 때 안나가 말했다. "그렇게 할 수 있을 것 같아. 다른 사람처럼 행동하는 것 말이야."

"난 당신이 잘할 거라고 믿어요." 피노는 알베르트 외삼촌의 가게에 가는 내내 안나가 옆에 있어 천하무적이 된 기분이었다.

두 사람은 골목으로 난 뒷문을 두드렸다. 알베르트 외삼촌이 공장 재봉실의 문을 열고 두 사람을 들여보냈다. 사방에서 무두질한 가죽 냄새가 났다. 문이 잠기자 외삼촌이 불을 켰다.

"누구냐?" 알베르트 외삼촌이 물었다.

"제 친구예요. 안나마르타요. 우리를 도울 거예요."

"혼자 하는 게 낫다고 내가 말한 걸로 아는데."

"제 목숨을 걸고 하는 일이니까 제 방식대로 할게요."

"어떻게 할 참이냐?"

"말하지 않을 거예요."

알베르트 외삼촌은 그 대답이 불만스러워 보였지만 피노를 존중해 줬다.

"내가 어떻게 도와줄까? 뭐가 필요하지?"

"와인 세 병이요. 한 병은 열었다가 다시 코르크 마개로 막아주세요."

"가져오마." 알베르트 외삼촌이 대답하고 위층의 아파트로 올라갔다.

피노는 거리에서 입었던 옷을 군복으로 갈아입기 시작했다. 안나는 쇼핑백을 바닥에 내려놓고 작업장을 돌아다니면서 재단용 작업대, 재봉 책상, 고급 가죽 제품이 다양한 단계로 진열된 선반들을 구경했다.

"마음에 들어." 그녀가 말했다.

"뭐가요?"

"네가 사는 이 세상, 냄새, 뛰어난 장인의 솜씨. 나한테는 꼭 꿈같아."

"나는 한 번도 그렇게 생각해 본 적 없지만, 맞아요. 멋져요."

알베르트 외삼촌이 그레타 외숙모와 바카와 함께 아래층으로 돌아왔다. 무전병 바카는 피노가 4월에 본 끈이 달리고 바닥이 이중으로 된 슈트케이스를 들고 있었다.

외삼촌이 여전히 가죽 제품들을 구경하며 감탄하고 있는 안나를 바라봤다.

피노가 말했다. "안나는 외삼촌이 하는 일이 아주 멋지대요."

알베르트 외삼촌의 표정이 부드러워졌다. "그래? 물건이 마음에 드나요?"

"모두가 아주 완벽하게 만들어졌어요." 안나가 말했다. "이런 걸 어떻게 다 배우셨어요?"

"가르침을 받아요." 그레타 외숙모가 의심스럽다는 듯 그녀를 응시하며 말했다. "장인에게 전수받는 거죠. 누구시죠? 피노를 어떻게 알아요?"

"우리는 함께 일한다고 할 수 있어요." 피노가 말했다. "그녀를 믿으셔도 돼요. 저는 믿어요."

그레타 외숙모는 수긍하지 못하는 듯했지만 아무 말도 하지 않았다. 바카가 피노에게 슈트케이스를 건넸다. 가까이 다가서서 보니 무전병은 핼쑥하고 초췌했다. 마치 너무 오래 뛴 것 같은 모습이었다.

"그녀를 잘 돌봐줘." 바카가 고갯짓으로 무전기를 가리키며 말했다. "그녀의 목소리는 어디로든 잘 전달되지만 아주 어린 존재야."

피노는 슈트케이스를 받아 들고 아주 가볍다고 말한 후 다시 입을 열었다. "어떻게 수색을 받지 않고 무전기를 산 바빌라로 가져왔어요?"

"터널로." 알베르트 외삼촌이 말하고 시계를 봤다. "이제 서둘러야 된다, 피노. 통행금지가 시작되기 전에 가야지."

피노가 말했다. "안나, 쇼핑백이랑 개봉하지 않은 와인 두 병을 가져다줄래요?"

그녀는 감탄하며 바라보던 가죽 가방을 내려놓고, 필요한 물건을 들고 그와 함께 가게 안쪽으로 갔다. 피노가 슈트케이스를 열었다. 두 사람은 와인과 쇼핑백의 내용물을 안에 넣어 무전기 부품과 발전기를 숨기고 있는 이중 바닥을 가렸다.

"됐어요." 슈트케이스 끈을 묶고 나서 피노가 말했다. "이제 출발합니다."

"나한테 포옹을 받기 전에는 안 되지." 그레타 외숙모가 그를 껴안았다. "메리 크리스마스, 피노. 신의 가호가 있기를." 그녀가 안나를 쳐다봤다. "당신도요, 젊은 아가씨."

"메리 크리스마스, 부인." 안나가 말하고 미소를 지었다.

알베르트 외삼촌이 그녀가 감탄하며 바라보던 가죽 가방을 내밀며 말했다. "용감하고 아름다운 안나마르타에게, 메리 크리스마스."

안나의 입이 쩍 벌어지더니 이내 어린 여자아이가 소중한 인형을 받아 들 듯 가방을 받았다. "이렇게 멋진 선물은 처음 받아요. 소중히 간직할게요. 고맙습니다! 고맙습니다!"

"우리가 영광이죠." 그레타 외숙모가 말했다.

"조심해." 알베르트 외삼촌이 말했다. "두 사람 다. 그리고 메리 크리스마스."

✤

문이 닫히자 그들 앞에 놓인 임무의 무게가 피노를 짓눌렀다. 미제 단파 전송기를 가지고 있다가 잡히면 사망 증명서에 서명하는 것이나 마찬가지였다. 피노는 골목에 서서 알베르트 외삼촌이 아까 따놓은 고급 키안티 와인의 코르크 마개를 빼서 병째로 한 모금 길게 마신 후 안나에게 건넸다.

안나는 몇 번 홀짝거리다가 한 번 더 길게 들이켰다. 그녀는 피노를 향해 필사적으로 환하게 웃더니 키스를 하고 말했다. "때로는 그냥 믿음을 가져야 해."

"레 신부님은 항상 그렇게 말씀하셨어요." 피노가 미소 지었다. "특히 옳은 일을 해야 할 때면 결과에 상관없이 믿음을 가지라고요."

두 사람은 골목을 빠져나왔다. 그는 슈트케이스를 들고, 안나는 새 가방의 벌어진 입구에 와인 병을 넣었다. 그들은 세상에 단둘뿐이라는 듯이 손을 잡고 발걸음에 맞춰 앞뒤로 흔들면서 키득거렸다. 거리 밑 나치 검문소에서 시끌벅적한 웃음소리가 들렸다.

"술을 마시고 있는 것 같은데." 안나가 말했다.

"더 잘됐네요."

피노가 부모님의 아파트 건물로 가는 길을 안내했다. 아파트에 가까워질수록 안나는 피노의 손을 세게 잡았다.

"긴장 풀어요." 그가 부드럽게 말했다. "우리는 취했고 세상일은 안중에도 없어요."

안나가 와인을 한 모금 길게 들이켜고 말했다. "이제 몇 분만 지나면 완전 끝장이 나거나 새로운 출발이 되거나 둘 중 하나가 되겠지."

"당신은 지금이라도 빠져도 돼요."

"아니야, 피노. 너랑 같이 할게."

피노는 아파트 건물의 현관으로 이어지는 계단을 올라가 문을 밀면서 한순간 공포와 회의가 밀려왔다. 안나를 데리고 온 것이, 이렇게 쓸데없이 그녀의 목숨을 위험하게 하는 것이 실수가 아닐까 싶었다. 그런데 피노가 다시 문을 열었을 때, 안나가 웃음을 터뜨리면서 그에게 매달려 크리스마스 캐럴 몇 소절을 반복해서 불렀다.

다른 사람이 되자. 피노는 그렇게 생각하고 그녀를 따라 비틀거리며 로비로 들어섰다.

처음 보는 무장친위대 경비병 두 명이 승강기와 계단 밑에 서서 그들을 뚫어져라 쳐다봤다.

"무슨 일이야?" 그들 중 한 명이 이탈리어로 묻는 사이 다른 한 명은 기관총을 그들에게 겨눴다. "당신 누구야?"

"여기 사는 사람이에요. 6층에." 피노가 서류를 흔들며 불분명한 발음으로 말했다. "미켈레 렐라의 아들, 주세페. 토트 조직의 충성스러운 군인이라고요."

독일 군인이 서류를 받아서 자세히 살폈다.

안나가 재미있다는 표정으로 피노의 팔에 매달려 있는데 다른 군인이 말했다. "당신은 누구야?"

"안나야." 그녀가 말하고는 딸꾹질을 했다. "안나마르타."

"서류."

그녀가 눈을 깜박이다가 가방에 손을 뻗었지만 취해서 머리가 앞뒤로 흔들렸다. "아, 어떡해. 이건 새 가방이잖아. 크리스마스 선물. 내 서류를 돌리 집에 있는 다른 가방에 두고 왔네. 돌리 알아요?"

"아니. 여기에 무슨 일로 왔지?"

"일?" 안나가 코웃음을 쳤다. "나는 가정부예요."

"렐라네 가정부는 이미 퇴근했어."

"아니요." 그녀가 그들을 향해 한 손을 흔들며 말했다. "레이어스 장군의 가정부라고요."

그 말이 그들의 관심을 끌었고 특히 피노가 "그리고 나는 장군님의 개인 운전병이에요. 장군님이 우리에게 크리스마스이브 휴가를 주셨고, 오늘……."이라고 말하자 관심이 더욱 집중됐다. 피노가 오른쪽 어깨로 머리를 기울여 목을 드러내고는 소심한 미소를 지으면서 그들에게 한 발 다가섰다. 그는 음모를 꾸미는 것처럼 낮은 목소리로 말했다.

"우리 부모님이 집에 안 계세요. 우리는 하룻밤 휴가를 얻었고요. 아파트는 비어 있죠. 안나와 나는 집에 올라가서 음, 그 뭐냐, 축하를 할까 하는데요?"

첫 번째 경비병이 무슨 말인지 알겠다는 듯 눈썹을 치켜올렸다. 다른 경비병이 안나를 곁눈질하자 안나가 야한 미소를 보였다.

"됐죠?" 피노가 말했다.

"그래, 그래." 그가 피노에게 서류를 주면서 실실 웃었다. "올라가. 크리스마스잖아."

피노는 서류를 받아 대충 주머니에 쑤셔 넣고 말했다. "신세 졌네요."

"우리 둘 다 신세 졌어요." 안나가 수줍게 말하고 다시 딸꾹질을 했다.

피노가 가죽 슈트케이스를 다시 집으려고 할 때 이제 두 사람 모두 무사히 집으로 올라갈 수 있겠다고 생각했다. 그런데 슈트케이스를 들어 올릴 때 안에 든 와인 병들이 부딪치는 소리가 났다.

"슈트케이스 안에 뭐가 들었지?" 다른 경비병이 말했다.

피노가 안나를 쳐다보자 그녀는 얼굴을 붉히며 웃었다. "그이에게 줄 크리스마스 선물이요."

"보여줘." 경비병이 말했다.

"안 돼요." 안나가 항의했다. "깜짝 선물이란 말이에요."

"열어." 두 번째 경비병이 고집을 부렸다.

피노가 안나를 바라보자 그녀는 다시 얼굴이 빨개져서 어깨를 으쓱했다. 피노는 한숨을 쉬고 무릎을 꿇은 다음, 끈을 풀었다.

뚜껑을 여니 키안티 두 병이 더 있었다. 그리고 빨간색 새틴 뷔스티에와 거기에 어울리는 팬티, 넓적다리까지 오는 빨간색 스타킹, 검은색과 하얀색으로 된 프랑스 하녀복과 가터벨트, 팬티, 투명한 검은색 실크 스타킹이 있었다. 검은색 레이스 브래지어와 팬티도 있었다.

"놀랐죠?" 안나가 부드럽게 말했다. "메리 크리스마스."

✤

첫 번째 경비병이 요란하게 웃음을 터뜨리더니 피노가 알아듣지 못한 빠른 독일어로 뭔가 말했다.

다른 경비병이 세차게 웃어 젖혔다. 안나도 마찬가지로 웃으며 그들에게 독일어로 대답하자 그들이 더욱더 크게 폭소를 터뜨렸다.

피노는 무슨 말이 오가는지 알 수 없었지만 그 기회에 와인 한 병을 빼내고 얼른 슈트케이스를 닫았다. 그는 경비병들에게 와인을 내밀었다. "여러분도 메리 크리스마스."

"*정말?*" 한 경비병이 말하고 와인을 받았다. "*좋은 술이야?*"

"*굉장히 좋죠.* 시에나 근방의 양조장에서 만든 거예요."

경비병이 여전히 싱글거리는 동료에게 와인을 들어 보이고는 피노와 안나에게 시선을 돌렸다. "고마워. 당신과 청소부 아가씨도 메리 크리스마스."

그 말에 그 경비병과 동료, 안나가 또다시 웃음을 터뜨렸다. 피노는 새장 모양의 승강기로 가면서 영문도 모른 채 따라 웃었다.

승강기가 올라가기 시작하는 사이에 나치 경비병들이 행복하게 지껄이며 와인 병을 열었다. 승강기가 3층을 지나면서 아래에 있는 경비병들이 시야에서 사라지자 안나가 속삭였다.

"해냈어!"

"그들에게 뭐라고 했어요?"

"야한 얘기."

피노가 웃으며 몸을 숙여 그녀에게 키스했다. 그녀는 슈트케이스를 넘어 그의 품에 안겼다. 두 번째 무장친위대 경비병들이 서 있는 5층을 지나는 동안에도 그들은 내내 안고 있었다. 피노가 안나의 어깨 너머로 그들을 훔쳐보니 두 경비병이 부러워하는 표정을 하고 있었다. 그들은 아파트로 들어가서 문을 닫고 불을 켠 다음 슈트케이스와 무전기를 옷장에 넣어놓고 서로의 품에 파고들어 소파에 풀썩 주저앉았다.

"이런 기분은 처음이야." 안나가 안도의 숨을 내쉬었다. 그녀의 눈은 휘둥그렇고 멍해 보였다. "우리 저 아래에서 죽을 뻔했어."

"그런 순간에 우린 중요한 것을 깨닫게 돼요." 피노가 그녀의 뺨과 얼굴에 부드러운 키스를 퍼부었다. "다른 모든 것들을 잊게 하죠. 내가…… 내가 당신을 사랑하나 봐요, 안나."

그는 안나도 같은 이야기를 하길 바랐지만 그녀는 굳어진 얼굴로 그의 품에서 빠져나왔다. "아니야, 그런 말 하면 안 돼."

"왜 안 돼요?"

안나가 힘겨워하다가 말했다. "넌 내가 어떤 사람인지 몰라. 제대로 알지 못한다고."

"당신을 볼 때마다 내 마음속에서 울리는 음악을 무슨 수로 막겠어요?"

안나는 그에게 눈길을 주지 않았다. "내가 미망인이라도?"

"미망인이라고요?" 피노는 기분이 상한 것처럼 들리지 않도록 노력했다. "결혼했어요?"

"대체로 그런 순서로 돌아가지." 안나는 말하면서 그를 유심히 살폈다.

"당신은 미망인이 되기에는 너무 젊어요."

"예전에는 그 말에 상처를 받았어, 피노. 지금은 다들 그렇게 말하니 그러려니 해."

"음." 그는 새로 알게 된 사실을 받아들이려고 여전히 버둥거리고 있었다. "그 남자에 대해 말해봐요."

✤

중매결혼이었다. 남편의 죽음이 안나 탓이라고 비난하던 엄마는 그녀를 어서 치워버리려고 상속받은 집을 지참금으로 걸었다. 남자의 이름은 크리스티안이었다.

"아주 잘생긴 사람이었어." 안나가 씁쓸하면서도 달콤한 미소를 지었다. "육군 장교였어. 우리가 결혼했을 때 나보다 열 살 연상이었지. 첫날밤을 보내고 이틀 동안 신혼여행을 다녀온 후에 북아프리카로 배치됐어. 3년 전에 투브루크라는 사막 도시를 지키다가 죽었고."

"그를 사랑했어요?" 피노의 목구멍이 꽉 막혔다.

안나는 턱을 젖히고 말했다. "무솔리니의 바보 같은 전쟁에 참가하려고 떠난 남자에게 빠져 있었냐고? 아니. 그에 대해 아는 것도 거의 없었는걸. 진정한 사랑이 불붙을 시간도 없었는데, 불타오를 시간이야 뭐. 하지만 그가 돌아오면 그와 사랑에 빠질 거라는 상상을 하며 좋아했다는 것은 인정할게."

피노는 그녀가 진실을 말하고 있다는 것을 느낄 수 있었다. "그런데…… 그 사람과 잤어요?"

"그는 내 남편이었잖아." 그녀가 짜증스레 말했다. "우리는 이틀 동안 사랑을 나눴어. 그러고 나서 그는 전쟁에 나가서 죽었고 나 혼자 생계를 책임지게 만들었지."

피노는 그녀가 한 이야기를 생각했다. 그의 눈치를 살피는 상처받은 눈을 들여다보면서 가슴속을 휘젓는 음악을 느꼈다. "상관없어요. 오히려 당신이 더 좋아졌어요."

안나가 눈을 깜박이며 눈물을 참았다. "그냥 하는 말이지?"

"아니에요. 그럼 당신을 사랑한다고 말해도 돼요?"

그녀는 망설였지만 이내 고개를 끄덕이고 수줍게 그에게 다가와서 말했다.

"네 사랑을 보여줘도 돼."

그들은 초를 밝히고 세 번째 키안티 와인을 따서 마셨다. 안나는 그를 위해 옷을 벗었다. 그리고 피노가 옷을 벗는 것을 도왔다. 두 사람은 거실 바닥에 베개와 쿠션, 시트와 담요로 만든 침대에 누웠다.

안나 말고 다른 여자를 사귀어본 적이 없는 피노는 그녀의 피부와 손길이 주는 황홀감에 푹 빠졌다. 그러나 유혹적인 그녀의 입술과 넋을 빼놓는 그녀의 눈 이상으로 훨씬 강력하고 원초적인 무언가에 사로잡혔다. 마치 안나가 사람이 아니라 영혼, 선율, 사랑의 완벽한 도구인 것만 같았다. 그들은 서로를 어루만졌고 하나가 됐다. 피노는 난생처음 접하는 황홀경 속에서 그녀의 영혼과 몸이 그와 깊이 융합하는 것을 느꼈다.

23

그날 밤 피노에게는 잠도 전쟁도 없었다. 오직 안나와의 이중 주에서 오는 즐거움만이 존재했다.

1944년 크리스마스의 동이 트는 동안 그들은 서로의 품속에 나른하게 안겨 있었다.

"내 생애 최고의 선물이었어요. 심지어 돌리의 옷은 입지도 않았는데 말이죠."

안나가 웃었다. "어차피 나한테 맞는 사이즈도 아니야."

"경비병들이 패션쇼를 하라고 하지 않아서 얼마나 다행인지 몰라요."

그녀가 다시 웃으며 그를 가볍게 찰싹 때렸다. "나도 그래."

다시 졸다가 달콤하고 깊은 잠에 빠져들려는 순간, 침실에서 복도로 다가오는 부츠 소리가 들렸다. 그는 벌떡 일어나서 의자에 올려놓은 권총집에서 발터 권총을 잡아챘다. 권총을 들고 돌아섰다.

이미 형에게 라이플총을 겨누고 있던 미모가 말했다. "메리 크리스마스, 나치 소년."

미모의 왼쪽 얼굴에 검붉은 상처가 길게 나 있었다. 나머지 부분은 고딕 방어선을 따라 배치된 독일군처럼 전투로 단련돼 있었다. 알베르트 외삼촌은 미모가 매복과 파괴 공작에 참여했고 교전을 목격했으며 전투에서 대단한 용기를 발휘했다는 보고를 받았다. 피노는 미모의 눈에 서린 단단한 기운을 보고 그 보고가 사실임을 알았다.

"얼굴이 왜 그래?" 피노가 물었다.

미모가 조소를 날렸다. "어떤 파시스트가 칼로 찌르고는 죽으라고 방치해 놓고 가더라. 왜, 이 겁쟁이야."

"누구 보고 겁쟁이래?" 안나가 시트를 두른 채 화를 내며 일어섰다.

미모는 그녀에게 흘끗 시선을 던졌다가 피노를 보고 고개를 절레절레 저으면서 혐오감을 담아 말했다. "겁쟁이에 배신자일 뿐만 아니라 크리스마스에 엄마 아빠 집에 창녀를 불러들여서 거실에서 놀아나다니!"

피노는 분노를 느끼기도 전에 권총을 획 던져 총열을 잡고 동생을 내리쳤다. 권총이 상처 난 턱을 때리자 미모가 고통으로 비틀거리며 악을 썼다. 피노는 성큼성큼 두 걸음 만에 소파를 넘어 동생의 얼굴을 주먹으로 갈기려고 했다. 그러나 미모가 주먹을 피하고 라이플총으로 피노를 후려치려고 했다. 피노는 라이플총을 움켜쥐고 동생의 손아귀에서 비틀어 뺏은 후, 티토가 카사 알피나에서 그를 때렸던 것처럼 미모의 배를 쳤다.

그 타격으로 동생의 기가 완전히 꺾였다. 동생이 식당 바닥에 큰대자로 뻗었다.

피노는 라이플총을 한쪽으로 던져놓고 훌쩍 뛰어 미모의 양옆으로 다리를 벌리고 서서 목을 움켜잡았다. 상처가 있든 말든 다시 한번 동생의 얼굴을 세게 후려치고 싶었다. 하지만 주먹을 쥐고 팔을 젖힐 때 안나가 소리쳤다.

"안 돼, 피노! 누가 들으면 어떻게 해. 그럼 모든 것이 물거품이 돼."

피노는 동생을 때리고 싶은 마음이 절실했지만 그의 목을 놓고 벌떡 일어섰다.

"누구야?" 안나가 물었다.

"내 동생이에요." 피노가 증오에 차서 말했다.

"더 이상 네 동생이 아니야." 바닥에 누운 미모가 똑같이 증오를 담아 말했다.

피노가 말했다. "내가 마음을 바꿔서 크리스마스에 널 죽이기 전에 당장 나가."

미모는 피노에게 덤벼들고 싶은 표정을 짓다가 팔꿈치에 몸을 기댔다.

"언젠가, 아주 곧, 배신자가 된 너 자신이 싫어질 거야. 나치가 무너질 거고. 그렇게 되면 너한테 신의 자비가 있기를 바랄게."

미모는 일어나서 라이플총을 들었다. 그는 한 번도 돌아보지 않고 곧바로 복도를 지나 욕실로 사라졌다.

"동생한테 말했어야지." 미모가 간 후 안나가 말했다.

"쟤는 알면 안 돼요. 다 쟤를 위한 거예요. 그리고 나를 위해서 이기 하고요."

피노는 몸을 떨었다. 안나가 두르고 있던 담요를 펼치며 말했다. "춥고 외로워 보인다."

피노는 미소를 짓고 그녀에게 다가갔다. 그녀는 담요로 두 사람을 두르고 그를 꼭 안았다. "크리스마스 아침에 너에게 이런 일이 생겨서 속상해. 하필 내 평생 가장 멋진 밤을 보낸 후에 말이야."

"정말이에요?"

"너는 타고났어." 그녀가 그에게 키스했다.

그가 쑥스러워하면서 활짝 웃었다. "정말요?"

"맙소사, 그렇다니까."

안나와 피노는 다시 서로의 품에 파고들어 몇 주 만에 맛보는 숙면에 빠져들었다.

✤

며칠 동안 북이탈리아에 폭풍이 연달아 불어왔다. 새해가 되면서 러시아의 매서운 바람과 눈이 몰려와 세상을 칙칙한 흰색과 침울한 회색으로 뒤덮었다. 밀라노에서는 역사상 가장 잔혹한 겨울이었다.

밀라노의 많은 구역들이 으스스해 보였다. 부서지고 불에 그슬린 건물의 파편들이 허물어진 돌무더기와 폭탄의 잔해 속에 여전히 서 있었다. 마치 신이 전쟁의 상처를 가리기 위해 전능을 발휘한 것처럼 눈이 끊임없이 날려 폐허 위로 쌓였다. 피노의 눈에는 그 모습이 하늘을 향해 이를 가는 들쭉날쭉한 흑백의 이빨처럼 보였다.

신의 차가운 노력은 밀라노 사람들을 더욱 고통으로 몰고 갔다. 레이어스 장군이 보급품을 약탈한 탓에 난방용 기름이 많이 부족했고 그나마 남은 것은 독일의 시설에 배당됐다. 사람들은 땔감으로 쓰려고 밀라노의 아름다운 고목들을 자르기 시작했다. 폐허에서든 아직 서 있는 건물에서든 모닥불의 연기가 피어올랐다. 공원의 나무들도 공격을 받았고 이내 황폐해졌다. 태울 수 있는 모든 것을 태웠다. 일부 동네에서는 공기에서 석탄 난로처럼 악취가 났다.

레이어스 장군은 1월의 전반기 동안 끊임없이 돌아다녔고, 자연히 피노도 끊임없이 운전해야 했다. 그들은 고딕 방어선을 따라 눈 덮인 위험한 도로를 계속 이동하면서, 추위에 시달리는 부대들이 배급을 제대로 받는지 확인했다.

그러나 레이어스 장군은 이탈리아인들의 극심한 고통에는 무관심했다. 그는 이탈리아인들이 독일을 위해 제조하거나 제공하는 물품에 대해 대가를 지불하겠다는 핑계마저 완전히 그만두었다. 장군은 필요한 물품이 있으면 징발하라고 명령했다. 피노가 보기에 레이어스 장군은 처음에 만났을 때처럼 비열한 파충류 같은 상태로 돌아간 듯했다. 부여된 임무를 처리하는 데 필사적인, 차갑고 무자비하고 능률적인 엔지니어였다.

1월 중순의 몹시 추운 어느 날 오후, 레이어스 장군이 피노에게 몬차역으로 가라고 지시했다. 장군은 그곳에서 더 무거워진 서류 가방을 들고 나오더니 루가노 근방의 스위스 국경으로 가라고 했다.

레이어스 장군은 다섯 시간이 지나서 나타났다. 그를 국경으로 바래다준 세단에서 내리는 모양을 멀리서 지켜보니, 손에 들린 서류 가방이 이탈리아를 떠날 때에 비해 두 배는 무거워 보였다. 국경을 건너 피아트로 걸어오면서 휘청거리기까지 했다.

"장군님?" 레이어스 장군이 서류 가방을 들고 피아트의 뒷좌석으로 올라타자 피노가 말했다. "이제 어디로 갈까요?"

"상관없어." 레이어스 장군이 말했다. 그에게서 술 냄새가 풍겼다. "전쟁이 끝났다."

피노는 멍하니 앉아 있었다. 제대로 들은 건지 확신이 서지 않았다.

"전쟁이 끝났다는 말씀입니까?"

"아무래도 그렇게 되겠군." 장군이 혐오스럽다는 듯이 말했다. "우리는 경제 붕괴에 빠졌다. 군대를 운영하면서 히틀러를 위해 한 사악한 일들이 곧 드러나겠지. 돌리의 집으로 데려다줘."

피노는 방향을 돌려 비탈길을 달리면서 장군이 방금 한 말의 뜻을 해석하려고 애썼다. 그는 경제 붕괴가 무슨 말인지 알았다. 또한 나치가 벌지전투 동안 프랑스 동부에서 아르덴 공세를 벌인 후 후퇴했고, 부다페스트가 곧 함락될 것이라는 이야기를 외삼촌을 통해 들었다.

히틀러를 위해 한 사악한 일들이라니. 무슨 뜻으로 한 말일까? 유대인? 노예들? 잔혹 행위? 피노는 레이어스에게 무슨 뜻이냐고 물어보고 싶었지만 결과가 두려웠다.

장군은 밀라노로 돌아가는 내내 납작한 은색 술병을 홀짝거리면서 줄곧 침묵을 지켰다. 그러다 시내 중심부에 거의 다다랐을 때 뭔가가 신경에 거슬렸는지 속도를 줄이라고 말했다. 그는 여전히 서 있는 건물들에 시선을 고정했다. 그 건물들이 비밀을 간직하고 있기라도 하는 양 뚫어져라 응시했다.

돌리의 집 앞에 도착하자 레이어스 장군은 혀 꼬부라진 소리로 말했다. "나는 생각할 시간이, 계획할 시간이 필요해. 차를 수송부에 갖다 놔. 너는 월요일 08시까지 휴가라고 생각하도록."

"월요일이요." 피노가 말했다. "네, 장군님."

피노가 뒷문을 열러 나가기도 전에 레이어스 장군이 휘청거리며 차에서 내리더니 보도를 건너 돌리의 아파트로 들어갔다. 손에 아무것도 들고 있지 않았다. 그가 잊어버렸다……. 피노는 재빨리 몸을 돌려 뒷좌석을 들여다봤다. 서류 가방이 바닥에 놓여 있었다.

✢

피노는 옷을 갈아입으러 잠시 집에 들렀다가 바로 알베르트 외삼촌의 집으로 차를 몰았다. 주차를 하고 서류 가방을 꺼냈는데 생각보다 가벼웠다. 가죽 가게의 창문을 통해 그레타 외숙모가 독일 장교 두 명의 시중을 들고 있는 것이 보여서 건물 뒤로 돌아가 재봉실 문을 두드렸다.

일꾼이 문을 열고 그를 유심히 쳐다보다가 말했다. "오늘은 군복 안 입었네?"

"휴가예요." 피노는 그녀를 지나치면서 마치 불쾌한 조사를 받는 기분이었다. "외삼촌한테 위층 주방에 있겠다고 말해주실래요?"

그녀가 마땅치 않은 기색으로 고개를 끄덕였다.

주방으로 올라온 외삼촌은 뭔가 무거운 것에 짓눌린 듯한 표정이었다.

"괜찮으세요?" 피노가 물었다.

"어떻게 들어왔냐?"

피노가 뒤로 돌아왔다고 말했다.

"가게를 감시하는 사람이 있든?"

"아니요. 그런데 주의 깊게 살펴보지 않아서요. 혹시⋯⋯."

외삼촌이 고개를 끄덕였다. "게슈타포야. 이제 한발 물러나서 속도를 늦추고 가능한 한 관심을 끌지 않게 행동해야 해."

게슈타포라고? 그가 레이어스 장군의 차에서 서류 가방을 들고 내리는 것을 봤을까?

갑자기 들킬지도 모른다는 우려가 어느 때보다 절실하게 와닿았다. 게슈타포가 알베르트 외삼촌의 활동에 대해 알고 있을까? 독일군 고위 지휘부 내부의 첩자에 대해 알고 있을까? 사형 집행인들에게 격렬하게 분노를 터뜨리던 툴리오가 문득 떠올랐다. 피노는 자신이 첩자라는 것이 발각돼서 벽 앞에 세워져 처형을 당할 때도 그런 용기를 낼 수 있을지 궁금해졌다.

피노는 이제 곧 게슈타포 요원이 문을 부수고 쳐들어오겠구나 싶었다. 그래서 레이어스 장군이 스위스에 가서 술에 취해 돌아와서는 전쟁이 끝났다고 말했고 서류 가방을 두고 갔다는 이야기를 재빨리 풀어놨다.

"열거라." 알베르트 외삼촌이 말했다. "서류를 해석하게 네 외숙모를 데려오마."

외삼촌이 나가자 피노는 촛농으로 본을 떠 만든 열쇠를 꺼내 조용히 기도한 다음 첫 번째 자물쇠에 넣었다. 조심스럽게 이리저리 돌린 후에야 열쇠가 움직였다. 두 번째 자물쇠는 더 쉽게 돌아갔다.

주방으로 들어온 그레타 외숙모는 피노가 서류 가방에서 꺼내

놓은 서류철들을 보고 창백해지더니 불안해했다.

"쳐다보기도 싫어." 그러나 그녀는 제일 위에 놓인 서류철을 휙 열고 페이지들을 훑어보기 시작했다. 그사이에 알베르트 외삼촌이 돌아왔다.

"이긴 고딕 방어선의 방어시설 계획이야. 이 항목 전부 다. 사진기를 가져다줘."

알베르트 외삼촌이 급히 사진기를 가져왔다. 그들은 각 페이지를 찍고 연합군에게 중요한 정보이다 싶은 위치를 지도에 기록했다. 한 서류에는 이탈리아와 오스트리아를 오가는 열차의 운행 시간표가 상세히 나와 있었다. 다른 서류에는 군수품에 대한 자세한 설명과 위치가 적혀 있었다.

그들은 서류철 제일 밑에서 레이어스 장군이 이탈리아 내 친위대장인 카를 볼프에게 쓰다 만 메모를 발견했다. 전쟁에서 패배하고 있다고 주장하면서 그 이유로 빠르게 줄어드는 산업 기반과 눈이 오기 전 연합군의 진군, 전투 현장을 지휘하는 장군들의 말을 듣지 않는 히틀러를 거론하는 내용이었다.

"우리는 이 이상은 지속될 수 없다는 사실을 직시해야 합니다." 그레타 외숙모가 메모를 읽었다. "이대로 가면 우리 동포와 조국에게 아무것도 남지 않을 것입니다. 이게 다야. 서명이 없어. 아직 다 쓰지 않았나 봐."

알베르트 외삼촌이 잠시 생각하더니 말했다. "글에 서명을 넣는 것은 위험한 일이지. 내가 적어놨다가 내일 아침에 바카에게 보낼게."

그 무전병은 크리스마스 이후로 목수로 가장해서 렐라네 아파트에서 캐비닛과 책장을 만드는 척하면서, 날마다 독일의 무전에 편승해 연합군에게 정보를 전송했다. 지금까지는 마법처럼 잘 진행되고 있었다.

"이제 저는 뭘 할까요?" 피노는 서류철을 다시 챙겨서 서류 가방에 넣은 후 물었다.

"서류 가방을 그에게 가져다주렴." 알베르트 외삼촌이 말했다. "오늘 밤 수송부에서 누군가 서류 가방을 발견하고 너를 찾았다고 그에게 말해."

"조심하세요." 피노는 조용해진 공장을 지나 골목으로 나갔다. 피아트에 거의 도착했을 때 소리가 들렸다. *"정지."*

✤

레이어스의 서류 가방을 든 채 얼어붙어 있는 피노를 손전등이 비췄다.

친위대 중위가 그에게 다가왔고 그 뒤로 밀라노 게슈타포 대장인 발터 라우프 대령이 보였다.

"서류." 중위가 이탈리아어로 말했다.

피노는 서류 가방을 내려놓고 침착하려고 기를 쓰면서 레이어스 장군이 준 인가장이 포함된 서류를 주머니에서 꺼냈다.

"왜 군복을 안 입고 있지?" 중위가 강압적으로 물었다.

"레이어스 장군님이 이틀간 휴가를 주셨습니다." 피노가 말했다.

툴리오를 죽이라고 명령한 장본인인 라우프 대령은 그때까지만 해도 아무 말도 하지 않았다. "이건 뭐지?" 그런데 갑자기 부츠의 앞부분으로 가방을 건드리며 물었다.

피노는 곧 죽게 되리라 생각했다. "레이어스 장군님의 서류 가방입니다, 대령님. 바늘땀이 뜯어져서 가죽 가게에 가서 수리하라고 시키셨습니다. 지금 장군님께 가져다드리러 가는 길인데 같이 가시겠습니까? 가서 장군님께 물어보시겠습니까? 여기 오기 전에 장군님은 취해 계셨는데 기분이 안 좋으셨습니다."

라우프가 피노를 찬찬히 살폈다. "왜 가방을 고치러 여기로 온 거지?"

"여기가 밀라노 최고의 가죽 가게입니다. 모두가 아는 사실이지요."

"네 외삼촌의 가게라는 것은 말할 나위 없고." 라우프가 말했다.

"네, 그 점도 있습니다. 가족은 만일의 경우에 늘 도움이 되죠. 최근에 황소를 모셨습니까, 대령님?"

라우프가 너무 오랫동안 빤히 쳐다보는 바람에 피노는 도가 지나쳐 망쳐버린 모양이라고 생각했다.

"지난번 이후로는 안 했지." 마침내 게슈타포 대장이 대답하고는 웃었다. "레이어스 장군에게 안부를 전해주도록."

"그러겠습니다." 피노가 고개를 숙여 인사하는 사이 라우프와 부하가 돌아서서 멀어졌다.

피노가 뒷좌석 바닥에 서류 가방을 내려놓고 앞 좌석에 앉아 운전대를 움켜잡는 동안 땀이 비 오듯 흘렀다.

"오, 주여." 그가 속삭였다. "오, 주여, 감사합니다."

겨우 떨림이 멈추자 피아트에 시동을 걸고 돌리의 집으로 돌아갔다. 문을 두드리자 안나가 불안해 보이는 얼굴로 나왔다.

"장군이 너무 취한 데다 화가 났어." 그녀가 소곤거렸다. "돌리를 때렸어."

"돌리를 때려요?"

"지금은 차분해졌어. 고의가 아니었다고 말하더라고."

"당신은 괜찮아요?"

"나는 괜찮아. 아무튼 지금은 그 사람한테 이야기하기에 좋은 때가 아닌 것 같아. 전쟁에서 진 멍청이와 배반자들에 대해 계속 중얼거리고 있거든."

"장군의 서류 가방을 외투걸이 옆에 놓아줘요." 피노가 서류 가방을 건네며 말했다. "장군이 나한테 이틀간 휴가를 줬어요. 우리 집에 올 수 있어요? 아빠가 다시 엄마를 보러 가셨어요."

"오늘 밤은 안 돼. 돌리한테 내가 필요할지 몰라. 내일은 어때?"

그가 몸을 숙여 그녀에게 키스하고 말했다. "너무 기대돼요."

피노는 피아트를 수송부에 주차한 후 집으로 돌아왔다. 그는 미모에 대해 생각했다. 알베르트 외삼촌은 동생이 뭘 하고 다니는지 잘 이야기해 주지 않았다. 그게 당연했다. 피노가 미모의 게릴라 활동에 대해 물어본다면 스스로 무지하다고 인정하는 것이나 마찬가지였다. 하지만 동생은 대담하게 활동해 왔을 테고, 동생의 그런 활동들에 대해 간절히 알고 싶었다. 특히 미모가 '맹렬한' 전투로 명성이 자자하다는 말을 외삼촌에게 들은 터라 더욱 그랬다.

알프스산맥의 소중한 추억과 둘이서 산을 오르며 대의를 위해 함께 노력했던 기억이 떠오르자 미모에게 겁쟁이와 배신자로 취급받았을 때보다 더 우울해졌다. 그는 아파트에 홀로 앉아서 레이어스 장군이 스위스 국경에서 한 말이 사실이기를, 전쟁이 정말로 끝나기를, 그의 삶이 다시 가치를 되찾기를 간절히 바랐다.

눈을 감고 전쟁이 끝나는 순간을 상상해 봤다. 사람들이 거리로 나와 춤을 출까? 밀라노에 미국인들이 들어올까? 물론 그럴 것이다. 그들은 로마에 벌써 6개월 동안 주둔하지 않았는가. 대단히 멋진 일이다.

그런 생각이 미국에 가서 세상 구경을 하고 싶다는 오랜 꿈을 불러일으켰다. 피노는 생각했다. 미래를 실현하기 위해 필요한 것은 상상이야. 먼저 상상을 해야 해.

몇 시간 후, 아파트에 전화벨 소리가 울려 신경을 거슬렀다.

따뜻한 침대에서 나가고 싶지 않았지만 전화벨이 끊임없이 울려 더는 참을 수 없었다. 이불에서 빠져나와 비틀거리며 추운 복도로 나가 불을 켰다.

새벽 4시? 누가 이 시간에 전화하는 거지?

"렐라네 집입니다." 그가 수화기를 들고 말했다.

"피노?" 포르치아가 날카롭게 외쳤다. "너야?"

"네, 엄마. 무슨 문제 있어요?"

"모든 게 문제야." 그녀가 흐느끼기 시작했다.

피노는 겁이 나서 정신이 바짝 들었다. "아빠한테 무슨 일 생겼어요?"

"아니야." 그녀가 코를 훌쩍였다. "네 아빠는 다른 방에서 자고 있어."

"그럼 무슨 일인데요?"

"리사 로카? 기억나? 내 어린 시절 단짝?"

"리사 아줌마는 레코에 사시잖아요. 어릴 때 아줌마 딸이랑 호숫가에서 자주 놀았는데."

"가브리엘라, 그 아이가 죽었어." 포르치아는 목이 멨다.

"뭐라고요?" 리사 아줌마네 집 마당에서 그 여자아이의 그네를 밀어주었던 기억이 몰려들었다.

엄마가 다시 코를 훌쩍였다. "그 아이는 코디고로에서 일하면서 아무 탈 없이 안전하게 살았어. 그런데 향수병이 생겨서 부모님을 만나러 가고 싶어 했대. 그 아이 아빠, 그러니까 리사의 남편인 비토가 아주 많이 아파서 그 아이가 걱정했거든."

포르치아는 가브리엘라 로카와 그녀의 친구가 전날 오후에 버스를 타고 코디고로를 떠났다고 했다. 듣자 하니 운전사가 늦어진 시간을 만회하려고 레냐고라는 도시를 가로지르기로 한 모양이었다.

"게릴라들이 그 지역에서 파시스트들과 싸우고 있었어." 포르치아가 말했다. "레냐고 서쪽 공동묘지와 과수원 근처에서 노가라 마을로 향하던 버스가 전투에 말려들었대. 가브리엘라는 도망가려고 했는데 하필 십자 포화에 휩쓸려서 죽었어."

"아…… 너무 끔찍해요. 그런 일이 생기다니 정말 안타까워요, 엄마."

"가브리엘라가 아직도 거기에 있어, 피노." 포르치아가 아주 힘겹게 말했다. "그 아이의 친구가 달아나서 리사에게 전화하기 전에 용케 시신을 공동묘지로 끌어다 놨나 봐. 금방 리사랑 통화를 했어. 남편이 아파서 딸을 찾으러 갈 수가 없대. 세상이 전부 미쳐 돌아가는 것 같아."

엄마가 흐느꼈다.

피노는 처참한 기분이 들었다. "제가 가서 그 애를 데려올까요?"

그녀가 울음을 멈추고 코를 훌쩍거렸다. "그럴래? 그 아이를 아이 엄마한테 데려다줄래? 네가 그렇게 해준다면 정말 기쁠 거야."

피노는 죽은 여자아이의 시신을 수습하는 일이 내키지 않았지만 마땅히 해야 할 도리였다. "레냐고와 노가라 사이에 있는 공

431

동묘지에 있다고요?”

“응, 그 아이의 친구가 거기에 두고 왔다더라.”

“당장 갈게요, 엄마.”

✤

세 시간 후, 두꺼운 겨울옷을 입은 피노는 레이어스 장군의 피아트를 타고 만토바 동쪽의 시골길을 따라 노가라와 레냐고로 향했다. 그날 아침 산들바람을 타고 눈이 흩날렸다. 그 때문에 길에 얼어붙은 바큇자국들이 차체를 요동치게 했다.

피노는 농가가 늘어선 시골을 달리며 나무 울타리와 돌을 쌓은 벽으로 도로와 분리된 눈 덮인 밭을 지나갔다. 노가라의 서쪽에 있는 오르막으로 올라가 차를 세우고 경사진 언덕을 내려다봤다. 왼쪽에는 잎이 다 진 올리브 나무와 과일나무를 심은 작은 밭들이 있었고, 그 끝에 벽을 두른 넓은 공동묘지가 있었다. 오른쪽은 경사가 더 가파른 지대였지만 얼마 가지 않아 척박한 작은 과수원과 밭, 농가가 더 많이 밀집해 있는 평지로 이어졌다.

부드럽게 휘날리는 눈 속의 평온하고 목가적인 풍경이라고 할 만했지만 현실은 그렇지 않았다. 타버린 버스가 공동묘지 정문 근처 도로를 막고 있었고, 언덕 아래로 수백 미터 떨어진 곳에서 여전히 격렬하게 벌어지고 있는 전투의 총소리와 비명이 들려왔다. 피노의 결심이 산산조각 나 흩어졌다.

내가 한다고 한 일은 이런 게 아닌데. 일이 너무 커졌어. 그는 그냥 차를 돌려서 돌아갈 뻔했다. 하지만 가브리엘라를 그녀의 엄마에게 데려다 달라고 애원하는 엄마의 말이 귓속을 맴돌았다. 게다가 그 여자아이를, 그의 어린 시절 친구를, 새들이 쪼아 먹도록 두고 가는 것은 옳지 않았다.

피노는 사물함을 열어 레이어스 장군의 쌍안경을 꺼냈다. 차에서 내려 지독하게 추운 밖으로 나와 아래에 자리 잡은 계곡을 쌍안경으로 살피며 작동법을 익혔다. 거의 즉시 움직임이 감지됐다. 파시스트 검은셔츠단 대원들이 도로의 남쪽을 장악하고 있었다. 빨간 스카프를 목에 두른 게릴라들이 북쪽에서부터 동쪽을 지나 공동묘지 벽까지 점거하고 있었다. 피노와 약 500미터 떨어진 지점이었다. 양쪽 부대원들의 시신이 도로와 배수로, 밭, 과수원에 어지럽게 널려 있었다.

피노는 잠시 생각한 후 계획을 세웠다. 죽을 만큼 겁나는 계획이었지만 현재로서는 최선의 방법이었다. 그는 언덕을 내려가야 한다는 두려움에 한동안 꼼짝하지 못했다. 만일의 사태에 대한 별의별 생각들이 떠올랐고 생각을 거듭할수록 속이 울렁거렸다.

그렇지만 움직이기로 결정한 이상 위험에 대한 생각을 떨쳐버리려고 기를 썼다. 그는 코트 주머니에 들어 있는 장전된 발터 권총을 확인한 후 장갑을 끼고 트렁크에서 하얀색 시트 두 장을 꺼냈다. 시신을 덮으려고 가져온 시트였지만 지금은 다른 용도가 있었다. 시트 한 장을 치마처럼 허리에 두르고 다른 한 장은 숄처럼 울 모자와 재킷 위로 걸쳐 덮었다.

피노는 도로를 피해 정확히 북쪽을 향했다. 시트로 감싼 채 눈보라를 뚫고 언덕의 측면을 가로질러 유령처럼 움직이다가, 아래쪽으로 비스듬히 내려가 점차 고도를 낮췄다. 마침내 가장 가까운 올리브 과수원의 초목 근처까지 내려왔다.

계속해서 200미터 정도 가서 과수원 북쪽 끝에 있는 바위 벽을 따라 동쪽으로 방향을 틀었다. 내리는 눈 사이로 쌍안경을 들여다보니 오른쪽으로 늙은 올리브 나무들 아래에 다리를 벌리고 엎드린 게릴라 전사들의 모습이 보였다. 그들은 도로를 건너려는 파시스트들에게 총을 쏘고 있었다.

피노는 최대한 바위 벽 뒤에 붙어서 몸을 수그리고 움직였다. 파시스트 진영에서 경기관총이 발사되는 소리와 총알이 나무를 때리고 돌담에 맞고 튕겨 나가는 소리가 들렸다. 이어서 무언가가 연달아 털썩 떨어지는 소리가 들렸다. 게릴라가 총에 맞아 쓰러지는 소리라고 짐작했다.

총성의 메아리가 퍼지는 고요 속에서 양쪽 부대의 부상자들이 고통에 몸부림치면서 아내와 어머니, 예수, 성모 마리아, 전능하신 하느님을 간절히 부르며 도와달라고, 또는 괴로움을 끝내달라고 간절히 외쳤다. 다시 총격이 시작됐을 때 그들의 고통에 찬 목소리가 피노의 머리를 파고들어 겁에 질렸다. 손끝 하나도 움직일 수 없었다. 총에 맞으면 어떻게 하지? 죽으면 어떻게 하지? 그를 잃으면 엄마는 어떻게 될까? 바위 벽 뒤 눈밭에 엎드린 채 걷잡을 수 없이 몸을 떨면서 당장 집으로 돌아가야 한다고 생각했다.

그때 마음속에 미모가 나타나 그를 겁쟁이라고, 배신자라고 불렀다. 그는 바위 벽 뒤에 숨어 있는 것이 부끄러웠다. 너희는 마음에 근심하지 말라. 슈스터 추기경이 크리스마스이브에 한 말이었다. 너희는 마음에 근심하지 말라. 레 신부는 셀 수 없을 만큼 여러 번 그에게 말했다. 믿음을 가져라.

피노는 억지로 힘을 그러모아 등을 구부린 자세로 동쪽으로 족히 100미터를 쏜살같이 질주했다. 바위 벽이 점차 낮아지다가 끝나는 지점이었다. 그는 망설이다가 다른 올리브 과수원 뒤쪽을 가로질러 달렸다. 오른쪽으로 70미터 정도 떨어진 곳에서 나무들 사이로 움직이는 게릴라들이 보였다. 파시스트가 점거하고 있는 도로 쪽에서 중기관총이 발포됐다.

피노는 눈 속으로 뛰어들어 늙은 나무의 밑동을 껴안았다. 총알이 동쪽에서 서쪽으로, 다시 서쪽에서 동쪽으로 연달아 과수원을 훑으면서 나뭇가지와 게릴라들을 꿰뚫었고 고통에 찬 울부짖음이 뒤따랐다. 순간 모든 것이 흰 눈에 덮여 느릿느릿 움직이는 악몽 같았다. 그 와중에도 짐승처럼 포효하는 기관총 소리와 부상당한 남자들의 비명은 또렷하게 들려왔다.

기관총이 피노가 있는 방향을 갈겼다. 잽싸게 몸을 일으켜 우수수 쏟아지는 총알들 앞을 전력 질주 했다. 바로 뒤에 있는 나무에 총알이 박히는 소리가 들렸지만 곧 공동묘지의 담 모퉁이에 다다랐다. 저기만 돌아가면 무사할 수 있겠다고 생각했다.

그런데 눈 아래 묻힌 나무뿌리에 발이 걸려 휘청했다. 똑바로 서려고 버둥댔지만 발을 짚은 땅이 푹 꺼지는 바람에 눈이 가득 쌓인 배수로에 얼굴을 처박고 큰대자로 나자빠지고 말았다.

기관총이 피노 위의 허공을 한 바퀴 갈겨 시멘트 담 모퉁이를 뚫고 바위 덩어리와 모르타르를 터트리더니 이윽고 다른 방향을 갈기기 시작했다.

피노는 눈 속에 엎드린 채 남자와 소년들이 생에 집착하며 도와달라고, 어떻게든 해달라고 애원하는 지독한 비명 소리를 들었다. 그들의 고통이 눈 더미에서 나와 일어서라고 그를 부추겼다. 피노는 배수로에 서서 조금 전 큰대자로 엎어져 있던 자리를 보았다. 계속 똑바로 서서 공동묘지로 가려고 했다면 분명히 몸이 반으로 갈라져 목숨을 잃었을 것이다.

그때 남쪽에서 움직임이 보였다. 파시스트 검은셔츠단의 대원들이 도로를 건너오고 있었다. 피노는 시트를 잡아 내리고 배수로에서 땅으로 올라가 몇 걸음 크게 걸어서 높이 2.5미터가량의 공동묘지 뒷담 뒤로 몸을 숨겼다.

시트를 둘둘 뭉쳐 담 위로 던졌다. 이어서 몸을 구부렸다가 풀쩍 뛰어올라 얼음 같이 차가운 담벼락 꼭대기를 움켜쥐었다. 발로 담을 차고 몸을 힘껏 끌어 올려 한 발을 담 위에 걸쳤다가 묘지로 뛰어내려 발자국 하나 없는 눈밭에 착지했다. 부상자들이 애원하는 소리가 여전히 담 밖에서 들려왔다.

그때 총알이 한 발 발사됐다. 날카로운 소리로 보아 소총이었다. 이어서 다시 한 발이 발사됐다. 그리고 세 번째 총알이 발사됐다.

피노는 코트 주머니에서 발터 권총을 꺼내고 하얀색 시트를 다시 어깨에 두른 후 눈 덮인 묘비와 조각상, 묘지를 빠르게 지나쳐 공동묘지의 맨 앞쪽으로 향했다. 그는 가브리엘라의 친구가 그녀를 아주 멀리까지 끌고 가지는 못했을 것이라고 짐작했다. 따라서 가브리엘라의 시신은 그 앞 어딘가에 있어야 했다.

또 다른 소총의 총성이 시멘트 담장 밖에서 들렸고, 이어서 다섯 번째와 여섯 번째 총성이 울렸다. 피노는 계속 걸었다. 머리를 획획 돌리면서 사방을 둘러봤지만 묘지 안에는 아무도 없었다. 도로에서 공동묘지 문을 통해 그의 모습이 보일까 봐 옆으로 빙 돌아서 정문과 가까운 곳에 늘어서 있는 무덤들 쪽에 다다랐다.

공동묘지 정면의 담 앞에 펼쳐진 공터를 쌍안경으로 쭉 훑어봤지만 역시 아무도 보이지 않았다. 몸을 돌려 첫 번째 줄과 두 번째 줄의 묘비들 사이를 유심히 살피다가 15센티미터 정도 눈이 쌓인 가브리엘라 로카를, 아니, 그녀의 존재를 암시하는 형체를 발견했다. 피노는 그 형체를 향해 일직선으로 나아갔다. 일곱 번째와 여덟 번째 총소리가 공동묘지 담 밖에서 울렸을 때 정문으로 눈길을 돌렸지만 아무도 보이지 않아서 안심했다.

포르치아 단짝의 딸이 커다란 무덤 옆에 바짝 붙어 누워 있었다. 도로에서 정문을 통해 볼 수 없게 안에 숨겨둔 모양이었다. 눈 덮인 형체 옆에 무릎을 꿇고 몸을 수그려 가루눈을 입으로 불자 눈이 날아오르면서 사랑스럽지만 이제는 회색으로 변해버린 얼굴이 드러났다. 가브리엘라의 눈은 감겨 있었다. 그녀의 입술은 천국으로 올라가는 길에 재미있는 이야기라도 들은 양 만족스러운 미소를 짓듯 말려 올라가 있었다. 그녀의 얼굴과 머리카락에서 눈을 더 불어 날리다가, 피가 얼음 결정에 스며들어 머리 아래로 흐릿하게 붉은 후광을 만들어낸 것을 발견했다.

그는 얼굴을 찡그리면서 그녀의 머리를 들어 올리고 살펴봤다. 목이 굳어 뻣뻣했지만 총알이 두개골 아래 양쪽을 관통했다는 것을 알 수 있었다. 다른 곳은 거의 손상을 입지 않고 척수와 뇌가 만나는 지점 양쪽에 난 두 개의 총알구멍으로 피가 쏟아져 내렸을 것이다. 피노는 그녀를 다시 바닥에 눕히고 몸 위의 나머지 눈을 모두 쓸어내면서 어린 시절 재미있게 놀았던 때를 추억했고, 그녀가 얼마나 고통받았을지 생각했다. 생생하게 살아서 겁에 질려 있다가 다음 숨을 내뱉기도 전에 목숨을 잃었을 것이다.

피노는 두 장의 시트를 펼친 후 발터를 무덤에 올려놓고 가브리엘라를 첫 번째 시트 위로 옮겼다. 그녀의 몸 위로 시트를 덮으면서 밧줄도 없이 시신을 어떻게 뒷담 위로 넘길지 궁리했다.

그리고 두 번째 시트를 집어 들려고 몸을 돌렸지만 시트는 더이상 중요한 문제가 아니었다. 세 명의 파시스트 군인들이 문을 지나 묘지로 들어와 있었다. 그들은 40미터 떨어진 곳에서 그에게 라이플총을 겨누고 있었다.

✤

"쏘지 마세요!"

피노가 소리를 지르고 나서 빠르게 무릎을 꿇고 두 손을 번쩍 들었다. "나는 게릴라가 아니에요. 나는 밀라노 독일 최고 사령부 한스 레이어스 소장 밑에서 일해요. 장군님이 이 여자아이의 시신을 레코에 있는 엄마에게 갖다주라고 나를 보냈어요."

두 명의 군인이 의심이 담긴 살기등등한 눈초리로 쳐다봤다. 세 번째 군인이 피노를 향해 움직이면서 웃기 시작하더니 총을 들어 올리며 말했다. "지금까지 게릴라들한테 들어본 것 중에서 가장 좋은 핑계네. 창피한 줄도 모르고 말이야. 그 핑계 때문에 네 머리를 날려버리고 싶어지는데."

"그러지 마세요." 피노가 경고했다. "증명할 수 있는 서류를 가지고 있어요. 여기, 코트 안에 있어요."

"위조 서류 따위에는 조금도 관심 없어." 검은셔츠단 대원이 코웃음을 쳤다.

그가 10미터 떨어진 곳에서 멈춰 서자 피노가 말했다. "왜 이 여자아이의 시신을 챙겨 가게 내버려 두지 않고 총을 쐈는지 일두체에게 설명하고 싶어요?"

그 말이 파시스트를 주춤하게 만든 듯했다. 그러나 그는 이내 키득거렸다. "이제 네가 무솔리니의 친구라고 말하는 거냐?"

"친구가 아니에요. 나는 레이어스 장군이 그를 방문할 때 통역사 역할을 해요. 다 사실이에요. 그냥 서류를 보여주게 해줘요. 그러면 다 알게 될 거예요."

"확인이나 해보지, 라파엘?" 다른 검은셔츠단 대원이 초조한 얼굴로 말했다.

라파엘이 망설이다가 서류를 내놓으라고 손짓했다. 피노가 토트 조직의 신분증, 레이어스 장군이 서명한 인가장, 살로 공화국 대통령 베니토 무솔리니가 서명한 자유통행증을 건넸다. 무솔리니의 자유통행증은 피노가 레이어스의 서류 가방에서 유일하게 훔친 서류였다.

"총 내려." 마침내 라파엘이 말했다.

"고맙습니다." 피노가 안도하며 말했다.

"너를 발견한 즉시 쏴버리지 않은 걸 행운으로 알아." 라파엘이 말했다.

피노가 일어나자 라파엘이 말했다. "왜 살로 군대에 소속돼 있지 않지? 왜 나치의 차를 운전하고 있는 거야?"

"복잡한 사연이 있어요. 아저씨, 내가 바라는 건 이 여자아이의 시신을 집에 있는 그녀의 엄마에게 가지고 가는 것뿐이에요. 깊은 슬픔에 빠져서 딸을 묻어주려고 기다리고 있는 엄마에게요."

라파엘이 업신여기는 표정으로 그를 쳐다봤지만 순순히 말했다. "가. 데리고 가."

피노는 권총을 집어 권총집에 넣고 두 번째 시트로 가브리엘라를 감쌌다. 그는 코트 주머니를 뒤져 토트 조직의 만자 무늬 완장을 꺼내 팔에 찼다. 이어서 허리를 숙여 시신을 들어 올렸다.

그녀는 별로 무겁지 않았지만 몇 번 추켜올리고 나서야 가슴 앞으로 단단히 안을 수 있었다. 그는 고개를 한 번 까딱하고 나서, 여전히 쏟아져 내려 쌓이고 있는 눈을 뚫고 줄줄이 늘어선 묘지들을 지나갔다. 그가 내딛는 걸음마다 날카롭게 달라붙는 검은셔츠단 대원들의 따가운 시선이 느껴졌다.

✤

피노가 공동묘지 문을 나서는 순간 한 줄기 햇살이 구름 사이를 빠져나와 그의 왼쪽에 있는 새까맣게 탄 버스를 비췄고, 소용돌이치며 땅에 떨어지는 눈송이를 보석처럼 빛냈다. 그러나 멀리 떨어진 오르막을 향해 달리기 시작했을 때, 피노는 더 이상 하늘에서 흩날리는 다이아몬드를 보고 있지 않았다. 그의 시선은 좌우를 오가는 검은셔츠단 대원들에게 고정돼 있었다. 그들은 붉은 스카프를 맨 죽은 게릴라들의 목을 도끼와 톱, 칼로 베고 있었다.

이미 15개, 어쩌면 20개의 머리가 도로에 접한 울타리 기둥에 꽂혀 있었다. 그들 중 많은 이들이 눈을 뜬 채였고 죽음의 고통으로 일그러진 표정이었다. 몸이 없는 남자들의 어둡고 고요한 응시를 받자, 그가 들고 있는 죽은 여자아이의 무게가 갑자기 견딜 수 없이 버겁게 느껴졌다. 그만 떨어뜨리고 싶었다. 그녀를 남겨두고 그를 둘러싼 야만적이고 잔인한 현장에서 도망치고 싶었다. 대신에 그녀를 바닥에 내려놓고 한쪽 무릎을 꿇고 고개를 숙이고 눈을 감은 채, 나아갈 수 있게 힘을 달라고 하느님에게 기도했다.

"예전에 로마인들이 저걸 했지." 라파엘이 뒤에서 말했다.

피노가 몸을 틀어 겁에 질린 채 그 파시스트를 올려다봤다. "뭘요?"

라파엘이 말했다. "카이사르가 로마 제국에 반항하면 어떻게 되는지 확실히 보여주려고 경고의 의미로 적군의 머리를 로마의 도로에 한 줄로 걸어놨지. 지금도 같은 효과가 있는 것 같은데. 일 두체가 자랑스러워할 거야. 네 생각은 어때?"

피노가 검은셔츠단 대원을 보며 멍하니 눈을 깜빡였다. "모르 겠어요. 나는 그냥 운전병이라서요."

그는 가브리엘라를 다시 안아 올려 눈 덮인 도로를 터덜터덜 걸었다. 피투성이 울타리 기둥에 얹힌 수많은 머리나, 남은 시체들의 목을 여전히 잔인하게 도륙하는 파시스트들의 움직임에 눈길을 돌리지 않으려고 기를 썼다.

24

피노가 레코에 도착해 가브리엘라의 시신을 안고 문을 두드리자 포르치아의 단짝 친구는 충격에 사로잡혀 정신없이 울었다. 그는 그녀를 도와 가브리엘라의 시신을 탁자에 눕혔다. 탁자 옆에는 상복을 입은 여자들이 장례식을 준비하려고 기다리고 있었다. 그들이 눈물을 흘리며 애도하는 사이에 그는 고맙다고 말할 틈도 안 주고 슬쩍 빠져나왔다. 죽은 사람 옆에 있거나 살아 있는 사람의 고통스러운 메아리를 듣는 것을 더 이상 견딜 수 없었다.

피노는 피아트에 올라타서 시동을 걸었지만 기어를 넣지 않고 가만히 있었다. 목을 베는 모습을 목격한 충격은 그를 송두리째 흔들어놨다. 전쟁에서 사람을 죽이는 것은 어쩔 수 없다고 쳐도 시신을 훼손하는 것은 완전히 다른 문제였다. 도대체 얼마나 야만적이기에 그런 짓을 한단 말인가. 도대체 어떻게 그런 짓을 한

단 말인가.

전쟁이 북이탈리아로 퍼진 이래 목격한 수많은 참상을 돌이켜 생각해 봤다. 수류탄을 들고 있는 어린 니코. 총을 쏘는 사형 집행인들을 똑바로 쳐다보는 툴리오. 터널 속의 노예들. 21번 플랫폼에서 붉은 유개화차의 틈새로 빠져나와 있던 아이의 손가락들. 그리고 눈 덮인 울타리 기둥에 놓여 있는 잘린 머리.

왜 나야? 왜 내가 이런 모습들을 봐야 하는 건데?

피노는 자신과 이탈리아가 끝이 없어 보이는 잔혹 행위들로 고통받는 운명인 듯했다. 앞으로는 또 어떤 잔인한 일이 그 앞에서 일어날까? 다음에는 누가 죽을까? 얼마나 끔찍하게 죽을까?

암울한 생각과 온갖 감정으로 머리가 혼란스러웠다. 피노는 점점 불안하고 무서워지더니 급기야 공황 상태에 빠졌다. 그냥 앉아 있는데도 호흡이 지나치게 빠르고 땀이 나며 열이 났다. 오르막을 전력 질주 한 것처럼 심장이 벌렁거렸다. 이 상태로는 밀라노로 돌아갈 수 없었다. 조용하고 외딴곳, 마음껏 소리를 질러도 아무도 신경 쓰지 않을 장소가 필요했다. 무엇보다도 그를 도와줄 사람, 이야기를 나눌 사람이 필요했다.

피노는 북쪽을 바라보다가 그가 어디로 가야 할지, 누구를 만나야 할지 깨달았다.

그는 코모 호수의 동쪽 해안을 따라 북쪽으로 피아트를 몰고 가면서 호수의 아름다움에 눈길 한 번 주지 않고 최대한 빨리 키아벤나와 슈플뤼겐 고개 도로에 도착하는 것에 집중했다. 그러나 캄포돌치노를 지난 후부터 도로는 통행 자체가 힘들 정도로 나빠졌다. 마데시모까지 먼 길을 오르기 위해 피아트에 체인을 걸어야 했다. 피노는 모타로 이어지는 오솔길 근처에 차를 세우고, 부츠 자국들 위로 눈이 25센티미터나 쌓인 오르막을 걸어 올라가기 시작했다.

마침내 해가 구름을 뚫고 나왔다. 피노가 고원에 다다라 매섭도록 차가운 대기에 숨을 내쉴 때 강한 바람이 불어와 마지막 구름을 날려버렸다. 그는 그곳의 장엄한 풍경이 아니라 카사 알피나에 집중했다. 피난민들이 오는 모습을 보고 마음이 급해져서 고원 끝까지 냅다 달려서 현관에 있는 종을 화재경보기라도 되는 양 사정없이 두드렸다.

무장한 남자 네 명이 건물 옆으로 다가오고 있는 것이 언뜻 보였다. 목에 빨간 스카프를 두른 남자들이 그에게 라이플총을 겨눴다.

피노는 양손을 번쩍 쳐들고 말했다. "나는 레 신부의 친구예요."

"수색해." 한 남자가 말했다.

피노는 주머니에 들어 있는 레이어스 장군과 무솔리니의 서명이 적힌 서류 때문에 공포에 빠졌다. 게릴라들은 그 서류를 보기만 해도 그를 쏴 죽일 터였다.

그러나 남자들이 그에게 손을 뻗기 전에 문이 열리고 레 신부가 그를 바라보았다.

"네, 뭘 도와드릴까요?"

피노가 모자를 벗었다. "저예요, 레 신부님. 피노 렐라예요."

신부의 눈이 커졌다. 처음에는 믿을 수 없다는 듯이, 그다음에는 기쁨과 놀라움이 담겨 있었다. 그가 피노를 덥석 안으며 외쳤다. "우리는 네가 죽은 줄 알았다!"

"죽어요?" 피노가 눈물을 꾹 참으며 말했다. "왜 그렇게 생각하셨어요?"

신부가 뒤로 물러나 그를 가만히 응시하다가 기쁨이 넘치는 얼굴로 말했다. "이젠 상관없어. 중요한 건 네가 살아 있다는 거란다!"

"네, 신부님. 들어가도 돼요? 신부님과 이야기를 나눌 수 있을까요?"

레 신부는 게릴라들이 지켜보고 있는 것을 알아차렸다. "여러분, 내가 신원을 보증합니다. 오랜 세월 알아온 청년입니다. 산에서 그보다 뛰어난 사람은 없답니다."

그들은 신부의 말에 별 감흥을 느끼지 못한 듯했다. 피노는 레 신부를 따라 익숙한 복도를 지나면서 보르미오 수사가 빵을 굽는 향을 맡았고, 남자들의 낮은 신음과 말소리를 들었다.

카사 알피나의 식당은 절반 이상이 야전병원으로 변해 있었다. 피노도 아는 캄포돌치노의 의사가 간호사 한 명과 함께 난로 옆 간이침대에 누운 부상자 아홉 명 중 한 명을 치료하고 있었다.

"제90가리발디여단의 단원들이란다." 레 신부가 말했다.

"티토의 부하들이 아니고요?"

"몇 달 전에 제90여단이 그 불량배들을 계곡에서 쫓아냈어. 마지막으로 들은 소식에 따르면 티토와 부하들이 브렌네르 고개의 도로를 뒤지고 다니면서 강도질을 하고 있다더구나. 겁쟁이들. 아까 네가 본 남자들은 모두 용감한 사람들이야."

"이야기를 나눌 만한 곳이 있을까요? 신부님을 뵈려고 먼 길을 왔어요."

"물론이지." 레 신부가 그를 자신의 방으로 데리고 갔다.

신부가 작은 의자를 가리켰다. 피노가 의자에 앉아서 초조하게 손을 움켜쥐었다.

"고해성사를 하고 싶습니다, 신부님."

레 신부가 걱정스러운 표정을 지었다. "무슨 일에 대해서?"

"신부님을 떠난 후 제 삶에 대해서요." 피노는 대답하고 나서 최악의 이야기부터 털어놓기 시작했다.

✤

레이어스 장군과 노예들, 아빠가 죽어가는 동안 그에게 욕을 퍼부었던 카를레토 벨트라미니, 산 비토레 교도소에서 벌어진 대량 살상, 툴리오 갈림베르티를 향해 연달아 불을 뿜었던 기관총, 미모의 조롱. 그리고 그날 아침 죽어서 머리가 잘린 사람들의 시선을 받으며 묘지를 떠났던 순간에 대해 자세히 이야기하는 동안 피노는 주체할 수 없는 울음을 네 번이나 터뜨렸다.

"왜 이런 일들이 저한테 일어나는지 모르겠어요." 다시 눈물이 흘렀다. "버거워요. 그 모습을 지켜보는 게 너무 버거워요."

레 신부가 피노의 어깨에 한 손을 얹었다. "그건 나한테도 너무 버거운 일이겠구나, 피노. 하지만 하느님이 너에게 요구한 것은 그리 버겁지 않단다."

당황한 피노가 말했다. "하느님이 저한테 시키시려는 것이 뭔데요?"

"네가 보고 들은 것의 증인이 되는 거야. 툴리오의 죽음이 허사가 되어서는 안 돼. 로레토 광장의 살인자들이 법의 심판을 받게 해야 해. 오늘 아침의 파시스트들도 마찬가지야."

"그들이 이미 죽은 사람을 잔인하게 도륙하는 것을 보니…… 모르겠어요, 신부님. 인간에 대한 제 믿음에 의심이 들어요. 누구나 마음속 깊은 곳에는 잔인함이 아니라 착한 마음이 있다고 믿었는데 아닌가 봐요.”

“그런 장면을 보면 누구라도 인간에 대한 믿음에 의심이 생길 거야. 하지만 대부분의 사람은 기본적으로 선하단다. 너는 그렇게 믿어야 해.”

“나치들도요?”

레 신부가 주저하다가 말했다. “나치에 대해서는 설명할 길이 없구나. 나치 스스로도 나치에 대해 설명하지 못할 거야.”

피노가 코를 풀었다. “저는 식당에 있는 사람들 중 하나가 되고 싶어요, 신부님. 드러내 놓고 싸우고 싶어요. 중요한 일을 하고 싶어요.”

“하느님은 네가 다른 방식으로, 더 큰 대의를 위해 싸우기를 바라신단다. 그렇지 않으면 그분이 너를 이런 상황에 처하게 하지 않으셨을 거야.”

“레이어스 장군을 몰래 염탐하는 것 말이죠.” 피노가 어깨를 으쓱하며 말했다. “안나를 만난 것을 제외하면, 저 자신에 대해서 진정 자부심을 느꼈던 마지막 순간은 이곳 카사 알피나에서 사람들이 발 디 레이를 넘어가도록 도왔던 때였어요. 사람들의 목숨을 구했을 때요.”

“음.” 레 신부가 말했다. “내가 전문가는 아니다만, 나는 네가 목숨을 걸고 알아낸 정보로 많은 연합군의 목숨을 구했다고 믿는단다.”

피노는 그런 식으로 생각해 본 적이 없었다. 그는 눈물을 닦고 말했다. “레이어스 장군 말이에요. 제가 말씀드린 것으로 볼 때 그가 사악한 인간이라고 생각하세요, 신부님?”

“죽을 때까지 일을 시키는 것은 죽을 때까지 총을 쏘는 것과 마찬가지이지. 그저 선택한 무기가 다를 뿐이야."

"저도 그렇게 생각해요. 레이어스는 때로 다른 사람에게 애정을 베풀 줄 아는 것처럼 보이다가도 순식간에 괴물로 변해요."

"네가 본 것과 나에게 말한 것으로 판단해 보면, 언젠가 네가 그 괴물을 우리에 가두겠구나. 그가 세상에 저지른 죗값을 받게 하겠어. 그가 하느님 앞에서 속죄하기 전에 말이다."

그 말에 피노의 기분이 나아졌다. "꼭 그렇게 됐으면 좋겠어요."

"네가 그렇게 할 거야. 밀라노에 있는 관저에 들어갔었느냐?"

"한 번 갔어요."

"가르그나노에 있는 무솔리니의 저택에는?"

"두 번 갔어요. 정말 이상한 곳이에요, 신부님. 저는 거기 가는 게 싫어요."

"알고 싶지도 않구나. 그나저나 너의 안나에 대해서 더 말해 주렴."

"그녀는 재미있고 예쁘고 영리해요. 저보다 여섯 살 많은 미망인이지만 저는 그녀를 사랑해요, 신부님. 그녀한테는 아직 말하지 않았지만, 전쟁이 끝나면 그녀와 결혼할 계획이에요."

늙은 신부가 미소를 지었다.

"그렇다면 안나를 향한 사랑 속에서 인간에 대한 믿음을 되찾아라. 그리고 신을 향한 너의 사랑을 통해서 힘을 길러라. 지금은 어두운 시기야, 피노. 하지만 구름이 걷히고 다시 이탈리아에 해가 떠오를 때가 멀지 않았다는 느낌이 강하게 드는구나."

"레이어스 장군도 전쟁이 거의 끝났다고 말했어요."

"그 점에 관해서만은 장군이 옳기를 기도하자꾸나." 레 신부가 말했다. "저녁 먹고 갈 시간은 있는 거지? 하룻밤 묵으면서 부상자들하고 이야기를 나누어도 좋겠구나. 그리고 추락한 미군 조종사 두 명이 오늘 밤 오기로 했단다. 발 디 레이까지 길잡이가 필요한 사람들이지. 네가 해보련?"

미국인들이라니! 흥미진진한 일이 될 터였다. 발 디 레이까지 올라가는 것은 그의 몸에 유익하고, 미국인 두 명의 탈출을 돕는 것은 그의 영혼에 유익할 것이다. 그렇지만 그때 레이어스 장군이 퍼뜩 떠올랐다. 피노가 장교용 차량의 뒷좌석에 시신을 싣고 북이탈리아 전역을 돌아다녔다는 것을 알면 어떤 반응을 보일지 빤했다.

"사실은요, 신부님. 돌아가야 해요. 장군이 나한테 시킬 일이 있을지 모르거든요."

"혹은 안나가 너를 기다리고 있을 수도 있고."

피노는 그녀의 이름이 나오자 빙그레 웃었다. "네, 안나가 저를 기다릴지도 모르고요."

"당연히 그렇겠지." 레 신부가 큰 소리로 웃었다. "피노 렐라. 사랑에 빠진 청년."

"네, 신부님."

"조심하거라, 내 아들아. 그녀에게 상처 주지 말거라."

"그럼요, 신부님. 절대 안 그럴 거예요."

피노는 카사 알피나를 떠나면서 왠지 정화된 느낌이었다. 늦은 오후의 공기가 깨끗하고도 제법 차가웠다. 그로페라의 험준한 바위가 짙은 청록색 하늘을 배경으로 종탑처럼 서 있었다. 또다시 피노는 모타의 알프스 고원이 신의 가장 웅장한 대성당이라고 생각했다.

✤

피노는 해가 진 직후 서둘러 수송부에서 나오면서 하루 만에 세 번의 인생을 산 듯한 기분이 들었다. 그는 아파트 건물의 로비로 들어가다가 그곳에 서서 경비병들과 농담을 하고 있는 안나를 발견했다.

"왔구나!" 그녀가 벌써 와인 한 잔을 마신 것 같은 얼굴로 말했다.

경비병 중 한 명이 뭔가 말하자 다른 경비병이 웃음을 터뜨렸고 안나가 말했다. "네가 얼마나 행운아인지 아느냐고 묻네."

피노가 친위대 군인을 향해 활짝 웃었다. "안다고 전해줘요. 당신과 함께 있으면 세상에서 가장 멋진 행운아가 된 기분이라고요."

"넌 참 다정해." 그녀가 말하고 나서 그의 말을 독일어로 통역했다.

경비병 중 한 명의 눈썹이 못 믿겠다는 듯 올라갔다. 그러나 다른 한 명은 고개를 끄덕였다. 아무래도 세상에서 가장 멋진 행운아가 된 기분을 느끼게 해준 여자에 대해 생각하고 있는 것 같았다.

그들은 피노에게 서류를 달라고 하지도 않고 그냥 통과시켰다. 이내 두 사람은 새장 모양의 승강기를 타고 올라갔다. 5층을 지날 때 피노가 그녀의 손을 그러쥐었고 그들은 열정적으로 키스했다. 그들은 승강기가 6층에서 멈추고 나서야 떨어졌다.

"나 보고 싶었어?" 안나가 물었다.

"엄청나게요." 그는 승강기에서 내리면서 그녀의 손을 잡았다.

"무슨 일 있어?" 그가 자물쇠에 열쇠를 넣고 돌릴 때 그녀가 물었다.

"아니요. 그냥…… 그냥 다시 한번 당신과 함께 이 전쟁을 잊고 싶어요."

안나가 그의 뺨에 부드럽게 손을 댔다. "멋진 환상이 되겠네."

두 사람은 집으로 들어가 문을 닫고 거의 서른 시간 동안 나오지 않았다.

✤

피노는 월요일 아침 10분 일찍 돌리의 집 앞에 도착했다. 그리고 잠시 차에 앉아서 안나와 단둘이서 보낸 순간들을 음미했다. 모든 것이 멈춘 듯했고, 전쟁 따위 없이 오로지 쾌락만 있는 시간이었다. 칼라프 왕자의 아리아처럼 의기양양하고, 즐거운 사랑을 꽃피우는 아찔한 행복의 시간이었다.

피아트의 뒷문이 열렸다. 기다란 회색 울 코트 차림의 레이어스 장군이 먼저 서류 가방을 넣고 차로 들어왔다.

"몬차." 레이어스 장군이 말했다. "기차역."

기어를 넣을 때 눈이 약하게 내리기 시작했다. 피노는 레이어스 장군이 또다시 훔친 금괴를 챙겨서 스위스로 옮겨놓으려 한다는 사실에 화가 났다.

그날 하루가 어떻게 흘러갈지 훤히 보였다. 레이어스 장군이 비밀 업무를 보는 동안 그는 루가노 너머의 국경에 차를 세워놓고 몇 시간이나 벌벌 떨고 있을 것이 빤했다. 그렇지만 조차장에서 일을 보고 나온 레이어스 장군은 스위스 국경이 아니라 밀라노의 중앙역으로 가라고 지시했다.

그들은 정오 즈음에 중앙역에 도착했다. 21번 플랫폼에서 추위 속에 서 있는 빛바랜 붉은색 가축 운반차로 걸어가는 동안 레이어스 장군은 서류 가방이 무거운지 이 손에서 저 손으로 계속 옮겨 들면서도 끝내 피노에게 맡기지 않았다.

그날 이후 그 열차를 다시는 보지 않게 되기를 줄곧 기도했지만, 지금 피노는 두려움에 사로잡혀 열차를 향해 걸으면서 유개화차의 널빤지 사이로 꼼지락거리며 흔들리는 작은 손가락을 보지 않게 해달라고 신에게 애원했다. 그러나 그는 결국 30미터 앞에서 틈 사이로 삐져나와 있는 손가락들을 보고 말았다. 다양한 연령층의 수많은 손가락들이 자비를 갈구하고 있었고, 유개화차 안에서 도와달라고 외치는 소리가 들렸다. 유개화차의 널빤지 사이로 보이는 사람들은 대부분 지난 9월 같은 열차에서 본 사람들과 다를 것 없는 차림새였다.

"얼어 죽겠어요!" 한 외침이 들렸다. "제발요!"

"내 딸이요!" 다른 목소리가 외쳤다. "아이가 열이 나고 아파요. 제발요."

레이어스 장군이 그들의 간청을 들었는지 모르겠지만 완전히 무시하고는 곧바로 라우프 대령에게 갔다. 라우프 대령은 친위대 열 명과 함께 열차가 출발하기를 기다리고 있었다. 피노는 모자를 눈까지 푹 눌러쓰고 뒤에 남았다. 라우프 대령의 바로 옆에 선 두 명의 친위대원은 공격용 독일셰퍼드 두 마리의 목줄을 잡고 있었다. 레이어스 장군은 그 모습에 별 감흥 없이 라우프 대령에게 뭔가를 차분하게 말했다.

잠시 후, 게슈타포 대령이 경비병들에게 물러나라고 명령했다. 피노는 철 기둥의 그림자에 서서 레이어스와 라우프 대령이 치열하게 언쟁을 벌이는 것을 지켜봤다. 언쟁은 레이어스 장군이 서류 가방을 가리키면서 끝났다.

라우프 대령은 레이어스 장군을 의아한 듯 바라보다가 서류 가방으로 시선을 돌렸다가, 다시 레이어스 장군을 보고 뭐라고 말했다. 레이어스 장군이 고개를 끄덕였다. 라우프 대령이 친위 대 경비병들에게 큰 소리로 명령을 내렸다. 경비병 두 명이 가축 운반차 뒤로 가서 자물쇠를 열고 문을 올렸다. 소가 스무 마리 들어갈 공간에 남녀노소 여든 명이 빽빽이 들어차 있었다. 그들 은 공포에 휩싸여 추위로 덜덜 떨고 있었다.

"조장." 레이어스 장군이 피노를 불렀다.

그는 레이어스에게 다가가면서 라우프 대령과 눈을 마주치지 않았다. "네, 장군님."

"누가 자기 딸이 아프다고 하는 소리를 들었다."

"네, 장군님. 저도 들었습니다."

"그 엄마한테 아픈 딸을 나한테 보여달라고 해."

피노는 어리둥절했지만 열린 가축 운반차 안의 사람들을 향해 몸을 돌리고 통역했다.

잠시 후, 한 여자가 사람들 사이를 비집고 움직여 식은땀을 흘 리며 얼굴이 창백한 아홉 살 정도의 어린 여자아이를 앞으로 내 보냈다.

"내가 그녀의 딸을 구해주겠다고 말해라." 레이어스 장군이 말했다.

피노가 한순간 멈칫했다가 그 말을 전했다.

여자가 흐느껴 울기 시작했다. "고맙습니다. 고맙습니다."

"아이가 치료를 받게 하고 다시는 21번 플랫폼에 오지 않게 해주겠다고 말해라." 레이어스 장군이 말했다. "하지만 아이 혼자 가야 한다."

"네?" 피노가 말했다.

"그녀에게 말해. 논의의 여지는 없다. 딸을 구할지 말지 둘 중 하나다. 싫다면 다른 사람을 구하겠다."

피노는 머리가 복잡했지만 일단 그대로 전했다.

여자는 침만 삼킬 뿐 아무 말도 하지 못했다.

그녀 주변의 여자들이 말했다. "아이를 구해요. 그렇게 해요!"

마침내 아픈 여자아이의 엄마가 고개를 끄덕였고 레이어스 장군이 친위대 경비병들에게 말했다. "아이를 내 차로 데리고 가서 아이와 함께 기다려라."

경비병들은 주저하다가 라우프 대령이 시키는 대로 하라고 소리를 지른 다음에야 움직였다. 여자아이는 허약하고 고열에 시달리면서도 경비병들이 엄마 품에서 떼어내려고 하자 사정없이 소리를 지르며 울었다. 아이의 비명과 울음소리가 역에 가득 퍼지는 사이 레이어스 장군은 나머지 사람들에게 유개화차에서 내리라고 명령했다. 그는 사람들 앞으로 가서 한 명씩 뜯어보다가 10대 후반인 여자아이 앞에서 멈췄다.

"안전한 곳으로 가고 싶으냐고 물어봐." 레이어스 장군이 말했다.

피노가 질문을 전하자 여자아이가 망설임 없이 고개를 끄덕였다.

레이어스 장군이 다른 두 명의 친위대 경비병들에게 그녀를 차로 데리고 가라고 명령했다.

장군이 옆으로 이동하면서 사람들을 면밀히 살폈다. 피노는 레이어스의 운전병이 된 첫날, 그가 코모에 있는 경기장에서 노예들의 등급을 나누던 모습이 떠오르는 것을 막을 수 없었다. 몇 분 지나서 레이어스 장군은 두 명을 더 골랐다. 둘 다 10대 남자아이들이었다. 한 남자아이는 거부했지만 그의 부모가 아들의 거부를 받아들이지 않았다.

"데리고 가세요." 남자가 단호히 말했다. "아이가 안전하기만 하면 됩니다."

"싫어요, 아빠." 남자아이가 말했다. "나는……."

"상관없어." 그의 엄마가 그를 껴안으며 흐느꼈다. "어서 가. 우리는 괜찮을 거야."

친위대 군인들이 두 남자아이를 데리고 가자 레이어스 장군이 라우프 대령에게 고개를 까딱였다. 라우프 대령은 나머지 사람들에게 가축 운반차로 다시 돌아가라고 명령했다. 피노는 기차에 올라타는 그들을 보면서 차오르는 불안을 주체할 수 없었다. 특히 마지막으로 선택된 남자아이의 엄마와 아빠를 보자 더욱 그랬다. 그들은 가축 운반차에 오르기 전, 잃어버린 사랑과 기쁨을 한 번이라도 더 보고 싶다는 듯 계속 뒤를 돌아봤다.

옳은 일을 하셨어요. 피노는 생각했다. 너무 슬프지만, 옳은 일을 하셨어요.

그는 가축 운반차의 문이 닫히고 빗장이 질러지는 모습을 차마 볼 수 없었다.

"가자." 레이어스 장군이 말했다.

두 사람은 라우프 대령을 지나쳤다. 레이어스 장군의 서류 가방이 게슈타포 대장인 라우프의 발치에 놓여 있었다.

그들이 피아트에 도착했을 때 기차에서 추려낸 네 사람이 차안에서 떨고 있었다. 세 명은 뒷좌석에 있었고 한 명은 앞 좌석이 있었다. 두 명의 친위대 군인들이 그들을 지키고 있었다. 레이어스 장군이 해산을 명령했을 때 군인들은 이 상황이 마음에 들지 않는 표정이었다.

장군은 뒷문을 열고 그들을 들여다보면서 미소를 지었다. "조장, 내 이름이 토트 조직의 한스 레이어스 소장이라고 전해. 따라 하라고 해봐."

"따라 하라는 말씀입니까, 장군님?"

"그래." 레이어스 장군이 짜증스럽게 쏘아붙였다. "토트 조직. 내 이름. 내 계급."

피노가 그의 말을 전하자 아이들이 토트 조직과 그의 이름, 그의 계급을 그대로 따라 했다. 몸이 아픈 어린 여자아이도 따라 했다.

"훌륭하군." 레이어스 장군이 말했다. "이제 물어봐. 누가 그들을 21번 플랫폼에서 구했지?"

피노는 이상하다고 생각했지만 그가 시킨 대로 전했고, 네 사람은 충실하게 그의 이름을 말했다.

"만수무강하고 번창해라. 그리고 오늘이 유월절(이스라엘 민족이 이집트를 탈출한 일을 기념하는 유대교의 축제일)인 것처럼 신을 찬양해라." 레이어스 장군이 말하고 차 문을 닫았다.

그가 차가운 공기 속으로 입김을 내뿜으며 피노를 바라봤다. "조장, 저들을 슈스터 추기경의 관저로 데리고 가라. 추기경에게 그들을 숨겨주거나 스위스로 데려다주라고 말해. 내가 더 많은 사람을 보내지 못해서 미안하다고 전해라."

"네, 장군님." 피노가 말했다.

"오후 6시에 전화교환국으로 나를 데리러 오도록. 우리는 할 일이 아주 많다." 그는 몸을 돌려 기차역으로 돌아갔다.

피노는 레이어스 장군이 멀어지는 것을 보고 나서 차를 돌아보며 방금 무슨 일이 일어났는지 파악하려고 애썼다. 그가 왜? 대체 왜? 그러다가 지금 그게 중요한 것이 아니라는 결론을 내렸다. 네 사람을 관저로 데리고 가는 것이 무엇보다 중요했다. 그는 차에 올라타서 시동을 걸었다.

아픈 여자아이, 사라가 끙끙 앓는 소리로 엄마를 찾으며 울었다.

"우리 어디로 가는 거예요?" 조금 더 큰 여자아이가 물었다.

"밀라노에서 가장 안전한 곳." 피노가 말했다.

✤

그는 관저의 마당에 차를 세우고 아이들에게 차 안에서 기다리라고 말했다. 이어서 눈 덮인 계단을 올라 추기경의 아파트 문을 두드렸다.

처음 본 신부가 문을 열었다. 피노는 자신이 누구인지, 누구 밑에서 일하는지, 차 안에 누가 있는지 말했다.

"그들이 왜 유개화차 속에 있었나요?" 신부가 물었다.

"물어보지는 않았지만, 제 생각에는 그들이 유대인인 것 같습니다."

"왜 그 나치 장군은 슈스터 추기경님이 유대인의 일에 관여하시리라고 생각했을까요?"

피노는 냉랭한 표정으로 변한 신부를 바라보고 격분했다. 그는 몸을 꼿꼿이 펴고 키 작은 신부 위로 우뚝 섰다.

"나는 레이어스가 왜 그런 생각을 했는지 모르겠습니다. 하지만 나는 슈스터 추기경님이 지난 1년 6개월 동안 유대인들을 스위스로 탈출시켰다는 것을 압니다. 그 탈출을 도운 사람이 바로 나니까요. 자, 이제 추기경님이 어떻게 하실 건지 여쭤봐야 하지 않을까요?"

위협적인 투로 말하자 신부가 잔뜩 기가 죽어 말했다. "나는 아무것도 약속할 수 없어요. 추기경님은 서재에서 일하고 계세요. 하지만 내가 가서—"

"아니요, 내가 갈게요. 가는 길은 알고 있습니다."

그는 신부를 스치듯 지나쳐 복도를 지나 서재 앞에 도착해 문을 두드렸다.

"내가 방해하지 말라고 부탁했는데요, 보나노 신부." 추기경이 안에서 말했다.

피노는 거칠게 모자를 벗고 문을 연 후 고개를 숙여 인사하고 말했다. "죄송합니다, 추기경 각하. 하지만 긴급한 일입니다."

슈스터 추기경이 호기심 어린 눈빛으로 그를 쳐다봤다. "아는 사람이군."

"피노 렐라입니다, 추기경 각하. 저는 레이어스 장군의 운전병입니다. 장군이 21번 플랫폼에 있는 열차에서 유대인 네 명을 내리게 했습니다. 그들을 추기경 예하께 데려다주고 더 많이 보내지 못해서 미안하다고 전하라고 했습니다."

슈스터 추기경이 입술을 오므렸다. "그가 그랬다고?"

"그들이 여기 와 있습니다. 차 안에 있어요."

슈스터 추기경은 한마디도 하지 않았다.

"추기경 예하." 보나노 신부가 말했다. "추기경 예하가 그런 일에 개인적으로 관여하지 않는다고 설명했는데……."

"관여하면 어때서?" 슈스터 추기경이 날카롭게 말하고 나서 피노를 바라봤다. "그들을 안으로 데려오게."

"고맙습니다, 추기경 각하." 피노가 말했다. "여자아이 하나가 열이 높고 아픕니다."

"우리가 의사를 부르겠네. 보나노 신부가 알아서 처리할 거야. 그렇지요, 신부?"

신부는 확신이 없어 보였지만 깊이 고개를 숙였다. "즉시 부르겠습니다, 추기경 예하."

피노는 네 사람이 추기경의 서재로 들어가고, 보나노 신부가 그들에게 담요와 뜨거운 차를 가져다주는 것까지 지켜본 후 말했다. "저는 가야 합니다, 추기경 각하."

슈스터 추기경이 피노를 가만히 살펴보더니 피난민들에게 소리가 들리지 않을 만큼 가까이 다가왔다.

"레이어스 장군을 어떻게 이해해야 할지 모르겠군." 슈스터 추기경이 말했다.

"저도 모르겠습니다. 그 사람은 날마다 바뀝니다. 놀라움의 연속입니다."

"그래." 슈스터 추기경이 생각에 잠겨 말했다. "그는 놀라움의 연속인 사람이지, 안 그런가?"

25

알프스산맥의 건조하고 차가운 기운 때문에 1945년 1월 말부터 2월 초까지 밀라노에 강한 바람이 사정없이 몰아쳤다. 레이어스 장군은 밀가루와 설탕, 기름 같은 기본 식료품을 압수하라고 명령했다. 남은 식량을 구하려고 길게 늘어선 줄에서 폭동이 일어났다. 또한 폭격으로 인한 비위생적인 환경에서 발진티푸스와 콜레라 같은 전염병이 창궐했다. 전염병이 밀라노의 거의 모든 지역에서 급속하게 확산됐다. 피노는 밀라노가 저주받은 곳처럼 여겨졌고 왜 밀라노 사람들이 그토록 무자비한 형벌을 받아야 하는지 알 수 없었다.

차가운 날씨와 레이어스의 무자비함이 북이탈리아 전역에서 증오를 낳았다. 혹한에도 불구하고 만자 무늬 완장을 찬 피노를 지나치는 모든 이탈리아 사람들의 얼굴에서 높아지는 분노의 열기를 느낄 수 있을 정도였다. 혐오감을 드러내는 경련, 적의가 담긴 씰룩거림, 증오를 표출하는 찡그림. 그런 모든 반응을 보고, 또 봤다. 피노는 그들에게 큰 소리로 외쳐 그의 진짜 임무를 솔직하게 털어놓고 싶었지만, 신념을 위해 수치심을 눌러 참고 그저 갈 길을 갔다.

레이어스 장군은 네 명의 유대인을 구한 후로 더욱 변덕스러워졌다. 며칠은 평소처럼 잠도 자지 않고 미친 듯이 일하다가도, 돌연 실의에 빠져 돌리의 아파트에서 술에 취해 지냈다.

"그는 한순간 기분이 좋다가, 곧 우울해져." 2월 초의 어느 날 오후, 돌리의 집에서 한 블록 떨어진 카페를 나오면서 안나가 말했다. "집이 하룻밤 평안하다 싶으면 다음 날 밤은 또다시 싸움이 시작되곤 해."

눈이 단테 거리를 뒤덮었고 공기가 몹시 차가웠지만, 여느 때와 달리 태양이 아주 밝게 비춰서 두 사람은 산책을 하기로 했다.

"전쟁이 끝나면 어떻게 될까요?" 셈피오네 공원에 거의 다 왔을 때 피노가 물었다. "내 말은, 돌리 말이에요."

"장군은 브렌네르 고개의 도로가 트이면 돌리를 인스브루크로 보낼 거야." 그녀가 말했다. "돌리는 지금 당장 기차를 타고 가고 싶어 해. 장군은 위험해서 안 된다고 말리고. 기차가 브렌네르 고개에서 폭격당할 수도 있다는 거지. 그런데 내 생각에 장군은 그냥 돌리가 필요한 것뿐이야. 인스브루크에서 돌리에게 한동안은 내가 필요한 것처럼."

피노의 가슴이 철렁 내려앉았다. "돌리와 함께 인스브루크로 가요?"

안나가 스포르체스코성을 둘러싼 길고 넓고 깊게 파인, 눈 덮인 고대 해자의 흔적 옆에 멈춰 섰다. 돌로 쌓은 이 15세기의 성은 1943년에 폭격을 당했다. 양쪽 끝에 있는 중세 원탑들이 파괴됐다. 도개교 위의 훼손된 탑은 하얀 눈과 대비돼 검은 딱지투성이 상처들처럼 보였다.

"안나?" 피노가 말했다.

"돌리가 적응할 때까지만." 안나는 폭격당한 탑이 비밀이라도 간직하고 있는 양 자세히 살피며 말했다. "돌리는 내가 밀라노로 돌아오고 싶어 하는 걸 알아. 그리고 너한테 돌아오고 싶어 한다는 것도."

"그럼 다행이네요." 피노는 장갑을 낀 안나의 손에 키스했다. "눈이 적어도 15미터 구간은 높이 쌓였어요. 도로를 치우려면 몇 주는 걸릴 거예요."

그녀가 성에서 눈길을 돌려 희망에 차 말했다. "장군이 눈이 멈춘 뒤에도 한 달은 걸린다고 말하기는 했어. 어쩌면 더 걸릴 수도 있다고."

"더 걸리게 해달라고 기도할래요." 피노가 그녀를 품에 안고 키스하다가 날갯짓 소리를 듣고 포옹을 풀었다.

커다랗고 새까만 까마귀들이 폭격으로 중앙 탑에 생긴 구멍에서 쏟아져 나오고 있었다. 까마귀 떼가 깍깍거리면서 날아가는 동안, 가장 큰 까마귀는 상처 입은 첨탑 위를 여유롭게 빙글빙글 돌며 날았다.

"이제 돌아가야 해." 안나가 말했다. "너도 그렇고."

두 사람은 손을 잡고 단테 거리를 걸었다. 피노는 돌리의 아파트에서 한 블록 떨어진 곳에서 레이어스 장군이 현관에서 나와 피아트를 주차해 둔 곳으로 향하는 것을 봤다.

"가야겠어요." 피노가 그녀에게 손 키스를 날리고 전력 질주해서 레이어스 장군에게 다가갔다. 그는 피아트의 문을 열면서 말했다. "대단히 죄송합니다, 장군님."

장군이 발끈했다. "어디에 있었던 거야?"

"산책했습니다. 가정부와 함께 있었습니다. 어디로 모실까요, 장군님?"

레이어스 장군은 피노를 마구 때리고 싶은 기색이었지만 창밖을 내다보다가 안나가 다가오는 것을 봤다.

레이어스 장군은 심호흡하고 나서 말했다. "슈스터 추기경의 관저."

12분 후, 피노는 아치를 지나 차들이 빽빽하게 세워진 관저 마당에 피아트를 세웠다. 용케 주차를 하고 나와서 뒷문을 열었다.

레이어스 장군이 말했다. "네가 필요할지도 몰라."

"네, 장군님." 피노는 나치를 따라 눈 덮인 마당을 가로질러 슈스터 추기경의 아파트로 이어지는 외부 계단을 올라갔다.

레이어스 장군이 문을 두드리자 조반니 바르바레스키가 문을 열었다.

이 젊은 신학생이 다시 탈출한 건가? 레이어스 장군은 산 비토레 교도소에서 벌어진 대량 학살에서 살아남은 위조범을 알아보는 기색이 없었다. 그러나 피노는 그를 알아봤고 완장과 나치의 상징을 몸에 지닌 것이 어느 때보다도 수치스러웠다.

"예하를 만나러 온 레이어스 장군이오."

바르바레스키가 비켜섰다. 피노가 주저하다가 지나칠 때 그 신학생은 어디에서 본 얼굴인지 생각해 내려는 것처럼 그를 주의 깊게 살폈다. 피노는 바르바레스키가 산 비토레 교도소 마당에서 그를 보지 못했기를 간절히 바랐다. 그러나 그가 그곳에서 레이어스 장군을 본 것은 분명했다. 바르바레스키는 레이어스 장군이 대량 학살을 막으려 하는 것을 봤을까? 그들은 슈스터 추기경의 개인 서재로 들어갔다. 밀라노의 추기경은 책상 뒤에서 있었다.

"와줘서 감사합니다, 레이어스 장군." 슈스터 추기경이 말했다. "돌만 씨를 아시죠?"

피노는 서재에 있는 다른 남자를 보고 놀라 쩍 벌어지려는 입을 다물려고 애썼다. 이탈리아의 모든 사람이 그를 알았다. 키가 크고 마른 우아한 체구와 부자연스럽게 긴 손가락에 억지웃음을 짓는 유겐 돌만은 신문에 자주 나오는 인물이었다. 돌만은 히틀러가 이탈리아에 올 때마다 혹은 무솔리니가 독일에 갈 때마다 히틀러의 통역사로 활동했다.

피노가 레이어스의 말을 프랑스어로 통역하기 시작하자 돌만이 중단시켰다.

"네가 누군지 모르겠지만 통역은 내가 하겠다." 돌만이 한 손을 휙 젓히며 말했다.

피노는 고개를 끄덕이고 문을 향해 물러서면서 나가야 할지 말지 궁리했다. 바르바레스키만이 피노가 아직 남아 있는 것을 알아챈 듯했다. 돌만이 일어나 손을 내밀면서 레이어스에게 독일어로 말하자, 레이어스 장군이 미소를 지으며 머리를 까딱하고 대답했다.

돌만이 이탈리아어로 슈스터 추기경에게 말했다. "내가 통역하는 것이 편하다고 하십니다. 운전병을 나가라고 할까요?"

슈스터 추기경이 레이어스와 바르바레스키를 지나 피노를 유심히 쳐다봤다.

"있으라고 하지요." 슈스터 추기경이 말하고 나서 레이어스 장군을 응시했다. "장군, 후퇴하게 되면 히틀러가 밀라노를 초토화하고 몇 개 남지 않은 밀라노의 보물들을 파괴할 것이라는 말이 들립니다."

돌만이 통역했다. 레이어스 장군은 귀를 기울이다가 빠르게 대답했다. 통역사가 말했다. "장군도 같은 이야기를 듣고 있답니다. 그리고 장군은 그 정책에 동의하지 않는다는 뜻을 추기경에게 전하고 싶답니다. 그는 엔지니어, 위대한 건축과 예술의 애호가입니다. 그는 더 이상의 불필요한 파괴에 반대합니다."

"그리고 신임 육군 원수, 피팅호프의 생각은 어떤가요?" 슈스터 추기경이 물었다.

"신임 육군 원수가 옳은 일을 하도록 설득할 수 있을 거요."

"그럼 장군이 설득할 의향이 있나요?"

"기꺼이 하겠소, 예하." 레이어스 장군이 말했다.

"그렇다면 장군의 노력을 축복합니다." 슈스터 추기경이 말했다. "일이 어떻게 되어가는지 계속해서 알려줄 거지요?"

"그렇게 하겠소, 예하. 또한 앞으로 며칠 동안 공개 선언에 주의하라고 경고해야겠소. 예하를 수감하거나 더한 짓을 하려고 벼르는 권력가들이 있소."

"감히 그러지는 못할 겁니다." 돌만이 말했다.

"순진하게 굴지 마시오. 아니면 아우슈비츠에 대해 들어본 적이 없소?"

그 말에 슈스터 추기경의 기세가 꺾인 듯했다. "신의 앞에서 그런 혐오스러운 짓을 하다니."

아우슈비츠라고? 붉은색 가축 운반차가 갔다던 노동 캠프잖아. 불현듯 유개화차 밖으로 삐죽 나와 있던 작은 손가락들이 떠올랐다. 그 아이에게 무슨 일이 일어났을까? 다른 사람들은 어떻게 됐을까? 분명히 죽었겠지만······. 혐오스러운 짓이라고?

"다음에 뵙지요, 예하." 레이어스 장군이 양쪽 구두 굽을 탁 갖다 붙이고 돌아섰다.

"장군?" 슈스터 추기경이 그를 불렀다.

"예하?"

"운전병을 잘 돌봐주세요." 슈스터 추기경이 말했다.

레이어스 장군은 피노를 휙 쏘아보다가 뭔가 떠오른 듯 표정을 풀고 말했다. "당연하지 않습니까? 그는 세상을 떠난 조카를 생각나게 한답니다."

✤

아우슈비츠.

피노는 레이어스 장군을 다음 약속 장소인 토리노의 미라피오레 지구에 있는 피아트 공장으로 데리고 가면서 아까 들은 말과 장소, 토트 조직의 노동수용소에 대해 계속 생각했다. 레이어스에게 그 혐오스러운 짓이 대체 뭔지 묻고 싶었지만, 그가 어떤 반응을 보일지 겁나서 엄두가 나지 않았다.

그래서 피아트의 공장장인 칼라브레세와 회의를 하러 들어가면서도 속으로는 그 질문들을 되풀이했다. 칼라브레세는 레이어스 장군을 다시 만난 것이 기쁘지 않은 듯했다.

"내가 할 수 있는 일이 없습니다." 칼라브레세가 말했다. "태업이 너무 많이 일어나고 있어서 조립 공정을 더 이상 운영할 수 없습니다."

피노는 레이어스 장군이 폭발할 것이라고 확신했지만 장군은 그저 이렇게 말했다. "솔직하게 말해줘서 고맙소. 내가 피아트를 보호하려고 노력하고 있다는 것을 알아주길 바라겠소."

칼라브레세는 어리둥절한 표정이었다. "무엇으로부터 보호한다는 겁니까?"

"완전한 파괴." 장군이 말했다. "총통이 후퇴하게 되면 초토화하라는 명령을 내렸지만, 나는 당신 회사의 근간과 경제가 살아남도록 노력하고 있소. 무슨 일이 생기든 피아트는 계속 운영될 것이오."

공장장이 잠시 생각한 후 말했다. "제 상사들에게 그렇게 전하겠습니다. 고맙습니다, 레이어스 장군님."

✤

"레이어스 장군은 호의를 베풀고 있어요." 그날 밤 외삼촌 집 주방에 앉아 피노가 말했다. "그가 잘 쓰는 수법이에요."

"적어도 그는 슈스터 추기경이 밀라노를 보호하도록 돕고 있구나." 알베르트 외삼촌이 말했다.

"시골을 약탈한 뒤에, 그리고 노동자들을 죽인 뒤에 말이죠." 피노가 맹렬히 말했다. "그가 무슨 짓을 했는지 저는 봤어요."

"우리도 알지." 그레타 외숙모는 그렇게 대답하면서도 다른 데 정신이 팔린 것 같았다. 외삼촌도 마찬가지였다.

"무슨 일 있어요?" 피노가 물었다.

"오늘 아침에 단파 라디오에서 불안한 뉴스를 들었단다." 알베르트 외삼촌이 말했다. "폴란드에 있는 아우 어쩌고 하는 강제수용소에 대한 뉴스였어."

"아우슈비츠요." 피노는 속이 울렁거렸다. "무슨 일인데요?"

알베르트 외삼촌은 1월 27일 러시아군이 아우슈비츠에 도착했을 때는 이미 강제수용소 일부가 폭발되고 기록이 불탄 상태였다고 말했다. 그 강제수용소를 운영하던 친위대원들은 도망간 후였는데, 5만 8,000명의 유대인 수감자들을 노예로 데리고 갔다.

"그들은 7,000명의 유대인들을 남겨뒀어." 알베르트 외삼촌이 목멘 소리로 말했다.

그레타 외숙모는 심란한 표정으로 고개를 절레절레 저었다. "들어보니까 그 유대인들은 해골만 남은 산송장 같았대. 나치가 죽도록 일을 시켜서."

"제가 말했잖아요." 피노가 외쳤다. "저도 그들이 그렇게 일하는 걸 봤다고요!"

"네가 말한 것보다 심각하단다." 알베르트 외삼촌이 말했다. "생존자들 말에 따르면 나치가 강제수용소를 떠나기 전에 폭발시킨 건물들은 유대인을 독살하는 데 사용한 가스실과 그들의 시신을 불사른 화장터였어."

"몇 년 동안 강제수용소 주변 하늘에서 연기가 걷힐 날이 없었대, 피노." 외숙모가 눈물을 훔치며 말했다. "수십만 명이 거기에서 죽었어."

그 손가락들, 피노의 머릿속에서 흔들리던 작은 손가락들, 아픈 여자아이의 엄마, 아들을 구하고 싶어 하던 아빠. 그들이 단 몇 주 전에 아우슈비츠로 갔다. 그들이 죽었을까? 독가스로 살해당하고 불태워졌을까? 아니면 베를린으로 후퇴하면서 끌고 간 노예들 틈에 있을까?

그는 독일인들이 모조리 다 증오스러웠다. 특히 레이어스 장군은 더욱 증오스러웠다.

레이어스 장군은 피노에게 아우슈비츠가 토트 조직의 노동수용소라고 말했다. 그는 그들이 이것저것을 만든다고 말했다. 이것저것이 뭔데? 가스실? 화장터?

유대인을 죽이기 위한 가스실과 증거를 감추기 위한 화장터. 피노는 그것을 만든 사람들이 입던 토트 조직의 군복을 입었다는 생각만으로도 수치심과 혐오감이 치솟았다. 그의 머릿속에서는 강제수용소를 운영한 사람들과 마찬가지로 그것을 만든 사람들 또한 유죄였다. 그리고 레이어스 장군은 틀림없이 모든 사실을 알았을 것이다. 결국, 그는 히틀러의 측근이었다.

1945년 2월 20일, 피노와 레이어스 장군은 긴 시간 차를 달려 오스테리아 카이다 마을에 도착했다. 마지막 20분 동안은 차가운 기름투성이 진창에 빠져 헛바퀴만 돌고 있었다. 남동쪽으로 3킬로미터쯤 떨어진 몬테 카스텔로의 중세 요새를 내려다보는 높은 곳 아래, 가파른 도로에서였다.

작년 가을 피노는 그곳에 몇 번 왔었고, 레이어스 장군은 그때마다 멀리서 성을 자세히 살펴보면서 요새화할 방법을 연구했다. 북쪽으로 볼로냐와 밀라노로 이어지는 도로 위로 800미터쯤 떨어진 곳에 몬테 카스텔로가 흐릿하게 보였다. 그 도로를 통제하는 것은 고딕 방어선 사수에 필수적인 일이었다. 지난달 그 성은 레이어스 장군이 벨베데레 마을과 델라 토라치아 마을에 세워둔 몸을 숨기고 총을 쏠 수 있는 흉벽과 더불어 연합군의 공격을 네 번이나 물리쳤다. 그러나 몹시 춥고 흐린 이날 아침, 몬테 카스텔로는 포위 공격을 받고 있었다.

피노는 성 안과 주변에 떨어지는 천둥 같은 포탄 소리 때문에 귀를 막아야 했다. 폭발이 일어날 때마다 가슴을 망치로 내려치는 것 같은 충격이 전해졌다. 포탄이 떨어질 때마다 파편과 불길이 솟구쳤고, 기름진 연기가 구름처럼 피어올라 희뿌연 하늘을 시커멓게 물들였다.

긴 울 코트를 껴입은 레이어스 장군이 쌍안경으로 싸움터를 훑어본 후 산등성이와 산들이 연속해서 이어지는 남서쪽으로 눈길을 돌렸다. 피노는 부들부들 떨면서 그를 지켜봤다. 맨눈으로도 약 5킬로미터 떨어진 칙칙한 하얀색과 회갈색의 겨울 언덕 위로 이동하는 부대가 보였다.

"미군 제10산악사단이 델라 토라치아를 지키려고 싸우고 있어." 레이어스 장군이 피노에게 쌍안경을 건네며 말했다. "훈련이 아주 잘됐어. 대단히 강한 군인들이야."

피노가 쌍안경으로 전투의 단편들을 보고 있을 때 레이어스 장군이 말했다. "쌍안경."

피노가 재빨리 쌍안경을 돌려주자 레이어스 장군은 몬테 카스텔로의 아랫부분을 쓱 훑어보다가 남동쪽을 응시했다. 그가 욕설을 내뱉더니 냉소적으로 웃었다.

"자." 그가 피노에게 쌍안경을 건네며 말했다. "저 빌어먹을 흑인 녀석들이 죽는 것을 구경해라."

피노는 주저했지만 이내 쌍안경을 통해 브라질 원정군 부대가 남서쪽 기슭의 벌판을 가로질러 돌격하는 것을 봤다. 첫 번째 줄의 공격병들이 기슭에서 40미터 지점에 도달했을 때, 한 남자가 지뢰를 밟고 순식간에 피어오르는 흙먼지와 연기 속에서 피를 뿜으며 갈기갈기 찢어졌다. 또 다른 군인이 지뢰를 밟고 곧이어 세 번째 지뢰가 터진 후, 위에서 발사된 독일군의 기관총이 아래에 있는 군인들을 쓰러뜨리면서 전세가 역전됐다.

그러나 연합군의 대포와 박격포가 계속해서 요새를 맹공격했다. 오전이 절반 정도 흘렀을 때, 성의 양쪽 담 곳곳에 구멍이 뚫렸고 브라질군은 계속 전진하고 있었다. 파도처럼 밀려온 그들이 마침내 지뢰밭을 가로질러 몬테 카스텔로의 기반까지 근접해 목숨을 걸고 담을 오르기 시작했다. 담을 올라 진입하려면 몇 시간은 걸릴 듯했다.

레이어스 장군과 피노는 매서운 추위 속에 서서 제10산악사단이 델라 토라치아를 정복하고, 오후 5시경 브라질군이 육탄전으로 몬테 카스텔로를 점령하는 것을 지켜봤다. 마침내 연합군의 대포 발사가 멈추자 산비탈에 커다란 구멍이 나 있었다. 성은 연기가 피어오르는 폐허가 됐다. 독일군은 모조리 퇴각했다.

레이어스 장군이 말했다. "나는 여기에서 졌고 볼로냐는 며칠 안에 패배할 것이다. 밀라노로 돌아가자."

레이어스 장군은 돌아오는 내내 침묵을 지킨 채 고개를 숙이고 종이 뭉치에 뭔가를 휘갈기고 서류 가방 속의 서류들을 샅샅이 뒤졌다.

피노는 돌리의 아파트 밖 갓돌에 차를 대고 내려 레이어스의 서류 가방을 들었다. 그의 뒤를 따라 로비에 앉은 노파를 지나 계단을 올라갔다. 레이어스 장군이 아파트 문을 두드렸다. 피노는 두툼한 검정색 울 원피스로 몸을 감싼 돌리가 문을 열자 깜짝 놀랐다.

계속 술을 마시기라도 한 것처럼 그녀의 두 눈이 새빨겠다. 그녀가 높은 하이힐을 신고 비틀거리는 동안 담배가 연기를 피우며 까맣게 타들어 갔다.

"당신이 집에 돌아오니 정말 좋네요, 장군님." 그녀가 이어서 피노를 바라봤다. "안타깝게도 안나가 몸이 별로 좋지 않아. 배탈이 좀 났나 봐. 가까이 가지 않는 게 좋겠어."

"그렇다면 우리 모두 가까이 가지 않는 게 좋겠군." 레이어스 장군이 동의했다. "나는 지금 병이 옮아서 아프면 안 되니까. 지금은 안 되지. 오늘 밤은 다른 곳에서 자겠어."

"안 돼요." 돌리가 말했다. "나는 당신이 여기에 있었으면 좋겠어요."

"오늘 밤은 안 돼." 레이어스 장군은 냉정하게 말하고 몸을 빙돌려 화가 나 소리 지르는 돌리를 남겨두고 밖으로 나갔다.

피노는 장군을 독일군 본부에 내려주었고, 아침 7시에 돌아오라는 지시를 받았다.

✤

피노가 수송부에 차를 세워두고 터덜터덜 걸어 집으로 가는 동안, 그날 목격한 대학살과 파괴의 광경이 머릿속에 고스란히 떠올랐다. 그가 안전한 곳에 서 있는 동안 죽어간 사람이 과연 몇 명이었을까? 수백 명?

그 잔혹함이 그를 괴롭혔다. 전쟁이 정말 싫었다. 전쟁을 시작한 독일인들이 혐오스러웠다. 대체 무엇 때문에 전쟁을 일으켰을까? 부츠 신은 발로 남의 머리를 짓밟고 몽땅 약탈하다가 결국 더 큰 부츠를 신은 사람이 오니 발에 차여 쫓겨나는 꼴이잖아? 피노가 아는 한, 전쟁은 살인과 도둑질이었다. 한 부대가 언덕을 빼앗으려고 살인을 한다. 그러면 다른 부대가 다시 그 언덕을 빼앗으려고 또다시 살인을 한다.

나치가 패배하고 퇴각하는 것을 보고 행복해야 마땅했지만, 그저 공허하고 외로웠다. 안나를 보고 싶은 마음이 간절했다. 그러나 그럴 수 없었고 갑자기 엉엉 울고 싶어졌다. 그는 감정을 억누르고 전장의 기억에 벽을 치는 데 집중했다.

아파트 건물 로비에서 경비병들에게 서류를 보여주고 새장 모양 승강기를 타고 5층에 서 있는 무장친위대 군인들을 지나 주머니를 더듬어 열쇠를 찾는 동안, 그 벽은 군건히 서 있었다. 그는 문을 열면서 아무도 없는 아파트에 들어서자마자 바닥으로 무너져 참고 있던 모든 감정을 쏟아내야겠다고 생각했다.

그러나 그레타 외숙모가 안에 있었다. 아빠의 품 안에 쓰러져 있던 외숙모는 피노를 보자마자 더 크게 흐느꼈다.

미켈레가 입을 열 때 아랫입술이 떨리고 있었다. "라우프 대령의 부하들이 오늘 오후 가게로 들이닥쳤어. 가게를 샅샅이 뒤지고 네 외삼촌을 잡아갔단다. 지금 레지나 호텔로 끌려갔어."

"무슨 죄목으로요?" 피노가 문을 닫으며 물었다.

"저항운동에 참여했다고." 그레타 외숙모가 눈물을 흘렸다. "첩자 노릇을 했다고. 게슈타포가 첩자한테 어떻게 하는지 너도 알잖아."

미켈레의 턱이 떨리더니 눈물이 볼을 타고 뚝뚝 흐르기 시작했다. "들었냐, 피노? 그들이 알베르트에게 무슨 짓을 할까? 알베르트가 무너져서 너에 대해 털어놓으면 어떡하냐?"

"알베르트 외삼촌은 한마디도 하지 않으실 거예요."

"만일 하면 어떻게 해?" 미켈레가 따져 물었다. "그들이 너도 잡으러 올 거야."

"아빠."

"도망가라, 피노. 장군의 차를 훔쳐서 네 여권을 가지고 군복 차림으로 스위스 국경으로 가. 돈을 넉넉히 주마. 전쟁이 끝날 때까지 루가노에서 살아라."

"안 돼요, 아빠. 그러지 않을 거예요."

"시키는 대로 해!"

"전 열여덟 살이에요!" 피노가 소리쳤다. "내가 하고 싶은 대로 할 수 있다고요."

피노가 어찌나 강하고 단호하게 말했던지 아빠가 깜짝 놀랐다. 소리 지른 것이 미안해질 정도였다. 저도 모르게 폭발하고 말았다.

피노는 떨리는 몸을 진정하려고 애쓰면서 말했다. "아빠, 죄송하지만 저는 이미 전쟁을 너무 많이 방관했어요. 지금 도망칠 수는 없어요. 적어도 무전기가 작동하고 전쟁이 계속되는 동안은 안 돼요. 그동안은 레이어스 장군 옆에 있을게요. 죄송해요. 하지만 그렇게 해야 해요."

✣

열흘 후 1945년 3월 2일 오후, 피노는 레이어스 장군의 피아트 옆에 서서 가르다 호수 동쪽 언덕에 자리 잡은 저택의 외관을 뚫어져라 쳐다보고 있었다. 안에서 무슨 일이 벌어지고 있는지 궁금했다.

차가 일곱 대 주차되어 있었다. 운전병 두 명은 무장친위대 군복을 입고 있었고 다른 한 명은 독일 국방군이었다. 나머지는 사복을 입고 있었다. 다들 피노와 마찬가지로 레이어스의 명령을 받고 있었다. 피노는 줄곧 다른 운전병들을 못 본 척하고 저택만 주시했다. 20분쯤 전에 레이어스 장군을 따라 들어간 장교 두 명을 알아봤기 때문이다.

그들은 이탈리아 내 친위대장인 볼프 장군과 최근 케셀링의 후임으로 이탈리아 내 독일군 총사령관으로 부임한 하인리히 폰 피팅호프 원수였다.

피팅호프가 왜 여기에 왔지? 그리고 볼프는 또 왜? 대체 뭘 꾸미고 있는 거지?

이런 질문들이 피노의 머릿속을 맴돌다가 급기야 견딜 수 없는 지경이 되었다. 그는 피아트에서 내려 약하게 떨어지는 눈을 맞으며 주차 구역 옆면에 줄지어 서 있는 관상용 삼나무 산울타리를 향해 걸었다. 다른 운전병들이 지켜보고 있을 경우에 대비해 멈춰 서서 소변을 본 다음, 삼나무 사이로 걸어가 모습을 감췄다.

산울타리에 몸을 가리고 저택의 북쪽 담으로 가서 쭈그리고 앉았다. 그런 다음 유리창 아래로 살금살금 다가가 귀를 기울이다가 몸을 일으켜 안을 슬쩍 훔쳐봤다.

세 번째 창문 아래에서 고함 소리가 들렸다. 누군가가 큰 소리로 으르렁거렸다. "Was du redest ist Verrat! Ich werde an einer solchen Diskussion nicht teilnehmen!"

도통 알아들을 수 없는 말이었다. 문을 쾅 닫는 소리가 들렸다. 누군가 나오고 있었다. 레이어스 장군일까?

피노는 재빨리 저택의 옆을 돌아 산울타리로 돌아왔다. 힘껏 달리면서 나무들 사이를 유심히 살피다가 저택에서 쿵쾅대며 나오는 피팅호프 원수를 봤다. 그의 운전병이 차에서 훌쩍 뛰어내러 뒷좌석 문을 열었고 곧이어 차가 출발했다.

그는 잠시 망설였다. 창문 옆으로 돌아가서 조금 더 엿들어야 할까? 아니면 무리하게 모험하지 말고 차로 돌아가서 기다려야 하나?

레이어스 장군이 현관으로 나오는 바람에 고민은 거기서 끝났다. 피노는 산울타리에서 나와 천천히 뛰어 그를 맞으러 가면서 피팅호프가 나가기 전에 한 말을 기억하려고 노력했다.

Was du redest ist Verrat!

당장 고양이 머리라도 물어뜯을 기세인 불만스러운 표정의 레이어스 장군에게 문을 열어주면서도 계속 그 말을 되뇌었다. 피노는 운전석에 올라타면서 레이어스에게서 분노의 물결이 일렁이는 것을 느꼈다.

"장군님?"

"가르그나노." 레이어스 장군이 말했다. "그 정신병원으로."

✤

피노는 가르다 호수 너머 무솔리니의 저택 정문으로 차를 몰고 들어가면서 앞으로 어떤 상황에 부딪치게 될지 두려웠다. 레이어스 장군이 현관에서 신분을 밝히자 일 두체의 보좌관 중 한 명이 지금은 적당한 때가 아니라고 말했다.

"당연히 적당한 때가 아니지." 장군이 쏘아붙였다. "그래서 내가 여기에 온 거잖나. 나를 그에게 안내해라. 그러지 않으면 너를 쏘겠다."

보좌관이 격분했다. "무슨 권한으로 이러십니까?"

"아돌프 히틀러의 권한이다. 나는 총통의 직접 명령으로 여기에 왔다."

보좌관이 그들을 서재로 안내하고 조용히 문을 열었다. 해가 지고 있었지만 무솔리니의 서재에는 불빛이 하나도 없었다. 양쪽으로 여는 유리문으로 새어 들어오는 빛이 유일했다. 희미한 빛줄기가 서재를 비스듬히 가로지르면서 사방에 흩어진 책과 서류, 깨진 안경, 부서지고 뒤집어진 가구를 비췄다.

한바탕 성질을 부린 것이 분명한 일 두체가 팔꿈치를 책상에 올리고 단단한 턱을 양손으로 감싼 채 앉아 있었다. 폐허가 된 자신의 삶을 책상을 뚫고 바라보기라도 하는 양 아래를 응시하고 있었다. 클라레타 페타치가 무솔리니 앞 안락의자에 느긋하게 누워 있었다. 한 손에 들린 담배에서 연기가 천천히 피어올랐고 다른 손에 들린 빈 와인 잔은 가슴에 걸쳐 있었다. 피노는 두 사람이 몇 시간 동안 꼼짝 않고 그 자세로 굳어 있었던 게 아닌가 싶었다.

"두체?" 레이어스 장군이 난장판이 된 서재 안으로 움직였다.

레이어스와 피노가 점점 가까이 다가가는 동안 무솔리니는 아무 소리도 듣지 못한 것처럼 책상 위만 멍하니 응시하고 있었다. 그렇지만 독재자의 정부는 소리를 듣고 힘없이 안도의 미소를 지으며 그들을 돌아봤다.

"레이어스 장군." 페타치가 혀 꼬인 소리로 말했다. "불쌍한 베노에게 힘든 날이었어요. 당신이 그의 고민을 더 늘리지 않기를 바랄게요."

"두체와 나는 솔직한 이야기를 나눠야 하오."

"뭐에 대해서?" 무솔리니가 여전히 고개를 숙인 채 물었다.

이제 더 가깝게 다가선 피노의 눈에 꼭두각시 독재자가 이탈리아의 지도를 빤히 쳐다보고 있는 것이 보였다.

"두체?" 레이어스 장군이 다시 입을 열었다.

무솔리니가 고개를 들고 장군을 기괴하게 노려보면서 말했다. "우리는 에티오피아를 정복했어, 장군. 그런데 지금 연합군이 흑인들을 토스카나 땅으로 북진시켰어. 흑인들이 볼로냐와 로마의 거리까지 장악하고 있다고! 이제 나는 사는 것보다 죽는 것이 수천 배 나아. 그렇게 생각하지 않나?"

피노가 통역하자 레이어스 장군이 주저하다가 말했다. "두체, 나는 그런 일에 대해서는 조언할 수 없소."

무솔리니의 눈이 마치 오래전에 잃어버린 뭔가를 찾아 이리저리 헤매다가 새롭고 빛나는 물건을 보고 넋이 나간 것처럼 반짝였다.

"사실이야?" 꼭두각시 독재자가 물었다. "친애하는 히틀러가 초강력 비밀 무기를 몰래 준비해 뒀나? 우리가 한 번도 본 적 없는 미사일과 로켓, 폭탄을? 히틀러가 초강력 무기로 모두 한꺼번에 쓸어버리려고 적군이 사정거리에 들어오기만을 기다리고 있다고 들었어."

레이어스 장군이 다시 주저하다가 말했다. "비밀 무기에 대한 소문들이 있소, 두체."

"아하!" 무솔리니가 한 손가락을 치켜들고 벌떡 일어났다. "그럴 줄 알았어! 내가 말했잖아, 클라라?"

"말했죠, 베노." 그의 정부가 대답했다. 그녀는 자신의 잔에 다시 술을 따르고 있었다.

방금까지 바닥을 기던 무솔리니의 기분이 갑자기 좋아졌다. 그는 완전히 흥분하고 신이 나서 책상 주변을 성큼성큼 걸었다.

"V-2 로켓이랑 비슷하지, 안 그래? 단, 그보다 훨씬 강력해서 도시 전체를 폭삭 무너뜨릴 수 있는 거야, 그렇지 않아? 그런 일을 할 수 있는 과학과 기술을 가진 사람은 당신네 독일인들뿐이야!"

레이어스 장군은 잠시 아무 말도 하지 않다가 고개를 끄덕였다. "고맙소, 두체. 그 칭찬에 감사하오만, 나는 두체의 계획이 뭔지 알아 오라는 지시를 받고 왔소. 상황이 더 심각해질 거요."

무솔리니는 혼란스러워 보였다. "하지만 엄청난 로켓 폭탄이 있잖아. 우리가 엄청난 걸 가지고 있는데 장기적으로 볼 때 어떻게 상황이 더 심각해질 수 있지?"

"나는 만일의 사태에 대비해 계획을 세워야 한다고 믿는 사람이오."

"아." 독재자의 시선이 허공을 헤매기 시작했다.

클라레타 페타치가 말했다. "발텔리나요, 베노."

"그렇지." 무솔리니가 다시 집중하며 말했다. "우리가 밀린다면 이곳의 북쪽인 발텔리나 계곡까지, 그 스위스 접경지대까지 나를 따라갈 2,000명의 부대가 있어. 히틀러 씨가 최고의 파괴력을 가진 로켓을 발사할 때까지 그들이 나와 내 동료 파시스트들을 지킬 거야!"

무솔리니가 활짝 웃으며 시선을 돌려 그 경이로운 날에 대한 기대를 드러냈다.

레이어스 장군은 잠시 아무 말도 하지 않았고, 피노는 곁눈질로 그를 흘긋거렸다. 히틀러가 초강력 무기를 가지고 있을까? 연합군이 사정거리에 들어올 정도로 베를린에 가까워지면 히틀러가 그 초강력 무기를 사용할까? 레이어스 장군이 그에 대한 답을 아는지 모르겠지만 적어도 겉으로 드러내지는 않았다. 레이어스 장군은 부츠 굽을 붙인 후 절을 했다. "고맙소, 두체. 그게 바로 우리가 알고 싶었던 거였소."

"우리한테 미리 알려줄 거지, 레이어스? 히틀러가 엄청난 로켓 폭탄을 사용할 때가 되면 말이야."

"두체에게 가장 먼저 알려드리겠소." 레이어스 장군이 말하고 몸을 돌렸다. 그는 독재자의 정부 앞에서 걸음을 멈췄다. "당신도 발텔리나로 갈 거요?"

클라레타 페타치는 이미 오래전 운명을 받아들였다는 듯 미소를 지었다. "나는 좋은 시절에 우리 베노를 사랑했어요, 장군. 나쁜 시절이 오면 그를 더 사랑할 거예요."

피노는 그날 늦게 무솔리니의 집에 갔던 일을 이야기하기 전에 가르다 호수 동쪽 언덕에 있는 저택의 창문 밑에서 엿들은 몇마디를 그대로 전했다.

"Was du redest ist Verrat."

그레타 외숙모가 소파에 앉아 몸을 꼿꼿이 세웠다. 알베르트 외삼촌이 잡혀간 뒤로 그녀는 렐라네 아파트에 머물면서 날마다 무전을 보내는 바카를 돕고 있었다.

그녀가 물었다. "그 말을 한 사람이 피팅호프가 확실해?"

"아니요, 확실하지는 않아요. 하지만 화난 목소리였고 직후에 그 사람이 아주 화가 나서 저택을 나오는 것을 봤어요. 무슨 뜻이에요?"

"그건 반역죄라는 뜻이야."

"반역죄요?" 피노가 반문했다.

아빠가 몸을 앞으로 내밀었다. "히틀러한테 맞서 쿠데타를 일으킨다는 걸까?"

"그들이 피팅호프에게 그런 식으로 말했다면 그렇지 않을까 싶네요." 그레타 외숙모가 말했다. "볼프가 거기에 있었다고? 레이어스도?"

"그리고 다른 사람들도 있었어요. 하지만 그들을 보지는 못했어요. 우리보다 먼저 도착해서 나중에 출발했거든요."

"그들이 불길한 징조를 알아차린 거야." 아빠가 말했다. "그들은 살아남을 책략을 꾸미고 있어."

"연합군이 알아야 할 텐데요." 피노가 덧붙였다. "그리고 무솔리니의 상태나 그가 히틀러가 가지고 있다고 생각하는 초강력 무기에 대해서도요."

"레이어스는 그 초강력 무기에 대해 어떻게 생각해?" 그레타 외숙모가 물었다.

"모르겠어요. 대체로 표정이 화강암처럼 굳어 있어서요. 하지만 알고 있을 거예요. 자기가 대포를 만들면서 히틀러 밑에서 일하기 시작했다고 나한테 말했거든요."

"바카가 아침에 올 거야." 아빠가 말했다. "런던에 알리고 싶은 것을 적어놓으럼, 피노. 바카한테 다른 내용과 함께 그 소식을 전송하라고 말할게."

피노는 종이와 펜을 챙겨서 보고서를 작성했다. 그가 엿들은 반역죄에 대한 문장을 그레타 외숙모가 대신 적어줬다.

피노는 하품을 하고 시계를 들여다봤다. 거의 9시였다. "장군한테 가서 보고하고 내일 할 일을 지시받아야 해요."

"오늘 밤에 집에 올 거냐?"

"안 될 거예요, 아빠."

"조심해라." 미켈레가 말했다. "그 장군들이 반역죄라는 말을 들었다는 건, 이제 곧 전쟁이 완전히 끝난다는 뜻이겠지."

피노가 고개를 끄덕이고 코트를 가지러 가면서 말했다. "알베르트 외삼촌 소식을 아직 안 여쭤봤네요. 오늘 아침에 산 비토레로 외삼촌을 보러 가셨죠? 어떠셨어요?"

"살이 빠졌지만 심각하지는 않아." 그레타 외숙모가 힘없이 미소 지었다. "그들이 그이를 무너뜨리려 하고 있지만 아직 꿋꿋하게 버티고 있어. 교도소에 그이가 아는 사람이 많아. 그래서 도움이 되나 봐. 다들 서로를 지켜주고 있어."

"오래 계시지 않을 거예요." 피노가 말했다.

피노는 돌리의 아파트로 걸어가면서 전쟁이 끝날 날이 얼마 남지 않았음을 느꼈다. 전쟁이 끝난 후의 날들은 영원처럼 길고, 늘 안나와 함께할 것이라고 생각했다.

그녀와 함께할 끝없는 미래에 대한 생각 덕분에 마냥 들뜬 기분으로 돌리의 집에 도착했다. 다행스럽게도 안나가 미소 지으며 문을 열었다. 더 이상 아픈 기색은 없었고 그를 봐서 아주 행복해 보였다.

"장군이랑 돌리는 외출했어." 안나가 말하며 그를 안으로 이끌었다. 그녀가 문을 닫고 피노의 품에 스르르 안겼다.

✤

얼마 후, 두 사람은 안나의 침대에 누워 서로의 땀과 사랑으로 번들거리는 몸을 쓰다듬고 있었다.

"보고 싶었어." 안나가 말했다.

"당신 생각만 했어요. 나는 레이어스 장군을 염탐해야 하잖아요. 어딜 갔는지, 뭘 봤는지 외워야 하고요. 그런데 당신 생각만 하고 있으니 문제죠?"

"전혀 문제가 아니야. 사랑스럽기만 한걸."

"진심이에요. 우리가 떨어져 있을 때면 모든 음악이 멈추는 기분이에요."

안나가 그를 빤히 쳐다봤다. "너는 참 특별한 사람이야, 피노렐라."

"아니에요. 그렇지 않아요."

"너는 특별해." 그녀가 우기면서 손가락으로 그의 가슴을 쓰다듬었다. "너는 용감해. 재미있어. 그리고 아름다워."

피노가 쑥스러워서 웃음을 터뜨렸다. "아름다워요? 잘생긴 게 아니라요?"

"잘생겼지." 안나가 그의 뺨을 어루만지며 말했다. "하지만 너는 나에 대한 사랑으로 가득 차서 빛나고, 내가 아름답다고 느끼게 해. 그래서 너도 내게 아름다워 보여."

"그럼 우리는 아름다운 거네요." 그가 그녀를 더욱 바싹 끌어안았다.

피노는 지금부터 전쟁의 끝자락까지 일어날 모든 일이 언젠가는 아주 짧은 순간처럼 여겨질 것이고, 전쟁 후의 시간은 보이지 않는 지평선을 향해 무한히 이어질 것 같다는 느낌을 안나에게 설명했다.

"원하는 것은 무엇이든 할 수 있어요. 삶은 무한해요."

"행복을 좇아 열정적으로 살 수 있겠네?"

"당신이 원하는 건 그게 다예요? 행복을 좇고 열정적으로 사는 것?"

"그것 말고 원하는 삶이 있어?"

"아니요." 그는 안나에게 키스하면서 그녀에 대한 사랑이 한층 더 커지는 것을 느꼈다. "이 이상 뭘 더 바라겠어요."

26

다음 2주 동안 레이어스 장군과 피노는 또다시 끊임없이 이동했다. 레이어스 장군은 몬차 대신 코모에 있는 조차장에 들렀다가 스위스로 가는 일정을 두 번 반복했고, 피노는 레이어스 장군이 금괴를 실은 유개화차를 옮긴 듯하다고 짐작했다. 레이어스 장군은 루가노에 가는 것 외에도 북쪽으로 이어지는 도로와 선로의 상태를 점검하면서 대부분의 시간을 보냈다.

피노는 이유를 알 수 없었지만 물어볼 입장이 아니었다. 그러나 3월 15일에 두 사람이 브렌네르 고개를 달릴 때 장군의 의도가 분명하게 드러났다. 브렌네르 고개를 지나 오스트리아로 올라가는 선로들은 이미 반복적으로 폭격을 받은 후였다. 양방향모두 통행이 중단됐고 회색 남자들이 그 선로를 힘겹게 수리하고 있었다.

브렌네르 고개 도로는 여전히 하천 바닥까지 눈으로 뒤덮인 들판을 지나갔다. 위로 올라갈수록 양옆에 쌓인 눈 더미가 높아져서 나중에는 지붕 없는 흰색 터널 속에 있는 느낌이 들 정도였다. 그들은 광대한 브렌네르 배수 시설의 멋진 광경이 보이는 길 모퉁이에 다다랐다.

"멈춰." 레이어스 장군이 쌍안경을 들고 차에서 내렸다.

피노는 쌍안경이 필요하지 않았다. 앞에 뻗은 길이 훤히 보였다. 브렌네르 고개의 정상과 오스트리아로 가는 길을 막은 눈을 노예 조직처럼 일제히 파고 내려치고 퍼내는 회색 남자들도 훤히 보였다.

국경까지 가려면 한참 멀었는데. 피노는 생각하며 더 위쪽 도로를 올려다봤다. 눈이 특히 많이 쌓인 구간은 10미터에서 12미터 길이는 되어 보였다. 여기저기 검은 얼룩이 있어서 눈사태로 갈라진 틈처럼 보였다. 그 아래로는 도로를 가로지르는 눈덩이와 파편이 15미터는 쌓여 있었다.

레이어스도 비슷한 판단을 내린 듯했다. 그들이 노예를 감독하고 있는 무장친위대 부대 근처까지 갔을 때, 레이어스 장군이 차에서 내려 소령으로 보이는 책임자에게 맹렬하게 소리를 질렀다. 그들은 질세라 서로 악다구니를 쳤고 피노는 저러다가 주먹질까지 오가는 게 아닌가 싶었다.

레이어스 장군은 여전히 격분한 상태로 차로 돌아왔다.

"저 속도로 움직이다가는 결코 이 빌어먹을 이탈리아에서 벗어나지 못할 거야. 대형 트럭, 굴착기, 불도저가 필요해. 진짜 장비가. 아니면 불가능해."

"장군님?"

"입 닥치고 운전이나 해, 조장!"

피노는 레이어스 장군의 신경을 거스를 정도로 어리석지는 않았다. 그는 잠자코 운전하면서 레이어스 장군이 방금 한 말에 대해 생각하다가 최근에 레이어스 장군이 해온 일이 뭔지 마침내 알아차렸다.

레이어스 장군은 퇴로를 확보하는 임무를 맡은 것이다. 원래 독일군의 퇴로가 있었을 것이다. 그러나 선로들은 폭파되었고, 브렌네르 고개 도로만이 확실한 탈출구이지만 눈으로 막혔다. 다른 고개들은 스위스로 이어지는데 스위스는 며칠 전부터 독일 열차나 수송대가 스위스 국경을 통과하는 것을 금지하고 있다.

피노는 행복하게 생각했다. 지금, 나치는 오도 가도 못한다.

그날 밤, 피노는 이탈리아와 오스트리아 사이에 높게 쌓인 눈 장벽에 대해 자세히 설명하는 쪽지를 바카에게 건넸다. 게릴라나 연합군이 그 도로 너머의 눈 덮인 산등성이를 폭격해서 산사태를 더 일으켜야 한다고 제안했다.

5일 후, 피노와 레이어스 장군은 다시 브렌네르 고개로 갔다. 연합군의 폭격이 대대적인 산사태를 일으켜 눈이 도로를 막았다는 소식을 듣고 레이어스 장군이 졸도할 정도로 화를 낼 때 피노는 몰래 기뻐했다.

시간이 지날수록 레이어스 장군은 변덕스러워졌다. 갑자기 말이 많아져서 떠들어대다가도 금방 입을 다물고 시무룩해졌다. 그는 3월 말에 스위스에서 6일 동안 머물렀고 그 덕에 피노는 거의 한없이 안나와 함께 시간을 보냈다. 그런 와중에도 그는 레이어스 장군이 돌리를 루가노나 제노바로 보내지 않는 이유가 궁금했다.

그러나 그런 궁금증은 오래가지 않았다. 피노는 사랑에 빠져 있었고, 으레 그렇듯 사랑은 그의 시간 감각을 무디게 했다. 안나와 함께 있는 모든 순간이 숨 가쁘고 짧게 느껴졌고 떨어져 있을 때는 끝없는 갈망으로 가득했다.

1945년 3월이 가고 4월이 왔다. 우주의 스위치를 탁, 하고 올린 것 같은 변화가 일어났다. 예년보다 유난히 춥고 눈이 많이 와서 북이탈리아를 괴롭히고 연합군의 진군을 더디게 한 날씨가 드디어 꼬리를 내렸다. 늦봄의 기온을 되찾아 눈이 녹기 시작했다. 피노는 거의 날마다 레이어스 장군을 태우고 브렌네르 고개로 갔다. 그 무렵 이미 제설 작업에 굴착기들이 동원되어 있었고 덤프트럭들이 눈과 산사태의 파편을 나르고 있었다. 태양이 불도저 삽 옆에서 눈을 파고 있는 회색 남자들에게 내리쬤다. 얼굴은 눈에 반사된 햇볕에 타고, 근육은 진창이 된 눈과 얼음의 무게로 뒤틀리고, 의지는 수년 동안 지속된 노예 생활로 꺾였다.

피노는 그들을 위로하고 싶었다. 힘을 내라고, 전쟁이 거의 끝났다고 말하고 싶었다. 이제 몇 달, 아니, 몇 주도 안 남았어요. 그러니 포기하지 마세요. 조금만 더 버티세요.

1945년 4월 8일, 피노와 레이어스 장군은 해가 지고 한참 지나서 볼로냐 북동쪽에 있는 몰리넬라 마을에 도착했다.

레이어스 장군은 독일 국방군 야영지에 있는 야전 침대에서 잠을 잤고 피노는 피아트의 운전석에 앉아 잠을 설쳤다. 새벽녘이 되자 그들은 아르젠타 마을의 서쪽에 있는 높은 지대로 갔다. 아드리아해 어귀의 코마키오 호수로 흘러드는 세니오강 양쪽에 자리 잡은 평평한 습지를 내려다볼 수 있는 곳이었다. 연합군은 코마키오 호수에 발목이 잡혀 레이어스 장군이 세니오강의 북쪽 지대에 세워놓은 방어시설들을 포위하지 못했다.

대전차 장애물, 지뢰밭, 참호, 사격 진지. 몇 킬로미터 떨어져 있는데도 방어시설들이 명확하게 보였다. 방어시설 너머로 강 건너 연합군의 영역에서는 리미니와 아드리아해로 향하는 대형 트럭을 제외하면 아무런 움직임도 보이지 않았다.

그날 그 언덕 위에서 보낸 몇 시간 동안, 봄을 알리는 새와 벌레 소리를 제외하고는 아무 소리도 들리지 않았다. 가끔 불어오는 산들바람이 경작 중인 땅의 냄새를 전했다. 그 속에서 피노는 깨달았다. 대지는 전쟁을 모르며, 인간이 다른 인간에게 아무리 극심한 공포를 가할지라도 자연의 섭리는 계속 이어지리라는 것을. 자연은 인간과 인간의 살인 욕구, 또는 정복욕에 대해서는 조금도 신경 쓰지 않는다.

오전이 더디게 지나갔다. 햇살이 갈수록 강해졌다. 정오 무렵 한참 떨어진 리미니 쪽 해안에서 천둥 같은 폭발이 메아리쳤고, 이내 멀리 아드리아해에서 피어오르는 연기가 보였다. 피노는 무슨 일이 일어났는지 궁금했다.

레이어스 장군이 피노의 속마음을 들여다본 듯 말했다.

"그들이 우리 배를 폭격하고 있다." 그는 무미건조하게 말했다. "우리를 말려 죽이려 하고 있어. 저 아래서부터 나를 무너뜨리려 할 거야."

서서히 오후가 되며 한여름처럼 더워졌지만 건조하지는 않았다. 겨울 동안 쏟아진 눈이 증기가 되어 피어올라서 공기가 후덥지근했다. 레이어스 장군이 경계하며 서 있는 동안 피노는 자동차 그늘에 앉아 있었다.

"전쟁이 끝나면 뭘 할 거냐, 조장?" 어느 순간 레이어스 장군이 물었다.

"저 말입니까, 장군님? 모르겠습니다. 아마 학교로 돌아갈 것 같습니다. 아니면 부모님 밑에서 일할 수도 있습니다. 장군님은요?"

레이어스 장군이 쌍안경을 내렸다. "아직 그렇게 먼 앞날까지는 생각해 보지 않았다."

"그럼 돌리는요?"

레이어스 장군은 피노의 건방짐을 꾸짖어야 할지 고민하듯 고개를 기울이다가 입을 열었다. "브렌네르 고개가 트이면 그녀를 데려갈 거야."

두 사람 모두 남쪽으로부터 우르릉거리는 소리를 들었다. 레이어스 장군이 쌍안경을 쳐들고 하늘을 살폈다.

"시작이군." 그가 말했다.

피노는 벌떡 일어나서 손으로 햇빛을 가리고 남쪽에서 나타난 중重폭격기들을 봤다. 한 줄에 열 대씩 총 스무 줄이었다. 200대의 전투기가 그들을 향해 곧바로 날아왔다. 너무 가까이 와서 피노의 바로 위로 폭탄을 떨어뜨릴까 봐 무서워졌다.

그러나 전투기들은 두 사람으로부터 1.6킬로미터 떨어진 상공 1.6킬로미터 지점에서 대형을 갖추고 바닥의 폭탄 투하실을 열었다. 선두에 선 전투기가 고도를 낮추며 날개를 펴고 고딕 방어선과 독일군 영역 위로 급강하했다. 전투기들이 차례로 폭탄을 투하하고 지나갔다. 지나간 자리에서 폭탄이 쉭쉭 소리를 내며 떨어지는 모양이 마치 수많은 물고기가 하늘에서 떨어지는 것 같았다.

첫 번째 폭탄이 독일군의 방어시설 뒤에 떨어져 폭발하자 파편이 날아오르고 광선과 불길이 무지개처럼 퍼졌다. 더 많은 폭탄이 고딕 방어선 뒤에서 연속으로 폭발했고 새까맣게 탄 구멍과 구릿빛 불길이 강어귀와 바다를 향해 동쪽으로 번졌다.

첫 번째 편대의 폭격이 끝나고 10분 후 두 번째 편대가 날아왔고, 이어서 세 번째, 네 번째 편대가 몰려왔다. 이제 중폭격기의 수는 총 800대 이상이었다. 육중하게 움직이는 전투기들이 같은 패턴으로 폭탄을 떨어뜨렸는데, 그러면서도 각각 1, 2도 정도 각도를 달리해 독일군 후위의 각각 다른 지점들을 공격했다.

무기고가 폭발하고 보급 연료가 터졌다. 막사, 도로, 트럭, 탱크, 군수 보급 기지가 첫 공격으로 사라졌다. 중형 폭격기와 경폭격기가 강 위를 낮게 날아와 방어선을 공격했다. 레이어스의 대전차 장애물이 폭발했다. 사격 진지가 산산조각 났다. 대포 발사대가 넘어졌다.

이후 연합군의 폭격기가 그 지역에 2만 개의 폭탄을 투하했다. 공중 습격 사이사이에 연합군 대포 2,000개가 30분 단위로 고딕 방어선을 일제히 포격했다. 늦은 오후의 태양이 강물을 오르내리며 피어오르는 연기 기둥을 비출 때, 낮은 봄 하늘이 지옥 같아 보였다.

피노가 레이어스 장군을 바라봤다. 쌍안경으로 무너진 방어선의 남쪽 전장을 훑어보는 레이어스의 양손이 떨렸다. 그가 독일어로 뭐라고 욕을 했다.

"장군님?" 피노가 말했다.

"그들이 오고 있다." 레이어스 장군이 말했다. "탱크, 지프, 대포. 전 군이 우리를 향해 진격하고 있다. 우리 군은 최대한 오래 버틸 테고 저 강을 지키다가 죽을 것이다. 그러나 머지않아, 어느 순간이 되면, 저 아래 있는 모든 군인이 패자의 필연적인 선택에 직면하게 되겠지. 후퇴하거나, 항복하거나, 죽거나."

날이 저물어 땅거미가 지자 화염 방사기를 가진 연합군이 독일군의 참호와 사격 진지로 쳐들어왔다. 별 하나 없는 어두운 밤이 찾아왔다. 암흑 속에서 백병전이 벌어지는 동안 피노에게 보이는 것은 폭발의 번쩍임과 서서히 퍼지는 불길뿐이었다.

"아침이 되면 격파될 거야." 마침내 레이어스 장군이 말했다. "끝났어."

"이탈리아에는 뚱뚱한 숙녀가 노래를 부르기 전까지는 끝난 것이 아니라는 속담이 있습니다. 누가 이길지는 끝까지 두고 봐야 안다는 말입니다, 장군님."

"나는 오페라가 싫다." 장군이 짜증스럽게 말하더니 차를 향해 걸었다. "선택의 여지 없이 잡히기 전에 이곳을 벗어나자. 밀라노로 돌아가지."

피노는 레이어스의 말이 무슨 뜻인지 몰랐지만 차에 올라타 운전석에 앉았다. 이제 나치는 후퇴하거나, 항복하거나, 죽거나. 피노는 생각했다. 전쟁이 끝나고 있다. 이제 며칠만 지나면 평화와 미국인이 찾아올 거야!

피노는 밤길을 달려 밀라노로 돌아왔다. 마침내 미국인들을 만나게 된다는 생각에 마냥 기운이 났다. 어쩌면 미군 전체를 볼 수 있을지도 모른다. 안나와 결혼한 후 사촌 리샤 알바네세처럼 미국으로 가서, 엄마가 만든 가방과 알베르트 외삼촌이 만든 가죽 제품을 뉴욕과 시카고, 로스앤젤레스로 들여와 장사해서 돈을 왕창 벌며 살게 될지도 모른다.

그런 생각을 하니 온몸에 전율이 흘렀다. 몇 달 전만 해도 상상도 하지 못한 미래가 막연하게나마 그려졌다. 돌아오는 동안 방금 목격한 엄청난 규모의 파괴에 대해서는 한 번도 생각하지 않았다. 멋진 일, 돈벌이가 되는 일, 열정적으로 할 수 있는 일을 하며 사는 행복한 삶에 대해서만 생각했다. 어서 안나에게 모두 이야기하고 싶어 좀이 쑤셨다.

그날 밤늦게 세니오강을 따라 설치된 고딕 방어선에 구멍이 뚫렸다. 다음 날 저녁 뉴질랜드와 인도에서 온 연합군이 무너진 방어선 너머로 거의 5킬로미터까지 진격했고, 독일군은 북쪽으로 퇴각해 전열을 가다듬었다. 4월 14일 또다시 엄청난 폭격이 벌어진 후, 미 제5군단이 고딕 방어선의 서쪽 벽을 뚫고 볼로냐를 향해 북쪽으로 전진했다.

날마다 연합군의 진군에 대한 뉴스가 늘어났다. 피노는 매일 밤 바카의 단파 라디오로 BBC를 들었다. 그리고 거의 매일 레이어스 장군을 태우고 전선을 돌아다니거나 퇴로들을 따라 달렸다. 그러면서 이탈리아를 침략했을 때보다 훨씬 느린 속도로 달아나는 독일군의 행렬을 지켜봤다.

피노에게는 나치의 전쟁 기계가 심각하게 망가진 것처럼 보였다. 무한궤도가 풀린 채 덜컹거리며 나아가는 탱크에서, 노새들이 끄는 대포 뒤에서 맥이 풀린 채 걷는 보병들에게서 그것을 봤다. 수많은 독일군 부상자들이 차양 없는 트럭에 누워 지독하게 뜨거운 태양에 고스란히 노출되어 있었다. 피노는 그들이 당장 그곳에서 죽기를 바랐다.

피노와 레이어스 장군은 이삼일에 한 번씩 브렌네르 고개로 돌아갔다. 높아진 기온으로 눈이 녹으면서 더러운 얼음물의 급류가 브렌네르 고개로 흘러내려, 지하 배수로와 도로의 토대를 약화시켰다. 그들이 지금은 탁 트인 길 끝에 도착했을 때, 노예들이 흘러내리는 차가운 물에 발목과 무릎이 잠긴 채 여전히 굴착기와 덤프트럭 옆에서 일하고 있었다. 4월 17일, 회색 남자들은 오스트리아 국경에서 1.6킬로미터 지점에 있었다. 그들 중 한 명이 물속으로 쓰러졌다. 친위대 경비병들이 그를 질질 끌어내 도로 가장자리에 던졌다.

레이어스 장군은 보지 못한 것 같았다.

"밤낮으로 일을 시켜." 그가 책임자에게 말했다. "국방군 제10사단 전체가 일주일 뒤에 이 도로로 올 것이다."

27

토트 조직 장교들이 토리노에 있는 토트 조직 사무실 바깥마당에 높게 쌓인 서류 다섯 더미 위로 휘발유를 붓는 동안, 레이어스 장군은 한쪽에 서서 지켜보고 있었다. 그가 한 장교에게 고개를 까딱하자 그 장교가 성냥에 불을 붙여 던졌다. 요란한 소리가 나더니 불길이 사방에서 단번에 치솟았다.

레이어스 장군은 종이가 타들어 가는 모습에 지대한 관심을 쏟으며 지켜봤다. 피노도 마찬가지였다.

저 서류들에 얼마나 중요한 내용이 들어 있기에 레이어스 장군이 새벽 3시에 돌리의 침대를 빠져나와 서류들을 폐기하는 것을 지켜보고 있을까? 얼마나 중요한 내용이 들어 있기에 여기서서 서류들이 완전히 탈 때까지 기다리고 있을까? 그에게 죄를 물을 증거가 저 서류들에 들어 있을까? 분명히 그럴 것이다.

피노가 그에 대한 생각을 시작하기도 전에 레이어스 장군이 토트 조직 장교들에게 큰 소리로 명령을 내리더니 고개를 돌려 피노를 봤다.

"파도바." 그가 말했다.

피노는 남쪽으로 가다가 밀라노를 빙 돌아 파도바로 차를 몰았다. 전쟁이 거의 끝났다는 안도감에 밀려오는 졸음을 이겨내려고 애썼다. 연합군이 아르젠타 협곡에 있는 레이어스의 방어선을 뚫었다. 미군 제10산악사단이 포강에 거의 다다라 있었다.

레이어스 장군은 피노의 피로를 알아챈 듯 주머니를 뒤적여 유리병을 꺼냈다. 손바닥에 작은 흰색 알약 하나를 꺼내서 피노에게 건넸다.

"먹어라. 암페타민이다. 잠을 쫓아줄 것이다. 어서 받아. 나도 먹는 거다."

알약을 먹자 이내 잠은 달아났지만 짜증이 나더니 파도바에 도착할 즈음에는 머리가 아프기 시작했다. 레이어스 장군은 파도바에서 또다시 토트 조직의 방대한 서류를 태우는 과정을 지켜봤다.

이후 그들은 다시 브렌네르 고개로 올라갔다. 이제 오스트리아로 들어가는 탁 트인 길과 나치의 사이를 막고 있는 눈은 250미터가 채 안 됐고, 책임자는 앞으로 48시간 안에 완전히 뚫릴 것이라고 레이어스에게 말했다.

4월 22일 일요일 아침, 피노는 베로나에서 토트 조직의 서류를 파기하는 레이어스 장군을 지켜봤다. 그날 오후에는 브레시아에 있던 파일이 불에 탔다. 목적지에 도착할 때마다 레이어스 장군은 서류 가방을 들고 토트 조직 사무실로 들어가서 서류들을 훑어보고 서류 소각을 감독했다. 레이어스 장군은 피노가 서류 가방에 손도 대지 못하게 했는데 가방은 목적지에 들를 때마다 점점 무거워졌다. 두 사람은 이른 저녁 다시 베르가모로 이동해 서류를 태우는 과정을 지켜본 후 코모 경기장 뒤에 있는 레이어스의 사무실로 돌아왔다.

다음 날인 4월 23일 월요일 아침, 레이어스 장군은 경기장에서 토트 조직 장교들이 높게 쌓인 서류 더미에 불을 붙이는 모습을 지켜봤다. 레이어스 장군은 불길에 서류를 던져 넣는 작업을 몇 시간이나 감독했다. 피노는 서류 근처에도 못 오게 했다. 그는 경기장의 관중석에 앉아 나치의 기록이 연기와 재로 변해 날리는 것을 구경했다.

그날 오후에 밀라노로 돌아왔을 때 두 개의 친위대 기갑사단이 대성당 근처 동네들을 봉쇄하고 있었다. 레이어스 장군마저 면밀한 조사를 받은 다음에야 통과할 수 있었다. 피노는 게슈타포의 본부인 레지나 호텔에서 그 이유를 알게 됐다. 게슈타포 대장 발터 라우프 대령이 술에 취해 길길이 날뛰면서 자신의 이름이 붙은 모든 자료를 태우려 하고 있었다. 발터 라우프 대령은 레이어스 장군을 보자 대번에 얼굴이 환해지더니 그를 사무실로 맞아들였다.

레이어스 장군이 피노를 보고 말했다. "오늘 네 일은 끝났다. 내일 아침 9시에 회의가 있다. 8시 45분에 돌리 집으로 태우러 오도록."

"네, 장군님. 차는 어떻게 할까요?"

"네가 타고 가라."

✤

레이어스 장군은 라우프 대령을 따라 안으로 들어갔다. 피노는 너무 많은 서류가 사라지는 것이 싫었다. 나치가 이탈리아에 저지른 악행의 증거가 사라지고 있었고, 피노가 할 수 있는 일은 연합군에게 보고하는 것 외에는 없었다. 그는 아파트에서 두 블록 떨어진 곳에 피아트를 주차하고 만자 무늬가 위로 오게 해서 완장을 운전석에 놓은 뒤 나와서 로비의 경비병들을 한 번 더 지나쳤다.

미켈레가 입술에 손가락을 댔고 그레타 외숙모가 아파트 문을 닫았다.

"아빠?" 피노가 말했다.

"손님이 있단다." 아빠가 조용히 말했다. "내 사촌의 아들, 마리오야."

피노가 눈을 가늘게 떴다. "마리오 형이요? 전투기 조종사인 줄 알았는데요?"

"지금도 그래." 마리오가 어두운 곳에서 나오며 말했다. 그는 작은 키에 어깨가 떡 벌어졌고 늘 환하게 웃는 사람이었다. "지난밤에 격추됐는데 낙하산을 타고 내려와서 겨우 여기로 왔어."

"마리오는 전쟁이 끝날 때까지 여기에 숨어 있을 거야." 미켈레가 말했다.

"네 아빠와 외숙모가 네가 하고 있는 일에 대해 이야기해 주셨어." 마리오가 피노의 등을 두드리며 말했다. "많은 용기가 필요한 일이지."

"음, 글쎄요." 피노가 말했다. "고생은 미모가 훨씬 많이 하고 있어요."

"말도 안 돼." 그레타 외숙모가 말하자 피노는 항복한다며 양손을 들어 올렸다.

"사흘 동안 샤워를 못 했어요." 피노가 말했다. "장군의 차도 옮겨야 하고요. 살아 있어서 기뻐요, 마리오 형."

"나도 네가 무사해서 좋구나, 피노." 마리오가 말했다.

피노는 복도를 지나 그의 방 근처에 있는 욕실로 들어갔다. 연기가 밴 옷을 벗고 몸과 머리에서 연기 냄새를 씻어냈다. 가장 좋은 옷을 입고 아빠의 애프터셰이브 로션을 볼에 발랐다. 안나를 보지 못한 지 나흘이나 된 데다 그녀에게 잘 보이고 싶었다.

그는 서류 소각에 대해 바카에게 자세히 설명한 쪽지를 식당에 남겨뒀다. 아빠, 외숙모, 마리오에게 인사를 하고 집에서 나왔다.

땅거미가 지고 있었지만 여전히 건물과 쇄석 도로가 뜨거운 열기를 내뿜고 있어 사우나 속에 있는 것 같았다. 그래도 걸으니 기분이 좋았다. 며칠 동안 앉아서 운전을 하거나 서서 구경만 하다가 덥고 습한 길을 걸으니 관절이 부드럽게 풀리는 듯했다. 피아트에 올라타 시동을 걸었을 때, 누군가 뒷좌석으로 들어와 권총의 차가운 총구를 뒤통수에 갖다 댔다.

"꼼짝 마." 남자가 말했다. "운전대에 양손 올려. 총은?"

"없어요." 피노가 떨리는 목소리로 말했다. "뭘 원해요?"

"뭘 원할 것 같아?"

피노는 그제야 목소리를 알아차렸다. 순간 머리가 통째로 날아가겠구나 싶어 공포가 밀려들었다.

"하지 마, 미모. 엄마랑 아빠가—"

머리에서 총구가 떨어지는 것이 느껴졌다.

"피노 형, 그런 말을 해서 정말 더럽게 미안해." 미모가 말하기 시작했다. "그동안 형이 무슨 일을 했는지 이제 알아. 염탐을 했다면서. 나는…… 나는 형의 용기에 놀랐어. 대의를 위한 헌신에 말이야."

감정이 복받쳐 목이 멨지만 이내 화가 났다. "그런데 왜 머리에 총을 들이밀고 난리야?"

"형이 무기를 가지고 있을지 몰라서 그랬지. 형이 나를 죽이려고 덤벼들 것 같아서."

"말이 되는 소리를 해라. 내가 동생한테 총을 쏠 사람이냐?"

미모가 갑자기 운전석 위로 몸을 기울여 양팔로 피노를 덥석 안았다. "용서해 줄 거야?"

"당연하지." 피노가 화를 떨쳐내며 말했다. "너는 알 도리가 없었잖아. 나는 너한테 털어놓을 수 없었고. 알베르트 외삼촌이 그러는 편이 더 안전하다고 하셨거든."

미모가 고개를 끄덕이더니 소매로 눈물을 닦고 말했다. "게릴라 지휘관들이 형이 지금까지 한 일을 알려주고 나를 보냈어. 형에게 내려진 명령을 전달할게."

"명령이라니? 나는 레이어스 장군한테 명령을 받는데."

"이제는 아니야." 미모가 종이 한 장을 건넸다. "형은 25일 밤에 레이어스를 체포해서 거기 적힌 주소로 데리고 가야 해."

장군을 체포하라고? 처음에는 당혹스러웠지만 레이어스의 머리에 권총을 겨냥하는 모습을 상상하자 마음에 들었다.

직접 레이어스를 체포하고 나서 자신이 첩자라고 밝힐 것이다. 그 나치의 면전에서 그 사실을 까발릴 것이다. 나는 내내 바로 당신 눈앞에 있었어. 나는 당신이 한 짓을 다 봤어, 이 노예 지배자야.

"할게." 마침내 피노가 말했다. "나야 영광이지."

"그럼 전쟁 끝나고 보자, 형."

"어디로 가?"

"싸우러 돌아가야지."

"어떻게? 뭘 할 거야?"

"오늘 밤 탱크를 파괴할 거야. 그리고 우리는 나치가 밀라노에서 퇴각하기를 기다리고 있어. 그때 매복하고 있다가 습격해서 다시는 이탈리아로 돌아올 생각도 못 하게 혼쭐을 내줄 거야."

"파시스트들은?"

"그 녀석들도. 다시 시작하려면 과거를 청산해야지."

피노는 고개를 저었다. 미모는 이제 겨우 열여섯 살인데도 전투에 단련된 베테랑이 되어 있었다.

"전쟁 끝나기 전에 죽으면 가만 안 돼." 피노가 말했다.

"형도." 미모가 말하고는 차에서 쓱 빠져나가 어둠 속으로 사라졌다.

피노는 운전석에서 몸을 틀어 떠나는 동생의 모습을 찾으려 했지만 아무것도 보이지 않았다. 유령이라도 된 것 같았다.

피노는 미소를 지은 후 레이어스 장군의 차를 출발시켰다. 안나를 마지막으로 본 후 며칠 만에 처음으로 기분이 좋았다.

✤

그날 저녁 8시경 돌리의 아파트 앞에 차를 세울 때 피노의 심장이 마구 뛰었다. 로비에 앉아 있는 노파에게 손을 흔들고 계단을 올라 3층에 도착해, 돌리네 아파트 문을 열심히 두드렸다.

안나가 미소를 지으며 문을 열었다. 그녀는 볼에 재빨리 입을 맞춘 후 속삭였다. "돌리의 기분이 안 좋아. 장군이 거의 4일 동안 집에 안 들어왔거든."

"오늘 밤에 올 거예요. 확실해요."

"돌리한테 그렇게 말해줘." 안나가 그를 복도로 떠밀었다.

돌리 스토틀마이어는 레이어스 장군의 흰색 튜닉만 입은 채로 거실 소파에 앉아 있었다. 위스키에 얼음을 넣어 마시고 있었는데 그날 마신 첫 잔이나 둘째 잔이 아닌 것은 분명했다. 적어도 다섯 잔 이상은 마신 듯했다.

돌리는 피노를 보고 쌀쌀맞은 표정으로 이를 악물더니 말했다. "우리 한스는 어디 있어?"

"장군님은 국방군 본부에 계십니다."

"지금쯤 우리는 인스브루크에 있어야 했는데." 돌리가 혀 꼬인 소리로 말했다.

"내일 고개가 열릴 겁니다." 피노가 말했다. "그리고 저번에 장군님이 말씀하시기를 그 고개를 통해 돌리를 이동시키실 거랍니다."

돌리의 눈에 눈물이 차올랐다. "그이가 그랬어?"

"제가 직접 들었습니다."

"고마워." 그녀가 잔을 드는데 손이 떨리고 있었다. "앞날이 어떻게 될지 몰라서 불안했어." 그녀가 위스키를 조금 마시더니 미소를 짓고 자리에서 일어났다. "이제 두 사람은 볼일 봐. 나는 예쁘게 꾸며야겠어."

돌리가 휘청거리며 그들을 지나쳐 벽을 잡고 복도 끝으로 사라졌다.

욕실 문이 닫히는 소리가 들리자 그들은 주방으로 갔다. 피노는 안나를 빙 돌려서 안아 들고 키스를 퍼부었다. 안나는 두 다리로 그의 허리를 감고 마찬가지로 열정적으로 키스를 되돌렸다. 마침내 두 사람의 입술이 떨어지자 그녀가 말했다.

"너 주려고 음식을 챙겨놨어. 네가 좋아하는 소시지와 브로콜리 요리야. 빵하고 버터도 있어."

피노는 그제야 굶어 죽을 지경이라는 사실을 깨달았다. 마지못해 그녀를 내려놓으면서 조용히 속삭였다. "세상에, 정말 보고 싶었어요. 지금 당신이랑 같이 있어서 얼마나 좋은지 모를 거예요."

안나가 환하게 웃었다. "이렇게 좋을지 몰랐어."

"나도요." 피노가 말하고 다시 몇 번이나 되풀이해서 그녀에게 키스했다.

두 사람은 마늘과 올리브 오일로 요리한 소시지와 브로콜리 소테, 빵과 버터를 먹고 장군의 와인도 마셨다. 두 사람이 안나의 방으로 들어간 뒤 현관을 두드리는 소리가 들렸다. 이내 자신이 열 테니 신경 쓰지 말라는 돌리의 외침이 들렸다. 그는 덥고 어두운 안나의 작은 방 곳곳에서 나는 그녀의 향기에 취했다. 칠흑 같은 어둠 속에서 그녀를 찾다가 침대 스프링이 삐걱거리는 소리를 듣고 그쪽으로 다가갔다. 옆에 누워 그녀의 몸을 향해 손을 뻗었을 때 그녀는 이미 벌거벗은 채 그를 갈망하고 있었다.

✣

방문을 두드리는 소리가 한 번 들리더니 곧이어 다시 두드리는 소리가 났다.

1945년 4월 24일 아침, 피노는 깜짝 놀라 잠에서 깨 당황하며 주변을 두리번거렸다. 안나가 그의 가슴에 기대고 있던 머리를 들어 큰 소리로 말했다. "네?"

돌리의 목소리가 들렸다. "7시 40분이야. 장군님이 20분 뒤에 운전병이 필요하시대. 그리고 우리는 짐을 싸야 해, 안나. 브렌네르 고개가 뚫렸어."

"오늘 떠나요?" 안나가 말했다.

"될 수 있는 대로 빨리." 돌리가 대답했다.

그들은 누운 채 돌리의 구두 소리가 복도를 지나 주방으로 멀어지기를 잠자코 기다렸다.

피노가 안나에게 다정하게 키스하고 말했다. "내 평생 가장 멋진 밤이었어요."

"나도 그랬어." 그녀는 꿈꾸는 표정으로 그의 눈을 들여다봤다. "얼마나 황홀했는지 절대 잊지 못할 거야."

"절대로요."

두 사람은 다시 키스했다. 그가 숨을 내쉬자 그녀가 들이마셨고, 그녀가 숨을 내쉬자 그가 들이마셨다. 그는 이렇게 그녀와 함께 있으면 마치 두 사람이 한 몸인 것 같다고 다시 한번 생각했다.

"당신을 어떻게 찾죠?" 피노가 물었다. "인스브루크에서요."

"거기 도착하면 네 부모님 아파트에 전화할게."

"그냥 당장 우리 부모님 아파트로 가면 안 될까요? 아니면 돌리 짐을 다 싸고 나서요?"

"돌리가 적응하는 동안 내가 옆에 있어줘야 해. 돌리는 내가 최대한 빨리 밀라노로 돌아오고 싶어 한다는 걸 알아."

"그래요?"

"응. 내가 새 가정부를 구하라고 말했거든."

피노가 그녀에게 키스한 후 두 사람은 포옹을 풀고 옷을 입었다. 그는 방에서 나가기 전에 그녀를 안고 말했다. "언제 다시 보게 될지 모르겠네요."

"내가 연락할게. 약속해. 될 수 있는 대로 빨리 전화할게."

그는 안나의 눈을 가만히 응시하면서 양손으로 그녀의 얼굴을 어루만지며 소곤거렸다. "전쟁이 거의 끝나가요. 밀라노로 돌아오면 나랑 결혼해 줄래요?"

"결혼?" 그녀의 두 눈이 눈물에 젖어 반짝였다. "정말이야?"

"정말이요."

그녀가 그의 손바닥에 키스하고 속삭였다. "그럼, 좋아."

피노의 몸속에서 기쁨이 점점 크게 차올랐다. "좋아요?"

"당연하지. 진심이야, 피노. 내 영혼을 다 바쳐서."

"진부한 말인 건 알지만, 당신이 나를 이탈리아에서 가장 행복한 남자로, 가장 운이 좋은 남자로 만들었어요."

"우리는 서로를 행복하게 만들었어." 그녀가 다시 키스했다.

피노는 장군의 부츠 소리가 벌써 주방으로 향하는 것을 들으면서 최대한 오랫동안 그녀를 끌어안고 소곤거렸다. "우리 사랑은 영원할 거예요."

"언제까지나." 그녀가 말했다.

두 사람이 떨어졌다. 그는 마지막으로 안나를 한 번 더 쳐다보고 윙크를 한 후, 그녀의 아름다움과 향기와 손길로 머릿속이 가득한 채 방을 나섰다.

✤

레이어스 장군은 게슈타포 본부인 레지나 호텔에 들어갔다가 한 시간 후에 나왔다. 그다음 전화교환국으로 가서 몇 시간이 지

505

나도록 나오지 않았고, 그사이 또다시 강렬한 태양이 밀라노에 내리쬐 견디기 힘들 만큼 덥고 진이 빠졌다.

피노는 그늘로 피신했고, 지나다니는 사람들이 다가올 심한 폭풍을 감지하기라도 한 양 잔뜩 신경을 곤두세운 채 걷는 것을 느꼈다. 그는 안나에 대해 생각했다. 언제 그녀를 다시 보게 될까? 일주일, 또는 한 달 뒤가 될지도 모른다. 벌써 허전하고 쓸쓸했다. 하지만 전쟁이 끝난 뒤의 시간은 무한할 것이다. 게다가 안나가 갑작스러운 청혼을 승낙했다. 그녀는 언제까지나 그를 사랑할 것이다. 그 또한 그녀를 언제까지나 사랑할 것이다. 무슨 일이 생기든 두 사람 사이에는 미래에 대한 분명한 약속이 있고, 그 점이 그를 안심시켰다.

너희는 마음에 근심하지 말라. 이 말을 떠올리자 훨씬 큰 존재인 신이 영원히 자신을 돌봐줄 것이라는 안도감이 들었다. 그는 이미 두 사람이 함께하게 될 멋진 삶을 마음속에 그리며 미래에 일어날 기적들과 사랑에 빠졌다. 반지가 필요했다. 일단 반지를⋯⋯.

문득 피노는 몇 블록만 가면 로레토 광장과 벨트라미니 청과점이 나온다는 것을 깨달았다.

카를레토가 가게에 있을까? 카를레토의 엄마도 계실까? 가장 오랜 친구인 카를레토를 못 본 지 벌써 8개월이 지났다. 카를레토가 불쌍하게 죽은 아빠의 시신을 안고 있는 사이, 피노가 비틀거리며 그 자리를 떠난 때가 마지막이었다.

당장 그곳으로 가서 사정을 털어놓고 싶었지만 카를레토가 그의 말을 믿지 않을지 모른다는 두려움에 선뜻 나서지 못했다. 그저 주린 배를 안고 땀을 흘리면서 언제 변덕을 부릴지 모를 레이어스를 기다릴 수밖에 없었다. 때가 되면 미모를 보내서 카를레토에게 전해달라고 해야지…….

"조장!" 레이어스 장군이 소리를 빽 질렀다.

피노가 벌떡 일어나 거수경례를 하고 레이어스 쪽으로 뛰어가자, 그는 이미 서류 가방을 들고 피아트 뒷문 앞에 서 있었다. 성마르고 짜증이 난 표정이었다. 피노는 사과를 하고 더위 탓을 했다.

레이어스 장군은 하늘을 올려다보고 밀라노에 쨍쨍 내리쬐는 태양을 쳐다봤다.

"4월 말이면 항상 이렇게 덥나?"

"아닙니다, 장군님." 피노는 안도의 한숨을 내쉬며 문을 열었다. "아주 드문 일입니다. 올해 날씨는 여러모로 아주 특이합니다. 어디로 갈까요?"

"코모." 레이어스 장군이 말했다. "그곳에서 밤을 보낼 거야."

"네, 장군님." 피노가 대답하고 백미러를 흘끗 보니 레이어스 장군은 서류 가방을 뒤지고 있었다. "그럼 돌리와 안나는 언제 인스브루크로 갑니까?"

레이어스 장군은 뭔가에 몰두하느라 고개를 들지 않았다. "지금쯤 가고 있을 거야. 질문은 이제 그만. 나는 일을 해야 해."

피노는 코모의 경기장으로 차를 몰았다. 3일 전 경기장에서 서류를 태우는 것을 봤다. 이제 재는 다 사라졌고 토트 조직 군인과 장교들이 야영하고 있었다. 그들은 휴가라도 온 듯 관람석 위로 방수포를 치고 그늘에 느긋하게 앉아 있었다.

레이어스 장군이 안으로 들어가자 피노는 피아트의 운전석에 웅크리고 앉았다. 경기장에서 퍼져 나오는 요란한 소음에 독일 군들이 술을 마시고 있다고 짐작했다. 레이어스 장군은 안에서 그들과 함께 술을 마시고 있을 것이다. 그들은 패배했지만, 이미 전쟁이 끝났거나 얼마 안 있어서 끝날 터였다. 술에 취하기 충분히 좋은 이유라고 생각하다가 서서히 깊은 잠에 빠졌다.

✤

다음 날 1945년 4월 25일 아침, 피노는 피아트의 조수석 창문을 손가락 관절로 톡톡 두드리는 소리에 잠에서 깼다. 이미 태양이 높이 떠 있어서 깜짝 놀랐다. 곤히 잠들어 안나의 꿈을 꿨는데…….

차 문이 열렸다. 토트 조직의 군인이 레이어스 장군이 안에서 그를 찾는다고 말했다.

피노는 일어나서 손가락으로 머리를 빗은 후 거울에 비춰봤다. 지저분했지만 상관없었다. 군인을 따라 본부로 들어가서 복도를 여러 개 지나 경기장이 내려다보이는 유리창이 있는 방으로 들어갔다.

사복으로 갈아입은 레이어스 장군은 칠흑 같은 머리칼과 얇고 검은 콧수염을 가진 키 작은 남자와 커피를 마시고 있었다. 남자가 피노를 돌아보고 고개를 까딱했다.

"영어와 이탈리아어 중에 뭐가 편해요?" 남자가 미국 억양으로 말했다.

남자보다 훨씬 키가 커 우뚝 솟은 모양새인 피노가 말했다. "영어도 괜찮습니다."

"맥스 코르보예요." 그가 말하며 한 손을 내밀었다.

피노는 주저하다가 손을 잡고 악수했다. "피노 렐라입니다. 어디에서 오셨습니까?"

"미국, 코네티컷. 장군에게 말해요. 나는 OSS, 즉 전략사무국 소속이고 앨런 덜레스를 대신해서 왔어요."

피노가 망설이다가 레이어스에게 프랑스어로 전하자 그가 고개를 끄덕였다.

코르보가 말했다. "레이어스 장군, 우리는 당신의 부하들이 막사 안에 있을 거라는 보장을 받고 싶어요. 그리고 무기를 내려놓으라고 할 때 아무 저항도 하지 않아야 해요."

피노가 통역하자 레이어스 장군이 고개를 끄덕였다. "협상이 타결되고 피팅호프 원수가 서명하면 내 부하들은 그대로 따를 거야. 나는 밀라노가 파괴되지 않도록 계속 노력하겠다고 말해."

"그렇게 해주면 미국은 감사할 겁니다, 레이어스 장군." 코르보가 말했다. "서류를 작성하고 서명하는 데 일주일도 걸리지 않을 겁니다. 어쩌면 더 빨라질 수도 있습니다."

레이어스 장군이 고개를 끄덕였다. "그럼 그때 뵙겠소. 덜레스 씨에게 안부를 전해주시오."

피노가 통역한 뒤 덧붙여 말했다. "장군은 지난 사흘 동안 북이탈리아 전역에서 서류를 태워 없앴어요."

코르보가 고개를 옆으로 기울였다. "정말입니까?"

"네." 피노가 대답했다. "그들이 서류를 다 태우고 있어요. 모두 다요."

"알겠어요." 전략사무국 요원이 말했다. "말해줘서 고마워요."

코르보가 장군에 이어 피노와 악수한 다음 떠났다.

피노가 잠시 어색하게 서 있자 레이어스 장군이 말했다. "그가 떠나기 직전에 무슨 말을 했지?"

"코네티컷이 어떤 곳인지 물었더니 이탈리아만큼 아름다운 곳은 없다고 말했습니다."

레이어스 장군이 그를 가만히 살폈다. "가자. 슈스터 추기경과 약속이 있어."

✤

오후 2시에 밀라노로 돌아왔을 때 밀라노는 반항적이고 열광적인 분위기에 휩싸여 있었다. 공장에서 사이렌 소리가 울렸다. 승무원과 운전사들이 전차와 버스를 길 한가운데 세워둔 채 이탈하고 있었다. 그 탓에 시내를 가로질러 북쪽으로 올라가려던 독일군 수송대의 앞길이 막혀 혼잡스러웠다. 피노가 건널목에서 멈췄을 때 멀리서 라이플총이 발사되는 소리를 들었다.

피노는 뒷좌석에 앉아 있는 레이어스 장군을 흘깃 쳐다보았다. 총소리를 들으니 저 나치를 체포한 다음 그동안 첩자로 활동했다고 말할 때 느끼게 될 만족감에 대해 생각하게 됐다. 어디에서 체포해야 하지? 어떤 방법으로? 차 안에서, 아니면 어딘가의 도로에서?

대성당에 가까워질수록 나치가 많이 보였다. 대부분은 살인자이자 강간범, 약탈자, 노예 경비인 무장친위대였다. 그들은 게슈타포 본부 부근의 길거리에 모여 대성당과 관저 주변에 세워둔 탱크들 뒤에서 햇볕을 피하고 있었다. 관저 마당에 이미 차가 너무 많이 서 있어서 정문 밖에 주차했다.

피노는 레이어스 장군을 따라 계단을 올라갔다. 한 신부가 그들을 가로막았다. "추기경님이 오늘은 사무실에서 보시겠답니다, 장군님."

화려하게 장식된 공식 사무실로 들어가자 밀라노의 추기경은 흰색 예복을 입고 빨간색 주교관을 뒤 선반에 올려놓은 채 판사처럼 책상 뒤에 앉아 있었다. 피노는 사람들로 붐비는 사무실을 둘러봤다.

신학생 조반니 바르바레스키가 추기경의 왼쪽 옆에 서 있었다. 그들과 가장 가까운 곳에 히틀러의 이탈리아어 통역사인 유겐 돌만이 있었다. 돌만 뒤에는 친위대 볼프 장군과 피노가 모르는 정장 차림의 남자들 몇 명이 서 있었다.

슈스터 추기경의 책상 왼쪽에서 멀리 떨어진 곳에 화가 난 늙은 남자가 지팡이로 균형을 잡고 앉아 있었다. 옆에 그의 정부가 앉아 있지 않았다면 알아보지 못할 정도로 변해 있었다. 베니토 무솔리니는 심하게 늘어난 스프링처럼 안팎으로 뒤틀려 보였다. 그 꼭두각시 독재자의 피부는 창백하고 땀투성이였다. 살도 많이 빠졌고 배가 아픈 것처럼 몸을 수그리고 있었다. 클라레타 페타치는 일 두체의 손을 느릿느릿 쓰다듬으며 기대어 그를 위로했다.

무솔리니와 정부 뒤에는 빨간 스카프를 목에 두른 두 명의 남자가 있었다. 게릴라 대장들이야. 피노는 생각했다.

"부르신 분들이 모두 모였습니다, 추기경 예하." 바르바레스키가 말했다.

슈스터는 그들 모두를 둘러봤다. "이 방에서 한 말은 밖으로 나가면 안 됩니다. 다들 동의합니까?"

피노를 포함한 모두가 한 사람씩 고개를 끄덕였다. 그는 돌만이 통역할 텐데 왜 자신이 여기 있는지조차 알 수 없었다.

"자, 우리 목표는 밀라노를 고통에서 벗어나게 하고, 독일군이 퇴각할 때 유혈 사태를 최소로 줄이는 겁니다. 그렇지요?"

무솔리니가 고개를 끄덕였다. 이어 돌만이 통역하자 볼프와 레이어스도 고개를 끄덕였다.

"좋습니다." 추기경이 말했다. "볼프 장군? 보고할 것이 있습니까?"

"나는 지난 몇 주간 루가노에 두 번 다녀왔습니다." 친위대장이 말했다. "협상이 예상보다 느리게 진행되고 있긴 하지만 어쨌든 진전은 있습니다. 4일 정도가 지나면 모두 서류에 서명하게 될 겁니다."

무솔리니가 망연자실한 상태에서 벗어나 불쑥 말했다. "무슨 서류? 무슨 협상?"

볼프가 슈스터 추기경에 이어 레이어스 장군을 흘끗 봤다. 레이어스 장군이 말했다. "두체, 전쟁에서 졌소. 히틀러는 화가 나서 벙커에서 길길이 날뛰고 있소. 우리 모두는 가능한 한 죽음과 파괴를 최소화하면서 분쟁을 종식시키기 위해 노력해 왔소."

지팡이 위로 몸을 굽히고 앉은 무솔리니의 피부가 잿빛에서 시뻘건 색으로 변했다. 일 두체의 양쪽 입술 끝에 거품이 일어난 침이 보였다. 그는 몸을 꿈틀대다가 단단한 턱을 쭉 내밀고 볼프와 레이어스를 향해 지팡이를 흔들면서 소리치기 시작했다.

"이놈의 나치 새끼들." 무솔리니가 으르렁거렸다. "독일이 또다시 이탈리아를 배반했어! 나는 라디오 방송을 할 거야! 너희들의 배반 행위에 대해 세상에 말할 거야!"

"그런 짓을 하면 안 됩니다, 베니토." 슈스터 추기경이 말했다.

"베니토?" 무솔리니가 격분해서 소리쳤다. "슈스터 추기경, 당신은 나를 각하라고 불러야지!"

슈스터 추기경이 숨을 길게 내쉰 다음 고개를 숙였다. "각하,

대중이 들고일어나서 저항하기 전에 항복에 대한 합의에 도달하는 것이 중요합니다. 그렇지 않으면 무정부 상태가 될 겁니다. 나는 그런 상태가 되지 않게 막을 작정입니다. 그 목표에 전념하지 않겠다면, 두체, 이 방에서 나가 주셔야겠습니다."

무솔리니가 방을 둘러본 후 역겹다는 표정으로 고개를 젓고 그의 정부에게 손을 뻗었다. "저들이 나를 이따위로 대해도 되는 거야, 클라라? 이제 우리 일은 우리가 알아서 해야겠어."

페타치가 파시스트 우두머리의 손을 잡고 말했다. "나는 준비 됐어요, 두체."

그들은 힘겹게 일어나서 문을 향해 걷기 시작했다.

"각하." 슈스터 추기경이 뒤에서 그를 불렀다. "기다리십시오."

슈스터 추기경이 책장으로 가서 책을 한 권 빼서 무솔리니에게 건넸다.

"성 베네딕트의 역사입니다. 각하의 죄를 뉘우치십시오. 이제 각하 앞에 닥칠 슬픈 나날에 이 책에서 위안을 찾게 되실 겁니다."

무솔리니는 언짢은 표정이었지만 책을 받아서 정부에게 건넸다. 그는 나가면서 말했다. "진작 저것들을 모두 쏴버렸어야 했는데."

✤

그들이 나가고 문이 꽝 닫혔다.

"계속 진행할까요?" 슈스터 추기경이 말했다. "볼프 장군? 독일군 사령부가 내 요청에 동의했습니까?"

"피팅호프가 오늘 아침에 나에게 편지를 보냈습니다. 그는 다른 연락이 있을 때까지 공세 행위를 중단하고 막사에 남아 있으라고 부하들에게 명령했습니다."

"완전한 항복은 아니지만, 출발점은 되겠군요." 슈스터 추기경이 말했다. "그리고 여전히 대성당 주변 길거리에 친위대의 핵심 병력이 있습니다. 그들은 라우프 대령에게 충성을 다하지요?"

"그럴 겁니다." 볼프가 말했다.

"그렇지만 라우프는 당신에게 지시를 받습니다." 슈스터 추기경이 말했다.

"가끔은요."

"그럼, 라우프에게 명령을 내리세요. 라우프와 군복을 입은 그 괴물들에게 이 나라를 떠날 때까지 더 이상 잔학 행위를 저지르지 말라고 하세요."

"잔학 행위라니?" 볼프가 말했다. "나는 추기경이 무슨 말을 하는지 모르—"

"나를 모욕하지 마세요." 밀라노 추기경이 매섭게 쏘아붙였다. "당신이 이탈리아와 이탈리아인에게 한 짓들은 덮을 수 없을 겁니다. 하지만 대학살이 더 일어나는 것은 막을 수 있습니다. 동의하십니까?"

볼프는 상당히 불안해 보였지만 고개를 끄덕였다. "지금 명령문을 쓰겠소."

바르바레스키가 말했다. "제가 대신 전달하겠습니다."

슈스터 추기경이 신학생을 바라봤다. "정말인가?"

"저를 고문한 남자가 그 소식을 받을 때의 표정을 제 눈으로 직접 보고 싶습니다."

볼프는 편지지에 명령을 휘갈겨 쓰고 슈스터 추기경의 밀랍으로 봉한 후 자신의 반지로 봉인을 찍어 신학생에게 건넸다. 바르바레스키가 방에서 나가자 처음에 그들을 안내한 신부가 돌아와서 말했다.

"슈스터 추기경님, 산 비토레 교도소의 포로들이 폭동을 일으켰습니다."

28

그들은 황혼이 드리울 때까지 관저에 남아 있었다. 볼프 장군이 떠나고 레이어스 장군과 슈스터 추기경은 독일군과 게릴라의 포로 교환 방식에 대해 의논했다.

피노는 해가 질 때가 돼서야 자정 전에 레이어스 장군을 체포하는 임무를 맡았다는 사실을 다시 떠올렸다. 게릴라들이 레이어스 장군을 데려갈 주소 말고도 구체적인 지시를 내려줬으면 얼마나 좋았을까 싶었다. 그렇지만 생각해 보면 그들은 미모에게 탱크를 파괴하는 임무를 줬듯이 피노에게 책임을, 임무를 줬다. 세부 사항을 궁리하는 것은 그의 몫이었다.

장교용 차로 향하는 동안에도 피노는 항상 뒷자리에 앉는 장군을 체포할 가장 좋은 방법이 무엇일지 고민하고 있었다.

그는 피아트의 뒷문을 열면서 레이어스 장군의 서류 가방이 뒷좌석에 있는 것을 보고 자신에게 욕을 퍼부었다. 서류 가방은 그들이 관저 안에 있던 내내 그 자리에 놓여 있었다. 핑계를 대고 슬쩍 나와서 서류 가방 속 서류들을 살펴볼 수도 있었다. 어쩌면 레이어스 장군이 태우지 않고 남겨둔 서류들까지 볼 수 있었을 텐데 기회를 놓쳤다.

레이어스 장군은 그에게 눈길도 주지 않고 차에 올라타 말했다. "레지나 호텔."

피노는 당장 그곳에서 발터 권총을 빼서 레이어스 장군을 체포할까 생각했지만, 확신이 들지 않아서 문을 닫고 운전석에 올라탔다. 독일군 차량들이 좁은 길거리에 빽빽이 들어차 있어서 게슈타포 본부까지 빙 돌아가야 했다.

산 바빌라 광장 근처에서 무장한 군인들이 가득 탄 독일군 트럭 한 대가 주차장 출구를 반쯤 막고 서 있는 것을 봤다. 누군가 길에 서서 나치 트럭 앞 유리에 경기관총을 겨냥하고 있었다. 총잡이가 고개를 돌리자 피노는 망연자실했다.

"미모?" 놀라서 헉 소리를 내며 브레이크를 밟았다.

"조장?" 레이어스 장군이 말했다.

피노는 그를 무시하고 차에서 내렸다. 동생은 100미터도 떨어지지 않은 곳에서 독일군에게 총을 흔들며 외쳤다. "너희 나치 새끼들 모두 무기를 내려놔. 트럭 밖으로 던져. 다들 거기 보도에 엎드려."

다음 순간이 영원처럼 길게 느껴졌다.

움직이는 독일군이 없자 미모는 경기관총을 발사했다. 총알들이 주차장 옆에 박혔다. 뒤이은 적막 속에서 귀가 멍했다. 마침내 트럭 뒤에 타고 있던 독일군들이 총을 던지기 시작했다.

"조장!" 레이어스 장군이 소리쳤다. 피노가 놀라서 돌아보니 레이어스 장군은 이미 차에서 나와 그의 어깨 너머로 그 장면을 지켜보고 있었다. "레지나 호텔은 됐어. 대신 돌리 집으로 데려다줘. 중요한 서류를 거기에 두고 온 것이 생각났다. 나는—"

미모를 보고 대담해진 피노는 더 생각할 것도 없이 권총을 빼 들고 몸을 돌려 레이어스의 배에 찔러 넣었다. 그는 장군의 눈에 서린 충격을 만끽했다.

"이게 무슨 짓이지, 조장?" 레이어스 장군이 말했다.

"당신을 체포합니다, 장군님." 피노가 말했다.

"렐라 조장." 레이어스 장군이 단호히 말했다. "너는 그 무기를 치우고 우리는 이 일을 잊는다. 너는 나를 돌리의 집으로 태우고 간다. 나는 서류를 챙겨서—"

"나는 당신을 어디에도 태우고 가지 않을 겁니다, 이 노예 지배자!"

그 말에 장군은 뺨을 한 대 맞은 표정이 됐다. 그의 얼굴이 분노로 일그러졌다.

"감히 나를 그따위로 부르다니! 너를 반역죄로 총살할 수도 있다!"

"나는 당신과 히틀러에게 맞서는 것이라면 언제든 반역죄를 저지를 수 있습니다." 피노가 레이어스 못지않게 화를 내며 말했다. "뒤로 돌아서 양손을 머리에 올리십시오. 아니면 무릎을 쏘겠습니다."

레이어스 장군은 분노로 식식거렸지만 피노가 진심으로 하는 말임을 알아차리고 시키는 대로 했다. 피노는 옆으로 가서 레이어스 장군이 정장을 입을 때 가지고 다니는 권총을 빼앗았다. 권총을 주머니에 넣고 발터를 흔들며 말했다. "타십시오."

레이어스 장군이 뒷좌석으로 움직였지만 피노는 그를 운전석으로 떠밀었다.

피노는 레이어스 장군의 머리에 총을 겨눈 채 뒷좌석에 올라타 문을 닫았다. 그는 레이어스 장군이 자주 그러듯이 서류 가방에 팔뚝을 올렸다. 그리고 미소 지었다. 뒤바뀐 역할이 마음에 들었고 그가 그럴 만한 자격이 있다고 느꼈다. 마침내 정의가 실현되었다고 생각했다.

그는 레이어스 장군을 지나쳐 앞 유리 너머를 내다봤다. 동생은 스무 명의 나치 군인들이 양손을 머리 뒤로 올리고 엎드리게 해두었다. 미모는 그들의 무기에서 총알을 빼서 건너편 보도에 쌓아놓고 있었다.

"꼭 이럴 필요는 없잖아, 조장." 레이어스 장군이 말했다. "나한테 돈이 아주 많이 있다."

"독일 돈?" 피노가 코웃음을 쳤다. "아무 가치가 없어질 겁니다. 아니, 이미 그렇습니다. 이제 차를 돌리십시오. 당신이 나한테 숱하게 말했듯이, 질문하지 않는 한 말하지 마십시오."

레이어스 장군은 멈칫했지만 이내 시동을 걸었고 공간이 비좁아 전진, 후진, 다시 전진을 해서 방향을 돌렸다. 그러는 사이에 피노는 뒤쪽 창문을 내리고 외쳤다. "집에서 보자, 미모!"

동생이 놀라서 올려다봤다가 외친 사람이 누군지 알아보고는 주먹을 번쩍 쳐들었다.

"봉기하자, 피노 형!" 미모가 외쳤다. "봉기!"

✤

레이어스 장군이 산 바빌라를 나와 게릴라 지휘관들에게 받은 주소로 차를 몰고 갈 때 피노는 온몸을 관통하는 전율을 느꼈다. 왜 그 주소로 레이어스 장군을 데려가야 하는지는 전혀 모르지만 신경 쓰지 않았다. 그는 더 이상 어두운 곳에 숨지 않았다. 그는 더 이상 첩자가 아니었다. 이제 그는 반란의 일원이었고, 그렇기에 구부정한 어깨로 운전하고 있는 레이어스 장군에게 큰소리로 방향을 지시하면서 옳은 일을 하고 있다고 느꼈다.

10분 동안 달린 후 레이어스 장군이 말했다. "나는 독일 돈만 가지고 있는 게 아니야."

"관심 없습니다." 피노가 말했다.

"나는 금을 가지고 있어. 우리가 금을─"

피노가 레이어스의 머리를 권총의 총열로 찔렀다. "당신이 금을 가지고 있다는 건 이미 압니다. 이탈리아에서 훔친 금. 당신이 네 명의 노예를 살해하게 한 금. 나는 그런 금을 갖고 싶지 않습니다."

"살인이라고? 아니야, 조장. 그것은 살인이─"

"저는 당신이 한 짓에 대해 총살형이 내려지기를 바랍니다."

레이어스 장군의 몸이 흠칫 굳어졌다. "진심은 아니겠지."

"닥치십시오. 한마디도 듣고 싶지 않습니다."

레이어스 장군은 운명을 받아들인 듯 시무룩하게 밀라노 시내를 가로질러 차를 몰았다. 그사이 피노는 머릿속에서 울리는 목소리에 기쁜 마음으로 집중했다. 기회를 놓치지 마. 처벌을 내려. 길한쪽으로 차를 대라고 해. 적어도 다리 정도는 쏴야지. 부상당해 고통으로 몸부림치면서 죽어가게 내버려 둬. 그렇게 지옥에 가야 하지 않겠어?

어느 순간 레이어스 장군은 창문을 내리고 마지막 자유의 냄새를 맡기라도 하는 양 머리를 내밀었다. 그러나 주소에 적힌 브로니 거리의 한 건물 문 앞에 도착하자 레이어스 장군은 똑바로 앞을 응시했다.

빨간 스카프를 매고 총을 든 남자가 문에서 나왔다. 피노는 장군을 체포하라는 명령을 받았고 그를 넘기러 왔다고 말했다.

"기다리고 있었네." 경비병이 말하고 문을 열라고 소리쳤다.

레이어스 장군이 구내로 차를 몰고 들어가서 세웠다. 그가 문을 열고 내리려 하자, 다른 게릴라가 그를 움켜잡고 빙 돌려서 수갑을 채웠다. 첫 번째 경비병이 서류 가방을 들었다.

레이어스 장군은 혐오감이 가득한 얼굴로 피노를 돌아봤지만 아무 말 없이 문을 지나 끌려갔다. 문이 꽝 닫힌 후에야 피노는 레이어스 장군에게 자신이 첩자라는 말을 하지 않았다는 사실을 깨달았다.

"그는 어떻게 됩니까?" 피노가 물었다.

"재판을 받을 거야. 아마 교수형을 당하겠지." 서류 가방을 든 경비병이 말했다.

피노는 목구멍으로 신물이 넘어오는 것을 느끼며 말했다. "그에게 불리한 증언을 하고 싶습니다."

"분명히 그런 기회가 있을 것이네. 자동차 열쇠는?"

피노가 그에게 열쇠를 건넸다. "이제 나는 뭘 하죠?"

"집으로 가게. 이 편지를 가지고 가. 정지시키는 게릴라가 있으면 편지를 보여주게."

피노가 편지를 받아 접어서 주머니에 넣었다. "차를 얻어 탈 수 있을까요?"

"미안하네. 걸어가야 할 거야. 걱정 말게. 10분에서 20분쯤 지나면 환해져서 잘 보일 테니까."

"내 동생 미모 렐라를 아세요?"

경비병이 웃음을 터뜨렸다. "우리 모두 그 골칫덩어리를 알지. 그 녀석이 우리 편이라 다행이라네."

✤

미모에 대한 칭찬을 들은 것은 기분 좋은 일이었지만, 피노는 문으로 향하는 동안 왠지 실망스럽고 속은 기분이 들었다. 왜 자신이 첩자라고 레이어스 장군에게 말하지 않았을까? 왜 장군에게 그 서류들을 불태운 목적을 묻지 않았을까? 그게 뭐였을까? 노예를 부린 증거였을까? 그리고 레이어스 장군이 돌리의 아파트에서 찾아오려던 서류는 무엇이었을까?

중요한 서류였을까? 게릴라들은 서류 가방을 확보했고 적어도 그 안에는 레이어스 장군이 태우지 않고 보관해 놓은 서류가 들어 있을 것이다. 그리고 피노는 레이어스 장군에게 불리한 증언을 할 것이다. 그가 목격한 레이어스 장군의 죄를 세상 사람들에게 말할 것이다.

문을 나오니 그곳은 밀라노에서 가장 심각하게 폭격당한 남동부의 동네였다. 걸을 때마다 뭔가에 발이 걸려 휘청거렸고 이러다가 집에 도착하기 전에 폐허의 구덩이에 빠지지 않을까 겁이 났다.

라이플총이 발사되는 소리가 멀지 않은 곳에서 들렸다. 곧 또다시 총소리가 들리더니 요란한 자동 기관총의 총성과 수류탄이 폭발하는 소리가 들렸다. 재빨리 몸을 수그려 앉으면서 마치 함정으로 걸어 들어온 듯한 느낌을 받았다. 막 방향을 돌려 집으로 가는 다른 길을 찾으려던 순간, 멀리서 대성당의 작은 종들이 울리는 소리가 들렸다. 이어서 대성당의 큰 종과 편종이 가세해 어둠 속으로 울려 퍼졌다.

부름을 받은 듯 대성당 쪽으로 방향을 돌렸다. 피노는 몸을 일으켜 주변 길거리에서 빗발치는 라이플총 소리에도 상관하지 않고 종과 대성당을 향해 걷기 시작했다. 다른 교회에서도 종이 크게 울리기 시작했고, 이내 부활절 아침 같은 소리가 사방에서 들려왔다.

그때 아무런 예고도 없이 거의 2년 만에 처음으로 밀라노 주변의 모든 가로등이 깜박거리다가 환해졌다. 가로등은 밤의 어둠을 내쫓고 전쟁의 그늘 아래 밀라노에 길게 드리워졌던 절망을 몰아냈다. 그는 밝은 가로등이 고스란히 드러내는 초토화된 밀라노의 폐허와 상흔을 보며 눈을 깜박였다.

불이 계속 켜져 있었다. 종소리가 계속 울리고 있었다. 그는 엄청난 안도감을 느꼈다. 이제 때가 됐나? 전쟁이 끝났어? 모든 독일군이 싸우지 않기로 동의한 게 맞나? 그러나 좀 전에 미모가 체포한 군인들은 위협을 받기 전까지만 해도 총을 내려놓지 않았다.

총소리와 폭발음이 북동쪽에서 들리더니 중앙역과 파시스트 본부인 피콜로 극장 쪽으로 번졌다. 그는 게릴라와 파시스트가 밀라노의 통제권을 놓고 싸우고 있음을 문득 깨달았다. 내전이었다. 혹은 독일군까지 가세한 삼파전일 가능성도 있었다.

어느 쪽이든 그는 전투를 피해 서쪽으로 빙 돌아 대성당을 향해 걸었다. 길거리마다 폭격에도 무사히 버티고 있던 건물들에서 밀라노 사람들이 등화관제용 커튼을 뜯어내고 있었다. 덕분에 더 많은 불빛이 시내로 밀려 나왔다. 가족들이 창문마다 매달려 환호성을 지르고 나치를 바다로 처넣으라고 소리치고 있었다. 많은 사람들이 길거리로 나와서 드디어 꿈이 이루어졌다는 듯 불빛을 올려다보고 있있다.

커다란 기쁨은 오래가지 못했다. 기관총의 총성이 서로 다른 열 개 방향에서 동시에 터져 나왔다. 여기저기에서 기관총이 연이어 발사되다가 멈추는 소리가 들렸다. 가브리엘라 로카가 누워 있던 공동묘지 주변에서 맹렬하게 벌어졌던 전투가 생각났다. 전쟁은 끝나지 않았어. 그는 깨달았다. 내란도 끝나지 않았어. 슈스터 추기경의 사무실에서 맺은 조약이 파기되고 있었다. 속도감 있게 벌어지는 전투의 소음을 듣자 하니 삼파전이 틀림없었다. 게릴라와 나치, 그리고 게릴라와 파시스트가 싸우고 있었다.

가까운 거리에서 수류탄이 터지는 소리가 들리자 사람들이 황급히 흩어져서 집으로 뛰어들어 갔다. 피노는 불규칙한 갈지자 모양으로 내달렸다. 대성당 광장에 도착하자 독일군 기갑 부대의 탱크 여섯 대가 아직도 광장 주위를 무단으로 점유하고 있었다. 탱크의 포문은 밖을 향하고 있었다. 대성당의 야간 조명등이 여전히 켜진 채 대성당 전체를 밝히고 있었고 종소리도 여전히 울려 퍼지고 있었지만 광장에는 아무도 없었다. 그는 침을 삼키고 빠르게 움직여 탁 트인 광장을 대각선으로 가로질렀다. 광장을 둘러싼 건물들 위층에서 저격수가 기다리고 있지 않기를 기도했다.

✤

피노는 아무 사고 없이 대성당 모퉁이에 도착해 거대한 대성당의 그림자 속을 걸으며 위를 올려다보았다. 몇 년에 걸친 폭격과 화재로 생긴 그을음 때문에 시꺼메진 옅은 분홍색 대리석 건물의 정면이 여실히 드러났다. 정말 전쟁의 얼룩이 밀라노에서 사라지는 날이 올까, 하는 생각이 들었다.

그때 문득 안나가 떠올랐다. 인스브루크에 있는 돌리의 새집에 적응했는지, 잠은 잘 자고 있는지 궁금했다. 그녀가 안전하고 따뜻하고 우아하게 지내고 있다는 생각만으로도 마음이 편해졌다.

그는 미소를 짓고 더 빠르게 움직였고, 10분 뒤에 부모님의 아파트 건물 앞에 도착했다. 신분을 증명할 서류가 주머니에 들어있는지 확인한 후 계단을 올라 현관문을 열면서 친위대 경비병들이 그를 지켜보고 있을 것이라고 예상했다. 그런데 경계를 서고 있는 사람은 아무도 없었다. 새장 모양의 승강기를 타고 5층을 지나가면서 보니 그곳을 지키던 경비병들도 없었다.

그들이 사라졌어! 모두 도망가고 있어!

피노는 열쇠를 꽂으며 진심으로 행복했다. 문을 활짝 열어젖히니 작은 파티가 열리고 있었다. 아빠의 바이올린과 거치대가 거실에 나와 있었고, 새로 딴 고급 키안티 와인 두 병이 바닥을 보이며 탁자에 놓여 있었다. 아빠는 사촌의 아들인 조종사 마리오와 벽난로 옆에 서서 술에 취해 큰 소리로 웃고 있었다. 그레타 외숙모는 어디 있지? 그녀는 남편의 무릎에 앉아 키스를 퍼붓고 있었다.

알베르트 외삼촌이 피노를 보고 승리의 의미로 양팔을 번쩍 쳐들며 외쳤다. "어이, 피노 렐라! 이리 와서 외삼촌을 안아줘야지!"

피노는 웃음을 터뜨리고는 잽싸게 달려가 외삼촌과 외숙모를 함께 안았다. 그는 와인을 마시면서 알베르트 외삼촌이 산 비토레 교도소에서 일어난 폭동을 극적으로 묘사하는 이야기를 들었다. 그들이 파시스트 경비병들을 제압하고 감방 문을 열어 모든 포로를 풀어준 과정이 생생하게 펼쳐졌다.

"그레타를 만난 순간을 제외하면, 내 평생 최고의 순간은 교도소 정문을 줄지어 나온 때야." 알베르트 외삼촌이 환하게 웃으며 말했다. "족쇄가 풀렸어. 우리는 자유가 됐어. 밀라노는 자유야!"

"아직은 아니에요." 피노가 말했다. "오늘 밤 집에 올 때 먼 길로 돌아와야 했어요. 슈스터 추기경이 맺은 조약이 무시되고 있어요. 사방에서 국지전이 벌어지고 있어요."

이어서 미모가 단독으로 독일군들을 엎드리게 하고 무기를 빼앗은 이야기를 했다. 아빠가 깜짝 놀랐다. "혼자서?"

"완전히 혼자서요." 피노가 자랑스럽게 말했다. "제가 배짱이 꽤 좋다고 생각했거든요. 그런데 이제 보니 동생은 더 대단하더라고요."

피노는 와인 병을 들고 자기 잔에 한 잔 더 따랐다. 정말 기분이 좋았다. 안나가 옆에 앉아 그의 가족과 함께 폭동을 축하하고 있다면 더 완벽했을 것이다. 언제 그녀를 다시 보게 될지, 언제 그녀에게 연락이 올지 궁금했다. 혹시나 싶어 수화기를 들었다가 작동이 되고 있어서 놀랐다. 그러나 아빠는 그가 오기 전에 걸려온 전화가 한 통도 없었다고 말했다.

자정이 훨씬 지난 시간, 와인 때문에 벌게진 얼굴과 몽롱한 정신으로 침대로 기어들어 갔다. 열린 창문으로 기갑 부대 탱크들이 으르렁거리며 시동 거는 소리와 자갈을 밟고 지나가 북동쪽으로 이동하는 소리가 들렸다. 그는 탱크가 향한 방향에서 나는 폭발 소리와 자동 소총 소리를 듣다가 깜빡 잠이 들었다.

그날 밤 내내 전투의 소음이 연이어 반복되는 합창 소리처럼 밀라노 전역에 거세게 퍼졌다. 각각의 목소리가 갈등을 노래했고, 노래는 점점 커지다가 최고조에 도달한 후 메아리와 선율이 서서히 약해졌다. 베개로 머리를 감싸고 있다가 마침내 깊은 잠에 빠져들었는데 온갖 꿈을 꿨다. 레이어스 장군이 걸어가면서 그를 바라보던 혐오감이 가득한 표정, 시내를 가로질러 달려가는 그에게 총을 마구 쏴대는 저격수들이 나왔다. 그러나 대부분은 안나, 그리고 두 사람이 마지막으로 함께 보낸 밤에 대한 꿈이었다. 그 밤이 얼마나 황홀하고 마법 같았는지, 신이 준 그 시간이 얼마나 완벽했는지를 꿈속에서 다시 경험했다.

피노는 4월 26일 목요일에 잠에서 깨 시계를 봤다.

아침 10시? 마지막으로 이렇게 늦게까지 자본 게 언제더라? 기억이 안 났지만 어쨌든 기분이 아주 좋았다.

그때 베이컨을 굽는 냄새가 났다. 베이컨? 어디에서 구했을까?

옷을 입고 주방으로 가니 아빠가 바삭하게 구운 베이컨을 접시에 놓고 마리오가 들고 있는 신선한 달걀이 가득 담긴 그릇을 가리켰다.

"네 외삼촌의 게릴라 친구가 방금 이걸 가져왔어." 미켈레가 말했다. "알베르트는 바깥 복도에서 그 친구와 이야기하고 있단다. 나는 찬장에 숨겨놨던 마지막 에스프레소를 내리고 있어."

알베르트 외삼촌이 들어왔다. 숙취가 심한 듯했고 무슨 걱정거리가 있는 것 같았다.

"피노, 네가 영어를 좀 해줘야겠구나." 알베르트 외삼촌이 말했다. "게릴라들이 너보고 다이애나 호텔에 가서 크네블이라는 남자를 찾아달라고 하네."

"그네블이 누구예요?"

"미국인이란다. 내가 아는 건 그게 다야."

또 다른 미국인? 어제에 이어 두 번째 미국인이야!

"알겠어요." 피노는 말하면서 구운 베이컨과 달걀, 커피를 애타게 쳐다봤다.

"지금 가야 해요?"

"밥 먹고 가라." 아빠가 말했다.

조종사 마리오가 스크램블드에그를 만들어줬다. 피노는 베이컨과 더블 에스프레소와 함께 스크램블드에그를 게걸스럽게 먹어 치웠다. 아침밥으로 이렇게 진수성찬을 마음껏 포식한 것이 언제인지 기억도 나지 않았다. 그러다가 퍼뜩 카사 알피나에서 먹은 아침밥이 생각났다. 자연스레 레 신부가 떠올랐고 그와 보르미오 수사가 어떻게 지내고 있는지 궁금했다. 다음에 기회가 있으면 안나를 모타로 데리고 가서 신부에게 소개하고 주례를 부탁해야겠다고 생각했다.

그런 생각을 하자 생전 느끼지 못한 행복감과 자신감이 솟구쳤다. 그런 감정이 얼굴에 드러났는지 피노가 설거지를 하고 있을 때 알베르트 외삼촌이 다가와서 소곤거렸다.

"너 꼭 바보처럼 실실거리면서 넋을 빼놓고 있구나. 사랑에 빠졌다는 뜻이지."

피노가 웃음을 터뜨렸다. "아마도요."

"무전기를 옮길 때 도와준 그 젊은 아가씨구나."

"안나예요. 외삼촌의 가방을 아주 좋아하던 사람이요."

"네 아빠도 아냐? 네 엄마는?"

"두 분은 아직 만난 적이 없지만, 곧 기회가 있을 거예요."

알베르트 외삼촌은 피노의 등을 두드렸다. "아직 젊은 데다가 사랑에 빠지기까지. 전쟁 중에 그런 일이 벌어지다니 놀랍지 않냐? 우리가 본 온갖 사악한 일에도 불구하고 삶은 원래 선하다는 것을 보여주는구나."

피노는 외삼촌을 존경했다. 이 남자의 머릿속에는 엄청나게 많은 생각이 들어 있다.

"이제 가야겠어요." 피노가 젖은 손을 행주로 닦으며 말했다. "크네블 씨를 만나야죠."

✣

피노는 아파트 건물을 나와서 전화교환국과 로레토 광장에서 그리 멀지 않은 피아베 도로의 다이애나 호텔로 향했다. 두 블록도 가지 않아 배수로에 얼굴을 박고 엎드려 있는 남자의 시신이 보였다. 뒤통수에 총상이 있었다. 아파트를 나와 다섯 블록을 가는 동안 두 번째 시신에 이어 세 번째 시신까지 봤다. 침대에서 끌려 나온 것처럼 잠옷을 입은 남자와 여자였다. 걸을수록 시신이 많이 보였는데 거의 모두가 머리에 총상을 입고 건물 옆 배수로에 얼굴을 박고 엎드려 있었다.

피노는 소름이 끼치고 구역질이 났다. 다이애나 호텔에 도착할 때까지 일곱 구에 달하는 시신이 햇빛 아래에서 썩어가고 있었다. 길의 북쪽에서 총성이 산발적으로 들려왔다.

게릴라들이 밀라노를 탈출하려는 많은 수의 검은셔츠단을 포위했다고 누군가 말했다. 파시스트들이 사력을 다해 싸우고 있었다.

울렁거리는 속을 참으며 힘겹게 다이애나 호텔에 도착해 정문으로 다가가니 문이 잠겨 있었다. 문을 두드리고 기다렸지만 아무 답이 없었다. 뒤로 돌아가서 뒷문을 당겨보니 열렸다. 피노는 빈 주방으로 들어갔다. 고기 요리를 한 지 얼마 지나지 않은 듯한 냄새가 났다. 주방 끝에 있는 회전문은 어둡고 텅 빈 레스토랑으로 이어졌고 다른 문은 불빛이 흐릿한 무도회장으로 연결됐다.

피노가 무도회장 문을 열고 외쳤다. "아무도 안 계세요?"

라이플총을 장전하는 금속성의 마찰 소리를 듣고 양손을 번쩍 들었다.

"총 버려." 남자가 강하게 말했다.

"총 없어요." 피노의 목소리가 떨렸다.

"너는 누구지?"

"피노 렐라예요. 여기 와서 크네블이라는 미국인을 만나라는 말을 들었어요."

쉰 목소리로 웃는 소리가 들리더니 미군 군복을 입은 키 크고 마른 남자가 어둠 속에서 걸어 나왔다. 코가 넓적하고 머리가 벗겨진, 밝은 미소를 가진 남자였다.

"총 내려, 달로이아 하사. 내가 불러서 온 사람이야."

작은 키에 체격이 우람한 보스턴 출신의 달로이아 하사가 총을 내렸다.

키가 큰 미국인이 피노에게 다가와 한 손을 내밀었다. "미 제5군단 프랭크 크네블 소령이다. 나는 제5군단의 대공포 담당이고

〈스타스 앤드 스트라이프스Stars and Stripes〉(미국의 군사 전문 신문)에 종종 기고하고 심리전에도 관여하고 있지."

피노는 그가 한 말의 절반도 이해하지 못했지만 고개를 끄덕였다. "도착한 지 얼마 안 되셨나요, 크네블 소령님?"

"어젯밤에. 긴급 보고를 위해 밀라노의 분위기를 미리 파악하려고 정찰병들을 데리고 제10산악사단보다 먼저 왔다. 그러니 밖에서 무슨 일이 벌어지고 있는지 말해줘, 피노. 오면서 뭘 봤지?"

"보복 살인으로 죽은 사람들이 배수로에 누워 있고, 나치와 파시스트들이 빠져나가려 하고 있습니다. 게릴라들이 그들에게 모조리 총을 쏘고 있습니다. 하지만 어제 몇 년 만에 처음으로 불이 켜졌고 폭격기가 오지 않아서 전쟁이 정말로 끝난 느낌이었습니다."

"마음에 들어." 크네블이 공책을 빼내며 말했다. "생생하군. 그대로 다시 말해봐."

피노가 다시 말하자 소령이 받아 적었다. "자네를 게릴라 전사라고 쓰겠네, 괜찮지?"

"네, 괜찮습니다." 피노는 그 호칭이 마음에 들었다. "또 뭘 도와드릴까요?"

"통역사가 필요해. 자네가 영어를 한다고 들었는데 마침 여기 왔군."

"누구한테 들으셨어요?"

"카나리아 새. 자네도 상황을 잘 알겠지. 요점은 내가 도움이 필요하다는 것이야. 도움이 필요한 미국인을 거들어줄 용기가 있나, 피노?"

피노는 소령의 억양이 마음에 들었다. 사실 소령의 모든 점이 마음에 들었다. "물론입니다."

"장하군." 크네블이 피노의 어깨에 한 손을 올리고 마치 오래 알고 지낸 공모자인 것처럼 말했다. "자, 오늘은 자네가 두 가지를 꼭 해줬으면 한다. 첫째, 나를 전화교환국 안으로 데려다줘. 여기저기 전화를 하고 기사를 몇 건 보내야 하니까."

피노가 고개를 끄덕였다. "할 수 있습니다. 다른 일은요?"

크네블이 이를 드러내고 싱긋 웃었다. "와인을 좀 구해줄 수 있나? 위스키도? 어쩌면 아가씨들과 음악도?"

"뭐 하시려고요?"

"끝내주는 파티." 크네블이 훨씬 더 활짝 웃으며 말했다. "오늘 해가 진 뒤에 우리 친구들이 밀라노로 잠입할 거고, 이놈의 망할 전쟁이 거의 끝나가고 있어. 그러니까 스트레스를 날려버리고 축하해야지. 좋은 계획인 것 같나?"

소령의 전염성 강한 성격 때문에 피노는 저도 모르게 활짝 웃었다. "재미있을 것 같습니다!"

"준비할 수 있겠나? 전축이나 단파 라디오를 구할 수 있겠어? 우리랑 지르박을 출 예쁜 이탈리아 아가씨 몇 명도?"

"그리고 와인이랑 위스키도요. 제 외삼촌 댁에 둘 다 있습니다."

"이로써 네 외삼촌은 보조 임무를 훌륭히 수행한 점을 인정받아 은성훈장을 받게 될 것이다. 오늘 밤 9시까지 여기로 다 가져올 수 있겠나?"

피노가 손목시계를 들여다보니 정오였다. 고개를 끄덕였다. "소령님을 전화교환국에 모셔다드리고 시작하겠습니다."

크네블이 미군들을 바라보고 거수경례한 후 말했다. "이 아이가 아주 마음에 드는걸."

달로이아 하사가 말했다. "여기로 아가씨들을 몇 명 데려오면 저 아이를 명예훈장 수상자로 추천하겠습니다, 소령님."

"몬테카시노에서 용맹하게 싸워 은성훈장을 받을 녀석이 하는 말이라고는." 크네블이 씩 웃으며 말했다.

그 말에 피노는 달로이아 하사를 달리 봤다.

"누가 훈장에 신경이나 쓴답니까?" 달로이아 하사가 말했다. "우리는 여자, 음악, 술만 있으면 됩니다."

"세 가지 다 구해드리겠습니다." 피노가 말하자 달로이아 하사가 날쌔게 거수경례를 했다.

피노는 웃음을 터뜨리고 소령의 군복을 자세히 살폈다. "셔츠를 벗으세요. 눈에 띌 겁니다."

크네블은 셔츠를 벗고 티셔츠에 훈련복 바지와 부츠 차림으로 피노를 따라 다이애나 호텔에서 나왔다. 전화교환국에 도착하니 게릴라 경비병들이 입구를 막고 있었지만 피노가 전날 밤에 받은 편지를 보여주면서 크네블이 미국 독자들을 위해 밀라노 봉기의 빛나는 역사에 대한 기사를 쓸 예정이라고 설명하자 들어가라고 했다. 피노와 크네블은 책상과 전화기가 하나씩 있는 방으로 안내되었다. 전화가 연결되자 소령은 송화구를 손으로 가리고 말했다. "우리는 자네만 믿고 있겠네, 피노."

"네, 소령님." 피노가 말한 후 달로이아 하사처럼 거수경례를 하려고 했다.

"거의 비슷했어." 크네블이 웃음을 터뜨렸다. "자, 이제 가서 기억에 남을 만한 파티를 준비해 보도록."

피노는 전화교환국에서 나오면서 활력이 치솟는 것을 느꼈다. 부에노스아이레스 거리 북쪽을 출발해 로레토 광장을 향해 걸어가면서 크네블이 요구한 것들을 여덟 시간 반 안에 찾을 방법을 궁리했다. 맞은편에서 결혼반지를 끼지 않은 20대의 예쁜 여자가 불안해 보이는 표정으로 걸어오고 있었다.

피노는 충동적으로 말했다. "아가씨, 실례합니다. 혹시 오늘밤에 파티에 오실래요?"

"파티? 오늘 밤에? 너랑?" 여자가 비웃으며 말했다. "싫어."

"음악과 와인, 음식, 그리고 부자 미군들이 있을 거예요."

그녀가 머리카락을 휙 넘기며 말했다. "밀라노에는 아직 미국인이 없어."

"아니에요, 있어요. 그리고 오늘 밤 9시에 다이애나 호텔 무도회장에 더 많은 미국인이 모일 거예요. 오실래요?"

그녀가 망설이다가 말했다. "거짓말하는 것 아니지?"

"엄마 이름을 걸고, 절대 거짓말 아니에요."

"그럼 생각해 볼게. 다이애나 호텔이라고?"

"맞아요. 댄스복을 입고 오세요."

"이따 봐서." 그녀가 말하고 걸어갔다.

피노는 빙그레 웃었다. 그녀는 반드시 올 것이다. 그는 거의 확신했다.

그렇게 계속 걷다가 매력적인 여자가 보이자 다가가서 처음과 똑같은 말을 했고 거의 같은 대답을 들었다. 세 번째 여자는 다른 반응을 보였다. 그녀는 즉시 피노의 파티에 오겠다고 말했고, 부자 미군들이 있을 것이라는 말에 친구 네 명을 데려오겠다고 했다.

그는 너무 신이 나서 바로 앞에 와서야 로레토 광장 모퉁이와 벨트라미니 청과점에 도착했다는 것을 알아챘다. 문이 열려 있었다. 그림자 속에 서 있는 누군가의 형체가 보였다.

"카를레토? 너야?"

✤

피노의 가장 오랜 친구는 문을 거칠게 닫으려 했다. 하지만 피노가 어깨로 문을 막고 자신보다 작은 카를레토를 힘으로 밀어붙였다. 카를레토가 엉덩방아를 찧고 주저앉았다.

"내 가게에서 나가!" 카를레토가 소리치면서 뒤로 움직였다. "배신자, 나치!"

친구는 살이 많이 빠져 있었다. 피노는 뒤로 손을 뻗어 문을 닫자마자 친구의 얼굴이 반쪽이 된 것을 알아차렸다. "나는 나치가 아니야. 배신자도 아니야."

"나는 그 만자 무늬 완장을 봤어! 아빠도 보셨다고!" 카를레토가 씩씩거리면서 피노의 왼쪽 팔을 가리켰다. "바로 거기에서. 그런데 네가 나치가 아니면 뭐야?"

"내가 첩자라는 뜻이지." 피노는 모든 것을 카를레토에게 털어놨다.

오랜 친구는 처음에는 믿지 못하다가 레이어스의 이름을 듣고 나서야 피노가 누구를 염탐해 왔는지 깨닫고 생각을 바꿨다.

카를레토가 말했다. "만약 그들이 알아챘다면, 널 죽였을 거야."

"알아."

"그런데도 그런 일을 했어?" 친구가 고개를 절레절레 흔들었다. "그게 너랑 나의 차이야. 너는 위험을 무릅쓰고 행동하지만, 나는…… 나는 그저 지켜보고 두려워하지."

"이제 두려워할 것 없어. 전쟁이 끝났어."

"그래?"

"어머니는 어떠셔?"

카를레토가 고개를 숙였다. "돌아가셨어, 1월에. 그 추울 때. 엄마를 따뜻하게 해드려야 했는데 그럴 수가 없었어. 연료가 다 떨어지고 팔 물건도 없었거든. 기침을 하다가 놀아가셨어."

"정말 안타까운 일이야." 감정이 북받쳐 목이 꽉 메었다. "네 아버지는 아주 재미있는 분이셨고 어머니는 아주 친절한 분이셨어. 내가 네 옆에서 두 분의 장례를 도왔어야 했는데. 미안해."

"너는 네가 있어야 할 자리에 있었잖아. 나도 그랬고." 피노는 카를레토가 너무 기운이 없어 보여 힘을 북돋아주고 싶었다.

"아직도 드럼 쳐?"

"안 친 지 오래됐어."

"그래도 아직 가지고 있지?"

"지하에."

"이 근처에 사는 음악가들 좀 알아?"

"왜?"

"일단 대답해 봐."

"당연하지. 알아. 다만 아직 살아 있다면."

"좋아. 가자."

"뭐? 어디를?"

"우리 집에 가서 너 뭐 좀 먹자." 피노가 대답했다. "그러고 나서 와인, 음식, 아가씨들을 찾으러 갈 거야. 잔뜩 끌어모아서 최고의 종전 기념 파티를 열자."

29

밀라노 전역에서 폭동이 일어난 둘째 날 저녁 9시, 피노와 카를레토는 와인 여섯 상자와 집에서 만든 맥주 20리터를 알베르트 외삼촌의 전용 저장실에서 다이애나 호텔로 옮겼다. 피노의 아빠는 그라파 두 병을 기부했다. 카를레토는 누군가 몇 년 전 아빠에게 준 위스키 세 병을 발견했다.

그동안 달로이아 하사는 다이애나 호텔 지하에서 분해된 무대를 발견하고는 무도회장 맨 끝에 조립했다. 카를레토의 드럼 세트는 무대 맨 뒤에 설치했다. 그가 베이스 드럼을 치고 심벌즈를 조율하는 동안 트럼펫 연주자와 클라리넷 연주자, 색소폰 연주자, 트롬본 연주자가 음을 맞추고 있었다.

피노는 미군들이 무대로 올려놓은 피아노 앞에 앉아서 잔뜩 긴장한 채 건반을 두드리고 있었다. 거의 1년 동안 피아노를 치지 않았다. 그러다가 긴장을 풀고 양손을 번갈아가며 화음을 몇 개 쳐봤다. 그 정도면 충분했다.

사람들이 크게 웃으며 환호했다. 피노는 극적으로 한 손을 이마에 올리고 스무 명의 미군과 뉴질랜드군 한 부대, 기자 여덟 명, 직어도 서른 명에 달하는 밀라노 여자들을 내려다봤다.

"건배!" 크네블 소령이 외치더니 와인 잔을 들고 무대로 훌쩍 뛰어올랐다. 와인이 조금 흘렀지만 신경 쓰지 않았다. 그는 잔을 높이 들었다. "전쟁의 종말을 위하여!"

사람들이 함성을 질렀다. 달로이아 하사가 소령 옆으로 뛰어 올라 와 외쳤다. "기이한 검은색 앞머리와 보잘것없는 사각형 콧수염을 가진 살인광 독재자의 종말을 위하여!"

군인들이 왁자지껄한 폭소를 터뜨리고 건배를 했다.

피노가 웃음을 용케 참고 여자들을 위해 통역하자, 그들도 동의의 뜻으로 술잔을 들어 올렸다. 카를레토는 와인을 한 번에 벌컥벌컥 들이켜고 입맛을 쩝 다신 후 활짝 웃었다.

카를레토가 드럼 스틱을 두드리면서 외쳤다. "〈에이트 투 더 바 Eight to the bar〉, 피노!"

피노는 팔과 팔꿈치, 손목, 손을 높이 들고 건반 위에서 손가락을 흔들었다. 이어서 높은 음부터 시작해서 낮은 음으로 내려가면서 신나게 피아노를 치다가, 폭격이 시작되기 전에 연습하던 곡 중 하나로 자연스럽게 넘어갔다.

이번에는 완전히 무도회장용 음악인 〈파인톱스 부기우기 Pinetop's Boogie Woogie〉의 변주곡이었다.

카를레토가 심벌즈를 치고 베이스가 가세해 음을 신자 사람들이 더욱 미쳐 날뛰었다. 군인들이 이탈리아 아가씨들을 붙잡고 스윙 스타일로 춤을 추기 시작했다. 손으로 대화를 나누고 무릎을 튕기고 엉덩이를 흔들고 빙빙 돌았다. 다른 군인들은 춤추는 사람들 옆에서 기다리며 초조한 눈빛으로 여자들을 바라보거나, 여기저기 흩어져 피노의 장난스러운 부기 선율에 맞춰 술잔을 들지 않은 손의 집게손가락을 흔들거나 엉덩이를 씰룩거리고 어깨를 들썩거렸다. 이따금 누군가가 술김에 흥겨운 괴성을 질러 댔다.

클라리넷 연주자가 독주를 선보였다. 색소폰 연주자와 트롬본 연주자도 독주를 펼쳤다. 음악이 끝나자 더 연주하라는 박수와 외침이 터져 나왔다.

트럼펫 연주자가 앞으로 나오자 무도회장을 들썩이게 하는 환호성이 쏟아져 나왔고, 그는 〈부기우기 버글 보이Boogie Woogie Bugle Boy〉의 시작 부분을 연주했다.

많은 미군들이 가사를 따라 부르고 나머지 군인들이 술을 마시고 건배를 하며 웃어대는 사이 춤은 더욱 격렬해졌다. 춤을 추고 술을 마실수록 흥이 나면서 순수한 즐거움에 빠져들었다. 피노가 마지막 곡을 연주하자 땀을 뻘뻘 흘리며 춤추던 사람들이 현실을 잊고 순수한 재미에 빠져 함성을 지르며 발을 굴렀다.

“한 곡 더!” 그들이 외쳤다. “앙코르!”

✤

피노는 땀으로 흠뻑 젖었지만 이렇게 행복했던 적이 없었다. 단 하나 빠진 조각은 안나였다. 그녀는 피노가 피아노를 연주하는 모습을 본 적이 없었다. 어쩌면 놀라 기절할지도 모른다. 그 모습을 상상하며 웃다가 문득 미모 생각이 났다. 미모는 어디에 있을까? 아직도 나치와 싸우고 있을까?

동생은 전사가 되어 밖에서 용맹하게 활동하고 있는데 축하 파티나 하고 있다는 사실에 약간 죄책감이 들었다. 그러나 또다시 술을 가득 따르면서 바보처럼 웃고 있는 카를레토를 돌아보니 마음이 조금 편해졌다.

"어서, 피노." 카를레토가 말했다. "그들이 원하는 대로 해줘."

"알았어요!" 피노가 사람들에게 외쳤다. "그렇지만 피아노 연주자가 목이 마르답니다! 그라파!"

누군가 서둘러 술을 따라 왔다. 피노가 단숨에 들이켜고 카를레토에게 고개를 끄덕이자 그가 스틱을 두드렸다. 그들은 다시 연주하기 시작했다. 피노는 지금까지 들어본 곡이나 연습한 곡을 차례로 쳤고, 그의 반주에 맞춰 사람들이 부기우기를 췄다.

〈1280 스톰프1280 Stomp〉, 〈부기우기 스톰프Boogie Woogie Stomp〉, 〈빅 배드 부기우기Big Bad Boogie Woogie〉.

사람들은 모든 곡을 좋아했다. 피노는 평생 이토록 즐거웠던 적이 없었다. 문득 부모님이 파티에 음악가들을 부르는 이유를 이해하게 되었다.

그날 밤 11시쯤 휴식을 취할 때 크네블 소령이 비틀거리며 다가와 말했다. "훌륭해, 병사. 아주 훌륭해!"

"재미있으세요?" 피노가 활짝 웃으며 물었다.

"내 생애 최고의 파티야. 이제 막 시작했을 뿐인데 말이야. 아가씨들 중 한 명이 근처에 사는데 자기 아빠가 온갖 종류의 술을 지하에 보관해 놨다고 하더라고."

피노는 몇 쌍이 손을 잡고 무도회장을 나가 위층으로 올라가는 것을 봤다. 그는 미소를 짓고 물과 와인을 가지러 갔다.

카를레토가 와서 한 팔로 피노를 안고 말했다. "오늘 날 밀쳐서 엉덩방아를 찧게 해줘서 고마워."

"친구 좋다는 게 뭐냐?"

"항상 친구지?"

"우리가 죽는 날까지."

피노가 처음 파티에 초대한 여자가 다가와서 말했다. "네가 피노야?"

"맞아요. 이름이 뭐예요?"

"소피아."

피노가 한 손을 내밀었다. "만나서 반가워요, 소피아. 즐거운 시간 보내고 있나요?"

"아주 많이 즐거워. 그런데 난 영어를 못해서."

"저기 달로이아 하사처럼 몇몇 군인들은 이탈리아어를 해요. 다른 군인들은, 음, 그냥 춤추고 미소 짓고 당신의 몸으로 사랑의 언어를 말해보세요."

소피아가 웃었다. "참 쉽게 말하네."

"내가 지켜볼 거예요." 피노가 말하고 무대로 돌아갔다.

그가 그라파 한 잔을 더 마시고 나서 다시 연주를 시작했다. 부기우기를 연주하고 변주를 하고 또다시 부기우기를 연주했다. 사람들이 발을 구르고 춤을 췄다. 자정 무렵, 무도회장을 내려다보니 소피아가 입이 귀에 걸린 달로이아 하사와 함께 몸을 젖히고 빙빙 돌며 춤을 추고 있었다.

이보다 더 즐거울 수는 없었다.

피노는 그라파를 한 잔 더 마시고, 또 한 잔 마셨다. 연주가 계속됐다. 춤추는 사람들의 땀 냄새와 여자들의 향수 냄새가 뒤섞인 머스크 향기가 피노를 더욱 취하게 했다. 새벽 2시가 되자 모든 것이 흐릿해지다가 암흑이 됐다.

✤

그로부터 여섯 시간 후 1945년 4월 27일 금요일 아침, 피노는 머리가 깨질 것 같은 두통과 뒤틀리는 배를 부여잡고 호텔 주방 바닥에서 잠이 깼다. 겨우 화장실로 기어가서 토하고 나니 속은 나아졌는데 두통은 더 심해졌다.

무도회장을 둘러보니 사람들이 사방에서 팔다리를 마구 벌리고 누워 있었다. 의자, 탁자, 바닥 가릴 것 없었다. 카를레토는 무대 위 드럼 뒤에서 팔로 얼굴을 가리고 벌렁 드러누워 있었다. 크네블 소령은 소파에 몸을 웅크리고 누워 있었다. 달로이아 하사는 다른 소파 위에서 소피아와 서로를 애무하고 있었고 그 모습을 본 피노는 하품을 하며 빙그레 웃었다.

방에 있는 침대가 생각났다. 이렇게 숙취에 시달릴 때 이런 딱딱한 바닥이 아니라 포근한 자신의 침대에 누워서 잠들면 얼마나 좋을까 생각했다. 물을 벌컥벌컥 마신 후 다이애나 호텔을 나와 포르타 베네치아와 공원을 향해 남쪽으로 걸었다. 하늘이 푸르고 6월처럼 따뜻한 눈부시게 아름다운 날이었다.

호텔에서 한 블록도 지나지 않아 뒤통수에 총상을 입은 채 배수로에 얼굴을 박고 있는 첫 번째 시신을 봤다. 그리고 다음 블록에서 시신 세 구를 봤다. 여덟 블록을 지나며 총 다섯 구의 시신을 봤다. 그중 두 구는 군복을 보니 검은셔츠단의 파시스트들이었다. 세 구는 잠옷 차림이었다.

그날 아침 많은 시신을 봤음에도 하룻밤 사이에 밀라노에 변화가 일어났다는 것이 느껴졌다. 그가 파티를 즐기고 잠을 자는 동안 중요한 고비가 다가왔다가 지나간 것이 분명했다. 포르타 베네치아 근처의 거리마다 사람들로 북적였고 활기가 넘쳤기 때문이다.

여러 사람들이 바이올린을 연주하고 있었다. 아코디언을 연주하는 사람도 많았다. 사람들이 춤을 추고 껴안고 웃고 울었다. 마치 다이애나 호텔의 파티 분위기가 밖으로 번져 모든 사람이 길고 지독한 시련의 끝을 축하하도록 유혹하고 있는 것 같았다.

그는 공원으로 들어가 집으로 가는 지름길을 걸었다. 사람들이 잔디밭에 누워 햇볕을 쬐면서 즐거운 시간을 보내고 있었다. 공원을 가로지르는 길 앞쪽에 사람들이 북적이고 있었는데 그 가운데 아는 얼굴이 보였다. 자유이탈리아공군 군복을 입은 친척 형 마리오가 즐거운지 활짝 웃고 있었다.

"어이, 피노!" 그가 외치고 피노를 끌어안았다. "나는 자유야! 더 이상 아파트에만 앉아 있지 않아도 돼!"

"정말 잘됐어요, 마리오 형. 어디 가요?"

"아무 데나, 어디나." 마리오가 조종사용 손목시계를 흘긋 봤다. 손목시계가 햇빛을 받아 빛났다. "나치와 파시스트들이 결딴났으니 그저 밀라노를 걸으면서 기쁨을 흠뻑 누리고 싶어. 이 기분 알지?"

피노는 그 마음을 확실히 알았다. 밀라노의 거의 모든 사람도 마찬가지인 것 같았다.

"나는 집에 가서 좀 자려고요. 어젯밤에 그라파를 너무 많이 마셨어요."

마리오가 웃었다. "나도 너랑 같이 갈걸."

"맞아요. 형도 즐거워했을 텐데."

"나중에 보자."

"그래요." 피노가 대답하고 걸음을 옮겼다.

그러나 6미터도 채 못 갔을 때 뒤에서 다툼이 벌어졌다.

"파시스트!" 한 남자가 외쳤다. "파시스트야!"

피노가 돌아보니 키 작고 다부진 남자가 마리오에게 연발권총을 겨누고 있었다.

"아니에요!" 마리오가 외쳤다. "나는 조종사—"

권총이 발사됐다. 총알이 마리오의 뒤통수를 날려버렸다. 피노의 친척 형이 헝겊 인형처럼 쓰러졌다.

✤

"저놈은 파시스트야! 모든 파시스트는 죽어야 해!" 남자가 외치며 총을 흔들었다.

사람들이 비명을 지르며 도망쳤다.

피노는 너무 충격을 받아서 무슨 말을 할지, 어떻게 행동해야 할지 모른 채 그저 마리오의 시신과 머리에서 흘러나오는 피를 멍하니 바라봤다. 헛구역질이 나기 시작했다. 그런데 그때 살인자가 마리오 위로 쭈그리고 앉아 조종사용 손목시계를 풀기 시작했다.

피노의 가슴속에서 분노가 끓어올랐다. 막 공격하려던 참에 마리오를 살해한 남자가 그곳에 서 있는 그를 봤다. "뭘 보는 거야? 아, 너 아까 이놈이랑 이야기했지? 너도 파시스트구나!"

남자가 총을 겨누는 것을 보고 피노는 몸을 휙 돌려서 이리저리 몸을 숨기며 달렸다. 뒤에서 총이 발사돼 공원 왼쪽의 나무에 맞았다. 그는 공원에서 멀리 떨어질 때까지 속도를 늦추지 않았다. 피노는 산 바빌라에 거의 다 와서야 방금 목격한 장면에 대한 괴로움을 분출했다. 아침에 마구 마셔댄 물이 눈, 코, 입, 사방으로 쏟아져 나왔다. 옆구리가 아프도록 토했다.

멍하니 걸으며 멀리 돌아 집으로 향했다.

조금 전까지만 해도 마리오는 살아 있었는데 한순간에 목숨을 잃었다. 무고한 사람을 닥치는 대로 죽이는 무자비한 살인에 친척 형이 희생됐다는 사실에, 무더운 거리를 걷고 있는데도 몸이 떨리고 소름이 끼쳤다. 이제 아무도 안전하지 않은 걸까?

패션 지구에 들어서니 사람들이 나와서 축하하고 있었다. 현관 입구의 계단에 앉아 웃고 담배를 피우고 먹고 마시고 있었다. 오페라 하우스를 지나면서 북적거리며 모여 있는 사람들을 봤다. 죽어 있는 마리오를 머릿속에 떠올리지 않으려고 노력하면서 그들에게 다가갔다. 게릴라들이 게슈타포 본부인 레지나 호텔의 출입을 차단해 뒀다.

"무슨 일이에요?" 피노가 물었다.

"저기를 수색하고 있어." 누군가가 말했다.

그는 저 안에서 가치 있는 것은 발견되지 않을 것이라는 사실을 알았다. 모두 태우는 것을 봤다. 레이어스 장군과 라우프 대령은 지금도 이해가 안 될 정도로 너무 많은 서류를 태웠다. 피노는 친척 형의 죽음을 목격한 공포에서 도망가고 싶은 마음에, 나치가 태운 서류에 대한 의문에 집중하려고 노력했다. 태운 서류에 무슨 내용이 들어 있었을까? 그리고 어떤 서류를 따로 숨겼으며 이유는 뭘까?

이틀 전의 레이어스 장군에 대해 생각했다. 피노가 체포하기 직전에 그는 돌리의 아파트에 가자고 했다. 그 집에 남겨놓은 서류와 또 다른 것에 대해 이야기했다. 그는 그 서류를 적어도 두 번은 언급했다.

돌리의 아파트에 레이어스 장군의 유죄를 입증하는 증거가 남아 있을지도 모른다고 생각하니 정신이 조금 맑아졌다. 마리오의 죽음에 대한 절망감도 조금 줄어들었다.

돌리의 아파트는 몇 블록만 가면 된다. 집에 가서 아빠에게 마리오에 대해 말하기 전에 돌리의 아파트에 먼저 들르기로 했다. 서류를 찾아서 크네블 소령에게 줄 것이다. 그 미국인에게 레이어스 장군에 대해 말하려면 입증할 자료가 있어야 했다. 피노와 크네블이 레이어스 장군과 그의 '강제노동자들', 그들을 죽음으로 몰고 간 방식, 그리고 파라오의 노예 지배자에 버금가는 행각을 세상 사람들에게 알릴 것이다.

20분 후, 그는 돌리의 아파트 건물 앞 계단을 올라 로비로 들어서서 두꺼운 안경 너머로 그를 보며 눈을 깜박이는 노파를 지나쳤다. "거기 누구야?"

"오랜 친구예요, 플라스티노 부인." 그는 대답하고 계속 계단을 올라갔다.

돌리의 아파트 앞에 도착하고 보니 문이 안으로 부서져서 경첩에 대롱대롱 매달려 있었다. 슈트케이스와 상자들이 열려 있고 내용물들이 현관 주변에 흩어져 있었다.

두려워지기 시작했다. "안나? 돌리?"

주방으로 갔더니 접시들이 박살 나 있고 찬장은 텅 비어 있었다. 안나의 방 앞에 도착해서 문을 열 때 피노는 몸이 부들부들 떨리고 다시 토할 것 같았다. 매트리스가 침대 아래에 떨어져 있었다. 서랍과 옷장은 죄다 열린 채 텅 비어 있었다.

그때 매트리스 아래에 뭔가 삐죽 나와 있는 것이 보였다. 가죽 끈이었다. 쭈그리고 앉아 매트리스를 들고 끈을 잡아당겼다. 외삼촌이 크리스마스이브에 안나에게 준 무두질한 가죽 가방이었다. 머릿속에 그녀의 말이 울렸다. 이렇게 멋진 선물은 처음 받아요. 소중히 간직할게요.

그녀는 어디에 있을까? 머리가 다시 지끈거리기 시작했다. 그녀는 이삼일 전에 떠났잖아? 무슨 일이 일어난 거지? 그녀는 절대로 가방을 남기고 가지 않았을 것이다.

그때 알 만한 사람이 생각났다. 피노는 쏜살같이 계단을 내려가서 숨을 헐떡이며 노파에게 물었다. "돌리의 아파트가 왜 저래요? 돌리는 어디 있어요? 그녀의 가정부, 안나는 어디에 있죠?"

노파가 차갑게 흡족한 미소를 지으며 입술을 비틀었을 때, 두꺼운 안경알 너머로 깜빡이는 눈이 두 배는 더 커 보였다.

"그들이 그 독일 창녀들을 어젯밤에 끌고 갔어." 노파가 낄낄거렸다. "나중에 사람들이 그 변태 소굴에서 꺼낸 물건들을 너도 봤어야 하는데. 차마 입에 담지 못할 것들이었어."

처음에는 믿을 수 없었고 이내 공포가 밀려들었다. "두 사람을 어디로 끌고 갔어요? 누가 끌고 갔어요?"

플라스티노 부인이 눈을 가늘게 뜨더니 상체를 기울여 그를 유심히 살폈다.

피노는 노파의 팔을 거칠게 붙들었다. "어디로 갔냐고요!"

노파가 쉬익 소리를 냈다. "네가 누군지 알아. 너도 그것들과 한패지!"

피노는 노파를 놓고 뒤로 물러났다.

"나치다!" 그녀가 비명을 질렀다. "저 남자 나치야, 나치! 바로 여기 있어!"

✦

피노가 재빨리 현관을 뛰쳐나가는 사이, 뒤에서 노파의 새된 목소리가 들렸다.

"저 남자를 막아! 배신자야! 나치라고! 독일 창녀들의 친구야!"

그는 노파의 시끄러운 목소리에서 벗어나려고 최대한 빠르고 힘차게 달렸다. 그리고 마침내 멈춰 서서 벽에 기댔다. 혼란과 두려움에 빠져 망연자실했다. 안나와 돌리가 끌려갔다. 그 생각을 하니 너무 무서워서 손가락 하나 까딱할 수 없었다. 그런데 어디로 갔지? 누가 두 사람을 끌고 갔을까? 게릴라들일까? 그는 무엇도 확신할 수 없었다.

다시 뛰어가서 아무 게릴라나 찾아서 물어보면 되겠지만 그 게릴라가 그의 말을 들어줄까? 레이어스 장군을 넘긴 후에 게릴라가 준 편지를 보여주면 믿지 않을까? 그는 주머니를 뒤졌다. 편지가 없었다. 다시 뒤졌지만 아무것도 없었다. 어쨌든 그 지역의 게릴라 대장을 찾아가면 될 것이다. 아니, 편지가 없으면 돌리와 안나를 아는 피노를 부역자라고 여길지도 모른다. 그렇게 되면 스스로 위험을 자초하는 셈이 아닐까? 도움이 필요했다. 알베르트 외삼촌이 필요했다. 알베르트 외삼촌을 찾으러 가서 그의 연줄을 통해서⋯⋯.

그때 멀리서 알아들을 수 없는 함성이 들렸다. 함성은 갈수록 커졌고 더 많은 목소리가 섞이고 더욱 거칠어졌다. 그는 더욱 혼란에 빠졌다. 설명할 수 없는 이유로 집이 아니라 그 함성을 향해 나아갔다. 그 목소리들이 그를 부르는 것 같았다. 거리를 빠르게 누비며 요란한 소음의 진원지를 찾다가, 마침내 셈피오네 공원과 스포르체스코성 쪽에서 들려온다는 것을 깨달았다. 눈 내리는 날에 그와 안나가 산책하면서 빙글빙글 나는 까마귀들을 본 곳이었다.

숙취 때문인지, 피로 때문인지, 안나가 끌려갔다는 두려움 때문인지, 아니면 세 가지 이유가 합쳐져서인지 모르겠지만, 당장 기절할 것처럼 어지러웠다. 시간이 느리게 흐르는 듯했다. 가브리엘라 로카의 시신을 찾으러 갔던 공동묘지에서처럼 모든 순간이 비현실적이었다.

이제 감각이 딱 하나만 빼고 모두 닫혀버린 것 같았다. 현기증을 느끼면서 바짝 마른 분수를 지나고, 중세 요새의 아치형 정문 근처 빈 해자를 가로질러 낮게 드리워진 도개교로 향하는 동안, 마치 미각과 촉각을 잃은 귀머거리처럼 시각만이 작동했다.

한 무리의 사람들이 피노를 앞서가더니 도개교로 올라가 앞다투어 정문을 비집고 들어갔다. 더 많은 사람들이 잔뜩 흥분한 얼굴로 주변으로 밀려들어 그를 밀치고 나아갔다. 그는 인파에 휩쓸려 앞으로 움직이면서 다들 소리를 지르고 농담을 하고 있다는 것을 알았지만 한마디도 알아들을 수 없었다. 그는 위를 올려다보고 있었다. 눈부시게 푸른 하늘에서 까마귀들이 폭격을 맞은 탑들을 또다시 빙글빙글 돌고 있었다.

정문에 거의 다다를 때까지 까마귀들만 응시했다. 그때 누군가가 햇볕에 바짝 마른, 폭탄이 터져 움푹 팬 커다란 마당으로 그를 밀쳤다. 마당은 본 성보다 낮은 3층 높이에 중세 궁수들이 적에게 활을 쏠 수 있게 창문이 나 있는 두 번째 성곽으로 100미터 정도 뻗어 있었다. 두 개의 성곽 사이에 탁 트여 있는 넓은 공간이라 서로 밀치고 부딪치는 것은 줄어들었다. 사람들이 급하게 그를 지나쳐서 수백 명의 군중이 모여 있는 앞으로 뛰어갔다. 무장한 게릴라 전사들이 스포르체스코성의 벽을 등진 채 마당의 4분의 3 정도 지점에 한 줄로 쭉 늘어서서 군중이 앞으로 나오지 못하게 막고 있었다.

✤

피노가 군중을 향해 걸어가는 동안 감각이 하나씩 돌아왔다.

후각이 가장 먼저였다. 더위 속에 빽빽이 모여 있는 사람들에게서 달콤하고 고약한 냄새가 뒤섞여 났다. 손가락과 목덜미 피부에 촉각이 살아나 가차 없이 내리쬐는 뜨거운 햇볕이 느껴졌다. 이어서 청각이 돌아와 군중이 복수심에 불타 내지르는 야유와 조롱이 들렸다.

"그들을 죽여!" 사람들이 소리쳤다. 남녀노소 할 것 없이 모두가 한목소리를 냈다. "그들을 끌어내! 죗값을 받게 해!"

군중의 앞쪽에 선 사람들이 무엇인가를 보고 동조하듯 함성을 지르기 시작했다. 더 가까이서 보려고 우르르 몰려가려고 했지만 게릴라들이 그들을 뒤로 밀었다. 그러나 피노는 밀려날 수 없었다. 힘과 키와 체중을 이용해 사람들 사이를 뚫고 계속 나아가서 맨 앞줄 뒤로 서너 명이 끼어 있는 곳까지 왔다.

흰색 셔츠, 빨간색 스카프, 검은색 바지, 검은 복면 차림의 남자 여덟 명이 게릴라 전사들을 지나 탁 트인 마당으로 나왔다. 그들은 카빈총을 어깨에 올린 채 절도 있게 행동하려고 노력하면서 피노의 바로 앞에서 40미터 정도 떨어진 자리로 이동했다.

"무슨 일이에요?" 피노가 한 노인에게 물었다.

"파시스트들이야." 그가 대답하고는 다 빠진 이를 드러내며 웃더니 목을 긋는 흉내를 냈다.

복면 쓴 남자들이 성의 내벽을 마주 보고 3미터 간격으로 한 줄로 늘어서서 총을 내려놓고 편한 자세를 취했다. 내벽의 맨 왼쪽 모퉁이에 있는 문이 열리자 군중이 점차 흥분을 가라앉히고 조용해졌다.

10초가 지났다. 이내 20초가 지났다. 그리고 1분이 지났다.

"어서!" 누군가 소리쳤다. "덥다고. 그들을 끌어내!"

복면을 한 아홉 번째 남자가 출입구에 나타났다. 그는 한 손에 권총을 들고 다른 손으로 튼튼한 밧줄 끝을 움켜쥐고 있었다. 그의 뒤로 밧줄이 2미터 정도 팽팽하게 이어지다가 그 밧줄에 묶인 첫 번째 남자가 딸려 나왔다. 속옷 차림에 양말과 신발만 신은 땅딸막하고 다리가 가는 50대의 남자였다.

사람들이 웃으면서 동의의 뜻으로 박수를 치기 시작했다. 불쌍한 남자는 당장이라도 쓰러질 것처럼 보였다. 남자의 뒤로 바지와 티셔츠 차림의 다른 남자가 딸려 나왔다. 그는 용감하게 행동하려고 턱을 쳐들고 있었지만, 피노는 그가 떠는 것을 봤다. 다음으로 여전히 검은셔츠단 군복을 입고 있는 남자가 나오자 군중이 못마땅함을 담아 아우성쳤다.

이어서 브래지어와 팬티에 샌들 차림의 중년 여자가 흐느끼면서 출입구로 나오자 군중이 흥분하며 발광했다. 여자의 머리는 완전히 삭발되어 있었다. 머리와 얼굴에 립스틱으로 뭔가 적혀 있었다.

밧줄이 다시 1미터 나온 후에 삭발한 두 번째 여자에 이어 세 번째 여자가 줄줄이 묶여 나왔다. 네 번째 여자가 나올 때 피노는 뜨거운 햇살 때문에 눈을 깜박이다가 심장이 철렁 내려앉고 몸이 마구 떨렸다.

돌리 스토틀마이어였다. 그녀는 상아색 가운을 입고 초록색 슬리퍼를 신고 있었다. 레이어스의 정부는 사형 집행인들을 보더니 고삐에서 벗어나려는 말처럼 밧줄을 당기고 슬리퍼 굽으로 땅을 파헤치고 몸을 비틀어 저항하면서 이탈리아어로 비명을 질렀다. "안 돼요! 당신들 이러면 안 돼요! 옳지 않아요!"

한 게릴라가 다가가서 돌리의 어깨뼈 사이를 라이플총 개머리판으로 내리치자 그녀가 앞으로 휘청거렸다. 그 바람에 안나가 문밖으로 홱 당겨져 나왔다.

안나는 슬립과 브래지어만 빼고 옷이 다 벗겨진 상태였고 머리카락이 끔찍하게 깎여 있었다. 완전히 드러난 두피 사이사이에 머리채가 몇 가닥 늘어져 있었다. 입술에 새빨간 립스틱을 덕지덕지 바르고 문질러놔서 만화에 나오는 기괴한 생물 같았다. 쭉 늘어선 총살 집행인들의 모습과 경멸에 찬 야유를 내뱉으며 죽이라고 외치는 군중들의 목소리에 그녀의 공포는 극에 달했다.

"안 돼." 피노가 멍하니 내뱉었다가 이내 다시 소리를 질렀다. "안 돼!"

그러나 그의 목소리는 사람들의 야만스럽고 잔인한 함성에 묻혔다. 함성이 점점 커져 스포르체스코성의 마당을 휩쓸고 지나가 성벽 앞에 늘어선 규탄받는 존재들 주변에 메아리쳤다. 군중이 다시 서로를 밀치고 앞으로 나아가는 바람에 피노는 사방으로 휘청거렸다. 그는 무력하고 토할 것 같은 상태로 안나가 돌리 옆으로 밀쳐지는 것을 봤다.

"안 돼." 목구멍이 꽉 조이고 눈물이 차올랐다. "안 돼."

안나는 히스테리를 부리며 온몸을 쥐어짜는 듯한 비명을 질러 대고 있었다. 피노는 어떻게 해야 할지 알 수 없었다. 미친 듯이 화를 내고 싶었다. 게릴라들과 싸우고, 그들에게 안나를 놔주라고 마구 소리 지르고 싶었다. 그러나 노파가 그를 알아보고 나치이자 배신자라고 부르던 모습이 떠오르자 꼼짝도 할 수 없었다. 게다가 편지도 없었다. 그들이 피노까지 저 벽 앞에 내던질지도 몰랐다. 게릴라 대장이 군중을 조용히 하게 하려고 권총을 뽑아 공중에 발사했다. 안나가 공포에 질려 뒤로 쓰러지더니 벽에 기댄 채 온몸을 떨며 흐느꼈다.

게릴라 대장이 외쳤다. "이 여덟 명의 죄목은 반역, 부역, 매춘, 나치와 살로의 밀라노 점령을 통한 이익 취득이다. 이들에게 공정한 벌은 사형이다. 새로운 이탈리아 공화국 만세!"

군중이 큰 함성을 질렀다. 피노는 참을 수 없었다. 눈물이 차올라 눈이 화끈거렸고, 좌절감과 분노가 치솟았다. 그는 팔꿈치와 무릎을 마구 휘두르면서 가장 앞줄까지 나아갔다.

한 게릴라가 피노가 앞으로 나오는 것을 보고 라이플총의 총열로 그의 가슴을 눌렀다.

"나한테 편지가 있었어요. 지금은 찾을 수 없지만요." 피노가 여기저기 주머니를 두드리며 말했다. "나는 저항운동군과 한편이에요. 착오가 있었어요."

게릴라는 그를 제대로 쳐다보지도 않고 말했다. "글쎄. 편지는 어디 있는데?"

"어젯밤에는 분명 내 주머니에 있었는데 내가…… 파티가 열렸고…… 제발 부탁드려요. 지휘관님과 이야기할 수 있게만 해주세요."

"그분이 너랑 이야기해야 하는 근거 없이는 안 돼."

"우리도 먹고살아야 했어요!" 여자의 외침이 들렸다. 피노가 게릴라의 어깨 너머로 보니 밧줄 맨 앞에 묶인 여자가 애원하고 있었다. "우리도 먹고살아야 했다고요. 그게 그렇게 죄인가요?"

밧줄의 끝에 선 돌리는 피할 수 없는 운명이라고 체념한 듯 머리카락을 흔들어 뒤로 넘기고 턱을 치켜들려고 했지만 제대로 되지 않았다.

"준비됐나?" 지휘관이 말했다.

안나가 소리를 지르기 시작했다. "안 돼요! 나는 창녀가 아니에요! 나는 부역자가 아니에요! 나는 가정부예요. 그뿐이에요. 누군가, 제발 나를 믿어줘요. 나는 그냥 가정부예요. 돌리, 사람들한테 말해줘요. 돌리? 말해달라고요!"

돌리는 그녀의 말을 듣지 못한 것 같았다. 돌리는 사형 집행인들의 어깨 높이로 올라온 총을 응시하고 있었다.

"오, 하느님!" 안나가 울부짖었다. "제발, 나는 그냥 가정부라고 누가 좀 말해줘요!"

"조준."

피노의 입이 벌어졌다. 이제 의심하는 눈빛으로 피노를 빤히 살피고 있는 게릴라를 바라봤다. 피노는 저 말이 사실이라고, 그녀는 죄가 없다고, 이 모든 것은 실수라고 말하고 싶었다.

"발사!"

라이플총의 총성이 심벌즈와 팀파니 소리처럼 울렸다.

안나마르타가 심장에 총알을 맞았다.

그녀는 총을 맞은 충격으로 몸이 튀어 오르자 놀란 표정을 짓더니, 마치 그녀의 영혼이 피노를 알아차리고 마지막 순간 그를 부르는 것처럼 앞을 응시했다. 이내 뒤에 있는 벽으로 무너져 내려 죽어갔다.

30

안나의 가슴에서 피가 솟구치고 몸이 비틀리는 것을 지켜보면서 피노의 가슴이 뻥 뚫려 모든 사랑과 기쁨과 음악이 쏟아져 내렸다.

군중이 고함을 치고 야유를 퍼붓는 동안 그는 그저 어깨를 구부린 채 그곳에 서서 극도의 고통에 사로잡혀 흐느꼈다. 고통이 너무 커서 현실이 아니라고 부정하는 지경에 이르렀다. 그는 사랑하는 사람이 저기 피바다에 누워 있지 않다고, 그녀가 총을 맞는 것을 보지 못했다고, 눈 깜박할 사이에 그녀에게서 생명이 사라지는 것을 보지 못했다고, 그녀가 살려달라고 그에게 애원하는 것을 듣지 못했다고 생각했다.

쇼가 끝나자 군중은 그를 밀치며 빠져나가기 시작했다. 피노는 그 자리에 그대로 선 채 바닥에 널브러져 있는 안나의 시신을 내려다봤다. 배신을 질책하듯 멍하게 응시하는 그녀의 눈동자를 바라봤다.

"이제 가봐." 조금 전의 게릴라가 그에게 말했다. "다 끝났어."

"아니에요." 피노가 말했다. "나는…….."

"가라고. 무사히 돌아가고 싶으면." 게릴라가 말했다.

피노는 벌벌 떨면서 마지막으로 안나를 한참 응시한 후 몸을 돌려 별로 남지 않은 사람들 사이를 터덜터덜 걸었다. 문을 지나 도개교를 가로지르면서도 방금 일어난 일을 제대로 이해할 수 없었다. 가슴에 총을 맞은 것 같았고, 이제야 진짜 통증이 덮쳐오는 것을 느꼈다. 순간, 한 가지 깨달음이 그의 어깨를 내리치고 죽일 기세로 덤벼왔다. 그는 안나를 위해 나서지 않았다. 오래도록 사랑받는 소설과 오페라의 위대하고 비극적인 남자들처럼 사랑을 위해 목숨을 바치지 않았다.

자괴감으로 열이 올라 머리가 화끈거렸다. 자기혐오로 심장이 녹아내렸다.

나는 겁쟁이야. 피노는 짙은 절망감에 빠졌다. 자신이 왜 이토록 지옥 같은 형벌을 받았는지 알 수 없었다. 성 앞의 로터리에서 그는 모든 것이 너무 버거워졌다. 어지럽고 토할 것 같았다. 휘청거리면서 마른 분수대로 갔다. 자신이 눈물을 흘리고 있고 사람들이 쳐다본다는 것을 알면서도 계속 헛구역질을 했다.

마침내 몸을 일으켜 기침을 하고 침을 뱉고 눈물을 닦자, 분수대 건너편에 있던 남자가 말했다. "그들 중에 아는 사람이 있었나 봐, 그렇지?"

피노는 그 남자의 눈빛에서 의심과 폭력적인 위협을 봤다. 한편으로는 안나에 대한 사랑을 인정하고 당당하게 생을 끝내고 싫었다. 그때 남자가 그를 향해 걷기 시작했고 갑자기 속도를 내더니 삿대질을 했다.

"저놈을 잡아!"

✦

목숨을 지키려는 원초적 본능으로 잽싸게 몸을 일으켜 분수에서 대각선으로 전력 질주 해서 벨트라미 거리로 향했다. 고함 소리가 커졌다. 한 남자가 피노를 덮치려 하자 주먹을 날려 남자를 보도로 쓰러뜨렸다. 사람들이 우르르 쫓아오는 것을 느끼고 허둥지둥 도망치다가 옆에서 앞길을 가로막으려 하는 남자들을 봤다.

그는 한 남자의 얼굴을 팔꿈치로 찍고 다른 남자의 사타구니를 무릎으로 올려붙인 다음, 주세페 포초네 거리의 자동차들 사이를 재빨리 빠져나갔다. 자동차 후드를 훌쩍 뛰어넘어 로벨로 거리를 가로지르고, 폭탄으로 움푹 패 물이 가득 찬 구덩이를 뛰어넘어 추적자들과 거리를 벌렸다. 산 토마소 거리 모퉁이에서 뒤를 돌아보자 남자 여섯 명이 계속 쫓아오면서 소리를 지르고 있었다. "저놈은 배신자야! 부역자라고! 그를 막아!"

그러나 피노에게 이 거리들은 뒷마당처럼 익숙했다. 속도를 더 높여 브로레토 거리에서 오른쪽으로 돌았다가 델 보시 거리에서 왼쪽으로 돌았다. 그 앞 스칼라 광장에 사람들이 모여 있었다. 그들을 지나치기가 무서워서 갤러리아를 통해 가는데 "배신자!"라는 외침이 들렸다.

거리를 대각선으로 가로지르자 오페라 하우스의 벽에 난 문이 열려 있었다. 그는 훌쩍 뛰어들어 문을 통과해 복도에 어둡게 드리운 그림자 속으로 들어갔다. 밖에서 그를 볼 수 없다는 확신이 들자 그곳에 멈춰 서서 밖을 내다보면서 여섯 명의 남자가 스칼라 광장 쪽으로 빠르게 달려갈 때까지 기다렸다. 쫓아오던 사람들을 모두 따돌렸는지 확인하려고 어둠 속에서 숨을 죽인 채 머물러 있었다.

✤

스칼라 극장 안쪽에서 한 테너가 음계를 연습하기 시작했다.

피노는 돌아서다가 실수로 금속으로 된 뭔가를 발로 찼다. 그 바람에 철컹거리는 소리가 났다. 재빨리 출입구를 보니 분수에서 본 남자가 보도에 서서 안을 뚫어지게 쳐다보고 있었다.

남자가 손으로 더듬거리면서 안으로 들어왔다. "너 여기 있지, 배신자야?"

피노는 아무 말 없이 가장 어두운 그림자 속에 그대로 서 있었다. 그는 남자가 자신을 볼 수 없다고 확신하고 남자 쪽으로 빙 돌아서 아주 천천히 쭈그리고 앉았다. 그리고 손가락으로 바닥을 더듬어 폭격을 맞은 후 오페라 하우스를 보수할 때 남았을 버려진 철근 조각을 찾았다. 그사이 남자가 계속 안으로 들어왔다. 철근 조각은 그의 엄지손가락 두께에 팔뚝 길이였고 무거웠다. 분수대에서 본 남자가 더 잘 보려고 눈을 찌푸리면서 2미터 앞까지 다가왔을 때 피노는 남자의 정강이를 겨냥해 철근을 내리쳤다. 그러나 너무 높게 겨눠서 남자의 슬개골에 맞았다.

남자가 비명을 질렀다. 피노가 재빨리 일어나 두 걸음을 내디디며 남자의 얼굴에 주먹을 날렸다. 남자가 쓰러졌다. 그러나 그를 쫓던 남자 두 명이 쓰러진 남자 뒤로 나타났다. 그는 몸을 휙 돌려 어둠 속으로 내달렸다. 양손을 쭉 뻗어 더듬으면서 아까 노래를 시작한 테너를 향해 갔다. 두 번 비틀거리고 바지가 철사에 걸렸지만 그 와중에도 뒤에서 쫓아오는 사람들의 소리를 들으려고 신경을 바짝 곤두세웠다. 그래서 처음에는 테너가 연습하고 있는 아리아를 알아듣지 못했다.

그러다가 문득 그것이 무슨 노래인지 알아차렸다. 오페라 〈팔리아치Pagliacci〉, 즉 '광대들' 중 〈베스티 라 주바Vesti la Giubba〉, '의상을 입어라'라는 아리아였다. 아리아는 슬픔과 상실의 냄새를 풍겼다. 피노는 안나가 총알을 맞고 튀어 올랐다가 쓰러지던 모습이 떠오르자 도망치려는 생각이 싹 사라졌다. 그러다 발을 헛디뎌 머리를 어딘가에 부딪쳐서 눈에서 별이 번쩍했고 하마터면 넘어질 뻔했다.

몸을 일으킬 때 아리아가 2절로 접어들었다. 비탄에 빠진 광대 카니오가 할 일은 해야 한다고, 가면을 쓰고 내면의 고통을 가려야 한다고 자신에게 말하고 있었다. 그는 그 아리아를 음반으로 수십 번 들었다. 그 음악이, 그리고 그의 뒤 통로에서 들리는 쿵쾅거리는 발소리가 어서 움직이라고 재촉하는 느낌이 들었다.

그는 여전히 손으로 더듬거리면서 계속 나아갔다. 볼에 바람이 와 닿아 방향을 트니 바로 앞에 비스듬히 빛이 내려오고 있었다. 힘껏 달려 문을 밀고 보니 오페라 하우스의 무대 뒤였다. 사촌인 리샤가 연습하는 것을 구경하러 여러 번 와본 곳이었다. 젊은 테너가 스칼라 극장의 무대 한가운데 서 있었다. 3절로 넘어갈 때 피노는 흐린 조명 아래 서 있는 테너의 모습을 언뜻 봤다.

Ridi, Pagliaccio, sul tuo amore infranto.
'웃어라, 광대여! 이별의 슬픔을 감추고.'

피노는 커튼 사이로 나가 특별석의 통로로 이어지는 계단을 내려갔다. 통로로 올라가 출구로 향하는 순간 테너가 노래했다.

Ridi del duol, che t'avvelena il cor!
'웃어라, 광대여! 네 마음을 아프게 하는 슬픔을 감추고!'

그 말이 화살처럼 박혀 그를 약하게 만들었다. 그때 테너가 노래를 멈추고 기겁해서 소리쳤다. "누굽니까? 대체 뭘 원하는 거예요?"

피노가 뒤를 돌아보니 그를 쫓던 세 남자에게 하는 말이었다. 남자들이 무대로 올라가 테너에게 다가갔다.

"우리는 배신자를 쫓고 있어요." 한 남자가 말했다.

피노가 조심스럽게 문을 열자 귀청이 떨어질 것처럼 삐걱거리는 소리가 났다. 그는 다시 뛰었다. 층계참을 건너 계단을 내려가 로비로 들어갔다. 여기저기에서 문이 열렸다. 천천히 뛰면서 셔츠를 황급히 벗어 던지니 흰색 민소매 티셔츠만 남았다.

왼쪽을 흘긋 봤다. 대여섯 블록만 가면 집이었다. 그러나 집으로 갔다가 가족이 위태로워질지도 모를 위험을 감수할 수는 없었다. 대신에 전차 선로를 직선으로 가로질러 레오나르도 다빈치의 조각상 주변에서 종전을 축하하는 사람들 사이로 들어갔다. 집중하려고 애를 썼지만 머릿속에서 광대의 절망적인 아리아가 계속 울렸다. 도와달라고 외치다가 총알을 맞아 얼굴을 일그러뜨리며 쓰러지는 안나의 모습이 계속해서 보였다.

피노는 바닥에 엎드려 통곡하고 싶은 마음을 억누르느라 기를 썼다. 나치의 퇴각에 아주 기쁜 것처럼 활짝 웃는 척하려고 애썼다. 갤러리아를 지나가는 내내 미소를 지으며 움직였지만 어디로 가고 있는지 자신도 알 수 없었다.

그러다 그 쇼핑몰에서 벗어난 후 알게 됐다. 엄청나게 많은 수의 군중이 대성당 광장에서 축하하며 먹고 마시고 음악을 연주하고 춤을 추고 있었다. 그는 사람들 속으로 녹아들어 자연스러워 보이려고 노력하면서 미소를 짓고 천천히 움직였다. 그리고 기도를 드리려고 대성당으로 가는 사람들 쪽으로 향했다.

피노에게 대성당은 피난처였다. 남자들이 그를 쫓아 대성당까지 들어올 수는 있어도 그를 데리고 나갈 수는 없었다.

정문에 거의 도달했을 때 뒤에서 한 남자가 외치는 소리를 들었다. "저기 있다! 그놈을 막아! 그는 배신자야, 부역자라고!"

뒤를 돌아보니 남자들이 광장을 가로지르고 있었다. 그 뒤로 그의 엄마뻘인 여자들 몇 명이 따르고 있었다. 그는 재빨리 대성당 안으로 들어갔다.

벽에 넓게 자리 잡은 스테인드글라스에서 들어오는 햇살을 제외하면, 중앙 통로의 양옆으로 늘어선 여러 예배실과 작은 방들에서 깜박거리는 봉헌 양초와 맨 끝 제단 주변에서 타오르는 양초만이 대성당을 밝히고 있었다.

봉헌 양초가 켜져 있어도 그날 대성당 내부는 짙은 회색 그림자가 드리워져 있었다. 피노는 잽싸게 그림자 속으로 들어가 움직였다. 대성당 왼쪽에 쭉 늘어서 있는 예배실로부터 멀리 떨어저 걸으면서 오른쪽 통로와 고해실로 향했다. 고해실은 높은 나무 상자 밖에서 무릎을 꿇고 그 안에 있는 신부에게 죄를 고백하게 되어 있어 회개하는 사람에게 사생활을 전혀 보장해 주지 않는 암울한 장소였다.

매우 굴욕적이어서 그곳에 고백하러 가는 것을 무척 싫어했다. 그러나 어린 시절 이 대성당 고해실에서 무릎을 꿇고 고해 성사를 한 적이 많아서 고해실 부스와 벽 사이에 30센티미터, 혹은 잘하면 50센티미터 정도 되는 공간이 있다는 것을 알고 있었다. 그는 큰 촛대에서 가장 멀리 떨어진 세 번째 고해실 뒤로 조심조심 움직이면서 공간이 그가 들어가기에 충분하기를 바랐다.

피노는 몸을 완전히 숨기려고 등을 구부리고 서서 벌벌 떨고 있었다. 다행히 해방을 기념하는 날이라 고해 성사를 위해 대기하고 있는 신부는 하나도 없었다. 아리아가 머릿속에서 다시 시작됐다. 더불어 안나의 죽음을 본 공포가 다시 나타났지만 억지로 떨치고 주변 소리에 귀를 기울이려고 노력했다. 묵주 기도를 드리는 여자들의 중얼거림과 묵주가 딸각거리는 소리가 들렸다. 정문에서 끼익하는 소리가 났다. 남자들이 이야기하고 있었다. 내다보고 싶은 충동을 꾹 참고 기다리면서 다가오는 요란한 발소리를 들었다. 남자들이 빠르게 움직였다.

"그놈이 어디로 갔을까?" 한 남자가 말했다.

"이 안 어딘가에 있어." 고해실 부스 바로 앞에서 다른 남자가 말했다.

"갑니다." 가까워지는 발소리들 사이에서 한 남성의 목소리가 들렸다.

"아닙니다, 신부님." 한 남자가 말했다. "오늘은 고해 성사를 하러 온 게 아닙니다. 저희는, 어, 기도하러 예배실에 가는 중입니다."

"거기 가는 길에 죄를 저지를지 모르니 여기에서 기다리고 있겠습니다." 신부가 말하고 나서 피노가 뒤에 숨어 있는 고해실의 문이 열렸다.

신부가 안으로 들어가 앉는 기척이 났다. 두 남자가 대성당 안쪽으로 움직였다. 그는 숨을 참고 기다렸다. 또다시 머릿속에서 광대가 노래했다. 그 소리를 떨쳐버리려 애썼지만 아리아가 머리에서 떠나지 않았다.

울음이 왈칵 터져 나올까 봐 겁이 나서 움직일 수밖에 없었다. 고해실 뒤에서 조심조심 걸어 나오려고 했지만 신발 한 짝이 무릎 방석에 걸리고 말았다.

"아." 신부가 말했다. "드디어 손님이 오셨군요."

문이 드르륵 열렸지만 그 안에서 보이는 것은 어둠뿐이었다. 머리에 떠오르는 것은 단 한 가지였고, 그 생각대로 무릎을 꿇었다.

"제가 저지른 죄에 자비를 내려주세요, 신부님." 목이 멨다.

"네?"

"저는 아무 말도 하지 않았어요. 저는 아무 행동도 하지 않았어요."

"무슨 이야기를 하는 건가요?" 신부가 말했다.

✤

더 말하다가는 쓰러져버릴 것 같아서 피노는 휘청거리며 일어나 대성당 안쪽으로 깊숙이 들어갔다. 트랜셉트(십자형 교회의 양팔에 해당하는 부분) 밑을 가로질러 가다가 기억나는 문을 찾았다.

문을 나가니 델 아르치베스코바도 거리와 접한 곳이었다.

행복한 얼굴로 광장을 향해 걷는 사람들이 더 늘어났다. 그는 몰려오는 인파의 방향을 거슬러 내려가 대성당 뒷면으로 빙 돌아갔다. 집으로 갈지, 알베르트 외삼촌의 가게로 갈지 고심하고 있을 때 신부와 일꾼이 비토리오 거리 쪽으로 난 대성당 옆문에서 나왔다. 그들 뒤에 있는 계단은 피노가 어릴 때 학교에서 견학을 왔을 때 올라가본 적이 있는 곳이었다.

또 다른 일꾼이 나왔다. 피노는 재빨리 움직여 문이 닫히기 전에 안으로 들어가 가파르고 좁은 계단을 올라갔다. 30층을 올라가자 대성당 옆으로 길게 이어지는 통로가 나왔다. 그곳에는 가고일과 첨탑, 고딕 아치가 있었다. 그는 대성당의 가장 높은 탑꼭대기에서 본래의 모습을 그대로 간직하고 있는 성모 마리아상을 계속 올려다보았다. 그녀가 전쟁에서 어떻게 살아남았는지, 그리고 이곳에서 얼마나 많은 파괴를 목격했는지 궁금했다.

피노는 찜통 같은 더위에도 불구하고 지붕을 떠받치는 아치형 구조물 사이로 움직이는 동안 식은땀에 흠뻑 젖어서 벌벌 떨었다. 마침내 대성당 정문 위로 높이 솟은 발코니에 도착해 멈춰 섰다. 총알 자국이 나고 누더기가 된 치마처럼 그의 주변으로 펼쳐진 폭격받은 도시, 폭격받은 삶을 내려다봤다.

고개를 들어 하늘을 올려다보고 끝을 알 길 없는 괴로움에 젖어 속삭였다. "그녀를 구하기 위해 한마디도 하지 않았어요. 하느님, 아무 행동도 하지 않았어요."

그 고백은 곧 그 비극의 순간이 떠오르게 했다. 그는 북받쳐 오르는 흐느낌을 억눌렀다.

"산전수전을…… 그 산전수전을 다 겪었는데, 이제 나에게 남은 것은 아무것도 없어요."

광장의 웃음소리, 음악 소리, 노랫소리가 바람을 타고 그가 있는 곳까지 올라왔다. 발코니로 나가 난간 너머를 내려다봤다. 90미터 아래, 거의 2년 전 야간 조명등을 세우는 일꾼들을 봤던 그 자리에서 사람들이 바이올린과 아코디언, 기타를 연주하고 있었다. 몰려든 사람들 사이로 와인 병이 전달되고 연인들이 키스하고 춤을 추면서 사랑을 주고받고 있었다.

고통과 슬픔이 가슴을 갈가리 찢어놓았다. 이 괴로움이 그의 형벌이라고 생각했다. 그의 귀에서 메아리치는 비탄에 잠긴 광대의 아리아와 단 몇 초 사이에 다시, 또다시, 하염없이 반복해서 얼굴을 일그러뜨리며 쓰러지는 안나……. 신과 삶, 사랑, 더 나은 미래에 대한 그의 믿음이 주르르 새어 나가 하나도 남지 않았다.

그는 배신자였고, 버림받았고, 홀로 남았다. 대리석 기둥을 잡고 발코니 난간으로 올라갔다. 푸른 하늘을 빠르게 흘러가는 뭉게구름을 가만히 바라봤다. 그 하늘은 죽으면서 보기에 안성맞춤인 광경이었다.

"주님, 당신은 제가 한 짓을 다 보셨습니다." 피노가 최악의 길을 가기 위해 기둥을 잡고 있던 손을 놨다. "제 영혼에 자비를 베푸소서."

31

"멈춰!" 그의 뒤에서 남자가 소리쳤다.

피노는 깜짝 놀라 균형을 잃고 난간에서 떨어져 30층에 아래 광장의 돌바닥으로 곤두박질쳐 목숨을 잃을 뻔했다. 그러나 등산으로 단련된 반사신경이 몸에 너무 깊이 배어 있었다. 손가락이 기둥을 잡았다. 어깨 너머를 볼 수 있을 만큼 몸을 가누게 되자 심장이 가슴을 뚫고 나올 정도로 세차게 뛰는 것이 느껴졌다.

밀라노의 추기경이 3미터도 떨어지지 않은 곳에 서 있었다.

"뭘 하는 건가?" 슈스터 추기경이 따져 물었다.

"죽으려고요." 피노가 멍하니 말했다.

"내 교회에서, 게다가 하고많은 날 중에서 오늘 같은 날에 그런 짓을 하면 안 되네." 슈스터 추기경이 말했다. "이미 너무 많은 사람이 피를 흘렸어. 그곳에서 내려오게, 젊은이. 당장."

"정말 이렇게 하는 게 더 낫습니다, 추기경 각하."

"추기경 각하?"

슈스터 추기경이 눈을 가늘게 뜨고 안경을 고쳐 쓰더니 그를 유심히 살폈다. "나를 그렇게 부르는 사람은 한 명뿐이지. 자네는 레이어스 장군의 운전병이군. 피노 렐라야."

"그래서 뛰어내리는 것이 사는 것보다 더 낫습니다."

슈스터 추기경이 고개를 젓고 한 걸음 앞으로 다가왔다. "자네가 대성당에 숨어들었다는 그 배신자이자 부역자인가?"

피노가 고개를 끄덕였다.

"그럼, 내려오게." 슈스터 추기경이 한 손을 내밀었다. "자네는 안전하네. 내가 자네에게 피난처를 제공하겠네. 아무도 내 보호 아래에 있는 자네에게 해를 끼치지 못할 걸세."

피노는 울고 싶었지만 말했다. "제가 한 짓을 아시면 보호하지 않으실 거예요."

"레 신부가 자네에 대해 말했네. 그것만으로도 내가 자네를 보호해야 할 이유는 충분하지. 이제 내 손을 잡아. 그렇게 서 있는 자네를 보니 토할 것 같다네."

내려다보니 슈스터 추기경의 손과 추기경 반지가 보였지만 잡지 않았다.

"레 신부가 자네가 이러기를 바라겠나?" 슈스터 추기경이 말했다.

그 말이 파노의 마음을 건드렸다. 그는 슈스터 추기경의 손을 잡고 내려와서 쓰러지지 않으려고 구부정하게 섰다.

슈스터 추기경이 피노의 떨리는 어깨에 손을 올렸다. "그렇게 나쁜 짓은 아닐 걸세, 젊은이."

"나쁜 짓이에요, 추기경 각하." 피노가 말했다. "최악이에요. 지옥에 갈 짓이에요."

"판단은 나에게 맡기게나." 슈스터 추기경이 그를 발코니 밖으로 이끌었다.

슈스터 추기경은 외벽을 떠받치는 석조 구조물의 그늘에 피노를 앉혔다. 피노는 여전히 아래에서 들려오는 음악과 누군가를 불러 음식과 물을 가져오라고 시키는 슈스터 추기경의 목소리를 멍하니 듣고 있었다. 슈스터 추기경이 피노 옆에 쭈그리고 앉았다.

"이제 말해보게." 슈스터 추기경이 말했다. "자네의 고백을 듣겠네."

피노는 안나와 그의 사연을 골자만 이야기했다. 폭격이 시작된 첫날 거리에서 그녀를 만난 사연, 4개월 후에 레이어스 장군의 정부를 통해 우연히 재회한 것, 두 사람이 사랑에 빠진 과정, 함께 세운 결혼 계획, 그녀가 조금 전 총살 집행대 앞에서 비극적으로 죽은 경위를 털어놓았다.

"저는 그들을 멈추기 위해 어떠한 행동도 하지 않았어요." 그가 흐느꼈다. "그녀를 구하기 위해 어떤 말도 하지 않았어요."

슈스터 추기경이 눈을 감았다.

슬픔에 겨워 목이 메었다. "정말로 그녀를 사랑했다면, 저는…… 저는 그녀와 함께 죽었어야 해요."

"아니야." 슈스터 추기경이 눈을 뜨고 피노에게 시선을 고정했다. "안나가 그렇게 죽은 것은 비극이네만, 자네에게는 살아남을 권리가 있다네. 모든 인간은 하느님이 주신 그 기본적인 권리를 가지고 있어, 피노. 그리고 자네는 자네의 목숨을 잃을까 봐 두려웠던 거야."

피노는 더 이상 참지 못하고 울음을 터뜨렸다. "지난 2년 동안 목숨을 잃을까 봐 두려웠던 적이 얼마나 많았는지 아세요?"

"상상도 못 하겠구먼."

"예전에는 아무리 위험하더라도 늘 옳은 일을 하고 있다는 믿음이 있었어요. 그런데 제 목숨을 버릴 만큼 안나를 믿지 않은 걸까요?"

그는 다시 울기 시작했다.

"믿음은 이상한 존재야." 슈스터 추기경이 말했다. "해마다 같은 곳에 둥지를 틀면서도 때론 멀리 날아가서 몇 년씩이나 오지 않다가 훨씬 강해져서 돌아오는 매와 같지."

"저에게 믿음이 다시 돌아올지 모르겠어요."

"돌아올 게야. 때가 되면. 이제 나와 같이 가지 않겠나? 자네에게 밥을 좀 먹여야겠구먼. 그리고 자네가 밤을 보낼 장소도 알아보겠네."

피노는 생각하다가 고개를 흔들고 말했다. "함께 내려갈게요, 추기경 각하. 하지만 어두워지면 몰래 빠져나가서 가족이 있는 집으로 갈게요."

슈스터 추기경이 잠시 침묵하다가 말했다. "좋을 대로 하게나, 젊은이. 축복을 빌겠네. 그리고 신의 가호가 있기를."

✤

어둠이 깔린 후, 피노는 부모님의 아파트 로비로 슬그머니 들어갔다. 작년 크리스마스이브에 무전기가 든 슈트케이스를 안전하게 위층으로 옮기려고 일부러 경비병들과 장난을 치던 안나가 떠올랐다. 새장 모양의 승강기를 타고 올라가는 동안 또다시 추억이 밀려들었다. 5층의 경비병들을 지나치면서 나눴던 키스, 꼭 끌어안고……

승강기가 멈췄다. 피노는 발을 질질 끌며 현관으로 가서 문을 두드렸다.

그레타 외숙모가 활짝 웃으며 문을 열었다. "왔구나, 피노! 너랑 마리오가 오면 저녁을 같이 먹으려고 기다리고 있었단다. 마리오를 봤니?"

피노는 마른침을 힘겹게 삼키고 말했다. "마리오 형은 죽었어요. 다들 죽었어요."

그는 충격을 받아 얼어붙어 있는 그레타 외숙모를 지나 아파트로 들어갔다. 알베르트 외삼촌과 아빠가 피노의 말을 듣고 거실 소파에서 벌떡 일어서 있었다.

"마리오가 죽었다니 무슨 말이냐?" 아빠가 물었다.

"포르타 베네치아 공원에서 마리오 형의 손목시계에 눈독을 들인 남자가 형을 파시스트라고 부르고 머리를 쐈어요." 피노가 멍하게 말했다.

"안 돼!" 아빠가 소리쳤다. "사실이 아니야!"

"내 눈으로 직접 봤어요, 아빠."

아빠가 바닥으로 무너져 내려 울었다. "아, 주여……. 마리오의 엄마가 얼마나 충격을 받을까."

피노는 거실 양탄자를 빤히 쳐다보면서 그와 안나가 그곳에서 나눈 사랑을 생각했다. 생애 최고의 크리스마스 선물이었다. 알베르트 외삼촌이 쏟아내는 질문들이 하나도 들리지 않았다. 그 양탄자에 누워 그녀의 죽음을 애도하고 싶은 마음뿐이었다.

그레타 외숙모가 그의 팔을 쓰다듬었다. "괜찮아질 거야, 피노." 그녀가 피노를 달랬다. "네가 뭘 봤든, 네가 무엇 때문에 고통스러워하든, 다 괜찮아질 거야."

피노의 눈에 눈물이 차올랐다. 그는 고개를 저었다. "아니에요, 그렇지 않을 거예요. 영원히."

"아이고, 이 가여운 녀석." 그녀가 조용히 울먹였다. "가서 밥 좀 먹어. 우리에게 말하고 다 털어버려."

그는 떨리는 목소리로 말했다. "말 못 해요. 더 이상 생각 못하겠어요. 배도 안 고파요. 그냥 자고 싶어요." 그는 다시 한겨울이 온 것처럼 부들부들 떨었다.

아빠가 다가와서 피노에게 팔을 둘렀다. "그럼 침대로 데려다주마. 아침이 되면 기분이 나아질 거야."

그들이 복도를 지나 방으로 그를 데려가는 동안 그는 어디로 가고 있는지 거의 알아채지 못했다. 그는 침대 끝에 앉았다. 정신이 멍하고 손가락 하나 까딱할 수 없었다.

"라디오 들을래?" 아빠가 물었다. "지금은 안전하단다."

"제 라디오는 레 신부님한테 있어요."

"바카의 라디오를 가져올게."

피노는 무관심하게 어깨를 으쓱했다. 아빠는 잠시 주저했지만 이내 나가서 바카의 라디오를 들고 왔다. 그는 작은 탁자에 라디오를 올려놨다.

"저기 뒀으니까 듣고 싶으면 틀어."

"고마워요, 아빠."

"복도에 나가 있을게. 필요한 게 있으면 아빠를 불러."

피노가 고개를 끄덕였다.

✤

아빠가 나가면서 조용히 문을 닫았다. 그가 알베르트 외삼촌과 그레타 외숙모에게 걱정스러운 목소리로 조용히 말하는 소리가 점점 작아지다가 아무 소리도 들리지 않게 되었다. 열린 창문으로 북쪽에서 총이 한 발 발사되는 소리와 아래 길거리에서 사람들이 웃으며 지나다니는 소리가 들렸다.

마치 그들의 웃음소리가 인생 최악의 순간을 맞은 그를 조롱하고 벌주는 것 같았다. 그는 창문을 쾅 내려 닫았다. 신발과 바지를 벗어 던지고 불을 끄고 나서 침대에 누워 분노와 후회로 부들부들 떨었다. 자려고 했지만 안나가 죽을 때 지었던 어두운 비난의 표정과 그녀의 영혼이 떠나면서 달아난 사랑이 머리에서 떠나지 않았다.

라디오를 켜고 채널을 계속 돌리다가 조용한 드럼과 심벌즈를 배경으로 느린 피아노 독주가 나오자 멈췄다. 부드럽고 따뜻한 재즈였다. 눈을 감고 여름의 개울처럼 평온하고 장난스러운 음악에 집중하려고 노력했다. 개울을 상상하려고, 그 안에서 평화를 찾으려고, 잠들려고, 무로 돌아가려고 노력했다.

그러나 그때 피아노 연주가 끝나고 〈부기우기 버글 보이〉가 나왔다. 피노는 음악이 시작되자 벌떡 일어나 앉았다. 엇박자가 나올 때마다 그의 신경을 긁고 고문하는 것 같았다. 전날 밤 다이애나 호텔에서 카를레토와 연주를 하고 파티를 하던 자신의 모습이 환히 보였다. 그때만 해도 안나는 끌려가기 전이었고 살아 있었을 것이다. 파티에 가는 대신 돌리의 아파트에 가기만 했어도…….

다시 분노가 치솟아 라디오를 거칠게 낚아채 산산조각이 나도록 벽에 던져버리려 했다. 그러다 갑자기 기운이 쭉 빠져 라디오에서 잡음이 들릴 때까지 다이얼만 돌려댔다. 태아처럼 옆으로 쪼그리고 누웠다. 눈을 감고 식식거리고 치직거리는 잡음을 들으면서, 부디 심장에 벌어진 상처가 아주 커져서 잠에서 깨기 전에 심장이 멈추게 해달라고 간절히 기도했다.

✦

반복되는 꿈에서 안나는 살아 있었다. 여전히 안나처럼 웃고 안나처럼 키스했다. 그녀 특유의 향기를 풍기고, 항상 그녀를 안고 간지럼 태우고 싶게 하던 특유의 곁눈질로 쳐다보면서 재미있다는 표정을 지었다.

누군가 어깨를 흔드는 느낌에 깜짝 놀라 잠에서 깼다. 창문에서 햇빛이 쏟아졌다. 알베르트 외삼촌과 아빠가 침대 옆에 서 있었다. 피노는 낯선 사람을 보듯 그들을 쳐다봤다.

"10시야." 알베르트 외삼촌이 말했다. "거의 14시간 동안 잠들어 있었단다."

전날의 악몽이 되살아났다. 잠을 자며 안나가 여전히 살아 있는 꿈을 꾸고 싶은 마음이 너무 간절해서 다시 울음이 터져 나오려 했다.

"피노, 힘든 거 알아." 아빠가 말했다. "하지만 네 도움이 필요하구나."

알베르트 외삼촌이 고개를 끄덕였다. "마리오의 시신을 찾으러 공동묘지에 가야 해."

피노는 여전히 잠들어 꿈속에서 안나를 찾고 싶었다. "제가 형을 공원에 남겨뒀어요. 형의 시신을 거기에 두고 도망쳤어요."

알베르트 외삼촌이 말했다. "어젯밤 네가 잠든 뒤에 찾아보러 갔단다. 마리오를 공동묘지로 실어 갔다고 사람들이 그러더구나. 지난 며칠 동안 길에서 발견된 많은 시신들 사이에서 마리오를 찾아야 해."

"그러니까 일어나렴." 아빠가 말했다. "우리 셋이 같이 가면 둘이 갈 때보다 빠르게 찾을 수 있을 거야. 마리오 엄마를 위해 그 정도는 해야지."

"사람들이 나를 알아볼 거예요." 피노가 말했다.

"나랑 같이 있으면 못 알아볼 거야." 알베르트 외삼촌이 말했다.

피노는 그들을 말릴 수 없을 것 같았다. "잠깐만요. 금방 나갈게요."

두 사람이 방에서 나간 뒤 일어나 앉으니 머리가 지끈거렸다. 깊게 구멍이 뚫린 심장이 요동쳤다. 다시 머릿속에 안나의 생각이 떠오르려 해서 황급히 억눌렀다. 지금은 그럴 때가 아니었다. 그녀를 생각하기 시작하면 도로 침대에 누워 눈물만 흘리게 될 터였다.

깨끗한 옷을 입고 거실로 나왔다.

"가기 전에 뭐 좀 먹을래?" 아빠가 물었다.

"지금은 괜찮아요." 단호한 말투였지만 피노는 신경 쓰지 않았다.

"물이라도 좀 마셔야지."

"괜찮다고요!" 피노가 소리쳤다. "귀먹었어요, 아빠?"

아빠가 한 걸음 물러섰다. "알았다, 피노. 아빠는 그냥 걱정이 돼서 그래."

그는 아빠를 쳐다봤다. 아빠와 알베르트 외삼촌에게 안나에 대해 말할 수 없었고 말하고 싶지도 않았다.

"알아요, 아빠. 죄송해요. 마리오 형을 찾으러 가요."

✦

오전 11시인데도 바깥은 벌써 푹푹 쪘다. 거리를 걷고, 몇 대 남지 않은 전차 중 한 대를 타고, 용케 휘발유를 구한 알베르트 외삼촌 친구의 차를 얻어 타는 동안 바람 한 점 불지 않았다.

피노는 그 이동 과정을 거의 기억하지 못했다. 그는 밀라노와 이탈리아가, 따지고 보면 온 세상이 야만스럽고 혼란스럽고 비정상적인 곳으로 여겨졌다. 상흔이 남은 밀라노를 바라보았다. 멀리서 바라본 도시의 모습은 나치의 퇴각 이후 돌아오기 시작한 충만한 삶과는 거리가 멀었다.

알베르트 외삼촌의 친구는 그들을 공동묘지 광장 앞에 내려주었다. 밀라노 공동묘지의 팔각형 모양 추모 예배당 파미디오와 그 예배당 좌우로 기다랗게 돌출된 2층짜리 아치형 돌기둥을 향해 걸었다. 그러면서 피노는 또다시 악몽으로 변하는 꿈속에 있는 것 같았다.

돌기둥 쪽에서 비통한 울음소리가 메아리치고, 멀리서 라이플총이 연달아 발사되는 소리가 들렸다. 이어서 그보다 큰 폭발음이 천둥소리처럼 내리쳤다. 피노는 전혀 신경 쓰지 않았다. 오히려 폭탄이 하나 있었으면 했다. 할 수만 있다면 폭탄을 끌어안고 뇌관을 망치로 박살 내고 싶었다.

덤프트럭 한 대가 경적을 울렸다. 알베르트 외삼촌이 덤프트럭이 오는 길에 서 있던 피노를 얼른 뒤로 잡아끌었다. 피노는 지나가는 덤프트럭을 멍하니 쳐다봤다. 평소에 보던 덤프트럭들과 다를 바 없는 차였다. 그런데 바람이 불자 시체의 악취가 쏟아져 나왔다. 장작처럼 쌓인 송장이 덤프트럭 바닥에 가득했다. 옷을 입은 채이거나 발가벗겨진 남자와 여자, 아이의 시퍼렇게 부어오른 사체가 꼭대기까지 튀어나와 있었다. 피노는 몸을 구부리고 헛구역질을 했다.

아빠가 그의 등을 문질렀다. "괜찮아, 피노. 날이 더워서 이럴 줄 알고 손수건이랑 좀약을 가져왔어."

덤프트럭이 180도로 회전하더니 아치형 돌기둥 아래로 후진했다. 레버를 올렸다. 100구가 넘는 송장이 덤프트럭에서 묘지로 떨어져 내렸다.

얼어붙은 피노는 겁에 질려 입을 벌리고 바라봤다. 안나가 저기에 있을까? 저 밑에 묻혀 있을까?

운전사가 수백 구의 사체가 더 오고 있다고 말하는 소리가 들렸다.

알베르트 외삼촌이 피노의 팔을 잡아당겼다.

"이제 저기로 가자." 알베르트 외삼촌이 말했다.

피노는 말 잘 듣는 개처럼 두 사람을 따라 추모 예배당으로 들어갔다.

"사랑하는 사람을 찾고 있소?" 문 안에 서 있는 남자가 물었다.

"내 사촌의 아들입니다." 미켈레가 말했다. "파시스트로 오해받아서……."

"애도를 표합니다만, 나는 당신 사촌의 아들이 왜 또는 어떻게 죽었는지는 관심이 없소이다." 남자가 말했다. "사람들이 시신을 찾아서 가지고 가기만 하면 되오. 건강에 아주 해로운 곳이오. 마스크를 가져왔소?"

"손수건과 좀약을 가져왔습니다." 미켈레가 말했다.

"도움이 될 게요."

"시신을 놓는 순서 같은 게 있습니까?" 알베르트 외삼촌이 물었다.

"들어온 순서대로요. 그리고 빈자리가 보이는 대로 눕혀놓았소. 일일이 찾는 수밖에 없소. 무슨 옷을 입고 있었는지 아시오?"

"이탈리아 공군 제복을 입고 있었습니다." 미켈레가 말했다.

"그럼 찾을 수 있겠소. 저 계단으로 올라가보시오. 동쪽 기둥에서부터 직사각형 복도들을 지나쳐서 회랑들 쪽으로 가시오."

미처 고맙다는 말을 전하기도 전에 직원은 완전히 제정신이 아닌 다음 가족에게로 발걸음을 돌려 사랑하는 사람의 시신을 찾는 방법을 알려주러 갔다. 미켈레가 흰색 손수건을 나눠주고 종이봉투에서 좀약을 꺼냈다. 손수건 가운데에 좀약을 놓고 끝을 묶어서 주머니처럼 만든 다음에 입술과 코를 막는 방법을 보여줬다.

"제1차 세계대전 때 배운 방법이야." 미켈레가 말했다.

피노는 주머니를 받아서 빤히 쳐다봤다.

"우리는 저 아래 회랑들부터 찾아보마." 알베르트 외삼촌이 말했다. "너는 여기서부터 시작하렴, 피노."

✛

예배당의 동쪽에 난 열린 문을 지나 돌기둥의 2층으로 올라가는 동안 그의 의식은 거의 작동하지 않았다. 팔각형 모양 탑까지 90미터 정도 이어진 회랑 양쪽에 아치들이 나란히 늘어서 있고 가운데에 길이 세 방향으로 뻗어 있었다.

다른 날이라면 이곳은 오래전에 잊힌 롬바르디아의 정치인과 귀족들의 조각상을 제외하면 대부분 비어 있었을 것이다. 그러나 지금 돌기둥과 회랑은 나치의 퇴각에 이어 하루에 거의 500구씩 들어오는 시신을 두는 거대한 영안실이 되어 있었다. 1미터 너비의 가운데 길을 사이에 두고 양쪽 옥외 복도에 사체가 줄지어 누워 있었다. 발은 벽 쪽을 향하고 얼굴은 통로를 향하고 있었다.

그날 아침 많은 밀라노 사람들이 사체가 놓인 회랑들을 돌아다녔다. 깊은 슬픔에 빠진 늙은 여인들이 입술과 코 위로 검은색 레이스 숄을 두르고 있었다. 젊은 남자들은 부인과 딸, 아들의 떨리는 어깨를 안고 이끌었다. 이미 쉬파리들이 몰려들기 시작해 윙윙거리며 사방으로 날아다녔다. 피노는 눈과 귀로 들어오려는 쉬파리들을 몰아내려고 계속 손을 휘저어야 했다.

쉬파리 떼가 가장 가까운 곳에 있는 정장을 입은 남자의 시신을 향해 몰려들었다. 남자의 관자놀이에 총알이 관통한 흔적이 있었다. 피노가 그를 본 것은 1초도 되지 않았지만 그 모습이 피노의 뇌리에 박혔다. 다음 시신을 봤을 때도 마찬가지였다. 잠옷을 입은 그 50대 여자의 은색 머리카락에는 곱슬곱슬하게 마는 원통형 헤어롤 하나가 여전히 달려 있었다.

그는 왔다 갔다 하면서 옷과 성별, 얼굴을 훑어보며 그들 중에서 마리오를 찾으려 했다. 한때 영향력이 막강했던 성공한 파시스트들과 그들의 아내들로 짐작되는 벌거벗은 부부들의 시신을 지나칠 때는 한 번씩만 흘긋 시선을 주고 빠르게 움직였다. 약간 뚱뚱하고 나이가 많은 그들의 피부는 창백했고 이미 시반이 생겨 있었다.

첫 번째 회랑을 지나 복도의 팔각형 교차로로 가서 오른쪽으로 돌았다. 이쪽 돌기둥은 첫 번째보다 높이 솟아 공동묘지 광장이 내려다보였다.

그곳에서 목이 졸린 시신, 난도질당한 시신, 총에 맞은 시신들을 봤다. 무참한 죽음 앞에 시야가 흐릿해졌다. 감당하기에는 수가 너무 많아서 두 가시에만 집중했다. 마리오를 찾자. 여기에서 나가자.

얼마 지나지 않아, 죽은 파시스트 군인들 예닐곱 명 사이에 누워 있는 친척 형을 찾았다. 마리오의 눈은 감겨 있었다. 쉬파리들이 그의 머리에 난 상처 위에서 춤을 추고 있었다. 주변을 둘러보니 복도 건너편에 비어 있는 시트가 있었다. 시트를 주워 와 마리오의 시신에 덮었다.

이제 알베르트 외삼촌과 아빠를 찾아서 이곳을 떠나기만 하면 된다. 예배당을 향해 뛰어가는 동안 밀실공포증이 피노를 덮쳤다. 시신을 찾고 있는 다른 사람들을 재빨리 피하면서 내달려 예배당에 도착하니 숨이 가쁘고 불안감이 치솟았다.

예배당을 지나 계단을 쏜살같이 뛰어 내려가 아래층 돌기둥으로 갔다. 한 가족이 그의 오른쪽에 있는 시신에 수의를 입히고 있었다. 왼쪽을 보자 저편 회랑에서 알베르트 외삼촌이 좀약을 싼 손수건으로 입술과 코를 가리고 머리를 앞뒤로 흔들면서 그를 향해 다가오고 있었다.

피노가 그에게 달려갔다. "마리오 형을 찾았어요."

알베르트 외삼촌이 좀약 주머니를 내려놓고 충혈된 눈으로 그를 애처롭게 올려다봤다.

"다행이구나. 어디에 있냐?"

피노가 위치를 말했다. 알베르트 외삼촌이 고개를 끄덕이더니 피노의 팔뚝에 손을 얹었다.

"어젯밤에 네가 왜 그렇게 속상해했는지 이제야 알겠구나." 그가 목쉰 소리로 말했다. "정말…… 정말 상심이 크겠구나. 정말 좋은 아가씨 같았는데."

오장이 뒤틀리는 것 같았다. 안나는 여기에 없다고 자신을 납득시키려 했다. 그렇지만 여기 말고 있을 곳이 또 있을까? 알베르트 외삼촌의 어깨 너머로 기다랗게 이어진 회랑을 응시했다.

"어디 있어요?" 피노가 물으며 알베르트 외삼촌을 밀치고 지나가려 했다.

"안 돼." 알베르트 외삼촌이 그를 막아섰다. "너는 거기 가면 안 돼."

"비키세요, 외삼촌. 안 그러면 밀어버릴 거예요."

알베르트 외삼촌이 시선을 떨구고 옆으로 비켜서서 말했다. "복도 끝 오른쪽에 있어. 내가 데려다줄까?"

"아니요." 피노가 말했다.

32

피노는 돌리 스토틀마이어를 먼저 발견했다.

레이어스 장군의 정부는 여전히 상아색 가운 차림이었다. 돌리의 가슴 사이에서 뿜어진 피가 국화 모양으로 피었다가 시들어서 말라붙어 있었다. 슬리퍼는 어디론가 사라져 보이지 않았다. 눈과 입술이 반쯤 열린 채 굳어 있었다. 손가락을 깍지 낀 채여서 빨간색 매니큐어가 고스란히 드러났는데 개똥지빠귀알처럼 푸르스름한 피부와 대비돼서 더 화려해 보였다.

시선을 드니 복도 끝에 있는 안나가 보였다. 온몸에서 솟구쳐 가슴과 목구멍 밖으로 나가려고 몸부림치는 감정을 억누르려고 기를 쓰는 동안 눈물이 앞을 가리고 숨이 가빠졌다. 입술에서 새어 나오던 작은 흐느낌이 깊은 통곡으로 바뀌었다. 그녀 곁으로 다가가 무릎을 꿇었다.

안나의 브래지어 아래에 총알구멍이 있었고 드러난 배에 돌리의 것과 비슷한 꽃 모양으로 피가 뭉쳐 있었다. 게릴라들이 일부러 천박해 보이게 하려고 입술에 덕지덕지 발라놓은 새빨간 립스틱과 같은 색으로 이마에 창녀라고 쓰여 있었다.

피노는 그 모습을 내려다보면서 절망에 휩싸이고 슬픔에 사로잡히고 상실감에 몸서리쳤다. 입술과 코에서 좀약 주머니를 내렸다. 복도에 짙게 드리운 고약한 썩은 공기 속에서 숨을 쉬며 주머니를 열어 좀약을 옆에 내려놨다. 기억 속 안나와 거의 같아질 때까지 손수건으로 이마와 입술에서 립스틱을 닦아냈다. 피노는 손수건을 내려놓고 자신의 손을 맞잡은 채 그녀를 가만히 바라보면서 그녀가 풍기는 죽음의 냄새를 들이마셔 폐 속 깊이 빨아들였다.

"나는 거기 있었어요." 피노가 말했다. "당신이 죽는 것을 봤어요. 그리고 아무 말도 하지 않았어요, 안나. 나는 아무……."

너무 고통스러워서 눈물이 치솟고 절로 몸이 접혔다.

"내가 왜 그랬을까요?" 그가 구슬프게 한탄했다. "내가 왜 그랬을까요?"

주저앉아 상체를 앞뒤로 흔들며 망가진 사랑의 잔해를 내려다보는 동안 눈물이 볼을 타고 뚝뚝 떨어졌다.

"나는 당신을 실망시켰어요." 목이 메었다. "크리스마스이브에, 당신은 위험을 감수하고 내 옆에 있어줬어요. 그런데 나는 당신을 위해 나서지 못했어요. 내가…… 내가 왜 그랬는지 모르겠어요. 나 스스로도 납득할 수가 없어요. 당신과 함께 그 벽 앞에 서 있었으면 얼마나 좋았을까요, 안나."

시간 감각을 잃은 채 그녀 옆에 무릎을 꿇고 앉아 있었다. 그를 지나치는 사람들이 안나의 머리카락을 쳐다보면서 그녀에 대해 소곤거리는 것조차 거의 인식하지 못했다.

어차피 상관없었다. 이제 그들은 그녀에게 상처를 줄 수 없었다. 그가 그녀의 옆에 있으니 그들은 더 이상 그녀에게 상처 줄 수 없었다.

✤

"피노?"

어깨를 잡는 손에 올려다보니 아빠와 외삼촌이 와 있었다.

"우리가…… 행복하게 살 줄 알았어요, 아빠." 피노가 어쩔 줄 몰라 하며 말했다. "우리 사랑이 영원할 줄 알았어요. 우리는 이런 일을 당할 만한 잘못을 저지르지 않았어요."

미켈레의 눈에 눈물이 치솟았다. "안타깝구나, 피노. 방금 알베르트한테 들었어."

"우리 둘 다 안타깝다." 알베르트 외삼촌이 말했다. "하지만 가야 해. 이런 말 하기는 싫지만, 이제 그녀를 보내줘야 해."

피노는 벌떡 일어나서 외삼촌을 흠씬 두드려 패고 싶었다. "나는 그녀와 있을 거예요."

"그러면 안 돼." 미켈레가 말했다.

"그녀를 묻어줘야 해요, 아빠. 장례식을 제대로 치르게 해야 해요."

"안 될 말이야." 알베르트 외삼촌이 말했다. "시신을 수습해 간 사람들을 게릴라들이 모두 확인하고 있어. 그들이 너도 부역자라고 생각할 거야."

"상관없어요." 피노가 말했다.

"우리는 그렇지 않아." 미켈레가 엄격하게 말했다. "힘든 일이라는 것은 안다, 아들아. 하지만……."

"아신다고요?" 피노가 소리쳤다. "엄마가 이렇게 돼 있어도 남겨두고 가실 건가요?"

아빠가 움찔하더니 뒷걸음쳤다. "아니, 나는……."

알베르트 외삼촌이 그를 말렸다. "피노, 안나도 그러기를 바랄 거야."

"안나가 바라는 것을 외삼촌이 어떻게 아세요?"

"크리스마스이브에 가게에서, 그녀가 너를 얼마나 사랑하는지 그녀 눈에서 봤으니까. 그녀는 자기 때문에 네가 죽는 것을 바라지 않을 거야."

피노는 다시 안나를 내려다보면서 감정을 억눌렀다. "그렇지만 그녀를 위한 장례식도, 묘비도, 아무것도 없을 거예요."

알베르트 외삼촌이 말했다. "찾으러 온 사람이 없는 시신을 어떻게 하는지 예배당에 있는 남자한테 물어봤어. 모두 다 슈스터 추기경의 축복을 받은 후 화장해서 묻는다더라."

피노의 고개가 천천히 앞뒤로 흔들렸다. "그렇지만 나는 어디로 가야……."

"그녀를 볼 수 있냐고?" 아빠가 말했다. "두 사람이 가장 행복했던 곳으로 가면 돼. 그녀는 항상 그곳에 있을 거야. 그건 아빠가 장담해."

피노는 코모 호수 남동쪽 끝 체르노비오에 있는 작은 공원을 떠올렸다. 함께 난간에 기대 구경하다가 그녀가 머리띠를 한 피노의 사진을 찍은 곳. 모든 것이 완벽해 보이던 곳이었다. 그는 안나의 차가운 얼굴을 내려다봤다. 그녀를 남겨놓고 가는 것은 도저히 용서할 수 없는 두 번째 배반 같았다.

"피노." 아빠가 부드럽게 말했다.

"가요, 아빠." 그는 코를 훌쩍이고 나서 손수건으로 눈을 닦았다. 그 바람에 얼굴에 립스틱이 얼룩졌다. 눈물에 젖은 손수건을 그녀의 브래지어에 끼워 넣었다.

사랑했어요, 안나. 피노가 생각했다. 영원히 사랑할 거예요.

이어서 몸을 굽혀 그녀에게 키스하고 작별 인사를 했다.

✤

피노는 휘청거리며 일어섰다. 외삼촌과 아빠가 양쪽에서 팔꿈치를 잡아 걸을 수 있게 도왔다. 그는 그곳을 떠나면서 돌아보지 않았다. 돌아볼 수 없었다. 돌아보면 다시는 움직일 수 없을 것이 분명했다.

예배당에 도착할 즈음에는 두 사람의 도움 없이 걸을 수 있었다. 그는 이미 레이어스 장군의 목숨을 구한 날 밤에 돌리의 아파트 주방에 있던 안나의 모습, 어린 시절 생일날에 아빠와 바다에 나간 이야기를 들려주던 안나의 모습을 회상하면서 그녀의 시신을 머릿속에서 떨쳐버리려고 노력하고 있었다.

그 추억 덕분에 마리오에게 수의를 입히고 위층 회랑으로 데리고 가서 게릴라들에게 몸수색을 받는 과정을 견뎌냈다. 게릴라들은 마리오의 군복을 알아차리고 손을 저어 그들을 통과시켰다. 그들은 수레를 구해서 시신을 싣고 밀면서 도시를 가로질러 가족의 친구인 장의사에게 데리고 갔다.

그들은 어둠이 내려앉은 뒤에야 집에 돌아왔다. 피노는 기진맥진하고 슬펐고 음식과 물을 먹지 않은 탓에 현기증이 났다. 억지로 밥을 먹고 와인을 지나치게 많이 마셨다. 전날 밤처럼 라디오를 잡음에 맞춰놓고 침대에 기어들어 갔다. 눈을 감고 꿈속에서 안나가 다시 살아나기를 기도했다.

그러나 그날 밤, 안나는 살아나지 않았다. 꿈속에서 안나는 죽어서 공동묘지 회랑에 홀로 누워 있었다. 어둠 속에서 빛이 위에서 비추는 것처럼 그녀가 분명히 보였다. 꿈을 꿀 때마다 그녀에게 다가가려 했지만 그녀는 자꾸만 멀어졌다.

그 상황이 너무 잔인해서 고통에 몸부림치며 울었다. 깜짝 놀라 악몽에서 깨어났다가 안나가 떠났다는 현실을 다시 절감했다. 숨을 헐떡였다. 식은땀에 젖은 머리가 터져버릴 것만 같아 두 손으로 꽉 감쌌다. 안나에 대한 생각을 떨쳐버리려 했지만 그럴 수 없었고 잠들 수도 없었다. 어쩔 수 없었다. 누워서 추억과 후회로 갈가리 찢어지든지, 어릴 때부터 그랬듯이 걸으면서 마음이 진정되기를 기다리든지, 둘 중 하나였다.

손목시계를 봤다. 1945년 4월 29일 일요일 새벽 3시였다.

✤

피노는 옷을 입고 아파트를 조용히 나와 계단을 내려가 텅 빈 로비를 지나갔다. 어두운 밤이었고 가로등은 드물었다. 산 바빌라를 가로질러 북쪽으로 향하면서 마리오의 시신을 장의사에게 데리고 갈 때 지난 길을 도로 되짚어갔다.

4시 10분, 피노는 공동묘지에 다시 와 있었다. 그는 약혼녀가 안에 있다고 말했다. 누군가 그곳에서 그녀의 시신을 봤다고 말했다.

"그녀를 어떻게 보려고 그래?" 경비 중 한 명이 말했다.

다른 경비가 담배에 불을 붙였다.

피노가 말했다. "성냥 세 개만 주실래요?"

"안 돼."

"에이, 루이지." 첫 번째 경비가 말했다. "저 애는 죽은 애인을 찾으러는 거잖아, 제발 좀."

루이지가 담배를 한 모금 깊이 빨아들이고 한숨을 쉬더니 피노에게 성냥갑을 휙 던졌다.

"복 받으실 거예요, 아저씨." 피노는 서둘러 광장을 가로질러 돌기둥으로 향했다.

시신들 사이를 가로지르는 대신 옆으로 빙 돌아서 문을 지나 바로 안나가 누워 있는 기다란 복도로 갔다. 그녀의 자리로 짐작되는 곳에 도착하자 성냥을 켜서 주위를 밝혔다.

그녀가 없었다. 주변을 두리번거리며 방향을 확인하려고 애쓰다가 더 가야 하나 보다 생각했다.

성냥이 꺼졌다. 3미터를 더 가서 다른 성냥을 켰다. 그녀가 없었다. 아무도 없었다. 그녀가 있던 자리 양쪽으로 최소한 12미터의 회랑 바닥이 텅 비어 있었다. 찾으러 오는 사람이 없는 시신들이 사라졌다. 안나가 사라졌다.

어쩔 수 없는 상황에 숨이 막혔다. 벽을 타고 주저앉아 더 이상 눈물이 나오지 않을 때까지 흐느껴 울었다.

마침내 터덜터덜 계단을 내려가 추모 예배당을 나올 때, 그녀의 죽음으로 인한 괴로움은 결코 벗어던질 수 없는 멍에처럼 느껴졌다.

"찾았어?" 경비가 물었다.

"아니요." 피노가 말했다. "그녀의 아버지가 저보다 먼저 여기

오셨나 봐요. 트리에스테 출신 어부세요."

그들이 시선을 교환했다. "물론이지." 루이지가 말했다. "그녀는 아버지와 함께 있어."

✤

피노는 이제는 게릴라 부대가 삼엄하게 경비를 서고 있는 중앙역을 피해서 목적 없이 시내를 돌아다녔다. 그러다 불이 켜지지 않은 지역에서 길을 잃었는데 자신이 지금 어디에 있는 것인지 도무지 알 수 없었다. 그러나 낮게 깔린 구름들 사이로 희미하게 날이 밝아오기 시작하자 로레토 광장과 벨트라미니 청과점의 북서쪽이라는 것을 알아차렸다. 힘껏 뛰어 새벽의 첫 햇살을 받고 있는 과일 가판대에 도착했다. 문을 쾅쾅 두드리면서 위층 창문을 향해 외쳤다.

"카를레토! 카를레토! 안에 있어? 나 피노야!"

아무 대답이 없었다. 계속 문을 두드리며 불렀지만 친구는 대답하지 않았다.

낙담한 그는 남쪽으로 걸었다. 전화교환국을 지나서야 그가 어디로, 왜 가고 있는지 이해했다. 5분 후, 다이애나 호텔의 주방을 가로질러 무도회장의 쌍여닫이문을 밀어젖혔다. 미군과 이탈리아 여자들이 술에 취해 여기저기 널브러져 있었다. 이틀 전 아침보다는 수가 적었다. 그러나 빈 병이 사방에 흩어져 있었고 바닥에 깔린 깨진 잔이 신발에 밟혀 으드득 소리를 냈다. 그는 로비로 이어지는 복도를 내다봤다.

프랭크 크네블 소령이 벽에 붙은 탁자에 앉아 있었다. 커피를 마시고 있었는데 숙취가 심해 보였다.

"소령님?" 피노가 그를 향해 걸어가며 입을 열었다.

크네블이 올려다보고 웃었다. "피노 렐라, 부기우기 꼬맹이! 대체 어디 있었나, 친구? 여자들이 죄다 너에 대해 물었다고."

"저기……." 피노는 어디에서부터 시작해야 할지 알 수 없었다. "이야기 좀 나눌 수 있을까요?"

소령은 진지한 눈빛으로 그를 보다가 말했다. "물론이지, 꼬맹이. 의자에 앉아."

그러나 피노가 앉기도 전에 열 살 정도의 남자아이가 현관으로 급하게 들어와서 서툰 영어로 외쳤다. "일 두체, 케이 소령님! 무솔리니, 로레토 광장으로 데려와요!"

"지금?" 크네블 소령이 재빨리 일어났다. "확실해, 빅터?"

"우리 아빠, 이 말 들어요."

"가자." 크네블이 피노에게 말했다. 피노는 머뭇거렸다. 소령에게 말하고 싶었다.

"서둘러, 피노. 너는 역사의 증인이 될 거야." 미국인이 말했다. "어제 내가 산 자전거를 타고 가자."

✦

피노는 안나의 죽음으로 드리워진 안개가 걷히는 것을 느끼며 고개를 끄덕였다. 그는 일 두체가 어떻게 됐는지 궁금했다. 슈스터 추기경의 사무실에서 마지막으로 봤을 때 무솔리니는 여전히 히틀러의 초강력 무기가 공격을 개시하기를 기원하고 있었다. 여전히 히틀러의 비밀 바이에른 벙커의 침대로 숨어들게 되기를 바라고 있었다.

크네블이 접수대 뒤에 숨겨둔 자전거 두 대를 꺼내서 호텔을 나갈 무렵, 다른 사람들은 "그를 잡았대! 일 두체를 잡았대!"라고 외치며 로레토 광장으로 뛰어가고 있었다.

피노와 미군 소령은 자전거에 올라타 힘차게 페달을 밟았다. 곧이어 다른 자전거들이 합류해 빨간 스카프와 깃발을 휘날리면서 쏜살같이 달렸다. 모두가 폐위된 독재자를 보고자 하는 열망으로 가득 차 있었다. 그들은 벨트라미니 청과점을 지나 로레토 광장으로 자전거를 몰았다. 예전에 피노가 툴리오 갈림베르티의 처형을 목격한 대들보와 에소 주유소 주변으로 이미 사람들이 모여들고 있었다.

피노와 크네블 소령은 자전거를 한쪽에 세워놓고 앞으로 나아가다가 남자 네 명이 대들보로 기어올라 가고 있는 것을 봤다. 그들은 밧줄과 사슬을 메고 있었다. 피노는 점점 늘어나는 군중을 뚫고 앞줄로 가는 크네블 소령을 따라갔다.

주유소 연료 주입기들 옆에 시신 열여섯 구가 누워 있었다. 베니토 무솔리니는 가운데에 있었다. 맨발이었고 커다란 머리는 정부의 가슴에 놓여 있었다. 꼭두각시 독재자의 눈은 멍하고 불투명했으며, 피노가 가르다 호수에 있는 저택에서 본 광기는 흔적이 없었다. 그의 윗입술이 위로 말려 올라가 이가 드러나 있었다. 그 때문에 이제 막 장광설을 늘어놓으려는 참인 것처럼 보였다. 클라레타 페타치는 무솔리니 아래에 큰대자로 누워 있었고 머리는 수줍어하는 듯 연인을 외면하고 있었다. 군중 사이에 있는 몇몇 게릴라들이 하는 말을 들어보니, 사형 집행인들이 들이닥쳤을 때 무솔리니는 정부와 성관계 중이었다.

✤

피노는 주위를 둘러봤다. 군중이 네 배로 늘어나 있었고, 비극적인 오페라의 끝부분에서 무대로 모이는 합창단처럼 더 많은 사람들이 사방에서 몰려들고 있었다. 소리를 지르고 화를 내는 사람들 모두가 나치를 그들의 집 앞으로 불러들인 장본인인 무솔리니에게 개인적으로 복수하고 싶어 하는 듯했다.

누군가 무솔리니의 손에 왕이 드는 지팡이처럼 생긴 장난감을 올려놨다. 이어서 돌리의 아파트에 있는 노파만큼이나 늙은 여인이 어기적어기적 걸어 나왔다. 그녀는 일 두체의 정부 위에 쪼그리고 앉아서 그녀의 얼굴에 오줌을 쌌다.

피노는 구역질이 났지만 군중은 잔인해지고 사악해졌으며 타락했다. 사람들은 발작적으로 웃고 환호성을 지르면서 난장판을 부추겼다.

다른 사람들이 시신을 더 훼손하라고 소리치는 동안 밧줄과 사슬이 설치되고 있었다. 한 여자가 권총을 들고 쏜살같이 달려나가 무솔리니의 두개골에 다섯 발을 쏘자, 자극받은 군중들 사이에서 시체를 때리고 뼈를 발라내라는 야유와 조롱이 한바탕 터져 나왔다.

게릴라 두 명이 군중을 물러서게 하려고 공중에 총을 발사했다. 다른 게릴라는 군중을 향해 소방 호스를 대고 물을 틀려고 했다. 그즈음 피노와 크네블 소령은 뒤로 물러났지만 다른 사람들은 울분을 터뜨리고 싶어서 계속해서 시신들을 향해 앞다투어 나아갔다.

"그들의 목을 매달아!" 사람들이 입을 모아 외쳤다. "우리가 볼 수 있는 곳에 매달아!"

"무릎에 갈고리를 달아!" 다른 사람들이 소리쳤다. "돼지처럼 걸어라!"

무솔리니가 먼저 발이 묶여 거꾸로 매달렸고 머리와 팔이 대들보 아래에서 달랑거렸다. 갈수록 늘어나는 군중이 미친 듯이 열광했다. 함성을 지르면서 다리를 구르고 주먹을 높이 쳐들면서 동의의 말을 외쳤다.

그즈음 무솔리니는 너무 심하게 맞아서 두개골이 함몰돼 있었다. 악몽에 나오는 괴물과도 비교하지 못할 만큼 괴기했고, 피노가 1년 넘는 기간 동안 여러 번 이야기를 나눴던 남자와는 전혀 다른 모습이었다.

그다음에 클라레타 페타치를 거꾸로 끌어 올렸다. 치마가 가슴까지 내려와서 팬티를 입지 않은 하체가 고스란히 드러났다. 게릴라 사제가 그녀의 옆으로 올라가서 치마를 올려 다리 사이로 밀어 넣자 누군가 사제에게 쓰레기를 던졌다.

고위층 파시스트들의 시신 네 구가 더 대들보에 매달렸다. 사체 훼손의 열기가 갈수록 뜨거워졌다. 급기야 비탄에 빠져 멍한 상태였던 피노마저 도가 지나친 잔혹 행위에 구역질할 지경에 이르렀다. 어지럽고 매스껍고 기절할 것 같았다.

한 남자가 앞으로 끌려 나왔다. 그의 이름은 스타라체였다.

그들은 매달려 있는 무솔리니와 정부의 송장 아래에 스타라체를 세웠다. 스타라체가 팔을 쭉 뻗어 올리는 파시스트식 경례를 하자 게릴라 여섯 명이 그를 쏴 죽였다.

로레토 광장에 모인 피에 굶주린 사람들이 더 많이 처벌하라고 이구동성으로 미친 듯이 외쳤다. 그러나 피노는 스타라체가 총살당하는 광경을 보자 안나의 죽음에 대한 기억이 사정없이 쏟아져 나왔다. 그도 미치광이가 돼서 군중들의 광기에 휩쓸릴 것만 같았다.

"독재자의 말로는 이렇게 되기 마련이지."크네블 소령이 혐오감을 담아 말했다. "내가 이 상황을 기사로 쓴다면 '독재자의 말로'라고 제목을 뽑을 거야."

"저는 갈래요, 소령님."피노가 말했다. "더는 못 견디겠어요."

"같이 가자, 친구."크네블이 말했다.

✦

그들은 이제 2,000명 이상으로 늘어난 군중을 힘겹게 헤치고 뒤로 나왔다. 과일 가판대 건너편까지 와서야, 경멸을 표현하려고 로레토 광장으로 가는 사람들을 거슬러 걷는 것이 조금 수월해졌다.

"소령님?"피노가 말했다. "소령님에게 할 말이……."

"꼬맹아. 오늘 아침에 네가 왔을 때부터 할 말이 있었어."길을 건널 때 크네블이 말했다.

이제 벨트라미니 청과점은 문이 열려 있었다. 카를레토가 숙취 때문에 핼쑥한 얼굴로 출입구에 서 있었다. 그는 피노와 미국인을 보고 힘없이 미소를 지었다.

"또 다른 광란의 밤이었어요, 소령님."카를레토가 말했다.

"광란이었지."크네블이 웃으며 말했다. "게다가 금상첨화로 너희 둘을 동시에 얻었어."

"무슨 말씀이세요?"피노가 말했다.

"너희 둘이서 미국을 돕지 않겠나?"소령이 물었다. "우리를 위해 뭔가 해줄 의향이 있나? 힘들고 위험한 일인데."

"어떤 건데요?" 카를레토가 물었다.

"당장은 말해줄 수 없어." 크네블이 말했다. "하지만 아주 중요한 일이야. 너희들이 해내면 미국에 많은 친구들이 생길 거야. 미국에 가고 싶다는 생각을 해본 적 있나?"

"항상 하죠." 피노가 말했다.

"좋았어." 소령이 말했다.

"얼마나 위험해요?" 카를레토가 물었다.

"헛소리는 집어치울게. 너희들이 죽을 수도 있다."

카를레토가 잠시 생각하더니 말했다. "저는 낄게요."

피노는 이상한 열기에 휩싸여 심장이 두근거리는 것을 느끼면서 말했다. "저도 끼워주세요."

"아주 좋아. 차를 구할 수 있겠나?"

피노가 말했다. "외삼촌이 한 대 가지고 계세요. 그런데 차고에 오래 박혀 있었어요. 타이어도 오래가지 못할 거예요."

"타이어는 미국 정부가 해결할 거야." 크네블 소령이 말했다. "차가 있는 주소와 열쇠를 가져와라. 탈 만한지 살펴볼게. 모레 새벽 3시에 다이애나 호텔에서 너희들을 기다리지. 5월 1일. 알았나?"

카를레토가 말했다. "우리가 할 일은 언제 알게 되나요?"

"모레 새벽 3시……."

크네블이 말을 멈췄다. 그때 그들 모두가 탱크 소리를 들었다. 디젤 엔진의 으르렁거리는 소리, 지면과 접촉하는 면이 철커덕거리는 소리.

탱크가 로레토 광장으로 들어가는 동안 피노는 상상 속에서 전쟁 코끼리들을 보았다.

595

"셔먼 전차가 왔어, 친구들!" 크네블 소령이 환성을 지르고 주먹을 높이 쳐들었다. "미 제5군단 정찰 부대야. 이 전쟁에 관한 한 뚱뚱한 숙녀가 노래를 부르기 전까지는 끝난 것이 아니지."

5부

내가 갚으리라고 주께서 말씀하시니라

33

새벽 2시 55분 다이애나 호텔에 가까워졌을 때, 피노와 카를
레토는 몇 시간 전 술에 취해 쓰러져 자기 전과 다름없이 취해
있었다. 이제야 속이 울렁거리고 머리가 지끈거렸다.

한편, 아돌프 히틀러가 죽었다. 그 나치 총통은 무솔리니와 페
타치가 로레토 광장에 매달린 다음 날, 베를린에 있는 벙커에서
그의 정부와 함께 권총으로 자살했다.

피노와 카를레토는 전날 오후에 그 소식을 듣고 벨트라미니
씨의 위스키 한 병을 찾아냈다. 그들은 과일과 채소 가판대 뒤에
숨어서 히틀러의 죽음을 축하했고, 서로가 다른 방식으로 겪은
전쟁 이야기들을 주고받았다.

"정말 결혼하고 싶을 정도로 안나를 사랑했어?" 어느 순간 카
를레토가 물었다.

"응." 피노는 대답하고 나서 그녀를 생각할 때마다 솟구치는 정제되지 않은 감정을 다스리려고 했다.

"언젠가 다른 여자를 만나게 될 거야." 카를레토가 말했다.

"그녀와 같지는 않겠지." 피노의 눈에 눈물이 차올랐다. "그녀는 달랐어, 카를레토. 그녀는…… 뭐랄까, 독특한 사람이었어."

"우리 엄마랑 아빠처럼."

"특별한 분들이었지." 피노가 고개를 끄덕이며 말했다. "좋은 분들. 최고로 착한 분들."

그들은 술을 더 마셨고 벨트라미니 씨가 했던 재미있는 농담들을 다시 이야기하면서 웃었다. 그들은 폭격이 처음 시작된 해의 여름에 두 아빠가 언덕에서 나무랄 데 없는 공연을 선보였던 밤에 대해 이야기했다. 그들은 많은 이야기를 나누고, 여러 번 울었다. 11시가 되자 술 한 병을 다 비웠고 술에 취해 터무니없는 소리를 지껄이다가 쓰러져 잠들었다. 그리고 3시간 30분 후에 자명종 소리를 듣고서야 겨우 잠에서 깼다.

그들이 게슴츠레한 눈으로 모퉁이를 돌 때 알베르트 외삼촌의 구형 피아트가 다이애나 호텔 앞에 서 있는 것을 보았다. 피노는 새로 단 고급 타이어 앞으로 달려가 발로 한 번 차보고 감탄한 후 안으로 들어갔다. 밤새 열렸던 종전 파티가 슬슬 끝나가고 있었다. 몇 커플이 전축에서 칙칙 긁히고 튕기면서 돌아가는 레코드판의 음악에 맞춰서 천천히 춤을 추고 있었다. 달로이아 하사가 소피아의 팔에 매달려 계단으로 올라가는 중이었고 피노는 낄낄거리는 두 사람이 사라질 때까지 지켜봤다.

크네블 소령이 접수대 뒤의 문에서 나오다가 그들을 보고 활짝 웃었다.

"왔구나. 피노와 카를레토를 믿어도 될 줄 알았어. 우리가 해야 할 일을 설명하기 전에 너희 둘에게 줄 몇 가지 선물이 있어."

크네블 소령이 접수대 뒤에 쪼그리고 앉아서 회전식 탄창이 달린 톰슨 기관단총 두 자루를 들어 올렸다. 완전히 새것이었다.

크네블 소령이 고개를 옆으로 기울었다. "기관단총을 다룰 줄 아나?"

피노는 지난 밤 술에 취해 곤드라진 이후 처음으로 완전히 잠이 깼다. 경외심과 감탄이 가득한 눈으로 기관단총을 쳐다봤다. "아니요."

"전혀요." 카를레토도 말했다.

"사실 간단해." 크네블 소령이 총을 내려놓고 걸쇠를 눌러 회전식 탄창을 뺐다. "여기에 .45 ACP탄(0.45인치 구경의 탄환) 50발이 이미 장전돼 있어."

그는 탄창을 접수대에 올려놓은 후 약실을 비우고 뒤쪽 손잡이 위에 있는 레버를 그들에게 보여줬다. "너희들의 안전장치야. 쏘고 싶으면 그 레버를 앞으로 쭉 밀어라. 안전을 원하면 레버를 뒤로 당기고."

크네블 소령은 기관단총의 위치를 바꿔 오른손으로 뒤쪽 손잡이를 잡고 왼손으로 앞쪽 손잡이를 잡아 기관단총의 옆 부분을 몸통에 딱 붙였다. "발사할 때 잘 통제하려면 이 세 지점의 접촉을 명심해라. 그렇지 않으면 발사 시 반동 때문에 총구가 지랄 맞게 사방으로 흔들려서 총알이 마구 나간다. 그런 상황은 아무도 원하지 않겠지?"

"그러니까 양손으로 손잡이들을 잡고 개머리판을 허리께에 붙이면, 세 지점이 접촉되는 거군요. 움직일 때 총이 허리께에서 떨어지지 않게 하려면 조심해야겠네요."

"차에서 쏠 때는 어떻게 해요?" 카를레토가 물었다.

크네블 소령이 총을 어깨로 올렸다. "핵심은 세 가지. 어깨와 뺨에 개머리판, 양손, 짧게 사격. 그것만 알아두면 돼."

피노는 나머지 총을 집어 들었다. 기관단총의 무게감과 다부짐이 마음에 들었다. 앞뒤 손잡이를 잡고 몸에 딱 붙인 후 나치들을 무찌르는 상상을 했다.

"여벌의 탄창이야." 크네블 소령이 접수대에 원통 탄창 두 개를 올려놨다. 그러고는 주머니에 손을 넣어 봉투 하나를 꺼냈다. "이건 너희들 서류야. 이게 있으면 연합군이 점거한 검문소들을 모두 통과할 수 있을 거야. 그 외에는 너희들이 알아서 해야 해."

"우리가 할 일이 뭔지 알려주신다면서요?" 카를레토가 깐깐하게 물었다.

크네블 소령이 싱긋 웃었다. "너희들은 미국의 친구를 브렌네르 고개 꼭대기로 데리고 갈 거야."

✣

"브렌네르 고개요?" 피노가 반문했다. 알베르트 외삼촌이 전날 한 말이 기억났다. "브렌네르 고개는 여전히 전쟁 중이에요. 그곳은 무정부 상태예요. 독일군이 퇴각하고 있고 게릴라들이 매복하고 있다가 그들을 습격하고 있죠. 그들이 오스트리아 국경을 건너기 전에 최대한 많이 죽이려고 난리라고요."

크네블 소령이 무표정한 얼굴로 말했다. "하지만 우리 친구를 국경으로 데리고 가야 해."

"자살 임무네요, 그럼." 카를레토가 말했다.

"힘든 도전이지." 크네블 소령이 말했다. "하지만 너희를 위해 지도를 구해놨다. 지도를 읽을 손전등도. 연합군의 주요 검문소가 모두 나와 있어. 볼차노로 향하는 A4 북쪽 지점에 다다를 때까지 너희들은 연합군이 점거한 지역을 벗어나지 않을 거야."

잠시 정적이 흐른 후 카를레토가 말했다. "내가 이 일을 하려면 와인 두 병이 필요해요."

"네 병을 주지." 크네블이 말했다. "파티처럼 즐겨. 취해서 잠들지만 않으면 돼."

피노는 아무 말도 하지 않았다. 카를레토가 피노를 바라봤다. "네가 하든 말든 나는 할래."

피노는 지금까지 한 번도 본 적 없는 모습을 보이는 오랜 친구를 뚫어지게 쳐다봤다. 카를레토는 전투에 나가서 죽기를 열렬히 바라는 듯했다. 전쟁에 의한 자살. 피노도 마음에 드는 생각이었다.

"좋았어. 그럼, 우리가 데리고 갈 사람이 누구예요?" 피노가 크네블 소령을 보며 물었다.

크네블 소령이 일어나 접수대 뒤의 문으로 사라졌다. 얼마 후, 문이 다시 열리고 크네블 소령이 나왔다. 그 뒤로 짙은 색 정장과 짙은 색 트렌치코트를 입고 갈색 중절모를 눈까지 깊이 눌러쓴 남자가 따라 나왔다. 남자는 왼쪽 손목과 손잡이를 수갑으로 채운 가죽 소재의 커다란 직사각형 여행 가방을 힘겹게 나르고 있었다.

크네블 소령과 남자가 접수대 뒤에서 나왔다. 소령이 말했다. "내가 알기로 두 사람은 서로 아는 사이라지."

✤

남자가 고개를 들고 중절모의 챙 아래에서 피노의 눈을 응시했다.

피노는 완전히 충격을 받았다. 분노가 온몸에서 솟구쳐 뒷걸음질쳤다.

"저 사람이요?" 피노가 크네블 소령에게 소리쳤다. "어떻게 저 사람이 미국의 친구죠?"

크네블 소령의 표정이 굳어졌다. "레이어스 장군은 영웅이야, 피노."

"영웅이라고요?" 피노는 땅에 침을 뱉고 싶었다. "그는 히틀러의 노예를 부리던 사람이에요. 사람들을 혹사시켜서 죽였다고요. 소령님, 내가 봤어요. 들었어요. 직접 목격했다고요."

크네블 소령은 그 말에 당황해 나치 장군을 가만히 바라보다가 말했다. "그게 사실인지 아닌지 나는 알 수 없어, 피노. 어쨌든 나는 여기 명령을 받고 왔어. 나는 그가 우리의 보호를 받을 자격이 있는 영웅이라고 들었어."

레이어스 장군은 아무 말 없이 그 자리에 서 있었다. 그들의 대화를 전혀 이해하지 못했으면서도 피노가 지독히 경멸하게 된 그 무심한 듯 즐거운 표정으로 그들을 지켜보고 있었다. 이 일을 하지 않겠다고 말하려던 찰나, 피노에게 다른 생각이 떠올랐다. 훨씬 더 만족스러운 생각이 머릿속에서 무럭무럭 자라났다. 그는 안나와 돌리를 생각했다. 모든 노예들을 생각했고 그 생각이 옳은 행동이라는 것을 알았다. 결국 신은 피노 렐라를 위한 계획을 가지고 있었다.

피노는 친근하게 웃고 나서 말했다. "장군님, 가방을 들어드릴까요?"

레이어스 장군이 딱딱하게 고개를 저었다. "가방은 내가 들겠다, 고맙다."

"안녕히 계세요, 크네블 소령님." 피노가 말했다.

"돌아오면 나를 찾아와, 친구." 크네블이 말했다. "너를 위한 다른 계획들이 있어. 너에게 그 계획들을 모두 이야기할 순간을 기다리며 바로 여기 있을게."

피노는 고개를 끄덕이면서 이 미국인과 밀라노를 다시는 보지 못할 것이라고 확신했다.

✤

피노가 기관단총을 안고 호텔에서 나오고, 레이어스 장군이 그 뒤를 따라 나왔다. 피노는 피아트의 뒷문을 열고 옆으로 비켜섰다. 레이어스 장군은 피노를 힐끔 보고 나서 여행 가방을 들고 힘겹게 안으로 들어갔다.

카를레토는 조수석으로 올라타 다리 사이에 기관단총을 세워놓았다. 피노는 운전석에 앉아 카를레토와 수동 변속기 사이에 기관단총을 내려놓았다.

"내 총도 챙겨줘." 피노가 백미러로 레이어스에게 시선을 둔 채 말했다. 그는 중절모를 옆에 놓고 손가락으로 은빛 머리카락을 빗어 넘기고 있었다.

"이 총을 잘 쏠 수 있을 것 같아." 카를레토가 기름칠한 기관단총의 표면을 감탄하듯 손가락으로 어루만지며 말했다. "갱 영화에서 총 쏘는 걸 봤거든."

"그럼 다 알겠네." 피노가 말하고 기어를 넣었다.

피노는 카를레토가 손전등을 비춰 지도를 보면서 알려주는 대로 차를 몰았다. 로레토 광장으로 돌아간 후 밀라노의 경계를 향해 동쪽으로 방향을 틀었다. 동쪽 경계에 도착하니 첫 번째 미군 검문소가 있었다.

"미국이 최고예요." 손전등을 들고 의심스러운 표정으로 운전석 창가로 다가온 미군에게 피노가 말했다. 이어서 서류가 든 봉투를 그에게 건넸다.

미군은 봉투에서 서류를 꺼내 손전등으로 비춰보더니 턱을 획 목에 붙였다. 그는 재빨리 서류를 접어 봉투에 집어넣고 불안한 표정으로 말했다. "세상에. 그럼, 바로 통과시켜 드리겠습니다."

피노는 서류를 상의의 가슴 부근에 달린 주머니에 넣고 문을 통과해 트레빌리오와 카라바조를 향해 동쪽으로 달렸다.

"서류에 뭐라고 적혀 있는데?" 카를레토가 물었다.

"나중에 보려고." 피노가 말했다. "영어를 읽을 줄 알면 지금 볼래?"

"읽지는 못해. 말만 조금 하지. 근데, 저 사람 여행 가방에 뭐가 들어 있을까?"

"나도 모르겠어. 무거워 보이기는 하네." 가로등 아래를 지날 때 피노가 백미러로 흘긋 보면서 말했다. 어느새 레이어스 장군은 무릎 위에 있던 여행 가방을 옮겨놓았다. 지금은 그의 오른쪽 옆에 놓여 있었다. 레이어스 장군은 눈을 감고 있었다. 돌리나 부인, 자식, 혹은 노예들의 꿈을 꾸고 있을지도 모를 일이었다. 아니면 아무 꿈도 꾸지 않을 수도 있었다.

단 한 번 눈길을 줬을 뿐인데 날카롭고 얼음처럼 차가운 뭔가가 피노의 심장에 자리 잡았다. 짧고도 복잡한 삶에서 처음으로 그릇된 일을 바로잡는 계획에 대한 잔인하면서도 달콤한 기대감을 알게 됐다.

"네가 본 금괴가 저 가방에 들어 있을 거야." 카를레토의 말에 피노는 생각에서 벗어났다.

피노가 말했다. "아니면 저 여행 가방에 서류가 들어 있을 수도 있어. 수백 장. 어쩌면 더 많이."

"어떤 서류인데?"

"위험한 서류. 이 무력한 시기에 조금이라도 힘을 거머쥘 수 있는 서류."

"도대체 그게 무슨 소리야?"

"영향력이라는 뜻이야. 나중에 설명할게. 음, 다음 검문소는 어디야?"

카를레토가 손전등을 켜고 지도를 자세히 본 후 말했다. "큰길이 브레시아랑 만나는 곳."

✤

피노가 액셀을 밟았고, 그들은 어두운 밤을 뚫고 질주해 새벽 4시에 두 번째 검문소에 도착했다. 이번에도 미군들은 서류를 재빨리 훑어본 후 손을 흔들어 그들을 통과시켰다. 그러면서 맹렬한 전투가 벌어지고 있는 볼차노를 피해 가라고 경고했다. 문제는 브렌네르 고개 도로에 가려면 볼차노를 지나야 한다는 것이었다.

"장담하는데 저 사람 여행 가방에 금이 들어 있어." 다시 도로로 접어들어 속도를 올린 후에 카를레토가 말했다. 그는 와인 병하나를 따서 홀짝이고 있었다. "그냥 서류일 리 없어. 뭐랄까, 금은 금이잖아. 안 그래? 금이 있으면 어느 상황에서라도 벗어날 수 있잖아."

"기본적으로, 나는 저 사람의 여행 가방에 뭐가 들어 있든 관심 없어."

앞에 놓인 고속도로에는 폭탄이 터져 움푹 팬 구멍이 숭숭 뚫려 있었고, 작년 겨울에 쌓였던 눈이 녹아 고속도로 양쪽 배수로를 지나 지하 배수구로 흘러내려 가고 있었다. 때문에 피노가 바라는 만큼 빨리 달릴 수는 없었다. 새벽 4시 45분이 지나서야 트렌토와 볼차노 쪽으로 방향을 틀어 오스트리아를 향해 북쪽으로 달리기 시작했다. 무솔리니의 옛 저택 건너편 둑을 따라 가르다 호수의 동쪽 호숫가를 달리다 보니 로레토 광장에서 일어난 그 난장판이 기억났다. 피노가 뒷좌석의 레이어스 장군을 흘긋 돌아보니 그는 자고 있었다. 피노는 레이어스 장군이 상황을 얼마나 알고 있는지, 그런 상황에 신경을 쓰기나 하는지, 아니면 그저 자기가 살 궁리만 하는 사람인지 궁금했다.

호의. 피노는 생각했다. 호의를 베푼 대가로 거래를 했겠지. 저 사람이 직접 한 말이잖아. 저 여행 가방은 호의로 가득 차 있겠지.

그는 이제 공격적으로 차를 몰았다. 다른 차가 거의 없는 데다 이전 고속도로보다 피해를 훨씬 덜 입은 도로였다. 카를레토는 눈이 감기고 턱이 가슴까지 내려가 있었다. 와인 병과 기관단총은 그의 다리 사이에 있었다.

5시 15분경 트렌토의 북쪽을 지날 때, 피노는 앞에서 반짝이는 불빛을 보고 속도를 낮췄다. 총이 한 발 발사되어 피아트의 옆면을 강타했다. 카를레토가 깜짝 놀라 깼다. 피노가 액셀을 세게 밟고 도로를 좌우로 달리는 동안 양쪽에서 총알이 빗발쳤다.

일부는 명중했고 일부는 빗맞았다.

"총을 들어!" 피노가 카를레토에게 소리쳤다. "반격해!"

카를레토가 기관단총을 서툴게 만지작거렸다.

"누가 우리를 쏘고 있는 거냐?" 레이어스 장군이 강하게 물었다. 그는 여행 가방 위로 비스듬히 누워 있었다.

"누구든 상관없어요." 피노가 말하고 불빛을 향해 속도를 높였다. 그곳에 접었다 폈다 할 수 있는 방어벽이 하나 놓여 있었고 무장한 오합지졸 한 무리가 서 있었다. 피노는 그들이 질서 없이 모여 있는 모습을 보고 결정을 내렸다.

"내가 신호를 보내면 저들한테 총을 쏴. 안전장치 풀었어?"

카를레토가 한쪽 무릎을 짚고 일어나 머리와 어깨를 창문 밖으로 내밀고 기관단총을 어깨로 밀어 넣었다.

그들과의 거리가 70미터 정도 됐을 때 피노는 차를 멈추려는 것처럼 브레이크를 가볍게 밟았다. 그러나 50미터 지점에 왔을 때 방어벽 옆에 서 있는 남자들을 향해 전조등을 비추고 다시 액셀을 밟으면서 외쳤다.

"쏴!"

카를레토가 방아쇠를 당기자 기관단총에서 거세게 쏟아진 총알들이 위, 아래, 그리고 그 사이로 마구 날아갔다.

총을 든 남자들이 흩어졌다. 피노는 방어벽을 향해 돌진했다. 카를레토는 통제 불능의 상태였다. 방아쇠를 계속 당기고 있어서 기관단총이 끊임없이 발사됐다. 차가 방어벽을 박살 내고 지나갔다. 그때 기관단총이 카를레토의 손아귀를 벗어났다. 도로로 떨어져 튀어 올랐다가 사라졌다.

"제기랄!" 카를레토가 외쳤다. "돌아가!"

"안 돼." 뒤에서 콩을 볶듯이 총알이 발사되는 가운데 피노는 전조등을 끄고 속도를 올렸다.

"내 기관단총이란 말이야! 후진하라고!"

"방아쇠를 그렇게 오래 당기고 있지 말았어야지." 피노가 소리쳤다. "크네블이 짧게 사격하라고 말했잖아."

"어깨가 찢어지는 것 같았단 말이야." 카를레토가 화를 내며 말했다. "빌어먹을! 내 와인 어디 있어?"

피노는 그에게 와인 병을 건넸다. 카를레토는 이빨로 코르크 마개를 빼서 한 모금 마신 후에 욕을 하더니 또다시 욕을 뱉었다.

"괜찮아. 내 총이랑 여벌 탄창이 두 개 있잖아."

친구가 그를 바라봤다. "확실해, 피노? 내가 다시 총 쏘게 해줄 거야?"

"이번에는 그냥 들고만 있어. 그리고 방아쇠를 만져. 손가락을 까딱까딱 움직여봐. 당기지는 말고."

카를레토가 환하게 웃었다. "방금 일어난 일이 믿어져?"

레이어스 장군이 뒷좌석에서 말했다. "나는 네가 놀라운 운전병이라는 생각을 자주 했다, 조장. 작년 가을에 전투기가 우리를 폭격했을 때가 기억나나? 다임러를 타고 있을 때? 그날 밤 네 운전 실력 때문에 나를 국경으로 데려갈 사람으로 너를 불러달라고 요청했지. 그래서 네가 여기 있는 거야. 내가 브렌네르 고개를 넘게 해줄 사람은 너뿐이야."

피노는 알 수도 없고 알고 싶지도 않은 남자가 하는 말인 양 그 말을 묵묵하게 들으며 운전했다. 피노는 레이어스 장군을 혐오했다. 피노는 레이어스 장군이 자신은 영웅이라고 미군의 어떤 멍청이를 설득했다는 사실을 경멸했다. 한스 레이어스는 영웅이 아니었다. 뒷자리에 앉은 남자는 파라오 노예의 지배자이자 전쟁범죄인이었고, 자신의 행동에 대해 고통스러운 대가를 치러야 했다.

"고맙습니다, 장군님." 피노가 대답하며 그쯤에서 대화를 끝내려고 했다.

"천만에, 조장." 레이어스 장군이 말했다. "나는 항상 공을 세운 사람에게 그에 마땅한 칭찬을 해줘야 한다고 생각한다."

볼차노를 향해 속도를 높이는 사이에 하늘이 밝아지기 시작했다. 피노는 이것이 그가 맞이할 마지막 새벽이라고 확신했다. 마지막 40킬로미터 너머 눈 덮인 산봉우리들로 둘러싸인 푸른 하늘에 부채꼴로 펼쳐진 장밋빛 햇살이 밝아오고 있었다. 피노는 앞에 놓인 위험은 한순간도 신경 쓰지 않았다. 그는 레이어스 장군에 대해서만 생각하며 다시 기대감에 부풀었고, 아드레날린이 솟아오르는 것을 느꼈다.

손을 뻗어 카를레토의 다리 사이에서 와인 병을 잡아당기자 다시 잠들어 있었던 친구의 입에서 항의의 신음이 작게 흘러나왔다.

그는 와인을 벌컥벌컥 마시고 나서 다시 한 모금 들이켰다. 높은 곳이어야 해. 그는 생각했다. 가장 웅장한 신의 대성당이어야 해.

그는 도로의 갓길에 차를 댔다.

"뭐 하는 거야?" 카를레토가 여전히 눈을 감은 채 말했다.

"볼차노를 돌아갈 길이 있는지 보려고." 피노가 말했다. "지도 좀 줘봐."

카를레토가 끙 소리를 내더니 지도를 찾아 넘겼다.

피노는 지도를 골똘히 들여다보면서 볼차노의 북쪽에서 브렌네르 고개 도로로 접어드는 주요 노선을 외우려고 했다.

그사이 레이어스 장군은 여행 가방과 손목에 채워놓은 수갑을 열쇠로 풀고 나가 소변을 봤다.

"출발하자." 카를레토가 말했다. "우리끼리 금을 나눠 갖자."

"나한테 다른 계획이 있어." 피노가 지도를 응시한 채 말했다.

레이어스 장군이 돌아와 뒷좌석에서 상체를 숙여 피노의 어깨 너머로 지도를 들여다봤다.

"주요 도로는 수비가 잘 되어 있을 것이다." 레이어스 장군이 말했다. "스타치오네 근처의 보조 도로를 타고 볼차노 북서쪽으로 방향을 틀고, 안드리아노 또는 안드리안이라고 부르는 도시까지는 스위스 도로를 타는 것이 좋을 것이다. 스위스 국경은 우리를 통과시키지 않으니 독일 국방군은 그 노선을 신경 쓰지 않아. 미군 점령지를 지난 다음, 맨 왼쪽에 있는 아디제강을 건너. 그다음에 산을 따라 돌아가서 독일군 점령지의 바로 뒤로 쭉 가다 보면 브렌네르 고개가 나온다. 이해하겠나?"

인정하기 싫었지만 그의 계획이 최선의 선택이었다. 고개를 끄덕이고 백미러를 들여다보니 자신의 손목과 여행 가방에 다시 수갑을 채우는 레이어스에게서 생기가 넘쳤다. 레이어스 장군은 이 순간을 마음껏 즐기고 있었다.

그에게는 그저 게임일 뿐이야. 그런 생각이 들자 다시 화가 치솟았다. 모든 것이 호의와 그림자의 게임일 뿐이야. 레이어스 장군이 즐기기를 원한다 그거지? 그렇다면 즐거움을 보여주겠어. 피노는 기어를 넣고 클러치를 밟아 맹렬하게 차를 몰았다.

산골 마을인 라게티 라그 근처의 도로를 막고 있는 미군 검문소에 도착했을 때는 해가 훤히 밝았다. 미군 병장이 그들에게 다가왔다. 그리 멀지 않은 곳에서 벌어지고 있는 전투의 메아리와 쿵쿵거리는 소리가 들렸다.

"도로가 폐쇄됐습니다." 병장이 말했다. "돌아가세요."

피노는 그에게 봉투를 건넸다. 병장이 봉투를 받아서 열고 편지를 읽더니 휘파람을 불었다.

"가도 좋습니다. 그런데 진짜로 가고 싶습니까? 파시스트와 나치가 볼차노를 차지하려고 전투를 벌이고 있습니다. 두어 시간 뒤에 무스탕 전투기들이 독일군 부대에 폭격을 가해서 최대한 쓸어버릴 겁니다."

"우리는 갈 거예요." 피노가 말하고 봉투를 받아 무릎에 올렸다.

"알아서 하십시오. 당신들 목숨이지 내 목숨이 아니니까요." 병사가 말하고 문지기에게 손을 흔들었다. 방어벽이 옆으로 치워졌다. 피노는 그 사이로 차를 몰았다.

"머리가 아파." 카를레토는 그렇게 말하고는 관자놀이를 문지르다가 다시 와인을 벌컥벌컥 들이켰다.

"지금은 마시지 마." 피노가 명령했다. "우리 바로 앞에서 전투가 벌어지고 있어. 살아서 지나가려면 네 도움이 필요해."

카를레토는 그의 심각한 표정을 보고 코르크 마개를 닫았다. "총 챙길까?"

피노가 끄덕였다. "오른쪽에 둬. 문 옆에. 개머리판이 올라오게 해서 의자에 기대어놔. 그러면 더 빠르게 뽑을 수 있을 거야."

"그걸 어떻게 알아?"

"상식이지."

"너는 생각하는 게 나랑 달라."

"맞는 말인 것 같네."

검문소에서 10킬로미터를 더 가서 레이어스 장군이 추천한 북동쪽으로 향하는 보조 도로를 탔다. 그 험한 길은 작은 고산 마을들을 지나 세인트 미카엘과 볼차노 북부를 향해 구불구불 이어졌다.

구름이 밀려왔다. 피노는 그들의 오른쪽과 남쪽으로 적어도 1.6킬로미터 이상 떨어진 곳에서 대포와 탱크, 라이플총 소리가 들릴 만큼 속도를 낮췄다. 볼차노의 외곽이 보였다. 그 지역을 탈취하려고 기를 쓰는 파시스트들, 그리고 독일인들이 오스트리아로 넘어갈 시간을 벌기 위해 후방을 방어하려고 애쓰는 독일군의 전투에서 연기가 피어오르는 모습도 보였다.

"다시 북쪽으로 가라." 레이어스 장군이 말했다.

피노는 그 말대로 했다. 16킬로미터를 둘러 가자 레이어스 장군의 예상대로 아디제강을 가로지르는 무방비 상태의 다리가 나왔다. 그날 아침 8시 40분경 볼차노의 북서쪽 외곽에 도착했다.

바로 옆 남동쪽에서 벌어지고 있는 전투가 점점 더 치열해졌다. 기관총과 박격포를 쏴대고 있었다. 너무 가까워서 탱크의 포탑이 회전하는 소리까지 들렸다. 어쨌든 이번에도 레이어스 장군이 옳은 듯했다. 그들은 전선 뒤로 거의 400미터 거리를 유지하면서 격전지의 후방을 따라 조심스럽게 차를 몰았다.

하지만 언젠가 나치들을 보게 될 거야. 그들이 브렌네르 고개에 있을 테니까.

"탱크다!" 레이어스 장군이 외쳤다. "미군 탱크야!"

✤

피노는 고개를 획 수그리고 재빨리 오른쪽으로 돌려 카를레토 너머를 내다보려고 애썼다.

"저기 있어!" 카를레토가 도시 외곽의 널따란 공터 너머를 가리키며 소리쳤다. "셔먼 전차야!"

피노는 탱크의 왼쪽 측면을 따라서 계속 차를 몰았다.

"대포를 네 쪽으로 돌리고 있어." 레이어스 장군이 말했다.

피노는 7미터 정도 떨어져 있는 탱크를 봤다. 포탑과 포문이 그들을 향해 회전하고 있었다. 그는 액셀을 밟았다.

카를레토가 창문 밖으로 몸을 내밀고 탱크를 향해 양팔을 흔들면서 영어로 외쳤다. "미군 친구들! 미군 친구들!"

탱크가 발사한 포탄이 뒤쪽 범퍼를 아슬아슬하게 스치고 날아가, 거리 건너편에 있는 2층짜리 공장 건물에 구멍이 나고 연기가 피어올랐다.

"여기에서 벗어나!" 레이어스 장군이 고함쳤다.

피노는 저속 기어로 바꾸고 회피하려 했다. 그러나 탱크의 사격 방향에서 벗어나기도 전에 연기가 피어나는 건물에서 기관총들이 머리를 내밀었다.

"숙여!" 피노가 외치고 몸을 웅크리자 총알들이 머리 위를 때리고 탱크의 철갑과 바퀴 둘레에 쩽쩽 부딪치는 소리가 들렸다.

피노는 잽싸게 골목으로 들어가 그들의 사격 범위에서 벗어났다.

레이어스 장군이 피노의 양 어깨를 두드렸다. "운전의 천재가 바로 여기 있군!"

피노는 시큰둥하게 웃고 골목길들을 이리저리 누볐다. 미군은 아디제강으로 흘러드는 두 개의 개울이 합류하는 지점 뒤편에서 교착 상태에 빠져 있는 듯했다. 레이어스 장군은 병목 구간 주변을 돌아가는 길을 찾아냈다. 전장의 위쪽으로 가서 도시에서 멀어진 다음, 카르다노 마을을 향해 동쪽으로 가는 길이었다.

곧 브렌네르 고개 도로에 접어들었다. 도로는 거의 비어 있었다. 그는 속도를 높여 다시 북쪽으로 향했다. 앞에 있는 알프스산맥이 차츰 몰려오는 폭풍에 가려 점차 모습을 감췄다. 이슬비가 내리며 안개가 겹겹이 내려앉기 시작했다. 단 한 달 전에 바로 이곳에서 높이 쌓인 눈을 파내다가 사정없이 두드려 맞고 진창 속에 쓰러져서 질질 끌려가던 노예들이 기억났다.

그는 콜마와 바르비아노를 지나 달렸다. 키우사 또는 클라우센이라 불리는 마을의 남쪽 만곡부에 다다라서야 저 멀리 위쪽 도로가 보였다. 브레사노네, 즉 브릭센이라는 마을을 통해 오스트리아를 향해 북쪽으로 천천히 올라가고 있는 기다란 독일군 행렬의 꼬리가 도로의 양쪽 차선을 막고 있었다.

"저들을 빙 둘러서 가면 돼." 레이어스 장군이 지도를 보면서 말했다. "하지만 이 작은 도로는 바로 저 앞에서 동쪽으로 꺾인다. 이 도로를 타고 오르막을 계속 올라가다가 이 지점에서 북쪽으로 가는 도로로 갈아타면 된다. 그 도로를 달리다 보면 브렌네르 고개로 다시 돌아가게 된다. 이해하겠나?"

피노는 그 경로를 보고 또다시 레이어스 장군이 선택한 노선을 따랐다.

진흙투성이의 짧은 평지를 지나자 도로는 가파르고 좁은 오르막이 되었고, 다시 넓어져 높은 알프스산맥의 계곡으로 진입했다. 계곡의 북쪽 측면으로 가문비나무와 양 떼가 있는 목초지들이 딱 붙어 있었다. 북쪽 측면을 갈지자형으로 계속 올라 알프스산맥 속에 자리 잡은 푸네스라는 촌락을 넘어갔다.

다시 1,000미터를 올라가 거의 수목 한계선에 다다르자 안개와 구름이 흩어지기 시작했다. 도로는 2차선이고 미끄러웠으며, 노란색과 분홍색으로 수놓은 들꽃밭을 가로질러 나 있었다.

구름이 더 걷히면서 자갈이 깔린 들판과 이탈리아의 가장 웅장한 신의 대성당인 돌로미티케산맥의 기다란 암벽이 드러났다. 돌로미티케산맥은 첨탑처럼 생긴 석회암 봉우리 열여덟 개가 첩첩이 이어져 하늘을 향해 수천 미터나 솟아올라 있었다. 옅은 회색의 거대한 가시 면류관처럼 서서 온 세상을 굽어보고 있었다.

레이어스 장군이 말했다. "저기 세워라. 다시 소변을 봐야겠어. 주위도 둘러보고 싶고."

이쯤 되자 피노는 모든 것이 운명이었다는 느낌이 들었다. 그 또한 핑계를 대고 차를 세울 준비를 하고 있었기 때문이다. 그는 가문비나무들 사이의 넓은 공간에 자리 잡은 좁은 목초지 옆에 차를 세웠다. 그 넓은 공간에서 돌로미티케산맥의 웅장함이 고스란히 드러났다.

레이어스가 자백하고 죄에 대한 대가를 치르게 하기에 딱 맞는 장소야. 피노는 생각했다. 탁 트여 있고, 호의를 돌려받을 수 없고, 그림자 속에 숨을 수 없고, 신의 교회에서 혼자 있고.

레이어스 장군이 수갑을 풀고 카를레토 옆으로 내려섰다가 젖은 잔디와 알프스의 꽃 속으로 걸어갔다. 그는 벼랑 끝에 서서 좁은 계곡을 둘러보고 돌로미티케산맥을 올려다봤다.

"총 쳐." 피노가 카를레토에게 속삭였다.

"왜?"

"왜일 것 같아?"

카를레토는 눈이 휘둥그레졌지만 이내 미소를 짓고 기관단총을 건넸다. 피노의 손에 들린 기관단총이 이상하게도 익숙하게 느껴졌다. 그도 총을 쏴본 적은 없었지만 카를레토처럼 갱 영화에서 본 적은 있었다.

크네블 소령이 말한 대로만 하면 돼. 어려워봤자 얼마나 어렵겠어?

"쏴, 피노." 카를레토가 말했다. "저 사람은 나치 괴물이야. 죽어 마땅해."

피노는 차에서 내려 기관단총을 한 손으로 잡고 끝을 다리 뒤로 가게 했다. 굳이 총을 숨기는 수고를 할 필요는 없었다. 레이어스 장군은 피노에게 등을 돌리고 절벽 끝에서 소변을 보며 다리를 벌린 채 장관을 즐기고 있었다.

그는 자신에게 주도권이 있다고 생각해. 피노가 냉담하게 생각했다. 그는 자신의 운명을 좌지우지할 수 있다고 생각하지. 하지만 더 이상은 아니야. 이제부터는 내가 해.

피노는 외삼촌의 피아트 뒤로 돌아가 숨을 죽인 채 목초지로 두 걸음을 내디뎠다. 스포르체스코성에 들어가기 전처럼 시간이 느리게 흐르는 것 같았다. 그러나 지금은 괜찮았다. 안나의 사랑을 확신했던 것만큼 이제부터 해야 할 일도 확신하고 있기 때문이다. 파라오의 노예를 부리던 자는 죗값을 치를 것이다. 레이어스 장군은 무릎을 꿇고 자비를 빌 것이고, 피노는 그에게 자비를 베풀지 않을 것이다.

레이어스 장군은 바지 지퍼를 올리고 아름다운 광경을 다시 쭉 훑어봤다. 그는 감탄하며 고개를 흔들고 재킷을 바로잡은 후 돌아섰다가 10미터 떨어진 곳에서 기관단총을 엉덩이 옆에 붙이고 있는 피노를 발견했다. 나치는 태연한 척하려 했지만 뻣뻣하게 굴었다.

"이게 뭐지, 조장?" 그의 목소리에서 두려운 기색이 풍겼다.

"복수입니다." 피노는 차분하게 말하면서 기이하게도 속이 후련해지는 기분이 들었다. "이탈리아 사람들은 복수가 옳다고 믿습니다, 장군님. 이탈리아 사람들은 살인이 상처받은 영혼에게 약이 된다고 믿습니다."

레이어스의 시선이 흔들렸다. "나를 그냥 이렇게 쏘아 죽일 셈인가?"

"그런 짓을 하고도 그런 말이 나옵니까? 내가 다 봤는데도요? 정의라는 것이 있다면 당신은 총을 백 발, 아니 천 발 맞아야 마땅합니다."

레이어스 장군이 피노에게 양쪽 손바닥을 내밀었다. "미군 소령이 하는 말을 못 들었나? 나는 영웅이야."

"당신은 영웅이 아닙니다."

"그래도 그들은 나를 놔줬어. 그리고 나를 너와 함께 보냈어. 미군들이 말이야."

"왜 그랬죠?" 피노가 따졌다. "그들에게 뭘 해줬습니까? 어떤 호의를 돌려받았습니까? 금이나 정보로 누구를 매수한 거죠?"

레이어스 장군은 갈등하는 것 같았다. "뭘 했는지 너에게 자유롭게 말할 권한은 없지만, 내가 연합군에게 가치 있었다는 것만은 말할 수 있어. 나는 여전히 연합군에게 가치가 있어."

"당신은 아무 가치도 없습니다!" 피노가 외쳤다. 다시 감정이 솟구쳐 목이 막혔다. "당신은 자신 말고는 누구도 신경 쓰지 않습니다. 당신은 죽어 마땅—"

"그렇지 않아!" 장군이 소리쳤다. "나는 너를 신경 써, 조장. 나는 돌리를 신경 쓰고, 안나를 신경 써."

"안나는 죽었습니다!" 피노가 소리를 질렀다. "돌리도 죽었습니다!"

레이어스 장군이 어리둥절한 표정으로 한 걸음 물러섰다. "아니야. 사실이 아니야. 그들은 인스브루크로 갔어. 나는 돌리를 만나기로 했어, 오늘 밤에⋯⋯."

"돌리와 안나는 3일 전에 총살 집행대 앞에서 죽었습니다. 내 눈으로 직접 봤습니다."

레이어스 장군이 충격을 받아 휘청거렸다. "아니야. 나는 그들을 보내라고 명령을⋯⋯."

"그들을 태울 차는 끝내 오지 않았습니다. 돌리가 당신의 창녀였다는 이유로 끌려갈 때조차 두 사람은 여전히 기다리고 있었습니다."

피노는 총을 쏘기 위해 기관단총의 안전장치를 침착하게 풀었다.

"그렇지만 나는 명령을 내렸어, 조장. 맹세코 명령을 내렸어!"

"하지만 당신은 그들이 명령을 따랐는지 확인하지 않았어요!" 피노가 소리치고 기관단총을 어깨로 올렸다. "돌리의 아파트에 가서 그들이 확실히 떠났는지 알아봤어야 합니다. 그런데 당신은 그러지 않았어요. 이제 나는 당신을 죽게 내버려 둘 겁니다."

레이어스의 얼굴이 절망에 빠져 일그러졌고 총알을 막으려는 것처럼 양손을 올렸다.

"제발, 피노, 나는 돌리의 아파트에 돌아가고 싶었어. 그들을 살피고 싶었어. 기억 안 나?"

"안 납니다."

"기억나잖아. 내가 남겨놓고 온 서류를 챙겨야 하니까 그곳에 데려다 달라고 했어. 그런데 네가 그냥 나를 체포했잖아. 네가 나를 저항운동 세력에게 넘기지 않았으면, 나는 돌리와 안나가 밀라노에서 벗어나 인스브루크에 도착하도록 확실히 처리했을 거야."

레이어스 장군은 그를 바라보며 가차 없이 덧붙였다. "돌리와 안나의 죽음에 직접 책임을 물어야 할 사람이 있다면, 그건 너야."

34

피노의 손가락은 방아쇠에 놓여 있었다.

그는 재빨리 레이어스를 쏠 계획이었다. 복부에 총알 세례를 퍼부어 쓰러지되 바로 죽지는 않게 하려고 했다. 총상으로 아주 오랫동안 고통받게 하고 싶었다. 고통 때문에 경련하고 신음하고 애원하는 모습을 그곳에 서서 모두 지켜볼 작정이었다.

"쏴, 피노!" 카를레토가 외쳤다. "그놈이 무슨 말을 하든 난 상관 안 해. 그 나치 돼지를 쏴버려!"

그날 밤 장군은 돌리의 아파트로 데려다 달라고 말했어. 그런데 나는 그를 체포했지. 나는 돌리의 아파트에 가는 대신, 그를 체포……

피노는 다시 어지럽고 토할 것 같았다. 광대의 아리아가 다시 들려왔다. 라이플총이 발사되는 소리가 들리고 쓰러지는 안나가 보였다.

내 탓이야. 나는 안나를 도울 수 있었어. 안나의 죽음은 모두 내 탓이야.

그 순간 힘이 완전히 빠져버렸다. 손에서 기관단총의 손잡이가 스르르 빠져나갔다. 기관단총이 옆구리에 걸렸다. 광대하고 웅장한 신의 대성당과 속죄의 제단을 멍하니 올려다봤다. 뼛가루가 되어 바람에 날리고 싶었다.

"어서 쏴, 피노!" 카를레토가 외쳤다. "도대체 뭐 하고 있어? 그를 쏘라고!"

피노는 그러지 못했다. 그는 죽어가는 노인보다 더 약해진 느낌이었다.

레이어스 장군이 피노를 향해 퉁명하게 고개를 까딱하더니 싸늘하게 말했다. "네 일을 마무리 지어라, 조장. 나를 브렌네르 고개로 데려다줘. 그리고 우리의 전쟁을 함께 끝내는 거다."

피노는 눈을 깜박였다. 아무 생각도 할 수 없고 아무 행동도 할 수 없었다. 레이어스 장군이 그를 경멸의 눈초리로 쳐다보고 고함쳤다. "피노, 당장!"

피노는 묵묵히 레이어스 장군을 따라 피아트로 돌아왔다. 뒷문을 열고, 레이어스 장군이 올라탄 후 닫았다. 기관단총의 안전장치를 채우고 카를레토에게 건넨 다음 운전석에 올라탔다.

레이어스 장군은 뒷좌석에서 여행 가방과 손목에 수갑을 연결하고 있었다.

"왜 그를 죽이지 않았어?" 카를레토가 믿을 수 없다는 듯 말했다.

"내가 그 손에 죽고 싶으니까." 피노는 시동을 걸고 기어를 넣으며 말했다.

차가 출발해 기름투성이 진흙 위를 지나치자 차 옆으로 진흙이 마구 튀었다. 들판을 가로질러 북쪽으로 가다가 마침내 2차선 도로를 만났다. 이 도로는 갈지자형 길과 기다란 경사면들을 지나 내리막길로 이어졌고, 브레사노네 또는 브릭센이라고 부르는 마을 위로 브렌네르 고개 도로와 나란히 달렸다. 독일군의 행렬이 마을과 그 앞을 지나는 길을 1.6킬로미터 이상 막고 있었다. 행렬은 전혀 움직이지 않았다.

아래에서 총성이 여러 번 들렸다. 피노는 2차선 도로를 질주하면서 앞 유리 너머로 독일군의 행렬을 보다가 그들이 멈춘 이유를 알아챘다. 행렬의 앞부분에 중포重砲 대여섯 대가 서 있었다. 이탈리아를 가로질러 대포들을 끌고 머나먼 길을 온 노새들의 기력이 마침내 다한 것이었다. 노새들은 제자리에 서서 더 이상의 노동을 거부했다.

나치들은 나머지 행렬이 지나갈 수 있도록 대포를 길에서 치우려고 노새들에게 채찍을 휘둘렀다. 짐을 끌지 않으려 하는 노새들은 총으로 쏴서 갓길로 끌고 갔다. 마지막 대포가 길에서 거의 벗어났다. 나치 대열이 멈췄던 퇴각을 재개하려 하고 있었다.

"더 빨리 가." 레이어스가 명령했다. "저 행렬이 우리를 막기 전에 추월해."

피노는 저속 기어로 바꾸고 카를레토에게 말했다. "꽉 잡아."

✤

길이 덜 젖어 있어서 속도를 두 배로 올렸다가 이어 세 배로 올렸다. 그들은 수송대와 나란히 달리면서 뱀처럼 구불구불 이어지는 도로의 머리 부분에 거의 다다랐다. 도로는 1킬로미터 앞에서 또 다른 투박한 길과 맞닿아 있었다. 브렌네르 고개까지 700미터를 가파르게 내려가서 바르나 또는 바흐른이라 불리는 마을을 지나는 길로, 대포와 죽어가는 노새들로부터 100미터도 떨어져 있지 않았다.

피노는 기어를 저속으로 바꾸고 대포들과 노새들 옆을 솜씨 좋게 지나 가파른 비탈길로 향했다. 액셀을 힘껏 밟았다. 마지막 대포를 치우고 독일군 행렬 선두에 있는 기갑 부대 탱크들이 시동을 걸어 다시 오스트리아를 향해 움직이기 시작하는 순간, 피아트가 튀어 올라 산의 마지막 구간을 전속력으로 달렸다.

"추월해!" 레이어스 장군이 소리쳤다.

피노는 차가 뒤집어지거나 뒹굴지 않도록 알베르토 아스카리에게 배운 모든 기술을 발휘했다. 그는 첫 번째 탱크가 속도를 내기도 전에 도로의 마지막 구간을 쏜살같이 질주하면서 미친 듯이 웃었다.

그때 난데없이 남쪽으로 1.6킬로미터 지점에서 미군 무스탕 P-51 전투기 한 대가 급강하했다. 나치 행렬 위로 폭탄을 떨어뜨리고 사격을 개시하더니 행렬을 따라 저공비행을 하면서 기관총을 쏘아대기 시작했다.

레이어스 장군은 이제야 상황을 이해했는지 소리 지르기 시작했다. "조장, 더 빨리! 더 빨리!"

✦

피아트는 탱크와 거의 엇비슷하게 달렸다. 탱크가 교차로를 막아서기까지 80미터 정도가 남아 있었다. 피아트는 브렌네르 고개 도로에서 110미터 떨어져 있었다. 그러나 무스탕 전투기가 가까이 날아와 몇 초에 한 번씩 기관총을 발사하는 동안 브렌네르 고개로 빠르게 다가갔다.

브렌네르 고개 도로가 40미터 남았을 때, 피노는 마침내 브레이크를 밟고 기어를 바꿨다. 피아트는 진흙을 튀기며 거칠게 달리다가 두 바퀴가 뜬 채 탱크를 지나친 다음, 경사면을 빠르게 지나 탱크 앞으로 나갔다. 피아트가 옆으로 미끄러져 다시 두 바퀴가 떠서 뒤집히기 직전, 피노가 피아트를 바로 세우고 속도를 높였다.

"탱크에서 군인이 나오고 있다!" 레이어스가 소리쳤다. "기관총을 잡았어!"

피노는 탱크와 거리를 넓혔지만, 대구경 기관총에게 그 정도 거리는 아이들 장난 수준이었다. 저격수는 얼마든지 차를 치즈처럼 절단할 수 있었다. 피노는 운전대 위로 몸을 수그리고 액셀을 바닥까지 힘껏 밟으면서 뒤통수에 총알 맞을 각오를 했다.

그러나 나치가 발포하기 전에 미군 폭격기가 돌아와 독일군 행렬의 머리와 목 부분을 쓸어내리듯 기관총을 갈겼다. 총알이 탱크의 철갑을 때리고 피아트 바로 뒤의 도로로 튕겨 나갔다. 갑자기 총격이 멈추고 폭격기가 비스듬히 날아갔다.

피아트는 또 다른 급커브를 돌아 독일군의 시야에서 사라졌다. 한순간 차 안에 아득한 침묵이 흘렀다. 이내 레이어스가 주먹으로 허벅지와 여행 가방을 연신 두드리면서 큰 소리로 웃기 시작했다. "네가 해냈어! 이 정신 나간 빌어먹을 이탈리아 녀석, 네가 또 해냈어!"

피노는 자신이 해냈다는 사실이 혐오스러웠다. 무모한 시도를 하며 죽기를 기대했는데, 이제 퇴각하는 나치들과는 거리가 멀어지고 오스트리아 국경에 가까워지고 있었다. 어떻게 해야 할지 알 수 없었다. 마치 그가 레이어스 장군을 도망가게 하는 운명을 가진 것 같았고, 결국 그 임무에 굴복하고 말았다.

브레사노네 마을과 비피테노 또는 슈테르칭이라고 불리는 마을 사이의 도로 24킬로미터는 눈덩이로 뒤덮인 들판까지 이어지는 오르막길이었다. 부분적으로 녹은 것처럼 보이는 얼음눈이 여전히 높이 쌓여 있었다. 다시 안개가 끼자 어디서 눈이 끝나고 허공이 시작되는지 구분하기가 어려웠다. 뒤에 있는 독일군 행렬로 인해 차단된 브렌네르 고개 도로는 인적이 없고, 두꺼운 구름과 엷게 낀 안개 속에서 구불구불 구부러져 있었다. 차가 기어가는 것처럼 느려졌다.

"이제 얼마 남지 않았다." 비피테노를 지나자 레이어스가 말했다. 그는 여행 가방을 잡아당겨 무릎으로 올렸다. "금방 도착한다."

"어떻게 할 거야, 피노?" 카를레토가 묻고는 술을 마셨다. "저놈이 금을 가지고 도망가면 지금까지 고생한 게 다 무슨 소용이야?"

"크네블 소령은 그가 영웅이라잖아." 피노는 아무 감각도 없었다. "자유의 몸이 되겠지."

카를레토가 미처 대답하기도 전에 피노는 기어를 저속으로 바꾸고 브레이크를 세게 밟아 국경을 향한 마지막 오르막길로 급커브를 돌았다. 그러나 낮은 눈 벽이 길을 막고 있어서 급히 브레이크를 밟아 멈춰야 했다.

빨간색 스카프를 맨 험상궂은 남자 여섯 명이 눈더미 뒤에서 일어서더니 그들을 향해 라이플총을 겨눴다. 카를레토 쪽 숲에서 또 다른 남자가 권총을 들고 나타났다. 그리고 여덟 번째 남자가 피노 왼쪽의 나무들 사이에서 나왔다. 그는 담배를 피우며 총열을 짧게 자른 소총을 들고 있었다. 1년이 지났는데도 피노는 한눈에 그를 알아봤다.

레 신부는 티토와 부하들이 브렌네르 고개 도로에서 강도질을 하고 있다고 했다. 아니나 다를까 지금 그가 피노의 앞길을 막고 어슬렁거리고 있었다.

✤

"우리한테 뭐가 굴러들어 왔는지 어디 한번 볼까?" 티토가 소총을 겨누며 열린 창문 옆으로 다가왔다. "이 화창한 5월의 아침에 다들 어디를 가시나?"

피노는 모자를 눈까지 눌러썼다. 그는 봉투를 내밀고 말했다. "우리는 미군을 위한 임무를 수행 중입니다."

티토가 봉투를 받아 들고 열어서 서류를 봤지만, 꼴을 보아하니 영어를 읽지 못하는 것 같았다. 그는 편지를 도로 봉투에 넣고 옆으로 던졌다.

"임무가 뭔데?"

"우리는 이 사람을 오스트리아 국경으로 데려가고 있습니다."

"정말? 저 사람 손에 수갑을 채운 여행 가방에는 뭐가 들었을까나?"

"금이요." 카를레토가 말했다. "아마도요."

피노가 속으로 끙 소리를 냈다.

"그래?" 티토가 말했다. 그는 피노의 얼굴이 잘 보이도록 소총의 총구로 모자를 높이 밀어 올렸다.

잠시 후 티토가 비웃으며 말했다. "이렇게 완벽할 수가 있나?"

그가 소총 총구로 피노의 뺨을 찔러 눈 밑에 깊은 상처를 냈다. 피노가 통증 때문에 윽 소리를 내고 손을 올려 만져보니 이미 피가 흐르고 있었다.

티토가 말했다. "뒤에 있는 너희 아저씨한테 수갑 풀고 가방을 나한테 넘기라고 해. 안 그러면 네 머리랑 저 사람 머리를 날려버릴 거야."

카를레토가 숨을 할딱거렸다. 피노가 흘긋 보니 친구는 술기운과 분노로 부들부들 떨고 있었다.

"그에게 말해." 티토가 말하고 다시 피노에게 총구를 찔러 박았다.

피노가 그의 말을 프랑스어로 전했다. 레이어스는 말은커녕 미동조차 없었다.

티토가 소총의 총구를 레이어스 장군을 향해 돌렸다.

"저 남자는 이제 죽은 목숨이라고 말해." 티토가 말했다. "너희들 모두 죽을 거라고 말하라고. 어차피 나는 저 가방을 가지고 가게 될 거야."

✤

여관 주인의 죽은 아들인 니코가 생각났다. 피노는 문손잡이를 홱 돌리고 체중을 실어 티토의 몸 왼쪽으로 세차게 밀쳤다.

티토가 오른쪽으로 비틀거리다가 눈길에서 미끄러져 넘어질 뻔했다.

그때 뒷좌석에서 권총이 발사됐다. 카를레토 쪽 문 옆에 서 있던 남자가 뺨을 관통당해 죽었다.

티토가 균형을 잡더니 소총을 어깨에 메고 피노에게 겨누려고 하면서 소리를 질렀다. "다 죽여!"

그다음 순간은 영원처럼 느껴졌다.

카를레토가 기관단총의 방아쇠를 당겨 피아트의 앞 유리를 날려버렸다. 동시에 레이어스 장군이 총을 두 번째로 발사해 티토의 가슴을 맞췄다. 티토가 떨어뜨린 소총이 발사돼 피아트의 아래쪽 쿼터 패널에 맞았다. 카를레토가 다시 기관단총을 발사해 티토의 밀수범과 노상강도 패거리 여섯 명 중 두 명이 죽었다. 나머지 네 명은 도망가려 했다.

카를레토가 차 문을 열어젖히고 뛰어내려 도망가는 남자들을 쫓아갔다. 그들 중 한 명은 이미 총을 맞아 휘청거리고 있었다. 카를레토는 그를 쏘고, 나머지 세 명을 쫓아가면서 발작적으로 비명을 질렀다.

"너희 게릴라 새끼들이 우리 아빠를 죽였어! 너희가 우리 아빠를 죽이고 우리 엄마 가슴을 찢어놨어!"

그는 갑자기 멈춰 서더니 다시 총을 쐈다.

한 남자가 척추를 맞고 쓰러졌다. 다른 두 명이 싸우려고 돌아섰다. 카를레토는 닥치는 대로 총을 쏴 두 남자를 죽였다.

"다 갚아줬어!" 카를레토가 미친 듯이 괴성을 질렀다. "다 갚아⋯⋯."

그는 어깨가 축 처지더니 마구 흔들리다가 눈물을 흘리기 시작했다. 이내 무릎을 꿇고 주저앉아 서럽게 흐느꼈다.

피노가 뒤로 가서 친구의 어깨에 한 손을 올렸다. 카를레토는 몸을 홱 돌려 울부짖으며 발광했다.

"그만해." 피노가 부드럽게 말했다. "이제 그만해, 카를레토."

친구는 그를 멍하니 바라보다가 다시 무너져 내렸다. 그가 총을 떨어뜨리고 피노의 품으로 뛰어들어 통곡했다. "그놈들이 우리 아빠를 죽였어. 그놈들 때문에 엄마가 죽고 싶어 했어, 피노. 나는 복수해야 했어. 그래야 했어."

"너는 해야 할 일을 했어." 피노가 말했다. "우리 모두 그랬어."

햇살이 구름 사이로 강렬하게 내리쬤다. 눈을 치우고 시체들을 도로 밖으로 옮기는 데는 그리 오래 걸리지 않았다. 피노는 니코를 떠올리면서 티토의 주머니를 뒤지다가 2년 전 송년의 밤에 뺏긴 지폐 클립을 찾았다. 티토의 부츠는 그대로 뒀지만 서류가 든 봉투는 집어 들었다. 운전석 문 앞에 멈춰 서서 뒷자리를 들여다보니, 레이어스 장군은 크네블 소령의 권총과 같은 종류인 미제 콜트 M1911을 든 채 앉아 있었다.

피노가 말했다. "이제 피차일반입니다. 이제 서로에게 빚은 없는 겁니다."

레이어스가 말했다. "동의하네."

✤

오스트리아를 향해 마지막 8킬로미터를 나아가는 동안 카를레토는 머리에 총을 맞은 사람처럼 굴었다. 혼이 나간 사람처럼 공허한 표정으로 앉아 있었다. 피노도 다를 바 없었다. 할 수 있는 일이 운전뿐인지라 그저 기계적으로 운전대를 잡고 있었다. 지금 운전석에 앉은 그에게는 아무 생각도 없었다. 깊은 슬픔도, 끔찍한 경험 뒤의 충격도, 후회도 없었다. 그저 눈앞에 도로가 있을 뿐이었다. 국경까지 3킬로미터도 남지 않은 지점에서 라디오를 켜고 댄스 음악과 잡음이 섞인 주파수에 맞췄다.

"라디오 꺼." 레이어스가 날카롭게 말했다.

"쏘고 싶으면 쏘세요." 피노가 말했다. "그래도 음악은 켜놓을 겁니다."

백미러를 쳐다보니 패배감에 빠진 자신의 눈과 승리감에 젖어 그 눈을 응시하고 있는 장군의 모습이 동시에 비쳤다.

숲으로 뒤덮인 좁은 계곡에 있는 국경 검문소에서 미군 낙하산 부대원들과 벤츠 세단 두 대가 기다리고 있었다. 군복을 입은 나치 장군 한 명이 벤츠 옆에 서서 담배를 피우며 점점 강해지는 햇살을 만끽하고 있었다. 피노는 모르는 사람이었다.

이건 옳지 않아. 피노는 피아트를 세우면서 생각했다. 낙하산 부대원 두 명이 그를 향해 걸어왔다. 피노는 봉투를 열고 그 안의 서류를 훑어본 후에 그들에게 넘겨줬다. 연합군 최고 사령관 드와이트 아이젠하워 장군의 명령에 따라 미 제5군 사령관 마크 클라크 중장이 서명한 자유통행증이었다.

빨간 머리의 낙하산 부대원이 피노에게 고개를 끄덕이고 말했다. "당신은 그를 여기까지 무사히 데려오기 위해 대단한 용기와 투지를 발휘했습니다. 미 육군은 당신의 도움에 고마움을 표합니다."

"왜 그를 돕는 거죠?" 피노가 말했다. "그는 나치예요. 전쟁범죄인이라고요. 사람들을 혹사시켜서 죽였어요."

"명령을 따를 뿐입니다." 미군이 레이어스 장군을 흘긋 보며 말했다.

두 번째 군인이 뒷좌석 문을 열고 여전히 여행 가방 손잡이와 손목에 수갑을 채우고 있는 레이어스 장군이 나오도록 도왔다.

피노가 차에서 내렸다. 레이어스 장군은 피노를 기다리며 그

자리에 서 있었다. 그는 수갑을 차지 않은 손을 내밀었다. 피노는 그 손을 한참 바라보다가 손을 내밀었다.

레이어스가 힘차게 악수를 하고 피노를 가까이 끌어당겨 귀에 속삭였다.

"이제 너도 이해했겠지, 관찰자."

✤

피노는 믿을 수 없어서 그를 멍하니 쳐다봤다. 관찰자? 내 암호명을 알고 있었어?

레이어스 장군이 윙크한 후 손을 놓고 그 자리에서 절도 있게 뒤로 돌았다. 그는 성큼성큼 걸어갔고 끝까지 돌아보지 않았다. 낙하산 부대원이 자동차 중 한 대의 뒷좌석 문을 열었다. 피노는 여행 가방과 함께 차 안으로 사라지는 레이어스 장군을 입을 벌린 채 바라봤다.

피노 뒤에 서 있는 피아트 안에서 라디오 채널이 뉴스 방송으로 바뀌었지만 잡음이 심해서 알아들을 수 없었다. 그는 계속 같은 자리에 서 있었다. 레이어스의 마지막 말이 머릿속에서 맴돌았다. 그 말은 채 한 시간도 지나지 않은 살인의 순간에 복수가 신의 뜻이 아니라 자신의 뜻에 불과했음을 깨닫고 느낀 절망과 패배감에 혼란까지 더했다.

이제 너도 이해했겠지, 관찰자.

그가 어떻게 알았을까? 얼마나 오랫동안 알고 있었던 걸까?

"피노!" 카를레토가 외쳤다. "뉴스에서 하는 말 들려?"

레이어스 장군을 태운 차는 슈투바이탈과 인스브루크를 향해 빠르게 사라졌다.

"피노! 독일이 항복했대! 나치가 내일 아침 11시까지 무기를 버리라고 지시받았대!"

피노는 아무 말 없이 한스 레이어스 장군이 그의 삶에서 사라 져간 도로의 한 지점만을 지켜봤다. 카를레토가 다가와 피노의 어깨에 부드럽게 손을 올렸다.

"모르겠어? 전쟁이 끝났어."

피노는 고개를 저었고 눈물이 뚝뚝 떨어지는 것을 느끼며 말 했다.

"카를레토, 전쟁은 끝나지 않았어. 나에게 전쟁은 영원히 끝나 지 않을 거야. 절대로."

제2차 세계대전이 끝났을 때 밀라노는 3분의 1이 황폐해진 상태였다. 폭격과 전투로 밀라노 사람 2,200명이 사망했고 40만 명이 집을 잃었다.

밀라노와 밀라노 사람들은 재건을 시작했고 과거의 잔해를 새로운 도로와 공원, 고층 건물 밑에 묻었다. 전쟁의 그을음을 대성당에서 씻어냈다. 로레토 광장에서 죽은 툴리오 갈림베르티와 순교자들의 추모비를 벨트라미니 청과점이 있던 자리에 들어선 은행 모퉁이에 세웠다. 추기경 관저와 산 비토레 교도소, 밀라노 공동묘지의 돌기둥과 마찬가지로 다이애나 호텔도 여전히 건재하다.

스포르체스코성의 탑들은 수리를 했지만 총알 자국은 내벽에 그대로 남아 있다. 로레토 광장에서 일어난 야만적인 행위를 잊으려는 노력의 일환으로 에소 주유소를 허물었다. 한때 게슈타포의 본부로 사용된 레지나 호텔도 철거됐다. 그 친위대 본부 안에서 살해당하고 고문당한 사람들을 추모하기 위해 실비오 펠리코 거리에 명판을 설치했다.

밀라노 대학살 추모관은 중앙역 21번 플랫폼 아래에 있다. 나치의 침략을 받았을 때 이탈리아에서 대략 4만 9,000명의 유대인 중 4만 1,000명이 검거를 피하거나 강제노동수용소를 견뎌냈다. 많은 사람이 가톨릭 비밀 조직의 도움을 받아 모타를 포함한 여러 노선을 통해 스위스로 넘어갔다. 또한 용감한 이탈리아인과 가톨릭 신자, 성직자들이 수도원이나 수녀원, 성당, 또는 집에 유대인 피난민을 숨겨줬다. 일부는 로마 교황청에까지 숨겼다.

유대인을 구하고 밀라노가 더 이상 파괴되지 않도록 싸운 알프레도 일데폰소 슈스터는 1954년 8월 죽기 전까지 밀라노의 추기경 자리를 지켰다. 미래의 교황이 슈스터 추기경의 장례 미사를 드렸다. 그리고 슈스터 추기경의 관을 운구한 사람들 중 한 명이 그의 성스러운 대의를 이어받았다. 그 사람은 나중에 교황 요한 바오로 2세가 됐고 1996년에 슈스터 추기경을 시복했다. 그의 축복받은 시신은 대성당 아래에 있는 봉인된 유리 상자 안에 누워 있다.

루이지 레 신부는 위험에 빠진 사람들에게 카사 알피나를 피난처로 제공했다. 불명예스러운 일이긴 하지만 제2차 세계대전이 끝나고 얼마 동안 히틀러의 이탈리아어 통역사인 유겐 돌만을 보호했고 그를 넘기라는 미군의 요구를 거절했다.

이스라엘의 홀로코스트 박물관인 야드 바셈은 레 신부를 열방의 의인으로 선정했다. 이는 사심 없이 목숨을 걸고 유대인들을 구한 사람에게 주는 명예 칭호이다. 레 신부는 1965년에 죽어 모타 위에 있는 스키 슬로프에 묻혔다. 그 아래에 있는 황금을 입힌 성모 마리아상은 제2차 세계대전과 이후 그에게 도움을 받은 모든 사람이 기금을 모아 만들었다고 알려져 있다. 그가 운영하던 남학교 카사 알피나는 같은 이름의 호텔로 재건됐다. 예배당은 없어졌다.

신학생 조반니 바르바레스키는 이탈리아 저항운동 기간의 영웅적 행동으로 열방의 의인 칭호를 받았고, 슈스터 추기경에 의해 성직자로 임명됐다. 그는 오랜 세월 신부로 봉직하다가 퇴직했고, 여전히 밀라노에 살면서 대장간 공구를 수집하는 취미 생활을 하고 있다.

피노 렐라에게 운전을 가르친 알베르토 아스카리는 어린 시절의 꿈을 이뤄 이탈리아의 국민 영웅이 됐다. 아스카리는 1952년과 1953년에 그랑프리 세계 챔피언십에서 페라리를 타고 우승을 차지했다. 그러나 1955년 몬차의 경기장에서 시험 주행을 하던 중 차가 공중에서 회전하다가 추락하면서 경주로로 튕겨 나가는 사고를 당했고, 미모 렐라의 품에서 죽었다. 아스카리의 장례식 날 수천 명이 대성당과 광장으로 모여들었다. 그는 밀라노 공동묘지에 있는 아버지 옆에 묻혔으며, 역사상 최고의 경주 선수로 널리 알려져 있다.

북이탈리아 게슈타포 사령관인 발터 라우프 대령은 이동식 가스실을 직접 설계하고 동유럽에서 사용하다가 밀라노에까지 배치한 사람이었다. 거기서 희생된 10만 명의 죽음에 직접적으로, 그리고 수십만 명의 죽음에 간접적으로 책임이 있는 것으로 추정됐다. 라우프는 체포됐지만 전쟁포로수용소에서 도망쳐 비밀

첩보원으로 고용돼 칠레로 이주했으며, 칠레의 독재자들과 친밀한 관계를 유지했다.

유명한 나치 전쟁범죄인 추적자인 사이먼 비젠탈은 라우프를 1962년까지 추적했다. 독일 정부는 라우프를 송환하려고 노력했지만 라우프는 이에 맞서 싸웠고 칠레 대법원에서 재판이 진행됐다. 그 결과 라우프는 5개월 후 방면되었고, 1984년에 산티아고에서 심장 마비로 죽었다. 많은 전직 나치 장교들이 참석한 장례식은 라우프와 아돌프 히틀러, 제3제국을 요란하게 기념하며 나치식으로 치러졌다.

프랭크 크네블 소령은 미국으로 돌아가 퇴역한 뒤 신문사 기자로 활약했다. 캘리포니아에서 〈가든 그로브 뉴스〉에 이어 〈오하이 밸리 뉴스〉의 발행인을 맡았다. 1963년에는 〈로스 바노스 엔터프라이즈〉를 매입했다. 크네블은 1973년에 죽기 전까지 피노와 편지를 주고받았다.

피터 달로이아 하사는 보스턴으로 돌아갔다. 그는 전쟁이 끝나고 수십 년 후 세상을 떠났는데, 그의 아들은 아버지가 몬테카시노 전투에서 용맹하게 싸워 받은 은성훈장을 발견하고 깜짝 놀랐다. 은성훈장은 다락에 있는 상자 속에 감춰져 있었다. 많은 사람이 그랬듯, 그는 이탈리아에서 겪은 전쟁에 대해 아무에게도 말하지 않았다.

알베르트 알바네세와 그레타 알바네세 부부의 사업은 계속 번창했다. 알베르트가 해포석 담배 파이프를 가죽으로 싸서 전 세계에 판매하기 시작하면서 큰돈을 벌었다. 그들은 1980년대에 죽었다. 피에트로 베리 거리 7번지에 있던 가게는 현재 피사 오롤로제리아, 즉 피사 명품 시계점으로 바뀌었다.

미켈레 렐라와 포르치아 렐라 부부는 전쟁이 끝난 후 가방과 스포츠웨어 관련 회사들을 속속 차려 성공을 거뒀으며, 평생 밀라노 패션 지구에서 왕성하게 활동했다. 1970년대 그들이 죽기 전에 몬테 나폴레오네 거리 3번지에 있던 가방 가게를 재건축했으며, 현재는 살바토레 페라가모 부티크가 들어서 있다. 마테오 티 거리의 아파트 건물은 여전히 건재하지만 새장 모양의 승강기는 없어졌다.

피노의 여동생 치치 렐라는 엄마인 포르치아처럼 정력적인 사업가가 됐다. 밀라노를 세계적인 패션의 중심지로 부상시켰으며, 가족의 회사에서 일하면서 산 바빌라의 부티크들을 집중적으로 관리했다. 그녀는 1985년에 죽었다.

미모라는 애칭으로 불린 도메니코 렐라는 특히 폭동이 일어난 첫날의 활동을 비롯해 저항운동을 위해 용감하게 싸운 점을 인정받아 표창을 받았다. 이후 가족의 회사에서 일하다가 독립해서 렐라 스포츠라는 제조 회사를 세워 주말 스포츠와 레저 스포츠 열풍을 일으켰다. 작은 키에 호전적이고 성공한 사업가인 미모는 자신보다 30센티미터나 큰 아름다운 패션모델 발레리아와 결혼했다. 그들은 슬하에 세 자녀를 뒀다. 그는 모타의 카사 알피나 옆에 오두막을 지었고 그가 세상에서 가장 좋아한 장소였다고 전해진다. 1974년 47세에 피부암으로 죽었다.

카를레토 벨트라미니와 피노 렐라는 평생 친구로 지냈다. 카를레토는 알파로메오의 자동차 판매원으로 성공했으며 유럽 전역에서 생활했다. 결혼은 하지 않았고 53년 동안 전쟁에 대해 한 번도 언급하지 않았다. 그러나 1998년에 병에 걸려 입원했을 때 피노와 로버트 데렌도프라는 미국인이 병문안을 왔을 때, 카를레토는 전쟁이 끝나기 직전의 며칠을 고백하듯 회상했다. 다이 애나 호텔에서 열린 요란한 파티, 레이어스 장군을 오스트리아로 데려가야 한다는 말을 들은 순간 복수에 불탔던 피노의 표정을 기억했다. 카를레토는 레이어스의 여행 가방에 금이 들어 있었다는 확신을 끝까지 고수했다. 또한 도망가려는 노상강도 무리에게 총을 쏜 것을 인정하면서 눈물을 터뜨렸고 그 미친 짓을 용서해 달라고 신에게 애원했다. 카를레토는 며칠 후 죽었고 피노가 그의 임종을 지켰다.

✤

피노는 레이어스 장군이 차를 타고 오스트리아로 가는 것을 본 후 밀라노로 돌아와서 2주 동안 크네블 소령의 안내인으로 활동했다. 크네블 소령은 레이어스에 대해 거론하기를 거부했고, 그 문제는 일급비밀이며 전쟁은 이미 끝났다고 말했다.

그러나 피노에게는 끝난 일이 아니었다. 그는 슬픔과 추억으로 피폐해졌고, 아무도 답하지 못하는 질문에 시달렸다. 레이어스 장군은 피노가 첩자라는 것을 처음부터 알았을까? 그가 레이어스 장군 옆에서 보고 들은 것은, 그가 알베르트 외삼촌과 바카의 무전을 통해 연합군에게 보고하게끔 일부러 보여주고 들려준 것이었을까?

알베르트 외삼촌은 레이어스가 피노의 암호명을 알고 있었다는 사실에 피노만큼이나 놀랐다고 말했다. 피노의 외삼촌과 부모는 피노가 여전히 보복의 대상이라는 것을 더 걱정했다. 마땅한 걱정이었다. 1945년 5월 말까지 수천 명의 파시스트들과 나치 부역자들이 북이탈리아 전역에서 처형과 보복 살인으로 목숨을 잃었다.

안달하는 가족의 재촉에 피노는 밀라노를 떠나 라팔로로 갔다. 그는 그해 늦가을까지 그 해안 도시에서 다양한 일을 하며 지냈다. 그리고 마데시모로 돌아가서 스키를 가르쳤고 레 신부와 오랫동안 이야기를 나누면서 자신의 비극을 받아들이려고 애썼다. 그들은 사랑에 관해 이야기했다. 믿음에 대해, 그리고 가슴을 짓누르는 상실의 고통에 대해 이야기했다.

피노는 산에 올라가서 도와달라고, 끊임없는 괴로움과 혼란과 슬픔을 덜어달라고 기도했다. 그러나 안나는 그를 떠나지 않았다. 그녀는 그에게 인생 최고의 순간을 추억으로 남겼다. 그녀의 미소, 향기, 그리고 귓가에 음악처럼 울리는 웃음소리. 그녀는 어두운 밤에 그의 주위를 맴돌며 비난하고 비통해하고 호소하는 파멸의 힘이었다.

나는 그냥 가정부라고 누가 좀 말해줘요.

피노는 미래를 보지 못하고 희망의 말도 듣지 못한 채 2년이 넘도록 죄책감과 비통에 빠져 멍하게 살았다. 여름에는 해변을 수 킬로미터씩 걸었고, 가을에는 신의 대성당에 눈이 내리기 전까지 알프스산맥을 등반했다. 그리고 날마다 용서해 달라고 기도했지만, 그의 기원은 끝내 이루어지지 않았다. 하루하루 날이 가는 동안에도 피노는 언젠가 누군가가 와서 레이어스 장군에 대해 물을 것이라고 믿었다.

그러나 아무도 오지 않았다. 1947년 세 번째 여름이 돌아와 라팔로로 돌아가서 지내는 동안에도 그는 여전히 전쟁의 경험으로 괴로워하며 안나의 유령과 씨름했다. 그녀가 원래 성이나 결혼 후의 성을 말해준 적이 없다는 사실이 그를 몹시 괴롭게 했다. 성을 모르니 엄마를 찾아 딸의 죽음을 알리려는 시도조차 할 수 없었다.

그녀가 존재했다는 사실을 그 외에는 누구도 알지 못한다는 착각마저 들었다. 그녀는 그를 사랑했지만, 그는 그녀를 실망시켰고. 피노는 안나가 죽기 전 침묵을 통해 그녀를 알고 있음을 부정했고, 그녀에 대한 사랑을 부정했다. 알프스산맥에서 유대인 피난민들을 안내할 때나 첩자로 살 때, 그는 믿음이 있고 이타적인 사람이었다. 하지만 총살 집행대 앞에서는 신뢰할 수 없고 이기적인 사람이 됐다.

정신적 고통은 끊임없이 계속됐다. 그러던 어느 날, 여느 때처럼 안나의 추억에 젖어 해변을 산책하다가 그녀의 말이 떠올랐다. 그녀는 미래에 대한 믿음이 없다고 했다. 그녀는 그저 순간순간에 충실하려고 노력하면서 감사해야 할 이유를 찾고, 그녀만의 행복과 은총을 만들려고 노력하며, 그 행복과 은총을 현재의 즐거운 삶을 위한 수단으로 삼으려 한다고 했다.

안나의 말이 머릿속에 메아리쳤다. 어찌 된 일인지 그 오랜 시간이 지나서야 비로소 굳게 잠긴 마음의 자물쇠가 해제되었다. 그는 평생 그녀를 애타게 그리워하거나 그녀를 구하려 하지 않았다는 죄책감에 허우적거리며 살고 싶지만은 않다는 사실을 불현듯 인정하게 됐다.

그는 인적이 없는 해변에서 마지막으로 안나를 향한 사무친 그리움을 마음껏 드러내며 통곡했다. 그러나 머릿속을 맴도는 추억은 그녀의 죽음도, 공동묘지 바닥에 생기 없이 누워 있던 그녀의 시신도, 신의를 지키지 못한 그를 조롱하던 광대의 아리아도 아니었다.

칼라프 왕자의 아리아인 〈네순 도르마〉, '아무도 잠들지 말라'가 들렸다. 그리고 사랑에 빠진 순간들이 사진처럼 선명하게 보였다. 폭격이 시작된 첫날 빵집 앞에서 본 안나, 전차 뒤로 사라지던 안나, 1년 6개월 후 돌리의 집 현관을 열던 안나, 돌리의 방에서 장군의 열쇠를 들고 있던 그를 알아챈 안나, 코모 호수 옆 공원에서 사진을 찍던 안나, 크리스마스이브에 경비병들 앞에서 취한 척하던 안나, 발가벗고 그를 원하던 안나.

그는 점점 커지며 절정으로 향하는 〈아무도 잠들지 말라〉의 가사를 들으며 리구리아해를 내다보았다. 짧고 비극적인 시간이었지만 안나와 함께할 수 있게 해준 신에게 감사했다.

"나는 아직 그녀를 사랑해." 그는 그녀가 가장 행복해했던 장소인 바다와 바람에게 말했다. "나는 그녀를 만난 것에 감사해. 그녀는 내가 영원히 소중하게 간직할 선물이었어."

그는 그녀의 영혼을 단단히 붙잡고 있던 손아귀가 느슨하게 풀려 그 영혼을 날려 보내는 것을 느꼈다. 그는 해변을 떠날 때 전쟁을 과거지사로 돌리고, 안나와 레이어스 장군, 돌리, 혹은 그가 목격한 일들에 대해 다시는 생각하지 않겠다고 맹세했다.

그는 무엇보다도 행복을, 열정적으로 추구하며 살겠다고 결심했다.

✤

피노는 밀라노로 돌아와 한동안 부모님 밑에서 일하면서 행복과 열정을 찾으려고 노력했다. 사교적인 성격을 되찾고 판매원 노릇도 썩 잘했다. 그러나 지루하고 답답한 도시는 성미에 맞지 않았고, 신의 대성당인 알프스산맥을 걷거나 스키를 탈 때가 가장 행복했다. 그는 산악 생활에 최적화된 재능 덕분에 어쩌다 보니 이탈리아 국가대표 스키 팀의 코치이자 통역사가 되어, 1950년 콜로라도주 아스펜에서 전후 처음으로 열린 세계선수권대회에 출전했다.

그는 난생처음 뉴욕에 가서 연기가 자욱한 나이트클럽에서 재즈를 들었고, 뉴욕 메트로폴리탄 오페라 극장에서 토스카니니의 지휘로 공연한 〈나비 부인〉에서 사촌 리샤 알바네세가 소프라노로 노래하는 모습을 관람했다.

아스펜에 도착한 첫날 밤, 피노는 술집에서 우연히 만난 남자 두 명과 합석해 술을 마시게 됐다. 게리는 몬타나 출신의 열렬한 스키 애호가였다. 헴은 피노가 이탈리아에서 가장 좋아하는 산인 발 가르데나에서 스키를 탄 적이 있었다.

알고 보니 게리는 배우 게리 쿠퍼였고, 할리우드에 와서 스크린 테스트를 하라고 피노를 설득하려 했다. 헴은 어니스트 헤밍웨이인 것으로 드러났는데, 술을 많이 마시고 말은 거의 하지 않았다. 쿠퍼는 피노와 오랜 세월 친구로 지냈고 헤밍웨이는 그렇지 않았다.

스키 팀이 이탈리아로 돌아갈 때 그는 함께 가지 않았다. 대신에 알베르토 아스카리의 인맥을 통해 비벌리힐스에 있는 인터내셔널 모터스에 취직해 페라리와 고급 스포츠카를 팔았다. 그는 유창한 영어, 고성능 자동차에 대한 이해, 재미있는 성격 덕분에 그 일에 잘 맞았다. 그가 좋아하는 영업 방법은 자신의 페라리 중 한 대를 워너브라더스 건너편에 있는 점심 가판대 앞에 세워 놓는 것이었다. 피노는 그렇게 제임스 딘을 만났다. 그는 그 젊은 배우가 사고 싶어 했던 포르쉐 근처에는 얼씬도 하지 말라고 경고했다. 아직 포르셰의 힘을 감당할 준비가 되지 않았다는 것이었다. 그러나 딘은 그의 말을 듣지 않았다.

피노는 인터내셔널 모터스에서 산타 모니카 토박이인 정비공 댄 거니, 리치 긴더, 필 힐과 같이 근무했고, 그들 모두가 포뮬러 원의 선수가 됐다. 1952년에 피노가 프랑스 르망에서 일베르토 아스카리에게 힐을 소개한 후, 그는 페라리 소속 선수로 경주를 시작했다. 힐은 나중에 아스카리처럼 세계 챔피언이 됐다.

피노는 겨울이 되면 시에라네바다 중부에 있는 매머드마운틴 스키장의 스키 학교에서 일했다. 그는 스키를 가르치면서 가장 큰 행복과 열정을 느꼈다. 재미있고 창의적인 모험처럼 즐길 수 있는 방식으로 스키를 가르쳤다. 매머드마운틴 스키장의 설립자인 데이브 맥코이는 피노가 가루눈 속에서 스키를 타는 모습을 보노라면 마치 꿈을 들여다보고 있는 것 같다고 말했다.

피노의 인기는 점점 높아져서 스키를 배우려면 인맥을 이용해 개인적으로 부탁해야 할 정도가 되었다. 이 일 덕에 그는 〈로스앤젤레스 데일리 저널〉, 〈샌디에이고 타임스〉, 〈샌버너디노 선〉을 발간하는 언론 재벌가의 상속녀인 퍼트리샤 맥다월을 소개받았다.

두 사람은 폭풍 같은 열애 후 결혼해서 비벌리힐스에 집을 샀고, 캘리포니아와 이탈리아를 오가며 제트족 생활을 했다. 그는 더 이상 페라리를 팔지 않았다. 대신에 페라리를 여러 대 소유하고 그 차들을 타고 스포츠카 경주장을 달렸다. 그는 스키를 타고 산도 올랐다. 활력이 넘치는 삶을 살며 여러 해 동안 점점 더 행복해졌다.

그들은 세 자녀 마이클, 브루스, 제이미를 낳았다. 그는 자식들을 매우 아꼈고, 스키를 가르치고 산을 사랑하는 아이들로 키웠다. 그가 세계 어디에 있든 파티 요청이 줄지었고 그는 항상 주인공이 됐다.

그러나 늦은 밤 밖에 있으면 이따금 안나와 레이어스 장군의 기억이 떠올랐다. 그럴 때면 또다시 우울과 혼란, 상실감이 그를 덮쳤다.

✤

1980년대, 캘리포니아 험볼트 주립대학교의 이타적 성격 및 친사회적 행동 연구소의 연구원에게서 연락이 왔다. 그녀는 목숨을 걸고 타인을 구한 사람들을 연구하고 있었다. 그녀가 야드 바셈을 통해 피노의 이름을 알게 됐다고 말하자 그는 깜짝 놀랐다. 레 신부와 함께한 활동과 관련해서 누군가에게 연락을 받은 것이 처음이었기 때문이다.

그는 그 젊은 연구원과 잠시 이야기를 나눴는데, 연구 주제는 무척 당황스러웠고 안나의 추억까지 되살아나고 말았다. 결국 그는 상세한 질문지에 답을 써서 보내겠다는 약속으로 인터뷰를 끝냈다. 그리고 그 약속을 지켰다.

피노는 1990년대까지 계속 침묵을 지켰다. 그러다 성공한 미국인 사업가 로버트 데렌도프를 북이탈리아에서 우연히 만나게 되었다. 캘리포니아의 작은 스키장을 비롯해 다양한 사업체를 소유한 데렌도프는 은퇴를 하고 마조레 호수 옆에 머물고 있었다.

비슷한 연배인 두 사람은 잘 통했다. 그들은 먹고, 이야기하고, 웃었다. 셋째 날 밤 데렌도프가 물었다.

"자네에게 전쟁은 어땠나, 피노?"

피노는 멍한 눈빛으로 한참 망설인 후 대답했다.

"내가 겪은 전쟁에 대해 누구에게도 말한 적이 없네, 밥. 하지만 옛날에 아주 현명한 사람이 나에게 말하기를, 우리는 마음을 열고 상처를 드러냄으로써 인간이 되며 결함이 생기기도 하고 완전해지기도 한다네. 이제 나는 완전해질 준비가 됐어."

단편적인 이야기가 밤이 깊도록 흘러나왔다. 데렌도프는 망연자실했다. 도대체 왜 그런 이야기가 지금까지 알려지지 않았을까?

✤

데렌도프와 피노의 우연한 만남은 뜻밖에도 몬태나주 보즈먼에서 열린 만찬회(내 삶 최악의 날 저녁)로 이어졌다. 나는 그 자리에서 피노에 대한 이야기를 들었다. 그리고 그것은 이야기를 빠짐없이 직접 듣기 위해 이탈리아로 날아가자는 결정으로 이어졌다. 내가 처음으로 밀라노에 갔을 때 피노는 70대 후반이었다. 그렇지만 50대 못지않은 활기와 쾌활함을 가지고 있었다. 그는 광란의 질주를 하듯 차를 몰았다. 그리고 피아노를 훌륭하게 연주했다.

3주 뒤, 내가 이탈리아를 떠날 때 피노는 나이보다 훨씬 늙어 보였다. 60년 동안 꾹꾹 묻어두었던 이야기를 털어놓는 과정은 정신적 충격을 불러왔다. 특히 한스 레이어스 장군과 관련한 질문을 비롯해 평생 답하지 못한 질문들이 그를 괴롭혔다. 그는 어떻게 됐을까? 왜 전쟁범죄인으로 기소되지 않았을까? 왜 아무도 피노의 이야기를 들으러 오지 않았을까?

나는 거의 10년 가까이 조사를 거친 뒤에야 피노 렐라의 질문 중 일부에 답을 해줄 수 있었다. 대부분은 레이어스 장군이 자신의 흔적을 태워 없애는 작업에 충격적일 정도로 철저했기 때문이었다. 토트 조직의 장교들도 마찬가지였다. 나치가 강박적으로 기록 보관에 신경을 썼음에도, 토트 조직이 말 그대로 수백만 명의 포로와 노예를 관리했음에도, 남겨진 서류는 문서 보관함 세 개 분량에 불과했다.

레이어스 장군은 아돌프 히틀러 왼편에 앉는다고 스스로 인정했고, 제2차 세계대전의 마지막 2년 동안 이탈리아에서 두 번째로 높은 권력자였다. 그런 사람이 이탈리아 재직 기간에 남긴 서류가 100페이지도 되지 않았다. 그의 이름이 어떤 회의에서든 참가자로 거론된 경우는 거의 없었다. 그가 서명한 서류도 극히 드물었다.

그렇지만 용케 남은 서류들을 보면 피노가 레이어스를 브렌네르 고개의 낙하산 부대원들에게 데려다준 후, 독일과 스위스에서 그의 자산이 동결된 것은 분명했다. 레이어스는 인스브루크 외곽의 연합군 포로수용소로 이송됐다. 이상하게도 레이어스의 진술에 대한 기록은 전혀 남아 있지 않고 세상에 알려지지도 않았다. 또한 뉘른베르크 전쟁범죄인 재판의 공식 기록에서도 레이어스는 거론되지 않았다.

그렇지만 레이어스가 이탈리아 내 토트 조직의 활동에 대한 보고서를 써서 미 육군에 제출한 적은 있었다. 그 보고서는 미국 국립문서기록보관청에 보관돼 있고, 그 내용을 간단히 말하자면 그의 행동을 숨기기 위한 눈가림에 불과했다.

전쟁이 끝나고 23개월 뒤, 1947년 4월 한스 레이어스는 석방됐다. 그리고 34년 후 독일 에슈바일러에서 죽었다. 내가 거의 9년간의 조사로 확신할 수 있는 것은 이 두 날짜뿐이었다.

2015년 6월 독일의 뛰어난 조사원이자 통역사인 실비아 프리칭과 작업하면서, 여전히 에슈바일러에서 살고 있던 레이어스 장군의 딸 잉그리드 브루크를 추적했다. 브루크 부인은 죽음을 앞두고 있었지만 아버지에 대해, 그리고 전쟁 후 그에게 어떤 일이 있었는지에 대해 이야기하기로 했다.

"아버지는 포로수용소로 보내져 뉘른베르크 재판의 기소를 기다렸어요." 그녀는 부모에게 물려받은 독일 영주 저택의 침실에서 창백한 얼굴로 말했다. "아버지는 전쟁범죄로 기소됐지만……."

브루크 부인은 기침하기 시작했고 너무 아파서 더 이상 말할 수 없는 상태가 됐다. 대신 25년 동안 레이어스 장군의 정신적 조언자였던 사람과 30년 동안 그의 친구이자 보좌관이었던 사람이 나머지를 설명해 주었다. 적어도 레이어스가 이탈리아에서 보낸 시간과 포로수용소에서 기적적으로 석방된 사연을 들을 수 있었다.

✣

부동산 중개업자인 게오르크 카스헬과 에슈바일러의 퇴직 목사인 발렌틴 슈미트에 따르면, 레이어스 장군은 실제로 전쟁범죄로 기소됐다. 그러나 그들은 기소 내용에 대해서는 잘 몰랐다. 레이어스가 노예를 부리고 히틀러의 최종 해결책이었던 '노동에 의한 몰살'이라는 나치 정책을 실행해 집단 학살에 참여한 것에 대해서는 아무것도 몰랐다.

그러나 목사와 부동산 중개업자는 레이어스가 이탈리아에서 전쟁범죄를 저지른 다른 나치나 파시스트들과 함께 뉘른베르크 법정에서 재판을 받았다는 것에는 동의했다. 전쟁이 끝난 후 1년 이 흐르고, 2년이 흘렀다. 그 시기에 살아남은 히틀러의 심복 중 대부분이 재판을 받고 교수형을 당했다. 나치 정권의 군수장관 이자 토트 조직의 우두머리인 알베르트 슈페어가 그들 중 많은 사람에게 불리한 증언을 한 뒤였다.

토트 조직은 강제수용소를 지었고, 많은 수용소에 토트 조직 의 노동수용소라는 표지판이 달려 있었다. 그럼에도 불구하고 슈페어는 뉘른베르크 재판에서 강제수용소에 대해 전혀 몰랐다 고 주장했다. 연합군 측 검사가 슈페어의 말을 실제로 믿었는지, 아니면 그저 그가 제공한 증언을 가치 있게 여겼는지 알 수 없 지만, 재판소는 히틀러의 건축가인 슈페어에게 교수형을 내리지 않았다.

레이어스 장군은 슈페어가 히틀러의 핵심 측근들을 배신해 그 들을 교수대로 보냈다는 말을 듣고서 검사들과 거래를 했다. 그 는 자신에게 유리한 증거를 제공했다. 자신은 유대인들이 이탈 리아를 탈출하게 도왔고, 슈스터 추기경을 포함한 가톨릭 고위 층을 보호했으며, 피아트 회사가 완전히 파괴되는 것을 막았다는 등의 내용이었다. 또한 그는 비공개 재판에서 명목상의 상관인 알베르트 슈페어에게 불리한 증언을 하기로 동의했다. 레이어스 가 제공한 일부 증거를 바탕으로 히틀러의 건축가는 노예를 부린 혐의에 대해 유죄 판결을 받고 스판다우 교도소에서의 20년 형 을 선고받았다.

적어도 이것이 목사와 레이어스의 오랜 보좌관이 말한, 레이 어스가 1947년 4월 포로수용소에서 풀려나게 된 이유였다.

설명은 대단히 그럴듯했지만, 그 집안의 전설적인 인물이었던 레이어스 장군은 의심할 여지없이 그보다 더 복잡한 사람이었다. 전쟁이 끝나고 2년도 지나지 않아서 세상은 전쟁의 여파에 넌더리가 났고, 진행 중인 뉘른베르크 재판에 무관심해졌다. 이탈리아에서 확대되고 있는 공산주의 세력에 대한 정치적 우려도 증가했다. 파시스트들과 나치들을 상대로 한 선풍적인 일련의 재판들이 공산주의자들의 손에 놀아날 것이라는 생각이 퍼졌다.

사학자 미셸 바티니의 말대로 '실종된 이탈리아의 뉘른베르크'는 끝내 열리지 않았다. 레이어스 장군을 비롯해 이루 말할 수 없는 잔학 행위를 저지른 나치와 파시스트들이 1947년 봄과 여름에 간단히 풀려났다.

레이어스의 범죄에 대한 재판은 없었다. 그의 감시 아래 죽어 간 노예들에 대해 책임을 물리는 처벌은 없었다. 2년의 전쟁 동안 북이탈리아에서 저지른 온갖 악행과 야만적인 행위가 법의 구멍으로 빠져나갔고, 묻히고 잊혔다.

레이어스는 아내 한넬리스, 아들 한스위르겐, 딸 잉그리드가 있는 뒤셀도르프로 돌아갔다. 레이어스의 아내는 전쟁 중에 에슈바일러에 있는 하우스 팔란트라 불리는 중세 장원과 토지를 상속받았다. 전쟁 후 레이어스는 사방으로 뻗어 나간 부동산에 대한 소유권을 되찾기까지 6년간 법정 싸움을 거쳐야 했지만 결국 해냈다. 그러고는 장원을 복구하고 운영하면서 여생을 보냈다.

그는 장원 저택과 헛간들을 재건하기 시작했다. 얄궂게도 그 곳은 토트 조직에 끌려가 노예 생활을 한 폴란드 사람들이 전쟁이 끝나기 직전에 지른 불로 잿더미가 되었던 곳이다. 목사와 보좌관은 레이어스가 독일군에게 끌려가 유럽 전역에서 강제노동을 한 1,200만 명에 달하는 사람들을 한 번도 언급하지 않았다고 했다.

또한 그들은 레이어스가 장원을 재건하는 데 필요한 엄청난 돈을 어디에서 구했는지도 알지 못했다. 그들은 그저 레이어스가 전쟁 후 수년 동안 철강업체 크루프와 병기 제조업체 플리크를 비롯한 독일의 다양한 대기업에서 자문 역할을 맡았다는 것만 알았다.

그들의 말에 따르면 레이어스는 엄청난 인맥을 가지고 있었고 항상 누군가가 그에게 신세를 지곤 했다. 그가 무엇인가를, 예를 들어 트랙터를 원하면 갑자기 누군가가 그에게 트랙터를 줬다. 이런 일은 항상 일어났다. 피아트는 레이어스에게 고마움을 표시하기 위해 매년 공짜 신형 자동차를 보냈다.

전쟁 후 한스 레이어스의 삶은 풍요로웠다. 그가 예언했듯이 아돌프 히틀러가 등장하기 전에도, 아돌프 히틀러가 활동한 동안에도, 아돌프 히틀러가 사라진 후에도 모든 것이 그가 마음먹은 대로 풀렸다.

✤

레이어스는 연합군 포로수용소에서 풀려난 후 독실한 기독교 신자가 됐다. 그는 에슈바일러 부활 교회의 건설비를 기부했다. 그 교회는 장원에서부터 레이어스를 추모하는 의미로 이름 지은 한스레이어스 도로까지 이어지는 길의 바로 아래에 있었다.

레이어스는 일 처리가 확실한 사람이라는 평을 받았고, 목사와 보좌관을 비롯한 많은 사람이 그에게 정계 입문을 권했다. 레이어스는 거절하면서 자신은 '그림자 속에서, 어둠 속에서, 막후에서 조종하는 사람'이 되는 것이 더 좋다고 말했다. 그는 결코 앞에 나서고 싶어 하지 않았다.

레이어스는 나이가 들면서 아들이 자라 공학박사 학위를 따고 딸이 결혼해서 가정을 꾸리는 것을 옆에서 지켜보았다. 그는 알베르트 슈페어 밑에서 일한 것이 아니라 항상 히틀러에게 직접 보고했다고 자랑할 때를 제외하면 전쟁에 대해서는 거의 말하지 않았다.

히틀러의 건축가인 알베르트 슈페어는 1966년 스판다우 교도소에서 석방된 직후 레이어스를 찾아갔다. 전하는 바에 따르면, 처음에는 서글서글하게 굴었지만 곧 술에 취해 적대적으로 변하더니 레이어스가 불리한 증언을 했다는 것을 안다는 기색을 넌지시 보였다. 레이어스는 슈페어를 집에서 쫓아냈다. 레이어스는 히틀러의 흥망성쇠를 다룬 슈페어의 베스트셀러 회고록 《알베르트 슈페어의 기억Inside the Third Reich》을 읽고는 격분하며 모든 이야기가 '줄줄이 거짓말'이라고 외쳤다.

레이어스는 점차 쇠약해지다가 1981년에 죽었다. 그의 기부로 지은 교회와 자신의 저택 사이에 있는 공동묘지의 거대한 바위 아래에 묻혔다. 브렌네르 고개에서 어린 피노 렐라를 떠나고 나서 오랜 세월이 지난 뒤였다.

"내가 아는 그 남자는 좋은 사람, 폭력에 반대하는 사람이에요." 슈미트 목사가 말했다. "레이어스는 직업 군인으로 복무한 엔지니어였어요. 그는 나치당의 일원이 아니었어요. 혹시라도 그가 전쟁범죄에 관련됐다면, 나는 그가 그럴 수밖에 없도록 강요받았기 때문이라고 믿어요. 머리에 총을 겨눠서 선택의 여지가 없었을 거예요."

✤

모든 것을 알게 되고 일주일 후, 나는 다시 마조레 호수로 피노 렐라를 찾아갔다. 그때 그의 나이는 89세였고 흰 수염을 기르고 금속 테 안경에 멋들어진 검정색 베레모를 쓰고 있었다. 늘 그렇듯 그는 상냥하고 재미있고 원기 왕성했으며 열정적으로 살고 있었다. 최근에 교통사고를 당했다는 것을 감안하면 놀라운 일이었다.

우리는 그가 사는 레사라는 도시의 호숫가에 있는 그가 좋아하는 카페로 갔다. 키안티를 마시면서 레이어스 장군에게 일어난 일을 말해주었다. 내가 말을 마치자 그는 온갖 감정이 일렁이는 표정으로 오랫동안 호수를 내다봤다. 70년이 흘렀다. 아무것도 모른 채 지나간 70년의 세월이 끝났다.

와인 때문이었는지, 아니면 내가 그의 이야기를 너무 오랫동안 생각하고 조사해서인지 모르겠지만, 나에게 당시 피노는 오래전의 세상으로 들어가는 문 같았다. 오래전의 세상이란 이야기를 전하기 위해 살아남은 이 착하고 올바른 사람 속에서 전쟁과 용기의 유령들, 증오와 무자비의 악령들, 믿음과 사랑의 아리아들이 여전히 울부짖고 있는 곳이다. 그와 함께 앉아서 그의 인생사를 회상하다 보니 오싹한 기분이 들었다. 그의 이야기를 알게 된 것이 얼마나 큰 특권이고 영광인지 또다시 절감했다.

"그게 다 확실한가, 친구?" 피노가 마침내 말했다.

"레이어스의 무덤에 갔다 왔어요. 그의 딸, 그리고 그가 모든 걸 고백한 목사와도 이야기를 나눴고요."

피노는 결국 믿을 수 없다는 듯 고개를 젓고 어깨를 으쓱하더니 양손을 쳐들었다. "장군. 그는 그림자 속에 머물렀고, 끝까지 내 오페라의 유령으로 남았어."

이어서 고개를 젖히고 부조리하고 부당한 결말을 비웃었다.

피노는 잠시 침묵을 지키다가 말했다. "젊은 친구, 알다시피 내년이면 나는 아흔 살이고 나에게 삶은 여전히 끊임없는 놀라움으로 가득 차 있다네. 우리는 다음에 무슨 일이 일어날지, 무엇을 보게 될지, 어떤 중요한 사람이 우리 삶에 나타날지, 어떤 소중한 사람을 잃게 될지 절대 알 수 없어. 삶은 변화, 지속적인 변화야. 그 변화 속에서 희극을 발견할 만큼 운이 좋지 않다면, 그 변화는 거의 항상 드라마나 비극이지. 하지만 그 모든 일을 겪고 나서도, 하늘이 진홍빛으로 변하고 금방이라도 비를 뿌릴 것 같을 때에도, 나는 여전히 믿는다네. 우리가 운 좋게도 계속 살아가게 된다면, 아무리 완벽하지 않더라도 매일, 매 순간에 일어나는 기적에 감사해야 해. 그리고 우리는 신과 우주와 더 나은 내일을 믿어야 해. 그 믿음이 항상 보답받지는 못할지라도."

"길고 행복한 삶을 위한 피노 렐라의 처방전인가요?" 내가 말했다.

그는 웃음을 터뜨리더니 허공에 대고 손가락을 흔들었다. "어쨌든 장수해서 행복한 점은 노래를 부를 수 있다는 거야."

피노는 북쪽으로 시선을 돌려 호수 건너편의 그가 사랑하는 알프스산맥을 응시했다. 한여름의 알프스산맥이 난공불락의 대성당처럼 웅장하게 우뚝 솟아 있었다. 그는 키안티를 마셨다. 이윽고 눈물이 맺히고 눈이 흐려졌다. 우리는 오랫동안 아무 말 없이 앉아 있었고, 노인은 추억에 잠겨 있었다.

호수의 물이 옹벽에 부딪쳐 철썩거렸다. 하얀 펠리컨 한 마리가 날아갔다. 뒤에서 자전거 벨 소리가 들리더니 여자아이가 꺄르르 웃으며 페달을 밟고 지나갔다.

마침내 피노가 안경을 벗었을 때, 해가 지며 호수를 황금빛으로 물들였다. 그는 눈물을 닦고 다시 안경을 썼다. 그는 나를 바라보면서 슬프고 다정한 미소를 짓더니 가슴에 손바닥을 댔다.

"늙은이가 실없이 너무 오래 추억에 잠겨 있었군." 피노가 말했다. "결코 잊을 수 없는 사랑이 있는 법이라네."

옮긴이 **신승미**

조선대학교 국어국문학과를 졸업하였다. 6년 동안의 잡지 기자 생활과 전공인 국문학을 바탕으로 한 안정된 번역 실력으로 다양한 분야의 책을 번역하고 있다. 현재는 출판 번역 에이전시 베네트랜스에서 전속 번역가로 활동 중이다. 옮긴 책으로는《언브로큰 1, 2》《인형의 집》《왜 아빠와 여행을 떠났냐고 묻는다면》등이 있다.

진홍빛 하늘 아래

1판 1쇄 발행 2020년 2월 5일
1판 2쇄 발행 2020년 7월 19일

지은이 마크 설리번
옮긴이 신승미
발행인 오영진 김진갑
발행처 나무의철학

기획편집 이다희 박수진 박은화 진송이 허재희
디자인팀 안윤민 김현주
마케팅 박시현 신하은 박준서 김예은
경영지원 이혜선

출판등록 2006년 1월 11일 제313-2006-15호
주소 서울시 마포구 월드컵북로5가길 12 서교빌딩 2층
전화 02-332-3310 팩스 02-332-7741
블로그 blog.naver.com/midnightbookstore
페이스북 www.facebook.com/tornadobook

ISBN 979-11-5851-161-6 03840

나무의철학은 토네이도미디어그룹(주)의 자회사입니다.

이 도서의 국립중앙도서관 출판예정도서목록(CIP)은 서지정보유통지원시스템 홈페이지(http://seoji.nl.go.kr)와 국가자료공동목록시스템(http://www.nl.go.kr/kolisnet)에서 이용하실 수 있습니다.
(CIP제어번호: CIP2019050967)